DUMONT

Im Herbst 1934 wird Felix Kannmacher vom Pianisten Victor Marcu aus dem Deutschen Reich geschmuggelt und erhält in Bukarest eine neue Identität. Als Johann Gottwald wird er die ›Kinderfrau‹ von Marcus Tochter Virginia, bei der er sich schnell als großer Geschichtenerzähler beliebt macht. Als die Freundschaft zwischen beiden enger wird, entlässt ihn der eifersüchtige Vater. Plötzlich ist Kannmacher ganz allein in einem fremden Land. Und so schlägt er sich unter falschem Namen durch: Er arbeitet als Kellner im größten Kasino von Bukarest, als Sekretär für die Nazis und versteckt sich in einem Kloster am Rande der Karpaten. Doch die Verbindung zwischen ihm und Virginia bleibt immer bestehen.

Jan Koneffke wurde 1960 in Darmstadt geboren. Er studierte Philosophie und Germanistik in Berlin und verbrachte nach einem Villa-Massimo-Stipendium sieben Jahre in Rom. Heute lebt er als Schriftsteller, Publizist und Übersetzer in Wien und Bukarest. Er erhielt u. a. den Leonce-und-Lena-Preis, den Friedrich-Hölderlin-Förderpreis und den Offenbacher Literaturpreis.

Jan Koneffke

Die sieben Leben des Felix Kannmacher

Roman

DUMONT

Von Jan Koneffke sind im DuMont Buchverlag außerdem erschienen:
Paul Schatz im Uhrenkasten
Was rauchte ich Schwaden zum Mond
Eine Liebe am Tiber
Abschiedsnovelle
Eine nie vergessene Geschichte

FSC
www.fsc.org
MIX
Papier aus verantwortungsvollen Quellen
FSC® C083411

Oktober 2012
DuMont Buchverlag, Köln

Umschlag: Zero, München
Umschlagabbildung: A couple on the beach with one of the first portable radios, 1924 (b/w photo), German Photographer (20th Century)/© SZ Photo/Scherl/The Bridgeman Art Library
Gesetzt aus der Garamond und der Quadraat
Druck und Verarbeitung: CPI – Clausen & Bosse, Leck
Gedruckt auf säurefreiem und chlorfrei gebleichtem Papier
Printed in Germany
ISBN 978-3-8321-6217-7

www.dumont-buchverlag.de

Für Cristina und Ema
in Erinnerung an Cristian

I

(1935–1940)

Im Ersten Kapitel erreiche ich, Felix Kannmacher alias Johann Gottwald, den Golf von Baltschik, begegne Delphinen, Eseln und Kamelen, Pessimisten aus Gewohnheit und verhinderten Zwillingen, beobachte (unfreiwillig) fremde Finger an fremden Knien, muß mich von einem Kind schikanieren lassen, erfinde (wiederum unfreiwillig) Geschichten und soll mit einer Tatarin verheiratet werden, bis ein Mord im Palast der Sultanin meinem Aufenthalt im Paradies ein vorzeitiges Ende bereitet

Aufwachen, Virginia, wir sind in Baltschik!

Heute kommt es mir vor, als sei meine Erinnerung eine erfundene Geschichte. Erreichte ich an jenem Julitag, Mitte der dreißiger Jahre, den Golf von Baltschik, oder bilde ich mir diese Ankunft nur ein? War ich dieser Mensch, der bei aufgehender Sonne verschlafen aufs offene Meer starrte, ein junger Mann, der sich von mir entfernt hat und den ich aus dieser Entfernung kaum wiedererkenne?

Ich war nicht alleine im Automobil, das staubbedeckt zu einem Bergabhang rollte, der Aussicht auf Hafen und Stadt bot. Links neben mir auf der hinteren Sitzbank des Cabriolets saß ein Mann mit olivbrauner Haut, schwarzem pomadisierten Haar, einer scharfkantigen Nase und sinnlichen Lippen. Auf dem Beifahrersitz schlief ein Kind, von dem nichts zu erkennen war, außer den Fersen und Zehen, die nackt aus der Wolldecke ragten. Als der Wagen am Bergabhang hielt, zog der Fahrer, ein mageres Kerlchen mit wettergegerbter Haut, borstigem Schnauzbart und knubbliger Nase, seine Chauffeurskappe tief ins Gesicht und nutzte den Aufenthalt zu einem Nickerchen.

Unserem Cabriolet mit vierstelliger Kennziffer und dem Buchstaben »B«, der den Herkunftsort Bukarest anzeigte, folgte ein weiterer Kraftwagen ohne Verdeck, den ein Bursche mit schmuddligem Ziegenbart lenkte, in dem Eigelb und Eierschalen klebten. Sein Begleiter zur Rechten hingegen war frisch rasiert (wann konnte er sich nur rasiert haben, fragte ich mich), steckte in einem Seidenanzug, auf dem sich kein einziges Staubkorn entdecken ließ, hatte milchweiße Handschuhe an und trug eine Melone.

Es war eine atemberaubende Aussicht, die man von der Felskante aus auf das Meer hatte, das sich kobaltblau gegen den Horizont dehnte und am Ufer aus glitzerndem Silber war. Schwarze Boote verließen den Hafen, von Ruderern mit roten Fezen bewegt, und um ein Dampfschiff, das ruhig seine Bahn vor der Sonne zog, sprangen Delphine. Baltschik war umgeben von Bergen. Gegen die kahlen, im Sonnenschein flackernden Kalkfelsen wirkte das Tal um so lieblicher. Im Dikkicht aus Efeu, Glyzinien, wildem Wein, Bougainvillea, Kakteen, Platanen und Zypressen blinzelten weiße und gelbliche Mauern, linsten Kamine und schwarzrote Schindeln, Minarette und goldene Kuppeln.

Heute kommt es mir vor, als ob meine Erinnerung eine Luftspiegelung vor den Kalkfelsen sei, die Baltschik in ein loderndes Weiß tauchten. Der Mann neben mir rieb sich den Schlaf aus den Augen und schwang sich vom Polster aufs Trittbrett, wo er eine Weile in schweigender Andacht versank, bevor er sich zu seiner Tochter umwandte. »Aufwachen, Virginia, wir sind in Baltschik!«

Dieser Mann war mein Retter und hieß Victor Marcu. Er hatte mich in seinem Wagen im Herbst '34 aus Deutschland geschmuggelt und im heimischen Bukarest seine Beziehungen spielen lassen, um mir einen Paß zu besorgen. Ich lief keine Gefahr mehr, des Landes verwiesen zu werden, und mußte nicht erst um ein Bleiberecht betteln. Angeblich nannte ich mich Johann Gottwald, war Teil einer Minderheit, die man als »Sachsen« bezeichnete, und deutscher Abstammung. Ich kam aus Kronstadt am Rand der Karpaten, wo meine Eltern ein Gasthaus betrieben. Laut diesem Paß hatte mich meine Mutter am 6. August 1907 zur Welt gebracht, und ich hatte (vermutlich) in Pflaumenschnaps-, Trester- und Bierdunst das Laufen und Sprechen erlernt. Folglich war ich bei unserer Ankunft am Schwarzen Meer knapp 28 und nicht bereits 30. Meinen Beruf gab der Paß mit »Klavierlehrer« an (was ein ziemlich geschmackloser Scherz meines Retters war).

Daß ich Felix Kannmacher hieß, aus dem Pommerschen kam, Emigrant war und keinen Beruf hatte, wußten nur Marcu und seine vertrautesten Freunde. Und Tochter Virginia, versteht sich. Zu dieser Zeit war sie dreizehneinhalb, eine Krabbe mit staksigen Beinen, verschmitztem Gesicht und auffallenden Augen, die kobaltblau waren wie der Golf von Baltschik. Vom schwarzen Haar, das sie sich an den Ohren zu Schnecken flocht, ging ein phosphoreszierender Schimmer aus, wenn es nicht finster zu knistern begann und Gewitternachtstimmung verbreitete. Das hing mit den kindlichen Launen zusammen, die Virginia beherrschten und schwankender waren als ein Ruderboot auf hoher See. Als sie neben dem Vater am Abhang stand, rief sie: »Baltschika, ich bin wieder bei dir«, als handele es sich bei dem Ort in der Talsenke um eine Spielkameradin.

Nein, Musiklehrer war ich beileibe nicht. Marcu hatte mich bei sich als »Kinderfrau« eingestellt. Um sich Virginia zu widmen, fehlte es meinem Retter an Zeit. In den Konzerthallen Europas galt er als »Genie am Piano« und »Gott am Klavier«. Er brach wieder und wieder zu Gastspielen auf und kam monatelang nicht nach Hause.

Mir konnte er seine Tochter ruhig anvertrauen. Erstens war ich ein Deutscher, und Deutsche benahmen sich korrekt. Zweitens war ich der Sohn eines preußischen Schulmeisters, was er als besondere Empfehlung betrachtete. Und er rechnete mit meiner Dankbarkeit. Er war sich sicher und durfte sich sicher sein, daß ich mir Virginias Erziehung zu Herzen nahm, um sein Vertrauen zu rechtfertigen.

Ich sollte Virginia bei schulischen Aufgaben beistehen und sie in Deutsch unterrichten. Von mir sollte sie Ordnungssinn lernen und Pflichtbewußtsein (beides ließ sie vollkommen vermissen). Ich sollte Virginia zur Ehrlichkeit anhalten und sie mit der Dichtung von Goethe vertraut machen, sobald sie das Deutsche beherrschte.

Heute kommt es mir vor, als ob unsere Ankunft am Golf von Baltschik ein vergangener Traum sei. Eselsschreie erreichten uns aus den verschatteten Gassen, das Klappern von Holzreifen mischte sich zwischen entfernte, verwehende Stimmen. Auf Terrassen zum Meer wuchsen Rosen und Wein, in der Weite bewegten sich schneeweiße Segel.

Virginia betrachtete mich voller Spott. »Tata«, wandte sie sich an den Vater, »Herr Felix ist bleich wie der Januarmond. Begreiflich, begreiflich«, bemerkte sie altklug, »wer aus einer kalten und nebligen Gegend kommt, erlebt einen Schock, wenn er ins Paradies gelangt.« Das war eine Idee, von der sie sich nicht abbringen ließ: Meine Heimat am baltischen Meer mußte duster und grau sein, ein im Nebel versinkendes Wiesen- und Sumpfland, das Wichte und Gnomen bewohnten. Sie lebten in Maulwurfsbehausungen, klopften in Bergwerken und stachen Torf. Sie sprangen im ewigen Dunkel um Feuerstellen, waren mit Fellen bekleidet und ritten auf Rentieren. Und sie redeten Deutsch, diese knarrende Sprache, die rauher war als der Nordost.

»Wenn das keine Ergriffenheit ist«, sagte Marcu und wandte sich Bubi Giurgiuca zu, dem schmuddligen Mann aus dem anderen Kraftwagen, der sich ausgiebig in seinen Ziegenbart schneuzte (dieser Filzbart war praktischer, als es ein Taschentuch sein konnte). »Von wegen Ergriffenheit«, knurrte Giurgiuca, »es bringt mich zum Weinen, wenn ich an das Geld denke, das du mit deinem Hausbau verplempert hast.«

Das Ferienhaus in der Bucht hatte sinnlose Kosten verursacht, fand Bubi Giurgiuca, der zum einen Victor Marcus Konzertagent war und zum anderen seine Finanzen verwaltete. Bubi hatte es niemals verwunden, wie teuer alleine das Bauland gewesen war. Schuld war die Beliebtheit des Ortes bei Hofschranzen, Industriellen und Hauptstadtpolitikern. Was sie in diese Gegend zog, nah der bulgarischen Grenze, waren nicht nur die Kakteen und Zypressen, das heiße und trockene Klima am Golf. Es war der Palast der Monarchin Maria (der Mutter von Carol II. und Witwe des vor rund acht Jahren verstorbenen Ferdinand), das mit seinen Rosenterrassen, Kapellen und Kuppeln am Silberstrand liegende Schloß.

Ich bemerkte, daß Titi, der Fahrer, der aufrecht und steif vor dem Lenkrad sein Nickerchen hielt, in dieser Sekunde ein Auge aufklappte. Er glich einer Eule, die mit einem Auge wacht, ohne das andere zu wekken. Seine Aufmerksamkeit galt dem Esel, der zockelnd bergauf kam. Auf dem Tier, dunkelbraun und mit je einem kreisrunden weißen Fleck um beide Augen, saß eine Frau, von den Zehen bis zum Scheitel verborgen von schwarzem Stoff, der nur einen Sehschlitz freiließ.

Ich hatte bereits auf der Nachtfahrt von Fatma erfahren, die als guter Geist von Baltschik galt und von der niemand wußte, wo sie in der Ortschaft zu Hause war. Fatma ließ sich nur blicken, wenn hoher Besuch eintraf. Sie ritt auf dem Esel zur Felskante, um die Monarchin Maria willkommen zu heißen (die man in Baltschik als Sultanin verehrte), und Victor Marcu, den »Gott am Klavier«.

Es blieb ein Geheimnis, von wem sie erfuhr, wann der hohe Besuch nach Baltschik kam. Was die Monarchin Maria anging, konnte sie aus den Vorkehrungen, die die Dienerschaft traf, auf die Ankunft der Herrscherin schließen. Schwerer war zu verstehen, wie sie erriet, wann das »Genie am Piano« sein Haus beziehen wollte (Giurgiuca versicherte, *er* unterrichte sie nicht).

Marcu marschierte zu der schwarzen Gestalt, die jetzt bewegungslos neben dem Esel stand. Er nahm Fatmas faltige Hand in die seine und lauschte dem heiseren Willkommensgruß.

Fatmas Stimme drang bis an die Felskante, wo ich zusammen mit Virginia, Giurgiuca und Haralamb Vona, dem Mann mit Melone und milchweißen Handschuhen, das Schauspiel beobachtete. »Finde dein Seelenheil in unserem Land«, sagte sie, »finde Ruhe an unseren drei Quellen, Danak Göz, Tchatal Tchesmar, Ak Bunar. Nimm dir in unserer Oase, was du begehrst. Setze dich an unsere Tafel und speise, duftendes Brot und gebratenes Huhn und Kavarma. Trinke aus unseren bauchigen Kannen, berausche dich an unserm Wein, den wir Allah verdanken. Allah ist weise und freigebig. Er gibt uns das Korn, das uns satt macht, den nahrhaften Fisch und das Wasser, um unseren Durst zu stillen. Er segnet das fruchtbare Land und das reiche Meer. Und er segnet den Fremden, der zu uns kommt. Ich segne dich in seinem Namen, mein Sohn.«

Marcu verneigte sich vor der vermummten Gestalt zum Beweis seiner Demut und Dankbarkeit. Er hatte den Segen erhalten und wollte sich abwenden. »Warte, mein Sohn«, sagte Fatma und packte sein Handgelenk, »es wird etwas Schlimmes geschehen, die Sterne am Himmelszelt sagen es mir. Paß auf, mit wem du dich umgibst. Sei wachsam bei dem, was du sprichst. Und achte auf unsere Sultanin. Es wird etwas Schlimmes geschehen, mein Sohn.« Sie knuffte den Esel, der vorn auf die Knie ging, um seine Herrin aufsteigen zu lassen. Und als sie ein Schnalzen ausstieß, lief er los (es war mehr ein Bummeln und Zockeln), umrundete faul unser Cabriolet (dieses Mal klappte Titi sein anderes Auge auf) und trottete klappernd bergab.

Und was ist mit meiner Geschichte?

Mittags, wenn es zu heiß war, um Unterricht zu erteilen, hockten wir auf einer Steinbank im Garten, beschattet vom Feigenbaum, der in der Seebrise raschelte. Virginia verspeiste den Schaumkringel, den ich vom Taschengeld, das Victor Marcu mir gab, um seine Tochter mit Naschkram bei Laune zu halten, bei Hagi Jusub erstanden hatte, der seine Backwaren am Hafenplatz feilbot.

»Und was ist mit meiner Geschichte?« Seufzend nahm ich den Stieltopf aus Kupfer vom Steintisch, um mir meinen dritten Kaffee einzugießen. Dauernd verlangte Virginia Geschichten von mir aus dem dusteren Land an der Ostsee. Leider fielen mir keine mehr ein. Sie kannte bereits alle Schauerlegenden und Sagen, die mir aus der Kindheit vertraut waren. Mit Wiederholungen abspeisen ließ sie sich nicht, Wiederholungen konnten sie fuchsteufelswild machen. Und sie merkte im Handumdrehen, wenn ich es wagte, einen pommerschen Schnack wiederholen zu wollen.

Ich solle Virginia mit Samthandschuhen anfassen, hatte mich Marcu ermahnt. Er gebe ja zu, sie sei anspruchsvoll, heikel und flatterhaft, kurz: ein verzogenes Balg. Es sei schwierig, sie sich nicht zur Feindin zu machen. Und wer sei schuld an der Launenhaftigkeit seiner Tochter? Niemand anders als seine verfressene, einhundert Kilogramm wiegende Tanti Catinca. Aus Bequemlichkeit, Dummheit und Eigennutz habe Catinca das Kindchen verkommen lassen. Monatlich habe das gierige Luder von Tante sein Geld eingestrichen, bis sie eine goldene Stopfgans gewesen sei, und den Zweck seiner Zahlungen vergessen. Und daß diese Schlampe das Kindchen am Ende nicht an eine Sippe Zigeuner verkauft habe, sei nur seinem Geld zu verdanken.

Was er bei diesen Beschimpfungen verschwieg, das war seine verquere Beziehung zur Tochter, die mehr als sechs Jahre mit Tanti Catinca verbracht hatte, ohne den Vater zu kennen. Er hatte dem Kind eine Ewigkeit nicht verziehen, den Tod seiner Mutter verschuldet zu haben, die bei der Geburt von Virginia verblutet war. Sie mußte erst sieben Geburtstage feiern, bis er bereit war, sie wieder zu sich zu nehmen. Um so verzweifelter liebten sich beide, und diese Verzweiflung in der Verehrung des Vaters, auf den sie nichts kommen ließ, machte das Kind um so launischer.

Wenn ich mich bei seiner Tochter verhaßt machte, konnte er mich als Erzieher nicht halten, das wußten Marcu und ich nur zu gut. Und außerdem konnte ich nicht mehr im Haus bleiben. Ich verdiente zwar nichts auf der Stelle als Kinderfrau. Ich durfte kostenlos essen und wohnen und alle sechs Monate kleidete er mich neu ein. Was mich besorgt machte, war etwas anderes: Ich verlor seinen Schutz, wenn er mich aus dem Haus warf, und mußte mich in der Fremde alleine zurechtfinden.

Ich war erpreßbar, und meine Erpresserin war ein verzogenes Kind. Eine geschichtenversessene Blage. Mir blieb keine andere Wahl. Ich mußte mir neue Geschichten ausdenken und sie, was um so anstrengender war, ins Rumänische bringen, um Virginia nicht zu verprellen (sie verstand zwar im Deutschen bereits eine Menge, trotzdem zwang sie mich, selbst in den Unterrichtsstunden, Rumänisch zu sprechen, sei es aus Bequemlichkeit, sei es aus schierer Gemeinheit). Nachts kaute ich an meinem Bleistift und kritzelte Schauerlegenden in eine Rumänischgrammatik, die griffbereit auf meinem Nachttisch lag. Und ich lernte sie auswendig, sicherheitshalber.

Mit der Zeit konnte ich auf das Auswendiglernen verzichten. Es reichte mir, Stichpunkte niederzuschreiben, die als Spickzettel meiner Erinnerung dienten.

An diesem heißen und knisternden Mittag, den wir auf der Steinbank im Garten verbrachten, hatte ich keine neue Geschichte parat. Schuld war meine Zecherei in der vergangenen Nacht. Statt mich auf die Mittagszeit vorzubereiten, hatte ich Stunde um Stunde mit Haralamb Vona vor Mamuts Cafè verbracht.

Vona, der an der Ecole des Beaux Arts in Paris studiert hatte und einen italienischen Großvater vorweisen konnte, der Bauingenieur in Constanţa gewesen war, kannte sich aus mit den Baustilen am Schwarzen Meer und der Landschaft Baltschiks im Besonderen. Aufgrund dieser Kenntnisse und seiner Vorstellungen einer einfachen, sich konstruktiven Prinzipien verschreibenden Architektur hatte Vona von Marcu den Auftrag erhalten, sein Ferienhaus in der Bucht von Baltschik zu bauen. Er war mehr als ein Dandy mit seiner Melone, den Handschuhen und dem Spazierstock mit Silbergriff, ein belesener und unterhaltsamer Mann. Im Widerspruch zu seinen architektonischen Auffassungen, die moderner nicht sein konnten (und, wie er zugab, vom Bauhaus beeinflußt waren), war er beileibe kein Fortschrittsverfechter. Das hing mit seiner Ansicht vom Menschen zusammen, der, laut Haralamb Vona, nichts anderes im Sinn hatte, als seine Ketten zu sprengen, diese Ketten aus Regeln, Gesetzen und Pflichten, um seinen Verbrecherinstinkten zu folgen. »Der Mensch ist ein Raubtier«, war seine Devise, »und wenn er sich erst von der Kette befreit hat, kennt er kein Erbarmen und badet in Blut.«

Um so erstaunlicher war seine Deutschlandverehrung. Er verhimmelte Kant, Albert Einstein und Beethoven. Meine Heimat war in seinen Augen ein Land der Kultur, steilen Denkens und tiefer Empfindung. »Deutschland versinkt nicht in Barbarei«, sagte er, »wollen wir wetten? Der Damm wird nicht brechen. Dieser Damm aus Vergeistigung, Sitte und Rechtschaffenheit ist zu stark, mein Freund, glauben Sie mir. Denken Sie nur an ein Streichquartett Beethovens und das Moralgesetz Kants. Und vergleichen Sie beides mit Hitler.« Er winkte ab.

Es fiel mir schwer, Vona zu widersprechen. Und das hatte nichts mit dem Streichquartett Beethovens oder dem Kantischen Imperativ zu tun. Ich wollte mich nicht mehr erinnern. Nicht in dieser warmen und friedlichen Nacht. Der am Himmel hoch rollende Mond tauchte Hafen und Gassen in sirrendes Silberlicht. Und Mamut, der stumm und behaglich am Baum lehnte, sog an seiner ellenlangen Pfeife und nickte, als ob er mir Mut machen wolle. Und meine Zweifel verflogen. Adolf Hitler war nichts als ein fernes Gespenst.

Mein Schweigen erboste Virginia, und um es mir heimzuzahlen, schimpfte sie auf meine Sprache. Es fehle dem Deutschen an Klarheit und Strenge, die man im Lateinischen antreffe. Es habe nichts von der Weichheit balkanischer Berge, die in der bulgarischen Sprache zu finden sei, von Wellenklang und Sonnenfeuer, das man dem Griechischen anmerke. Mit einem Zopf spielend, den sie sich als Bart vors Gesicht legte, linste Virginia mich streitlustig an. »Und wenn das Lateinische gelb ist, das Griechische blau, das Bulgarische silbergrau«, sagte sie, »was ist das Deutsche, Herr Felix? Und wenn das Lateinische schmeckt wie Orangen, das Griechische wie eine Meeresfrucht und das Bulgarische wie eine Paprika – wie schmeckt das Deutsche?«

»Herr Felix ist nicht aus der Ruhe zu bringen«, beschwerte sie sich, als ich stumm blieb, am Becherrand nippte und mit meinen Augen zum Meer schweifte. Sonnenweiß schwappte es gegen den Strand. In der flirrenden Mittagsglut, die es verschlang, konnte man keine Boote erkennen.

In der Ferienzeit Deutsch lernen zu sollen, verstimmte sie. Und den Mißmut ließ sie nicht am Vater aus, der sie zum Deutschlernen verdonnerte. Nein. Ich war es, an dem sie Rache nahm. Sie versetzte mir heimliche Tritte beim Nachtessen, wenn Victor Marcu erfahren wollte, ob sie beim Unterricht Fortschritte mache. »Ja«, sagte ich schluckend und rieb mir mein Schienbein. Sie steckte mir eine Zigarre vom Vater zu, wenn sich seine Freunde zum Bridgespiel versammelten, und nannte mich anschließend einen verdammten Dieb, der sich an seinen teuren Havannas vergehe. Das zu bestreiten war schwer angesichts der Havanna, die aus meiner Hemdtasche lugte. Und vor seinen Freunden, die auf meine Brust starrten, Virginia als Schwindlerin bloßzustellen, das brachte Marcu, der ahnte, was los war, nicht fertig.

Virginia befreite sich von den Sandalen und sprang bis zur Mauer, an die sie sich einbeinig flegelte. Mit dem rechten Fuß kratzte sie sich an der Wade, die sonnenverbrannt aus dem Kleid ragte. Als sie wieder zum Feigenbaum schlenderte, zeigte sie diese bedrohliche Stirnfalte, bei der mit dem Schlimmsten zu rechnen war.

»Statt mich mit dieser schaurigen Sprache zu piesacken, sollten Sie lieber die Nase ins Buch stecken, um im Rumänischen besser zu werden. Unsere Sprache ist goldener Honig. Sie zergeht auf der Zunge und schmeichelt dem Gaumen. Sie ist reich wie der Sultan in Konstantinopel. Sie ist wie eine summende Wiese im Sommer und saftiger als eine Wassermelone. Werden Sie sich das merken, Herr Felix? Und wenn Sie mir weiterhin eine Geschichte verweigern, werde ich meine Stirn an der Mauer aufschlagen und behaupten, Sie seien es gewesen.«

Sie eilte erneut bis zur Steinbalustrade, mit der die Terrasse zum Abhang begrenzt war. Ich zweifelte nicht an Virginias Entschlossenheit. »Halt«, rief ich und sprang von der Bank auf. Sie drehte sich kurz zu mir um und schnitt eine Grimasse aus Trotz und Verachtung.

Wer mir beisprang, das war Vater Marcu. Er kam mit verklebtem Haar aus seinem Zimmer, wo er eine Stunde geruht hatte (nachts erlaubte er sich keinen Schlaf). Daß Streit in der Luft lag, erriet er im Nu. Er tapste mit klatschenden Sohlen zur Tochter, um sie in die Arme zu schließen. Mir schenkte er nicht einen Hauch von Beachtung. Er werde mit Ismail ausfahren zum Angeln, ob sie nicht mitkommen wolle. »Ja«, maulte Virginia verdrossen. »Und der bleibt zu Hause, nicht wahr?« vergewisserte sie sich beim Vater und starrte mich feindselig an. Victor Marcu antwortete mit einem Nicken.

Klavierspielerfinger

Bei Sonnenaufgang weckte mich wieder und wieder das heisere »I-a« eines Esels. Oder der Muezzin holte mich aus dem Schlaf (Kirchenglocken, Schiffstuten und scheppernde Milchkannen). Und wenn ich mich auf meinem Pritschenbett rekelte, kam ich mir heiter und schwerelos vor. Ich war frei vom verzehrenden Heimweh, das im ersten Bukarestwinter mein treuer Begleiter gewesen war. Ein Emigrant zu sein, schmerzte mich nicht mehr. Ich lehnte es ab, mich in Selbstmitleid zu ergehen und mir ewig mein Schicksal vor Augen zu halten, das eines Klavierspielers, der nicht mehr spielen konnte. Zwei Finger der linken Hand (Mittel- und Ringfinger) und einer der rechten (der kleinste), die mir ein SA-Mann zerquetscht hatte, waren schlecht verheilt. Teils krumm, teils empfindungslos, fehlte es allen drei Fingern an Kraft und Beweglichkeit.

Dieser Sturm auf das Eßlokal im Nikolaiviertel mit seiner verglasten Terrasse zur Spree, dessen Besitzer ein Jude gewesen war – ein Jude, der nie einen Schabbes einhielt, in kein Bethaus ging, zackiger war als der zackigste Preuße und wie ein Bierkutscher berlinerte –, wo ich Monat um Monat die kauende Kundschaft mit »Mondscheinsonate«, Allegri von Mozart und Schmankerln von Strauß und Lehar unterhielt, bis die SA-Bande in die Kristallleuchter, Scheiben und Spiegel und Topfpalmen schoß und das Schimmelpiano mit Beilen zerhackte, das ich Dummkopf umarmte, als sei es mein Eigentum, nicht ohne zu heulen: »Bitte nicht, nicht das Schimmelpiano, verschonen Sie das Instrument!«, was den kantigen, jungen SA-Mann veranlaßte, mich zur Toilette im Keller zu schleifen, wo sie bereits den Besitzer mißhandelten, der sich auf den Kacheln wand, wimmernd und blutverschmiert, mir zu befehlen: »Auf den Bauch, Scheißkerl, Arme ausstrecken!«, und auf meine Finger zu springen mit seinen genagelten Stiefeln, »was flennst du, du Memme, sie waren dir nur einen dreckigen Juden wert!«, kam mir in Baltschik mehr und mehr wie ein Alptraum vor, der vor der aufgehenden Sonne verdampfte. Barfuß tappte ich auf die Terrasse und atmete salzige Meeresluft ein.

Um acht ließ sich Marcu ans Steinwaypiano fallen, spielte Konzerte von Brahms und Rachmaninov, schmetterte, summte und sang den Orchesterpart und schrie ins Adagio: »Wo bleibt mein Kaffee, Aise? Koch mir zwei Eier. Ich sterbe vor Hunger.« Aise, die in einem Holzhaus beim Fluß wohnte, Witwe und zehnfache Großmutter war, bewirtschaftete Marcus Haus in den Sommermonaten. Sie hatte ein winziges Faltengesicht, das mich an einen runzligen Apfel erinnerte, der in der Sonne vertrocknet war. Aise ging tief gebeugt und sie hinkte beim Laufen. Trotzdem erledigte sie alle Arbeiten ruhig und behende, als koste es sie keine Kraft. Und wenn Victor Marcu schrie: »Meinen Kaffee, Aise!«, stand sie im Nu mit dem dampfenden Stieltopf auf einem Tablett vor dem Steinway.

Aises Augen, die Reinheit und Einfachheit ausstrahlten, bekam man fast nie zu Gesicht. Sie schaute zu Boden, auf einen der persischen Wandteller, drehte sich unwillig weg. Sie bewegte sich in einer Glocke aus Schweigsamkeit. Man konnte meinen, sie sei stumm von Geburt an. Aise redete nur mit den Tieren. Mit dem streunenden Hund, dem sie Fleischabfall zuwarf, dem Huhn, das sie anschleppte, um es zu kochen, ja selbst beim Rupfen, von schwirrenden Federn umgeben, sprach sie mit dem leblosen Tier, das sie vorwurfsvoll anstarrte, mit den Fliegen, die sich auf den Maisfladen setzten, der Schildkröte, die um den Hofbrunnen kroch, dem Esel der kleinen Tatarin vorm Haus, der sein Maul in den Haferballen steckte. Nur mit den Tieren stand Aise auf Du und Du, Ehrerbietung und Scham trennte sie von uns Fremden.

Wenn er drei Stunden am Steinway verbracht hatte (der von kleineren Ausmaßen war als sein Steinway in Bukarest), strich Marcu von Zimmer zu Zimmer. Er liebte das Haus in der Bucht von Baltschik. An einer Wand hingen griechische Teller und an einer anderen persische. Im Wohnzimmer stand ein mit Tieren und Blumen bemalter chinesischer Schrank. Von der Decke hingen auf den Basaren von Konstantinopel erstandene Lampen. Und aus Italien hatte er sich teuren Vorhangstoff anliefern lassen, Vorhangstoff aus Kreton, der in warmem Orange schwelgte und den Zimmern zur Mittagszeit Schutz vor der Sonne bot, ohne sie in vergeßliches Dunkel zu tauchen. Ein zitternder Schein drang ins Haus zwischen luftiger Klarheit und stiller Verborgenheit.

Er weckte Virginia, die bis in die Puppen schlief, und kitzelte sie bis zum Feigenbaum auf der Terrasse, wo bereits Tischleindeckdich zugange gewesen war. Mit dem Spazierstock, den er in die Luft warf und auffing, kam Haralamb Vona vom Hofbrunnen. Zu seinem Leidwesen hatte er keine Erlaubnis vom Hausherrn erhalten, ein Bad einzubauen (ein Bad paßte nicht in die einfache Welt von Baltschik). Er verbreitete Duftwasserwolken um sich und war frisch wie ein windiger Tag an der Ostsee. »Muß der Mensch wieder fressen?« bemerkte er finster, einen Spruch, den er vor keiner Mahlzeit vergaß. Niemand beachtete mehr diese rauhe Ersetzung von »Laßt es euch schmecken«. Kauend schob Marcu den Brotkorb an seinen Platz und wandte sich an seine Tochter. »Beherrschst du den Genetiv, Kindchen? Beherrschst du den Dativ? Wo bist du im Lehrbuch?« Virginia antwortete nicht. Sie zerschnitt ein Radieschen, ein zweites und drittes und viertes, bestreute die inneren Seiten mit Salz und biß knackend ins Fleisch.

Außerdem ließ sich in dieser Minute Giurgiuca im Schatten des Feigenbaums nieder. »Ich esse nichts, nicht einen Happen«, versetzte er grimmig, als wolle er uns einen Korb geben. Niemand hatte von Bubi verlangt, einen Happen zu essen. Und niemand legte auf seine Gegenwart Wert, nicht zuletzt, weil er stank wie ein Raubtierstall.

Seine Laune war hundsmiserabel. Nicht nur der Seeaufenthalt setzte Bubi zu (er scheute das Wasser in jeder Beziehung). Daß Haralamb Vona im Haus wohnen durfte und er selbst bei Bulgaren in der Nachbarschaft einquartiert war (sein Quartier sei ein schimmliges Loch, schimpfte er), betrachtete Bubi als schwere Beleidigung. »Du bist undankbar«, bellte er wieder und wieder, »wer hat dir deinen Besitz verschafft, wenn nicht ich! Und du schickst mich zu diesen verlausten Bulgaren.«

Es war nicht ganz falsch, was er sagte. Er verhandelte hart mit Konzertveranstaltern, Direktoren von Schallplattenfirmen und Rundfunkverantwortlichen von New York bis Berlin und preßte sie aus wie Zitronen. Er verhalf dem »Genie am Piano« zu haushohen Einnahmen, die er mit Spekulationen vervielfachte. In den zahllosen Konten und Wertpapieranlagen fand sich, abgesehen von Bubi, kein Mensch mehr zurecht, was wiederum Marcus Mißtrauen anheizte, der andererseits nicht im Geringsten bereit war, sich in den sauren Finanzkram einweihen zu lassen. Heimlich verachtete er seine »rechte Hand«, was Bubi nicht sonderlich kratzte. Angesichts der Prozente, die er von den Einnahmen abzweigte, ließ sich diese Verachtung verschmerzen.

Schwerer verwinden ließ sich die Bevorzugung anderer. Insbesondere die eines Menschen, der in seinen Augen vor Eitelkeit platzte, ein Klugscheißer war und ein schlauer Schmarotzer. Erkennbare Eifersucht nagte an Bubi Giurgiuca.

Bubi war barfuß, nicht anders als wir. Außer Vona, der nie aus den blinkenden Schuhen stieg, zogen wir in Baltschik keine an. Wir liefen barfuß zu Hafen und Strandbad, wir kraxelten barfuß zur Spitze der Kalkfelsen. Was Bubi von uns unterschied, war die Tatsache, daß er sich seine Fersen und Hacken nie wusch – sie waren verkrustet, sie starrten vor Dreck – und mit Hingabe zwischen den Zehen pulte.

Mit vor Ekel verzerrtem Gesicht schaute der Architekt Bubis grabenden Fingern zu, bis er es nicht mehr aushielt und von seinem Stuhl hochsprang. Unter dem Vorwand, den Zeitschriftenaufsatz beenden zu wollen, mit dem er sich abplage (»Kubische Formen in der Architektur«), verabschiedete er sich aufs Zimmer.

»Endlich sind wir allein«, seufzte Bubi und ließ seine Zehen augenblicklich in Ruhe. Er beeilte sich, ein Telegramm aus der Weste zu kramen, das er mit dem Daumennagel glattstrich. Mit falschem Bedauern, das Rachsucht verriet, sagte er: »Leider muß ich dich an deine Pflichten erinnern. Das ist das Paris-Programm, und ich empfehle, es umgehend einzustudieren. Debussy hast du bisher vermieden, nicht wahr? Und Salle Pleyel verlangt Debussy.« – »Du willst mir den Urlaub verderben, du Lump«, sagte Marcu, »zum Teufel mit deinem Paris-Programm!«, und er stapfte ins Haus, um sich umzuziehen.

Von elf bis halb eins ging er baden. Er tauchte und schwamm in der Tiefe des Golfs, der mal silbrig glitzerte, mal lapislazuliblau war, mal leuchtete wie ein Smaragd. Wenn er wieder ans Ufer kam, schlenderte er pudelnaß zu den Strandbadbesucherinnen. In schulter- und beinfreier Badebekleidung und vor einem Windschutz aus Segeltuch zwischen zwei Holzstecken lagerten sie auf dem Sand, neben sich einen Korb, der ein Buch enthielt, Feigen und Puffmais, Niveacreme und Zeitschriften aus Paris. Lebhaft und schlagfertig waren die Ehefrauen seiner am Hang wohnenden Freunde (sechs Malern, die sich in die Landschaft Baltschiks verliebt hatten). Sie zeigten die weiblichen Reize am freigebigsten. Eitler und wesentlich geiziger waren die Industriellen- und Politikergattinnen. In der Regel begleitet von Bediensteten, die Marcu mit Mißtrauen und Hochmut behandelten, benahmen sie sich stachelig und spitz. Nicht alle verhielten sich abweisend. Bei der einen oder anderen Politikergattin begriff er im Handumdrehen, mehr als willkommen zu sein. Sie langweilten sich in der Ehe zu Tode und schnappten nach Luft wie ein Fisch auf dem Trocknen. Diese verzweifelten Frauen waren Marcu zu anstrengend. Er erlaubte sich nur einen kurzen Flirt, sprang auf die Beine und rannte ins Meer, um sich als toter Mann auf dem Salzwasser treiben zu lassen.

Bisweilen lud er eine der Ehefrauen seiner sechs Freunde zum Essen nach Hause ein. Und auf dem Heimweg traf er ein paar andere Bekannte. Man hockte zusammen in Mamuts Kaffeehaus, wo man Mokka und Wein zu sich nahm. Gegen halb zwei knurrte allen der Magen, der sich nicht mehr mit Weißbrot und Kapern beschwichtigen ließ, und zum Schluß saßen außer dem Hausherrn, Giurgiuca und Vona, Virginia und mir sieben andere Personen am Eßtisch im Garten.

Aise schien mit einem Fingerschnick aus zwanzig Kohlwickeln vierzig zu machen und mit einem Augenaufschlag aus zwei Maisfladen acht. Ruhig und stumm deckte sie sieben Teller mehr, schnitt das Weißbrot, entkorkte die Flaschen.

Man klatschte und tratschte, man politisierte und philosophierte, man stritt und vertrug sich. Man sprach im besonderen vom Schloß der Monarchin – vom Garten aus war nur die Spitze des Schloßminaretts zu erkennen und das Schutzschiff Marias, die auf dem Wasser im Mittagsglast ankernde Jacht – und im allgemeinen von Baltschik.

»Baltschik ist ein heiliger Ort«, sagte Marcu, »an dem ich mich reinigen kann. Wenn ich im Golf bade, kommt es mir vor, als ob ich meine Seelenschlacken abwasche. Und barfuß von Klippe zu Klippe springend, werde ich wieder zum sorglosen Kind. Ich habe nie richtig begriffen, warum.« – »Was uns in dieser Landschaft begegnet, ist Klarheit«, erwiderte Haralamb Vona, »eine Reinheit und Aufrichtigkeit, die wir nur aus der Kindheit kennen.« – »Unsinn«, entgegnete Bubi Giurgiuca, »es ist das besondere Klima. Klima und Nahrung, das sind die entscheidenden Faktoren, die den Menschen zu dem machen, was er ist. Zwischen den Hitze abgebenden Kalkfelsen heizt sich das Tal wie ein Ofen auf. In Baltschik wachsen Mittelmeerpflanzen, die man in Mamaia oder Mangalia nicht finden kann.«

»Ho!« machte Marcu, »dein ewiger Materialismus treibt mich in den Seelenruin.« – »Meinetwegen«, versetzte ein Schiffsadjutant, der Besatzungsmitglied auf der Jacht der Monarchin war, »mit der Pflanzenwelt haben Sie recht, Herr Giurgiuca. Ich war in Tunis und Algier, ich habe Sizilien bereist und die griechischen Inseln. Und unser Schwarzes Meer kenne ich aus dem Effeff, vom Bosporus hoch bis zur Krim. Mit allen Hafenanlagen bin ich vertraut, mit Fischhallen, Zollschuppen, Seemannslokalen. Ich kenne die Vegetation an den Ufern des Schwarzen Meeres, und mit der Pflanzenwelt haben Sie recht.« Mit einem Weißbrotrest tupfte er sich seine fettigen Mundwinkel ab. »Nichtsdestotrotz muß ich scharf widersprechen. Trotz Feigenbaumwald und Granatapfelhain, Aprikosen, Zitronen und Mandeln. Schauen Sie sich um, mein Herr, schauen Sie sich um zu den kahlen und lodernden Kalkfelsen. Und denken Sie nur an die Winter im Tal, wenn das Schwarze Meer gegen die Klippen anrennt. Baltschik ist nicht ausschließlich lieblich, beileibe nicht. Gleichzeitig ist es ein karger und rauher Ort. Kargheit und Lieblichkeit halten sich in dieser Welt in empfindlichem Gleichgewicht.«– »Bravo!« meldete sich eine Stimme. »Und Baltschik ist die Schwelle zum Orient«, sagte Marietta, die an Marcus Seite saß.

Sie war mit Nicolae Matei verheiratet, dem Maler, den alle Welt Nicu rief und der irgendwo auf einer einsamen Bergspitze stand, fern von den Menschen und menschlicher Nichtigkeit, wo er mit der Natur metaphysisch im Einklang war, wie Marietta versicherte. In bekleckertem Hemd, einen fransigen Hut auf der Halbglatze, schwang er den Pinsel und bannte den flirrenden Golf auf die Leinwand. Er war zu weit weg, um dem Freund auf die Finger zu schauen, die sich mit den Knien Mariettas befaßten. Heimlich, versteht sich, nicht vor allen Augen. Niemand bemerkte es, denke ich, außer mir, und ich verdankte mein Wissen Virginia, die absichtlich Messer und Gabel zu Boden fallen ließ.

»Wiederholen!« befahl sie mir zischend wie einem Hund, der Stock oder Knochen zu Frauchen bringen soll, »sonst werde ich losheulen und Sie vor den anderen beschuldigen, mir in die Rippen zu boxen. Ja, ich werde behaupten, Sie tun mir absichtlich weh.« Virginia war eine begnadete Schauspielerin, und ich zweifelte nicht an der Wirkung, die sie bei den anderen erzielte, wenn sie erst zu flennen begann. Mitleid zu erregen, beherrschte sie blendend, oh ja. Ich betrachtete sie voller hilfloser Wut, und sie strahlte mich engelhaft unschuldig an.

Mir blieb keine andere Wahl, als dem Biest zu gehorchen. Ich rutschte vom Platz auf der Bank in die Tiefe, hockte mich in den Staub unterm Tisch und ergriff das Besteck vor den wippenden Beinen Virginias, die mir mit dem Fuß ins Gesicht treten wollte. Um dem Tritt zu entgehen, wich ich schleunigst zur Seite, fiel auf meinen Hintern und saß vor den Knien Mariettas, die rundlich und weich aus dem Kleid ragten. Ich bemerkte, sie hatten Besuch. Victor Marcu erforschte sie mit seinen Fingern, behutsam und liebevoll, frech und verlangend, und Marietta erschauderte sichtlich.

»Und man darf nicht vergessen, wie viele Kulturen diese Gegend erlebt hat«, rief Haralamb Vona aus, »denken Sie an die hellenische, skythische, römische und byzantinische Hochkultur. Nicht zuletzt an die islamische. Und alle sind sie in Baltschik miteinander verschmolzen.« – »Ja, miteinander verschmolzen sind sie«, stimmte Marcu bei und seine Hand schloß sich fest um Mariettas Knie.

Ich kam wieder hoch, legte Messer und Gabel aufs Tischtuch und wischte den Staub von der Hose, was meine Peinigerin nicht beeindruckte. Sie erlaubte mir nur eine kurze Verschnaufpause, betrachtete mich von der Seite, verschlagener als eine Schlange, und wartete ab, bis ich mich meinen Krautwickeln zuwenden wollte. Erneut warf sie Gabel und Messer zu Boden. »Wiederholen, wiederholen!« zischte sie mir ins Ohr.

Marcu machte bei seinen Erkundungen Fortschritte und hielt sich nicht mehr bei den Knien Mariettas auf. Er schob seine Hand zu den Schenkeln, behindert vom Kleid, das nicht hochrutschen wollte, bis Marietta begriff und den Hintern anhob. Marcu zerrte am Stoff, der sich endlich verschieben ließ. Und als er die Schenkel Mariettas freigab, starrte ich auf das Dreieck des Badeanzugs. Marineblau schimmerte es zwischen den sich bereitwillig spreizenden Beinen.

Als ich mich auf meinen Platz setzte, stieß mich der Schiffsadjutant mit dem Ellbogen an. »Was machen Sie dauernd am Boden, mein Herr?« – »Ja, was zieht unseren Freund permanent in die Tiefe?« verlangte der Maler Halunga zu wissen. Alle wandten sich in meine Richtung. »Er will die Dinge von anderer Warte betrachten als wir«, kam mir Haralamb Vona zu Hilfe.

»Victor, wer ist das?« erkundigte sich Marietta und musterte mich voller Argwohn. Sie hatte sich von Marcus Fingern befreit, die engelhaft unschuldig (wie das Gesicht seiner Tochter) ein Streichholz in Brand setzten. Marcu steckte sich seelenruhig eine Havanna an. Erstens dachte er sich seinen Teil. Paffend wanderte er mit den Augen von mir zu Virginia und wieder zu mir. Und um Scham zu empfinden, falls ich seine Kniefummeleien beobachtet hatte, war Marcu zu selbstherrlich.

»Das ist Johann Gottwald«, versetzte er, »der meine Tochter erzieht und in Deutsch unterrichtet. Eigentlich war er Klavierlehrer und er spielte himmlisch Klavier, liebe Freunde. Nicht schlechter als ich, Leute, das ist kein Schmu. Meine Ohren«, er tippte sich an seine Ohren, »sind Zeugen. Bis es zu diesem scheußlichen Unfall kam und er sich drei seiner Finger verletzte. Er kann nicht mehr spielen, der Arme. Und in seiner Not wandte er sich an mich.« – »Er ist aus Deutschland«, bemerkte der Adjutant, ob als Feststellung oder als Frage, war nicht zu entscheiden. »Unsinn«, entgegnete Marcu, wie aus der Pistole geschossen, »er kommt nicht aus Deutschland. Er ist einer von unseren Sachsen.«

Ich wußte, er traute dem Schiffsadjutanten nicht. Er hatte den Mann im Verdacht, Spitzeldienste zu leisten und der Siguranţă Bericht zu erstatten. An diesem Verdacht war nichts Aufsehenerregendes. Er kannte ausschließlich zwei Gruppen von Menschen: seine Freunde und engen Vertrauten oder mit den Geheimdiensten kungelnde Leute. Mit der Siguranţă, dem NKWD, der Gestapo, den Ungarn, Bulgaren oder Türken.

»Klar ist er ein Sachse«, rief Geo Halunga, »das merkt man an seinem Akzent. Unverkennbar, ich sage es euch, unverkennbar.« – »Das ist bloß der deutsche Akzent, mein Herr«, sagte der Adjutant, »und ob der Deutsche Berliner ist oder aus Hermannstadt kommt, weiß man nie.« – »Ich weiß es«, erwiderte Marcu entschieden, »er ist Sohn eines Gastwirts in Kronstadt, er ging aufs Honterus-Lyzeum in Kronstadt, erhielt seine Taufe in der Kathedrale von Kronstadt und Schluß.« Und indem er vom Stuhl aufstand und seine Arme hob, brachte er seine Bekannten zum Schweigen. »Meine Gastfreundschaft sollte man nicht strapazieren, Freunde. Ich muß mich dringend aufs Ohr legen. Und heute nacht ist ja wieder ein Tag.«

Sich von Marietta mit Handkuß verabschiedend und seiner Tochter zuwinkend, verschwand er im Haus. Seine Freunde zerstreuten sich in alle Richtungen. Und ich blieb mit Virginia allein.

Wie andere in Geld schwimmen, schwimmen wir in Zeit

Sie setzte sich vor mich, im Schneidersitz, fordernd, erwartungsvoll, und sagte nichts. Sie mußte nichts sagen, ich wußte ja, was sie verlangte. Und an diesem Nachmittag war ich nicht unvorbereitet. Meine Geschichte verdankte ich Haralamb Vona, besser: unserer beider vor Mamuts Kaffeehaus verbrachten Nacht.

Mamuts Cafè war ein niedriges Holzhaus am Hafenplatz mit kleinteiligen, spinnennetzverhangenen Fenstern, die in karminroten Rahmen zur Decke hochstiegen. Eine Sitzbank mit Kissen verlief um drei Seiten der Wand.

Wir mieden die stickige Luft im Kaffeehaus, die nach frischem Mokka und Knoblauch roch, und zogen den wackligen Tisch auf der Straße vor, den eine Platane am Mittag beschattete und der im Dunkeln mit Flecken aus Mondschein bedeckt war.

Mamut, der sein Lokal in den Sommermonaten nie zumachte (und es im Winter mit Brettern vernagelte), im Sitzen schlief, auf einem Sack voller Kaffeebohnen, in weißem Hemd, blauer Weste, mit fleckigem Schurz vor den Beinen, einem Abwischtuch auf seiner Schulter und nie ohne Fez auf dem Kopf, hatte ein sonnenverbranntes Gesicht voller Furchen. Seine Augen, die flink waren und freundlich blinzelten, wirkten trotzdem verhangen und von Schwermut umschattet.

»Nichts ist trauriger, als es die Augen von Mamut sind«, sagte Haralamb Vona und nahm einen Schluck aus dem Weinglas, »und warum, ist nicht schwer zu verstehen. Schauen Sie sich nur seine Freunde an.« Er nickte zwei Türken vorm Kaffeehaus zu, die Turbane aufhatten und breite Leibbinden trugen und uns rauchend beobachteten. »Was blieb vom osmanischen Reich von Kleinasien bis Afrika, vom Nahen Osten zur Donau, das unsere Ahnen und Urahnen in Schrekken versetzte? Nichts als Schwermut, mein Freund, nichts als Pfeifenrauch. Um zu verhindern, daß sie in den Harem verschleppt werden, brachte man in Baltschik seinerzeit vierzig Jungfrauen um. Man steckte jede in einen mit Steinen beschwerten Sack und warf sie von den Klippen ins Meer. Was blieb von der Grausamkeit der Ottomanen, des Sultans, des Großwesirs, der Janitscharen? Mamut und seine Freunde sind traurig und weise. Ja, wer nicht mehr herrscht, keine Macht mehr besitzt, der wird endlich weise und findet zur Ruhe, die tiefer ist als eine Neumondnacht.«

Vona bestellte bei Mamut Kaffee. »Wir Rumänen sind ein lustiges Volk«, fuhr er fort, »und was Schwermut und Weisheit angeht, stekken wir in den Kinderschuhen. Ein anderes Volk haben wir niemals beherrscht und ein Reich zu regieren nie erlernt. Und das teilt sich unserem Charakter mit. Kindlich erfreuen wir uns unseres Lebens. Und wie andere in Geld schwimmen, schwimmen wir in Zeit. Wie bei Sahara und bei Pyramiden beginnt unsere Zeit oberhalb der Jahrhunderte.

Ich schreibe bereits eine Ewigkeit an meinem Aufsatz zu ›Kubischen Formen in der Architektur‹. Er war beinahe fertig, als es gegen Weihnacht ging und ich in die Berge zum Skiurlaub aufbrach. Kurz vor der vereinbarten Drucklegung reiste ich zu einem Osterbesuch bei der Mutter ab. Wir nehmen uns dringende Arbeiten vor, sagen wir im April, und verschieben sie auf den Oktober. Und im Oktober erneut auf April. Von Anfang Juni bis Mitte September verbringen wir den Tag auf dem heimischen Kanapee in verdunkelten Stuben bei endlosen Nickerchen. Verwaltungsbeamte, Doktoren, Journalisten und Richter schwingen sich auf den Zug, der ans Meer rollt. Man vertagt Strafprozesse und Operationen und unsere Zeitungen erscheinen nicht mehr.

Ich kannte einen Vertreter von Krupp, der mit Handkoffer, Schreibmaschinenkoffer und seinem Assistenten im Juni in Bukarest eintraf, um einen Vertrag abzuschließen. Man hatte im Vorfeld verhandelt und beiderseits war man sich einig. Es fehlte nichts, bis auf ein Komma in Paragraph zwei, Ort, Vertragsabschlußdatum und Unterschrift. Binnen zweier Tage, das war seine Zeitrechnung, sei der Vertrag unterschrieben und paraphiert.

In seiner Partnerfirma traf er niemanden an, außer dem schlurfenden Hausmeister und einem Wachhund. Firmenchef, Vizechef und Prokuristen und alle anderen Firmenmitarbeiter hatten sich in den Urlaub verabschiedet. Und seine Telefonate erbrachten nichts. Er bekam nur verschlafene Hausangestellte zu fassen, die ahnungslos waren oder ahnungslos taten, was den Aufenthaltsort seiner Partner anging.

Wir begegneten uns an der Calea Victoriei, im Capşa, wo er mit bedripstem Gesicht seinen Whiskey trank und mir sein Leid klagte. Heimzureisen, das lehnte er ab, nein, nicht ohne Vertrag, nein, ergebnislos nicht. Ewig griff er zur Taschenuhr in seiner Weste, um festzustellen, daß wieder zwei kostbare Stunden des Lebens verstrichen waren. Er kalkulierte den Tonnenbetrag Stahl, den man in zwei Stunden verfertigen konnte, und den sich aus dieser Menge ergebenden Umsatz. Auf den verknitterten Seiten des Liefervertrags, den er in der Jakkettasche vor seinem Herzen trug, rechnete er den Gewinn zweier Stunden aus und die Verdoppelung dieser Gewinnsumme am Wertpapiermarkt von New York.

Dieser Mann, seines Zeichens Jurist, war ein Sturkopf, und was schwerer wog: ein Deutscher. Dreieinhalb Monate schwitzte er sich seine Seele in Bukarest aus. Und als sein Vertragspartner wiederkam, sonnenverbrannt und erholt, voller Tatendrang und Ideen, war unser Mann mit den Nerven am Ende. Weinend zeigte er mir seinen frisch unterschriebenen und paraphierten Vertrag. Es ging um ein Handelsvolumen bescheidenen Umfangs, wie ich aus den Zahlen ersah. Und zu meinem Erstaunen erkundigte er sich bei mir, ob der hiesigen Post zu vertrauen sei. Es sei Oktober, beruhigte ich den Mann, und zu keiner Jahreszeit seien wir fleißiger. Bedenklicher sei es ab Mitte November, wenn unsere Kraft bereits wieder erlahme. Er bedankte sich, sichtlich erleichtert. Als ich zu wissen verlangte, warum er den Liefervertrag auf den Postweg bringen wolle, ob er nicht bald abreise, wand sich der Mann vor Verlegenheit. Es dauerte, bis er mir beichtete, stammelnd und rot im Gesicht, seine Heimfahrt verschoben zu haben.

In den kommenden Monaten blieb er dem Capşa fern. Was er in Bukarest trieb, das erfuhr ich aus zweiter Hand. Er hatte sich in eine Telefonistin verliebt und beabsichtigte, sie zu heiraten. Seine Verlobte, die aus der Provinzhauptstadt Iaşi kam, war angeblich eine auffallende Erscheinung mit reinem Gesicht, weißer Haut, schmaler Taille und einem verlockendem Busen. Und bald hieß es im Capşa, sie sei eine Hure, die sich von aller Welt flachlegen lasse. Ob diese Behauptungen zutrafen oder dem Neid entsprangen, kann ich nicht sagen.

Als er wieder ins Capşa kam, war er verheiratet und seine moldawische Ehefrau schwanger. Er verdiente inzwischen sein Geld bei der Firma, die er noch vor kurzem beim Whiskey verflucht hatte, und war stellvertretender Vizechef.

Unsere Begegnung fiel auf einen Tag Ende Mai. Er habe Urlaub verdient, meinte er mit dem Ernst eines Landmanns, den sechs Wochen Arbeit verbittern, und ließ sich von mir ein Hotel an der See empfehlen. Bis Mitternacht blieb er im Capşa, bis Mitternacht spielte er abwechselnd Karten und Schach, kippte englischen Whiskey und rauchte. Und bei einer Bridgepartie mit hohem Geldeinsatz warf er seine goldene Taschenuhr auf den Tisch, als seine Brieftasche leer war. Ja, vollkommen bedenkenlos, ohne zu zaudern, setzte er seine Taschenuhr ein. Und wirkte regelrecht selig, als er sie verlor.

Verstehen Sie mich, lieber Freund? Dieser Mann hatte sich von uns anstecken lassen. Kindlich erfreute er sich seines Lebens und war reich, reich an Zeit, sein Besitz konnte es mit den Kruppschen Millionen aufnehmen!«

Vona verlangte ein neues Glas Wein, und wir schauten versonnen zum gelbroten Mond hoch, um den ein Schwarm Nachtwolken flog. Am Fluß in der Talsenke quakte ein Frosch und ein Fuchs bellte zwischen den Klippen. Und aus der Ferne drang Blechblasmusik, die vom Haus Victor Marcus am Hang kam. Sein Grammophon schmetterte auf der Terrasse, wo er mit Bekannten und Freunden das Tanzbein schwang, zu Schlagern aus Bukarest, Foxtrott und Tango.

Wir gingen erst heim, als das Grammophon schwieg und der Fakkelschein auf der Terrasse erlosch. Es war ruhig im Haus, keine Seele mehr wach. »Und wieder herrscht Gottes barmherzige Stille«, scherzte Haralamb Vona zum Abschied. Ich ging in mein Zimmer, wo ich zur Rumänischgrammatik griff und auf dem Bettrand im Gaslampenschein ein paar Stichpunkte auf das Papier warf.

Ein preußischer Posten vorm Reich der Gesetze und Pflichten

»Wir hatten daheim eine Standuhr, die mindestens einhundert Jahre alt war und aus einer Dresdner Uhrenwerkstatt stammte. Sie wies keinen Schnickschnack auf, keine Verzierungen, keinen Figurenzug, nichts, was besonders ins Auge stach. Ein schlichter Nußbaumholzkasten mit Ziffernblatt aus, mittlerweile beschlagenem, Messing. Und sie war riesige ein Meter neunzig hoch.«

»Das ist nicht riesig«, versetzte Virginia.

»Wenn man ein Knirps ist, kommt einem das riesig vor, und zu dieser Zeit war ich ein Knirps. Außerdem stand sie im niedrigen Hausflur, der nie einen Sonnenstrahl abbekam und es mit unserem Kohlenkeller aufnehmen konnte. Um so riesiger kam sie mir vor. Wenn sie in meinem Beisein zum Stundenschlag ansetzte, erschauderte ich bis ins Mark. Und dieses Rasseln und Husten, das aus tiefster Tiefe kam, war erst der Anfang. Beim Glockenschlag donnerte es wie Kanonen, und in unseren Zimmern begann es zu klirren und zu scheppern. Ich hielt mir meine Ohren zu, um nicht zu ertauben. Zudem schlug sie dreizehn, am Mittag, nicht eins, und am Abend, um acht, herrschte sie mich gleich zwanzigmal mit eiserner Strenge zu Bett.

Mutter haßte den Dresdner Holzkasten, anders als Vater, der sich von der Standuhr nicht trennen wollte. Erstens stammte sie aus dem Besitz seines Großvaters. Zweitens war auf das Uhrwerk Verlaß. Vom ersten Januar, wenn er es aufzog, tickte es bis zum letzten Dezembertag, ohne je stillzustehen, stur und gewissenhaft. Erst in der Nacht zu Neujahr ging dem Uhrwerk die Puste aus. Kurz vor dem entscheidenden Mitternachtsschlag krachte es in der Tiefe des Kastens, als breche der Dresdner Standuhr das Herz. Und wenn man am Schloßberg Raketen abfeuerte, sagte Mutter zum schweigenden Riesen im Korridor: ›Endlich herrscht Gottes barmherzige Stille‹.

Ab und zu ging sie vor, ab und zu ging sie nach – niemals nahmen diese Launen des Uhrwerks besorgniserregende Ausmaße an. Wenn sie im April drei Minuten verlor, holte sie sie im Mai wieder auf. Und wenn sie der Zeit Ende Juni vorauseilte, blieb sie Anfang Juli drei kurze Minuten stehen, um wieder ins Gleichmaß zu finden. Auf Vaters Standuhr war mehr Verlaß als auf die Rathausuhr oder die Uhr der Marienkirche.

Du mußt wissen, mein Vater war preußischer Schulmeister und ein Verehrer Immanuel Kants.« – »Kant? Wer ist das?« verlangte Virginia zu wissen. Ich beugte mich vor, griff zum Stieltopf aus Kupfer, der auf dem verwitterten Mahlstein stand, unserem Tisch vor der Steinbank, und goß mir Kaffee ein. »Ein Philosoph«, sagte ich, »der den Menschenverstand aufs Genaueste vermessen hat. Und der ein Moralgesetz aufstellte.«

Ich nahm einen Schluck aus der blau emaillierten Tasse. »Vater, der streng erzogen war, brauchte ein Regelwerk. Und diese Regeln, die seine Vernunft nicht beleidigten, fand er bei Kant. Immanuel Kant war sein Vorbild, und das hatte selbst strenge Regeln befolgt. Wenn die Turmuhr sechs Uhr schlug, stieg Kant aus dem Bett, und um sieben stand er vor dem Schreibpult. Wenn die Turmuhr zur Mittagszeit rief, setzte Kant sich zum Essen. Um zwei legte Kant sich zur Ruhe, um vier griff er seinen Spazierstock und ging aus dem Haus. Um fünf kam er heim, um den Tee einzunehmen. Kants Tag schnurrte ab wie das Werk einer Uhr.«

»Und was war mit dem Kasten im Korridor?« fragte Virginia, vor Ungeduld zappelnd. »Warte ab«, sagte ich, »warte ab. Vater sprach von der Standuhr als schlichtem und geradem Kerl, der das Reich der Gesetze und Pflichten bewache. Sittlich und ehrenhaft halte der schmucklose Kasten die Fahne der Regeln hoch und stehe stramm vor dem Tor der Vernunft.

Und eines Tages, es war kurz vor Ausbruch des Krieges, ging etwas Entsetzliches vor sich. Schlagartig tickte es nicht mehr im Korridor. Vater stellte sich auf einen Schemel und zog seine Standuhr auf. Ohne Erfolg, sie blieb stumm. Er klappte den Deckel zum Uhrenwerk auf. Er horchte, er klopfte, er pustete, Staubflocken setzten sich grau auf sein Haar. Er rieb Zahnradzacken und Kette mit Schmierfett ein, vergeblich, es regte sich nichts.

Verzweifelt lief Vater zum Uhrmacher, der seine Werkstatt am Steintor Freiwaldes betrieb, zwergenhaft klein war und blind wie ein Maulwurf. In der Sonne verzog er sein spitzes Gesicht wie ein Wurm, der sich in alle Richtungen windet. Vater mußte das lichtscheue Kerlchen am Arm packen, um es vorm Fallen zu bewahren. Erst im Korridor kam es sich sicherer vor. Aus seiner Brille mit dreifingerdickem Glas linste der Uhrmacher in die Mechanik. ›Schieben Sie mich in den Kasten‹, verlangte er. Mit Vaters Hilfe verschwand er in unserer Standuhr und nur noch seine strampelnden Beinchen hingen in der Luft.

Keine Minute verging, bis die Standuhr von neuem zu ticken anfing und der Zeiger vorm Zifferblatt unruhig ruckte. Vater stieß einen Freudenschrei aus. ›Und was war mit dem Uhrwerk los?‹ wollte er wissen. Der Uhrmacher gab sich geheimnisvoll. ›Das verstehen Sie nicht‹, quakte er nur. Er veranschlagte einen beachtlichen Arbeitslohn, den Vater verkniffen bezahlte.

Einen Tag lief die Uhr ohne Mucken. Sie tickte und rasselte wie eh und je. Und wie eh und je klirrte und schepperte es im Haus, wenn sie sich mit Donnerschlag meldete.

Erst am zweiten Tag machte sie wieder Sperenzchen. Zur Mittagszeit fing sie zu bummeln an, und am hohen Nachmittag schlug sie zwei Uhr. In der Nacht rief sie uns an den Abendbrottisch und am Morgen, als ich den Tornister umschnallte, befahl sie mich herrisch zu Bett.

Vater rannte zur Uhrmacherwerkstatt am Steintor und packte den Zwerg am Schlafittchen. Wie ein greises und greinendes Kind hing er an Vaters Arm, hoch und heilig versichernd, er habe am Uhrwerk nichts verstellt, ja, wenn er ehrlich sein solle, bekenne er, nichts unternommen zu haben, nichtsnichts, um sie wieder in Gang zu bringen. Das sei von alleine passiert. Trotz der verlorenen Arbeitszeit werde er Groschen um Groschen erstatten.

Vaters Standuhr verhielt sich von Tag zu Tag komischer. Bald fingen beide Zeiger zu rennen und rasen an. Bei dem Tempo, mit dem sie vorm Zifferblatt kreisten, konnte man einen Drehwurm bekommen. Wenn sechs oder sieben Minuten vergangen waren, rief der Holzkasten eine verstrichene Stunde aus. Nachts spektakelte er ohne Unterlaß, rasselte, hustete, donnerte, tobte und krachte und raubte uns allen den Schlaf.

Mutter, die es nicht mehr aushielt, schwang sich auf den Zug in die pommersche Hauptstadt. Bei Onkel und Tante am Quistorppark in Stettin war die Wanduhr im Wohnzimmer am ersten Januartag neunzehnhundert verstummt, und im Haus herrschte Gottes barmherzige Stille.

Unsere Standuhr beruhigte sich wieder. Zwar ging sie absolut falsch: Um Mitternacht meldete sie ein Uhr mittags, um sieben Uhr morgens behauptete sie, es sei zwanzig Uhr, und Mitternacht wiederum war es um elf Uhr am Vormittag. Aus dieser Ordnung brach sie allerdings nicht mehr aus, das erleichterte Vater. Er zog eine irrige Ordnung dem Wahnsinn vor, den wir in den vergangenen Wochen erlebt hatten, und wagte es nicht, an den Zeigern zu drehen, um sie beim Verstellen nicht erneut aus dem Tritt zu bringen.

Dieser Frieden hielt keine sechs Tage vor. Am siebten Tag standen wir alle vorm Uhrkasten und sperrten vor Staunen den Mund auf. Vater raufte sich seine Haare (mittlerweile ergraut), war dem Weinen nahe und sterbensblaß. Wieder rasten die Zeiger wie von Sinnen vorm Zifferblatt, und vor allem: Sie hasteten in beide Richtungen. Einer lief links im Kreis, einer lief rechts im Kreis. Sie sprangen wie Zicklein, sie tanzten vorm Messingblatt auf und ab. Und im Kasten aus Nußbaumholz donnerte es wie eine irrwitzig, in alle Richtungen feuernde Artillerie. Neunundneunzigmal krachte es hintereinander, bis der Standuhr die Puste ausging. Und an diesem Tag brach der Weltkrieg aus.

Unsere Uhr hatte sich zwar verausgabt und schwieg, trotzdem ließ mein vernichteter Vater sie abholen. Zwei starke Kohlenhauer kamen ins Haus, mit weißschimmernden Zahnreihen im dusteren Korridor, als sie den Holzriesen packten. Mit hopplaho und hauruck luden sie Vaters Standuhr aufs Fuhrwerk am Bordstein. Ein Knips mit der Peitsche und los ging's zum Steilufer, wo sie den Kasten ins Meer werfen wollten, wie Vater von beiden verlangt hatte. Sein gerader und schlichter Kerl, der bis zum Ausbruch des Krieges das Reich der Gesetze bewacht hatte, sein preußischer Posten vorm Tor der Vernunft sollte an unseren Klippen zerschellen.«

»Sie wollen mich nur auf die Folter spannen«, schimpfte Virginia, als ich meine Tasse ergriff, um den letzten Schluck Mokka zu trinken. Oh, sie haßte es, wenn ich sie aus der Versunkenheit holte, mit der sie mir lauschte.

»Beide Kohlenhauer blieben verschollen«, fuhr ich eilig fort, »und nicht anders erging es dem Karren samt Zugpferd. Der Besitzer des Fuhrwerks beschwerte sich bei unserem Vater, dem seinerseits schleierhaft war, warum sie den vereinbarten Lohn nicht kassiert hatten. Bis einer der Fischer Freiwaldes berichtete, er habe von See aus den Karren beobachtet, der in rasendem Tempo zum Steilufer hochgeprescht sei, und das mit einem ohrenzerreißenden Donnern, als werde er von Kanonieren beschossen. Es sei bis zur Spitze der Klippen gerast, ohne rechtzeitig stehen zu bleiben. Ja, einer der Kohlenhauer habe von Sinnen aufs scheuende Pferd eingedroschen, das zitternd, mit rollenden Augen, ins Nichts vor dem Abgrund gesprungen sei. Er sei schleunigst zu der Stelle gefahren, wo das Fuhrwerk versunken sei, leider umsonst. Außer der Peitsche, die er aus dem Wasser gefischt habe, habe er sonst nichts geborgen. Beide Bergleute seien in den Fluten ertrunken. Und zum Schluß gab er an, in der Tiefe der See habe er eine Glocke vernommen, einen wummernden, dumpfen und schaurigen Glockenklang, vor dem er das Weite gesucht habe. Und bis heute erklingt auf dem Meeresgrund vor unserer pommerschen Stadt«, schloß ich meine Geschichte ab, »ab und an dieser grausige Glockenton.«

Groß war meine Not

Heute kommt es mir vor, als ob meine Erinnerung eine von diesen erfundenen Geschichten sei, eine Geschichte aus fremdem Land und ferner Zeit. Eine Geschichte, in der ich am Nachmittag, wenn mich Marcu nicht von meinen Pflichten befreite und mit seiner Tochter ins Ruderboot stieg, um zu angeln, Virginia und Mira begleitete, die auf dem hellgrauen Esel der kleinen Tatarin zur Spitze der Kalkfelsen kraxelten oder zur fruchtbaren Senke am Fluß, wo sie Beeren naschten, Grotten erforschten und Klippen erkletterten.

Mira, mit Augen wie glimmende Kohlen und Brauen wie zwei schwarze Mondsicheln, war erst knappe zehn, ohne kleiner zu sein als Virginia. Das lag nicht zuletzt an den Arbeiten, die sie verrichtete. Sie mußte Wasser vom Brunnen holen, Kohlen schleppen, Fische abschuppen und Kissen besticken (Miras Fingerbeeren waren voller Narben und Einstiche), Kleider auf Waschbrettern walken und schrubben, vom Sensen und Melken zu schweigen. Doch hatte es auch mit der Zartheit Virginias zu tun, wenn man den Altersabstand kaum bemerkte. Virginia war kindlicher als Freundin Mira, bewegte sich eckig und schlenkrig wie ein junges Fohlen und hatte verwegene Ideen. Und außer verspielt zu sein, war sie ein freches Biest, das mich mit besonderer Lust schikanierte.

Mira und sie setzten sich auf den Einhufer, um dessen Hals bunte Glasperlenketten hingen, und zockelten aus den verwinkelten, schattigen Gassen zum Fuß der sich schroff in das Himmelsblau reckenden Berge aus Kalkstein. Ich trottete neben den beiden her, in praller Sonne, im Staub, den der Esel aufwirbelte, keuchend und schwitzend und um meinen Strohhut besorgt, den Virginia mir gerne vom Kopf wischte, in Jubel ausbrechend, wenn er seinen kullernden Weg aufnahm und in der Tiefe verschwand.

Oder der Esel bekam einen Trotzanfall und bewegte sich keinen Millimeter vom Fleck. Mira machte den Vorschlag, zu Fuß zu gehen.

Nein, das entsprach nicht dem Willen Virginias. Mira versicherte, wenn sie dem Esel gut zurede, werde er sich wieder einkriegen, er brauche nichts als Beachtung und Ansprache. Sie beugte sich vor, um dem Tier in die Ohren zu raunen. Nein, Virginia, die vorne saß, wehrte die Freundin ab. *Ich* solle den Esel antreiben, verlangte sie barsch.

Virginia gab niemals klein bei, das war klar. Wenn ich mich weigerte und auf den Kalkfelsen niederließ, brieten wir nur in der Sonnenglut. Ich stemmte mich gegen das Tier, das im Handumdrehen hochsprang und mit seinem Hinterbein ausholte (ich wich rechtzeitig aus, und sein Huf trat ins Leere). Ich verkrallte mich in seinem Hals, um es Meter um Meter zum Kamm hochzuziehen. Der Esel verbockte sich nur um so mehr, zur besonderen Freude Virginias. Nichts fand sie spaßiger als meine hilflosen Anstrengungen, seinen Willen zu brechen. Mira stimmte ins Kichern der Freundin mit ein, wenngleich verhaltener, keine Spur schadenfroh. Ich bemerkte, sie machte sich Sorgen, mit Sicherheit mehr um den Esel als um mich, und beruhigend streichelte sie seine Flanke. Schlagartig stieß er ein heiseres »I-a« aus und galoppierte im Zickzack zur Bergspitze (und ich durfte mich auf der schattigen Hangseite ausruhen).

Daß Virginia vorm Vater verheimlichte, wie sie mich piesackte und schikanierte, versteht sich. Und ich schwieg mich meinerseits aus.

Victor Marcu litt nicht an Bescheidenheit, nein, er war anspruchsvoll, maßlos, verschwenderisch. Er konnte den Hals niemals voll bekommen, was er bei anderen schneidend mißbilligte, die ewig mehr Geld wollten oder auf Ruhm aus waren, nach Macht gierten oder Liebhaberinnen sammelten wie schlichtere Menschen Strandmuscheln und Briefmarken. »Diese Leute verlangen vom Leben, freigebig zu sein, und vom Schicksal, es solle sich selbstlos verhalten«, bemerkte er mit seiner triefenden Ironie, die Bekannte und Freunde verunsicherte. Sie bezogen sie, und nicht zu Unrecht, auf sich.

Marcus scharfer Beobachtungsgabe entgingen seine eigenen Forderungen an Schicksal und Leben. Er wollte verehrt werden, Beifall erhalten, in Ruhm baden, mußte im Mittelpunkt stehen, ob im

Athenäum von Bukarest, einer Pariser Konzerthalle oder im kleinsten Kreis. Beim Sammeln von Liebhaberinnen konnte er es mit Carol II. aufnehmen. Es war wiederum seine Sucht, Anerkennung zu finden, die Marcu in zahllose Frauenarme trieb.

Verwirrender verhielt es sich mit seinem Machtwillen. Ein politisches Amt strebte Marcu nicht an, er verachtete die Politik. Andere Menschen von außen zu lenken, lag Marcu nicht. Er lenkte sie lieber von innen, indem er sie mit seiner Anziehungskraft an sich fesselte. »Er ist wie ein Stern«, sagte Haralamb Vona bei einer Gelegenheit, »der von Planeten umkreist wird, von blauen und grauen, unwirtlich vereisten, in Gasnebeln leuchtenden, kratervernarbten, von kochenden, feuchten und toten Planeten, die seiner Gravitation nicht entkommen.«

Nur was Geld und Besitz anging, schien er immun zu sein. Dieser Eindruck erwies sich als leichtfertig, wenn nicht falsch, wenn man mit Marcu vertraut war. Er legte erheblichen Wert auf Besitz und Geld, ohne sie in den Mittelpunkt seines Interesses zu stellen. Mit hohen Konzerthonoraren zu prahlen, die er in Berlin oder London einstrich, dem, was er bei Radiosendern und Schallplattenfirmen verdiente, fiel Marcu nicht ein. Diese Aufgabe trat er an Bubi Giurgiuca ab, der zu großer Form auflief, wenn er mit seinen in endlosen, anstrengenden Verhandlungen erzielten Vertragssummen angeben konnte. In beider Beziehung war Bubi der Raffke und Nimmersatt, Wucherer, Feilscher und Geizkragen. Er nahm diese Rolle bedenkenlos an, die ja seinem Wesen entsprach, und erlaubte es Marcu, als Mann aufzutreten, der frei war von niederen Instinkten wie Geld- und Besitzgier.

In Marcus Karten zu schauen war schwer. Er reizte sein seelisches Blatt bis zum letzten aus und spielte ausschließlich mit hohem Einsatz.

Was seine Verbindung zur Tochter anging, brauchte ich Monate, um zu verstehen, warum er sie nicht strenger behandelte. Ohne genauer zu wissen, was los war, konnte er sich an zwei Fingern ausrechnen, wie sie mich triezte und peinigte. Ich hatte in seinen Augen nichts Besseres verdient! Nicht, weil er mich ablehnte oder verachtete – er bedauerte, was mir in Deutschland passiert war, und geizte nicht mit seiner ehrlichen Zuneigung. Nein, ich verdiente nichts Besseres von seiner Virginia!

Seine Liebe zur Tochter war grenzenlos, und er war nicht bereit, diese Liebe zu teilen. Er duldete niemanden neben sich in diesem warmen Nest. Er konnte nicht zulassen, daß sich ein anderer ins Herz seiner Tochter einschlich. Abwechselnd beschimpfte er Tanti Catinca als »goldene Stopfgans« und »Kuckucksei«. In Wahrheit nahm er seiner Tante nicht krumm, mit seinem Geld schicke Kleider erworben zu haben und Suchard-Schokolade, die sie heißhungig futterte, statt es der Tochter zukommen zu lassen. Nein, daß Virginia bis heute an Tanti Catinca hing, trotz aller Verleumdungen, die er gegen sie in die Welt setzte, war ein nicht zu verwindender Schmerz. Sich diesen Stachel zu ziehen, brachte Marcu nicht fertig. Um so rasender hetzte er gegen das »Kuckucksei«, das sich zwar an sein drakonisches Hausverbot hielt, keine Briefe mehr schrieb oder telefonierte (diese Umsicht der Tante, versteht sich, besaß einen Preis) und sich trotzdem nicht aus seinem Liebesnest stoßen ließ.

Verschwenderisch war seine Liebe zur Tochter, verschwenderisch war seine Eifersucht. Er hatte mich nicht im Verdacht, ich beabsichtige, mich ins Liebesnest setzen zu wollen. Um seinen chronischen Argwohn zu reizen, brauchte es allerdings keinen bestimmten Verdacht. Er lebte in ewiger Unruhe. Und wenn seine Tochter mich biestig behandelte, konnte er eine Spur ruhiger sein. Das widersprach nicht dem Mitleid, das er mit mir hatte, und seiner Einsicht ins launische Wesen Virginias.

Ich war erleichtert, als sie Mitte Juli ins Cabriolet stiegen, um einen Ausflug zu machen, den Marcu mit zwei bis drei Tagen veranschlagte. Sie wollten den Hafen Constanţas besichtigen, auf der Seepromenade spazierengehen und ein paar Runden Roulette im Kasino spielen, einem sehenswerten Kuppelbau am Schwarzen Meer. Am Tag vor der Abreise rief er in einem Constanţa benachbarten Badeort an, um sie im Bellona, dem neuen, zig Stockwerke hohen Hotel, das an einen atlantischen Dampfer erinnerte, einzuquartieren. Als es hieß, leider seien keine Betten mehr frei, ließ er sich den Hotelleiter ans Telefon holen. Er beschimpfte den Mann, dem sein Name nichts sagte, als Dutzendmensch, Trampel, Banause und Flachkopf, winkte mit seinen Verbindungen zu Carol II. und zum Patriarchen in Bukarest, bis der Hotelleiter einlenkte.

Mit seinem Ausflug bezweckte er, auf einen Streich zwei Kaninchen zu fangen: seiner Tochter Besonderes zu bieten (das erste Kaninchen) und am Honigtopf einer Geliebten zu schlecken (das zweite) – pausenlos trafen Briefe in zierlicher Handschrift am Golf ein, die mit dem Stempel Constanţas versehen waren. Und um freier zu sein, schlug er vor, daß ich mitkomme. Ich mußte nicht erst dankend ablehnen, Virginia kam mir zuvor. »Ohne Herrn Felix«, verlangte sie grimmig und trommelte auf seine Brust, »ich will mit dir allein bleiben, Tata.« Als er sie zur Vernunft mahnte, brach sie in Schluchzen aus. »Und wenn uns Haralamb Vona begleitet, mein Kind?« fragte er seine Tochter behutsam. Virginia erwiderte mit stummem Nicken.

Vona wiederum entschuldigte sich mit dem ewigen Aufsatz, der dringend einen Schluß brauche (in Wahrheit schrieb er in Baltschik keine Zeile). Von Tag zu Tag wirkte er niedergeschlagener, als sei er von krankhafter Schwermut befallen (in seinem Fall steckte sie nicht in den Kinderschuhen). Er las auf dem Bett in der Kammer am Flurende, saß auf den Klippen und starrte ins Golfwasser, ging in der Vorstadt spazieren und wanderte um die von steinernen Mauern umgebenen Türken-, Bulgaren- und Tatarenbehausungen, wo keine Gefahr bestand, einen Bekannten zu treffen, war schweigsamer als die Kaffeebohnen mahlende, Pfeffer zerschrotende, Erbsen verlesende Aise.

Als sich das Automobil auf der kurvigen Straße zur Hochebene schraubte und bald vor den lodernden Kalkfelsen spielzeughaft klein wirkte, ein glitzerndes schwarzes Insekt, das sich eilig entfernte, bemerkte ich meine Erleichterung. Endlich hatte ich Zeit, zur Besinnung zu kommen. Endlich hatte ich drei Tage Ruhe und mußte mir keine Geschichte ausdenken, den Esel anschieben, ein Schildkrötenrennen veranstalten, Versteckspielen, zum Hafenplatz rennen, um Schaumkringel bei Hagi Jusub zu kaufen, Vokabeln und Deklinationen abfragen.

Ich ging ins verlassene Klavierzimmer, klappte den Deckel des Steinways hoch, klimperte stehend und nur mit der Rechten ein Mozartadagio. Mich auf den Schemel zu setzen, das wagte ich nicht.

Anschließend tappte ich auf die Terrasse und lehnte mich gegen die Steinbalustrade. Es war nicht zu erkennen, wo der Horizont anfing. Der Himmel versank in der Weite des Meeres, das Meerwasser floß in den Himmel. Ich entdeckte den Strandphotographen, der heute mit einem Kamel an den Badestrand kam, auf dem er die Kinder der Industriellen und Politiker ablichten wollte. Vergangene Woche war es ein Schimpanse gewesen (der die Strandbadbesucher in Aufruhr versetzt hatte, als er schnatternd von Sonnentuch zu Sonnentuch tollte, Puffmais stibitzte und Zeitschriften fledderte und Anstalten machte, zwei Botschaftergattinnen zu lausen) und bei unserer Ankunft ein tapsiger Tiger, der keine zehn Wochen alt war. An einem Strick zerrte er das Kamel auf den Sand, das sich bockiger anstellte als Miras Esel. Alle zehn Meter ging es in die Knie, um sich auszuruhen. Kauend und stur lag es zwischen den Sonnensegeln und scherte sich nicht um den Strandphotographen, der es verzweifelt umkreiste und sich die Haare raufte. Endlich stand das Kamel, wo es stehen sollte. Um den Apparat aufzubauen, seine Kamera mit schwarzem Balg und dem Vorhang vorm Objektiv und das Stativ in den Boden zu rammen, verknotete er den Kamelstrick vorm Bauch.

Ich wandte mich ab, lief zum Hofbrunnen, hielt mein Gesicht in den Wasserstrahl, wusch mir den Schmutz von den Sohlen und setzte mich neben den Feigenbaum.

Mit einem Stich in der Herzgegend wachte ich auf. Es konnten nicht mehr als Minuten verstrichen sein, wie ich am Sonnenstand feststellte. Ich marschierte erneut ins Klavierzimmer, wo ich den

Deckel des Steinways anhob. Ich schloß meine Augen, ich zauderte, holte tief Luft und fiel auf den Klavierhocker. Ich saß zu tief vor der Klaviatur. Victor Marcu, der breitschultrig, schwer und massiv war, ohne beleibt oder fleischig zu wirken, maß etwa eins neunzig, rund zehn Zentimeter mehr als ich.

Ich verstellte den Schemel am seitlichen Rad, hob meine Arme, ließ sie in der Luft schweben und summte den Anfang des »Wohltemperierten Klaviers«. Mein Kopf hallte wider, als sei er ein leerer Konzertsaal, in den sich ein rauschhafter Strom aus Klavierklang ergoß. Ich sang und bewegte die Arme. Sie schwebten von links nach rechts oder von rechts nach links, wanderten weit auseinander, kamen wieder zusammen. Meine Finger begannen zu laufen und sprangen von einer Oktave zur anderen, ich spreizte sie, stanzte Akkorde ins Nichts.

Ich wußte nicht, was ich mir antat, als ich sie auf Ebenholztasten und Elfenbeingriffbrettchen fallen ließ und bebend vor Lust eine Bachsche Fuge anstimmte. Meine Finger gehorchten mir nicht. Ich vergriff mich, ich patzte, ich schlampte und hudelte, und nicht nur bei schwierigen Stellen. Was aus dem Steinway kam, war eine elende Pfuscherei. Und der Schmerz in den Fingern, die ich auf die Tasten zwang, ließ sich auf Dauer nicht aushalten. Ich brach ab, warf den Deckel zu, rannte ins Freie.

Ich eilte vom Hafen zum Strandbad, wo ich Marietta begegnete, die mit dem Sonnenschirm winkte und eine beleidigte Schnute zog, als ich es ablehnte, sie auf den Strand zu begleiten (es mangele den Sachsen anscheinend an guter Erziehung, beschwerte sie sich, als ich Leine zog), ich eilte zu Mamuts Kaffeehaus, ließ mir einen Mokka bringen, den ich mit einem Schluck austrank (Mamut runzelte nur seine Brauen, als ich zahlen wollte, »dem Herrn muß es schlecht gehen«, meinte er mitleidig, »wenn er keine Zeit mitbringt, um den Kaffee zu genießen, und wer keine Zeit hat, mein Herr, ist von Allah genug bestraft, von dem kann der ehrliche Mamut kein Geld annehmen«), ich stieg eine Treppe hoch und eine zweite (es wimmelte zwischen den Gassen von Steintreppen), bis ich in der Vorstadt auf Mira traf, die auf der Schulter ein Joch mit zwei schwappenden Eimern trug.

Ohne ein Wort nahm sie mich an der Hand. Wir kraxelten nebeneinander bergan, bis sie mit den Zehen eine quietschende Holzpforte aufstieß und mich in den Innenhof einlud. In dem von Wohnhaus und Anbauten, Stallungen und Schuppen umstandenen Hofviereck rupften ein Pferd und drei Esel an Heuballen. Zu ebener Erde verlief eine schmale Veranda. Im ersten Stock aus verwinkelten Holzgalerien und Balkonen, die zwei Meter weit vorkragten und schlanken Pfeilern aufruhten, erkannte ich huschende Frauengestalten.

Mira zog mich an der Hand in ein niedriges Zimmerchen, in dem es angenehm frisch war, und zeigte zur Bank vor der buckligen Lehmmauer, ich solle es mir auf den Kissen bequem machen. Man konnte meinen, wir seien allein. Keine menschliche Stimme drang an mein Ohr, nur das Rumoren des Viehs in den Stallungen. Ich schaute zur Holzdecke hoch, die mit goldenen Mondsicheln, Sonnen und Sternen bemalt war. Zwei Petroleumlampen, die tief von den Balken hingen, schwankten im Luftzug vom Hof.

Mira bediente mich schweigend mit Schaumkringeln, Halva und Baklava, Mandeln und Feigen und zapfte mir Tee aus dem Samowar. Bald trat Miras Vater ins Zimmer, der Akif hieß, verbeugte sich murmelnd und setzte sich neben mich. Wir hockten im Schneidersitz auf seiner Kissenbank, ohne ein Wort miteinander zu wechseln (Rumänisch beherrschte er nicht, um so weniger Deutsch), was wir mit Zwinkern und Knopfnicken wettmachten, aßen Mandeln und Feigen und nippten am heißen Tee.

Als rund eine Stunde verstrichen war, stellte er sich auf den Hof und gab rauhe Befehle. Und aus allen Winkeln kamen Menschen ins Zimmer, die mir einen Kuß auf die Hand preßten (als sei ich ein Minister der Pforte von Istanbul oder der Sultan leibhaftig), seine massige Frau, die mich eindringlich musterte, seine zahnlose Mutter, die krummer war als ein vom Seewind verbogener Baum auf den Klippen, und elf Kinder im Alter von dreieinhalb bis Anfang zwanzig, die er mir stolz und der Reihe nach vorstellte. Mira dolmetschte mir seine Worte: Sein Kleinster sei willensstark, wie es das Einhorn sei; sein Vorletztgeborener tapfer wie ein Janitschare; seine Tochter, geboren vor dem Vorletztgeborenen, weich wie Samt; seine Tochter, geboren vor der Tochter geboren vor dem Vorletztgeborenen, schnell wie ein Vogel; seine Tochter, geboren vor der Tochter geboren vor der Tochter geboren vor dem Vorletztgeborenen, feurig und wildkatzenwild; Mira sei lieblicher als eine Traube und gutherziger als ein Reh; sein siebter Sohn von prophetischer Klugheit; sein achter unbeugsam und stark wie die Eiche; seine Tochter Ratibe besitze ein weißes Herz, unschuldig weiß wie das Linnen vor der Hochzeitsnacht, und sei voller Anmut, der Anmut des Engels; sein Zweitgeborener sei treu wie der Hund; und sein erster Sohn fleißiger als eine Biene.

»Groß war meine Not«, sagte Akif zum Schluß, »als ich jung war und keine Familie besaß. Mein Herz dehnte sich wie die Steppe zum Horizont und war wie Steppenland kahl. Sie kamen wie der Regen«, er zeigte von einem Kind zum anderen, »sie kamen wie der Regen auf mich, der aus einem lieblosen Land eine saftige Weide macht.«

Er winkte den Kindern, der Frau und der Mutter, die sich in die Winkel des Hofes verliefen. Akif und ich sanken auf unsere Kissen. Wer bei uns blieb, das war Ratibe, die scheu und befangen Oliven und Kapern auftrug, schwarzes Brot und den salzigen Feta der Ziege.

Mira war spurlos verschwunden. Erst als ich aufbrach, begleitete sie mich zum Hoftor und bat mich, bald wiederzukommen.

Benommen lief ich heim und benommen betrat ich das Haus, das mich leer und verlassen empfing. Seine Leblosigkeit kam mir unheimlich vor. Aise war nur ein stummer, auf Zehenspitzen schleichender Schatten, und Haralamb Vona, in Schwermut verkrochen, blieb auf seinem Zimmer.

Ich setzte mich in einen Wohnzimmersessel und lauschte der Brandung vorm Hang. Mir fiel wieder der Stich in der Herzgegend ein, der mich aus meinem Vormittagsnickerchen hochgeschreckt hatte. Es war besser, wenn ich mir nichts vormachte. Ohne den »Gott am Piano« war ich ein Nichts (nur Miras Tatarenfamilie empfing mich wie einen Minister der Pforte in Istanbul). Ohne seine Gesellschaft und die seiner Tochter stand ich vor einem schwindelerregenden Abgrund, in dem meine Vergangenheit versunken war. Und was mich aus der Tiefe als Zukunft anstarrte, war schwarze und eisige Leere.

Dunkelheit machte sich in den Zimmern des Hauses breit. Aise deckte den Eßzimmertisch, trug den Brotkorb auf, brachte mir Bohnen und Fleisch. Im milchigen blauen Schein einer Petroleumlampe aß ich meinen Teller leer und bedankte mich mit einem Nicken, als sie wie ein Geist auf der Schwelle erschien, um Bestecke und Korb wieder an sich zu nehmen. Ich lehnte mich gegen die Steinbalustrade (und bemerkte es nicht, als sie heimging zum Holzhaus am Fluß).

In dieser Nacht herrschte Neumond. Am Hafenplatz brannten vier einsame Gaslaternen, in den Fenstern der Hauptstraße schimmerte Lampenschein. Finsternis schluckte die beidseits des Flusses am Berghang hochsteigende Vorstadt – nur wenn sie der Mond anschien, hatte sie Licht.

Ich schlenderte zum Grammophonkasten auf dem verwitterten Mahlstein beim Feigenbaum, klappte den Koffer auf, schraubte den Trichter an, griff nach der Platte mit Schlagern aus Bukarest. »Gute Nacht, Mimi« schmetterte es bis zum Golf.

Besteht ein Zusammenhang zwischen dem Mord an Regierungschef Duca und Singapur?

Als sie am dritten Tag heimkamen, war ich erleichtert. Titi bediente die Hupe, indem er den Gummiball quetschte, der vor der Trompete hing, und Victor Marcu schrie: »Meinen Kaffee, Aise!« Virginia sprang um meine Beine und wollte erfahren, ob es nicht fade gewesen sei ohne sie. »Und ob! Sterbenslangweilig«, gab ich zur Antwort. Sie betrachtete mich voller Argwohn und mußte sich erst vergewissern, ob ich sie nicht anschmierte. »Im Ernst«, fragte sie, »sterbenslangweilig?« Hochzufrieden (und eine Spur ratlos) zog sie wieder ab. Und als Marcu beim Feigenbaum Platz nahm und seinen Kaffee trank, gesellte sich Vona zu uns. Ein stoppliger Bart rankte sich um sein Kinn und sein Anzug war faltig wie Aises Gesicht. Und er wirbelte seinen Spazierstock ums Handgelenk, als sei er entschlossen, dem Schicksal zu trotzen.

Nachts saßen wir wieder vor Mamuts Kaffeehaus. »Ich leide, ich leide, ich leide«, bekannte der Architekt, »und mein Leiden verdanke ich unserem Aufenthalt im paradiesischen Tal von Baltschik. Nie ging es mir dreckiger als in den letzten drei Tagen.« Mit einem Seufzer betrachtete er den Spazierstock. »Diese Welt von Baltschik ist verschwenderisch wie keine zweite. Sie gleicht einer Frau ohne Makel und Fehler, einem Wesen von strahlender Frische und Anmut. Und stellen Sie sich vor, Sie seien verheiratet mit einer Frau ohne Makel und Fehler. Sind Sie selig? Und ob Sie es sind. Sind Sie stolz? Ach, wer kann das dem Mann einer Frau ohne Makel und Fehler verdenken. Und was empfinden Sie außerdem? Sie vergehen vor Eifersucht, wenn diese Frau ohne Makel und Fehler sich anderen zuwendet, und sei es nur mit einem Augenaufschlag. Und nachts finden Sie keinen Schlaf. Den Mann dieser Frau ohne Makel und Fehler verfolgt eine krankhafte Vorstellung: Eines Tages werde er sie verlieren. Und sein Stolz weicht der winselnden Angst. Und vorauseilender Kummer nagt an seiner Seligkeit, bis sie unversehens in sich zusammenbricht, wie ein von Termiten zerfressenes Haus.«

Vona betrachtete mich von der Seite. »Sie verstehen, was ich meine, Herr Felix?« Er ersparte es mir zu verneinen. Mir war absolut schleierhaft, worauf er abzielte. Und mir eine Frau anzudichten, die fehler- und makellos war, kam mir abwegig vor (bei meinem bisherigen Pech in der Liebe).

Beruhigend legte er mir seine Hand auf den Arm, als habe er meine Gedanken erraten. »Lieber Herr Felix, es war nur ein Beispiel. Ich spreche von mir, von wem sollte ich sonst sprechen, meine Ichsucht ist grenzenlos, wie Sie bemerkt haben«, er tippte sich grinsend an seine Melone, »dieser vorauseilende Kummer ist meiner. Ja, vorauseilender Kummer nagt an meiner Seligkeit, mich in einem himmlischen Tal aufzuhalten. Und mein Stolz weicht der winselnden Angst. Ich werde verfolgt von der panischen Vorstellung, daß wir Baltschik bald verlieren werden. Leider ist sie nicht krankhaft, Herr Felix. Man wird uns die Dobrudscha abnehmen, ich meine den Teil, der sich diesseits der Donau befindet, und wieder Bulgarien zuschlagen. Wenn Sie wollen, schließen wir eine Wette ab: In zwei bis drei Jahren wird man uns Transsilvanien entreißen und Ungarn zusprechen. Und zum Schluß diesen Silberstrand am Schwarzen Meer.«

Vona holte tief Luft. »Und das ist nicht das Schlimmste. Was uns droht, ist ein Krieg, nichts Geringeres als ein Krieg! Und kein niedlicher, kleiner, balkanischer, den man, teilweise belustigt und teilweise indigniert, von Balkonen in Berlin und Paris aus verfolgen kann. Es wird ein entsetzlicher Krieg sein, ein Krieg, schlimmer als der vergangene, mein Freund.«

Haralamb Vona gab Mamut ein Zeichen, um sein drittes Glas zu bestellen, und fuhr fort: »Mir fiel schlagartig ein, keine Zeit mehr zu haben. Ja, das ist das Verheerende an einem Krieg: Er vernichtet Zeit. Selbst ein Volk, das in Zeit schwimmt, wie unseres, hat keine mehr, wenn der Krieg sie verschlingt. Mir fiel ein, daß ich dringend meinen Aufsatz beenden muß. Und meinen Plan nicht verschleppen darf, eine Geschichte der Architektur zu verfassen, was mir seit einer Ewigkeit vorschwebt. Ich erinnerte mich an mein Landhaus in Cheia, das ich endlich in Schuß bringen sollte. Einen englischen Tweedanzug, den ich mir kaufen will. Meine Yost-Schreibmaschine, die umgehender Reparatur bedarf. Einen fehlenden Hosenknopf an meinem Smoking. Mußt du erledigen!, darfst du nicht aufschieben! sagte ich mir unentwegt.

Und mir kam zu Bewußtsein, Herr Felix, in Liebesbelangen ein Versager zu sein. Ich bin dreiunddreißig und war nie verliebt. Nie richtig verliebt, meine ich. Haralamb, sagte ich mir, du brauchst eine Frau. Du brauchst eine Frau, die du heiraten kannst, ohne es in der Hochzeitsnacht schwer zu bereuen. In den Schoß fallen wird sie dir nicht, diese Liebe. Haralamb, spute dich, sagte ich mir, wenn du ein Kind zeugen willst und ein zweites. Marcu besitzt eine Tochter und zwei Dutzend Bankerte in halb Europa, und Bubi Giurgiuca besitzt eine Tochter« – daß Bubi ein Kind hatte, war eine Neuigkeit, die mich verwirrte und kurzzeitig ablenkte – »und Haralamb Vona soll kinderlos bleiben? Nein, Haralamb, sagte ich mir, du mußt endlich zu Potte kommen und eine Frau finden.

Ich wollte vom Pritschenbett aufspringen und mir einen Plan machen, was ich als erstes anpacken muß. Und als zweites und drittes und viertes. Es entstand eine endlose Liste an Pflichten in meinem Kopf, und mit jeder Pflicht mehr schrumpfte meine Entschlossenheit. Ich kam mir vor wie ein Ozeanschwimmer, der bereits keine Kraft mehr hat, wenn er in Holland ins Meer hopst. Und wenn ein Ozeanschwimmer ermattet ins Wasser springt, wird er niemals ans andere Ufer gelangen!

Schlagartig dachte ich an Sie und mich und an Marcu samt seinen Bekannten und Freunden. Und um uns alle, Herr Felix, tat es mir leid. Bald werden wir unsere Adressen vertauschen, unsere vielen verschiedenen Adressen in Bukarest, sagte ich mir, mit der einen und letzten beim Friedhof. Und das auch nur, wenn Gott sich barmherzig zeigt. Falls man uns in fremder Erde verscharrt, werden wir selbst keine Anschrift mehr haben. Und als ich mir das vorstellte, blieb ich im Bett. Wer keine Zeit mehr hat, Haralamb, sagte ich mir, muß sich nicht mehr beeilen. Wer keine Zeit mehr hat, kann sie nicht nutzen und nicht vertun. Und mit dieser Erkenntnis, mein Freund, schlief ich endlich ein.« Vona verknotete seine zehn Finger vorm Griff des Spazierstocks und atmete aus.

In den verbleibenden Wochen am Schwarzen Meer blieb er von Schwermut (und Weisheit) verschont. Er schien wieder der alte zu sein, geckenhaft, egozentrisch, unnahbar und scharfsinnig. Ein Pessimist aus Gewohnheit und nicht aus akuter Verzweiflung, abwechselnd verschwiegen und mitteilsam. »Muß der Mensch wieder fressen?« bemerkte er finster, wenn der »Gott am Piano« zum Nachtessen aufbrach, das er im Restaurant Diamandi einnahm, wo es, Marcu zufolge, das saftigste Grillfleisch gab, und schloß sich als erster dem Hausherrn an.

Anders als in der Vergangenheit hielt Vona sich nicht mehr den Abendgesellschaften auf der Terrasse fern, die bislang seinen Abscheu erregt hatten, und unsere Besuche in Mamuts Café fielen flach. Er mischte sich zwischen die quasselnden und auf den sonnenwarmen Steinplatten tanzenden Menschen, legte sich ewig mit Bubi Giurgiuca an, den er als musikalischen Trottel verspottete, der Bruckner mit Bach, Bach mit Bruckner verwechsele, vom »Mozartsonett« spreche statt von der »Mozartsonate« und glaube, Tschaikowsky, das sei eine russische Teesorte; horchte den Schiffsoffizier nach Bordellen auf der Krim, in Shanghai oder Tripolis aus, um sie anschließend mit den Bordellen in Hamburg und Genua, Bari und Kiel zu vergleichen (er, der nie in Italien und Deutschland gewesen war und nur ein einziges Hafenbordell kannte, in seinem Geburtsort, der Donaustadt Brăila); mied den Hohlkopf und Langweiler Geo Halunga, der ewig Verkaufspreise aufsagte, die seine Golfmalerei in der Hauptstadt erzielte; und machte Marietta den Hof. Ja, er machte Marietta den Hof, wie ein Oberprimaner, verlegen, stocksteif und mit roten Ohren.

Mit seiner linkischen Aufmerksamkeit konnte er bei Marietta nicht landen. Sie wollte nicht reden mit Haralamb Vona, sie wollte nicht tanzen mit Haralamb Vona, sie verdrehte die Augen, wenn er auf sie zukam, und floh an die Seite des Ehemanns Nicu, zu dem sie sonst auffallend Abstand hielt.

Haralamb Vona bemerkte es nicht. Er war blind oder stur oder beides zusammen. Oder nahm an, Leidenschaft sei mit Blindheit verbunden, notwendigerweise. Und wer liebe, der stecke Erniedrigungen weg wie ein Fakir seinen Schmerz auf dem Nagelbrett.

Nicolae Matei wiederum wirkte mißmutig, wenn seine Ehefrau nahte. »Ich unterhalte mich«, sagte er barsch und verscheuchte Marietta mit Ellbogenhieben. Oder er wandte sich ab und behandelte sie wie Luft. Unterbrechungen konnte Matei nicht ausstehen, ob das beim Malen war oder beim Reden. Und er war ein begeisterter Redner.

»Politik ist ein ewiger Kampf«, schwadronierte er, »es ist der Wesenszug einer Partei, alle anderen Parteien liquidieren zu wollen. Wer zur Macht strebt, dem wird es beileibe nicht reichen, ein Viertelchen Macht zu erobern. Ein Viertelchen Macht – das sind Dreiviertel Ohnmacht. Nein, was er beansprucht, das ist die totale Macht. Und wenn eine Partei diese hundertprozentige Macht erringt, wird sie verschmelzen: mit dem Kollektiv, der Nation, der Gemeinschaft.«

Nicu Matei hatte glasklare Ansichten, und er meißelte sie in Granit. Wer Widerspruch einlegte, mußte mit einem erbitterten Streit bis zum Morgengrauen rechnen. Seine Ausdauer und Energie waren beachtlich. Er selbst schrieb sie seinem besonderen Schicksal zu, ein verhinderter Zwilling zu sein. Monate vor der Geburt sei sein Bruder im Mutterleib eingegangen, als er bemerkt habe, nur lebenswichtigen Platz wegzunehmen. Außerdem habe er in seiner Liebe, der selbstlosen Liebe des Zwillings zum anderen, Nicu Matei seine Niere vermacht, eine Dreiviertellunge, sechs Halswirbel, mehrere Rippen und etliche Darmschlingen.

Bis auf diesen Zusatz an Darmschlingen, die seine Verdauung auf qualvolle Weise behinderten, war er mit seiner Zwillingsmitgift hochzufrieden. Er habe von allem mehr als ein Normalsterblicher, meinte Nicu Matei: mehr Energie, mehr Verstand, einen doppelten Willen und doppelte Schaffenskraft. Einen tieferen Glauben und wachere Sinne. Er sei idealistischer als alle Idealisten und mystischer als jeder Mystiker. Wenn er begeistert sei, koche und schmelze es in seinem Inneren, als ob er den Erdkern verschluckt habe, und seine Verzweiflung sei kalt wie das All. Und er habe mehr Saft in den Lenden, betonte er. Von seinem strotzenden Herzen zu schweigen, das doppelte Leiden und Freuden aushalte und mehr Liebe verlange, als sie Marietta, selbst bei bestem Willen, zu geben imstande sei.

Marietta belustigten diese Bemerkungen. Und sie war nicht beleidigt, wenn Nicu Matei sie mit Ellbogenhieben vertrieb. Im Fackelschein lehnte sie sich an die Steinbalustrade, wie in die Betrachtung des Mondes versunken, und wackelte mit dem Popo.

Wem dieses Schauspiel galt, konnte man sich an zwei Fingern ausrechnen. Ewig war sie mit den Augen beim »Gott am Klavier«, der sich nicht mehr um sie scherte. Er tanzte mit Alexandrina, der munteren Russin (und Frau seines Freundes Eftimie), die aus einer Adelsfamilie stammte und den Bolschewiki im Bauch eines Frachtschiffs entkommen war. Er tanzte mit Leni (der Frau seines Freundes Vasile), die quirliger war als ein Brummkreisel, und mit der handfesten Pia Halunga, die als erfahrene Kaffeesatzleserin galt und sich nicht scheute, dem Ehemann Saures zu geben, wenn sie seine Verkaufspreise satt hatte: Geo Halunga bekam einen Klaps auf die Klappe und schwieg (eine Weile).

Nur der Frau von Matei wich Marcu beharrlich aus. Ob er ein Spiel mit Marietta trieb, ob er sie mied, um den Maler nichts merken zu lassen, ob er sie loswerden wollte, das war mir nicht klar. Von meinem Platz auf der Steinbank beim Feigenbaum, wo ich Grammophonplatten auflegte (»Weinende Geige«, »Was weißt du von Liebe?«, »Ich schreibe dir an deinem Hochzeitstag« und »Trurli Trurli«), beobachtete ich Marietta. Sie war verzweifelt, und um so verzweifelter, als sie mit dem wackelnden Hinterteil niemanden sonst auf den Plan rief als Haralamb Vona, der sie mit steifer Verbeugung zum Tanzen aufforderte. Um den Ehemann nicht wieder gegen sich aufzubringen, der gerade dem Schiffsoffizier einen flammenden Vortrag hielt (»In Singapur, Herr Adjutant, wird Europa den Joker ausspielen, in Singapur!«), hielt sie nach einem anderen Zufluchtsort Ausschau und fand auf die Schnelle kein besseres Versteck als den Feigenbaum. Atemlos ließ sie sich neben mich fallen.

Als Marietta erkannte, bei wem sie saß, zog sie die Stirn kraus und wandte sich ab (seit unserer Begegnung beim Strandbad betrachtete sie mich als Flegel und Grobian).

Haralamb Vona ließ sie nicht in Ruhe. Einerseits zielstrebig, andererseits schwankend und scheu folgte er Marietta zum Feigenbaum. Sie bemerkte entsetzt, in der Falle zu sitzen. Rechts waren ich und das dudelnde Grammophon und links lehnte Vona auf seinem Spazierstock. Schleunigst wandte Marietta sich wieder an mich.

»Was halten Sie von ›Meine Nachbarin vis-à-vis‹ oder den ›Zwei Violinen‹? Wenn ich ehrlich sein darf, Moscopols ›Gute Nacht, Mimi‹ ist mir mit Abstand am liebsten. Sie kennen den Namen Moscopol nicht, Herr Gottwald? Ja, ist es den Deutschen in Kronstadt schnurzpiepe, was man in der Hauptstadt an Schlagern spielt? Ach, ich verstehe, Herr Gottwald, Sie ziehen unseren neuesten Schmachtfetzen klassische Sachen vor. Sachen aus Deutschland von Bach oder Beethoven. Darf ich Sie tadeln, Herr Gottwald, ich darf, nicht wahr? Ich denke, ein Deutscher, der in unserem Land lebt, sollte ein bißchen weltoffener sein.«

Ohne Unterlaß redete sie auf mich ein, um sich Haralamb Vona vom Leibe zu halten. Und wie alle anderen auf diesen Abendgesellschaften nannte sie mich Johann Gottwald und zwinkerte mir halb komplizenhaft und halb ironisch zu. Zwinkernd fragte sie mich nach der Kindheit in Kronstadt aus, zwinkernd wollte sie von mir erfahren, ob ich mit dem Pfarrer Franz Gottwald verwandt sei. Ich bedauerte, nein, dieser Mann sei mir nicht bekannt.

Ob sie Bescheid wußte, wer ich in Wahrheit war, verriet sie mir mit keiner Silbe. Wem das inzwischen bekannt war, wem nicht, ließ sich ohnehin nicht mehr entscheiden. Anzunehmen, alle Welt war im Bilde. Anzunehmen, alle in diesem Kreis waren eingeweiht oder konnten sich aus Munkeleien zusammenreimen, daß ich ein emigrierter Reichsdeutscher war, der mit falschen Papieren in Bukarest lebte. Richtig geheimhalten konnte man nichts in Baltschik bei dem Klatsch und Tratsch, der in Kaffeehaus und Hafen, am Strand oder bei Diamandi grassierte, wer mit wem, wann und wo, wie und was.

Haralamb Vona wich nicht von der Seite Mariettas. Und als aus dem Schalltrichter »Meine Geschichte ist traurig« erklang, fiel er auf seine Knie. Er hob beide Arme, verknotete seine zehn Finger, als wolle er beten, und sang. Es war mehr ein ergriffenes Schluchzen als Singen, das aus seinem Brustkorb aufstieg.

Marietta erschrak und umklammerte meinen Hals, wobei sie mich absichtslos tiefer und tiefer zog, bis ich mit der Nase im Busen versank, zwischen zitternder linker und zitternder rechter Brust, die nach Basilikum dufteten (sie rieb sie anscheinend mit frischem Basilikum ein). Und erst als die tanzenden Paare bemerkten, was vor sich ging, und einen johlenden Kreis um uns bildeten, stieß sie mich von sich. Mit einem Schrei sprang sie auf und versetzte dem knienden Mann einen Tritt in die Seite. Ein kraftvoller Tritt war das nicht, sie war barfuß, wie alle. Trotzdem kippte er wie eine Puppe zur Seite. Und wie eine Puppe mit Aufziehmechanik, sang und schmetterte Vona, im Staub liegend, weiter.

Bei einer anderen Abendgesellschaft um Mitte August kam es zu einem echten Skandal. Geheimhalten ließ sich ja nichts in Baltschik, und Matei mußte Wind von der Liebschaft Mariettas mit seinem Freund Marcu bekommen haben. Erregter als sonst trat er auf die Terrasse und benahm sich von Anfang an unwirsch und aufbrausend. Scharf behielt er Marietta und Marcu im Auge. Und als sie zur Toilette ging, brach er abrupt seinen Singapurvortrag ab, den er dem Kreisrichter hielt, um Marietta zu folgen.

Sein Verdacht eines Stelldicheins in den verlassenen Zimmern war keineswegs abwegig. Daß Paare durchs Haus huschten, kam alle naslang vor. Nicht allein Marcu verschwand ab und zu in der Dunkelheit, um sich heimlich mit Alexandrina zu treffen (der Frau seines Freundes Eftimie) oder mit Leni (der Frau seines Freundes Vasile). Auch Eftimie oder Vasile verirrten sich wieder und wieder ins Wohnzimmerkanapee, sei es mit Iulia, die beiden Modell saß, sei es mit der Gattin des Kreisrichters (einer zu jungen und frischen Person an der Seite des ranzigen Mannes). Freilich blieb nur der Hausherr von Aise verschont, die alle anderen Paare, wenn sie sie im Sofa entdeckte, erbittert ins Freie trieb, wo sie verstohlen einen Blusenknopf schlossen oder eilig den Lippenstift abwischten, der sie verpfiff.

Virginia verschlief diese Abendgesellschaften, trotz der schmetternden Blechblasmusik aus dem Schalltrichter, des Stimmengewirrs auf der Terrasse. Sie bekam auch nichts mit vom Skandal dieser Nacht, die heißer und stickiger war als gewohnt. Vom Golf drang kein Lufthauch an Land und das Meer stand als pechschwarze Wand vor dem Abhang. Man konnte meinen, es halte den Atem an. Nachtwolken hatten den Mond verschluckt und nur am Horizont blakte ein einsamer Stern.

Mitten im Trubel kam Kreisrichter Tudor auf den vor zwei Jahren von Mitgliedern der Codreanu-Bewegung im Bergort Sinaia ermordeten Chef der Regierung zu sprechen. Der Provinzjurist und Mariettas Mann hielten sich unweit des Feigenbaums auf, und mir blieb nicht verborgen, wie Nicu Matei zusammenzuckte, als Ducas Name fiel. »Besteht ein Zusammenhang zwischen dem feigen Verbrechen an Duca und Singapur?« wollte der Kreisrichter treuherzig wissen.

Nicu Matei rang nach Luft. »Feiges Verbrechen? Was sagen Sie?« schrie er den Kreisrichter an, der sich duckte, als wolle er vor einem Faustschlag in Deckung gehen, »feige? Das war eine mutige Tat!«

Nicu Matei war vollkommen außer sich, und seine Halsadern schwollen blau an. »Wer hat der Garde den Kampf angesagt?« schrie er gellend, »wer hat sie kurz vor den Wahlen verboten? Kein anderer als dieser Hundsfott von Duca. Duca wollte Codreanus Legion das Genick brechen. Und wir beide, Herr Kreisrichter, wissen, warum. Kein Mann ist beliebter im einfachen Volk als Corneliu Zelea Codreanu. Keiner findet mehr Zuspruch bei unseren Bauern als seine

Bewegung des Erzengels Michael, der mit dem Schwert der Gerechtigkeit richtet. Feige war Duca, Herr Kreisrichter, als er aus Furcht vor dem Volk das Verbot der Legion aussprach! Und wer Sturm entfacht, der wird vom Sturmwind vernichtet! Ich bin Mitglied der Eisernen Garde, jawohl. Ich bin Mitglied in einer verbotenen Partei. Und nie werde ich meine Ansichten leugnen. Unter polizeilicher Aufsicht zu stehen, das schert mich nicht. Schikanen zu erleiden, Herr Richter, das macht mir nichts aus. ›Der wirksamste Sprengstoff in dieser Welt‹, sagt Codreanu, ›das ist unsere Opferbereitschaft. Wer siegen will, der ist zum Leiden verurteilt, wie Gottes Sohn. Um aufzuerstehen, mußte Jesus sich kreuzigen lassen.‹«

Es war meine Schuld, wenn diese Worte nicht untergingen, sei es in einem Schmachtfetzen von Moscopol oder schmissiger Tangomusik. Ich saß auf der Bank, eine Grammophonplatte im Arm, starr und steif vor Entsetzen. Ich hatte den Mob der Gardistenstudenten erlebt, als ich Anfang April mit Virginia aus Zufall am Akademieplatz gewesen war. Sie wollte, verbotenerweise, zu Tanti Catinca, die in der Straße Dianei zu Hause war, angeblich nur, um Suchard-Schokolade zu naschen. »Wenn Sie mich nicht zu Catinca bringen«, sagte Virginia entschlossen, »geh ich halt allein.« Sie war bereits im Begriff, in den Trambahnwaggon zu springen, als wir die johlende Meute bemerkten, die zwischen Passanten und Automobilen einem fliehenden Mann auf den Fersen war. »Beeilung, Herrschaften, wir fahren jetzt ab!« rief der Straßenbahnschaffner und zog an der Glocke. »Steigen Sie ein oder nicht?« wollte er von uns wissen, und mit Blick auf den Mann, der zu Boden ging, sagte er knapp: »Ist ein Jude, was soll's.« Panisch verfolgte ich mit meinen Augen, wie das Rudel Studenten den Mann auf der anderen Seite des Platzes bestialisch zusammenschlug. Als die Straßenbahn ruckte und losfuhr und sich zwischen uns und den Mob der Gardistenstudenten schob, packte ich Marcus Tochter am Handgelenk. Ich zerrte sie mit mir, am ganzen Leib zitternd, in eine vom Akademieplatz abzweigende Straße, rannte und rannte, als ob mich das Rudel verfolge, und stieß sie in eine Passage.

»Herr Felix, was haben Sie?« fragte sie mich, als ich sie in ein kleines Passagencafé schubste und in die dunkelste Ecke bugsierte, »sind Sie etwa ein Jude, Herr Felix?« – »Herr Felix, was haben Sie?« fragte sie wild und befreite sich unwillig aus meinem Schraubstockgriff, »ist das ein Ellipsenanfall?«

Im Handumdrehen waren Matei und der kleinlaute Kreisrichter von allen anderen umringt. »Was ist los?« wollte Marcu erfahren und baute sich vor seinem Malerfreund auf. »Ducas Tod war gerecht«, zischte Nicu Matei, »Gott selbst hat den Feigling beseitigt.«

»Sie irren sich, mein Lieber«, erwiderte Marcu mit fester und ruhiger Stimme, »politische Morde begeht unser Herrgott nicht. Er schießt nicht auf schutzlose Menschen am Bahnhof Sinaias und streckt sie mit drei Kugeln nieder. Gott ist kein blutiger Killer. Codreanu, der in seiner Heimatstadt einen Polizisten erschossen hat, ist einer! An den Fingern Codreanus klebt Blut, das ist wahr, nicht an den Fingern des himmlischen Vaters, auf den er sich ewig beruft. Und das ist alles, Matei. Ich hasse politischen Zank, wie Sie wissen.«

In der Regel verstummte Matei, wenn der Hausherr ein Machtwort sprach. Er, der niemals klein beigab bei Streitereien, senkte den Kopf und beruhigte sich auf der Stelle. Seine Achtung vorm »Gott am Klavier« war enorm.

In dieser Nacht war das anders. Er konnte sich von einem Mann, der es mit seiner Frau trieb, was am Golf von Baltschik kein Geheimnis mehr war, nicht zum Schweigen verurteilen lassen! »Das ist bei weitem nicht alles«, entgegnete er, »und keiner kann uns unser aufrechtes Christentum absprechen. Scharenweise laufen uns Priester zu, es sind Zigtausende, die Codreanu verehren. Wollen Sie behaupten, vom Christentum mehr zu verstehen als die Priester der Kirche, Herr Marcu? Nein, Ducas Tod war kein Mord. Morde werden aus Habgier begangen, aus Rache.« – »Oder aus Eifersucht«, sagte der Schiffsadjutant, zur klammheimlichen Freude der anderen. Nicu Matei ließ sich nicht aus der Fassung bringen. »Wer um einer heiligen Sache willen Menschen umbringt, der begeht keinen Mord«, fuhr er fort, »und der Legion geht es um eine heilige Sache. Mit der Unterjochung des Volkes muß Schluß sein! Schluß mit der Feigheit! Und Schluß mit der Korruption, an der unsere Bauern ersticken! Was wir erschaffen wollen, das ist ein neuer Mensch, der in Harmonie lebt mit Gott, der Natur und sich selbst.«

»Das sind keine schlechten Ideen«, warf der Kreisrichter ein, der sich in der Zwischenzeit von seinem Schrecken erholt hatte, »andererseits sind sie schwer in die Tat umzusetzen. Neue Menschen zu schaffen, verlangt einen hohen Verwaltungsaufwand, Herr Matei.« – »Neuer Mensch, neuer Mensch!« schimpfte Pia Halunga, »und mein Mann? Wer erneuert mir den?« – »Nicht was Herr Matei uns sagt, ist entscheidend«, versetzte der Schiffsadjutant mit sarkastischem Grinsen, »entscheidend ist, was er verschweigt.« – »Und was verschweigt er uns?« wollte man von allen Seiten erfahren. »Daß Corneliu Zelea Codreanu im Dienst Adolf Hitlers steht.«

Nicu Matei, der sich fuchtelnd vom einen zum anderen wandte, kam nicht mehr zu Wort. Alle redeten wild durcheinander. Erst als Victor Marcu die Arme hob, trat wieder Stille ein.

»Einen neuen Menschen, wer wollte den nicht?« sagte Marcu mit Spott in der Stimme, »einen neuen Menschen zu schaffen, mein Lieber, das ist eine geistige Aufgabe. Wir leben im Osten Europas, Matei. Wahrheit und spirituellen Sinn suchen wir nicht in den Luftspiegelungen der Welt. Das widerspricht unserem Wesen. Wir suchen sie nicht in Geschichte und Politik. Wir suchen sie in unserem Inneren und aus organischer Notwendigkeit. Ob Codreanu ein Handlanger Hitlers ist oder nicht – er vergeht sich an unseren Werten. Und von Wert ist, was jenseits des Lebens beginnt. Das lehrt uns Byzanz, lieber Freund.«

»Bravo!« rief Alexandrina, und »wahr, wie wahr!« stimmte Eftimie zu. Und Marietta versicherte: »Nicu ist nie in der Eisernen Garde gewesen. Er war niemals Mitglied in dieser verbotenen Partei, und ich weiß nicht, warum er das vorgibt, mein Niculein.« Diese Bemerkung zu seiner Verteidigung versetzte den Ehemann in Raserei.

»Du Flittchen, du Hure!« schrie Nicu Matei und gab Marietta zwei schallende Ohrfeigen. »Verkriech dich im Schoß deiner Mutter, du Luder!« Backpfeifen prasselten auf Marietta ein, die nicht floh, nicht die Arme hob, um seine Hand abzuwehren, nicht weinte, nicht winselte. »Ich werde dich ins Bordell bringen, du Schlampe!«

Willenlos, schicksalsergeben und blaß hielt Marietta den Maulschellen stand. Beide Wangen schwollen an und bald blutete sie an den Augenbrauen und aus der Nase. Nicu Matei holte wieder und wieder aus. »Ich mache dich fertig, du Dirne, du falsches Aas!« Wie ein von Blutrausch benebeltes Tier schlug er ins verschmierte Gesicht seiner Frau. Mariettas Bereitwilligkeit, diese Strafe entgegenzunehmen, als sei sie verdient, stachelte seine Rachlust nur an.

Entsetzt schauten wir zu, wie Matei auf sie eindrosch. Als Marietta zu bluten begann, heulten Alexandrina und Iulia gleichzeitig auf, und Eftimie schimpfte: »Es reicht.« – »Er hat den Verstand verloren«, sagte der Kreisrichter. »Er wird einen Grund haben«, meinte der Schiffsadjutant. »Schau weg«, sagte Pia Halunga zum Ehemann, »sonst kommst du am Ende auf falsche Gedanken.« – »Ich kann kein Blut sehen«, murmelte Bubi Giurgiuca und wandte sich ab.

Wer endlich einschritt, war Haralamb Vona. Er stellte sich zwischen Matei und Marietta und fing sich als erstes zwei klatschende Ohrfeigen ein, die der Ehefrau zugedacht waren. Matei hielt inne, entgeistert und atemlos. Es dauerte, bis er begriff, wer sein Gegner war. Er musterte Vona von Kopf bis Fuß, und seine Verwirrung wich wachsender Heiterkeit. »Und du Witzfigur willst diesem Luder zu Hilfe eilen?« – »Sie lassen Marietta in Ruhe«, erwiderte Haralamb Vona bestimmt. »Es ist nicht zu fassen«, versetzte Matei, »ausgerechnet du willst eine Hure in Schutz nehmen, die vor allen die Beine spreizt, außer vor dir?« – »Wer nicht haben kann, was er liebt, liebt, was er hat«, sagte Haralamb Vona verdrossen. Wiederum war Matei verwirrt. »Es geht dich nichts an, was ich mit meiner Frau mache! *Ich* bin der Mann dieses Flittchens, verstanden?«

Matei griff sich Vonas Melone, warf sie auf den Boden, zertrampelte sie. Haralamb Vona verzog keine Miene. Er riß seine Fliege vom Kragen und schleuderte sie in den Abgrund vorm Haus. Haralamb Vona bewegte sich nicht. Matei packte Vonas Spazierstock mit Silbergriff. Er wollte den Stock auf den Knien zerbrechen, als es in der Ferne gewitterte.

Das Unwetter mußte weit weg sein, im Golf von Baltschik blieb die See wie erstarrt. Trotzdem wirkte der leuchtende Horizont wie ein Signal. Keiner achtete mehr auf Matei und Vona, man zerstreute sich auf der Terrasse. Eftimie und Iulia ließen sich wieder zum Tablespiel nieder, Halunga und Frau lehnten sich an die Steinbalustrade.

Victor Marcu hob Vonas zertretene Melone auf, reichte Marietta ein sauberes Taschentuch (ein Tuch, das mit seinen Initialen bestickt war) und klopfte Matei auf die Schulter. Und Nicu Matei entfernte sich wortlos. »Warte auf mich, bitte, warte auf mich«, rief Marietta und eilte dem Ehemann nach, der die Pforte zur Hauptstraße aufstieß. Alle drehten sich um nach dem Ehepaar, das Arm in Arm seinen Heimweg antrat.

Kappes Kappes Kokolores
Kaisers Kaiserreich kapores

Wenn Victor Marcu Einladungen in den Palast der Monarchin Maria erhielt, hatte er keine Zeit, um Virginia zu Bett zu bringen. Er kleidete sich in den teuersten Anzug und ließ sich bei der Wahl seiner Hemden und Schlipse von Bubi Giurgiuca beraten.

Bubi Giurgiuca, der selber verwahrlost war, nichts von Stoffen und Kombinationen verstand, hatte bei seinem Brotherrn den richtigen Riecher. Er irrte sich nie, und mit einem Griff zog er das passende Hemd aus dem Schrank.

Mit einer Gillette-Klinge schabte sich Marcu am Hofbrunnen pfeifend den Bartschatten ab und bemerkte: »Oh ja, unsere gute Monarchin Maria, Enkelin Victorias von England und Tochter der Tochter des Zaren Alexander II., Tochter des Herzogs von Edinburgh und Sachsen-Gotha und Frau des verstorbenen Ferdinand, ist eine weise Person, hochmodern, tolerant und dem Volk tief verbunden. Im Krieg wachte sie an den Betten verletzter Soldaten mit der Liebe und Aufopferung einer Mutter. ›Heute‹«, er hob seine Stimme, »›wo unsere Welt von Konflikten zerrissen ist, sollten wir unseren Glauben befragen, um festzustellen, was uns verbindet, und nicht, was uns trennt.‹ Das sagte sie bei meinem letzten Besuch.« Er wischte den restlichen Schaum von den Wangen. »Leider hat diese kluge Frau einen mißratenen Sohn, was an seiner anderen Erblinie liegen muß, dem Haus Hohenzollern und Sigmaringen. Carol besitzt einen stumpfen Charakter. Er ist machtbesessen und skrupellos, schuftiger als ein Ganove und schlau wie ein Fuchs. Sein Mißtrauen kennt keine Grenzen. Und geldgierig war er bereits in der Jugend. Als er in Potsdam bei einem Regiment diente, schickte Mutter Maria aus Bukarest kostbare Teppiche und Stickereien. Mit diesen wertvollen Souvenirs sollte sich Carol bei seinen Kameraden beliebt machen. Und was tat dieser Gierpelz, verschenkte er sie etwa? Ach was, er zog umgehend einen ertragreichen Handel auf. Heute soll er rund 20 Millionen besitzen – nicht rumänische Lei, meine Lieben, nein, englische Pfund! Er ist opportunistisch und lasterhaft, kann nie genug bekommen von seinem Kognak der Marke Château Paulet und drallen Frauenzimmern. Und außerdem leidet er an Priapismus.«

»Was ist Priapismus?« verlangte Virginia zu wissen. Wir kamen vom Hofbrunnen, wo ich sie anhalten mußte, sich ordentlich Zehen und Finger zu schrubben. »Eine Erbkrankheit«, sagte ich ausweichend und blieb auf dem Korridor stehen, bis sie meldete, fertig zu sein, und im Nachthemd, mit fliegenden Haaren, ins Bett huschte. Ich hatte keine Erlaubnis, sie mit einem Kuß auf die Stirn in den Schlaf zu verabschieden. Das war das alleinige Vorrecht des Vaters. Meine Aufgabe war es, sie zu unterhalten. Sie schob sich zur Wand, und ich nahm auf dem Bettrand Platz.

»Litten alle im Haus Hohenzollern an dieser Erkrankung?« – »Das weiß nur Doktor Dehmel«, erwiderte ich, »Doktor Dehmel war mit meinem Vater befreundet und hatte eine historische Studie verfaßt, die alle erblichen Leiden der Herrscherfamilien Europas auflistete. Dehmel kannte sich aus mit den Krankheiten unserer Monarchen, vom Warzenbefall bis zum Klumpfuß, vom Tremor zur Schwachsichtigkeit, von der Gicht bis zur Fettleber. Er wußte, wer Bluter gewesen war und diese schreckliche Krankheit vererbt hatte. Schielsucht und Lungenleiden, Veitstanz und Syphilis, Haar- oder Zahnausfall in jungem Alter, es gab keine Beschwerde, die er nicht erfaßt hatte: Monarchen, die krummbeinig waren, und andere, die mit sechs Zehen zur Welt kamen. Herrscher mit faulenden Gliedern und Eiterbeulen. Blonde Prinzen mit Fledermausohren und Froschaugen. Schlanke Prinzessinnen mit Kehlsack und Ruderfuß. Andere wiederum waren mit Kuhfell bedeckt, hatten bis zu sechs Eutern und einen verschrumpelten Quastenschwanz. In den Monarchenfamilien befanden sich schrullige Humpler und hicksende Gimpel. Manche meinten, sie seien mit den Geistern im Bunde, andere luden sich Pferde zu Tisch. Wieder andere aßen nichts anderes als Menschenfleisch. Tag um Tag ließen sie einen Untertan einfangen und am Spieß braten, bis er ein knuspriger Braten war. Hirnerweichungen, Geisteskrankheiten, verbreiteter Schwachsinn in unseren Monarchenfamilien waren Doktor Dehmels Spezialgebiet.«

»Schauderhaft«, sagte Virginia. Ich beugte mich vor, um am Rad der Petroleumlampe zu drehen, und sie zu verlassen. »Sie bleiben, Herr Felix«, befahl sie erregt, indem sie sich aufsetzte und mit den Armen umwickelte, als sei es frostig im Zimmer. »Ich kann nicht mehr einschlafen, mit diesen Krankheiten haben Sie mich in Angst und Schrekken versetzt. Sie sind ein schlechter Erzieher, Herr Felix, und wenn ich Sie an meinen Vater verpetze, wird er Sie auf der Stelle entlassen.«

Vollkommen falsch war es nicht, was sie sagte. Ich hatte mich mitreißen lassen von meinen Erfindungen. Und sie spielte mit Lust das zu ruppig behandelte Kind, das ein Pflaster verdient hat. Verlegen betrachtete ich meine schmutzigen Zehen auf den Fliesen vorm Bett. Ich hatte keine Geschichte parat, und aus dem Stegreif fielen mir keine ein. »Herr Felix, was ist? Sie sind schweigsamer als eine pommersche Wiese im Nebel. Meinetwegen kann es eine Krankheitsgeschichte aus dem Hohenzollernhaus sein.«

Das war das richtige Stichwort, und schlagartig hatte ich eine Idee. »Ja«, stammelte ich, »eine wahre Geschichte, es handelt sich um eine wahre Geschichte. Oder besser: Zum Teil ist sie wahr und zum Teil wieder nicht.« Mit erleichtertem Seufzen verkroch sich Virginia im Bett.

»In unserem Ostseeort lebte ein preußischer Offizier, der im Siebzigerkrieg gegen Frankreich zwei Dinge verloren hatte: ein Bein und sein Lieblingspferd, das Dralle Rosa hieß. Beides, sein Roß und sein Bein, mußte er, fern der Heimat, in feindlicher Erde bestatten. Diese doppelte Schmach konnte er nicht verwinden. Vierzig Jahre und mehr hatte er nichts als Rache im Sinn und baute an einer Kanone von riesigen Ausmaßen. Vom Atlantischen Ozean bis zum Ural und vom kretischen Strand bis zum Kattegatt hoch sollte es keine Kanone an Umfang, Reichweite und Feuerkraft mit seiner aufnehmen. Er wollte von unserem Freiwalde am Baltischen Meer aus ins Herz von Paris treffen und den Franzosen das Gruseln beibringen, mit seinen gigantischen Kugeln den Eiffelturm umhauen, den Louvre in Schutt legen und aus den Prachtboulevards eine Mondlandschaft machen.

In den ersten zehn Jahren stellte er komplizierte Berechnungen an, die den Bau der Kanone betrafen. Wie groß mußte zum Beispiel das Feuerrohr sein, um seine gigantischen Kugeln zu laden? Wie stark mußte die Kraft sein, wie hoch die Geschwindigkeit, die sie bis Paris in den Wolken hielt? Sie sollten ja nicht in die pommerschen Seen plumpsen oder den spritzenden Sand der Mark Brandenburg. Als das erledigt war, brauchte er weitere zehn Jahre, um einen Konstruktionsplan zu zeichnen, der seinen Berechnungen entsprach. Und wieder vergingen zwanzig Jahre und mehr, die er mit der Verfertigung seiner Kanone verbrachte. Zu diesem Zweck brauchte er Unmengen Eisen. Teils bestellte er es in den Eisenfabriken und bezahlte die Lieferung in Raten: von seiner Versehrtenpension und dem Ruhestandsgeld als gewesener Artilleriehauptmann. Das war bitter. Bald hatte er keine Penunze mehr, um sich Kartoffeln und Bohnen zu leisten und seinen vom Holzwurm zerfressenen Beinersatz mit einem neuen zu tauschen. Mit klapprigem Karren und einem verhungerten Klepper zog er auf der pommerschen Seenplatte von Ort zu Ort, um Alteisen zu sammeln und seinen Bestand zu vermehren. Endlich reichte die Menge, um sie zu den Gnomen und Wichten zu bringen, die im Erdinnern Stahl kochten.

Im August 1914 stand seine Kanone am Steilufer unserer Stadt bereit, und zwar auf die Minute genau, als der Krieg ausbrach. Um sie aus den Tiefen des Bergwerks zu ziehen und bis zur Erhebung am Steilhang zu schleifen, mußten eintausend Mann an den Taustrikken zerren, Ziegelbrenner und Fleischergesellen, Kohlenhauer und Knechte und siebenundsiebzig Gewichtheber aus allen Wanderzirkussen des Reiches.

Wie ein Drache aus Stahl stand sie in der Augustsonne, und im Sonnenschein strahlte das Feuerrohr, das man auf Hochglanz poliert hatte, in alle Richtungen. Man mußte die Augen verschließen, um nicht zu erblinden. Und das knisternde Heu auf den Wiesen fing Feuer, und bald brannten Scheunen und Stallungen lichterloh, und die Glocken im Glockenturm von St. Marien schmolzen ein. Von einer pommerschen Ecke zur anderen begann es zu lodern und rauchen, zu flackern und glimmen, als seien bereits russische Truppen im Anmarsch, drei Stunden nach Ausbruch des Krieges. Der einbeinige Offizier aus dem Siebzigerkrieg machte diesem Spektakel ein Ende, indem er das riesige Feuerrohr mit einem riesigen Segeltuch einwickeln ließ.

Am zweiten Tag schickte er ein Telegramm ins Berliner Schloß: Bitte um Einsatzbefehl Eurer Hoheit stopp Ziel ist die Hauptstadt des Erzfeindes Frankreich stopp Kriegsentscheidende Wendung vorhersehbar stopp Gott ist mit Kaiser und Vaterland stopp Dralle Rosa, Freiwalde in Pommern.

Niemand im Schloß konnte sich einen Reim machen auf diese seltsame Nachricht aus Pommern. Ein Berater des Kaisers betrachtete sie als Agentenwerk, mit dem nur Verwirrung erzeugt werden sollte. Ein anderer vermutete im Telegramm eine Botschaft von hoher Geheimhaltungsstufe. Vorsichtshalber beschloß man, den Kaiser nicht ununterrichtet zu lassen, und legte das Schreiben vor.

Wilhelm las es und grummelte in seinen Zwirbelbart: ›Isses ein Scherz, mein Jott, isses kein Scherz, mein Jott? Wer oder was soll dit sein: Dralle Rosa? Isses Humor an der Heimatfront, Jottojott? Is Humor an der Heimatfront jut oder nich jut? Ohjottojott‹ grummelte Wilhelm, der seinen Beratern befahl, umgehend festzustellen, was in seinem Pommerland los sei.« Ich beeilte mich, Wilhelms berlinernde Mummelei in die Sprache des zappelnden Kindes zu bringen.

Wilhelm besaß einen laschen, ja nahezu lahmen Arm. Das hatte bereits seine Mutter erbittert, und Wilhelm erbitterte es um so mehr. Ein Kaiser mit lahmem Arm war eine Schande. Er glich das mit straffer, soldatischer Haltung aus, wenn er mit wehendem Helmbusch zu Pferd saß und eine Parade abnahm. Er war steif wie ein Holzklotz und starrer als Eisen.

Dieser ewige Kampf mit dem Arm hatte Folgen, wie sich erst bei Kriegsausbruch zeigte. Ein Leiden kommt selten allein, das steht fest. Und wer das eine verzweifelt besiegen will, kann sich des anderen schwerlich erwehren. Wilhelm, der Zwote, erlebte bei Kriegsausbruch einen Zwei-Fronten-Krieg in seinem Innern. Alle Truppen waren an einer Linie versammelt – der Linie zum lahmen Arm. An der anderen Linie, der Linie zur zappelnden Hand, brach der Feind unbehindert ins Land.

Das passierte am Vortag des Krieges: Als er mit der einen Hand den Angriffsbefehl unterzeichnete, fing seine andere Hand vor Erregung zu zucken an. Sie zerrte wie von Sinnen an den Zwirbelbartspitzen. Sie warf voller Wut eine Teetasse um. Sie schlug auf die rechte Hand ein, die zum Siegel griff, um den Befehl zu petschieren. ›Es fehlt Dissiplin‹, knurrte Wilhelm, der Zwote, ›mein Jottchen, es fehlt Dissiplin. Eene Hand muß jehorsamer sein wie een Jaul.‹ Seine Linke erwies sich als unartig und verstockt und zeigte nicht eine Spur an Gehorsam, zu schweigen von dem eines Pferdes. Sie kritzelte neben den Angriffsbefehl eine Reihe unsinniger Worte: ›Kappes Kappes Kokolores Kaisers Kaiserreich Kapores‹.«

»Und was bedeutet das?« fragte Virginia, die es vor Neugier kaum aushielt. »Das kann man schlecht dolmetschen«, sagte ich zaudernd (um sie auf die Folter zu spannen, um ehrlich zu sein), »Kokolores ist Unsinn und Kappes ist Weißkohl. Und kapores bedeutet: kaputt.« – »Ist ganz einfach, Herr Felix«, versetzte sie kichernd: »Weißkohl Weißkohl Quatsch und Mud Kaisers Kaiserreich putt putt.« Ich nickte. »Das ist es, Virginia. Diesen Unsinnssatz, der sich bewahrheiten sollte, krakelte seine Hand an den Rand des Befehls.

Und am siebten Kriegstag traf Wilhelm, der Zwote, in unserem Ostseeort ein. Er hatte endlich erfahren, was im Pommerschen los war, und platzte vor Stolz auf den preußischen Offizier, der sein Leben dem Bau einer Riesenkanone gewidmet hatte. Vor der Abreise hatte der Kaiser ein neues Ersatzbein aus Kirschholz anfertigen lassen, verziert mit Intarsienarbeiten aus Perlmutt, das er dem gewesenen Artilleriehauptmann bei seiner Ankunft von eigner Hand anschnallen wollte.

Haffendahls Spielmannzug rasselte los, als sein Sonderzug in unseren Bahnhof eindampfte. Es trommelte, schepperte, pfiff und trompetete, und die Soldaten am Bahnhofsplatz strafften sich. Eine rußige Wolke verschluckte uns alle, samt Bahnhof, Marienturm und Bogislaws Herzogschloß. In dieser Dampfwolke knatterte Haffendahls Spielmannszug, und Freiwaldes Bewohner schrieen wieder und wieder ›Hurra‹. Endlich tauchte der wehende Helmbusch des Kaisers auf, aus dem kleine Rußflocken rieselten. Er nahm die Parade am Bahnhofsplatz ab. Und als er von einem Soldaten zum anderen schritt, fing seine Hand vor Erregung zu zucken an. Dem einen Soldaten schlug sie auf die Haube, dem zweiten riß sie einen Knopf von der Uniform, dem dritten stach sie mit dem Finger ins Auge, und wir schmetterten wieder und wieder ›Hurra‹!

Mutter behauptete, es sei der Lokomotivenqualm, der unsere Sinne verwirre, und umklammerte keuchend den Feldblumenstrauß, den sie Wilhelm, dem Zwoten, verehren sollte. Seine Hand teilte Backpfeifen aus, zog an Ohren und hieb einem Mann in den Magen. Und am Ende der Reihe versetzte er: ›Jottojott, tapfere Leutchen sind das!‹ Er wandte sich um und trat zu unserer Mutter, die knickste und wiederum knickste und schluckend den Arm mit den Feldblumen ausstreckte. ›Jute Frau‹, sagte Wilhelm, ›Sie haben zehn Kinder?‹ – ›Nur vier‹, sagte Mutter verlegen und zeigte auf uns. ›Vier Jungs‹, stellte Wilhelm fest, ›det is beachtlich. Deutsche Wertarbeit aus unserem Pommernland.‹ Mutter war zu ergriffen, um mitzubekommen, was seine Hand mit den Feldblumen anstellte. Sie zwackte Blume um Blume den Kopf ab, und zum Schluß war der Strauß ein gerupftes Bund kopfloser Stengel, die an lumpiges Schnittlauch erinnerten.

Man brachte den Kaiser zum Steilhang am Wasser, wo sieben der schwersten Gewichtheber im deutschen Reich sieben riesige Kugeln hochhievten, um sie in die Pfanne zu legen. Und der gewesene Artilleriehauptmann kratzte sich an seinem juckenden Stumpf. Er hopste vor Aufregung fiebernd um seine Riesenkanone. Keine Stunde mehr, und er nahm Rache am Frankenreich! Und das im Beisein des Kaisers!

Wilhelm, der Zwote, entstieg seiner Kutsche, und mit seiner Hand, seiner kranken Hand, meine ich, griff er dem Vorsitzenden des Empfangskomitees, der mit tiefer Verbeugung den Wagenschlag aufhielt, an eine verbotene Stelle …«

»Welche Stelle?« fiel mir Marcus Tochter ins Wort. Ich ruderte mit meinem Armen und stammelte: »Das versteht sich von selbst, an – die Brieftasche.« – »Schweinerei«, schimpfte sie, »wie ein richtiger Taschendieb.«

»Du darfst nicht vergessen, es war seine kranke Hand«, wandte ich aufatmend ein, »und die hielt sich nicht mehr an den Willen des Kaisers. Als er dem Kanonenerfinder sein neues Ersatzbein anschnallen wollte und vor dem Mann in die Knie ging, er!, Kaiser Wilhelm, der Zwote!, vor einem gewesenen Artilleriehauptmann!, machte sie wieder Sperenzchen. Seine eine Hand legte das Bein an den Stumpf, und die andere stieß es zur Seite. Seine eine Hand schnallte das Kirschholzbein an, und die andere schnallte es ab. ›Macht nichts‹, sagte der preußische Offizier, dem die Geduld ausging, ›ich komme ohne zurecht.‹ Er legte den Beinersatz auf seine Schulter und hopste vor Wilhelm, dem Zwoten, zur Treppe, die zweihundert Stufen besaß. ›Und das schaffen Sie?‹ fragte der Kaiser. ›Ein preußischer Offizier‹, sagte der Artilleriehauptmann, ›kommt ohne Arme und Beine aus, wenn es erforderlich ist. Er wird seine Waffe nie fallen lassen.‹

Beeindruckt und atemlos folgte der Kaiser dem einbeinig Stufe um Stufe hochspringenden Mann bis zur Plattform am Ende. Beide betrachteten sie eine Weile im Fernrohr den Eiffelturm und Sacré-Cœur, Triumphbogen und Tuilerien. ›Warum befindet Paris sich in Frankreich, ach Jottchen‹, bemerkte der Kaiser verbittert, ›warum liegt et nich anner Spree?‹ Und er wandte sich um zum Kanonenerbauer, der ein Blatt mit den Koordinaten hochhielt, Himmelsrichtung und Breitengrad und Meridian, um das richtige Ziel einzustellen. Und das sollte ehrenhalber Wilhelm erledigen. ›Westen‹, sagte der preußische

Offizier, und Wilhelms Hand drehte flink an der Richtkurbel. Drohend schob sich der Lauf Richtung Westen. Der Offizier gab den Breitengrad vor, und Wilhelm, der Zwote, befolgte die Anweisung. ›Vorbereitung auf Schußlinie!‹ rief der gewesene Artilleriehauptmann, ›Kurve im dritten Grad!‹

Und in dieser Sekunde passierte das Mißgeschick: Wilhelms kranke Hand mischte sich ein. Erst ragte der Riesenlauf steil in den Himmel, als ziele der Kaiser auf Gott. Und anschließend wirbelte er Richtung Erde. ›Nein‹, heulte der preußische Offizier voller Verzweiflung, ›wir gehen alle zum Teufel, wenn Sie uns das Steilufer wegschießen‹. Mit seiner gehorsamen Hand machte Wilhelm das Mißgeschick wett.

Endlich war die Kanone zum Abschuß bereit. Alle Welt steckte sich Wachs in die Ohren und verband sich zum Schutz vor der Flamme die Augen. Und niemand bemerkte es, als Wilhelms Hand, seine kranke, verdrehte, verstockte, unartige Hand, vor Erteilung des Feuerbefehls insgeheim an der Richtkurbel drehte.

Uns hatte man nicht erlaubt, bis an den Steilhang zu kommen. Im Umkreis von drei Kilometern war Sperrgebiet. Kontoristen und Gastwirte, Altsitzerinnen und Hebammen, Pfarrer und buckliger Organist schlossen sich Haffendahls Spielmannszug an, der mit Tschinderassassa auf die Bleiche marschierte. Wir Jungs zogen es vor, einen Baum zu erklettern, um bessere Sicht auf den Steilhang zu haben.

Bei dem dumpfen gewaltigen Donnerschlag, der sich am Steilhang entlud, und der Druckwelle, die er verursachte, kippten wir schreiend in die Tiefe. Trotzdem bekamen wir mit, was passierte. Die aus dem Kanonenrohr rasende Kugel beschrieb keine schwungvolle Kurve zum Himmel, um in Nullkommanichts in Paris zu sein. Sie verstieß gegen alle Gesetze und Regeln, stieg zwei Kilometer hoch, bremste schlagartig ab, fiel wie ein Sack Richtung Erde und drohte den Spielmannszug Haffendahls auszuradieren – vor schlotternder Angst fiel sein ganzer Zug wie auf Kommando um –, blieb in der Luft stehen, als habe sie sich eines Besseren besonnen, und nahm wieder Fahrt auf, schoß im Zickzack zum Himmel und riß einer Wattebauschwolke ein Loch in den Bauch. Als wir meinten, sie sei in der Ferne verschwunden und werde Paris in zwei Stunden erreicht haben, tauchte sie wieder auf und zog sinnlose Kreise am Firmament. Und diese Kringel und Kreise waren Buchstaben. ›Kappes Kappes Kokolores Kaisers Kaiserreich kapores‹, stand in den pommerschen Wolken.

Endlich zischte sie ab und verlor sich im Westen. ›Hurra‹, rief es von allen Seiten, ›hurra‹. Und Haffendahls Spielmannszug kam auf die Beine, um kakophonisch zu pauken und zu pfeifen.

Wo sie einschlug, erfuhren wir nie. Paris, das ist sicher, behielt seinen Eiffelturm. Und Wilhelm, der Zwote, befahl, die Kanone am Steilhang als Rohstoff zu nutzen. Man baute sie ab, schmolz das Eisen im Hochofen ein und verfertigte taugliche Artilleriewaffen, die den Kriegsausgang allerdings nicht mehr entscheidend beeinflußten. Unser preußischer Offizier wiederum schnitzte aus seinem Ersatzholzbein eine Kanone, mit der er in Zukunft auf Spatzen und Meisen schoß.

Was mit der Kugel passiert ist, wer weiß. Ob sie bis zum heutigen Tag um den Erdball fliegt? Ob sie kraftlos und schlapp auf das Schloß in Berlin plumpste und ein paar Spiegel und Sessel zerdepperte, was Kaiser Wilhelm, versteht sich, geheimhalten ließ? Ich weiß nur eins: Was am pommerschen Himmel stand, wischte der Seewind erst fort, als der Weltkrieg zu Ende war.«

Bis zum Schluß eine offene Partie

Unsere Zeit in Baltschik ging zu Ende, und das, gegen alle Gewohnheit, bereits im August. In der Regel brach man mit dem Herbststurm auf, der gegen Ende September ans Land peitschte und der See gelbe Schaumkronen aufsetzte. Regenwolken verschluckten den Horizont und hingen tief vor der Kalkfelsenwand. Wenn der Golf seine schmutzige Gischt an den Klippen verspritzte und Schlamm aus der Vorstadt zu Tal schwappte, konnte man ohne Schwermut den Heimweg antreten.

In diesem Jahr war das anders. Zur Erleichterung Bubi Giurgiucas, der sich ohne Telefon als halber Mensch vorkam und nun endlich aus seinem bulgarischen Loch kriechen durfte, und zum besonderen Kummer Virginias, die mit trotzigem Heulen den Esel umhalste und Mira beim Abschied nicht loslassen wollte, brachen wir vorzeitig auf.

Es waren die Ereignisse im »Stillen Nest« der Monarchin, die Marcu veranlaßten, unsere Heimreise vorzuverlegen. Von seinem letzten Besuch im Palast »Tenha Juva«, wie man das Schloß in der Talsenke nannte, kehrte er voller Unruhe heim. Auf dem pomphaften Fest, das im Garten am Meer stattfand, war ein Verwandter Marias verschwunden. Bis man sein Fehlen bemerkte, war Mitternacht, was nicht weiter erstaunlich war bei einer Anlage, die sich auf dreihundert Dekar erstreckte und vom Strand bis zur Bergspitze reichte.

Es war eine Vollmondnacht, wie die Monarchin sie liebte. Silbrig schimmerten Rosenterrassen und Wasserfall, schmiedeeiserne Pergolen, Ziehbrunnen und riesige Steinkreuze (mit verwitterten Einkerbungen in bulgarischer Kirchenschrift), Wasserbecken, die an die Alhambra erinnerten, eine reiche Kakteensammlung, die »Allahs Garten« hieß, mit Turbanen verzierte muslimische Grabsteine, archaische, Pinienzapfen nachahmende Vasen, ein hellenistischer Marmorthron und Urnen aus Marokko, die drei Meter hoch waren. Grillen zirpten ums Schloß mit dem Pfeiler des Minaretts, Fackeln beleuchteten die Kolonnaden bis zur byzantinischen Kirchenkapelle und am Seerosenteich glomm ein Schwarm gelber Leuchtfliegen.

Maria vermißte den Onkel als erste. In der Regel hielt er sich im Rauchsalon auf, wo er Rommé, Belote oder Schach spielte. Nur gelegentlich machte er einen Spaziergang im Garten, zu Seerosenteich oder Marmorthron, um seine steifen Gelenke in Schwung zu bringen. Er war auffallend groß und robust, hatte abstehende Ohren und ein derbes Gesicht, wirkte knorrig und abweisend, außer am Spieltisch. Junggeselle aus Not oder Einsicht, aus Mangel an Wahlfreiheit oder aus kluger Entscheidung, machte er sich nichts aus Frauenbekanntschaften, was das Geschlechtliche anging. Im Beisein Marias, zu der er Vertrauen hatte und die er herzlich mit Missi ansprach, was bewies, wie verbunden die beiden sich waren, legte er eine Lebendigkeit an den Tag, die sein Charakter ansonsten vermissen ließ.

In Marias Palast war er Dauergast. Er kannte den Park, seine Pfade und Treppen, Terrassen, Alleen und Becken. Verirrt hatte er sich mit Sicherheit nicht, selbst ein schlimmerer Sturz war schwer vorstellbar. Trotz seines Alters – er ging auf die Siebzig zu – konnte er sich bei Dunkelheit sicher bewegen, und Alkohol trank er in Maßen. Und von einem Stelldichein in den Tiefen des Parks auszugehen, war in seinem Fall abwegig.

Maria erfuhr von den anderen Rommé- und Schachspielern, die im verqualmten Salon hockten, er habe sich zum Frische-Luft-Schnappen vor etwa anderthalb Stunden ins Freie entfernt, ohne sein Schachspiel mit dem Kommandanten des Schutzschiffs zu Ende zu bringen. Letzteres fand sie besonders beunruhigend. Prinz Anton verließ keine offene Schachpartie und blieb neunzig Minuten dem Spieltisch fern.

Alarmiert schickte sie einen Hornisten aufs Minarett, der mit seinem Signal die im Garten verstreuten Besucher, rund zweihundert Menschen, zusammenrief, die sich im Nu vorm Palasteingang sammelten, neugierig zu wissen, was los war. Als Maria sie in Kenntnis gesetzt hatte, schwirrten sie in alle Richtungen aus, um den verschwundenen Prinzen zu suchen. Erst mit dem Zwielicht, das grau auf dem Wasser stand, brach man die Suche ergebnislos ab.

Am anderen Tag setzte Marcu sich nicht an den Steinway, um sein Debussy-Programm einzustudieren. Hastig verspeiste er eine Tomate mit Telemea, zwei Eier und Kaviarsalat und berichtete kauend vom Vorfall der Nacht. »Ich wette, es war ein Infarkt«, sagte Bubi Giurgiuca, der rauchend am Feigenbaum lehnte, »und er ruht zwischen duftenden Rosen im Garten Gethsemane.« – »Was ist unser Leben«, warf Haralamb Vona ein, »wenn nicht ein Schachspiel, das wir nicht zu Ende bringen. Es bleibt bis zum Schluß eine offene Partie.« Marcu, der Aise den Auftrag erteilt hatte, zum Hafen zu eilen und Titi zu wecken (sein Chauffeur schlief in aufrechter Haltung im Automobil), erwiderte nichts und sprang auf, als das Cabriolet vor der Pforte zur Hauptstraße hupte. Er wollte zum Schloß der Monarchin fahren, das etwa drei Kilometer vom Ortskern entfernt lag, und sich vergewissern, ob man den Verwandten entdeckt hatte.

Hatte man nicht, und am Nachmittag trafen aus Bukarest zehn Detektive ein, die den Garten auf Spuren absuchten. In der Umgebung des Marmorthrons fanden sie einen Zigarrenstumpen der von Prinz Anton bevorzugten Marke Villar y Villar – wie alt er war, einen Tag, drei oder sieben, das konnten sie leider nicht sagen. Beim hellenistischen Marmorthron stießen sie auf einen Knopf seiner Weste. Und im Maul einer moosigen Fratze im Osten des Parks machten sie seinen Talisman ausfindig, ein Goldmedaillon mit den Photographien der Eltern. Nur Prinz Anton blieb spurlos verschwunden.

Selbst, als man die Ermittlungen ausdehnte und die Umgebung des Schlosses erkundete, von Klippe zu Klippe stieg, sich in die Felsschluchten beugte, mit Booten den Golf bis zum Hafen abklapperte, brachten sie keinen Erfolg.

Virginia verweigerte in diesen Tagen den Unterricht, was dem beunruhigten Vater entging, und wollte auf eigene Faust Nachforschungen anstellen. Mira und sie setzten sich auf den Esel und los ging's ins

Nachbartal von Duranlar und den Feigenbaumwald in Batova (und ich folgte den beiden zu Fuß).

An einem Nachmittag raunte mir Mira zu, Vater Akif erwarte mich dringlichst in seinem Haus, wo er mir einen Tauschhandel vorschlagen wolle. Ich war zu verdutzt, um zu antworten, Akif sei offenbar schlecht unterrichtet, mir fehle es leider an Geld, um mir Webwaren und Stickereien zuzulegen. Mira schien meine Gedanken zu lesen. Um Geld ginge es nicht bei dem Handel, den Akif mir anbieten wolle, bemerkte sie zwinkernd.

Als wir aus Batova nach Hause kamen, rannte Virginia vor Aufregung keuchend zum Vater. Im Feigenbaumwald hatte sie eine silberne Dose mit drei blauen Pillen entdeckt. Die stammte mit hundertprozentiger Sicherheit aus dem Besitz des verschwundenen Prinzen, andere Annahmen ließ sie nicht gelten! Ich eilte zum Hofbrunnen, um mich zu waschen, ohne von Vater und Tochter beachtet zu werden, und zog mir in aller Hast frische Sachen an.

Mira erwartete mich auf der Gasse, zusammen mit dem Esel, der sauber und rein wirkte, als sei er nie in Batova gewesen. Ein Blumenkranz baumelte um seinen Hals, Schwanz und Ohren waren mit Schleifen versehen. »Sie steigen auf«, sagte Mira, »ich gehe zu Fuß.« Ich hatte nicht die geringste Lust, mich auf das bockige Tier zu schwingen und mir das Steißbein zu brechen. Sie werde Hiebe vom Vater bekommen, meinte Mira, wenn sie auf den Hof reite und nicht ich. »Ich kann vor deinem Elternhaus aufsitzen«, schlug ich vor. Von dieser Idee hielt sie nichts. Sie bat mich mit einer Beharrlichkeit, die an Verzweiflung grenzte, und ich gab klein bei.

Auf dem mit groben und ungleichen Steinen befestigten Weg in die Vorstadt begriff ich, warum sie meinen Vorschlag verneint hatte. Von einem Ziehbrunnen winkte uns Akifs Sohn, der achte, der stark wie die Eiche war. Im Schatten des Maulbeerbaums hockte der Sohn von prophetischer Klugheit und nickte uns weise zu. Auf einer Steintreppe saß Akifs Vorletztgeborener, tapfer wie ein Janitschare, und folgte uns mit seinen wachsamen Augen. Und in einer Pinie erkannte ich die vor der Tochter, geboren vor dem Vorletztgeborenen, geborene Tochter, die schnell wie ein Vogel war. Und wie ein Vogel begann sie zu zwitschern und meldete unsere Ankunft dem Elternhaus. Alle Kinder des Akif begegneten uns auf dem Weg bis zum Hof, außer Tochter Ratibe, falls sie nicht, mit der Anmut des Engels, den sie besaß, um uns gewesen war, ohne daß ich es bemerkt hatte.

Wieder hockten wir beide im Schneidersitz auf seiner Kissenbank, Akif und ich, aßen Schaumkringel, Baklava, Mandeln und Feigen. In dem niedrigen Zimmerchen roch es verwirrend nach einem Gemisch aus Jasmin und Orangen, frischen Backwaren und Pfefferminz. Akifs kleinster, der Einhorn-Sohn, und seine samtweiche Tochter, geboren vor dem Vorletztgeborenen, wedelten uns mit zwei Palmenzweigen Luft zu und vertrieben mißliebige Fliegen. Mira saß in einer Ecke des Zimmerchens auf einem Schemel, geduldig, ergeben und anspruchslos, um Vater Akif zu dolmetschen. Vorerst hatte sie nichts zu tun, Akif blieb stumm.

Vor dem Zimmerchen auf der Veranda erkannte ich Akifs versammelte Kinderschar, die uns beim Trinken und Naschen mit stummer, verhaltener Neugier beobachtete. Seine massige Frau stickte an einem Tuch und saß links von der Seite des Eingangs. Rechts wiederum saß seine zahnlose Mutter. Zwischen den runzligen Lippen zerknackte sie Sonnenblumenkerne (womit, war mir schleierhaft) und verstreute die Schalen am Boden.

In dieser Stille aus raschelnden Palmzweigen, brummenden Fliegen und unserem Kauen und Schlucken verging meine Unruhe. Ich versank in der Zeit wie in Akifs behaglichen Kissen. Und vergaß, warum er mich zu sich bestellt hatte, bis ich eine Bewegung im Eingang bemerkte. Akifs Frau ließ das Tuch in den Schoß sinken und Akifs Mutter die Schale mit Sonnenblumenkernen. Und seine regungslos wartenden Kinder zerteilten sich, um Schwester Ratibe den Weg freizugeben. Sie hatte ein knisterndes Kleid an, das unwirklich weiß wirkte, wie ein verflimmernder Schein. Und um den Kopf mit dem vollen und schwarzen Haar trug sie ein weißes und mit Stickereien verziertes Tuch. Es betonte das schmale Gesicht, hohe Jochbeine, schnurgerade Nase und Mondsichelbrauen, die sie als Schwester von Mira auswiesen, zwei Augen, die eine Spur fremdartig wirkten, als ob sie sich an die altaische Herkunft erinnerten, Lippen halb offenstehend, rein und mattrot. Ratibes Gesicht war von kindlicher Weichheit und zeigte die Lieblichkeit einer erwachenden Frau.

Befangen und scheu trat sie ein. Anders als bei meinem ersten Besuch ging sie keinen Verrichtungen nach, blieb vor unserer Kissenbank stehen und wartete mit stiller Demut auf das, was das Schicksal bereithielt.

Und Akif begann, sie zu loben. Wieder sprach er vom Herz seiner Tochter, das weiß sei und unbefleckt rein wie das Linnen vor der Hochzeitsnacht. Unschuldig sei sie und anmutig, wie nur der Engel, von der Frische des jungen Baums und seinem Ebenmaß, klar wie Gebirgswasser, gutherzig wie ein Reh und fruchtbringend wie der Boden Baltschiks. Sie sei bescheiden wie Blumen im Winter, von schweigsamem Ernst wie die Klippen am Meer. Sie sei eine verschlossene Schatztruhe. Sie spinne, sie webe, sie wasche, fuhr Akif fort, sie fege und mache das Feuer im Ofen an mit der Freude der dienenden Frau. Sie sei in allen Bereichen des Lebens erfahren – Akif nahm einen Schluck aus der Teetasse und Miras murmelnde Dolmetscherstimme verstummte kurz – außer in Liebe und Hingabe an einen Mann.

Ich war zu verwirrt, um verzweifelt zu sein. Und um verzweifelt zu sein, hatte ich allen Anlaß. Akif bot mir seine blutjunge Tochter an! Ich, Felix Kannmacher, reichsdeutscher Emigrant, ohne Beruf und mit falschem Paß, sollte die Tochter des Akif zur Frau nehmen! Es war zum Haareausreißen. Und ich hockte im Schneidersitz auf Akifs Kissenbank, ohne in seine Rede zu fallen. Ja, ich begleitete sie mit beharrlichem Nicken (um zu beweisen, verstanden zu haben), als sei dieser Handel bereits halb vereinbart.

Eine Pause entstand, und ich ließ sie verstreichen. Mira erhob sich vom Schemel und brachte uns neuen Tee, zwei Schalen mit Ziegenmilch, Mohnkringel, Telemea, Sardinen, Oliven und Kapern. Schwester Ratibe stand geisterhaft weiß in der Mitte des Zimmers und starrte mit schamhaft verschatteten Augen ins Nichts, das der Holzboden war. Mich anzuschauen, wagte sie nicht. Trotzdem musterte sie mich eindringlich. Wie sie das anstellte, war mir nicht klar. Ich bemerkte, daß ich verlegen wurde. Und aus reiner Verlegenheit nickte ich Akif zu, der dieses Nicken als Zustimmung auffaßte, mit dem Feilschen und Feilen zu beginnen.

Mira dolmetschte mir seine Worte: »Sechs Leinenbahnen und zehn Meter seidenes Tuch, das bietet dir Akif, wenn du seine Tochter zur Frau nimmst.« Akifs achter Sohn, stark wie die Eiche, kam mit einer Leinenbahn auf seiner Schulter ins Zimmer, und seine Tochter, die feuriger als eine Wildkatze war, trug das seidene Tuch zu mir, das ich sorgsam betrachten und anfassen mußte. Mir fiel nicht ein, was ich antworten konnte, um meinen Hals aus der Schlinge zu ziehen. Hilflos griff ich zur dampfenden Teetasse, nahm einen Schluck, setzte mich wieder gerade und sagte nichts.

Akif schien mir mein Schweigen nicht krumm zu nehmen. In seinen blinzelnden Augen erkannte ich Achtung vor mir, einem Mann, der Geduld zeigte und sich nicht im Handumdrehen von seinen Leinenbahnen und seinem Seidentuch einwickeln ließ. Beruhigt lehnte er sich ins Kissen. Beruhigt wandte sich seine Mutter den Sonnenblumenkernen zu und seine Frau griff beruhigt zu Nadel und Faden.

Es war nicht schwer zu erraten, was er sich von mir versprach. Akif mußte nicht wissen, ob ich Hab und Gut besaß. Ich war enger Vertrauter und Gast eines Mannes, den man in Europa verehrte; der mit der Sultanin auf gutem Fuß stand; den Fatma willkommen hieß, wenn er in Baltschik eintraf; der mit zwei Automobilen anreiste, einem Chevrolet und einem Ford (die beide zusammen mehr Geld kosteten, als es Akif im Leben verdienen konnte). Ich aß von seinen Speisen, schlief in seinem Haus am Hang (anders als Titi und Bubi Giurgiuca) und widmete mich seiner Tochter. Außerdem war ich ein Deutscher, und selbst in Baltschik sprach man von diesem Volk mit Verehrung. Warum sollte mir Akif Ratibe nicht anvertrauen?

»Sechs Leinenbahnen und zehn Meter seidenes Tuch; einen persischen Webteppich aus dem Besitz seiner Ahnen; zwanzig Faß seines besten Weins und einen Esel – das bietet dir Akif, wenn du seine Tochter zur Frau nimmst«, dolmetschte Mira den Vater. Akifs Sohn von prophetischer Klugheit beeilte sich, den Webteppich aus dem benachbarten Zimmer zu holen und vor meinem Platz zu entrollen. Und sein erster Sohn, fleißiger als eine Biene, schleppte ein Weinfaß zu unserer Kissenbank und zapfte mir einen Probiertropfen ab. Und sein kleinster, der Einhorn-Sohn, zerrte den Esel vom Haferballen weg in den Raum.

Du mußt dir einen Ruck geben, sagte ich mir, und dem Treiben ein Ende bereiten. Und was tat ich? Ich ließ mir den Wein auf der Zunge zergehen und wiegte den Kopf. Ich wiegte den Kopf, als ich Esel und persischen Teppich in Augenschein nahm.

Was mir zu Hilfe kam, war ein entfernter Kanonenschlag, der Boden und Mauern erbeben ließ. Beim zweiten Kanonenschlag klingelten unsere Teetassen und die an den Balken mit Ketten befestigten Lampen bewegten sich quietschend. Ein dumpfer Donnerschlag folgte dem anderen. Es mußte das Schutzschiff der Sultanin sein, das seine Kanonen abfeuerte. Akif befahl seiner Tochter, die schnell wie ein Vogel war, auszukundschaften, was vor sich ging. Und in der Unruhe, die Akifs Kinder erfaßte und vor seiner Tochter Ratibe nicht haltmachte, die mit flehenden Augen den Vater betrachtete (und bleicher war als Akifs Ziegenmilch und der am Nachmittagshimmel aufsteigende Mond), fand ich endlich den Mut, mich an Mira zu wenden.

Es ginge nicht, sagte ich heiser, und nicht Akifs schmackhafter Wein sei schuld, wenn mir verboten sei, in diesen Tauschhandel einzustimmen. Ich sei nicht der richtige Mann, um vom klaren Gebirgswasser seiner Ratibe zu kosten und das fruchtbare Feld zu bestellen; nicht der richtige Mann, um im Schatten des jungen Baums auszuruhen und mich ins reinliche Linnen zu legen; nicht der richtige Mann, um das Schloß aufzusperren an der Schatztruhe, die seine Tochter Ratibe sei.

Akif lauschte mir reglos und nickte am Ende. Und ich merkte Ratibe Erleichterung an, als er sie aus dem Zimmerchen winkte. Mit zwei Verbeugungen, gegen den Vater und mich, schwebte sie zur Veranda, wo sie sich zusammen mit den anderen Geschwistern entfernte. Es entspann sich ein Wortwechsel zwischen dem Vater und Mira, aus dem keine Spur von Erregung sprach. Und ohne mich anzuschauen, sagte er schließlich, er sei einem Mann ohne Tadel begegnet, dessen Gegenwart ehrenhaft sei. Sein achter Sohn, aufrecht und stark wie die Eiche, werde mir ein Faß Wein in die Villa am Hang bringen, um seine Dankbarkeit unter Beweis zu stellen, die des Vaters der Tochter Ratibe. Und mit diesen freundlichen Worten entließ er mich.

Mir schwindelte, als ich den Innenhof betrat, neben Mira, die mich bis zur Pforte begleitete. Wieder schien sie erraten zu haben, was in meinem Kopf vorging. Akif meine es ehrlich, er sei voller Dankbarkeit, und nicht anders verhielte es sich mit Ratibe. Man habe rechtzeitig zehn Warnungen erhalten. Ich verstand, Mira sprach vom Kanonendonner. »Und außerdem bin ich nicht blind«, rief mir Mira zu, als ich vom Hof auf die Straße trat, »und wem Sie versprochen sind, weiß ich.« Ich betrachtete sie zwischen Neugier und Staunen. »Sie sind meiner Freundin Virginia versprochen.« Und sie klappte die Holzpforte zu.

Große Aufregung herrschte im Marcuschen Haus, und Haralamb Vona berichtete mir, was passiert war. Man hatte den Leichnam des Prinzen entdeckt – in einer der drei Meter hohen marokkanischen Urnen im Garten Marias. Einem Bediensteten war der Verwesungsgestank um den Seerosenteich aufgefallen. »Leider war es nicht Antons Idee«, sagte Vona, »in die Urne zu steigen, um Abschied vom Leben zu nehmen. Angeblich besaß er zwar schwarzen Humor und war schrullig, was bei alten Jungfern normal ist – trotzdem war es nur lumpiger Mord. Was man aus der Urne zog, war kein kompletter Kadaver, Herr Felix, es waren sieben Teile, vom wuchtigen Kopf bis zum keuschen Geschlecht.«

Am anderen Tag war Baltschik voller Polizei und Siguranţäagenten. Um einen Eifersuchtsmord konnte es sich beim Onkel Marias schlecht handeln, und seine Spielschulden hatte er alle beglichen. Man mußte von einem politischen Anschlag ausgehen, der den Prinzen aus Zufall erwischt hatte (er selbst spielte keine politische Rolle im Land) und eine blutige Warnung an Carol II. war. Als Urheber dieses bestialischen Attentats galten Codreanu und seine Legion, wenngleich man nicht vollkommen ausschließen konnte, daß es ein fremder Geheimdienst begangen hatte (sowjetischer NKWD oder Deutschlands Gestapo).

Keiner der zweihundert Schloßfestbesucher war frei vom Verdacht, an der Bluttat beteiligt gewesen zu sein. Manche der Journalisten und Industriellen bekannten sich offen zur Eisernen Garde, andere (Diplomaten, Bankiers, Offiziere) stimmten den Zielen der Bewegung Codreanus klammheimlich zu. Dritte waren Handlanger fremder Geheimdienste, und wiederum andere haßten den Mann an der Spitze des Staates aus Selbstsucht und Neid. Nur bei einer Handvoll von Leuten war er beliebt, alles Menschen, die in seiner Gunst standen.

Diese Dinge erfuhr ich beim Essen am Mittagstisch, das wir seit Tagen im kleineren Kreis einnahmen. Victor Marcu ging nicht mehr zum Badestrand, trank keinen Mokka in Mamuts Kaffeehaus. Er verzichtete auf seine Bootstouren mit Ismail, und seine Abendgesellschaften fielen flach. Zusammen mit Bubi und Haralamb Vona stellte er wildeste Spekulationen an, wer diesen Mord zu verantworten hatte, und niemand blieb von seinem Argwohn verschont. Und in seinen Nachmittagsschlaf platzten zwei Siguranţäagenten, die Fragen stellen wollten.

Verdrossen empfing er sie auf der Terrasse und ließ sich im Schatten des Feigenbaums nieder. Was das Verbrechen im Schloßpark betraf, hatte Marcu nichts Neues zu bieten. Er habe mit zwei Diplomaten palavert und einen Journalisten als »Hure Codreanus« beschimpft, sei mit Alexandrina zum Seerosenteich spaziert und mit Iulia, dem Malermodell, bis zum Wasserfall, habe im Kreis von Politikergattinnen Petrarcasonette und Goethesche Dichtungen rezitiert – »Und nichts von Mihai Eminescu?« verlangte der kleinere der beiden Agenten zu wissen und kritzelte einen Vermerk ins Notizbuch –, und einer Schauspielerin mit dem Vornamen Cecilia, an den Nachnamen konnte er sich nicht erinnern, den Aufbau der »Mondscheinsonate« veranschaulicht. Im Rauchsalon habe er keine Minute verbracht, und dem Prinzen sei er nicht begegnet.

Diese Aussagen reichten den beiden Agenten nicht. Ob er der Eisernen Garde nahestehende Personen kenne, wollten sie wissen, die in diesen Tagen am Golf seien? Nein, die kenne er nicht, gab er heftig zur Antwort, was den kleineren Geheimdienstagenten veranlaßte, wiederum in sein Notizbuch zu kritzeln. Er sei Pianist, und zwar einer von Weltrang, der in London, New York und Sao Paulo auftrete und mit Politik nichts am Hut habe.

Eine Stunde verging, und den beiden Geheimdienstlern folgte ein Trupp von sechs Mann Polizei, die unsere Ausweispapiere verlangten. Beunruhigt betrachtete ich den Beamten mit Doppelkinn, der meinen Paß kontrollierte und ein bedenkliches Mundwinkelzucken erkennen ließ. Er faßte mich grummelnd ins Auge, verglich mein Gesicht mit der Photographie. »Johann Gottwald aus Kronstadt?« Meine Stimme versagte beinahe, als ich »Ja« sagte. »Geburtsdatum 6. August 1907?« Erneut hob er sein Doppelkinn und starrte Aise an, die mit einem Holzbrett ins Wohnzimmer hinkte, um die Polizisten mit Hartwurst und Schnaps zu bewirten, leckte sich seine Lippen und klappte den Ausweis zu.

Als wir unser Nachtessen einnahmen, klopften Matei und Marietta ans Tor. Beide wirkten verunsichert, kleinlaut, zerknirscht. Besonders verzagt war Marietta, die wieder und wieder in Schluchzen ausbrach. Sie war es, die redete, Nicu blieb stumm. Sie war es, die von »Verleumdung« und »Rufmord« sprach. Und sie war es, die Marcu um Hilfe bat. Man habe Niculein bei den Agenten verpfiffen, als angebliches Mitglied der Eisernen Garde, das den Mord an Regierungschef Duca gerechtfertigt habe. »Das war der Schiffsadjutant«, sagte

Bubi. »Ach was, dieser Kreisrichter«, murmelte Vona. Wenn Marietta zu heulen anfing, legte er seinen Arm um die zuckenden Schultern der Nachbarin, von dem sie sich mit um so lauterem Heulen befreite (Dankbarkeit gegen Vona empfand sie anscheinend nicht). »Und wenn es Halunga war?« sagte Virginia, »Halunga ist dumm wie zehn Schafe.« Es verstrich eine Dreiviertelstunde mit Mutmaßungen, wer Matei verpetzt haben konnte (oder »verunglimpft«, »beleidigt«, »entehrt« und »besudelt«, wie es seine Ehefrau nannte). »Ich bitte dich«, sagte Marietta beim Abschied zu Marcu, absichtslos in vertrauliches Duzen verfallend, »bei der Polizei auszusagen, mein Mann sei ein absolut harmloser Mensch.« – »Ich werde tun, was ich kann«, gab er knurrig zur Antwort und brachte die beiden zum anderen, schlechter beleuchteten Hofeingang, sicherheitshalber.

Und in dieser Vollmondnacht, die aus dem Tal einen blauen, durchsichtigen Edelstein machte, beschloß er, Baltschik vor der Zeit zu verlassen. Selbst im knallheißen Bukarest sei es behaglicher. »Packt eure Koffer. Wir brechen am Vormittag auf«, sagte er, als wir schlafen gingen.

Am anderen Vormittag hielten wir wieder am Bergabhang, der freie Aussicht auf Hafen und Stadt bot, um uns von Baltschik zu verabschieden. Marcu schwang sich vom Polster aufs Trittbrett, wo er eine Weile in schweigender Andacht versank, und seine Tochter rief weinerlich-trotzig: »Baltschika, bald komme ich wieder!« Im anderen Cabriolet knurrte Vona: »Es bleibt bis zum Schluß eine offene Partie«, und ob er das Leben an sich meinte oder die Hartherzigkeit Mariettas, verschwieg er. »Nichts ist langweiliger als das endlose Meer«, sagte Bubi und melkte erleichtert den Ziegenbart.

Marcu warf sich ins Polster und fluchte: »Los, los, Titi! Ich will vor Anbruch der Nacht in der Hauptstadt sein.« Und wir verließen Baltschik, das im Sonnenschein flimmerte wie eine Fata Morgana.

Im Zweiten Kapitel schleiche ich mich unabsichtlich in fremde Herzen ein, wird ein Saulus zum Paulus, erwacht ein Kind als junge Frau, wandelt sich ein mottenzerfressener Pullover zum Anzug aus dem Luxuskaufhaus Beckmann, singt eine Sopranistin bei der Liebe Arien, erfinde ich (halb freiwillig) Geschichten, sterbe meinen ersten Tod und bleibt das Leben eine offene Partie

Allgemeiner Verfall und erdnahe Kometen

Heute kommt es mir vor, als sei meine Erinnerung eine von meinen erfundenen Geschichten, in der Victor Marcu und Bubi Giurgiuca am ersten Oktober zu einer Konzertreise aufbrachen und mich mit Virginia allein ließen.

Mein Tag verlief folgendermaßen: Um sieben Uhr mußte ich sie aus dem Bett werfen, was bereits eine erste Verstimmung verursachte. Virginia taumelte fauchend ins Marmorbad, das sie von innen verriegelte. Wenn dreißig Minuten verstrichen waren, klopfte und bettelte ich um so wilder. Was sie im Bad trieb, war klar: In den Leitungen rauschte kein Wasser, sie setzte den Schlaf auf dem Wannenrand fort, wenn nicht gleich in der Wanne. In der Schuluniform des Lyzeums kam sie an den Kaffeetisch, aß auf die Schnelle zwei Eier und trank eine Tasse mit Filterkaffee, auf dem sie, verbotenerweise, bestand, sei es mit Drohungen, sei es mit Schmeicheleien, bis Florica, die junge Bedienstete, klein beigab. Und wenn ich Finger und Ohren kontrollieren wollte (eine Kontrolle, zu der ich vom Vater verpflichtet war), sprang Virginia schimpfend zum Automobil in der Hofeinfahrt.

Titi und ich setzten sie vor dem Schultor ab und rollten zur Hauptstraße Calea Victoriei. Ein Verkehrspolizist in der Mitte der Kreuzung, mit Lederhandschuhen, Trillerpfeife und Schirmkappe, bewachte den Fluß der Passanten und Trambahnen, der Schrittempo fahrenden Automobile und zockelnden Pferdefuhrwerke und zog ab und zu an der Schnur des elektrischen Ampelpfeils. Titi bremste den Chevrolet ab, als die Ampel auf Stopp zeigte, und nickte ein. Von mir ließ er sich nicht wieder wecken. Erst als der Verkehrspolizist einen warnenden Pfiff ausstieß, trat er aufs Gaspedal. Wir schlichen im Zickzack um Zeitungsjungen, die auf der Fahrbahn die neuesten Schlagzeilen ausriefen, einen Zwerg, der vor unserer Stoßstange klebte und mit strampelnden Beinchen sein Fahrrad antrieb, querende Menschen und Bierkutscherfuhrwerke, die man am Bordstein entlud.

Bei der Adresse Giurgiucas ließ Titi mich aussteigen. Ich war von Bubi beauftragt, die laufende Post zu sortieren und durchzusehen und was keinen Aufschub erlaubte, zu melden. Wenn ich das erledigte, mußte er niemanden anstellen, was wesentlich billiger kam und zum anderen sicherer war. Zu mir hatte Bubi Vertrauen, und das hieß, ich war in seinen Augen ein Dummkopf (Ehrlichkeit war ein Mangel an geistiger Energie). Ich forschte bestimmt nicht in seinen »Betriebsgeheimnissen« (Veranstalterlisten, Vertragswerken, Buchhaltung) oder raubte den Stahltresor aus.

Vor Topfguckern, Spitzeln, Halunken und Einbrechern hatte er panische Angst. Bubi wohnte und schlief zwischen seinen Papieren, den Metern von Ordnern und Landkarten an der Wand, Karten Europas, Amerikas und der Welt, die er mit bekritzelten Wimpeln versehen hatte, zwei Schreibmaschinen, drei Telefonen, einer muffigen Couch und dem heiligen Gral, seinem Geldschrank aus Stahl, um das Risiko zu minimieren. Und alle drei Monate wechselte er seine Stenotypistinnen aus.

Wenn ich ein Schreiben als dringlich erachtete, ließ ich mich mit Paris oder Warschau verbinden, was nie ohne Streit mit der Telefonistin abging, die Warschau mit Krakau verwechselte, Amsterdam mit Den Haag oder das Ritz mit dem Adlon, und teilte Giurgiuca den Briefinhalt mit. Anschließend kam Marcu ans Telefon, um zu erfahren, ob Virginia nicht krank sei (»nein, ist sie nicht«), mit sauberen Fingern und Ohren in den Unterricht ginge (»ja, tut sie«, versetzte ich schluckend) und ob die »goldene Stopfgans« sein Hausverbot breche (»macht sie nicht«, sagte ich, was der Wahrheit entsprach).

Wenn ich Virginia vom Schultor abholte, mußte ich das in der Regel alleine tun, auf Titis Chauffeurdienste legte sie keinen Wert. Lieber als heimzufahren wollte sie einen ausgiebigen Stadtbummel machen. Der schloß einen Aufenthalt im Café Nestor ein, wo sie Kuchen und Torten verschlang. Es war milde und sonnig, wir konnten im Freien sitzen, von flatternden, weißen Markisen umgeben, Ladenschildern und großen Reklameplakaten, Fiat Automobil Mondial, Kodak und Chlorodont, im Dunst aus Benzin, Pferdemist und Parfums. Ein Schuhputzer kniete sich vor unsere Beine und wichste das Leder mit Spucke und Lappen, bis es seine Stupsnase spiegelte. Er war etwa im Alter Virginias, die er bei der pfeifend verrichteten Arbeit begaffte, von unten, klammheimlich, versteht sich. Mit eitlem Mißmut erduldete sie seine Neugier, und als ich dem Jungen einen Schein reichte, schimpfte sie in seinem Beisein: »Er sollte sich lieber die schmutzigen Zehen waschen, als fremden Leuten die Schuhe zu putzen.« Der Junge, der barfuß war, stierte auf seine verkrusteten Zehen, verlegen und stumm.

Alle zwei Tage besorgten wir bei Dragomir Niculescu im Delikatessenhaus Stirbey-Kompott und Suchard-Schokolade. Und los ging's mit der Trambahn zur Piaţa Rosetti, wo Tanti Catinca zu Hause war. Ich konnte Virginia von diesen Besuchen nicht abbringen. Sie stellte sich taub oder kam mir mit Drohungen. »Solltest du mich an den Vater verpetzen, werde ich sagen, du seiest es gewesen, ja, du habest Geld von Catinca bekommen, um mich in die Wohnung zu schleifen.«

Daß Virginia es ernst meinte, stand außer Frage. Und sie log wie gedruckt, wenn es notwendig war. Sie mußte sich nicht erst verstellen, sie glaubte den Schwindel, mit dem sie sich reinwaschen konnte, als sei er die Wahrheit und nichts als die Wahrheit. Und daß sie beim Vater mit dieser Geschichte auf Zweifel stieß, war nicht wahrscheinlich. Sollte er seiner Tochter Betrug unterstellen, ausgerechnet in Hinsicht auf Tanti Catinca? Das war zu bitter und schmerzhaft. Wenn er dem Kind auf den Leim kroch, ersparte er sich eine Menge an Kummer.

Tanti Catinca war rundlich und klein, eine Tonne auf watschelnden Beinen. Als Bierbrauerwitwe, die bessere Tage erlebt hatte, wie sie vor mir nie vergaß zu beteuern, mit einem Zwinkern, das zweideutig war, lebte sie zwischen Polstern und Stickdecken, Kissen und Teppichen, Plunder und Kram. An der Tapete hingen Photographien des verstorbenen Ehemanns und seiner Brauerei (die sie, »unter Preis«, wie sie wieder und wieder betonte, an einen der Kellner verkauft hatte), im Glasschrank erkannte ich Vasen und Bierhumpen, ein Pflanzenbestimmungsbuch und eine Bibel, Ikonen und Fruchtschalen, Dosen und Spieldosen, Miniaturkutschen, leere Flakons. Von den Puppen, die starr in den Couchecken hockten, sprach sie als »Madamchen Jolly« und »Madamchen Lefebvre«, zwei »naschhaften Klatschtanten aus der Provinz«. »Wir werden Madamchen Jolly nichts von unserer Suchard-Schokolade abgeben, mein Kind, nicht wahr?« – »Nein«, sagte Virginia todernst, »mit Madamchen Jolly mußt du streng sein, sonst frißt sie dich auf.« Ob das ein harmloses Spiel von Catinca war, in das sich Virginia mit Eifer verwickeln ließ, oder beginnenden Schwachsinn anzeigte, das wußte ich nicht zu entscheiden.

Catinca erwies sich als schlau und berechnend, wenn es um Virginias Vater ging. Nie fiel ein schlechtes Wort gegen den Neffen, der sie ohne ein Dankeswort aus seinem vornehmen Haus in der Straße Povernei verjagt hatte, wo sie, in seiner Abwesenheit, sieben Jahre dem Kindchen Betreuerin und Mutter gewesen war. Klugerweise verbarg sie den Groll vor der Tochter. »Und was macht Victoraş?« wollte sie von Virginia erfahren, mit den klimpernden Augen Madamchen Jollys und Madamchen Lefebvres, wenn man sie bewegte, »ist unser Victorlein wieder auf Weltreise?« – »Ja, leider«, versetzte Virginia. »Und wer bringt meinen Liebling zu Bett?« fragte Tanti Catinca. »Er«, sagte Virginia verbissen und zeigte auf mich. »Wieder er«, seufzte Tanti Catinca. Beide musterten mich voller Abscheu.

»Warum brauchst du einen Erzieher, mein Kind?« meinte Tanti Catinca bei anderer Gelegenheit, »habe nicht *ich* dich erzogen? Und diese ewige Lernerei, Schule und wiederum Schule, das macht meinen Liebling nur kirre. Als ich klein war, nahm mir meine Mutter die Fibel ab und schickte mich mit unserer Kuh auf die Weide. ›Lass man‹, sagte sie, ›du bringst es niemals zur Pfarrersfrau.‹ Und: ›Wo Gelehrtheit ist, meistens Verkehrtheit ist.‹« Mit diesen Bemerkungen gegen das Lernen und mich, der Vokabeln, Gedichte und Formeln abfragte, fand sie bei Virginia begeisterten Anklang.

Es war stickig und heiß in der Wohnung. Im Winter lief Tanti

Catincas Petroleumofen auf Hochtouren und stank wie der Teufel. In den anderen Monaten brannte die Sonne ins Zimmer. Und frische Luft ließ Catinca aus Angst vor Miasmen und Keimen nie ein. Sie naschten Suchard-Schokolade und Stirbey-Kompott, und Virginia war abwechselnd eines der beiden Madamchen, die Tanti Catinca beharrlich nach neuestem Hauptstadtklatsch ausfragten (dieser angeblich neueste Tratsch stammte aus einer Zeit vor Virginias Geburt). Und wenn ich, verschwitzt und gelangweilt, zum Aufbruch blies, zischten mich beide wie Giftschlangen an. »Alles ist heute kurz«, seufzte Tanti Catinca zum Abschied, »die Kleider, die Briefe, die Lebenszeit«, und die Nichte umarmte sie mitleidig. Virginias Treue und Zuneigung zu dieser Frau hatten etwas Bewegendes.

Sonntag um Sonntag kutschierte uns Titi zum Park Cişmigiu, wo wir Bötchen fuhren und der Fanfarenkapelle im Pavillon lauschten. Wir besuchten die Pferderennbahn in Floreasca, und jeder von uns setzte auf einen Gaul. Wenn sein Pferdchen als erstes ins Ziel einlief, fiel mir das vor Wettfieber zitternde Kind um den Hals, falls aber das meinige siegte, sprach es eine Stunde kein Wort mehr mit mir.

Dauernd hatte sie neue, verwegene Ideen. Aus den beidseitig von einem Tragbalken baumelnden Schalen der Hausierer, die Trauben verkauften, oder Joghurt, Tomaten, Kastanien und Gurken, stibitzte Virginia ein Weintraubenbund und ließ es verschlagen in meine Jackettasche gleiten.

Am meisten beunruhigte mich der Gedanke, mit der Polizei Scherereien zu bekommen. Das war Virginia nicht beizubringen. »Du bist feige«, versetzte sie kichernd, nicht ohne sich atemlos an mich zu lehnen. Diese Vertrautheit, die sie mir bewies, ließ mich meine Beklemmung vergessen. Und bald war ich es, der klaute. Sie lenkte den Jungen vorm wackligen Tischgrill ab, der verschlafen und tranig am Bordsteinrand hockte und sein Gesicht in den Fingern vergrub. Auffallend war seine mit einem Kranz vor dem Hutband verzierte Marineschirmkappe. Virginia strich um seinen schmierigen Grill und stellte sich hinter den Jungen, der sich umdrehte, blinzelnd, beunruhigt und scheu. »Steht dir gut, diese Kappe!« bemerkte sie zwitschernd, »bist du ein Admiral oder was?« Gleichaltrigen Jungen Komplimente zu machen, die Virginia als vornehme Dame betrachteten, war eine besonders erfolgreiche Masche. Er bekam rote Ohren und stammelte: »Ja.« Und das war meine Gelegenheit. Er bemerkte es nicht, als ich flink in den Blechkasten griff und mich mit einem Pfeifen entfernte. Und Virginia versetzte zum Abschied: »Na ja. Um es zum Admiral zu bringen, muß man aus anderem Stoff sein.« Und wenn wir zusammen die erbeutete Wurst an den Enden anknabberten, prustend und kichernd, kam ich mir wie ein Junge im Alter Virginias vor, dem sie vor allen anderen den Vorzug gab.

Ich verdankte es Marcus vorzeitiger Heimkehr, wenn ich keine Krawatten und Lackschuhe stehlen mußte. Anfang Dezember traf er in Băneasa ein und ließ sich von Titi am Flughafen abholen. Aus den tiefziehenden Wolken begann es zu prasseln, als das Automobil in die Hofeinfahrt bog und Virginia vor Freude ins Freie flog. Naß zu werden, das scherte sie nicht im geringsten. »Es regnet! Es regnet!« sang sie, »Omamas legen Eier« und sprang um den dampfenden Chevrolet.

In den ersten Minuten der Wiedersehensfreude bemerkte man nicht, wie verbittert er war. Virginia umhalste den Vater, der steif in der Halle stand. Sie verwirrte sein Haar, rieb die Stirn an der seinen, schnurrte in seine Ohren: »Endlich bist du zu Hause.« Als sie zu Boden glitt, warf er sich in einen Sessel beim Feuer und stierte ins Leere.

Eine Stunde verbrachte er in dieser Haltung und achtete nicht auf die Tochter, die mutwillig tanzte und Kopf stand, ein Rad nach dem andern schlug, pausenlos schwatzte und plapperte, und, um endlich Aufmerksamkeit zu erzielen, berichtete, ich sei ein Brezel- und Wurstdieb. »Und auf dem Eisenwarenmarkt in der Calea Griviţei hat er einen Nachttopf geklaut«, petzte sie. Virginia schleppte den Nachttopf an, den sie dem Vater frohlockend aufs Knie stellte. Sie hielt sich den Topf vor die Lippen und sagte Gedichte auf, auswendig, in deutscher

Sprache, und ohne ins Schleudern zu kommen. Marcu starrte sie ausdruckslos an. Sie brach in lautloses Weinen aus, was er nicht mitbekam. Sie setzte sich vor den Kamin und vergrub das verheulte Gesicht in den Fingern.

Sechs Tage verbrachte Virginias Vater im Zustand erschreckender Abwesenheit, und es dauerte, bis wir erfuhren, was passiert war. Einen schlimmeren Fehlschlag als bei dieser letzten Konzertreise hatte er niemals erlebt. Anfangs, in Warschau und an der Spree, hatte das Publikum lau applaudiert, die Kritik einen »Mangel an Spannkraft« beanstandet. Bei seinen Auftritten in Amsterdam und Den Haag war das Echo verheerend gewesen: Es hagelte Pfiffe und Zeitungsverrisse. »Seinen Titel als ›Gott am Klavier‹ hat er leider verwirkt«, kommentierte ein Londoner Blatt sein Konzert an der Themse. In Paris, schwer beleidigt, verunsichert und verletzt, hatte er seine Gastspiele kurzerhand absagen lassen. Angeblich war er erkrankt, und zwar ernsthaft, was man an der Seine sarkastisch in Zweifel zog. Ein namhafter Kritiker schrieb einen »Nachruf zu Lebzeiten« auf »Herrn Victor Marcu aus Klein-Paris«, der nicht vernichtender ausfallen konnte.

Als er am siebten Tag aus seiner Niedergeschlagenheit auftauchte, gab er den Ungarn die Schuld, die Verleumdungen gestreut haben mußten. Am achten Tag waren bulgarische Dienste Urheber der Konspiration. Am neunten fiel Marcus Verdacht auf das Dritte Reich, das sich seiner bedient hatte, um den Monarchen zu einer deutschfreundlichen Haltung zu zwingen (und zu einem Pakt mit der Eisernen Garde). Er war das Opfer politischer Großmachtsinteressen. Um Mitternacht holte er mich aus dem Bett, um mir sein Schreiben an Carol II. zu zeigen, das voller finsterer Anspielungen war. Am zehnten Tag war es Codreanus Legion, die gegen den Hof intrigierte und alle, die mit der beliebten Monarchin Maria vertraut waren, in Mißkredit brachte. Bald machte er andere Ursachen aus. An seinem Schicksal waren Strahlungen schuld, schlechtes Essen (in Amsterdam, London, Berlin), ein falscher Musikgeschmack, sein Horoskop, allgemeiner Verfall und erdnahe Kometen.

Und am vierzehnten Tag tauchte Bubi Giurgiuca auf, als sei nichts Besonderes passiert. An den erbitterten Streit in der Seinestadt schien er sich nicht zu erinnern. Bubi hatte nichts wissen wollen von einer Absage seiner Konzertreihe im Salle Pleyel. Ein Honorar zu verbrennen war schlimm. Schlimmer war die vereinbarte Konventionalstrafe, die sie dem Veranstalter zahlen mußten. Von den blamablen Folgen zu schweigen, die man mit einer Auftrittsverweigerung riskierte. Mit seinen Warnungen, finsteren Drohungen und groben Beschimpfungen hatte er nichts erreicht – und am anderen Tag das Hotel beim Jardin du Luxembourg ohne Nachricht verlassen.

Bubi ließ sich im Sessel beim Zimmerbrunnen nieder, einer Nische aus Giebel und Architrav, Pfeilern aus Marmor und steinerner Tierfratze in der Wand, die einen Strahl in das Becken am Boden spie, und blieb vollkommen ruhig, als Marcu bekanntgab, der Welt eine Lehre erteilen zu wollen. Sein Entschluß, vom Konzertleben Abschied zu nehmen, sei besiegelt und unwiderruflich. Bubi Giurgiuca verzog keine Miene, was wiederum Marcu erstaunte. »Unwiderruflich!« versicherte er. Der Impresario bohrte den Finger ins Brandloch auf seinem Pullover. »Nichts ist unwiderruflich im Leben«, versetzte er, »es bleibt bis zum Schluß eine offene Partie« (mit den Weisheiten anderer zu prahlen, das konnte Giurgiuca sich niemals verkneifen.)

Als dreißig Minuten vergangen waren, die Marcu mit wilden Komplottheorien bestritt, nahm Bubi die in seinem Arm klemmende Mappe und legte sie sich auf die Knie. Sie enthielt eine Reihe von Schriftsachen, unterschriftsfertig, wie Bubi betonte. »Mußt du mir unbedingt mit diesem Mist kommen?« Ja, leider, entgegnete Bubi Giurgiuca und fingerte an seinem Ziegenbart, das seien juristische Absicherungen, um einer Zahlung der Konventionalstrafe an den Veranstalter im Salle Pleyel zu entgehen. Und wenn er beim Ausstieg aus seinem Vertrag mit der Plattengesellschaft nicht arm werden wolle und beim Ausstieg aus anderen Vertragswerken, mit Philharmonikern, Radiostationen, der Carnegie-Hall in New York und dem heimischen Dalles-Saal, seien juristische Vorkehrungen notwendig.

Virginia und ich saßen in einer Ecke des Wohnzimmers und spielten Dame. »Herr Felix, Sie passen schlecht auf!« schimpfte sie (mich im Beisein des Vaters zu duzen, verbiß sie sich). Sie hatte recht, ich war mit meinen Augen und Ohren bei Bubi Giurgiuca. Daß er die finanziellen Verluste gering halten wollte, verstand sich von selbst. Was mir komisch vorkam, war der Eifer, mit dem er die Abwicklung seiner Vertragswerke vornahm. Bis zu diesem Tag hatte er eisern auf allen vereinbarten Pflichten bestanden.

Marcu nahm Bubis Mappe und legte sie auf den Tisch, um bei Gelegenheit zu unterschreiben. Das war seinem Agenten nicht recht. Zeit sei Geld, meinte Bubi, ein Aufschub nur kostspielig. »Es ist dringend erforderlich, sich an die Fristen zu halten, sonst liefern wir unseren Vertragspartnern lediglich billige Ausreden.« Er schwatzte und schwatzte, bis Marcu klein beigab, den Klingelknopf preßte und Titi den Auftrag erteilte, sein Schreibzeug zu bringen. Und in den Papieren kramend, fahrig, zerstreut, unterschrieb er mit schwungvoller Hand zwanzig Blatt. »Und ich bin frei?« fragte Marcu, als er Bubis Mappe zuklappte und aufstand. »Freier kann man nicht sein«, sagte Bubi Giurgiuca und steckte sich gleichzeitig zwei Zigaretten an.

Er habe es eilig, betonte er, packte die Mappe und klemmte sie unter den Arm. Nein, zu einer Bridgepartie sei keine Zeit, und sein Nachtessen werde aus diesem Papierkram bestehen, den er eiligst erledigen wolle. Sein Ziegenbart flatterte aufgeregt. »Halt!« sagte Marcu, als Bubi sich umdrehte, um aus dem Zimmer zu rennen.

Victor Marcu war groß und robust und Giurgiuca ein hageres Kerlchen von ein Meter sechzig. Victor Marcu griff seinem Agenten ans Kinn, und Giurgiuca verdrehte verzweifelt die Augen. Victor Marcu betrachtete seinen Impresario mit schmerzhaft verzogenem Gesicht. Es war das Gesicht eines Menschen, der gleichzeitig Mitleid und Abscheu empfindet (Mitleid mit einem Insekt, kurz bevor er es mit seinem Daumen zerquetscht). Keuchend verlangte Giurgiuca zu wissen, was los sei. »Was los ist?« erwiderte Marcu benommen. Ich bemerkte den Tropfen, der aus seiner Wimper rann. »Ich will wissen, ob Bubi

Giurgiuca mir treu bleibt«, versetzte er grummelnd und rieb seine Nase ab. »Und ob ich dir treu bleibe!« keuchte Giurgiuca. Erleichtert befreite er sich von der Hand am Kinn.

Marcus Stimme klang schlagartig bebend und weich. »Wem verdanke ich meinen Erfolg, wenn nicht dir, Bubi? ›Gott am Klavier‹, das war deine Erfindung, und du hast diesen Titel in Umlauf bringen lassen. Du hast mir Konzerte verschafft in Chicago, New York, Buenos Aires, Santiago de Chile. Wir haben zusammen den Globus erobert, nicht wahr? Und du hast mir zu Reichtum verholfen. Ja, wenn ich heute ein steinreicher Mann bin, verdanke ich das deinen harten Verhandlungen. Du hast kein entscheidendes Komma vergessen, um mir meinen Vorteil zu sichern. Das nenne ich echte und selbstlose Freundschaft! Laß dich umarmen, Giurgiuca.« Und er preßte den echten und selbstlosen Freund ans Herz.

»Echter Freund?« fragte Bubi verzagt. Bei der festen Umarmung verlor er die Mappe, die mit einem Knall auf den Holzboden fiel. In Bubis Augen stand schimmernde Feuchtigkeit. »Es stimmt nicht, es stimmt nicht«, bemerkte er japsend und wand sich in Marcus Umklammerung, um an die Mappe am Boden zu kommen – als er sie mit seiner Hand nicht erreichte, stellte er einen Fuß auf den Ledereinband – »ich bin nichts als ein Raffke und Nimmersatt.« Als er sich aus der Umarmung befreit hatte, warf er sich auf beide Knie und sammelte seine zerstreuten Papiere ein. »Ich bin nur ein Nimmersatt«, sagte er weinerlich und wischte den Schuhabdruck von seiner Mappe.

In tiefer Sorge ums kostbare Geld

Den Wechsel ins Jahr '36 verbrachten wir in einem Luxushotel von Sinaia. Im Karpaten- und Luftkurort lag hoher Schnee, den man beidseits der Straße zu Mauern aufschichtete, die bis zu drei Meter hoch waren. In den kleineren Gassen am Berg hatte man in die Schneedekke Tunnel gegraben. An einem Vormittag spannte ich mich vor den Schlitten und brachte Virginia zum Rodelabhang. Sie hockte bereits auf dem Schlittensitz, nannte mich »Pferdchen« und trieb mich zur Eile an. Erst als wir in einen Schneetunnel traten, verstummte sie. Es war unendlich still in den schimmernden Durchstichen, die an ein sich verzweigendes Bergwerk erinnerten, nicht an eines, das sich in den Erdboden bohrte, eher eines, das tief in die Wolken eindrang. Und in einem dieser Tunnel begann sie zu weinen. Was sie von sich gab, war eher ein Wimmern als Schluchzen, erstickt von den knirschenden Schritten und schleifenden Kufen. Trotzdem entging es mir nicht. Als ich mich umwandte, rief sie mit kratziger Stimme: »Was ist, Pferdchen? Springen sollst du, springen!« Ich sollte nichts wissen vom Kummer, in dem sie versank.

Was sie zum Weinen brachte, lag auf der Hand. Vater Marcu war hundsmiserabler Laune und sprach von nichts anderem als seinem baldigen Tod. Er sei krank, sterbenskrank, werde eingehen und elend krepieren. Sein Essen (beim ersten Parisaufenthalt, nein, bereits an der Spree) sei vergiftet gewesen. Das versicherte er allen Leuten im Speisesaal, ob es Fremde waren oder Bekannte. Und dieses Gift, das verheerend und todbringend sei, wirke unendlich langsam, verriet er den Zimmerfrauen, Liftboys, Portiers oder Kellnern. Entwickelt in deutschen Labors, werde es von Spionen des Hitler-Geheimdienstes benutzt, um sich Feinde vom Halse zu schaffen.

Im Speisesaal lauschte man seiner Geschichte mit Schaudern (und ließ es sich schmecken). Kellner und Liftboys beteuerten wiederum, Hitler-Spionen sei der Zutritt zum Haus untersagt. Und die sein

Radio abwischende Zimmerfrau bekreuzigte sich mit dem Staubtuch. Eine Baronin verlangte zu wissen, was das medizinische Gutachten sage. »Nichts, Baronin«, versetzte er grimmig, »es handelt sich bei diesem Teufelszeug um einen Stoff, den man im Organismus nicht nachweisen kann.« Ein General außer Diensten erkundigte sich erregt, warum er nicht umgehend Ermittlungen einleiten lasse. »Zwecklos, Verehrtester, ich habe keine Beweise. Selbst wenn ich ein wandelnder Leichnam bin, tot bin ich noch nicht, wie Sie sicher bemerkt haben werden. Das verschafft den Verantwortlichen einen Vorsprung, den keine Ermittlung mehr einholen kann.«

Rastlos und fiebrig bereitete er sich auf eine todbringende Krankheit vor, die dummerweise nicht ausbrechen wollte. Wenn er einen Stock nahm und in die Hotelhalle humpelte, ohne echte Beschwerden beim Laufen zu haben, konnte man meinen, er sei nichts als ein Schmierenschauspieler, der auf billiges Mitleid aus sei. Nein, er war wirklich in schlechter Verfassung. Niedergeschlagen und mutlos blieb er im Bett, wenn ich mit seiner Tochter zur Skipiste hochstieg, wo sie in Pullover und Hosenanzug, mit dem Skistockpaar, das sie sich unter die Arme schob, und schwarzer Brille im Slalom zu Tal sauste und auf dem glitzernden Schneefeld versank.

Mit seinen Gift- und Komplottheorien nahm er wieder und wieder vergeblichen Anlauf, um sich an den Haaren aus dem inneren Sumpf zu ziehen. Er versank im Morast seines Mißerfolgs. Und diesem seelischen Sumpf zu entkommen war schwerer als dem seiner Herkunft.

Aus einem Kuhdorf Olteniens stammend, hatte er seine Kindheit in Armut und Kot verbracht, eine Zeit, die zu Ende ging, als seine Eltern ums Leben kamen. Erst sein Vater, der sternhagelvoll in ein Erdloch kroch, bei dem es sich um ein Familiengrab handelte, das zwei (wiederum besoffene) Friedhofsbedienstete, die nichts von dem schlafenden Mann in der Tiefe bemerkten, am anderen Vormittag zuschippten. Und bald seine Mutter beim Heuen, die ein Blitzschlag aus tiefblauem Himmel zu Asche verbrannte.

Es hatte den Waisen zur Kleinstadtverwandtschaft verschlagen. Diese Familie wohnte in Slatina, wo sein neuer Vater der Schule vorstand. Er brachte dem Kind, das acht Jahre alt war, wißbegierig und von rascher Auffassungsgabe, in knappen acht Wochen das Lesen und Schreiben bei.

Was den Kleinen besonders anzog, war das feiertagsweise vom Lehrer benutzte Klavier, ein verstimmter und scheppernder Kasten. Es erinnerte Victoraş an die bei Hochzeiten in seinem Kuhdorf mit Fideln und Zymbal aufspielende Zigeunerkapelle. Nichts drang tiefer ins Kinderherz ein als der klirrende Klang aus der gammligen Tastenkommode, die mit, inzwischen verblaßten, Girlanden bemalt war. Er machte erstaunliche Fortschritte am Klavier. Sein neuer Vater, ein Liebhaber der Musik, spendete Lob, was sonst nicht seine Art war. »Bauerntrampel und hochmusikalisch – man kann niemals wissen, wo Gott seine seligen Samen streut.« – »Ach was«, hieß es bei seiner Tante, die aus keiner besseren Familie kam als der Neffe, »er hat nur Zigeunerblut in seinen Adern.«

Mit seinem Klavierspiel vor Freunden des Hausherrn, Offizieren, Doktoren, Prokuristen und Priestern, konnte er sich sein Herkunftspech abschrubben, das war eine Erfahrung, die er nicht vergaß. Und von Zigeunerblut war keine Rede mehr, als er ein Kirchenstipendium erhielt, um am Konservatorium Musik zu studieren. Mit vierzehn gab er ein Konzert in der Hauptstadt, mit sechzehn bereits in Paris. Er strampelte sich mehr und mehr aus dem Sumpf einer Kindheit, die entbehrungsreich, dumpf und gewaltsam gewesen war. Und den Lehrer, der beim ersten Bukarestauftritt den Pflegesohn freudestrahlend an sich ziehen wollte, vertrieb er aus seiner Garderobe: »Wer sind Sie, um Himmels willen? Wir sind uns nicht bekannt.«

Seine Verfassung verschlechterte sich um so mehr, als er, berechtigterweise, am Treueversprechen Giurgiucas zu zweifeln begann. Sein Agent tauchte nicht in Sinaia auf, wie sie miteinander verabredet hatten. Am sechsten Januar sollte er eintreffen, um bei den Finanzwerten Klarheit zu schaffen. Victor Marcu verlangte zu wissen, was er besaß, sei es an Grund und Boden und Wertpapieranlagen, sei es an Bargeld auf Konten bei heimischen Banken und Geldinstituten im Ausland. Er bezog Mieteinnahmen im großen Stil und war Teilhaber mehrerer Firmen (Mineralwasser, Kautschuk, Konserven und Automobilverleih). Er hatte mit Bubi Giurgiuca besprechen wollen, wie dieser Besitz zu erhalten war, ohne Konzerthonorare und Aufnahmegagen, und wo er das freie Geld anlegen solle. Er setzte auf Bubi als seinen Finanzfachmann, der den richtigen Riecher besaß. Und einer Aufstockung seines Prozentanteils wollte er sich nicht verweigern.

Wer nicht mitspielte, das war Giurgiuca. Am sechsten Januar wartete Marcu vergebens auf seinen Besuch. Am andern Tag rief er bei Bubi an, der sich am Telefon wand und behauptete, an einer fiebrigen Grippe zu leiden. Grippekrank klang seine Stimme beileibe nicht. Sie machten den dreizehnten Januar aus, den Bubi Giurgiuca stillschweigend verstreichen ließ. Am vierzehnten schickte er ein Telegramm, er sei, krankheitsbedingt, im Verzug bei der Aufstellung und schlage den zwanzigsten Januar vor. »Einverstanden«, ließ Marcu in Bukarest ausrichten, »zwanzigster Januar, letzter Termin!« Am vereinbarten zwanzigsten Januar blieb Bubi erneut dem Hotel in Sinaia fern, und sein Telefon hob er nicht ab.

Mit dem Auftrag, den Schweinehund an seinen Haaren aus der Wohnung zu zerren und schleunigst zum Kurort zu bringen, warf sich Titi ins Automobil. Am Nachmittag meldete er aus der Hauptstadt, Giurgiuca sei spurlos verschwunden. Seine Wohnung sei leer, laut Vermieterin habe er sie vor sechs Tagen verlassen, um in eine andere Bleibe zu ziehen. Und seine neue Adresse sei nicht bekannt.

Dieser Schlag brachte Marcu ins Wanken. »Er will mich ausrauben«, wimmerte er. »Werden wir arm sein?« verlangte Virginia zu wissen, die auf seiner Bettkante hockte, mit angstvollen Augen und blassem Gesicht.

Victor Marcu erwiderte nichts. Er stierte ins Schneetreiben, das sich als Vorhang vor Berge und Dachfirste senkte.

Endlich faßte er einen Entschluß. Er stieg aus dem Bett, tappte barfuß zum Telefon, um sich als erstes mit einem Detektiv in der Hauptstadt verbinden zu lassen, den er vertrauensvoll mit Tota ansprach. Ich kannte den Namen bereits. Marcu stellte den Mann in der Regel an, um seine Liebhaberinnen ausforschen zu lassen. Tota sollte den Wohnsitz Giurgiucas ermitteln und den Gauner ansonsten im Auge behalten. Selbst einen Einbruch bei Bubi schloß er nicht aus, ohne das Wort in den Mund zu nehmen. Anschließend rief er verschiedene Freunde an, um sich einen Anwalt empfehlen zu lassen (seinem bisherigen, der ein Bekannter Giurgiucas war, traute er nicht mehr). Er schrieb sich sechs Namen und Nummern auf, die er mit Frage- und Ausrufezeichen versah.

Beim ersten der mit einem Ausrufezeichen versehenen Namen erfuhr er, der Anwalt sei vor einer Woche verstorben. Mit dem zweiten zerstritt er sich, als der sich weigerte, am Telefon rechtlichen Beistand zu leisten, Marcu solle sich einen Termin geben lassen. Und mit dem dritten verlief es nicht besser, der in dieser schwierigen Sache von einem Gerichtsverfahren abriet, das langwierig werde und kostspielig. Empfehlenswerter sei es, sich mit seinem Partner zu einigen. »Er ist nicht mein Partner. Er ist ein Ganove, zum Teufel«, schrie Marcu und hieb auf die Gabel. Anteilnahme und Eifer bewies erst der vierte Mann, der vorschlug, Giurgiuca mit einem Prozeß zu drohen, falls er nicht hopplahopp seine Aufstellung vorlege. Von diesem Anwalt, der sich als Verehrer des »Herrn Pianisten« ausgab und beteuerte, er betrachte es als eine Ehre, den »Gott am Klavier« zu vertreten, ließ Marcu sich halbwegs beruhigen.

Wir gingen zu dritt in den Speisesaal. Finster und schweigsam verputzte er Maisbrei und Krautwickel, Grillfleisch und Obst. Finster und schweigsam betrachtete er seine Tochter, die auffallend stumm blieb (stumm wie der erkaltende Fisch auf der Platte, von dem sie keinen Happen verzehrt hatte). Er ließ sich vom Kellner mit einer Zigarre versorgen und rauchte sie, wiederum, finster und schweigsam. In einer Saalecke machte das kleine Orchester mit Becken Radau und verschluckte das Schweigen, in dem wir versanken.

Als ich Virginia zu Bett brachte, wollte sie, anders als in den vergangenen Tagen, nicht Schiffchen spielen. Bei diesem Spiel war ich das Meer, sie der Steuermann. Ich mußte das Bett packen, in eine Schaukelbewegung versetzen, und sie fing zu fluchen an (schlimmer als dreizehn betrunkene Matrosen): »Bei diesem beschissenen Seewetter, Himmelarschwolkenbruch, werden wir alle zum Teufel fahren!« Sie sprang auf die Beine, um mir meine Wellenanstrengungen sauer zu machen. Sie spuckte mich an – ich war Seewasser und sie ein Steuermann, der seinen Tabak ins Meer spie. Nein, in dieser Nacht wollte Virginia nicht Schiffchen spielen. Und nicht bemitleidet werden von mir. Als ich mich auf der Bettkante niederließ, drehte sie sich auf die andere Seite.

Am anderen Tag traf ein Brief von Giurgiuca ein, den ein Hotelangestellter im Zimmer ablieferte, als wir zusammen Kaffee tranken. Mit zitternden Fingern riß Marcu den Umschlag auf, an dem, als Verwahrlosungssiegel Giurgiucas, vertrockneter Eidotter klebte. Marcu las diesen endlosen Brief von zehn Seiten, stand auf und umkreiste benommen den Tisch. »Ich verstehe das nicht, ich verstehe das nicht.«

Teils bestand Bubis Schreiben aus sentimentalen Erinnerungen, teils aus Rechtfertigungen seiner Entscheidung, sich von Victor Marcu zu trennen. Aus Ergebenheitsfloskeln und Freundschaftsbeteuerungen. Und am Ende aus Warnungen, die er in steifen juristischen Formeln versteckt hatte und die dem Zweck dienten, einem Gerichtsverfahren vorzubauen. Marcus Verzicht auf den halben Besitz sei nicht anfechtbar, teilte er mit. Sollte er seinen Großmut bereuen und einen Prozeß anstrengen, werde er scheitern. Und in tiefer Sorge ums kostbare Geld (seines war es zwar nicht, gutes Geld blieb es trotzdem) warnte er seinen Freund vor den haushohen Kosten.

Als Victor Marcu begriff, was passiert war, fiel er mit einem Aufschrei zu Boden: Mit seiner Unterschrift hatte er Bubi Giurgiuca den halben Besitz zuerkannt. Er lag in der Mitte des Zimmers und regte sich nicht mehr. Ich rannte zum Telefon, rief in der Halle an und verlangte, auf Deutsch, einen Arzt. Meine stammelnde Aufregung reichte aus, um das Hotelpersonal in Alarm zu versetzen. Virginia, die auf allen vieren um den Vater kroch, schluchzend und flehend: »Wach auf, Tata, stirb nicht!«, und ich waren im Nu von Hotelangestellten umringt, die sich fachkundig austauschten: »Sprach er nicht von Gift ja er sprach von Gift das ist kein Gifttod das ist ein Infarkt Quatsch ein Ohnmachtsanfall mausetot ist der Mann bist du blind«. Und bald traf ein Arzt ein, der sich auf die Knie sinken ließ, Marcus Handgelenk packte, den Pulsschlag maß und seine Lider anhob, um zum Schluß mit beleidigter Stimme zu knurren: »Er lebt. Meine Hetze war wieder umsonst.«

»Kleine Bewußtlosigkeit, nichts Besonderes«, meinte ein anderer Doktor, den Marcu am Nachmittag extra ins Zimmer bestellte, »gehen Sie eine Runde spazieren, mein Lieber. Frische Luft, und Sie werden sich wieder berappeln.« Keine Erlaubnis zum Leiden zu haben, verbitterte Marcu zutiefst. »Sie sind ein Jude, nicht wahr?« zischte er den bebrillten, rothaarigen, dicklichen Doktor an, der sein Stethoskop in der Tasche verstaute, »Juden, mein Herr, sind bekanntlich infam. Und Judendoktoren besonders.«

Und in der Nacht ließ er sich auf der Bahre zum Bahnhof Sinaias bringen, um mit dem aus Budapest kommenden Nachtzug, in dem er sich ausstrecken konnte, nach Hause zu reisen. Vier Hoteldiener trugen die Bahre, auf der er, in Kleidern und Decken vermummt, in den sternenbesprenkelten Himmel Sinaias starrte, der sich tiefschwarz von den waldigen Bergen abgrenzte, die silbrig verschneit waren. Zwei andere Hoteldiener zogen den Schlitten, der mit unseren Koffern und Taschen bepackt war. Drei Kellner begleiteten uns und zwei Liftboys, die das fehlende Publikum abgaben (kein Hotelgast war um diese Uhrzeit mehr wach) und sich ein ergiebiges Trinkgeld versprachen (sie irrten sich, um seinen halben Besitz geprellt, ließ er keinen bescheidenen Leu springen). Auf dem Bahnsteig bot einer der Kellner dem Kranken Havanna-Zigarren vom Feinsten an – er hatte den Kasten im Speisesaal mitgehen lassen –, und Marcu griff tief in die Kiste. Den Rest teilten sich die Hoteldiener auf. Weißer Atem und blauer

Zigarrenqualm stiegen zum Bahnhofsdach hoch, man erwartete rauchend und stampfend den Zug (und das Trinkgeld).

Endlich donnerte es in der Ferne, die Lokomotive fuhr ein, und sie hoben den Kranken durchs Fenster ins Bettenabteil, wo er umgehend zu schnorcheln und schnarchen begann. Und vor einem schlafenden, schwerkranken Mann seine Hand aufzuhalten, war schuftig (und nutzlos).

In der Liebe ist alles wahr und alles Schwindel

Victor Marcu entließ seinen Gartenarbeiter, den er angeblich nicht mehr bezahlen konnte. Er strich Titis Lohn um ein Drittel zusammen, verkaufte den Chevrolet und behielt nur den Ford. Meine Anstellung hatte er niemals vergolten, was mich vor seiner Sparwut bewahrte. Er sprach von nichts anderem als dem Prozeß gegen Bubi, der erste Termin vor Gericht war im Mai. Bis tief in die Nacht saß er vor den mit Zahlen bedeckten Papieren der Geldinstitute, den Aufstellungen seiner Mieteinnahmen, Firmenanteile und Wertpapieranlagen. Er schickte mich mit seiner Tochter zum Carol-Park, um seine Ruhe zu haben.

Wir picknickten in einem Ruderboot, zielten auf Schießscheiben, fuhren in Holzgondeln Riesenrad, besuchten den Moşilor-Jahrmarkt mit seinen Akrobaten und traten ins Zelt einer Wahrsagerin. Die auf einem Pfeifenstiel kauende Frau mit dem harten Gesicht einer Siouxindianerin, fransigem Haar, das bis zur mageren Brust reichte, einer beim zigfachen Stillen erschlafften Brust, betrachtete uns mit dem Gleichmut und Ernst eines Wesens, das nichts als das Sprachrohr des Schicksals ist.

Als erster war ich an der Reihe. Meine Karten studierend, erschauderte sie. Tausend Gefahren, versprach sie mir, tausend Gefahren auf dem endlosen Meer meines Lebens. »Nehmt Euch in acht vor den Klippen und Eisbergen, Seeungeheuern, Orkanen und Sirenen. Und nehmt Euch in acht vor der Liebe, mein Herr. Sie ist es, die Euer Schicksal besiegeln wird.« Sie raffte den Stoß meiner Karten zusammen.

»Und du, mein Kind«, wandte sie sich an Virginia, indem sie die Karten erneut auf dem Wachstuch ausbreitete, »wirst bald eine reife und sinnliche Frau sein. Was ich erkennen kann, sind Reichtum und Ruhm. Und Verehrer und Liebhaber, die dich umschwirren werden. Du wirst wie der geheimnisvoll schimmernde Bernstein sein, der seine

Leidenschaft in sich verschließt. Wie eine saubere Muschel, in der sich das Meeresgrollen bis in die Ewigkeit fortpflanzt. Ein zarter empfindsamer Engel mit Augen, die Spiegel der Leichtsinnigkeit und Begierden sind. Du wirst wie das klare, durchsichtige Wasser sein, das zwischen den Fingern zerrinnt und sich auf seinem Weg in die See nicht verirren kann.«

Virginia war anders als in der Vergangenheit. Sie wirkte verunsichert, angstvoll, beklommen. Marcus Anspannung und seine grimmige Laune versetzten sie in einen Zustand von Schwermut. Sie kroch aus den Schalen des verzogenen Kindes, der kleinen und biestigen Dame. Diese Entpuppung ging schleichend vor sich, ich bemerkte sie erst mit der Zeit. Schiffchen spielten wir nicht mehr, wenn ich sie zu Bett brachte, eine Aufgabe, der sich der Vater entschieden verweigerte. Sie war scheuer als vor einer Handvoll von Monaten. Ich durfte erst eintreten und mich ans Bett setzen, wenn sie bereits bis zur Nase bedeckt war. Bei einer Gelegenheit, als ich sie weckte und sie zu verschlafen war, um auf der Hut zu sein, verstand ich, warum sie sich schamhaft benahm. Virginia bekam einen Busen. Was sie befangen machte, war dieser Ansatz von weiblicher Brust, der den Nachthemdstoff ausbeulte. Sie hatte saubere Finger, die sie mit dem Bimsstein abschrubbte, und saubere Ohren. Schnecken ins Haar, die sie jetzt als zu kindisch empfand, ließ Virginia sich keine mehr flechten. Sie heulte: »Florica! Wo steckst du zum Teufel?«, bis Florica mit keuchendem Atem ins Bad rannte, um Virginias Haar hochzustecken.

Und eines Nachmittags wollte sie von mir erfahren, ob es nicht schicker sei, wenn sie es abschneiden lasse. Wir hockten in Sonne und Wind vor dem Nestor, umgeben von Frauen mit neckisch schief sitzenden Kappen und Kurzhaarfrisuren. Meine laue Erwiderung machte sie fuchsig. »Schwer zu sagen, mag sein«, wiederholte sie mißmutig, »ist dir mein Aussehen vollkommen schnuppe?«

Als was sie mich betrachtete, war mir nicht klar, anzunehmen, sie wußte es selbst nicht. Sie behandelte mich nicht mehr herrisch und frech. Bisweilen benahm sie sich bockig zu mir, dem Erzieher, der Deklinationen abfragte, halb war ich Vertrauter und Freund. Und in der flanierenden Menge am Sonntag, den Paaren, die vom Schloß- zum Theaterplatz schlenderten, hakte sie sich bei mir ein. Sie klammerte sich um so mehr an mich, als sie der Vater in seiner Verfassung links liegen ließ.

Was Victor Marcu zu besserer Laune verhalf, war der erste Termin vor Gericht. Bubi hatte den Fehler begangen, einen namhaften Juden als seinen Verteidiger zu benennen, was beim Richter ersichtlichen Unwillen erregt hatte. Zwar hatte man den Beginn des Verfahrens auf Anfang Oktober vertagt angesichts der als knifflig beurteilten Sachlage – an Marcus Zuversicht kratzte das nicht. Er flegelte sich in den Sessel und steckte sich eine Havanna-Zigarre an. Endlich konnte er Luft holen, den dummen Finanzkram vergessen, sich anderen Aufgaben widmen. Jetzt betrachtete er es als vordringlich, seine Erinnerungen niederzuschreiben. Er werde beweisen, ein großer Stilist zu sein, der seine Feinde mit bissigem Spott in den Boden stampft. Sich eine Stenotypistin ins Haus zu holen, schloß er aus. Vor fremden Personen in Erinnerungen zu kramen, betrachtete er als nicht zumutbar. Er brauchte einen Vertrauten, und das war ich. Mir wollte er seine Memoiren diktieren.

Drei Wochen verbrachte ich vormittags an seinem Schreibtisch, vor dem er erregt auf und ab stapfte und seine kalte Zigarre belutschte. Probehalber sprach er einen Satz aus, den ich aufs Papier schrieb und vorlesen mußte. »Streichen«, befahl er mir barsch. Beim zweiten Satz raufte er sich seine Haare, beim dritten Satz scheuchte er mich aus dem Zimmer.

Seine Erinnerungen kamen nicht in Fluß, was mit den falschen Geschichten zusammenhing, die er bereits als Klavierstudent an der Musikschule von sich in Umlauf gebracht hatte. Um vor seinen Kommilitonen zu bestehen, die aus besseren Hauptstadtfamilien stammten, gab er sich als Sproß eines Rittmeisters aus, den eine feindliche Kugel erwischt hatte, als Sohn bessarabischer Kaufleute oder als Nachkomme eines verarmten Bojarengeschlechts aus dem tiefsten Moldawien. Vor Journalisten und Kritikern hatte er andere Geschichten erfunden. Bald war er ein Findlingskind, das man im Bauch eines griechischen Dampfers entdeckt hatte (oder in einem Weidenkorb auf hoher See).

Mit der Zeit hatte er sich von seinen Erinnerungen an eine bittere Kindheit befreit, und die wollte er nicht wieder wachrufen. Er zog ein erdichtetes Findelkindschicksal der niedrigen Herkunft aus einem oltenischen Kuhdorf vor. Wenn er trotzdem an seinem Memoirenbuch scheiterte, hatte das nicht mit Scham oder Ehrlichkeitsliebe zu tun.

Was den »Gott am Klavier« zur Verzweiflung brachte, war die Notwendigkeit einer Festlegung. Als wimmernder Wurm in der Weidenkorbnußschale, die auf den Wellen der Donau zum Meer trieb, konnte er nicht der Nachkomme eines verarmten Bojarengeschlechts aus Moldawien sein. Und als Nachkomme eines verarmten Bojarengeschlechts nicht der Sproß eines deutschen Soldaten, der sich im von der Reichswehr eroberten Bukarest in eine Schauspielstudentin verliebt hatte – »unsterblich« diktierte mir Marcu am anderen Vormittag in meinem Block »bis er, aus Liebe zur Mutter, dem Vaterland abschwor. Er legte die Uniform ab, die er in einer Ecke des Gartens verscharrte. Verpfiffen von einem Kameraden, zu Tode verurteilt vom Kriegsgericht, stellte man Vater im Morgengrauen vor eine Ziegelwand. Erst mit der hundertsten Kugel brach er in die Knie und hauchte den Namen seiner Liebsten. Und meine Mutter stahl, rasend vor Kummer und Schmerz, zwei Kanister Benzin von den Deutschen und eilte zum Friedhof, wo sie sich verbrannte. Vor dem Elterngrab fand man zwei leere Kanister Benzin und ein silbernes Halskettchen. Mutters Asche war in alle Richtungen verweht. Und ich, der ich in einem Waisenhaus Bukarests aufwuchs, bin ein Kind der unsterblichen Liebe.«

»Klingt das nicht gut?« wollte er von mir wissen. Leider stimme sein Alter nicht, wandte ich ein, er sei vierundvierzig und nicht runde zwanzig, was ein Weltkriegskind nach Adam Riese zu sein habe.

»Richtig«, erwiderte er mit Erleichterung und befahl mir, den Absatz zu streichen.

Als drei Wochen vergangen waren, ließ er mich in Ruhe und wandte sich anderen Aufgaben zu. Er sprach wieder Essenseinladungen aus, empfing Diplomaten, Politiker, Hofschranzen und Journalisten zur Mittagszeit, seine Bekannten und Freunde bei Nacht. Im Fackelschein speiste man auf der Terrasse im Freien, wo eine Zigeunerkapelle mit Hackbrett und Fideln aufspielte. Man schwofte und feierte bis in die Puppen, und im Morgengrauen kehrte Florica in Scherben gegangene Teller zusammen und den ein oder anderen an Nuß- oder Weidenbaum schnarchenden Gast aus dem Haus.

Anfang Juni, bei einer der Abendgesellschaften, tauchte auch Haralamb Vona im Garten auf, der sich seine Brille mit dunklem Fensterglas aufsetzte, trotz der Finsternis, die um den Fackelschein lohte. An seiner Kleidung war nichts zu beanstanden, von den Schuhen, die wieder auf Hochglanz poliert waren, bis zur Fliege, die mit lila Tupfern versehen war und millimeterscharf richtig vorm Hemdkragen saß. Trotzdem wirkte er komisch zerknautscht. Das sei seine Seele, bemerkte er nickend, die leider vermengt und zermatscht sei. »Marietta?« versetzte ich neugierig. »Und ob«, sagte Vona, der eine Olive zerkaute, »sie hat sich mir endlich ergeben.« – »Ist das kein Anlaß zur Freude?« – »Zur Freude?« Er spuckte den Kern einen Meter weit. »Wenn ich sie flachlege, macht es mir Freude, das stimmt«, sagte Vona und schaute mich mit seinem schimmernden Brillenglas an. »Und wie haben Sie Marietta erobert?« – »Erobert? Im Sturm, mein Freund«, meinte er wegwerfend, »es fehlt mir ja nicht an dem richtigen Mittel.« – »Und was ist das?« beharrte ich atemlos. »Geld«, gab er trokken zur Antwort, »was sonst?«

Ich schluckte und starrte verlegen zu Boden, was den Architekten erheiterte. »Denken Sie, das verletzt mich? Oh nein, es verletzt mich nicht. Ich mußte mein Geld Marietta nicht aufzwingen. Sie bot sich mir an, als sie pleite war. Und pleite, das ist sie andauernd.« Er nahm seine Melone ab und blies ein Staubkorn vom Rand (keine Ahnung, wie er es bemerkt hatte). »Und wenn ich sie ansteche, quietscht sie vor Seligkeit. Sie werden denken, sie spielt mir was vor. Warum sollte Marietta das tun? Sie liebt es, erniedrigt zu werden, das ist es. Denken Sie nur an die Nacht, als Matei sie ohrfeigte! Nein, nein, in der Liebe ist alles wahr und alles Schwindel.« – »Und Matei weiß Bescheid?« fragte ich, als er schwieg. – »Klar weiß dieser Heuchler Bescheid«, sagte Vona, »ja, wenn es um Geld geht, ermuntert er sie, sich zu anderen Kerlen zu legen. Sie steigt mit Galeristen ins Bett, um dem Hundsfott zu Ausstellungen zu verhelfen. Oder mit Journalisten, die Lobhudeleien auf seine Baltschikschmierereien verfassen. Neulich hat er sie zu meiner Wohnung begleitet und ließ sich den Zaster im Voraus bezahlen, um mit meinem Geld im Kasino zu spielen. Als Marietta sich frischmachte, war er bereits wieder blank. Stinksauer wird er, wenn sie sich einem Kerl an den Hals wirft, der sie nicht bezahlt, was bei unserem Freund«, Vona zeigte auf Marcu, »der Fall war.«

Er stand auf, um zu einem Bekannten zu schlendern, der eben den Garten betrat. Mir fiel das Gesicht dieses stattlichen Menschen auf, das etwas von einem Gebirge aus schattigen Schluchten und Felszacken hatte. Vollippig war er und auffallend krummnasig. Seine tiefen verschleierten Augen (wie Seen im Gebirge) paßten schlecht zu den Pranken und fleischigen Fingern, die außerdem protzig beringt waren (an jedem Finger ein anderer Edelstein). Er wirkte geheimnisvoll, wie ein verkleideter, aus dem Serail entlaufener Sultan, der es gewohnt war, ein Reich zu beherrschen. Selbst im Maßschneideranzug war es diesem Mann zu eng. Seine Schultern bewegten sich ruckend, als stecke er in einer falschen, zu engen Haut.

Vona beeilte sich, wieder zu mir zu kommen, als andere Leute den wuchtigen Menschen umringten (gegen den er sich wie eine Feder ausnahm). Seinen Spazierstock ums Handgelenk wirbelnd, blieb er vor der Holzbank stehen, die ich bekippelte. »Kennen Sie Slumowitz?« wollte er wissen. »Aristide Slumowitz«, sagte er, als ich verneinte, »seine Familie kommt von der Krim. Betreibt ein Kasino im Herzen von Bukarest, mit dem er beachtlichen Umsatz erzielt. Angeblich genießt er den Schutz des Monarchen, der mit zwanzig Prozent an den Einnahmen beteiligt sein soll. Und Slumowitz braucht seinen Schutz. Niemand ist bei der Eisernen Garde verhaßter als er. Bei Slumowitz hat dieser Mistkerl Matei den Liebeslohn meiner Marietta verbraten.«

Seine Bemerkung rief mir in Erinnerung, was ich noch zu fragen beabsichtigt hatte. »Ich verstehe das nicht«, hob ich vorsichtig an, »warum kommen Sie sich seelisch vermengt und zermatscht vor, wenn Sie das mit dem Geld an Marietta nicht kratzt?« Haralamb Vona, der sich von der Brille befreit hatte, schaute mich vorwurfsvoll an. »Seelisch vermengt und zermatscht, wer behauptet das? Sie sind ein Wortklauber, lieber Freund, was ich dem deutschen Charakter zurechne. Das entschuldigt Sie, aus seiner Haut kann ja keiner. In der Liebe ist alles wahr und alles Schwindel, das sollten Sie niemals vergessen. Und ich muß mich leider empfehlen. Um elf bin ich mit Marietta verabredet.« Und mir zuzwinkernd, drehte er sich auf dem Absatz um.

An einem der folgenden Tage begegneten wir uns aus Zufall im Park Cişmigiu, wo ich um die Mittagszeit gerne spazierenging oder mich mit einem Buch auf die Bank setzte, bis Virginias Unterricht aus war und ich sie vom nahen Lyzeum abholte (das konnte um vierzehn Uhr oder erst gegen halb vier sein). Vona war nicht allein, Arm in Arm mit Marietta bog er auf die schnurgerade Hauptallee. Sie schlenkerte mit einer Damenhandtasche, trug ein sauberes weißes Kleid und weiße Schuhe. Auf dem seidigen blonden Haar, das in der Juniluft schimmerte, saß ein Modellhut mit Schleifen. Halb belustigt und halb widerstrebend ließ sie sich von Haralamb Vona zur Eile antreiben. Seine Erregung war nicht zu verkennen. Kindisch wirkte er, starrsinnig, aufstampfend trotzig, was besonders ins Auge stach neben Marietta, die an seiner Seite zu schweben schien, wie eine zarte und unschuldige Margerite.

Ich konnte den beiden nicht rechtzeitig ausweichen. »Herr Gottwald«, rief mir Marietta zu, die mich als erste entdeckt hatte, »was macht mein Victorlein?« Ich ergriff Mariettas Hand, die sie flach ausstreckte, um einen Kuß auf den Handschuh zu hauchen, und gab bereitwillig Auskunft, was Haralamb Vona mit grimmiger Miene erduldete. Und mit grimmiger Miene erduldete er, als sie sich von uns beiden verabschiedete. Es gehe bereits auf halb zwei zu, Matei erwarte sie. Winkend entfernte sie sich bis zum Hauptportal, wo sie in eine haltende Straßenbahn kletterte.

»Sie haben mich von einem Alptraum befreit«, sagte Haralamb Vona, als ich mich entschuldigte, und zog mich zu einer Terrasse am Teichufer, wo er uns zwei Mokka bestellte. »Und leugnen Sie nicht, Sie sind scharf auf Marietta.« Ich fiel aus allen Wolken. »Ich? Scharf auf Marietta?« – »Ich bin ja nicht blind«, meinte Vona verdrossen. Ganz falsch war es nicht, was er sagte. Ich hatte sie aus der Entfernung beschnuppert, um festzustellen, ob sie bis heute den Busen mit frischem Basilikum einrieb. »Wenn Sie bezahlen, ist Marietta bereit«, sagte Vona und spuckte ins Wasser. Lustvoll wand er sich in seinem Eifersuchtsschraubstock. »Selbst wenn ich es wollte«, versetzte ich abwehrend, »ich kann mir Marietta nicht leisten.« – »Das ist schlecht«, sagte Vona, der sichtlich erleichtert war, »und andererseits ein entschiedener Vorteil, mein Freund. Wenn man wie ich von der Erbschaft des Vaters lebt, stellt man nur Dummheiten an. Und was ist mit der Liebe? Sie sind nicht verlobt?« – »Ich war es«, bemerkte ich ausweichend. Mehr wollte Vona bestimmt nicht erfahren.

»Richtig verlobt waren wir nicht miteinander«, bekannte ich, als er, zu meinem Erstaunen, nicht lockerließ, »eine Kinderfreundschaft, anfangs war es nicht mehr. Und als junge Frau war Emilie scheu und befangen, ein Mensch, dem es schwerfiel, erwachsen zu werden.« – »Sie war, was man keusch nennt«, warf Haralamb Vona, halb neidisch, halb mitleidig, ein. »Sie verschloß sich vor mir«, sagte ich, »sie erkannte in mir den versponnenen Kindskopf, der mit seiner Liebe nicht haushalten konnte und abschreckend lebensfremd war. Emilie war ein empfindsames Wesen. Sie liebte Ideen, die hochfliegend waren und der Welt einen silbrigen Glanz verliehen. Was sie anzog, das war meine Leidenschaft am Klavier, vor dem ich mich vollkommen vergaß. Andererseits war sie streng protestantisch erzogen und bangte ums seelische Gleichgewicht, eine Furcht, die mit praktischem Sinn Hand in Hand ging. Praktischer Sinn und Empfindsamkeit schließen sich in meiner Heimat beileibe nicht aus. Und es war dieser handfeste siebente Sinn, der sie warnte. Nicht zu Unrecht. Man kann ja mitnichten behaupten, mein Lebensweg sei schnurgerade verlaufen.

Anders verhielt es sich mit meinem Bruder, dem erfahrenen Menschen und Weltkriegssoldaten, der es gewohnt war, schnurstracks auf sein Ziel loszugehen. Als er Emilie entschlossen den Hof machte, verliebte sie sich in den reiferen Mann – ohne mir innerlich untreu zu werden.«

»Das verstehe ich nicht«, wandte Haralamb Vona ein, der sich seine Stirn mit dem Taschentuch abtupfte. Schwer zu sagen, warum ich nicht an mich hielt und meine Liebes- und Lebensgeschichte zum besten gab. Ich hatte Vertrauen zu dem geistreichen Dandy mit Fliege, Spazierstock und milchweißen Handschuhen, und seine Neugier ermutigte mich. Sie ermutigte mich, mir mein Schicksal vor Augen zu halten, das mir bereits schwankend und unsicher vorkam, als sei es ein Traum.

»Um mich nicht zu verlieren«, fuhr ich fort, »wollte sie mich aufs engste an Haus und Familie binden. Und um diesen Zweck zu erreichen, verkuppelte sie mich mit Alma, der Schwester. Alma wiederum drohte zur alternden Jungfer zu werden, war schnippisch und selbstverliebt, wirkte um etliches praktischer als die versonnene Emilie und hatte nichts Reizvolles an sich. Abstoßend war sie zwar nicht, gertenschlank und kastanienbraun wie sie war – trotzdem konnte ich mich nicht in Alma verlieben.« – »Und?« fragte Vona, als ich eine Pause einlegte, und beugte sich atemlos vor. »Man klopfte mich weich, bis ich zustimmte.« – »Sie waren bereit, diese Alma zu heiraten?« Er hob seine Augen zum Himmel, bekreuzigte sich. »Wir verlobten uns«, sagte ich nickend. »Emsig trafen Emilie und Alma Vorkehrungen zu einer Doppelhochzeit. Ludwig, mein Bruder, und ich sollten mit beiden Schwestern zusammen vor den Traualtar treten, an einem Tag im Julei '26.

Kurz vor diesem Schicksalstag kam eine Reisegesellschaft in unsere pommersche Kleinstadt, die sich im Brixschen Hotel an der See einquartierte. Ich erfuhr von dem hohen Pianistenbesuch. Begierig, mit Marcu zusammenzutreffen, strich ich Tag und Nacht um unser Strandbadhotel. Und eines Nachmittags, als ich am Sandstrand war, tauchte er wie aus dem Nichts vor mir auf. Ja, wir sind uns seit knappen zehn Jahren bekannt«, sagte ich, als ich Vonas Erstaunen bemerkte. »Und als er mir vorschlug, sein Reisebegleiter zu werden, ein Vorschlag, der mit dem Versprechen verbunden war, mich zu einem Pianisten von Weltrang zu machen, beeilte ich mich, meine Sachen zu packen.

Selbstredend konnte ich mich nicht verabschieden. Nicht von meinem Vater, nicht von unserer Dienstmagd, zu schweigen von Alma, Emilie und Ludwig. Als ich meine Braut traf, bemerkte sie nichts. Sie sprach nur von praktischen Dingen, dem Hochzeitskleid, anstehenden Wohnungs- und Zimmeraufteilungen, sobald wir verheiratet waren, und was weiß ich.

Mit Emilie verhielt es sich anders. Ich weiß nicht, ob sie eine Ahnung zu mir trieb, das Wissen, wie schwankend mein seelischer Zustand war, oder ob sie mir lediglich nahe sein wollte. Sie kam zu meinem Lieblingsplatz, einer von Erlen und Weiden beschatteten Stelle am Flußufer, um sich zu rechtfertigen und zu beteuern, mich trotz der bevorstehenden Hochzeit mit Ludwig zu lieben. Und als sie aufbrechen wollte, passierte es. Sie schlief mit mir, weinend, verzweifelt, besinnungslos, um mich am Ende entsetzt zu verlassen. Sie schwang sich aufs Fahrrad und floh. Und ich taumelte, bebend und ratlos, ins Flußwasser, wo ich mir Emilies Blut von den Schenkeln wusch.«

»Ich brauche dringend einen zweiten Kaffee«, sagte Vona und winkte dem Kellner. »Sie muß erleichtert gewesen sein«, fuhr ich fort, »als ich mich vor der Doppelhochzeit aus dem Staub machte, zerfressen von schlechtem Gewissen und Reue. Bei allen anderen machte ich mich verhaßt. Sie schlossen mich aus der Familie aus. Ich schrieb Briefe, die niemand beantwortete, außer unserer Dienstmagd Mathilde. Ich sei daheim eine Unperson, schrieb sie mir, ein Name, den man nicht mehr ausspreche.«

»Mhm«, machte Vona, der seinen Kaffee austrank, »und Sie gingen mit Marcu auf Reisen?« Ich bejahte. »Wir reisten von Hauptstadt zu Hauptstadt, und als er einen Ruf an den Tiber erhielt, ließen wir uns am Aventin nieder. Als Lehrer am Konservatorium leitete er eine Klasse begabter Klavierspieler aus allen Teilen Europas. Um auch mir Unterricht zu erteilen, war er zu beansprucht. Sein Versprechen, mich zum Pianisten von Weltrang zu machen, erwies sich als leeres Gerede. Und warum er auf meine Gegenwart Wert legte, blieb ein Geheimnis, das er nie verriet. Erkennbaren Nutzen aus meiner Begleitung zog Marcu nicht. Er verlangte nicht mehr von mir als meine Anwesenheit.«

»Um nicht einsam zu sein«, sagte Vona, »wir Orientalen grausen uns vor der Einsamkeit.« Ich nickte. »Das stimmt. Marcu haßte zum Beispiel den Schlaf, in dem er zum Alleinsein verurteilt war. Wie Kinder, die nicht ohne Lampenschein einschlafen, beharrte er auf meiner atmenden Gegenwart. Ich durfte mein Zimmer zu seinem nie schließen, außer am Tag, wenn der Schlaf eine ferne Bedrohung war.«

Seinen Hut auf dem Finger in kreisende Schlingerbewegungen versetzend, erwiderte Vona: »Und? Sie hielten es bei diesem Flunkerer aus, der sein Pianistenversprechen nie wahr machte? Was außerdem logisch ist – andere Begabungen als seine erkennt er nicht an.« – »Nein«, entgegnete ich, »ich zog klammheimlich Leine, im Wissen, er wird mich nicht freiwillig ziehen lassen, im Januar '30, als wir in Berlin waren, und verdiente in Zukunft mein Geld an Kaschemmenklavieren. Das ging halbwegs gut, bis man Hitler zum Reichskanzler ausrief und SA-Leute nachts meinen Wohnungsgenossen und Freund Otto Lemke verschleppten (ich spielte ja nachts in den Pinten Klavier, was mich vor seinem Schicksal bewahrte).

Im April '33 erschossen sie Otto, den Ex-Boxer und Kommunisten, angeblich beim Fluchtversuch. Und mich hatten sie auf dem Kieker. Ich stand im Verdacht, meinerseits Kommunist zu sein, als enger Freund des Rotfrontmitglieds Lemke, der bei einer Straßenschlacht vor '33 einem SA-Mann die Birne zermatscht hatte. Mir war klar, daß sie vorhatten, wiederzukommen, und am anderen Vormittag wechselte ich meine Bleibe.

Ich spielte in Nachtschuppen, Kabaretts, in einem vornehmen Eßlokal, hatte mein Auskommen. Ins Ausland zu gehen war nicht meine Absicht, trotz Furcht und Beklemmungen, die ich empfand. Bis mir ein SA-Mann mit seinen genagelten Stiefeln die Finger zerquetschte, halb aus sadistischer Lust, halb um mich zu bestrafen, ich spielte ja in einem Judenlokal Klavier, was mir, nebenbei, nicht bewußt war.

Im Glauben, sie würden heilen, ließ ich mir meine Finger nicht schienen und eingipsen. Dieser Irrtum erwies sich als folgenschwer. Ich konnte kein Geld mehr verdienen, war blank und am Ende. Und im September las ich auf Plakaten von einem Konzert Victor Marcus mit den Philharmonikern. Mittags stellte ich mich an den Hinterausgang, zweifelnd, ob er mich wiedererkenne. Und wenn, ob er mir meine wortlose Flucht vor vier Jahren verziehen haben werde. Meine Zweifel waren Gott sei Dank fehl am Platz. Als er mich zu Gesicht bekam, war er begeistert und preßte mich an seine Brust. Was seine Begeisterung allerdings merklich verringerte, war meine dringliche Bitte um Hilfe. Er zauderte anfangs, mich mitzunehmen und aus dem Hitlerschen Deutschland zu schleusen. Und trotzdem. Am Ende lud er mich ins Automobil und zehn Kilometer vorm bayrischen Grenzzaun stieg ich in den Kofferraum um.«

Unschuldige Kerne und bebender Lustgesang

An neuen Aufgaben mangelte es meinem Retter nicht. Er stieg bald zum Berater von Carol II. auf, was er seinen guten Beziehungen zur Mutter verdankte, und ging im Palast aus und ein. Bei seinen Essenseinladungen sprach er von schweren Entscheidungen, die dem Monarchen den Schlaf raubten und klugen Beistand erforderten. Und er sei ja, als Kenner Europas, besonders in außenpolitischen Dingen beschlagen. Mehr durfte er den Diplomaten, Politikern und Journalisten, die ehrfurchtsvoll an seinen Lippen hingen, leider nicht sagen. Man werde verstehen, bedauerte er vor der Runde, wenn er seine Schweigepflicht ernst nehme, besonders bei schicksalsbestimmenden Fragen.

Ansonsten berichtete er ohne Umschweife von seinen Rommépartien am Hofe, die man mit Champagner und Kognak begoß, erlesenem Kognak des Hauses Château Paulet und Champagner der Marke Lanson goût américain. Carols Ruf sei zu Unrecht verdunkelt. Er mache sich ernsthafte Sorgen ums Vaterland, das Gefahr laufe, zwischen den Mahlsteinen der Großmachtsinteressen zerrieben zu werden. Und er sei beileibe kein stumpfer Charakter, den Armut und staatlicher Schlendrian kalt ließen. Carols angebliche Geldgier sei reine Erfindung, verbreitet von Auslandsgeheimdiensten, um einen Keil zwischen Volk und Monarchen zu treiben. Und wenn man die schlimmsten Gemeinheiten streue – der Monarch leide an Priapismus, sei sklavisch und blind seiner Freundin Lupescu verfallen, die in Wahrheit das Heft in der Hand halte –, verfolge man keinen geringeren Zweck, als das Staatswesen zu untergraben. Ja, er kenne Elena Lupescu, die ruhig und schweigsam sei, taktvoll und einnehmend – und sich in Carols Regierungsbelange nicht einmische. Nein, sie sei nicht mehr jung, trotzdem sehe sie blendend aus, mit dem naturechten roten Haar und einer Haut, die magnolienweiß sei.

»Hat sie sich nicht operieren lassen«, wollte ein pickliger Pressevertreter erfahren, »um schlankere Beine zu haben?« Marcu erwiderte giftig und zur allgemeinen Erheiterung: »Wissen Sie, lieber Freund, wenn einer dringend operiert werden sollte, sind Sie es, und zwar im Gesicht.« – »Ich komme aus einem neutralen Land«, sagte ein vornehmer Herr aus Genf, Konsul in Bukarest, stiernackig, massig und schweizerisch vorsichtig, »und will mir kein Urteil erlauben. Andererseits kommt mir diese Verbindung nicht passend vor. Carol II., von nobelster Herkunft und edlem Blut, und diese Frau aus dem Ghetto in Iaşi. Elenas Großvater war bessarabischer Rabbi, der Vater verkaufte Juwelen. Und das bei dem Judenhaß in diesen Breiten! Nein, meines Erachtens war der aus dem Haus Hohenzollern und Sigmaringen kommende Carol nicht klug bei der Wahl seiner Freundin.« – »Und ich war der Auffassung«, sagte der Hausherr ironisch, »die Schweizer sind Republikaner«, was wiederum Anlaß zur Heiterkeit gab. »Mit dem Widerwillen gegen die Juden bei uns haben Sie zweifellos recht«, meinte Marcu beschwichtigend, als der Herr Konsul erkennbar nach Luft schnappte, »und ich kann diesen Abscheu verstehen bei der Menge an Juden, die auf tausend Einwohner kommen. Leider richtet er sich mehr und mehr gegen Menschen, die israelitischer Abstammung sind, ohne richtige Juden zu sein. Und ein richtiger Jude ist raffgierig, geizig, verschlagen, ein kriecherisch-windiges Wesen. Nie hatte ich mit einem schlimmeren Juden zu tun, als mit meinem Ex-Impresario Giurgiuca, der nicht einen Tropfen an Judenblut in seinen Adern hat.«

Von den Juden kam man auf die Biologie und von der Biologie auf das Dritte Reich und verlangte von Carols Berater zu wissen, ob er Adolf Hitler leibhaftig begegnet sei. Ich zuckte zusammen, als er nickte, und ohne verlegen zu werden behauptete, bei einer Essenseinladung des Reichsmarschalls habe er Hitler von nahem erlebt. Ein Mann ohne Ausstrahlung, grau und verkrampft, das sei sein erster Eindruck von Hitler gewesen, bis er dessen stahlblaue Augen bemerkt habe, von einer Entschlossenheit, die nicht mehr menschlich sei. Diese Augen seien wahre Skalpelle. Ob Hitlers Augen nicht braun seien, wandte der Konsul ein. Von einem Schweizer ins Schleudern bringen ließ sich mein Retter nicht! Von Geburt an, erwiderte er, von Geburt an ja, bis zu seiner Augenverletzung im Krieg, bekanntlich sei Hitler beim Gasangriff beinahe erblindet. Und um sich nicht bei seinem Schwindel erwischen zu lassen, zog er es vor, auf Josef Stalin zu sprechen zu kommen, der verglichen mit Hitler ein Weichei und Zauderer sei.

Wenn es nach Marcu ging, korrespondierte er mit den Regierungsmitgliedern des Deutschen Reiches; stand mit dem Staatschef von Frankreich in Briefkontakt; flog in geheimer Mission an den Bosporus, um eine Einigung mit den Bulgaren zu erzielen; riet den Deutschen zum Pakt mit Franzosen und Briten; hatte Carols Mandat, ein Imperium zu schaffen; hielt sich zwei Tage in Adrianopel auf, wo alle Strippen zusammenliefen. Von diesen Dingen stimmte nur ein verschwindender Teil, den er in einem Anfall von Großmannssucht aufbauschte, und das um so mehr, als sein Stolz tief verletzt war. Verzweifelt bestrebt, die verpatzte Konzertreise schleunigst vergessen zu machen, von der man in Bukarest Wind bekommen hatte, spielte er sich als entscheidender Mann an der Seite von Carol II. auf.

Er wußte, er durfte den Mund nicht zu voll nehmen, wenn er sich im Schloß nicht als Großmaul in Mißkredit bringen wollte. Mit beendeter Mahlzeit, zum Rauchzimmer schlendernd, beteuerte er vor der Mittagsgesellschaft, sein Einfluß auf Carol sei nicht von Gewicht. Mit diesem Wechsel zu tiefer Bescheidenheit erzeugte er nichts als Verwirrung. Ja, Botschafter, Parlamentarier und Journalisten betrachteten sie als Beweis der besonderen Rolle, die er im Beraterkreis einnahm. Niemand erkannte die Komik bei dieser Verrenkung, mit der er sich absichern wollte. Und wenn mir Marcus Großmannssucht peinlich gewesen war, stimmte mich seine Ehrlichkeitsanstrengung weich. Es war etwas liebenswert Kindliches an diesem Menschen, das bis in den Schwulst seiner Eitelkeit reichte.

Er war bei Hofe, auf Reisen, gab Essen und speiste bei anderen Leuten. Vormittags empfing er eine Stenotypistin, der er Memoranden und Briefe diktierte. Und wenn sich seine Tochter beschwerte, er sei nie zu Hause, geriet er in Wut. Sie sei kein Kind mehr und solle Vernunft annehmen. Er reibe sich auf, um Europa vorm Krieg zu bewahren, und sie habe nichts Besseres zu tun, als zu quengeln und zu murren. Sie habe ja mich, um ins Kino zu gehen oder in den Botanischen Garten. Und sie ins Bett zu bringen, schaffe er einfach nicht bei seinem Einsatz im Dienst der Nation. Ob sie nicht reif genug sei, um das einzusehen?

Sie verkniff es sich, zu widersprechen, und winkte begeistert der Wagenkolonne von Carol II., wenn sie uns aus Zufall passierte. Oh ja, sie war stolz auf den Vater.

Um seine Achtlosigkeit zu verschmerzen, klammerte sie sich an mich. Wenn wir auf den luftigen Kais am Kanal und im Baumschatten zu den Zentralhallen schlenderten, nahm sie ohne Scheu meine Hand. Und begegneten wir einem Liebespaar, musterte sie mich verstohlen von der Seite, als wolle sie uns mit den jungen Verlobten vergleichen.

Mit der Hitze, die sich aufs walachische Land legte und aus der Stadt einen Schmelztiegel machte, ließen wir uns von Titi zum Wellenbad »Lido« bringen, wo ich auf der Terrasse Kaffee trank und rauchte und Virginia mit lustvollen Schreien ins Wasser sprang. Alleine im Becken fand sie es auf Dauer zu langweilig. Um mich ins Wasser zu locken, versprach sie mir einen freien Tag in der Woche, und bei diesem Vorschlag gab ich meinen Widerstand auf (was sie wiederum sichtlich verdroß).

Vor Virginias Launen war man niemals gefeit. Mit finsterem Gesicht wollte sie von mir wissen, was ich bei meinem Freigang erlebt habe. Ich sei am Stadtrand gewesen, versetzte ich ausweichend. In einem Gartenlokal? Ich bejahte. Warum ich mich ohne sie in ein Lokal setze, sei es nicht unterhaltsamer, wenn man zu zweit sei? »Oder bist du bereits in Begleitung gewesen?« Diese Aushorcherei ging mir gegen den Strich. Das sei mein Bier, bemerkte ich ruppig.

Wir saßen im Trambahnwaggon, der im Schienenstrang ruckelnd zum Platz Sfântu Gheorghe einbog, umgeben von Leuten, die aufhorchten, als sie erwiderte: »Wenn ich dich bei den Gendarmen verpfeife, wird dir deine Frechheit vergehen.« Mein Platznachbar ließ seine Sportzeitung sinken und betrachtete mich von der Seite, halb drohend, halb vorwurfsvoll. »Soll ich dem Schaffner Bescheid sagen, Kindchen?« Und vor der Konditorei, wo sie Baklava und Kataif essen wollte, hielt sie meinen Arm fest und bat mich zerknirscht um Verzeihung.

Warum sie mich im Verdacht hatte, mit einer Frau auszugehen, war nicht schwer zu erraten. Sie hatte Floricas Interesse an mir bemerkt (das regelrecht peinliche Ausmaße annahm). Wenn Florica mir einen Kaffee brachte, streifte sie wie aus Versehen meine Hand. Sie goß absichtlich Tee auf mein Hemd, um mit emsigem Rubbeln und Reiben den Fleck zu entfernen (und mir bei dieser Gelegenheit nahe zu sein). Dauernd stieg sie zum Dachboden hoch, wo ich wohnte, klopfte an meine Kammer und fragte, ob sie meine Schuhe polieren, mein Bett machen, Socken ausbessern und Briefe zur Post bringen solle, Briefe an meine Verlobte zum Beispiel (und erkennbar beruhigt, als ich sagte, ich sei nicht verlobt, stieg sie wieder ins Erdgeschoß).

Florica war zwanzig und kam aus Giurgiu an der Donau. Sie hatte ein rundliches Kinn, ernste, mutlose Augen, war kraftvoll und schlank. Und reizvoller, als es den Anschein besaß, wenn sie still und bescheiden den Haushalt besorgte, was ich erst bemerkte, als sie mir den Hof machte, in einer Mischung aus Keckheit und Demut, Befangenheit und Zielstrebigkeit.

Sie zweifelte nicht mehr an meiner besonderen Rolle im Kreis der Familie. Ich besaß das Vertrauen der Tochter des Hausherrn, die mich auffallend besser behandelte als vor sechs Monaten. Ohne einfacher Hausangestellter zu sein, war ich kein Mitglied der hohen Gesellschaft, das ermutigte sie, sich um mich zu bewerben.

Ich hatte nicht vor, auf Floricas Spiel einzugehen. Wenn sie an meine Kammer kam, wies ich sie knurrend ab. Wenn ich las und sie staubwischend um meinen Sessel strich, bat ich sie grob, nicht zu pfeifen. Trotzdem fiel es mir schwerer und schwerer, mich achtlos und kalt gegen sie zu benehmen. Ich hob meine Augen von Buch oder Zeitung, um sie zu betrachten, klammheimlich, verstohlen, und ertappte mich bei der begierigen Vorstellung, sie aus den schlichten und sauberen Kleidern zu pellen und splitternackt auszuziehen, an den rotbraunen Brustknospen spielend, meinen Mund auf die kindlichen Lippen Floricas zu pressen und sie auf den persischen Teppich zu legen, wo sie mich mit schlanken und kraftvollen Schenkeln umfing.

Florica entging es nicht, wenn ich sie anstierte, und ohne zu wissen, was sich in mir abspielte, nahm sie erschrocken Reißaus. Mich verprellen, das wollte sie allerdings auch nicht. Sie blieb an der Schwelle zur Flurhalle stehen, um mir kurz das Gesicht zuzuwenden, halb schamhaft, halb lockend und sichtbar erregt.

Freigang hatte Florica acht Stunden pro Woche, die vom Nachmittag bis in die Nacht reichten (und einmal im Monat erhielt sie Erlaubnis, zwei Tage zur Mutter zu reisen). Und Ende Juni, als sie meine Kammer betrat, um in der Dachrinne sauber zu machen, das Fenster aufsperrte und sich auf die Trittleiter stellte, fragte ich sie, ob sie nicht mit mir tanzen gehen wolle. Mit zitternder Stimme versetzte sie: »Ja«, nahm unverrichteter Dinge die Trittleiter an sich und lief aus dem Zimmer.

Vorsichtshalber verließ ich das Haus bereits mittags und ließ sie allein mit der Tram zur Chaussee fahren, an der das Tanzrestaurant namens »Flora« lag. Ich erkannte Florica nicht wieder, die in einem knielangen, luftigen Sommerkleid steckte, das verblichene Karos aufwies und ein sich um die biegsame Taille spannendes Schleifenband, in weißem Strumpfpaar und Schuhen mit Riemchen. Mit der Steckfederkappe, die schief auf dem Kopf saß, strahlte sie eine Spur von Verwegenheit aus. Sie hatte sich sparsam geschminkt (anzunehmen, um mit den Toilettenartikeln zu haushalten), was sie um so frischer und reinlicher aussehen ließ.

Als wir beim Kellner zu essen bestellten, verzichtete ich auf die teureren Speisen, und sie hielt es nicht anders als ich. Florica verlangte zwei billige Kartengerichte. Ich rechnete flink unsere Endrechung aus, kam auf eine erschwingliche Summe und atmete auf. Von meiner Geldknappheit ahnte sie sicher nichts. Aus Gewohnheit beließ sie es bei einer preiswerten Suppe mit Kutteln und Grillfleisch vom Huhn, oder sicherheitshalber, um keinen Fauxpas zu begehen.

In Verlegenheit brachte ich sie, als ich fragte, was sie mit den Fingern umschließe, die sie seit der Ankunft vorm »Flora« zur Faust ballte. »Es ist nichts, es ist nichts«, gab sie heiser zur Antwort, ließ den Arm mit der Faust von der Stuhllehne baumeln, um den Gegenstand unbemerkt fallen zu lassen. Ich beugte mich neugierig vor. »Ein Melonenkern?« – »Ist es nicht dumm von mir«, sagte sie, rot werdend, »stundenlang einen Melonenkern anzustarren? Und das tue ich, starre den Kern an und stelle mir vor, wie aus diesem bescheidenen Ding eine schwere und saftige Frucht wird mit wiederum Dutzenden anderer Kerne. Ist es nicht dumm von mir?« wollte sie wissen.

Mir fiel nichts ein, um sie zu unterhalten, und Florica verbot es der Anstand, leichtfertig zu plappern, neben der Scheu, mich am Ende zu langweilen und etwas abgrundtief Falsches zu sagen. Sie schwieg lieber, als meinen Unwillen zu wecken, der mich zum eiligen Aufbruch veranlassen mochte. Diese Furcht, die sie plagte, versetzte uns beide in eine beklommene Stimmung. Schweigsam hockten wir vor unseren Tellern und waren heilfroh, als der Kellner das Essen auftrug. Wir schauten zur Pappelchaussee vor der brusthohen Mauer, auf der Equipagen und Automobile spazierenfuhren, und wenn wir uns wieder dem Grillfleisch zuwandten, wichen wir peinlichst den Augen des anderen aus.

Erst beim Tanzen befreite ich mich von der Starrheit. Mit der rechten Hand nahm ich Florica am Schulterblatt, das mir erschrekkend zerbrechlich und zart vorkam, und sie faßte schmetterlingsleicht meinen Oberarm. Anfangs war sie stocksteif, hatte schweißnasse Finger, die meinen entglitten, und hielt mich auf Abstand, indem sie dem Druck meiner Hand auf dem Schulterblatt widerstand. Erst beim dritten Tanz taute sie auf und bewegte sich fließender. Ich durfte sie an mich ziehen, und, eng umschlungen, Brust an Brust, drehten wir in der zwielichtig blauen und schattigen Luft unseren Tango. Floricas Gesicht war erhitzt. Sie legte den Kopf in den Nacken und blinzelte mit einem seligen Schauder zum Nachthimmel hoch, der von dunstigen Schleiern bedeckt war.

Im Laufe der Nacht, gegen zehn oder elf, als wir nahe der Mauer zur Pappelchaussee tanzten und Florica den Busen, verlangend, ohne Scheu, an mein Hemd preßte, fiel mir ein Schrittempo fahrendes Cabriolet auf. Der am Steuerrad sitzende Fahrer erinnerte mit seinem Schnauzbart, der knubbligen Nase, der Kerbe am Kinn aus der Ferne an Titi. Und der Chauffeur spitzte eindeutig in unsere Richtung, bis sich eine Kutsche vors Automobil schob.

Ich hatte Zweifel an meiner Beobachtung und zog es vor, sie Florica nicht mitzuteilen. Bald merkte sie mir meine Unruhe an. Ob ich lieber heimgehen wolle, erkundigte sie sich mit zitternder Stimme. Ich nickte erleichtert, beglich unsere Rechnung und nahm meinen Hut von der Tischkante. Und mich unwillig umdrehend, als ich zum Ausgang lief und sie nicht folgte, bemerkte ich, wie sie verzweifelt den Boden absuchte.

Titi war wirklich beim »Flora« gewesen, im Auftrag Virginias, die dringlich zu wissen verlangte, wo ich meine Freizeit verbrachte und wie. Und als ich in dieser Nacht heimkam, empfing sie mich, vollkommen außer sich, in meiner Dachkammer. Sie sprang von der Bettkante hoch, warf sich auf mich, biß in meine Arme, zerkratzte mir mein Gesicht. Ich war zu fassungslos, um mich zu wehren. Erst als ich Blut schmeckte, packte ich sie an den Schultern und schleuderte sie auf mein Bett, wo sie beide Knie anzog, das Gesicht in der Decke vergrub und in Schluchzen ausbrach.

Ich mußte versprechen, Florica zu meiden. Ich mußte versprechen, sie schlecht zu behandeln und nie mehr zum Tanz einzuladen. Sonst werde sie Vater veranlassen, zischte Virginia, Florica zum Teufel zu schicken – eine Drohung, die absolut ernst zu nehmen war.

In den kommenden Tagen benahm ich mich beißend und eisig

zur Dienstmagd, die an meine Kammer kam, um mir eine Kanne mit Tee zu bringen oder mit Honig bestrichene Brotscheiben. Sie legte mir Blumen auf die Schwelle, ein Taschentuch, das sie mit meinen Initialen bestickt hatte, Zigarillos, ein Hufeisen, Brezeln und ließ sich von meinem Verhalten nicht abschrecken. Bis ich sie an einem Vormittag, als sie zum Dachboden hochstieg, unwirsch in mein Zimmer zog. Ich herrschte sie an, mich in Ruhe zu lassen, unser Tanzabend werde sich nicht wiederholen. Mit tapferem Nicken und einem verschwimmenden Glanz in den Augen versetzte sie: »Ja, ich weiß. Als ich meinen Melonenkern nicht wiederfand, wußte ich, es kann nicht gut gehen mit uns.«

Schuld an Virginias verzehrender Eifersucht waren nicht nur Florica und ich. Sie litt an den Liebesbeziehungen des Vaters, und das um so mehr, als er sie nicht beachtete. In der Vergangenheit hatte sie nichts von den Frauenbekanntschaften mitbekommen und war der kindlichen Meinung gewesen, er liebe kein anderes weibliches Wesen als sie. Diese Vorstellung brach wie ein Kartenhaus in sich zusammen, als er seine Liebschaften nicht mehr verheimlichte. Dauernd kam er mit anderen Damen nach Hause, die mit dem Monarchenberater das Tanzbein schwangen, Rommé, Backgammon, Belot oder Bridge spielten und den von Carol II. bevorzugten Schaumwein der Marke Lanson tranken. Kichernd und hicksend, verschmachtend und feurig hingen sie an den Lippen des Hausherrn und ließen sich tief in der Nacht in sein Schlafzimmer schleppen, aus dem weibliches Wimmern und Lustschreie kamen, die bis an mein Ohr in der Dachkammer drangen. Ich mußte mich auf eine schlaflose Nacht einstellen, lauschte den quietschenden Bettfedern und dem mit Wucht an die Zimmerwand knallenden Bettkasten und rieb, halb zum Zeitvertreib, halb um es ruhigzustellen, an meinem Geschlecht.

Diese Frauen, die blaß oder rassig waren, frech oder zimperlich, drall oder bohnenstangenmager, hockten am Vormittag auf der Terrasse, mit Kopfwehgesichtern und schmerzenden Gliedern, verwirrten Frisuren, ermattet, halbtot. Sie tranken Kaffee, um sich wieder in

Schwung zu bringen, aßen heißhungrig Kaviar, Brânză und Eier (oder schoben mit Ekel den Teller beiseite), und in einer Mischung aus Neugier und Artigkeit wandten sie sich an die Tochter des Hauses, die sie »reizend«, »bestrickend« und »anmutig« nannten. Ob sie ehrlich begeistert und warmherzig waren oder spitzlippig-eitel und heuchlerisch – alle Liebhaberinnen holten sich einen Korb bei dem Kind, das sie feindselig anstarrte.

Den Vater erheiterte dieses Benehmen, das Virginias verzweifelte Liebe bewies. Und keine der Freundinnen sollte sich einbilden, er habe vor, sich zu binden (eine Stiefmutterrolle war nicht zu vergeben). Allen Frauen, die mit einem Koffer vorm Haus standen, um in seinem Schlafzimmer Wurzeln zu schlagen, oder Briefchen mit Liebesbeteuerungen schickten (Haarlocken, Zweige vom Mandelbaum, Photographien), gab er schleunigst den Laufpaß. Um so erstaunlicher war es, daß er seinen Urlaub nicht ohne Maryse verbringen wollte, seine neueste Errungenschaft (und Sopranistin im Opernhaus).

Maryse, die vollschlank war, fleischige Arme und Schenkel besaß, ließ sich auf meinen Sitzplatz im Automobil fallen und sang. Singend lud sie sich Hutschachteln, Koffer und Sonnenschirm auf den beachtlichen Busen. Und als der Ford aus dem Hof rollte und in der flimmernden Nachmittagshitze versunken war, drang aus der Ferne Maryses Gesang, wie ein unsichtbar winkender Taschentuchzipfel.

Ich kam in der Nacht mit dem Zug in Sinaia an, wo mich Titi vom Bahnhof abholte. In der Regel war Titi nicht leutselig, und wenn wir beide allein waren, sagte er nie ein Wort. In dieser Nacht war das anders. Er beklagte sich bitter, vier Autofahrtstunden, von Bukarest bis ins Gebirge, sei diese Maryse am Singen gewesen und erst vor der Villa am Stadtrand Sinaias verstummt. Halb taub habe er einen Abzweig verpaßt, was in seinem Chauffeursleben niemals passiert sei.

Auch Virginia war hundsmiserabler Laune. Sie erwartete mich auf dem Kiesweg des Hauses, einer prachtvollen, vornehmen Villa in Staatsbesitz, die Holzgalerien, einen Turm und zwei Erker aufwies und von einem parkgroßen Garten umgeben war. Es verdroß sie zutiefst, in den Bergen zu sein und nicht bei Delphinen und Zypressen am Golf von Baltschik. Sie wollte ja einsichtig sein. Und als Berater von Carol II., der in diesen Wochen in seinem Karpatenschloß wohnte, mußte der Vater sich in dessen Umkreis aufhalten, um greifbar zu sein, wenn es notwendig war. Was sie nicht einsah, nicht einsehen wollte, das war sein Entschluß, diese Ferien mit einer Liebhaberin zu verbringen.

Als ich um elf Uhr ins Bett kroch, das weich war wie Wolken, fiel ich in bewußtlosen, sich der erfrischenden Bergluft verdankenden Schlaf, trotz des im Wohnzimmer schmetternden Grammophons und der auf dem Billardtisch klackernden Kugeln. Irgendwann in der Nacht weckte mich eine Stimme. Ich setzte mich auf, kerzengerade, benommen. Nachtstille drang aus dem Garten, an der nichts als zirpende Grillen und Tierschritte kratzten. Ich wollte mich ausstrecken, halbwegs beruhigt, als aus dem benachbarten Zimmer ein wilder Gesang kam, bei dem sich mein Nackenhaar aufstellte.

Es war Maryse, die sang. Sie sang bei der Liebe, entfesselt und willenlos, schraubte sich in die schwindelerregendsten Tonlagen, himmelhochjauchzend und schrill. Spitze Kiekser und tiefes vulkanisches Gurgeln mischten sich in den bebenden Lustgesang. Bei diesem Krach mußte selbst Marcus Tochter erwachen, die sonst wie ein Murmeltier schlief.

Anzunehmen, das war es, was Marcu veranlaßte, der Freundin den Mund zuzuhalten. Oder ein Kissen zu nehmen und es seiner Liebhaberin in den Rachen zu stopfen. Schlagartig verebbte Maryses Gesang, und was aus dem Schlafzimmer neben mir kam, klang besorgniserregend erstickt.

In der zweiten Nacht, kurz vor dem Schlafengehen, forderte Marcu mich auf, mir Virginia zu schnappen und einen Nachtausflug zu unternehmen (im Cabriolet und mit Titi am Steuerrad). Er wollte mit seiner Maryse allein bleiben, der er ja nicht ewig das Maul stopfen konnte, was außerdem anstrengend und lustmindernd war. Ja, seine blendende Opernerscheinung, verriet er mir mit einem Klaps auf das Schulterblatt, schlinge und schlemme nicht nur bei den Mahlzeiten. Sie sei ein Krater der Leidenschaft. Und in diesen kochenden Abgrund zu schauen, wolle er seinem Kindchen ersparen.

Virginia war von meinem Vorschlag begeistert. Und Titi, der aufrecht im Cabriolet saß, ließ ohne zu zaudern den Motor an. Wir fuhren im Schrittempo auf dem geschotterten Weg in die Berge, die sich vom letzten Rest Tagesschein abhoben, dunkel bewaldet, geheimnisvoll schweigend, mit zackigen Felsen und Spitzen vorm Horizont. Und aus der vornehmen Villa am Wiesenhang, die in der Tiefe der Landschaft versank, drang zittriger ferner Gesang.

»Was ist das?« verlangte Virginia zu wissen und reckte sich horchend im Polster. Um sie zu zerstreuen, versetzte ich: »Das wird der goldene Wal sein, wer sonst«, einer Eingebung folgend, von der mir nicht klar war, ob sie mir zu einer Geschichte verhalf. »Es ist sein Sterbegesang.« – »Ein goldener Wal in den Bergen? Du spinnst ja.«

Sie betrachtete mich, lippenkauend und zweifelnd, nicht bereit, sich mir anzuvertrauen, wenn ich keine passende Antwort parat hatte. Ich tat beleidigt und mißmutig, als ich erwiderte: »Nein, in der Donau. Es ist ein ferner Gesang, oder nicht? Er dringt von der Donau bis in die Karpaten.« – »Bis in die Karpaten?« bemerkte sie mit einer Stimme, die eher versonnen als schwankend klang, zog die Knie an, schmiegte sich an meinen Arm, was als Aufforderung zu verstehen war, ich solle mit meiner Geschichte beginnen.

Geschichte vom goldenen Wal

»Er soll angeblich eintausend Jahre alt sein und lebte zuerst in den Meeren des Nordens. Der Legende zufolge verließ er die Heimat, als seine Walfrau den Fischern ins Netz ging. Bei der Gefangennahme stimmte sie einen Gesang an, bei dem sich die Fischer erschaudernd die Ohren mit Watte verstopften.

Als er den Klagegesang seiner Frau vernahm, machte er sich auf den Weg, um sie zu befreien. Wenn er mit seiner kraftvollen Schwanzflosse peitschte, konnte der Wal einen Kutter im Handstreich zerschmettern. Er folgte der Stimme, die sich in der Ferne verlor, und der blutenden Spur auf dem Wasser – sie war ja mit Spießen und Beilen gespickt. Erst in der Nacht tauchte er vor dem Hafen auf. Um den phosphoreszierenden Berg blauen Walfleisches krabbelten Hunderte winziger Menschen, die den Kadaver mit Messern zerlegten.

Er drehte ab und schwamm weinend aufs Meer, das sich glatt bis zum Horizont dehnte. Und er bewegte es mit seiner peitschenden Flosse. Als ob sie ein Sturmwind zusammenblase, bildeten sich hohe Wellen auf der See. Sie rollten rumorend zum Ufer, und als sie aufs Land prallten, waren sie zehn Meter hoch. Sie verschlangen die fliehenden Menschlein erbarmungslos, zerquetschten die Fischerbehausungen und Kutter, tobten brausend ins schlafende Land. Und den zerschnittenen Leichnam der Walfrau nahmen sie wieder mit auf das weite und endlose Wasser, wo er auf den Meeresgrund sank.

Und der Wal brach in andere Gegenden auf. Er schwamm auf den Atlantik, der sicherer war als die kleinere, heimische See. Menschen begegnete er beinahe nie. Wenn er einen Ozeandampfer erkannte, der in der Nacht seine ruhige Bahn zog, irrlichternd und eisern, umweht von Orchestermusik, tauchte er zehntausend Meter tief bis zu den Grotten der Seeschlangen und Riesenpolypen, die dem Walfisch nichts anhaben konnten. Er blendete sie wie die Sonne, vor der sie sich in diesen Tiefen verkrochen.

Nie bekam jemand den Wal zu Gesicht. Matrosen berichteten von einem goldenen Schein in der See oder einem gespenstischen Leuchten. Ein Ballonfahrer gab bei der Landung in Holland an, eine goldene Kuppel im Wasser gesichtet zu haben, die er dem versunkenen Atlantis zuschrieb. Erst ein U-Boot-Radarschirm der deutschen Marine entdeckte den goldenen Walfisch, in dem man ein feindliches Kriegsschiff vermutete. Von Raketen beschossen, die um seinen Leib zischten, warf er sich gegen das Stahlungeheuer und peitschte es mit seiner Schwanzflosse, bis dessen Antriebsturbinen versagten und das U-Boot verbeult und verbogen auf Grund lief (und im Generalstab bekam man das Grausen vor der vermeintlichen Schlagkraft der englischen Flotte).

Als er das U-Boot der Deutschen versenkt hatte, bemerkte der goldene Walfisch, wie alt er war. Kraftlos, mit schmerzenden Knochen und ohne ein Ziel ließ er sich in der See treiben. Und er verirrte sich aus dem atlantischen Ozean, der kalt war und den rauhe Winde bestrichen, in ein warmes, zitronengelbes Meer. In der Mittelmeersonne, die auf seinen Leib prallte, strahlte er weiß wie ein tonnenschwerer Diamant. In Tripolis sprach man von einem Piratenschiff, das mit seiner Beute aus Edelsteinen, Silber und Gold auf dem Boden des Mittelmeers leuchte. Auf den griechischen Inseln vermutete man einen uralten Kreuzzugsschatz, der wieder auftauchte. In Palermo fiel man auf die Knie und betete. Und der Papst rief Experten zusammen, um zu erfahren, ob diese Erscheinung von weltlichem Nutzen sei.

Und der Wal ließ sich treiben, halbblind und ermattet. Eines Nachts kreuzte er vor dem Bosporus auf, und es schimmerte gelb in der Meerenge, als ob die Hagia Sophia im Wasser ertrunken sei. Er erreichte Baltschik, von Delphinen umspielt. Aise kam an die Klippen und sprach mit dem Walfisch (sie war der erste Mensch, der seine Sprache beherrschte), und er berichtete aus seinem Leben, das eintausend Jahre umfaßte. Und als er fertig war, war er erleichtert und endlich zum Sterben bereit.

Er verschnaufte zehn Tage im Becken, das ruhig und blau an das Felsenland schwappte. Sein in der Sonne erstrahlendes Gold ließ das

Korn vor der Zeit reifen, kochte Oliven und Trauben, die schmackhafter waren denn je. Und als er sich verabschiedete, schippte er mit der Flosse den Ruderern die Boote mit Fischen voll (nie hatten sie einen reicheren Fang erlebt), um Baltschik seinen Dank zu erweisen.

Sterben wollte er in seiner Heimat, um sich an der Stelle zur ewigen Ruhe zu legen, wo das Wasser den Leib seiner Frau wiegte. Er schwamm Richtung Norden und stieß bald auf Land, das den Weg in die Heimat versperrte. Nicht besser erging es dem goldenen Walfisch, als er Richtung Osten auswich. Er kannte sich in dieser Gegend nicht aus und hatte sich leider bei Aise vergeblich erkundigt, ob das Meer gegen Norden begrenzt sei (Aise hatte Baltschik nie verlassen und meinte, es dehne sich aus bis ans Ende der flachen Welt, wo es ein himmlischer Wasserfall speise).

Zu schwach, um den Weg zum Atlantik zu nehmen, der langwierig war und entbehrungsreich, schob er sich kraftlos ins Delta der Donau. Sein innerer Kompaß (der rostig und nicht mehr exakt war), zeigte mit unsicher schwankender Nadel auf Norden, als er das Flußwasser mit seiner Flosse zerteilte. Von schwarzblauen Fledermausschatten umflattert, drang er tiefer und tiefer ins Land. Und seine Bugwelle knickte die Holzpfeiler der Lipovenenbehausungen um, die zusammenkrachten und auf den Fluten zum Meer tanzten.

Als ein lackroter Streifen am Horizont stand, kam der Walfisch zur Hafenstadt Brăila. Schwere Frachtdampfer schaukelten in seinem Kielwasser, und an Deck rieben sich die Matrosen die Augen. Mit der aufgehenden Sonne erstrahlte sein Walfischleib, und man rannte am Hafen zusammen in der irrigen Meinung, der Donaustrom stehe in Flammen.

Man erinnerte sich an den silbrigen Zeppelin, der im Weltkrieg an Bukarests Himmel erschienen war. Jubelnd hatte man sich auf den Straßen versammelt, um das schwebende Schiff zu bestaunen. Bis Von Mackensens Hauptquartier ›Feuer!‹ befahl und der Zeppelin aus allen Rohren die Stadt beschoß. Ob es wieder ein Angriff der Deutschen war? Im Telegrafenamt rasten die Ticker los, die verwirrende

Eilmeldungen in alle Richtungen schickten. Und in Bukarests Schloß liefen die Telefone heiß. Carol II. war nicht im Palast. Von einem Dutzend Agenten bewacht, die mit finsteren Mienen ums Liebesnest schlichen, schlief er im Haus seiner Freundin Elena Lupescu.

Und der goldene Wal schwamm den Donaustrom hoch, erreichte Hârşova, Silistra und Tutrakan und versetzte Bulgarien in Unruhe. In Sofia berief man den Botschafter Bukarests ein, und in Bukarest den des bulgarischen Nachbarlands, und beschuldigte sich gegenseitig der Provokation.

Zwei volle Tage verstrichen, bis sich die Erscheinung als Walfisch erwies. Und zwar als besonderer Wal, stellenweise mit etwas bedeckt, das an Schildpatt erinnerte, an harte, scharfkantige Schuppen, die aus purem Gold waren. Das heizte den Streit beider Nachbarn erst richtig an, an dem sich bald Serben, Kroaten und Ungarn beteiligten, samt der Regierungen in Wien und Berlin, die als Donauanrainer nicht leer ausgehen wollten.

Und der goldene Walfisch schwamm weiter. Und als sich Sofia und Bukarest einigten und zwischen Russe und Giurgiu ein Netz spannten, zerriß er es mit seiner peitschenden Flosse. Und als Schiffe die Donau blockierten, nahm er alle Kraft zusammen, um sie zu rammen. Er schob sie mit ohrenzerreißendem Knirschen beiseite, und ein Pott knallte gegen den anderen.

Dieser Falle entronnen, bemerkte er, wie grenzenlos schwach er war. Sein Lebensmut sank wie ein Feuer zusammen, das zu glimmender Asche zerfiel. Es ging zu Ende, und bis in den Norden zu kommen war eine vergebliche Aussicht. Dieser fremde und enge Fluß sollte sein Sarg werden.

Blind und benommen trieb er in einen Seitenarm, der voller Untiefen war, und im Morgengrauen schrammte er auf eine Sandbank. Halb ragte sein Leib aus dem Wasser und dampfte im Schein der am Himmel aufgehenden Sonne. Zur Erleichterung von Hof und Regierung verendete er auf dem Staatsgebiet Carols II., und nicht eine Unze fiel an die bulgarischen Nachbarn.

Und in Bukarest rollten zehn Automobile vom Schloßhof und rasten zur Donau. Niemand wußte zu sagen, in welchem der Herrscher saß, der in Wahrheit mit seinem Propellerflugzeug von der Piste am Flughafen abhob (und dein Vater, der sich mit Maryse zerstreute, konnte Carol nicht rechtzeitig warnen). Und Regierungsmitglieder beeilten sich, vor dem Monarchen in Islaz zu sein. Und was sonst in der Hauptstadt ein Fahrzeug besaß, einen Nasch oder Stutz oder einen Mercedes-Benz, Equipagen und Droschken, ein eierndes Fahrrad, und wenn es ein Karren mit lahmendem Gaul war!, machte sich auf den Weg zum verendenden Wal: Bubi Giurgiuca und Nicu Matei, der sich auf die Schultern der Ehefrau setzte und ausrief: ›Was ist, Pferdchen? Springen sollst du, springen!‹, Geo Halunga und Pia Halunga, der massige Schweizer Gesandte in Bukarest und ein drahtiger Botschaftsvertreter der Deutschen, der sich einen Pistolengurt umschnallte, Slumowitz in seinem Maßschneideranzug und Haralamb Vona mit Stock und Melone (ersterer, um seinen Reichtum zu mehren, und letzterer, um sich als Pferd anzubieten, falls Marietta zusammenbrechen sollte).

Und wer bei der Sandbank von Islaz eintraf, warf sich rasend vor Gier auf den sterbenden Wal. Erst waren es nur Carols vertrauteste Diener, die dem Fisch seine goldenen Schuppen abrissen. Elena Lupescu, die mit dem Monarchen am Ufer Champagner der Marke Lanson trank, raffte das schwarze Chanel-Kleid zum Nabel, um den Goldschatz im Schurz aufzufangen (und zeigte der Welt ein Paar frisch operierter Beine). Und als eine Stunde vergangen war, schabten und schuppten Minister und Hofschranzen mit. Bald waren es Hunderte winziger Menschen, die von allen Seiten mit Messern am Leib kratzten oder mit Beilen ins Fleisch hieben.

Und der sterbende Wal wiegte sich auf der Sandbank, als sei es das heimische Meer. Vor seinen Augen zog Nebel auf, schwarz wie das Wasser am Grunde der See. Er glaubte, zu Hause im Norden zu sein, wo er neben den Leib seiner Frau sinke. Und als es ans Sterben ging, fing er zu singen an. Und sein Gesang voller Schwermut und

Seligkeit, Freude, Verzweiflung und Niedergeschlagenheit stieg von der Sandbank bei Islaz zum stahlblauen Himmel auf.

Und Carol II. erstarrte. Und seine Bediensteten sprangen entsetzt von den Leitern und krabbelten auf allen vieren ans Ufer. Minister und Hofschranzen warfen sich wimmernd zu Boden, wo sie sich die Ohren zuhielten. Umsonst, dieser Sterbegesang war zu durchdringend. Und er zerrte sie in einen Abgrund aus Wahn.

Bubi Giurgiuca, dem Schaum auf den Lippen stand, warf sich ins Flußwasser, wo er ertrank (in seinem Leben zu wasserscheu, hatte er niemals das Schwimmen erlernt). Nicu Matei, der sich mit dem Messer im Irrsinn die Pulsadern aufschnitt, verblutete neben dem sterbenden Wal.

Und Regierungsmitglieder und Hofschranzen gingen mit blutigen Beilen aufeinander los. Und der Botschaftsvertreter Berlins krempelte seine Hose hoch, um die Pistole zu ziehen, die am Gurt um die Wade versteckt war. Um nicht alleine zum Teufel zu gehen, knallte er zwei Minister ab, die ineinander verkeilt waren, und schoß sich im Anschluß ein kreisrundes Loch in die Stirn. Und Carol II., der in Raserei verfiel, zerfetzte der Freundin die strahlend weiße Haut an den frisch operierten Beinen mit einer der klingenscharfen Schuppen aus purem Gold. Bis ein Diener, der taubstumm war, zu einer Sektflasche griff, die er seinem Monarchen aufs Haupt knallte (und diesem taubstummen Diener sei Dank kamen Carol und Elena lebend nach Hause).

Lebend nach Hause kamen Haralamb Vona, dem der Walgesang aus dem verzweifelten Herzen sprach, und Marietta, die er auf den Schultern zur Hauptstadt trug (und mit den Lackschuhchen in seine Kniekehlen tretend, trieb Marietta das Pferdchen zur Eile an). Lebend heim kehrte Slumowitz, der einen Schutzengel hatte, mit dem er als Kind in Odessa bereits zwei Pogromen entkommen war. Und lebend heim kam der Schweizer Gesandte, der unmusikalische Ohren besaß und den sich entleibenden Menschen versicherte, aus einem Land zu kommen, das strikt neutral bleibe, nicht ohne die herrenlosen Schuppen aus Gold, die am Ufer verstreut waren, in seine Taschen zu stopfen, bis er einhundert Kilogramm schwerer war.

Und als der Walfisch sein Leben aushauchte, verdampfte sein Leib auf der Sandbank von Islaz. Binnen Minuten zerfloß er zu Luft, die zum Himmel aufstieg, sich zur Wolke zusammenballte, einer glitzernden Wolke am stahlblauen Himmel. Und aufkommender Wind trieb die Wolke, die an einen Walfisch erinnerte, rasch Richtung Norden.

Und vom Wal blieb nicht mehr als sein Sterbegesang, der von Islaz bis zu den Karpaten hochzog, wo er sich an den Bergen zehntausendfach brach und bis heute als zitterndes Echo erklingt.«

Vom Saulus zum Paulus

Maryse war Marcu auf Dauer zu anstrengend, und er tauschte sie bald gegen andere Frauen aus, die wesentlich magerer – und eine Spur schamhafter – waren. Und alle drei Wochen verpflichtete er sich zur Keuschheit. Am Bauch wollte er einen Ausschlag entdeckt haben, seine Zehen waren kalt oder ohne Empfindung, und nachts litt er an keuchendem Husten. Er war sich sicher, es handele sich um erste Anzeichen einer Geschlechtskrankheit, an der er elend zugrundegehen werde.

Er ließ den Leibarzt von Carol II. kommen, der im Schloß sein bevorzugter Bridgepartner war, und unterzog sich gehorsam den Blutegelkuren, die der Doktor bereits dem Monarchen verpaßt hatte, dem es seinerseits vor den venerischen Krankheiten grauste. Statt mit einer Dame das Tanzbein zu schwingen, Champagner und Kognak vom Feinsten zu saufen, ging Marcu ins Schwitzbad und schied seine Seuche in stinkendem Schwefeldampf aus.

Es war im Dezember, als Carol II. sich seines Beraters entledigte. Angeblich beabsichtigte der Monarch einen Kurswechsel in den Beziehungen zu Deutschland und hatte sich mit seinem Vertrauensmann zerstritten, der gegen Hitlers Verlockungen Standfestigkeit empfahl. Und bei einem anderen Essen behauptete Marcu, an seiner Entlassung sei eine Intrige schuld und Carol II. zu mißtrauisch, um vor Verleumdungen sein Ohr zu verschließen.

Er verfiel eine Woche in Dumpfheit und Schwermut, und als er sich wieder berappelte, war der Monarch keinen Pfifferling mehr wert. Einen Berater von seinem Kaliber hatte Carol II. mitnichten verdient! »Herr Popescu«, hob Marcu am Mittagstisch an (und alle Welt wußte, von wem er in Wirklichkeit sprach), »besitzt einen stumpfen Charakter. Machtbesessen, das ist er, verfault und verdorben. Ich versichere euch, nie einem Menschen begegnet zu sein, der es mit seiner Schuftigkeit aufnimmt. Und außerdem ist Herr Popescu«, bemerkte er abschließend, »ein priapistischer Bock, der sich vor Schmerzen nicht mehr kontrollieren kann und blindlings Entscheidungen trifft.«

Virginia stieß mich mit dem Ellbogen an. »Ich will endlich erfahren«, zischte sie mir ins Ohr, »was es heißt, priapistisch zu sein!« Ich ließ mir Zeit mit dem Kauen und Schlucken, bis mir der rettende Einfall kam. Ich sperrte den Mund auf und deutete in meinen Rachen. »Abnormale Entwicklung beim Weisheitszahn«, raunte ich, »das verursacht entsetzliche Schmerzen. Und schlimmer als stinkender Eiter und grauenhaftes Zahnweh ist der mit der Backenzahnschwellung verbundene Zuwachs an Weisheit. Der Kranke wird sich seiner geistigen Mattheit bewußt und der menschlichen Dummheit, von der er umgeben ist, diesem pestilenzialischen Abgrund an Stumpfsinn. Und er geht aus weiser Verzweiflung zugrunde.« Halb beunruhigt, halb schwankend, ob sie mir vertrauen konnte, nahm sie einen Finger und pulte im Zahnfleisch.

An einem Februartag '37 fiel Marcu schlagartig mein schlimmes Klavierspielerschicksal ein, das er nicht auf sich beruhen lassen wollte. Er langweilte sich ohne Aufgaben, und sein Prozeß mit Giurgiuca kam nicht von der Stelle. Endlich habe er Zeit, mich zu einem Pianisten von Weltrang zu machen und zu seinem Nachfolger aufzubauen, ließ er mich wissen. Was meine Finger anging, hatte er keinen Zweifel, einen fachkundigen Arzt aufzutreiben, der sie wieder »einrenken« werde.

Von dieser Entwicklung der Dinge verwirrt, brachte ich nicht die Kraft auf, mich zu widersetzen. Ja, was er vorhatte, klang zu verlokkend und aufregend, um mich nicht willenlos werden zu lassen. Gegen alle Vernunft stieg ich mit meinem Retter ins Automobil, und wir brausten zur Arztpraxis von Doktor Perlea beim Park Cişmigiu, der als Knochenexperte bekannt war.

Mit kurzsichtig blinzelnden Augen betrachtete Perlea meine drei Finger. Er hatte ein Maulwurfsgesicht, spitz und spack, und sein Schopf dicker Haare hing tief in die Stirn. »Kaputt«, sagte er auf Deutsch mit einer Stimme, die Unlust und Mißmut verriet. Er war einer von diesen Doktoren, die beleidigt waren, wenn man sie in einer Sache beanspruchte, mit der man an medizinische Grenzen stieß.

»Kaputt«, wiederholte er vorwurfsvoll, und um seine Sprachkenntnisse zu beweisen, wechselte er von »kaputt« zu »bankrott«. »Bankrott total«, sagte er schnaufend. Und »schlimm?« wollte er von mir wissen, als er an den Fingern zu ziehen und zerren begann und ich in seinem Holzstuhl zusammenzuckte.

Von »kaputt« und »bankrott total« wollte mein Retter nichts wissen, der sich Doktor Perlea zur Brust nahm. Er sprach von dem Ruhm, den Herr Perlea einheimsen werde, wenn er mir mit einer Heilung der Finger zum Aufstieg als Weltpianisten verhelfe. Und von der Schande, wenn er seinem Ruf nicht gerecht werde, ein bedeutender Knochenexperte zu sein. Doktor Perlea wiegte den haarigen Maulwurfskopf und war bereit, seinen Ruhm zu vermehren. Wieder betastete er meine Finger, aufmerksamer und vorsichtiger als bisher. Und entschlossen ergriff er den mittleren an meiner rechten Hand, den er am Fingerglied brach, ruckartig, kraftvoll und mit einem Krachen.

Bei dem viehischen Schmerz, den der Knochen aussandte, verkrallte ich mich mit der Linken im Schopf Doktor Perleas, der sich als Haarteil erwies, das ich schreiend in der Luft schwenkte. Schimpfend entwand mir der Arzt seinen Haarersatz. Schimpfend entfernte er sich zum Skelett in der Ecke, dem er seinen Zottelschopf aufsetzte und das um so scheußlicher grinste. Schimpfend nahm er ein Querholz und stieß es mir zwischen die Kiefer. Und entsetzt starrte ich auf den blinzelnden Glatzkopf, der sich meinen Ringfinger schnappte.

Ich war halb bewußtlos vor Schmerz, als ich mich aus der Praxis zum Automobil schleppte. Daheim half mir Virginia ins Dachzimmer hoch, wo ich mich wimmernd aufs Bett legte. Sie brachte mir Tee, eine Packung Suchard-Schokolade und streichelte meine verschwitzte Stirn.

Alle zwei Wochen nahm mir Doktor Perlea den Gips ab, um sich meines Heilerfolgs zu vergewissern, und machte uns beiden Mut, wenn er versetzte, schlimmer, als es gewesen sei, werde es nicht mehr. Und

Victor Marcu bereitete sich in der Zwischenzeit auf unseren Unterricht vor. Mit seinem Entschluß, vom Konzertleben Abschied zu nehmen, hatte Marcu sein Instrument in die Garage verbannt. Jetzt ließ er es wieder ins Haus holen. Kratzer am Lack oder einen mechanischen Schaden entdeckte er nicht. Es war verstimmt, und zwar gnadenlos, klang nicht mehr makellos rein, eher heiser, als habe es Grippe. Dieser Katarrh des Klaviers legte sich mit den Wochen, als er es energisch und eifrig bespielte. Wieder hockte er stundenlang vor seinem Steinway, dem er Fugen von Bach oder Mozartsonaten entlockte, schwierigste Stellen mit Leichtigkeit meisternd, unaufdringlich und anstrengungslos. Nichts an seinem Spiel klang erzwungen oder falsch, als ob er seine Meisterschaft niemals verloren habe. Trotzdem weigerte er sich mit sturer Entschiedenheit, wieder Konzerte zu geben. Er habe nichts anderes im Sinn, als sich auf meinen Unterricht vorzubereiten, beteuerte er vor Bekannten und Freunden.

Diese Absicht vergaß er im Handumdrehen, als im April eine Abordnung ranghoher Gardemitglieder ins Wohnzimmer schneite. Seine Tochter und mich schickte er in den Garten, um mit den sechs Herren alleine zu sein. Er, der seine Gegnerschaft zu Codreanus Legion nie verhehlt hatte, wirkte begierig, den Zweck dieses hohen Besuchs zu erfahren. Mit einem hitzigen Wortwechsel rechnend, blieb ich in der Flurhalle stehen und lauschte. Was aus dem verschlossenen Wohnzimmer drang, sollte mich eines Besseren belehren. Den ruhigen Stimmen war Besonnenheit und Ernsthaftigkeit anzumerken, sonst nichts. Und beim Nachtessen, das er verschwiegener einnahm, als wir es gewohnt waren, machte er einen nachdenklich-zufriedenen Eindruck.

Es vergingen sechs Tage, bis er seine Absicht bekundete, ins Parlament einzuziehen. Um seine Zustimmung zu einer Kandidatur bei den kommenden Wahlen einzuholen, waren die ranghohen Gardemitglieder im Haus erschienen. Und sie hatten versichert, im Auftrag Codreanus zu handeln, dem es ein besonderes Anliegen sei, Marcu an seiner Seite zu wissen. Er sei ein Mann von beachtlichem Ansehen und mit nationalen Prinzipien. Ein Mann, der sich mit einer Kraft, die bewundernswert sei, aus dem Sumpf seines Findelkindschicksals befreit habe, um es zu Weltruhm zu bringen. Ja, sein Lebensweg diene den leidenden Menschen im Lande als Beispiel und Vorbild.

Marcu hatte verlangt, mit Corneliu Zelea Codreanu zusammenzutreffen, um sich mit dem Căpitan selbst zu besprechen. Und am Ende der Woche erhielt er ein Einladungsschreiben ins Gardequartier, ein Patrizierhaus in der Imprimeriei-Straße. Beeindruckt von dieser Begegnung, sprach er bei der Mittagsgesellschaft am Sonntag, an der Journalisten und Botschafter teilnahmen, zwei Offiziere und Aristide Slumowitz, von nichts anderem als Codreanus Entschlossenheit, das Land der Verbitterung und Not zu entreißen.

»Unser Vaterland hat seine wahre Bestimmung bis heute verfehlt«, sagte Marcu, »und erst mit dem Sieg von Codreanus Legion wird es seinem geschichtlichen Auftrag gerecht werden. Eine Nation wie die unsere darf nicht historischen Schiffbruch erleiden. Nein, dieses Volk ist zu wertvoll und tugendhaft. Gott hat uns mit Gaben beschenkt – biologischen, geistigen –, die uns zur Revolution zwingen, und es muß eine christliche sein. Wir sind verpflichtet, uns aus diesem stinkenden Pfuhl namens Demokratie zu erheben, in dem die staatliche Ordnung verfault. Diese Ansichten teile ich hundertprozentig. Soll dieses Volk in der schlimmsten Zersetzung zugrundegehen? Vernichtet von Elend und Syphilis? Mißbraucht und verraten vom Juden? Ich spreche vom Juden im Allgemeinen, nicht von verdienstvollen Menschen wie meinem Freund Slumowitz«, versicherte er dem Kasinobesitzer, der erkennbar beunruhigt im Fischauflauf stocherte. Wieder ruckte er in seinem Maßschneideranzug, als stecke er in einer Haut, die zu eng sei. Und ich konnte verstehen, warum. Mir ging es nicht besser als Aristide Slumowitz.

»Zugegeben, ich stellte mir den Căpitan als fanatischen Schreihals vor«, fuhr Marcu fort, »und mußte bald einsehen, im Irrtum zu sein. Er empfing mich in weißem Hemd und einer Trachtenjacke, einfach, bescheiden und volksnah. Er sprach ruhig und klar, mit dem Ernst eines Mannes, der sich seiner Sache gewiß ist. Wenn es notwendig ist, wird er sterben, erkannte ich, und seinen Tod nicht bedauern. Er ist kein Mann, der aus Eigennutz handelt. Er strebt nicht zur Macht, um ein Volk zu beherrschen und nebenbei seinen Reibach zu machen. Und was er sagte, war richtig und klug. Unser Zeitalter hat sich dem Umschwung verschrieben, vom Ural bis zur Spree, von der Spree bis zum Ebro sind Revolutionen im Gange, und diese Entwicklung wird vor unseren Grenzen nicht haltmachen. Trotzdem wird unsere Revolution eine andere sein, meinte er, als in Rußland und Deutschland. Uns geht es nicht um den Klassenkampf oder die Rasse. Unsere Bewegung zielt auf die Errettung des Volkes und ein Leben in Frieden und Eintracht mit Gott.«

Was Marcu veranlaßte, sich in die Arme der Eisernen Garde zu werfen, war nicht nur Codreanus Interesse an seiner Person. Zweifellos fand er es schmeichelhaft, von der Legion ausersehen zu sein, sich als Kandidat bei den kommenden Wahlen zu bewerben. Mit diesem Schritt nahm er außerdem Rache an Carol II., dem er nicht verzeihen konnte, seine Entlassung bewilligt zu haben (was unehrenhaft und verletzend gewesen war). Und niemanden haßte der Hundsfott von Carol mehr als Codreanu und seine Gardisten. Nein, Marcus Entscheidung ging tiefer. Er hatte erfahren, zwei Drittel des Staatsapparats seien bereits in der Hand der Legion. Am bevorstehenden Sieg Codreanus war nicht mehr zu zweifeln.

Diese Aussicht erleichterte es meinem Retter erheblich, wie er es nannte, vom Saulus zum Paulus zu werden. Wenn er seine Bekannten und Freunde empfing, schimpfte er auf Herrn Popescu, den man vor ein Revolutionsgericht schleifen und ohne zu fickfacken standrechtlich abknallen sollte! »Als ich aus Adrianopel nach Hause flog, hatte ich eine Einigung mit den Bulgaren in der Tasche – und dieser Dummkopf hat meine Papiere zerrissen. Aus Warschau kam ich mit der polnischen Krone heim – Herr Popescu griff wieder nicht zu. Aus Bequemlichkeit, Mißtrauen, Kurzsichtigkeit steuert er unser Land in den Abgrund. Wir sind wehrlos und nackt, und ich sage euch, wir werden Deutschland nicht mehr als ein Butterbrot kosten. Nur Codreanu, den man in der Reichshauptstadt achtet, kann unsere Ehre verteidigen.«

Anders als in der Vergangenheit kippte er Kognak in Mengen, die er nicht vertrug. Und wenn er sternhagelvoll beide Arme hob, um die Zigeunerkapelle zum Schweigen zu bringen, stand eine peinliche Rede auf dem Programm.

Gegen mich zeigte er keine Feindseligkeit. Einen Emigranten aus Deutschland im Haus zu beherbergen, machte dem taufrischen Hitlerverehrer nichts aus, als seien das vollkommen verschiedene Paar Schuhe. Nur von meinem Unterricht war keine Rede mehr, was ich nicht besonders bedauerte. Doktor Perleas Heilerfolg hielt sich in Grenzen. Meine Finger waren zwar nicht mehr krumm und empfindungslos. Trotzdem fehlte es allen dreien an der Beweglichkeit, die erforderlich war, wenn man ernsthaft Klavier spielen wollte. Und zwei Stunden am Steinway bezahlte ich mit einem viehischen Schmerz in den Fingergelenken, der sich erst wieder am anderen Tag verzog. Sich diesen Qualen auszusetzen war dumm, und ich hielt mich, was ausnehmend schwerfiel, in Zukunft dem Steinway fern.

Vormittags, wenn Victor Marcu der Stenotypistin politische Reden diktierte und Virginia Schulunterricht hatte, brach ich bei sonnigem Wetter zu einem Spaziergang auf, stieg zur Metropolie hoch, von der sich das summende Bukarest in alle Richtungen erstreckte, oder las auf Kaffeehausterrassen einheimische Zeitungen (und deutschsprachige aus der Schweiz, wenn ich sie fand). Und Anfang Juni, als ich aus der Trambahn stieg und im Begriff war, den Fahrdamm zu queren, blieb ein schneeweißes Cabriolet vor mir stehen. Ich wollte ausweichen, schwups! fuhr es einen Meter vor, um mir wieder den Weg zu versperren. Ich stierte das mickrige Kerlchen hinterm Lenkrad an, das seine goldene Zahnreihe bleckte. Mir war dieser Mann nicht bekannt, der im Anzug aus lila Flanellstoff, mit gelber Krawatte und rosa Hemd an eine Mischung aus Zirkusdirektor und Sittich erinnerte. Er klinkte den Wagenschlag auf, um ins Freie zu krabbeln, und boxte mir kichernd vors Brustbein.

»Bubi!« sagte ich fassungslos, »Bubi Giurgiuca!« Ich entschuldigte mich, blind gewesen zu sein, was er sich mit energischem Winken des Fingers verbat. Nicht meine vermeintliche Blindheit sei schuld, nein, er sei von den Zehen bis zum Scheitel ein anderer Mensch, und dem konnte man schlecht widersprechen. Seinen Ziegenbart hatte er abschneiden lassen, seine Haare hingen nicht mehr in Fransen zur Schulter, zu schweigen vom blitzenden Goldgebiß, das Bubis faulige Stummel ersetzte. Vertraut war mir nur seine meckrige Stimme.

Erregt zerrte er mich zum schneeweißen Cord, um mich seiner Begleiterin vorzustellen, die mir in meiner Verwirrung entgangen war. »Mărioara«, bemerkte sie hauchend, als ich mich verbeugte. Sie war eine Kinoerscheinung mit blutroten Lippen und auffallend schnurgerader Nase. Hemmungslos, gierig verschlang ich sie mit meinen Augen, was Mărioara belustigte. »Weißt du, wer das ist?« fragte Bubi Giurgiuca mit einem Besitzerstolz, der mir mißfiel (ich platzte vor Neid, um es ehrlich zu sagen). Mărioara betrachtete mich mit Interesse, und das steigerte meine Verlegenheit. Sie mochte ein Filmsternchen sein, Miss Moldawien. Mir war es unangenehm, zu bekennen, nicht den blassesten Schimmer zu haben.

Mărioara schien es mir nicht krumm zu nehmen, als ich verneinte, und Bubi hieb sich vor Begeisterung auf beide Knie. »Du wirst es niemals erraten«, bemerkte er keuchend und beugte sich zu meinem Ohr, »meine Tochter ist das, meine kleine Marie.« Ich schnappte nach Luft vor Erstaunen und Erleichterung. »Und das ist ein Deutscher, mein Kind«, sagte Bubi Giurgiuca, »den es in die Fremde verschlagen hat und der leider mittellos ist. Keine gute Partie, keine gute Partie, bei seinem Charakter und Anstand besonders bedauerlich!« – »Felix Kannmacher«, sagte ich mit einer zweiten Verbeugung zu Mărioara Giurgiuca, ohne an meinen Tarnnamen zu denken. Sie wandte sich ab mit verzogenen Mundwinkeln, die Langeweile und Hochmut verrieten, und beugte sich tief in die Damenhandtasche.

»Verstehst du, warum ich das Geld brauchte?« schimpfte Giurgiuca, als ich mich verabschieden wollte, »mir macht es nichts aus, in verwahrlosten Sachen zu stecken. Ich bin nicht versessen auf Luxusklamotten von Beckmann. Es ging mir ausschließlich um sie, meine Tochter, die es verdient hatte, besser zu leben. Nie mehr soll mein Kindchen in Armut versinken. Und außerdem war es mein Anteil, den mir dieser Geizhals nicht zugestehen wollte. Er wird vor Gericht auf die Schnauze fallen, wollen wir wetten?«

Ich nickte verstimmt, seine Tochter beobachtend, die in der Handtasche kramte. Zwischen Toilettenartikeln und Taschentuchzipfeln fand sie eine Banknote. Sie strich das Papier auf den Knien glatt, faltete es in der Mitte zusammen, beflissen und ordentlich, streckte den Arm aus und wollte es in meinem Anzug versenken. »Was tust du, mein Kind?« fauchte Bubi Giurgiuca, der Mărioara den Geldschein entwand. Und indem er die Banknote in seine Brusttasche stopfte, lud er mich zu einer Spazierfahrt ein.

Ich heuchelte Dankbarkeit und lehnte ab. Bubi war nicht im geringsten beleidigt. »Wir verschieben es auf einen anderen Zeitpunkt«, versetzte er, in seinen schneeweißen Cord kletternd, ließ den Motor an, lenkte das Automobil auf die Mitte der Straße und winkte. »Falls du in Not bist«, schrie er, »sollte dich dieser launische Mensch aus dem Haus werfen, weiß man ja nie, nicht wahr?, wende dich ruhig an mich!« Und seine Luxuskarosse entschwand zwischen Trambahnen und Pferdefuhrwerken.

Der erste Tod

Und Anfang Juli, bei Sonnenaufgang, waren wir wieder am Golf von Baltschik. Oder bilde ich mir das nur ein? War ich dieser Mensch, der aufs offene Meer starrte, als Titi den Wagen zum Bergabhang lenkte, der Aussicht auf Hafen und Stadt bot, ein junger Mann, zuversichtlicher, als es erlaubt war? Ist meine Erinnerung an diesen Aufenthalt nichts als ein Traum, den ich nicht mehr vergessen kann?

Wieder folgte ein weiterer Kraftwagen ohne Verdeck unserem Cabriolet. Am Lenkrad saß Haralamb Vona, mit Fliege, Melone und schimmernden Wangen (wann konnte er sich nur rasiert haben, fragte ich mich), und an seiner Seite ein strenger und stocksteifer Herr, der Ovidiu Teodorescu hieß. Dieser Mann, seines Zeichens Professor am Lehrstuhl Geschichtswissenschaften in Bukarest, war ranghohes Mitglied der Eisernen Garde. Warum er sich bei meinem Retter besonderer Beliebtheit erfreute, war klar: Andauernd verglich er den aufstrebenden Kandidaten der Garde mit den Nationalhelden und ersten Reichseinigern, von Mihai dem Tapferen zu Stefan dem Großen.

Als wir in Bukarest aufbrachen, hatten sich Vater und Tochter zerstritten, und bei diesem Streit ging es leider um meine Person. Marcu hatte beabsichtigt, mich neben Haralamb Vona zu setzen und seinen verehrten Freund Teodorescu im Ford zu plazieren, um auf der Strecke von Bukarest bis an den Golf einen Partner zum Plaudern zu haben. Mir war diese Aufteilung recht und ich kletterte zu meinem Freund in den Leihwagen. Wer Widerstand leistete, aufstampfte, zischte und zeterte, war seine Tochter Virginia. Stur bestand sie auf meiner Begleitung. Ersichtlich verdutzt schwang sich Marcu aufs Trittbrett, um sie in seine Arme zu schließen. »Was ist mit dir, Kindchen, beruhige dich!« Sie erwiderte nichts, stieß den Vater beiseite und rannte zu mir, der im Fiat saß. Am Handgelenk zerrte sie mich aus dem Automobil.

Es war unangenehm, zwischen Vater und Tochter zu stehen, die beide entschlossen waren, sich nicht zu beugen. Marcu winkte mich wieder zum Leihwagen, Tochter Virginia verkrallte sich in meinem Arm. »Steig in den Fiat, Mensch«, herrschte mich Marcu an, und Virginia befahl: »Du bleibst bei mir.« Sie waren vollkommen außer sich. Es war Teodorescu, der sie zur Vernunft brachte, indem er zu Vona ins Automobil stieg und zwitscherte: »Wollen wir nicht aufbrechen?«

Marcu erwachte und rieb sich den Schlaf aus den Augen. Er musterte mich, eisig, vorwurfsvoll, sprang aus dem Cabriolet, um zum Abhang zu stapfen, wo er eine Weile in schweigender Andacht versank, bevor er sich zu seiner Tochter umwandte: »Virginia, wir sind in Baltschik!« Wieder befreite sie sich von der Decke, von der sie verborgen gewesen war, kroch aus dem Polster und rannte zum Vater. Hand in Hand streiften sie mit den Augen vom Fluß in der Tiefe zur Ortschaft aus strahlendweißen Mauern, ums Dickicht aus Efeu, Glyzinien, wildem Wein, Bougainvillea, Kakteen, Platanen und Zypressen, von in der Brise bewegten Markisen am Hafen zum Golf aus azurblauem Wasser, das ruhig und glatt an den Strand schwappte. Und in die Luft springend rief sie mit jubelnder Stimme: »Baltschika, ich bin wieder bei dir!«

Als ich meinerseits bis an den Felsenrand schlenderte, bemerkte ich Marcus verkniffenes Gesicht. Mir gab er die Schuld an dem Vorfall am Nachmittag. Mit diesem Streit hatte seine Verfassung empfindliche Dellen bekommen.

Und seine Stimmung verschlechterte sich um so mehr, als keine Fatma zum Bergabhang kam, um den angehenden Staatsmann willkommen zu heißen. Und das in der Gegenwart Teodorescus, den er zu seinem Biografen bestimmt hatte und der bereits einen Stift in den Fingern hielt, um dieses Schauspiel gewissenhaft wiederzugeben. Titi hielt aufrecht und steif vor dem Lenkrad sein Nickerchen und klappte keins seiner Augen auf. Und Marcu versicherte seinem Legionskameraden, sie werde bald eintreffen. Mit seiner Taschenuhr in der Hand stapfte er grimmig ums Automobil. »Und wenn sie verstorben ist?« wandte Virginia ein, warf sich ins taunasse Gras, strampelte mit den Beinen, wollte schleunigst ans Ziel zu kommen.

(Nein, verstorben sei Fatma nicht, hieß es bei Mamut, man habe sie erst vor drei Tagen beobachtet, zusammen mit der Sultanin auf einer Klippe, zwei Geister, in weißem und schwarzem Gewand, und wollte von Warnungen Fatmas erfahren haben, das Leben der Sultanin sei in Gefahr).

Wir warteten dreißig Minuten, vergeblich, bis Marcu ein Einsehen hatte und finster auf Titis Chauffeurskappe tippte.

Dem Legionskameraden und Lehrstuhlinhaber teilte Marcu das Zimmerchen Haralamb Vonas zu. Und Haralamb Vona zog zu den Bulgaren in der Nachbarschaft. Er versicherte, es sei putzsauber im Haus, wo er Muße und Zeit finden werde, dem Aufsatz zu »Kubischen Architekturformen« endlich den letzten, entscheidenden Schliff zu verpassen.

Nicht schwer zu erraten, warum es nicht ich war, der in eine andere Unterkunft ausweichen mußte. Mit seiner Tochter erneut aneinanderzurasseln, das wollte mein Retter vermeiden. Wiederum hockten wir auf der Terrasse im Sonnenschein, zwischen Petunien und Steinblumen, tranken beim Feigenbaum schwarzen Kaffee aus dem Stieltopf, der in einem Blechnapf mit Sand stand (heißem Sand, der den Mokka nicht kalt werden ließ), aßen Kaviar, Brânză, Oliven und Eier, frittierte Sardinen und fettige Wurst. Teodorescu und Marcu besprachen politische Nachrichten, die sie den Zeitungen entnahmen, in der Regel drei Tage alt, bis sie den Weg an den Golf fanden, was es den beiden Legionskameraden erleichterte, sie mit historischem Glanz zu versehen: Stalin war Suleiman, Carol II. ein Fanariote, Codreanu ein neuer Vlad Ţepeş und Hitler ein Iancu von Hunedoara, der Mehmet II. bei Belgrad besiegt hatte, um das Christentum vor den Osmanen zu retten.

Mit Leidenschaft steigerten sie sich in diese Vergleiche, was Marcu nicht von seinem Mißtrauen befreite, mit dem er mich und seine Tochter belauerte. Absichtlich mied ich den freien Stuhl neben Virginia, um seinen Verdacht zu zerstreuen, ich wolle mich in seinem Liebesnest breitmachen, in dem niemand Platz hatte außer dem Vater und seinem Kind. Er hatte mich niemals als eine Bedrohung betrachtet, bis zu seinem Streit mit Virginia. Schlagartig zweifelte Marcu an mir. Und mit diesen Zweifeln behielt er mich wachsam im Auge, um mich bei einem Vergehen zu erwischen, das seine Eifersucht rechtfertigte, die um so schlimmere Ausmaße annahm, als er endlich bemerkte, was mit seiner Tochter passiert war. Sein Kind war kein Kind mehr, es reifte zur jungen Frau, reichte mir mit dem Scheitel bereits bis zum Kinn und besaß einen schwellenden Busen (zu schweigen vom rostroten Fleck auf dem Nachthemd, den ich beim Zubettbringen entdeckt hatte).

Zu seiner Tochter auf Abstand zu bleiben, das half mir nichts. Als sie Oliven und Brânză vertilgt hatte, sprang sie vom Platz auf der Steinbank hoch, stellte sich neben mich, schmiegte sich an meinen Arm. Dringend wollte sie mit mir zur Badebucht, um sich vom Strandphotographen ablichten zu lassen, der wieder ein faules Kamel an den Uferrand zerrte. »Fabelhaft, diese Idee«, meinte Haralamb Vona und warf seinen Stock in die Luft, »ich bin blendender Laune, was rar ist bei mir, und das sollte man unbedingt festhalten. Ich werde mich anschließen, wenn es erlaubt ist.«

Vater Marcu schlug vor, in zwei Stunden zum Strand zu gehen und sich zusammen aufnehmen zu lassen. Von dieser Anregung hielt seine Tochter nichts. Sie wolle lieber mit mir aufs Kamel klettern, meinte sie abwehrend und leichtfertig. Sie knuffte mich, bis ich klein beigab und mich an der Hand bis zur Holzpforte ziehen ließ. Und Vater Marcu verfolgte mich mit seinen Augen. Sie brannten und stichelten in meinem Nacken, als ob er mich aufspießen wolle.

Mit mir fuhr sie angeln in Ismails Ruderboot, und wer sie zu Bett bringen sollte, war ich, trotz seiner Bereitschaft, das wieder zu tun. Sie verletze den Vater, ermahnte ich sie, es sei besser, wenn *er* sie zu Bett bringe. Warum sie Marcu nicht vorschlage, einen Drei-Tage-Besuch in Constanţa zu machen, sie beide allein, ohne Teodoresu und mich. »Ohne dich? Nie und nimmer«, versetzte sie unlustig. Oder vorwurfsvoll: »Loswerden willst du mich, das ist es. Du hast mich satt, gib es zu!« Mit meinen Ermahnungen stieß ich auf taube Ohren, handelte mir nichts als Mißmut und Groll ein und mußte sie wieder beschwichtigen.

Und in einer Nacht, gegen Ende August, als sich Haralamb Vona verabschiedet hatte, der den Geschichtswissenschaftler und seine Gardistenparolen verabscheute, und Teodorescu erneut von der Belgrader Schlacht gegen Mehmet II. anfing, die er ausgiebig und anekdotenreich schilderte, leerte mein Retter sein Kognakglas auf einen Zug und trat gegen den dudelnden Grammophonkasten, der mit einem Knirschen verstummte. Als der Schmachtfetzen »Weinende Geige« erstarb, blieb Teodorescu sein Vortrag im Hals stecken. Beunruhigt betrachtete er Victor Marcu, der mit wildem Gesicht um den Feigenbaum kreiste. Seine Rechte zur Faust ballend, blieb er vorm Gardistenfreund stehen, als wolle er zuschlagen. Teodorescu zog angstvoll den Kopf ein. »Er«, sagte Marcu mit rauher, bedrohlicher Stimme, »er ist ein Spion!« Trotz der von Marcu verwendeten dritten Person bezog sein Legionskamerad diesen Vorwurf auf sich. »Ich, ein Spion? Gott bewahre!« erwiderte er, halb entsetzt, halb beleidigt. Marcu beachtete seine Entgegnung nicht.

Ich weiß nicht mehr, was ich in diesen Minuten empfand. Fassungslosigkeit, Bitterkeit, Schmerz. »Du bist eine Ratte«, bemerkte er zischend, »ein Spitzel, ein mieser Spion. Du hast dich meines Vertrauens bedient und dich von mir ins Land schleusen lassen. Zu keinem anderen Zweck, als mir nahe zu sein und mich auszukundschaften. Ich war Berater von Carol, das lohnte sich. Und mit meiner Mitgliedschaft in Codreanus Partei lohnt es sich um so mehr. Du bist nichts anderes als ein verlogener Hurensohn, der meine Freundschaft mißbraucht hat. Um mich zu bespitzeln, ja mich!, der dich besser behandelte als einen leibhaftigen Sohn.«

Nein, ich erwiderte nichts. Diese kindischen Anklagen ließen sich nicht widerlegen. Von seiner Eifersucht wußte er nichts mehr, sie war ferner als Mond oder Mars. Seine Augen waren feucht, was bewies, wie besessen er von seiner Einbildung war.

»Was Sie nicht sagen, ein mieser Spion!« mischte sich sein Legionskamerad mit Begeisterung ein, »und wer hat diesen Hundsfott beauftragt? Dient er den britischen Bastarden oder den Teufeln vom NKWD? Ist er nicht einer von unseren Sachsen?« – »Spielt das eine Rolle?« entgegnete Marcu barsch, »er ist ein feindlicher Spitzel und Schluß.« Sein Kamerad sollte keine plausiblen Fragen stellen und nicht zu neugierig werden.

Meine reichsdeutsche Herkunft verschwieg Victor Marcu, als wolle er mir einen letzten Rest Schutz bieten. Er zerrte mich von der Terrasse ins Wohnzimmer, wo er mich aufforderte, meinen Koffer zu holen, »schleunigst«, zischte er, »ohne Verzug.« In der Zwischenzeit werde er Titi Bescheid sagen, der mich in Bukarest abliefern und mir zur Hand gehen solle, wenn ich meinen Kram in der Straße Povernei zusammenpacke. Er bugsierte mich bis vor die Schwelle zur Kammer und rannte ins Freie, um seinen Chauffeur zu benachrichtigen, der in aufrechter Haltung vorm Steuerrad ratzte.

Besinnungslos, zitternd, befolgte ich seine Befehle. Ich warf meinen Koffer aufs Deckbett, in den ich Romane und Zeitschriften, Badebekleidung, Rasierzeug, Krawatten und Hemden schmiß, wahllos, in Eile, um vor diesem Alptraum zu fliehen. Marcu schleifte mich an meinem Arm bis zum Cabriolet, das mit laufendem Motor vorm Hauseingang wartete, und schubste mich unsanft ins Polster. »Meine Schuhe«, versetzte ich jammernd, als mir zu Bewußtsein kam, barfuß zu sein, und als mir meine flehende Stimme ins Ohr drang, verachtete ich mich zu Tode.

Eulenhaft seinen Kopf verdrehend, um hundertachtzig Grad, was ich bei Titi bisher nie erlebt hatte, der sonst beharrlich und stur geradeaus stierte, betrachtete uns der Chauffeur voller Neugier, und was mich anging, eindeutig schadenfroh. Und indem er mir Geld ins Jakkett stopfte, warnte mich Marcu vor einem Besuch im Haus, das mir in Zukunft versperrt bleiben werde. Ich solle mich nicht unterstehen, seiner Tochter zu nahe zu kommen, sonst werde er mich aus dem Land weisen lassen. »Verstanden?« Ich hatte verstanden, und wie!

Ich nickte, und Marcu rief: »Titi, beweg deine Karre! Na wird's bald? Zoppzopp!«

Und in dieser sternklaren Neumondnacht, Ende August 1937, als bei einem grimmigen Eifersuchtsstreit zwischen Prinz Nikolai und Carol II. im Stillen Nest ein Pistolenschuß fiel, der aus Versehen beider Mutter Maria im Bauch traf, die der schweren Verletzung am Ende erlag, raste Titi mit mir aus der schlafenden Talsenke, und der Golf von Baltschik versank vor meinen Augen.

Im Dritten Kapitel heißt man mich in der Geisterwelt willkommen, erfahre ich, wie ein Maßschneideranzug zur falschen Haut werden kann, lerne den doppelgesichtigen Gott des Massels und Schlamassels kennen, erfinde (freiwillig) Geschichten, um mich von meinem Mißgeschick abzulenken, mache (halb freiwillig) die Bekanntschaft zur Liebesnacht vorbereiteter Damenreisetaschen, liebe eine Kaffeehausbesitzerwitwe, bis deutsche Truppen in die Stadt einziehen und Bukarests Erde bebt

Willkommen in der Geisterwelt

Bukarest, Stadt der Basare und Tanzschuppen, der Webereien und Tabakfabriken, Konfektionsmagazine und Glasdachpassagen, der Kioske, Blumenfrauen, Boxkampfarenen und Bierkneipen, Hammeltreiber und Bettler, Hausierer und Diebe, der Ziegeleien und Wurstproduzenten, des Findlingsasyls und des Pferdemarkts. Stadt der Tankstellen, Esel und Ochsenfuhrwerke, der pechrabenschwarzen Zigeunerinnen im Glockenrock, Werbetafeln und Leuchtreklamen, Busse und Trambahnen, die von den Zentralhallen zum Stadion bummelten und vom Hippodrom an den Friedhof. Bukarest, quirlig und quecksilbrig, fiebrig und lumpig, verkommen und rein. Stadt der verkrusteten Zehen und Schuhriemchen, der Hermelinpelze und filzigen Schafsfelle, der Seidenstrumpfpaare und klobigen Wollsocken, der Gardistenstudenten, Armenier, Juden, Hofschranzen und Dienstboten. Stadt der sauber rasierten Bankiers und Gendarmen, Stadt der Popen mit Rauschebart und schwarzem Rock, Stadt des scharfen Nordosts, der mit Messern ins Fleisch schnitt, der Schmetterlingsluft im April und der wogenden, glimmenden, rauchigen Sommer. Bukarest roch nach Pflaumenschnaps, Weihrauch und Kerzenwachs, Mandelmilch, Hundekadavern und Eisen, Auberginen auf dem Feuer, nach Puffmais, Rasierwasser, Veilchen und Kernseife, Flieder, Glyzinien und uraltem Staub. Stadt der in Efeu ertrinkenden Hausmauern, byzantinischen Kuppeln und des Telefonpalasts, der mit seiner Spitze im Nebel versank.

In dieser Stadt war ich ein Nichts – eine kriechende Schabe, ein fremdes Insekt, eine Ameise, die sich verirrt hatte. Ich krabbelte, wimmelte, keuchte und rannte mit, um meinem Schicksal ein Schnippchen zu schlagen.

Mit dem Geld, das ich von Victor Marcu bekommen hatte, konnte ich mich sieben Tage verpflegen und mir ein Pensionszimmer leisten. Ich war zu benommen von dem, was passiert war, um an meine Zukunft zu denken. Sechs Tage verbrachte ich auf dem Pensionsbett in blinder, aschgrauer Verfassung. Mittags, in sengender Sonne, schlich ich mich zu einem Lokal an der Ecke beim Nordbahnhof, wo ich Bier trank und billige Krautwickel aß. Ich war ohne Hoffnung und ohne Verzweiflung. Schwitzend warf ich mich wieder auf meine Matratze, aus der mich der Geruch fremder Menschen anwehte. Ich hatte mein Leben verfehlt und nichts Besseres verdient, als vom Zufall zertreten zu werden, der mich mit dem Hacken zerrieb, ohne es zu bemerken.

Mein Zimmer ging auf einen glutheißen Hinterhof, in dem sich kein Lufthauch bewegte. Und ich kam mir vor wie in einem Traum, der nicht vergehen wollte und meine Kehle zusammenpreßte. Erst am sechsten Tag, als eine Handvoll von Kindern, die sich raschelnde Blattzweige umgelegt hatten, im Hinterhof tanzend und singend den Regen beschwor, beschloß ich, Giurgiuca um Hilfe zu bitten.

Halbnackt hing er in einem Sessel mit Samtbezug und hielt einen Eisbeutel vor sein Gesicht. Im Zimmer, vor dem sich der Garten ausbreitete, stand ein ansehnliches Instrument, groß, schneeweiß, mit dem »Wohltemperierten Klavier« auf dem Notenpult (der Name des Herstellers, der auf dem Messingschild prangte, war mir kein Begriff). »Und du bist nicht am Meer?« wollte er von mir wissen und winkte mich blind in den Sessel, der neben dem seinen stand. Von meinem Platz aus entdeckte ich Mărioara, die sich auf der Terrasse im Liegestuhl rekelte. Sie erkannte mich ohne Begeisterung wieder und wandte sich schleunigst dem Buch zu, in dem sie las. Das tat sie ersichtlich verdrossen und lustlos, und warum, war nicht schwer zu verstehen: Sie studierte ein Konversationslexikon. Giurgiuca, der mich nicht zu Wort kommen ließ, beklagte sich seufzend, wie schwierig es sei, Mărioara zum passenden Mann zu verhelfen. Anscheinend tat er nichts anderes, als mit seiner Tochter von einer Gesellschaft zur anderen zu ziehen, um sie zu verheiraten. Zu seiner Verbitterung hatte sie lauter Verehrer, die nicht in Betracht kamen. »Einer schielt, einer geht auf die Vierzig zu, und was entscheidend ist: Keiner hat Geld«, sagte er, »nicht genug, meine ich, um mein Kindchen mit Gold aufzuwiegen. Diese elende Hitze«, bemerkte er nach einer Pause, »und warum bist du nicht am Meer? Laß mich raten«, kam er einer Antwort zuvor, »Marcu hat dir den Laufpaß gegeben.«

Ich nickte, was den seinen Eisbeutel wechselnden Bubi ermunterte, sich aus dem Sessel zu schieben und zu seiner Tochter zu eilen. Mit der eitlen Freude des Mannes, der sich nicht irrt, weihte er sie in mein Schicksal ein. Als sie nichts erwiderte, blinzelte er kurz ins Konversationslexikon auf dem Schoß Mărioaras und fragte sie einen Artikel ab, den sie auswendig aufsagte, ohne zu stocken. Zufrieden rieb er seine Finger am Brustkorb, der mit schwarzen Locken bedeckt war.

Ich schweifte mit meinen Augen zum Wandregal, in dem sich ein Band an den anderen preßte. Bubis Bibliothek war beeindruckend. Und erst nach und nach fiel mir auf, daß sie der Bibliothek Victor Marcus entsprach. Ja, sie war vollkommen identisch, sei es bei Verfassern und Titeln, sei es in der Anordnung. Und wie im Wohnzimmer Marcus stand auf dem Kaminsims ein Bronzekopf Beethovens.

Bubi Giurgiuca kam von der Terrasse und schaute mich mit einem Stirnrunzeln an. »Dieser Lumpenhund hat dich verjagt, und wer einspringen muß, das ist Bubi«, versetzte er mißmutig. »Soll ich Marcus verschlissene Sachen auftragen? Ich kann keine Almosen verteilen, mein Lieber. Und sag mir, warum ich dich anstellen sollte? Ich habe bereits einen Diener und einen Chauffeur. Willst du Deutsch lernen, Kindchen?« rief er Richtung Liegestuhl. Mărioara verdrehte die Augen. »Sie will nicht«, bemerkte er nickend, »und recht hat sie. Wenn sich unsereins bilden will, schafft er das, ohne sich von einem Klugscheißer triezen zu lassen. Meine Deutschkenntnisse habe ich in Berliner Bordellen erworben, mein Freund. Und mein Kindchen liest tagelang in diesem Lexikon. Bei den Essenseinladungen, die wir besuchen, bringt sie die versammelten Herren zum Staunen, wenn sie von Kopernikus spricht. Nein«, fiel er sich grimmig ins Wort, »Aristoteles war es. Sie ist erst beim Buchstaben B.«

Bubi Giurgiuca ließ sich in den Sessel fallen und schellte der Hausangestellten. Als sie ins Zimmer trat, scheuchte er sie ohne Worte, nur mit seiner Hand, zum Klavier. Mir war schleierhaft, was er beabsichtigte, bis seine Bedienstete aus einem Eckschrank, der voller Papierrollen war, einen Lochstreifen holte. Anschließend hob sie den Klavierkastendeckel an, um das perforierte Papier in ein Holzfach zu legen. Schlagartig begriff ich, daß Bubis Klavier ein elektrisch betriebenes Piano war. Und das stimmte jetzt eine Bachsche Fuge an, nicht anders, als Marcu sie spielte. Ja, in der Strenge und Klarheit erkannte ich seine Interpretation wieder, eine Entdeckung, bei der es mich schauderte.

»Ich kann dir nicht helfen, selbst wenn ich es wollte«, sagte Bubi und setzte sein breitestes Grinsen auf, »und weißt du, warum ich nicht will? Am Ende hat dir dieser Mistkerl den Ratschlag erteilt, dich an Bubi Giurgiuca zu wenden. Ja, am Ende war er es, der dich auf mich ansetzte. Arm machen will er mich, das ist sein Plan.« Giurgiuca war nicht mehr zu bremsen. Er fuchtelte mit beiden Armen und schimpfte zur Bachschen Fuge, die aus dem Klavier mit den sich von alleine bewegenden Tasten kam, bis ich mich vom Sessel erhob. »Und wann machen wir unseren Automobilausflug?« rief er mir nach, als ich aus seinem Wohnzimmer eilte, als ob ich vom Teufel verfolgt werde.

Ich hatte mein Zimmer im Voraus bezahlt, und als ich kein Geld mehr besaß, mußte ich es verlassen. Mit meinem pommerschen Holzkoffer zog ich in stechender Sonne zum Park Cişmigiu, wo ich eine schattige Bank fand, auf der ich mich niederließ. Im Pavillon spielte die Sonntagskapelle, auf dem Teich mit dem Springbrunnen ruderten Paare. Ich kannte niemanden in dieser Stadt, der mir Geld leihen oder mich aufnehmen konnte. Ich besaß keinen Freund außer Haralamb Vona – und der war zur Zeit in Baltschik.

Es dunkelte, und ich ergriff meinen Holzkoffer. In Cişmigiu bleiben konnte ich nicht. Auf der Parkbank zu schlafen war strengstens verboten, das stand auf der Tafel im Eingang. Ich erinnerte mich an das Nachtasyl, in dem man kostenlos unterkommen konnte, und umrundete es etwa dreißig Minuten, teils aus Scham, teils aus Furcht, von der Schwelle vertrieben zu werden, wenn ich in meinem vornehmen Anzug aus Leinen um ein Nachtlager bat. Ich paßte nicht zu diesen

Leuten, die vor mir ans Tor klopften, das wie von Geisterhand aufging. Nicht alle waren schmutzig und hatten verdreckte Klamotten an. Es gab junge Frauen in einfachen, sauberen Kleidern, die mich an Florica erinnerten und in der Hauptstadt auf Suche nach Anstellung sein mochten, junge Bauern in heimischer Tracht auf der Durchreise. Nicht alle waren barfuß und hatten verkrustete Zehen. Was sie miteinander verband, war das Armutsgrau, das sie nicht abstreifen konnten.

Ich blieb vor dem Tor stehen und stellte den Koffer ab, unentschlossen und zaudernd, als es sich bewegte. Ich erkannte zu Anfang nicht mehr als ein Messer, das mich in den dusteren Hof winkte. Ein Mann hockte auf einem Schemel, schnitt Scheibe um Scheibe von einer Salami und schenkte mir keine besondere Beachtung, die er seiner fettigen Eselswurst vorbehielt, als ich meinen Koffer nahm und seiner Einladung folgte.

Ich verbrachte die Nacht auf dem Fußboden in einem Zimmer, das stickig und kahl war, zusammen mit rund hundert anderen Personen. Um mich roch es nach Pflaumenschnaps, Bierdunst und Ziegenfell, staubigen Schuhen und schweißigen Zehen, nach Knoblauch, Lavendel und uraltem Muff. Vergeblich zog ich mir den Hut ins Gesicht. Finger grapschten mir blind an den Bauch und ein Ellbogen boxte mich hart in die Seite. Ich verdrehte den Kopf und erkannte im Dunkeln den zuckenden Fuß, der mein Haar streifte. Jemand hustete pausenlos, aus einem Brustkorb kam pfeifender, rasselnder Atem, mein Nebenmann seufzte und brabbelte in seinem Traum. Erst gegen Morgengrauen konnte ich einschlafen, als sich meine Nachbarn bereits wieder regten. Ich war der letzte Besucher des Nachtasyls, den man aus dem Schlafsaal zum Hof scheuchte.

Vor der Tramhaltestelle beim Akademieplatz fiel mir eine magere Zigeunerin auf, die sich bei den Leuten ein Essen zusammenschnorrte. Flohstiche an Armen und Beinen, zahnlos und zerlumpt, hinkte sie auf mich zu und hielt mir eine Hand vor die Brust, in der Silbergeld blinkte. Sie stellte sich mit einer Sicherheit in meinen Weg, um die ich sie beneidete. Das Silbergeld anstarrend, kam mir der Einfall, es an mich zu nehmen und abzuhauen. Mit dem Geld konnte ich mir ein Brot kaufen und meinen kneifenden Magen beruhigen. Nein, ich schob sie beiseite, als sei ich ein geiziger Herr. Es war aussichtslos, abhauen zu wollen mit dem Holzkoffer, der mich beim Laufen behinderte. Er enthielt meine restlichen Habseligkeiten, zwei Schuhpaare, Hemden und Hosen, Krawatten, Rasiersachen, Winterzeug, Schnitzfiguren aus meiner Kindheit und Packen von Noten.

Es war wieder ein heißer Septembertag. In brennender Sonne ließ ich mich im Menschenstrom treiben, Angestellte, Beamte und Offiziere, Handwerker, Ladenbesitzer, Dienstboten und Schulkinder, eine wuselnde, schwatzende, kichernde Menge, die sich vom Schloß- zum Theaterplatz schob. Zwischen den schwirrenden Stimmen hupten Automobile, um sich einen Weg durch die Menge zu bahnen, die ohne besondere Eile zur Seite wich. Ich war zu benommen und bemerkte nicht rechtzeitig, als man mich aus Achtlosigkeit vor ein Cabriolet schubste.

Was mich zu Boden riß, war nicht der Schmerz im Bein, es war meine Kraftlosigkeit. Ich war zu schwach, um mich aufrechtzuhalten, stieß einen Schrei aus und sackte zusammen. Ohne bewußtlos zu sein, konnte ich nichts erwidern, als sich eine Stimme erkundigte, ob ich verletzt sei. »Soll ich Sie zu einem Arzt bringen?« fragte der Herr, der sich neben mich kniete. Ich nahm seine Hand, die er ausstreckte, um mir beim Aufstehen behilflich zu sein, und ließ mich widerstandslos in sein Automobil schieben.

Erst im Polster kam ich wieder zu mir. Ich kannte den Mann, der sich neben mir Nacken und Stirn mit dem Taschentuch abwischte und seinem Fahrer Vorhaltungen machte. »Paß besser auf, Mişu«, sagte er vorwurfsvoll, »einen Goi umzufahren, kann ich mir nicht leisten. Ist dir nicht klar, was es heißt, wenn ich mit meinem Automobil einen Menschen ins Grab bringe? Man wird mich zerreißen, versichere ich dir, und den Ratten zum Festschmaus vorsetzen.« Als er bemerkte, daß ich seine Worte belauschte, verstummte er schlagartig.

Beunruhigt starrte mich Slumowitz an. Er mußte mich seinerseits wiedererkannt haben und konnte sich nicht mehr erinnern, wo wir uns begegnet waren. »Darf ich mich vorstellen?« sagte er, sich einen Ruck gebend, »Aristide Slumowitz.« Seine Stimme klang zittrig, verriet einen Anflug von Panik. Sichtlich erleichtert, als ich meinen Namen nannte, rief er: »Ich weiß wieder, Gottwald, ja, Gottwald. Sie sind ein Freund Victor Marcus, nicht wahr?, und erziehen seine Tochter Virginia! Und ich war mir anfangs nicht sicher, verzeihen Sie mir, ob Sie nicht einer von diesen Studenten sind ...«

Er sprach seinen Satz nicht zu Ende. Ich hatte von Vona erfahren, was Slumowitz mit den Gardistenstudenten erlebt hatte, die den Kasinobesitzer zusammengeschlagen und in einen Studentenheimkeller verschleppt hatten, um den Mann eine Nacht zu mißhandeln. Das war im April '36 gewesen. Blutbesudelt, mit Peitschenstriemen im Gesicht und Zigarettenbrandmalen an Armen und Beinen, hatte er sich am anderen Tag aus dem Keller befreit, als sie in einer Vorlesung saßen. Dieser Vorfall war ohne gerichtliches Nachspiel geblieben. Slumowitz selbst hatte von einer Anzeige Abstand genommen, aus Angst vor Vergeltung und Scham. Und bei der Staatsanwaltschaft hatte man diesen Vorfall nur als Dummejungenstreich betrachtet.

Slumowitz lud mich zum Mittagstisch ein. »Schlagen Sie mir diese Bitte nicht ab«, meinte er, vor Erleichterung mit seinen Armen rudernd, »sonst kann ich meine Schuld nicht begleichen.« Bei meinem bohrenden Hunger fiel es mir nicht ein, seine Einladung abzulehnen. Und mein zustimmend knurrender Magen ersparte es mir, eine Antwort zu geben. Halb belustigt, halb nachdenklich richtete Slumowitz seine verschleierten Augen auf mich, diese tiefen, teils blauen, teils smaragdenen Seen in seinem Gesicht voller Zacken und Schluchten. Wieder wirkte er wie ein verkleideter, aus dem Serail entlaufener Sultan, der es gewohnt war, ein Reich zu beherrschen, als wir am Schloßplatz ins Gartenlokal traten und eine Reihe von Kellnern abschritten, die sich vorm Kasinobesitzer verbeugten. Nichts erinnerte mehr an den furchtsamen Menschen, der in mir einen von seinen Peinigern wiedererkannt hatte, irrigerweise.

Er blieb wortkarg, als wir unser Essen einnahmen, aus Nachsicht mit mir, der mit Heißhunger schlang. Gierig warf ich mich auf meine Suppe, vertilgte das Grillfleisch in rasender Eile, und Slumowitz, der mich ermahnte, langsamer zu essen, ließ mir, teils aus Freigebigkeit, teils aus schlechtem Gewissen, ein drittes Gericht bringen, nicht ohne von mir erfahren zu wollen, was mit meiner Anstellung bei Victor Marcu sei. Ich beichtete, die sei ich los, und war dankbar, als er nicht zu wissen verlangte, warum.

Erst beim Rauchen bemerkte ich wieder, wie sich seine Schultern im Maßschneideranzug bewegten, als stecke er in einer falschen, zu engen Haut, insbesondere, wenn er den Gruß eines anderen Lokalgasts beantworten mußte. »Der war Innenminister in Ducas Regierung«, bemerkte er knapp, um mich einzuweihen, »und der mit Fliege ist einer von Carols Beratern.«

Slumowitz beugte sich vor, legte mir seine Hand auf den Arm, diese fleischige Pranke, die protzig beringt war, und riet mir mit heiserer Stimme: »Sie sollten sich sputen, mein Lieber, um rechtzeitig auf der Toilette zu sein.« Unwillig verneinte ich mit meinem Kopf. Ich verstand nicht, was den unsere Rechnung begleichenden Slumowitz zu dieser Warnung veranlaßte. In seinem Gesicht las ich Hochmut und Mitleid, bis es in einer Wolke aus blauem Zigarrenqualm versank. Er wollte anscheinend seinen Spott mit mir treiben. Verwirrt wandte ich mich zur Zigeunerkapelle um, die »Gute Nacht, Mimi« schrummelte, als mich ein heftiger Brechreiz befiel. Mit einer Hand vorm Mund sprang ich vom Stuhl hoch und rettete mich auf die Herrentoilette, wo ich vor der Pißrinne auf beide Knie fiel.

Und an diesem Tag stellte mich Aristide Slumowitz, der sich mit dem Hunger auskannte (und mit den Gefahren des Schlingens auf knurrenden Magen), in seinem Kasino als Kellner ein. Monatlich zahlte er eine bescheidene Summe von 1600 Lei an mich aus, was er mit den Trinkgeldzuwendungen rechtfertigte, die seine Ober kassierten. Er verschaffte mir eine Mansardenbehausung im Viertel Uranus, die billig und sauber war. Meine Vermieterin, eine Frau Grete aus Hermannstadt, kniff beide Augen zusammen, als ich mich als Landsmann vorstellte. »Sie sprechen kein Sachsendeutsch«, knurrte sie mißtrauisch und verlangte von mir meinen Paß, den sie einbehielt, um am anderen Tag meine Anmeldung vorzunehmen.

Sie mußte zugeben, Hermannstadt bereits als Kleinkind verlassen zu haben und mit den Verwandten auf Kriegsfuß zu stehen. Ja, in der Ehe mit einem der Hiesigen, der mittlerweile verstorben war, habe sie sich von der Heimat entfremdet. Mit mir, einem Deutschen, vertraulich zu werden, das hatte Frau Grete zu meiner Erleichterung nicht vor, teils, um mich nicht auf den Einfall zu bringen, sie werde dem Landsmann das Dachzimmer preiswerter abtreten, teils aus Verbitterung gegen den Hochmut, den sie bei der deutschen Verwandtschaft erlebt hatte, die die Heirat mit einem »Zigeuner« als Schande betrachtete und nicht verzeihen konnte.

Rundlich, energisch, mit hartem Gesicht stand sie vor mir und schwenkte den Gehstock, an dem sie sich hinkend und zischelnd bewegte. Zu pfeifen und singen sei streng untersagt und ab zehn in der Nacht herrsche Bettruhe. Nicht erlaubt seien Tierhaltung, Damenbesuche und Streit mit den Nachbarn (zwei neben mir wohnenden Jurastudenten aus Brăila). Alle vier Wochen sei Putztag, und wehe, wenn meine Mansarde nicht blitze und blinke. Und mit dieser Warnung ließ sie mich allein.

In der Mitte des Zimmers, zu heiß zwischen Mai und Oktober, zu kalt in den Wintermonaten, stand ein Ofen aus Gußeisen, den man mit Holz oder Kohlen beheizte, die ich mir vom Laden mit Brennstoffen holte und in einem Sack zur Mansarde hochschleppte. Im Dachflur befand sich ein Becken mit Wasserhahn, von dem ich mein Wasser in Blechkannen ins Zimmer trug. Wenn ich in der Winterzeit nachts vom Kasino heimkam, war es mit einer Eisschicht bedeckt.

Mein Zimmer besaß eine Reihe von Vorteilen. Wanzen hatte es keine, was in einem Haus aus der Zeit vor dem Krieg eine Ausnahme war. Und wenn ich mich auf einen Fußschemel stellte, konnte ich aus meiner Dachgaube Bukarests schimmernde Giebel und Kuppeln betrachten, die sich ineinander verschachtelt zum Horizont erstreckten, der in dunstigem Blau verschwamm oder ein lackroter Streifen war.

Ich stellte bald fest, daß Frau Gretes Verbote nicht sonderlich ernst zu nehmen waren. Sie war zu taub, um es mitzubekommen, wenn die neben mir wohnenden Jurastudenten beim Knobeln und Kartenspiel Krach machten. Achtlos empfingen sie kichernde Freundinnen, die in der Nacht spitze Lustschreie ausstießen, oder sangen patriotische Lieder.

In der ersten Nacht konnte ich auf meinem quietschenden Bettrost kein Auge zutun, beunruhigt von der Idee, bei der Anmeldung werde Frau Grete erfahren, mein Paß sei nicht echt, und von zwei Gendarmen begleitet zum Dachzimmer hochsteigen. Von dieser Sorge befreite mich meine Vermieterin, als ich sie aus Zufall am Mittag im Treppenhaus traf, wo sie mir meinen Ausweis erstattete.

In der zweiten Nacht waren es andere Dinge, die mich bis zum Morgengrauen wachhielten. Vom Ofenrohr baumelte mein neuer Kellnerfrack, den mir Slumowitz hatte ins Haus bringen lassen, mit dem Auftrag, in Gegenwart seines Chauffeurs in den Anzug zu steigen, um festzustellen, ob er mir passe. Mişu hatte mich von allen Seiten betrachtet, nicht ohne mir mitzuteilen, Reinlichkeit, Haltung und Schliff seien bei Slumowitz erstes Gebot, und sich mit zufriedenem Nicken verabschiedet. Ich bedauerte nicht, bald als Kellner antreten zu sollen. Ob Ober in einem Kasino, ob Kinderfrau, das machte keinen erheblichen Unterschied. Trotzdem kam ich mir nutzlos und leer vor. Und schleierhaft blieb mir, warum mich das Schicksal in den Frack eines Kellners von Slumowitz steckte.

Am folgenden Tag eilte ich ins Kasino. Zusammen mit den Hausangestellten – zehn Spielleitern, drei Detektiven und zahlreichen Kellnern – mußte ich zu einer Reihe antreten und mich, wie die andern, vom Saalchef begutachten lassen. Eingehend betrachtete er meine Finger, ließ sich anhauchen, schnupperte an meinen Haaren, und als er nichts zu beanstanden hatte, teilte er mich einem erfahrenen Kellner zu, den er anwies, mich in meine Aufgaben einzuweihen. In zwei

Tagen erlernte ich, was ich zu tun hatte, und nahm alleine Bestellungen auf, steckte erloschene Zigarren an und half den Damen beflissen beim Aufstehen. Ich durfte nicht auffallen und mußte gleichzeitig zur Stelle sein, wenn es erforderlich war. Man hob keine Handtasche auf, die zu Boden fiel, ohne stumme Vereinbarung mit der Besitzerin, um sich keinem falschen Verdacht auszusetzen. Nicht anders verhielt es sich mit einer Halskette oder verlorenen Spielmarken. Einem Herrn, der behaglich an seinem Zigarrenstumpen nuckelte, hielt man kein brennendes Streichholz vor. Erst wenn er verdrossen zu saugen begann, griff ich nach meiner Schachtel im Frack.

Es hing in der Regel vom Spielverlauf ab, ob man sich besonders ins Zeug legen mußte, um einen Kasinobesucher nicht zu verprellen und sich am Ende ein Trinkgeld zu sichern. Wer hohe Summen verspielte, war reizbar und launisch und ließ seinen Unmut am Kellner aus, wenn sich ein passender Vorwand ergab. Und vor einem Gast, dem man Spielsucht anmerkte, empfahl es sich, Abstand zu halten und nur in Erscheinung zu treten, falls er es verlangte.

Meine Lieblingsklienten waren schwerreiche Greisinnen, in ewigem Mißtrauen vertrocknet und schrumplig vor Habgier, die zu reinem Zeitvertreib spielten. Leidenschaftslos folgten sie der Roulettekugel, die auf dem kreisenden Rad Karussell fuhr, ein Lorgnon vor dem starren Reptilienauge und ohne ein Zucken der runzligen Lippen, wenn sie mit einem Klackern ins Fach fiel. Sie winkten mir mit einem knochigen Finger und wollten erfahren, ob sie einen Erfolg erzielt hatten, was ich mit Bedauern verneinte, indem ich mich tief zu den grauen, verwelkten und mit Diamanten behangenen Ohren beugte. Sie waren zu knauserig, um hohe Summen einzusetzen (im Spielsalon konnte der Geiz sich als Klugheit tarnen), und zeigten sich freigebig gegen den Kellner, der sein dienstbares Schattendasein nicht verließ.

Unangenehm waren Minister und andere mit hohen Posten bekleidete Tiere am Hofe, in Heer oder Staatsapparat. Ein Kellner, der sie nicht bei Titel und Namen ansprach, durfte mit einer harschen

Beschwerde beim Inhaber rechnen, und seine Entlassung war nur eine Frage von Stunden. Vom Saalchef erfuhr ich rechtzeitig, um wen es sich handelte, und legte besondere Verbindlichkeit an den Tag, Titel und Namen pausenlos wiederholend, mit vernehmbarer Stimme, was sonst nicht erlaubt war, wenn ich mich erkundigte, was sie zu trinken verlangten.

Nicht nur aus Sorge, als Kellner Schiffbruch zu erleiden, zwang ich mich zu dieser Verstellung. Wenn der Hofmarschall an seinen Spieltischen Platz nahm, konnte Aristide Slumowitz aufatmen: Allem Gerede zum Trotz hatte Carol II. nicht vor, seinen Schutz abzuziehen. Ein Ministerbesuch im Kasino war eine Versicherung, seine Spielsalonkonzession werde erneuert. Slumowitz hing von den Launen bei Hofe ab oder den Stimmungen in der Regierung, und bei groben Fehlern der Hausangestellten konnten sich diese Stimmungen entschieden verschlechtern.

In den ersten zwei Monaten zog mich der Saalchef bei Ankunft hoher Regierungsmitglieder im Auftrag von Slumowitz ab, der sich (und mich) nicht in Gefahr bringen wollte. Meine Verbannung fiel niemandem auf bei der Unruhe, die am Roulettetisch entstand, wo sich der Innenminister in einen mit Samtstoff bezogenen Armsessel fallen ließ und Aristide Slumowitz selbst in Erscheinung trat mit Kratzfuß und tiefer Verbeugung. Schlimmer als sonst ruckte Slumowitz in seinem Anzug, als leide er an einem qualvollen Juckreiz, und sein wuchtiger Leib wirkte krumm und verdreht. Zwei Minuten vergingen mit dem Austausch verbindlicher Floskeln, und sein Sultansgesicht nahm den Ausdruck peinlichster Demut an (mir war sie peinlich, dem eitlen Minister nicht), die der Saalchef zu einem Personalwechsel nutzte. Spielleiter und Croupier mußten drei engen Vertrauten von Slumowitz weichen, die meine Kollegen »Chicago-Boys« nannten. Und es fiel mir nicht schwer zu erraten, warum. Die drei waren Meister im Schummeln und sollten den Innenminister bei Spiellaune halten, der keine beachtlichen Summen verlieren durfte. Sie verhalfen dem Mann zum Erfolg, wenn es notwendig war, einem hohen Gewinn, einer goldenen Serie, selbstredend auf Kosten der anderen Roulettespieler, niemals zum Schaden der Bank.

Slumowitz ließ mich im Auge behalten, sei es von seinem Saalchef, dem nichts in der Halle entging, sei es von seinem Fahrer, der neben dem Kassenhaus lehnte und einschritt, wenn Stunk drohte. Ich bestand meine Probezeit ohne Beschwerden. Was mich verwirrte, das war das Verhalten von Slumowitz, der mich nicht besser und schlechter behandelte als seine anderen Hausangestellten. Ich war ein beliebiger Kellner, und Schluß. Wenn er in den Saal kam, vermied er es, mit mir zu sprechen, und wandte sich in meinem Beisein an Mişu, von dem er zu wissen verlangte, ob Gottwald zufriedenstellend arbeite.

Warum er auf Abstand bedacht war, begriff ich erst im Verlauf eines Streits mit dem frechsten der Hausdetektive, der sich von aller Welt Geld lieh, als sei es sein gutes Recht. Er brauchte es angeblich, um seinen Harem von Liebhaberinnen bei Laune zu halten. Ohne bei mir seine Schulden beglichen zu haben, pumpte das drahtige Kerlchen mich wieder an. Es war tief in der Nacht, keine Seele begegnete uns, als wir vorm Telefonpalast ankamen. Meine Weigerung versetzte den Mann in Erregung. »Denkst du, mit deinen besonderen Beziehungen zu diesem Saujuden kannst du mir dumm kommen?« Er streckte mich mit einem Faustschlag zu Boden und brachte sich seelenruhig in den Besitz meiner Trinkgelder.

Um diesem Gerede ein Ende zu machen, hielt Slumowitz Abstand zu mir. Er wollte dem Neid einen Riegel vorschieben, der das Klima im Hause vergiftete und mir nichts als Nachteile einbringen konnte. An einem Novembertag, als uns der Saalchef vor Arbeitsbeginn wie gewohnt kontrollierte – ob unser Frack richtig saß, unsere Haare nicht rochen –, stauchte er mich vor den anderen zusammen. »Gottwald, du stinkst aus dem Rachen, du stinkst wie ein Schwein«, keifte er mich mit Feldwebelstimme an, vor der alle in Null Komma nichts in Habachtstellung gingen, »herrje, frißt du Scheiße zu Hause? Willst du unsere Besucher vergraulen mit deinem verpesteten Atem, du Hurensohn?« Seine Beschimpfungen fanden kein Ende. Er verzog sein Gesicht vor Verachtung und Ekel, verfluchte mich, zerrte mich an meinem Nacken zum Waschbecken in der Garderobe, wo er mir befahl, meine »aasige Schnauze« zu waschen, ein Auftritt, der meine Kollegen zu heimlichem Feixen und Prusten ermunterte (insbesondere den Gauner von Hausdetektiv, den man bald, wegen anderer Vergehen, entließ) und der seinen Zweck nicht verfehlte. Niemand hatte mich mehr im Verdacht, in der Gunst des Kasinobesitzers zu stehen, was wiederum meiner Beliebtheit zugute kam. Neuerdings stieß ich bei meinen Kollegen, die scheu und verschlossen gewesen waren, auf, beinahe, blindes Vertrauen.

Slumowitz selbst wollte es sich nicht nehmen lassen, sich in dieser Sache bei mir zu entschuldigen. Er schickte Mişu ins Dachzimmer hoch, der eine Konzertkarte in seiner Hand schwenkte. Er werde mich gegen halb neun mit dem Automobil abholen, meinte er, wenn mir das recht sei. Es war ein kalter und nasser Novembertag, den ich lesend im Bett verbracht hatte, zu faul, um mich anzuziehen und meinen Ofen zu heizen. Verwirrt sprang ich von der Matratze, in klobigen Wollsocken, mit einem Schal, der mich bis zu den Ohren bedeckte, und stammelte: »Ja.«

Um halb neun hupte Mişu vorm Haus, und ich stieg in den Kraftwagen, wo ich auf Slumowitz stieß, der mich mit einem Nicken willkommen hieß. Als erstes bat er um Verzeihung, wenn er seinem Saalchef den Auftrag erteilt habe, mich vor den anderen zur Schnecke zu machen. Das sei nichts als Theater gewesen, zu meinem Schutz. Und zu meinem Schutz werde Mişu mich beim Metropolhotel absetzen, das vom Konzertsaal nicht mehr als drei Gehwegminuten entfernt sei. In diesen Zeiten sei es nicht empfehlenswert, sich in der Begleitung von schwerreichen Juden zu zeigen. Ins Schweigen verfallend, sog er an der Zigarre und blinzelte in die verregnete Nacht.

Diese Einladung blieb keine Ausnahme. Wieder und wieder nahm Slumowitz mich zu Konzerten mit oder besuchte mit mir das Theater, mit heimlicher Hilfe des Saalchefs, der jeweils den Wochentag festlegte, an dem man frei hatte. Slumowitz saß in den vorderen Reihen, und ich mußte stehen oder mit einem Klappsitz vorliebnehmen, der meiner Stellung als Kellner entsprach. Kein Mensch konnte ahnen, wem ich meine Karte verdankte. An vereinbarten, schummrigen Ekken stieg ich in den Nasch, der mit laufendem Motor am Bordstein hielt und uns zu einem bescheidenen, von seinem Onkel betriebenen Lokal in Dudeşti brachte, in dem ausschließlich Juden verkehrten. Ein bullernder Ofen beheizte den Keller, der nach Knoblauch und Fischsud, Muskatnuß und Zimt roch und nasser, im Ofendampf trocknender Kleidung. Sein Verwandter, begeistert, wenn wir ins Lokal traten, stellte sich selbst an den Herd. Er brutzelte Fische, briet koscheres Lammfleisch, bereitete Mehlspeisen zu. Avram verhimmelte seinen erfolgreichen Neffen. »Du bist ein Mann, der dem Judenvolk Achtung verschafft«, wiederholte er pausenlos. Und Slumowitz konnte sich niemals enthalten, mit Spott in der Stimme zu antworten: »Onkelchen, das kann dein Jahve allein.«

»Ich weiß, wer Sie sind«, sagte Slumowitz bei unserem ersten Besuch im Lokal seines Onkels, als wir unsere Suppe verzehrt hatten. Verunsichert starrte ich in seine Augen, die sich ein belustigtes Zwinkern erlaubten. Slumowitz ließ mich absichtlich zappeln und steckte sich saumselig eine Zigarre an. »Oder besser, ich weiß, wer Sie nicht sind«, versetzte er paffend und schob seinen Teller beiseite, »Sie stammen nicht aus Kronstadt, sind keiner von unseren Sachsen und heißen nicht Gottwald. Ich wette, Sie kommen in Wahrheit aus Deutschland.« Ich schluckte beunruhigt und schwieg. Wenn er mehr wußte, als er verriet, war es sinnlos, auf meinem falschen Namen zu beharren. Und mir war schleierhaft, was er beabsichtigte. Slumowitz konnte nichts anfangen mit seinem Wissen. Schwer vorstellbar, er habe vor, einen lausigen Kellner erpressen zu wollen.

»Sie sollten mich besser kennen«, sagte er vorwurfsvoll. »Ich weiß nicht, wer Sie sind, und ich will es nicht wissen. Sie irren sich, mein Freund, wenn Sie annehmen sollten, ich habe Erkundigungen anstellen lassen. Ich habe Sie schlicht und ergreifend beobachtet. Und ich weiß von mir selbst, was es heißt, nicht zu Hause zu sein und ein Fremder zu bleiben. Slumowitz, sagte ich mir, dieser Gottwald, dein Kellner, ist Mitglied der Geisterwelt, dieser Geisterwelt, in der wir Juden von unserer Geburt an zu leben verurteilt sind. Wir werden nie heimisch, mein Freund, und stehen bereits mit einem Fuß im Grab, wenn wir zur Welt kommen, Tag um Tag von Vernichtung bedroht. Das macht uns zu Geistern, zu Geistern aus Fleisch und Blut. Und ich sagte mir, Gottwald, dein Kellner, benimmt sich, als sei er ein ferner Verwandter. Er hat eine schwankende Seele und ruhelose Augen, er ist nicht verwurzelt in diesem Land. Von der Heimat verstoßen, hat er seine Mitte verloren und sich in der Fremde verirrt. Onkel Avram«, rief er dem Verwandten zu, »bring einen Schnaps, ich will anstoßen mit meinem Freund, der ein Jude ist, ohne ein Jude zu sein.« – »Du solltest nicht freveln«, erwiderte Avram streng, »sonst wird euer Lammfleisch zu Stein, und ein Fischknochen mag dir im Hals stecken bleiben. Man ist Goi oder Jude und nie eine Mischung aus beidem.« – »Ich will anstoßen«, polterte Slumowitz, »Avram, du Sohn eines Rabbis, der mich zur Verzweiflung bringt mit seiner Rechthaberei!«

Avram folgte der Forderung grummelnd und stellte uns zwei volle Becher mit Pflaumenschnaps auf den Tisch, nicht ohne sich selbst einen Schluck einzugießen. Seine Augen bedeckend, versetzte er grimmig: »Verzeih mir, oh Herr, mir, dem Avram, der schwach und gering ist.« Und er hob seinen Becher und stieß mit uns an.

Gott des Massels und Schlamassels

Slumowitz glaubte nicht an einen strafenden oder vergebenden Gott. Sein Gott war ein fernes und launisches Wesen, das an der menschlichen Welt keinen Anteil nahm. Dieses Wesen besaß zwei Gesichter. Ein Gesicht, das Erfolg versprach, Reichtum und Segen, und ein anderes, das Elend und baldigen Tod verhieß. Ein Gesicht der Vernichtung und eines der Fruchtbarkeit, eines der Freude und eines der tiefsten Verzweiflung. Und es wandte dem Menschen je eines dieser Gesichter zu. Wenn sein Gott einem Mann das Gesicht des Schlamassels zukehrte, erkrankte er oder verlor seine Lieben, versank in Verbitterung und Leid. Und wenn es das Masselgesicht war, kam er zu Besitz und erreichte ein biblisches Alter. Zahlreich war seine Familie, und er litt nie an verzehrenden Sorgen. Leider war niemals im voraus zu sagen, wann der ferne und launische Gott einem Menschen das eine Gesicht zeigte oder das andere. Er konnte sein Masselgesicht wieder abwenden, den seligen, reichen und strotzenden Mann in den Abgrund von Jammer und Not schleudern. Und sein Schlamasselgesicht von dem Sterbenden abkehren, der das Totenbett wieder verließ, unverrichteter Dinge.

Sein Gott war nicht absichtlich grausam. Er war nichts als seelenlos, ein Mechanismus, der keine Empfindungen besaß, und verhielt sich nicht anders als das im Roulettekessel kreisende Spielrad. Und wer streute sich vor einer Drehscheibe Asche aufs Haupt oder rief sie um Hilfe an?

»Avram, du Kindskopf«, bemerkte er zu seinem Onkel, der wieder zum Herd eilen wollte, und Avram vergaß seine zischenden Pfannen. »Slumowitz, ich bin beileibe nicht kindisch«, entgegnete der, »ich bin fromm.« – »Avram, das ist es ja«, sagte sein Neffe, »wer fromm ist, ist kindisch, wer kindisch ist, ist fromm.« – »Slumowitz, willst du mir wieder mit deinem Kasinogott kommen?« schimpfte Avram beleidigt, »nie habe ich von dir erfahren, warum er den Gojim sein gutes Gesicht zukehrt und in der Regel uns Juden sein schlechtes.« Sie stritten sich, bis unsere Fische verbrutzelt waren und das Lammfleisch als Steinkohlebrocken den Ofen verließ. »Ich wußte es ja«, keuchte Avram, »Gott hat deinen Frevel bestraft und das Essen verbrannt«, um erneut seine Flammen anzuwerfen und uns einen Bohneneintopf zuzubereiten.

Mit den Dezemberwahlen '37 machte Slumowitz' seelenloser Gott erste Anstalten, dem Kasinobesitzer sein Unheilsgesicht zuzuwenden. Der von Carol berufene neue Regierungschef sagte als erstes der »Vorherrschaft Judas'« den Kampf an. Minister kamen keine mehr in sein Kasino und niemand, der Einfluß bei Carol besaß. Von Tag zu Tag mußte er mit dem Entzug der Betreiberlizenz rechnen oder der Weisung, sein Spiellokal umgehend zu schließen. In diesen Wochen erlahmte der ewige Streit zwischen Slumowitz und Onkel Avram, der blaß im Gesicht seine Herdflammen anwarf und schweigend zwei Teller mit zartestem Lammfleisch zum Tisch brachte.

Aus dem Radio, das ich mir von meinen Trinkgeldeinnahmen im Pfandleiherladen besorgt hatte, um Konzerten zu lauschen, die mir meine Einsamkeit in der Mansarde vertrieben, erfuhr ich vom Ende der neuen Regierung, die keine acht Wochen im Amt war. Und was mich in besondere Erregung versetzte, waren Meldungen von einem Aufstand in Deutschland, angeblich lieferten sich an der Spree drei Armeekorps Gefechte mit hitlertreuen Truppen. Mit Widerwillen schaltete ich zu den deutschen Stationen um, die mir sonst Abscheu bereiteten oder mein niemals verwundenes Heimweh vertieften, ja, wenn deutsche Stimmen erklangen, kam ich mir im Dachzimmer um so verlassener vor. Sie verrieten nichts von einem Aufruhr im Reich, falls er mehr war als eine Erfindung. Eine fiebrige Stimmung erfaßte mich. Ich hielt es nicht aus in der kalten Mansarde, ergriff meinen Mantel und rannte ins Freie. Es war bereits tief in der Nacht, trotzdem wimmelte es auf dem Schloßplatz von Menschen. Man kommentierte den Sturz der Regierung und tauschte sich zu den Berliner Ereignissen aus. Bald entdeckte ich Haralamb Vonas Melone, die auf den Wellen der Menge zu tanzen schien, und beeilte mich, an seine Seite zu kommen.

»Ach, mein Freund«, rief er aus, hocherfreut, mich zu treffen, »im Kreis dieser Herren zieht man meine weise Voraussicht in Zweifel, Sie sind meine Rettung.« Er stellte mich seinen Bekannten vor, die mich mit besonderer Neugier betrachteten, als sie erfuhren, ich sei deutscher Abstammung. »Bitte erinnern Sie sich, lieber Gottwald«, meinen falschen Namen hatte er Gott sei Dank nicht vergessen, »wer sagte das: Deutschland versinkt nicht in Barbarei, Hitler ist nur ein Spuk, der bald wieder vergehen wird. Das waren meine Worte, nicht wahr?« Ich nickte, und dankbar hielt er meine Hand in der seinen. »Ich wußte ja, Gottwald, Sie sind meine Rettung. Und wer sollte uns sonst retten, wenn nicht das deutsche Volk. Carol II. wird wissen, warum er sich dieser Regierung entledigt hat, mit der er sich bei Adolf Hitler lieb Kind machen wollte. Das braucht er nicht mehr, Hitler wird in zwei Tagen Geschichte sein.« Ein lautstarker Streit entstand, ob er mit seiner Voraussage recht hatte, was meinen Freund bewog, mich vom Schloßplatz ins Nachtlokal Zissu zu ziehen, wo er mir, an seinem Whiskeyglas nippend, berichtete, bei den vergangenen Wahlen habe Marcu den Einzug ins Parlament um eine Handvoll Stimmen verpaßt. Er sei tief verbittert und habe sich in seiner Villa verbarrikadiert. Mit den Berliner Ereignissen werde er sich ohne Zweifel bald wieder berappeln, selig, kein Parlamentarier der Eisernen Garde Codreanus zu sein, die laut Vona erneut von Verbot und Verfolgung bedroht war.

»Und was ist mit Virginia?« erkundigte ich mich, begierig zu wissen, ob sie mir verziehen hatte oder bis heute nur Groll gegen mich empfand. Vona hob seine Schultern, bedauernd, er wußte es nicht. Meine Flucht sei aus Liebe erfolgt, hatte Marcu am andern Tag vor seiner Tochter behauptet, aus Liebe zu einem in der Hauptstadt als schamlos und mannstoll verschrienen Frauenzimmer, und aus Mitleid mit mir, dem besessenen Hornochsen, habe er Titi beauftragt, mich schleunigst zu diesem verluderten Weibsbild zu bringen, an diese Aussage konnte sich Vona erinnern. Und es war leicht zu erraten, was Marcus verlogene Auskunft bewirkt hatte. Mein wortloser Abschied und meine angebliche Untreue hatten Virginia tief verletzt, mein Verrat trieb sie wieder zum Vater und schweißte die beiden aufs neue zusammen. Marcu hatte nichts anderes beabsichtigt.

Als wir uns verabschiedeten, meinte Vona, er werde am Vormittag zum Photographen gehen, ob ich nicht mitkommen wolle. »Ich bin blendender Laune, und das muß ich festhalten, um, wenn ich wieder in Kummer versinke, einen Beweis in den Fingern zu halten, bei einer Gelegenheit heiter gewesen zu sein, lebenslustig, beschwingt und beneidenswert jung.«

Ich weiß nicht, ob Haralamb Vona am andern Vormittag den Photographen aufsuchte. Alle Meldungen von einem Aufstand in Deutschland fielen in sich zusammen wie Schaum. Recht behielt Vona mit seiner Vermutung, es werde Codreanus Legion an den Kragen gehen. Bald erfolgten Verhaftungen ranghoher Mitglieder, die man in ein Lager im Norden des Landes verfrachtete, und den Căpitan selbst stellte man vor Gericht. Slumowitz mußte nicht mehr ums Kasino bangen, und ich durfte Minister und Hofschranzen von Macht und Einfluß, die in seinen Spielsalon kamen, mit Titel und Namen ansprechen. Erneut wandte sein Gott dem Kasinobesitzer das Gesicht der Verheißungen zu. »Das kann nicht von Dauer sein«, meinte sein Onkel, dem wieder das Lammfleisch verbrutzelte, als er dem Neffen, trotz aller Verehrung, Anmaßung und Selbstherrlichkeit gegen Jahve vorwarf, die der strenge und strafende HERR nicht verzeihen werde. Im Kellerlokal Onkel Avrams saß Slumowitz' Maßschneideranzug perfekt. Zwischen den kalten und muffigen Mauern, in Knoblauch- und Zwiebeldunst, Zimt- und Vanilleduft war er ein Sultan, dem keine Gefahr drohte.

Anders verhielt es sich mit Victor Marcu, dem Slumowitz' Gott Mitte Mai sein Gesicht des Schlamassels und Jammers zukehrte. Man verhaftete meinen gewesenen Retter, den man ins Lager von Miercurea Ciuc steckte. »Es sollte mich heiter stimmen, was unserem Freund widerfahren ist«, grummelte Slumowitz, als uns sein Automobil zur Konzerthalle brachte, »zum Schluß war er vollkommen vernagelt, und sein blanker Judenhaß setzte mir zu. Trotzdem tut es mir leid um den Menschen. Zum politischen Opfer zu werden war nie seine Absicht.« Ich blieb stumm, zu entsetzt von der Neuigkeit. Widerwillen gegen Slumowitz stieg in mir auf, der versonnen mit seinen Brillantringen spielte (ein Widerwillen, der nicht berechtigt war und nichts als meine Verwirrung bewies).

Am anderen Tag eilte ich in die Straße Povernei. Titi, der aufrecht im Cabriolet hockte, klappte sein Auge auf, als ich den Hof betrat. Und zu Florica, die mit einem Lappen den Wagen polierte, versetzte er ruppig: »Was macht dieser Mensch bei uns? Hat er nicht Hausverbot?« Florica strich sich eine Haarlocke aus der Stirn und betrachtete mich mit bedauernden Augen. »Er soll sich schleichen«, verlangte der Fahrer. Florica erhob sich und stellte sich mir in den Weg. »Ich darf Sie nicht einlassen«, sagte sie schluckend, »und außerdem sind wir allein. Von der Herrschaft ist niemand zu Hause.« Drohend schob sich Titi vom Fahrersitz. »Schwatz nicht, Frau«, keifte er gegen Florica. Sie mußten inzwischen verheiratet sein, bei dem barschen Verhalten, das er gegen sie an den Tag legte. »Wo ist Virginia?« wollte ich wissen. »In der Schweiz ist sie«, tuschelte sie mir zu, »in einem Internat«, und fing sich zwei saftige Ohrfeigen Titis ein (keine Frage, sie waren verheiratet!).

Bei dieser Neuigkeit schwindelte mir. Und als ich wieder in meine Mansarde trat, war ich verzweifelt und niedergeschlagen. Ich empfand nichts als Leere und Sinnlosigkeit. Ich war dreiunddreißig, bewohnte ein lausiges Dachzimmer in einer Stadt, die mir fremd war, verrichtete lumpige Kellnerarbeiten und mußte den Pfennig umdrehen, den ich ausgeben wollte. Und mit der Zeit wetzte sich meine Kleidung ab, die ich meinem einstigen Retter verdankte.

Ich konnte es nicht mehr verleugnen: Sie fehlten mir beide, das Kind und der Vater. Sie waren es, die meinem Aufenthalt in dieser fremden Welt Sinn verliehen hatten. In den vergangenen Monaten war ich mir vollkommen sicher gewesen, nicht ewig zum Dachzimmerdasein verurteilt zu sein und bald wieder ins Marcusche Haus umzuziehen, eine Aussicht, die nicht mehr bestand, und um so verlassener kam ich mir vor.

Mechanisch verrichtete ich meinen Dienst im Kasino, ja, zerstreuter und achtloser, als es erlaubt war. Ich irrte mich bei den Bestellungen, merkte es nicht, wenn ein Gast seine Hand hob und winkte, kippte ein Whiskeyglas um und versaute den Spieltisch. Meine Trinkgelder schmolzen zusammen, und wieder und wieder ermahnte mich Slumowitz' Saalchef, ich solle mich endlich am Riemen reißen, andernfalls werde er meine Entlassung bewirken, eine Warnung, die mich nicht beeindruckte. Und das nicht, weil ich mich als Vertrauter und Freund des Kasinobesitzers in Sicherheit wiegte.

Slumowitz, der mir meine Verzweiflung anmerkte (und vom Saalchef erfahren hatte, was ich im Spielsalon anstellte), nahm einen Ausflug ins Kellerlokal seines Onkels zum Anlaß, um sich zu erkundigen, was mich um Himmels willen umtreibe. Als ich unwillig knurrte, mein Leben sei zwecklos, betrachtete er mich mit ernstem Gesicht. »Avram, du mußt mir helfen«, rief er seinem Onkel zu, der mit zwei zischenden Pfannen hantierte und maulend den Gasherd verließ. »Soll mir wieder mein Essen verkohlen?« schimpfte er. »Stell dir vor«, sagte Slumowitz, mit einem Finger auf mich weisend, »er hat ein Leiden. Er behauptet, sein Leben sei zwecklos.« – »Zwecklos?« echote Avram mit echtem Entsetzen. Er setzte sich auf einen Stuhl und zerraufte sein Haar. »Das ist schlimm«, wiederholte er pausenlos, »schlimm ist das«, und seine Pfannen auf den Gasflammen vergessend, hob er zu einem Sermon in russischer Sprache an, den Neffe Slumowitz dolmetschte.

Kein Leiden sei schwerer als das eines Menschen, sprach Avram, der in tiefem Zweifel verharre, dem Zweifel am Zweck seines Lebens. Der verbeiße sich in eine Schale, in der keine Nuß sei, und schaufle Wasser mit hohler Hand, um einen Ozean trockenzulegen. Der nehme sich vor, seinen Schatten zu fangen. Was mir zwecklos vorkomme, in Wahrheit, das sei nicht mein Leben, nein – gerade diese vergebliche Anstrengung sei es. Den Zweck eines menschlichen Lebens zu kennen, sprach Avram, sei Gott vorbehalten. Dieses Wissen sei von einer

Klarheit und Wucht, die ein einzelner Mann nicht ertrage. Wer ins Sonnenfeuer starre, erblinde, und wer Gottes Fackel umkreise, verbrenne und sei wie der Falter, der knisternd verglimmt. Ein Irrgarten sei dieses Wissen, sprach Avram, und wer in es eindringe, werde verschlungen, ja, Wissen und Wahnsinn seien Zwillinge. Wer sich nicht um den Verstand bringen wolle, ermahnte mich Avram, bescheide sich mit der Erkenntnis, die Jahve bewillige.

Slumowitz dolmetschte mir Avrams Predigt mit wachsender Heiterkeit, und als sein Onkel zu Ende war, meckerte er: »Deine Zunge, du Sohn eines Rabbis, spricht Unsinn. Und du hast nichts als Haare verloren, bei der Haarrauferei, mit der du deine Worte begleitet hast. Warum schiebst du der einfachen Wahrheit den Riegel vor und verwirrst diesen Jungen mit Fisimatenten?« – »Einfache Wahrheiten«, polterte Avram beleidigt, »hat Gott nicht zu bieten.« – »Dein Gott ist ein Schlaumeier, sage ich dir«, knurrte Slumowitz, »ein vertrockneter, grauer Gelehrter, ein Eremit, der in den Grotten der Einbildung haust. Ein kurzsichtiger Greis, der sich plustert und spreizt, ohne weiser zu sein als der Hahn auf dem Mist.« – »Frevle nicht, Slumowitz!«, donnerte Avram, der sich seine Ohren zuhielt, »sonst brennt mir mein Lokal ab und du steigst vorzeitig ins Grab!«

Belustigt betrachtete Slumowitz seinen vor Gottesfurcht schlotternden Onkel. »Ist ja gut, ist ja gut«, sagte er, »ich will nichts als dem Jungen seine Flausen ausreden. Und wer meint, es sei unsere Aufgabe, sinnvoll zu leben, hat Flausen im Kopf.« Slumowitz beugte sich vor. »Unser Leben verfolgt keinen Zweck und es hat keinen Sinn. Und ich sage dir, Gottwald, das ist keine schlimme Erkenntnis. Verurteile mir nicht das Leben, das einfach nur leben will, ohne Bestimmung und Ziel. Wer diese Wahrheit begreift, kommt zur Ruhe. Er wird sich an den nichtigsten Dingen erfreuen, einem Frauenschuh mit Schlammspritzern, Tau auf den Wiesen, der Schwalbe am Himmel, dem Duft frischen Heus, die um keine Spur nichtiger sind als er selbst«, sagte Slumowitz, wieder mit seinen Brillantringen spielend, die in seinen Augen, was ich erst in dieser Minute begriff, ohne Wert waren. Wenn er sie anlegte, wollte er nichts als sich Achtung verschaffen in einer Welt, die einen Mann seiner Herkunft verabscheute. Er wollte nicht angeben mit seinem Reichtum. Sein Besitz war ein Panzer, der Schutz bieten sollte, eine eiserne Haut, in der er sich verkroch. Und es war kein Zufall, daß er ein Kasino betrieb, in dem er die Stelle des launischen Gottes einnahm, der den Besuchern sein Masselgesicht oder das des Schlamassels zukehrte. Er verschmolz mit dem Wesen, vor dem es ihm graute, um es milde und friedlich zu stimmen. Mag sein, und er klammerte sich an den Strohhalm der Vorstellung, sein doppelgesichtiger Gott sei beeinflußbar, wie Kugel und Spielrad von seinen »Chicago-Boys«.

Seufzend wandte sich Slumowitz zu seinem Onkel um. »Ich wette, du Sohn eines Rabbis, dein Donaufisch kann sich allein zubereiten«, bemerkte er, was Avram veranlaßte, schimpfend zum Herd zu eilen.

Emilies Schatten

Nachts, wenn ich vom Kasino kam und keinen Schlaf finden konnte, erfand ich mir eine Geschichte, die ich Wand oder Decke mitteilte. Oder ich nahm das Baltschikphoto in die Hand mit Virginia und mir vor der schimmernden See auf dem mißmutig kauenden Kamel. Und tat, als ob sie es sei, die ich mit einer Geschichte zum Einschlafen bringen wolle.

»Emilie hatte zwar niemals bereut, meinem Bruder den Vorzug gegeben zu haben, der mit beiden Beinen im Leben stand und einen trockenen Charakter besaß. Ludwig behandelte sie mit besonderer Achtung, war aufmerksam, liebevoll und leider einsilbiger als ein knarrender Baum. Sie besaßen inzwischen zwei Kinder, verlebten den Alltag im Rahmen aus Pflichten und Regeln von preußischer Strenge und hatten ein Auskommen, das sie nicht zu peinlicher Sparsamkeit zwang. Ums seelische Gleichgewicht bangte Emilie nicht mehr. Sie hatte den Hafen erreicht, in dem Windstille herrschte, war nichts mehr als Sorge um Kinder und Ehemann.

Trotzdem bedauerte sie, mich nicht um sich zu haben, ein Bedauern, das schmerzhafte Ausmaße annehmen konnte. Sie verzog sich mit Kopfweh ins Schlafzimmer, wenn sie ein Stich in der Herzgegend an mich erinnerte, um sich vorm Ehemann nicht zu verraten, der in seiner Zeitung las und von dem Aufruhr im Inneren Emilies nichts mitbekam. Sie nahm sich fest vor, nicht mehr an mich zu denken, ein Vorhaben, das sich nicht einhalten ließ. Wenn sie bei einem Spaziergang – aus Zufall, aus blindem Drang – zu meinem Lieblingsplatz kam, einer schattigen Stelle am Ufer der Wipper, zog Emilies Herz sich vor Kummer zusammen. Bebend, entsetzt floh sie wieder nach Hause, wo sie mit verzweifeltem Weinen aufs Bett fiel, falls sie nicht in den Armen von Ludwig erstarrte, als sei sie aus Holz oder Stein.

Sie empfand diesen Kummer als heimliches Fremdgehen, verdammenswerter, als es der Fehltritt der Brixschen gewesen war, die der Ehemann mit einem Badeurlauber erwischt hatte. Brix hatte den schnieken, halbseidenen Kerl aus der Hauptstadt mit seiner Pistole am Strand verfolgt, einer verrosteten und vorsintflutlichen Waffe, die Gott sei Dank nicht hatte losgehen wollen, was es dem nackten, vor Todesangst schlotternden Menschen erlaubt hatte, sich in die Ostsee zu werfen und der Mordlust von Brix zu entkommen.

Emilie litt an der heimlichen Treulosigkeit, die sie sich nicht verzieh. Und sie wußte nicht, wen sie um Rat fragen konnte, ohne eine Lawine aus Klatsch loszutreten. Bis sie sich bei einem Spaziergang, als ein Unwetter losbrach, zum einsamen Baum auf dem Jankenberg rettete, der mit seinen Zweigen den Regenguß abhielt. Zusammen mit dem hechelnden Hirtenhund und der im Trockenen weidenden Schafherde wartete sie auf das Ende des Wolkenbruchs und erschauderte, als sie im Baumstamm das milchige Auge des Schafhirten Pressel erkannte, der vor einer Ewigkeit spurlos verschwunden war, und verholzte, sich knarrend bewegende Lippen, die sie mit der Stimme des Schafhirten ansprachen.

›Du hast sie niemals verwunden, mein Kind‹, sagte er, ›deine Liebe zu Kannmachers Felix. Und nie hast du deine Entscheidung zur Heirat mit seinem Bruder Ludwig verschmerzt‹. – ›Sie irren sich, Sie irren sich‹, keuchte Emilie. ›Widersprich mir nicht‹, meinte der Schafhirte streng, ›in der Wahrheit zu leben ist unsere Bestimmung – das betont Pfarrer Priebe von Sonntag zu Sonntag, nicht wahr?, und auch wenn er selbst ein verlogener Halunke ist und sich seine Wahrheit zurechtschneidert, bis sie dem Schwindler paßt, hat er recht mit dem Ausspruch, mein Kind‹. – ›Ich bereue es nicht, Ludwigs Frau zu sein‹, wandte Emilie aufstampfend ein. ›Habe ich das behauptet?‹ erwiderte Pressel und verdrehte sein milchiges Auge im Stamm, ›du hast nie verwunden, daß du eine Wahl treffen mußtest. Du liebtest sie beide, was in dieser Welt, die von Heuchlern bewohnt wird, ein schlimmes Vergehen ist. Ja, wenn du einen Fehler hast, ist es dein großes Herz.‹ – ›Und was soll ich machen?‹ verlangte sie zitternd zu wissen. ›Du kannst auf keinen der beiden verzichten‹, versetzte der Schafhirte mit seinen knarzenden Lippen. ›Soll ich mich von Ludwig trennen?‹ – ›Nein‹, sagte Pressel, ›trennen mußt du dich von deinem Schatten. Wenn du selbst nicht ins Land reisen kannst, in dem Felix lebt, schicke dem Mann, den du liebst, deinen Schatten.‹ Und mit diesen Worten verstummte er. Wo seine Lippen gewesen waren, war nichts als Baumrinde, an der ein Harztropfen klebte, und sein milchiges Auge versank in dem hohlen Loch, das sich im Baumstamm befand.

Daheim traf Emilie alle notwendigen Vorkehrungen, um den Schatten auf Reisen zu schicken. Sie packte im Nu einen Korb voller Leckereien, saure Spreegurken, Heringe, Pfannkuchen, Himbeersaft, und schrieb einen Brief an mich, in aller Eile, um vor Abfahrt des Mittagszugs fertig zu sein.

Voller Ungeduld und Unternehmungslust huschte Emilies Schatten von Mauer zu Mauer, als sie zusammen zum Bahnhofsplatz rannten. Mit einem Pfiff lief der Mittagszug ein und Emilie stieg in den Holzklassewagen, wo sie den Korb auf die Kofferablage hob und sich vom Schatten verabschiedete, der seinen Platz auf der Holzbank einnahm. Und als der Bahnhofsvorsteher zur Abfahrt blies, sprang Emilie vom Trittbrett und winkte dem Schatten am Fenster, bis er außer Sichtweite war. ›Was soll das, Emilie?‹ wollte der Bahnhofsvorsteher erfahren, ›dieses Einsteigen und wieder Aussteigen und einem zuwinken, der nicht vorhanden ist! Muß ich mir Sorgen um Sie machen, gute Frau?‹ – ›Nein‹, sagte Emilie mit einem erleichterten Seufzer, ›um mich muß man sich keine Sorgen mehr machen. Mir ging es nie besser als heute.‹

Ehemann Ludwig bemerkte es nicht, einen Teil von Emilie verloren zu haben. Was Emilies Schatten anging, war er blind. Als Buchhalter hielt er sich lieber an Dinge, die als Soll oder Haben Bestand hatten. Und im dusteren Pommern am baltischen Meer, dem in Nebel versinkenden Wiesen- und Sumpfland, von Wichten und Gnomen bewohnt, die im ewigen Dunkel um Feuerstellen sprangen, waren Schatten rar und flogen als fahle, verschwimmende Schemen und Flecke von Mauer zu Mauer.

Seine Frau wirkte heiterer als in der Vergangenheit, schloß sich nicht mehr mit Kopfweh im Schlafzimmer ein, und wenn sie zu einem Spaziergang aufbrach, ließ sie sich von den Kindern begleiten. Und nie mehr erstarrte sie in seinen Armen, als sei sie aus Holz oder Stein. Sie liebte den Ehemann mit einer Leidenschaft, die er an seiner Frau nie bemerkt hatte, und er war nicht der Mensch, der sich vorstellen konnte, dieses Begehren verdanke sich einem Betrug.

Anfangs, im Zug bis Berlin, kam Emilies Schatten sich schwach und verlassen vor. Von Bahnhof zu Bahnhof verringerte sich seine Reiselust. Er hockte verfroren auf der Holzbank und litt mehr und mehr an verzehrendem Heimweh. Trotzdem wollte er nicht wieder umkehren und in den windstillen Hafen der Ehe einlaufen, wo er im Alltag aus Regeln und Pflichten von preußischer Strenge versank. Bei dieser Vorstellung packte den Schatten das kalte Grauen. Er war das andere Wesen Emilies, das sie in der Ehe mit Ludwig erstickt hatte, versponnen und flatterhaft, voller Verlangen und Sehnsucht. Er gab sich einen Ruck, setzte sich in der Bankecke aufrecht und baumelte mit beiden Beinen, als der Zug in den Ostbahnhof bummelte, wo er entschlossen den Flechtkorb mit pommerschen Heringen und Spreegurken packte.

Und Emilies Schatten beeilte sich, zu mir zu kommen. Erst kletterte er in den Zug, der bis Wien brauste, um am anderen Tag in den Orient-Express umzusteigen, der bereits dampfend und stampfend am Gleis stand. Und bei Sonnenaufgang kam er in Bukarest an und rieb seine verschlafenen Augen. Erregt aus dem Zug springend, vergaß er den Flechtkorb mit pommerschen Heringen, Gurken und Pfannkuchen, was nicht schlimm war, sie fingen mittlerweile zu gammeln an, und Emilies Brief, der nicht mehr zu entziffern war, ein fischig riechender Lappen mit blasser, zerlaufener Schrift. Er tauchte benommen ins sprudelnde Leben ein und stellt bald fest, nicht mehr fahl und verblichen von Mauer zu Mauer zu fliegen. In der walachischen Sonne, die blendend am Himmel stand, war er ein kraftvoller Schatten.

Und Emilies Schatten beeilte sich, zu mir zu kommen. Er huschte um Weihrauch ausatmende Kirchen und Sonnenblumenkerne zerknackende Tramschaffner, um Esel, die neben Benzinstellen grasten, Girlanden aus Knoblauch und rotes Melonenfleisch (das schwarzgelb bestickt war mit wimmelnden Wespen) und kehrte am Mittag in eine Bodega ein, wo er sich mit Oliven vollstopfte und Zwetschkenschnaps zu sich nahm, bis sich die Schankstube drehte. Und bei aller Welt bat er vergeblich um Auskunft, wo Kannmachers Felix zu Hause sei. Es nahte der Abend und zwischen den herrischen Schatten, die Carols Palast auf den Schloßplatz warf, versank er in stummer Verzweiflung.

Bis er einem Menschen mit milchweißen Handschuhen, Melone und Fliege begegnete, der seinen Spazierstock ums Handgelenk wirbelte und Emilies Schatten aufmerksam betrachtete. Haralamb Vona war klar, mit wem er es zu tun hatte. Er kam von einem Stelldichein mit Marietta, und im Kummer nahm seine Erkenntniskraft zu. ›Nie würde mir Marietta den Schatten abtreten‹, versetzte er neidisch, ›und außerdem ist der ein schlimmeres Flittchen als sie.‹ Zuvorkommend bot er Emilies Schatten den Arm und sie schlenderten beide zum Viertel Uranus und bis vor mein Haus.

Und als mich Emilies Schatten nicht antraf, streckte er sich auf der Schwelle zum Dachzimmer aus. Ich kehrte erst tief in der Nacht vom Kasino heim, und im dusteren Flur unterschied sich kein Schatten vom anderen. Ich bemerkte nichts als einen Hauch frischer Luft, der mich in meiner stickigen Bude sonst nie empfing. Und meine Petroleumlampe ansteckend, fiel mir der an der Zimmerwand lehnende Schatten auf. Ich erkannte Emilies Umrisse wieder und die sich verlegen bewegenden Finger im Schoß.

Wir wagten es nicht, miteinander zu sprechen. Ich stellte mein Radio an, aus dem Schlager ins Zimmer drangen, und wir tanzten zusammen um den Ofen aus Gußeisen, der grimmig und kalt in der Mitte des Zimmers stand, erst scheu und beklommen, bald wilder und hitziger. Meine Schuhsohlen schlurften am Boden, Emilies Sohlen waren verschwiegen und still. Ich fing in der knisternden Nachtluft zu schwitzen an, und sie war ein frischer, lebendiger Hauch. Ich hielt einen schwebenden Schatten im Arm, der sich von mir entfernte und wieder zu mir huschte, sich gegen mich lehnte und um mein Gesicht streifte, nach Ostsee und sumpfigem Wiesenland duftete, den Haaren Emilies, der weißen und rauhen Haut, die voller Sand war und Meeressalz – bis meine Petroleumlampe erlosch und ich selber nichts anderes war als ein Schatten, der sich mit dem Schatten Emilies vereinte.«

Gott des Begehrens

Und Slumowitz' Gott drohte mit dem Gesicht der Verheerungen, als Hitlers Armee vor der tschechischen Grenze in Stellung ging und mit den Stiefeln im Sand scharrte. Meine Nachbarn besaßen keinen Radioapparat. Tag um Tag kamen sie in meine Kammer, um den Meldungen im Kasten zu lauschen, von Ultimaten und Vorkehrungen zur Mobilmachung, die sie in freudigen Taumel versetzten. Und besonders begeisterte sie Hitlers rasende, schluchzende, bellende Stimme. Sie streckten den Arm zum Heil-Hitler-Gruß aus, wenn die Menge im Radio tobte und toste, und gratulierten mir zu diesem Menschen aus Kruppstahl. Ich sei ein Sachse, erwiderte ich verzagt, ein Einwand, den sie als Bescheidenheit auslegten, falls sie nicht annahmen, es sei reine Vorsicht, wenn ich meine Hitler-Verehrung verberge. Nicht mein Paß sei entscheidend, bemerkten sie heiter, was entscheidend sei, das sei mein Blut. »Deutsches Blut«, radebrechten sie in meiner Sprache und prosteten mir mit dem Pflaumenschnaps zu, den sie niemals vergaßen, wenn sie in mein Dachzimmer kamen.

Selbst als Ende September Sirenen heulten und alle Straßenlaternen erloschen (zur Probe des Ernstfalles bei einem Luftangriff), ließen sich meine Nachbarn von Slumowitz' Gott nicht beeindrucken. Ich stellte mich auf meinen Schemel vorm Dachfenster, um ins gespenstische Dunkel zu starren, und sie lauschten den neuesten Radionachrichten, die sie mit Lust kommentierten. »Chamberlain wird seinen Hintern zusammenkneifen«, sagte der Kleinere von beiden, der Bebe hieß. Mit seinen kindlichen Augen hing er an den Lippen des Freundes Alecu, dem hageren, blonden Moldawier und Sohn eines Priesters, der aufdringlich, eitel und anmaßend war, erfolgreich im Studium und bei den Frauen, die er dem scheueren Bebe zuschusterte, wenn er sie satt hatte und wieder loswerden wollte. »In den Demokratien sind Feiglinge an der Macht«, sagte Alecu mit seiner durchdringenden Stimme, »*alle* werden vor Hitler den Hintern zusammenkneifen und verdienen es nicht besser, wenn er sie am Ende zertritt. Es wird erst zum Krieg kommen, wenn Hitler den Russen vors Schienbein tritt. Und dein Hitler«, bemerkte er in meine Richtung, »wird diesen Verbrecher von Stalin erledigen und Europa zu ewigem Frieden verhelfen.«

Meine Vermieterin war anderer Meinung. Sie steckte den Kopf aus der Wohnung im zweiten Stock, schwenkte den Gehstock und zischte, es ekele sie vor den Deutschen und diesem Herrn Hitler. Wenn der ins Sudetenland einfalle, werde sie mich aus dem Dachzimmer werfen. Wieder wandte ich ein, ich sei Sachse, kein Reichsdeutscher, eine Entschuldigung, die sie nicht gelten ließ. Ich solle nicht abstreiten, hundertprozentiger Nazi zu sein, keifte meine Vermieterin, sie wisse das von den Verwandten in Hermannstadt, die sich mit »Heil Hitler« am Telefon meldeten und bereits Hakenkreuzfahnen zulegten, um sie zum passenden Zeitpunkt zu hissen. Ich sei kein Nazi, versicherte ich, was Frau Grete als faustdicken Schwindel betrachtete, der mich lediglich vor einem Rauswurf bewahren sollte. Und als Hitlers Armee ins Sudetenland stampfte, entschloß sie sich zu einer anderen Strafe und hob meinen Mietpreis ums Doppelte an. Schluckend willigte ich in den Kuhhandel ein – vergleichsweise blieb es ein billiges Zimmer – und schwieg zu den Warnungen meiner Vermieterin, sollte Hitler ein weiteres Land in den reichsdeutschen Sack stecken, werde sie keine Gnade mehr haben mit mir.

Und im Oktober erfuhr ich von Slumowitz, mein gewesener Retter sei wieder auf freiem Fuß, eine Freilassung, die er sich allerdings teuer erkauft habe, sei es mit einem peinlichen Treuebekenntnis zu Carol, sei es mit einer harschen Verurteilung der Legion, die er schwerer Verbrechen bezichtige – was am anderen Tag in allen Zeitungen stehen werde. Slumowitz hatte recht, und ich rieb meine Augen, als ich Marcus Abrechnung mit Codreanu las, den er als Kriminellen und politischen Gangster abkanzelte, der keine Schonung verdient habe.

Und als man Ende November Codreanu erschoß – angeblich hatte er seinen Bewachern entfliehen wollen –, murmelte Slumowitz voller

Entsetzen: »Marcu hat an der Garde Verrat begangen und Codreanus Erschießung im voraus verteidigt, was seine Ex-Kameraden dem Mann nicht verzeihen werden. Wenn er schlau ist, wird er sich ins Ausland absetzen.«

Slumowitz hatte zwar keinen Verrat begangen, trotzdem mußte er mit einem Racheakt rechnen. Er erhielt eine Reihe von Briefen mit Morddrohungen und Warnungen vor einem Sprengstoffanschlag im Kasino. Runden im Spielsaal zu drehen und Besucher willkommen zu heißen, das wagte er nicht mehr. Er verbarrikadierte sich in seinem Zimmer, zwischen Rechenmaschine, Aquarium und Stahltresor, mit einem scharfen Revolver im Schubfach, zu dem Zweck, seinem Leben ein Ende zu machen, wenn es keinen anderen Ausweg mehr gab. Zum Kasinobesitzer drang niemand mehr vor, außer seinem Chauffeur und dem Saalchef. Er ließ seinen Hausangestellten verbieten, politische Reden zu schwingen, was meine Kollegen mit Murren und Grinsen quittierten. »Der scheißt sich ans Bein«, hieß es in der Garderobe und: »Wenn dieser Saujude hops geht, wird Ghiţă Kasinobesitzer, was wollen wir wetten?« – »Klar«, knurrte ein dritter, »er jiepert bereits.«

Diese Bemerkungen beunruhigten mich. Ein erheblicher Teil seiner Hausangestellten feindete Aristide Slumowitz an. Die einen standen heimlich der Eisernen Garde nahe oder verabscheuten Juden aus reiner Gewohnheit. Die anderen, die in der Mehrheit waren, kamen sich vom Kasinobesitzer zu lausig bezahlt vor und konnten bisweilen (als Antisemiten auf Zeit) anfallsweise in Judenhaß ausbrechen. Beklemmender war diese Sache mit Ghiţă. Ich hatte geglaubt, an der Slumowitztreue des Saalchefs bestehe kein Zweifel. Meine Beunruhigung legte sich wieder, als ich an Ghiţăs Verhalten nichts feststellen konnte, das auf ein Vorhaben schließen ließ, mit dem er Slumowitz ausstechen wollte.

Politische Reden zu schwingen war nicht nur den Hausangestellten verboten. Wir mußten den Saalchef benachrichtigen, wenn ein Kasinobesucher vom Mord an Codreanu sprach oder mit dem Monarchen abrechnete. Prompt eilte Ghiţă zum Spieltisch und bat den »verehrten Gast«, seine Ansichten nicht zu verbreiten, und beugte sich vor, um dem Mann zu versichern, seiner Meinung zu sein, absolut, ohne Abstriche. Oder er teilte dem Gast im Vertrauen mit, es wimmele von Siguranţăagenten im Saal und er solle um Himmels willen vorsichtig sein – eine Mitteilung, die den beharrlichsten Redner verstummen ließ.

'39, im Januar, traute sich Slumowitz wieder, im Saal seine Runden zu drehen. Und zu seinem Leidwesen stieß er bereits bei der ersten Gelegenheit auf Victor Marcu, der mit wehendem Schal ins Kasino einlief und voller Wiedersehensfreude auf Slumowitz zueilte, der am Roulettetisch vergeblich in Deckung ging. Marcu zog den Kasinobesitzer an seine Brust, der sich seinem Schwung nicht erwehren konnte, und zu den Freundschaftsbeteuerungen nickte, die der Pianist, ohne Luft zu holen, von sich gab. Und im Handumdrehen kam er auf »diesen Verbrecher« zu sprechen – den Namen Codreanus verkniff er sich –, der zeitweise seinen Verstand verwirrt habe.

Slumowitz wollte im Boden versinken. Er drehte sich hilflos zum Saalchef um, zerrte an seiner Krawatte und lauschte, versteinert und blaß, seinem schwatzenden Freund, der mit lautstarker Stimme Codreanus Erschießung rechtfertigte und von mutigen Maßnahmen Carols II. sprach. Endlich schritt Mişu ein, der Victor Marcu am Arm nahm und in eine andere Saalecke ziehen wollte, was sich mein Retter nicht bieten ließ. »Was soll das? Was wollen Sie?« fauchte er Mişu an – und in dieser Sekunde entdeckte er mich.

Was uns entzweit hatte, wußte er nicht mehr oder gab vor, sich nicht mehr zu erinnern. Beide Arme ausbreitend, kam er auf mich zu, um mich abwechselnd an sich zu pressen und von sich zu schieben. Er maß mich von Kopf bis Fuß, wollte erfahren, warum ich bei Slumowitz Kellner sei, kraulte mein Kinn, nannte mich eine treulose Seele. Und an meinem Ohr ziehend, schimpfte er: »Und warum hast du mich nie mehr besucht, Bengel? Bin ich an Lepra erkrankt oder was? Du mußt bald wieder zu mir kommen, sage ich dir, und wir spielen zu dritt eine Rommépartie.« Zu dritt, das bezog sich nicht auf seine Tochter, die in der Schweiz weilte, wo sie nach Herzenslust Skilaufen konnte, versicherte Marcu. Nein, es bezog sich auf Tanti Catinca. »Mit deiner Flucht aus Baltschik hatte ich keine andere Wahl, als sie wieder ins Haus zu holen«, bruttelte Marcu, »ich brauchte ja eine Person, die Virginia erzieht, nicht wahr?« Es sei schofel gewesen, der Tante sein Haus zu verbieten, bekannte er mit einem Seufzer, bei der seine Tochter das Laufen und Sprechen erlernt habe. Von »goldener Stopfgans« und »Kuckucksei« war keine Rede mehr. Und indem er mir in meine Wange kniff, setzte er sich an den Spieltisch, nicht ohne bei mir, seinem Kellner, den Carolschen Lieblingschampagner der Marke Lanson zu bestellen.

Bald ernannte mich Slumowitz zum stellvertretenden Saalchef, was Ghiţă verstimmte, der sich eine Weile verbissen und eisig zu mir verhielt, nicht anders als Kellner, Croupiers oder Spielleiter. Ich stand erneut im Verdacht, mit dem Juden vertrauter zu sein, als ich zugeben wollte. Mit der Zeit machten Mißgunst und Neid der Gewohnheit Platz. Ich benahm mich verbindlicher als Saalchef Ghiţă, der seinen Hochmut nie ablegen konnte, was meine Kollegen auf Dauer beschwichtigte. Meinen Kellnerfrack durfte ich ablegen. Ich erhielt einen Seidenanzug, nicht aus hundertprozentiger Seide, versteht sich, die lediglich Ghiţă zustand, neue Schuhe und schicke Krawatten. Und mein Gehalt stieg ums Vierfache an. Das erlaubte es mir, aus dem Dachzimmer auszuziehen, zum tiefen Bedauern Alecus und Bebes, die sich von mir mit »Heil Hitler!« verabschiedeten, ehe Deutschlands Soldaten in Polen einfielen und mich meine Vermieterin wieder zur Kasse bat.

Ich bezog eine Wohnung im letzten Geschoß eines Neubaus im Zentrum von Bukarest, nicht weit von Kasino, Theater- und Schloßplatz entfernt. Billig war diese Bleibe nicht, die man mit einem verspiegelten Fahrstuhl erreichte. Sie besaß eine Sonnenterrasse, ein luftiges Zimmer, fließendes Wasser, Zentralheizung, Duschbad und Kochecke – mit meinem neuen Gehalt konnte ich sie mir leisten! Ich bat

Slumowitz um einen Vorschuß, den er mir, nicht ohne zu murren, bewilligte, besorgte mir Couchecke, Bett und ein Buchregal. Sprachlos, verwirrt, splitternackt stand ich an einem strahlenden Apriltag auf meiner Terrasse, die an das Deck eines Ozeandampfers erinnerte, der in den Hafen New Yorks einlief. Mein Haus war umringt von zehn Stock hohen, strahlend weißen Bauten, und Bukarest breitete sich vor mir aus wie ein Teppich aus schimmernden Dachziegeln. Selig reckte ich mich in der Sonne. Mir kam es vor, als ob Slumowitz' Gott im Begriff sei, mir endlich sein Masselgesicht zuzukehren.

Ob dieser Gott ein Gesicht des Begehrens besaß? Wenn ja, wandte er es mir in diesen Wochen zu, als ich meinen Erfolg bei den Frauen feststellte, von dem ich bisher nichts bemerkt hatte. Teils mochte er sich meiner Stellung als Saalchef verdanken. Ein Kellner verleugnete seine Person und war nichts als ein dienstbarer Schatten, er durfte nicht auffallen und fiel keinem auf. In meiner neuen Position war das anders. Ich stand an der Garderobe bereit, wenn Besucher ins Haus traten, um sie willkommen zu heißen, half den Damen und Herren beim Ablegen von Hut und Mantel, nicht ohne mich namentlich vorzustellen und sie zu bitten, sich bei Bedarf an mich zu wenden. Ich strahlte Vertrauen und Zuversicht aus, was mich ohne Zweifel begehrenswerter machte. Und ich mochte im richtigen Alter sein, um bei den Frauen im Spielsaal zu landen. Ich war dreiunddreißig, kein linkischer Junge mehr, der mehr Schmelz hat als Ausstrahlungskraft. Und es an Erfahrung vermissen zu lassen, traute man einem Mann meines Alters nicht zu.

Anders als in der Vergangenheit mißfiel ich mir nicht mehr, litt nicht an der Vorstellung, alt und verbraucht zu sein und ein sinnloses Leben zu fristen. Ich war blond, hatte graublaue Augen, ein reines Gesicht (wie ein Ostseetag bei klarem Wetter), das nicht zu kantig war und nicht zu weich. Ich bewegte mich schwungvoll (und nicht mit der Plumpheit von Ghiţă), und mein Seidenanzug unterstrich diesen Schwung.

Anfangs schwindelte mir vor dem Zuspruch, den ich bei den Frauen fand, die zwischen dreißig und vierzig waren und in der Ehe versauerten. Sie kamen nie allein ins Kasino, versteht sich. Im Beisein des Ehemanns, der nichts im Sinn hatte außer dem Spiel (oder wiederum anderen fremden Frauen), verschlangen sie mich mit den Augen (was dem Gatten entging oder vollkommen schnuppe war). Wenn ein Freund sie begleitete (sei es ein heimlicher Liebhaber, sei es ein vom selbstlosen Gatten erlaubter Verehrer), benahmen sie sich wesentlich vorsichtiger und spielten mit der Zigarette, um mir eine Botschaft zukommen zu lassen. Eine Spur zu erregt, sogen sie an der Spitze und entließen den Rauch mit versonnenem Gesicht, das sie mir halb zerstreut, halb erwartungsvoll zuwandten, bis sie sich wieder der Spielkugel widmeten, die im Roulettekessel rollte und rollte.

Meine erste Bekanntschaft war Ecaterina, Frau eines Barons und gewesenen Generals, der um die achtzig war, greisenhaft klapprig und taub. Ich schob seinen Rollstuhl vom Eingang zum Spieltisch, wo er seinen Massel verschnarchte. Er gewann sieben Spiele in Folge und strich eine hohe Gewinnsumme ein, was Aufsehen erregte im Saal, außer beim Herrn Baron, der in seligen Schlummer versunken war.

Sein Kopf pendelte stur vor dem pfeifenden Brustkasten, als ich Baron und Baronin zur Kasse begleitete, um beim Eintausch der Marken behilflich zu sein, die einen beachtlichen Batzen an Geldscheinen ergaben. Sie wischte das Geld nebenbei in die Handtasche und bedankte sich mit einem Augenaufschlag bei mir, vor dem es mir angenehm schauderte. Befangen verbeugte ich mich vor der Dame, die dem faltigen Greis ums Gesicht strich, der aufwachte und in idiotisches Kichern verfiel, als er mitkriegte, Slumowitz' Kasse um dreihunderttausend erleichtert zu haben, ein Kichern, das in seinem Greisenhals steckenblieb und zu krachendem Husten zerfiel.

Als Ecaterina erneut ins Kasino kam, ließ sie sich von einem Herrn begleiten, der sie mit seinen Aufmerksamkeiten verdroß. Sie stieß seine Hand weg, wenn er sie befummelte, verzog keinen Mundwinkel bei seinen Witzchen und verbiß sich in eisiges Schweigen. Es mußte ein Liebhaber oder Verehrer sein, den sie aus reiner Verlegenheit mitschleppte, ansonsten zu fade und langweilig fand, um nicht mit den Augen im Spielsaal zu wildern. Und bei dieser Gelegenheit nahm sie mich in sich auf. Es kitzelte mich bis in Zehen und Haarspitzen, als sich unsere Blicke begegneten. Rauchend drehte sie mir ein Gesicht zu, das beides: verschleiert und nackt vor Verlangen war, bis sie sich wieder dem Liebhaber zuwandte, schleppend, mit sichtlichem Unwillen, der eine Bemerkung zum Spielverlauf machte.

Um sich den Menschen vom Halse zu schaffen, warf Ecaterina sein Kognakglas um und goß sich absichtlich den Weinbrand aufs Kleid. Ich hatte sie von meinem Platz an der Holztreppe, die mit sechs Stufen zur Spieltischempore hochstrebte, im Auge behalten. Was folgte, war pure Verstellung. »Du Trampel, du Volltrottel, kannst du dich nicht besser vorsehen?« schimpfte sie los. Rot anlaufend und seine Unschuld beteuernd, griff der Mann nach dem Tuch in der Brusttasche. Er beugte sich vor, um am Schandfleck zu rubbeln, der das Taftkleid am Busen beschmutzte, was Ecaterina erst richtig in Rage versetzte, die dem Mann eine Ohrfeige gab, zur besonderen Freude der anderen Kasinobesucher. Ghiţă und ich rannten gleichzeitig los. Und als wir beim Spieltisch ankamen, sprang der Liebhaber oder Verehrer, der sich seine brennende Backe rieb, zornig vom Stuhl. Ohne ein Wort eilte er zur Garderobe und mit seinem Hut in der Hand aus dem Haus.

Langatmig bedauerte Ghiţă den leidigen Vorfall und bot seine Hilfe an. Ich schwieg, um dem Saalchef den Vortritt zu lassen, trotzdem wandte sich Ecaterina an mich. »Bringen Sie mich bitte nach Hause«, versetzte sie weinerlich. Ghiţă nickte mir zu, es war zwanzig nach elf, keine dreiviertel Stunde mehr bis zu Kasinoschluß. Sie taumelte an meinem Arm aus der Halle, ja mit schwankenden Schritten, als sei sie auf hoher See, bis wir auf der Freitreppe waren, wo sie alle vermeintliche Unsicherheit wieder von sich warf. Zielstrebig eilte sie zu einem Taxi, das vor dem Kasino bereitstand. »Wo wohnen Sie, Verehrteste?« wollte ich wissen. Sie betrachtete mich, halb erheitert und halb verstimmt. »Dummerchen«, sagte sie mit rauhem Lachen, »sprach ich etwa von *meinem* Zuhause?« Ich starrte sie fassungslos an, was sie wieder erheiterte, ehe ich mir einen Ruck gab, um dem Taxichauffeur meine Straße und Hausnummer mitzuteilen. Murrend, es war ja nicht mehr als ein Katzensprung, zog der Mann seine Trennscheibe zu und gab Gas.

Es war Ecaterina, die mir um den Hals fiel, als wir mit dem Fahrstuhl zum Dachgeschoß hochschwebten. Sie nahm meine Arme, die steif in der Luft hingen, und legte sie sich links und rechts auf den Po. Es war Ecaterina, die mir einen schwindelerregenden Zungenkuß gab. Und mit dem Knie, das sich spitz in den Schritt meiner Hose schob, streichelte sie mein Geschlecht. Ich schielte erregt und befangen zur Spiegelwand, als ob ich zwei Fremden beim Liebesspiel zuschaute (*ich* konnte der Mann nicht sein, der diese himmlische Frau in den Armen hielt!). Es war Ecaterina, die mich in der Wohnung zu Boden zog und mit den Schenkeln umschlang. Und ich erwachte aus meiner Benommenheit (endlich!), als sie mir mit heiserer Stimme ins Ohr raunte: »Zieh mich aus«.

Oh, Gott des Begehrens, nichts lustvoller als einer Frau, die verlangend und fiebrig vor dir liegt, den Schuh von der Ferse zu streifen. Nichts lustvoller, als sie am Arm zu dir hochzuziehen und, Knopf um Knopf, aus dem raschelnden Kleid zu pellen (und um so lustvoller, wenn sie dir mit einer Hand um den Nacken streicht, atemlos keuchend). Nichts lustvoller, als sich dem Strumpf zuzuwenden (insbesondere, wenn es ein knisternder Seidenstrumpf ist) und am schimmernden Schenkel vom Strumpfband zu haken. Nichts lustvoller, als diesen Strumpf bis zum Hacken zu rollen und den Fuß mit entschlossenem Griff zu befreien. Nichts erregender, als sich dem Hemdchen zu widmen und es zu den Haaren zu schieben.

Ich entkleidete Ecaterina mit einer behutsamen Gier, die sie aufseufzen ließ. Ich streifte sie mit meinen Lippen und ließ keinen Hautfleck aus, außer den lachsroten Brustknospen und dem Geschlecht, das im Zwielicht aus Mondschein und Leuchtreklamen phosphoreszierte. Meine Behutsamkeit machte sie nur um so rasender. Sich in meinen Haaren verkrallend, schubste sie mich zur Scham, bis ich mit meiner Nase im Schoß versank, wand sich und wimmerte, als meine Zungenspitze zwischen den klaffenden Hautfalten spielte, umklammerte mich mit den Schenkeln und preßte den haarigen, klatschnassen Schlund gegen mein Gesicht, stieß einen Schrei aus und zerrte mich wieder hoch, leckte mir Nase und Lippen ab, streifte erschaudernd mein pralles Geschlecht mit den Fingern, um es an der Wurzel zu packen und in sich zu ziehen.

Wir waren verhungerter als eine Wolfsmeute (im Karpatengebirge zur Winterszeit). Ich mußte Ecaterina den Gatten ersetzen, der ein verkalkter und sabbernder Greis war und dem sie als Pflegerin beistand, um bald seine steinreiche Witwe zu sein (nichts anderes hatte sie mit dieser Heirat beabsichtigt). Und sie sollte mir ein halbes Leben erstatten, in dem ich (protestantisch) enthaltsam gewesen war.

Anfangs war ich zu gierig, um mich zu beherrschen, und kam rascher ans Ziel, als ich wollte. Ich sackte zusammen auf dem zitternden Leib, der mich weiterhin stoßweise antreiben wollte. Es dauerte, bis er ein Einsehen hatte. »Was ist los, Dummkopf?« raunte sie vorwurfsvoll, schob mich beiseite und sprang auf die Beine. Schuldbewußt schaute ich zu, wie sie Strumpfpaar und Unterhemd, Taftkleid und Schuhe vom Boden aufhob, in der Meinung, sie werde sich anziehen und mich ohne Umschweife in meiner Wohnung allein lassen.

Nein, sie hatte andere Vorstellungen von einer Liebesnacht. Ecaterina warf Schuhe und Stoffe ins Sofa und eilte auf meine Terrasse, um sich an die Mauer zu lehnen. In schimmernder Nacktheit, verlokkend und bebend, betrachtete sie den am Nachthimmel wandernden Mond (und den Schriftzug der Philips-Reklame) und beugte sich, mit einer Hand vor dem Busen, zur Straße, die sich in der Tiefe verlor. Eine Brise bewegte den Schopf brauner Haare, die mit schnittigem Schwung bis zum Halswirbel reichten. Und als sie auf den Zehenspitzen federnd ins Zimmer kam, war meine Lust bereits wieder erwacht. Ich packte sie an beiden Schultern, die frisch waren, marmorkalt, und legte sie auf mein Bett.

Als ein glutroter Streifen am Horizont stand, befreite sich Ecaterina aus meiner Umarmung und huschte zur Handtasche, der sie ein Nachthemd entnahm. Mit dem Fetzchen bekleidet, kroch sie wieder neben mich. Sonnenstrahlen kitzelten uns aus dem Schlaf gegen Mittag, und wiederum lief sie zur Handtasche, aus der sie Zahnputzzeug kramte und Schminksachen, und eilte mit Kleidern und Schuhen ins Bad (diese zur zweisamen Nacht außer Haus vorbereiteten Taschen begegneten mir in den kommenden Monaten wieder und wieder). Sie wollte nichts essen, beeilte sich mit dem Kaffee, den wir auf der Terrasse einnahmen – ich mit Schlaf in den Augen, zerzaustem Haar, nachtfaulem Atem, und Ecaterina, die in einer Duftwolke schwebte, blitzsauber und frisch –, benahm sich nicht kalt und nicht liebevoll, ließ sich zum Abschied von mir einen Kuß auf die Hand hauchen, und ermahnte mich eindringlich, nicht auf den Einfall zu kommen, mich in sie zu verlieben.

Ich nahm mir diese Ermahnung zu Herzen, nicht ohne Bedauern und Kummer. Als sie im Kasino mit anderen Liebhabern auftauchte und mich nicht anders behandelte, als es ein Saalchef verdient hatte, konnte ich mir diesen Stachel bald ziehen, was wiederum Ecaterina erbitterte, die mir meine mangelnde Eifersucht vorwarf. Alle zwei Tage ließ sie mir von Laufburschen mit roter Kappe ein Briefchen zustellen, in dem sie um eine Begegnung bat oder mir harsche Vorhaltungen machte, wenn ich sie mit einem Vorwand versetzte, um einer Rivalin den Vorzug zu geben.

Ja, in diesen Monaten wollte der Gott des Begehrens sein Gesicht nicht mehr abwenden. Elvira, Olimpia und Paraschiva – und andere Frauen, die mir namentlich entfallen sind – machten mir im Kasino von weitem den Hof, und um Mitternacht schwebten wir in meine Wohnung, wo ich sie entkleidete und auf mein Bett legte. Alle waren verheiratet – und um so williger. Elvira zog in meinem Zimmer als erstes den Rock hoch und drehte sich vor meinen Augen. »Was halten Sie von meinen Beinen?« wollte sie von mir wissen, »mein Mann sagt, ich sei eine Kuh mit zwei Haxen, die stramm in den Erdboden wachsen.« Ich fiel auf meine Knie, um sie an den handfesten Waden und kraftvollen Schenkeln zu streicheln (diese stumme Erwiderung machte sie selig), und sog den Geruch des Geschlechts in mich ein, der mich aus dem Stoffdreieck anwehte. In einer heißen und sternenklaren Julinacht, wollte Olimpia mit mir auf dem Dach schlafen und eilte zur eisernen Leiter im Hausflur, die sie mit einem Jauchzer erklomm. Naß vor Schweiß und Verlangen setzte sie sich auf mein Geschlecht und galoppierte mit mir in den Milchstraßennebel. Paraschiva erwies sich als Anbeterin meines Glieds, das sie von allen Seiten beschnupperte und mit Kosenamen bedachte: »Mein Honigstab, Seidenkopf, purpurner Schlegel.«

Olimpia hielt sich einen Liebhaber, um zu beweisen, modern und verwegen zu sein. Elvira nahm Rache am Ehemann, der seinen Stachel bei Schwester und Nichte abwetzte. Wenn ich in sie eindrang, entrang sich der Kehle Elviras sein Name, bis mir meine Lust verging (ich hatte den Eindruck, er stehe beim Bett, um uns zuzuschauen). Anders verhielt es sich bei Paraschiva, die nie auf den Gatten zu sprechen kommen wollte und noch vor Bluse und Hemdchen den Ehering ablegte.

Von Elvira, Olimpia und Paraschiva und anderen Damen, die in meine Arme fielen, sei es, um einen Tennisplatzpartner zu haben, sei es, um sich in nutzlosem Kummer zu suhlen, erhielt ich pro Tag in der Regel ein Briefchen, und alle naslang stand wieder ein Briefbote mit roter Kappe, die an allen Ecken im Stadtzentrum lehnten, bei mir auf der Schwelle. Bald schaffte ich mir ein Telefon an, das auf dem in der Mauer befestigten Klappbrett, einer Arbeits- und Eßplatte neben der Kochecke, stand. Permanent schrillte und rasselte es. Olimpia wollte mit mir in ein Tangolokal und Elvira spazierengehen. Paraschiva bekniete mich, bis ich bereit war, im Park Herăstrău zu picknicken. Oder sie lud mich ins Trianon-Kino ein, zu einem Defa-Film mit Lil Dagover, einer Schauspielerin, die sie unwiderstehlich fand.

Als deutsche Stimmen an mein Ohr drangen, mußte ich schlukken, vor Abscheu und Heimweh. Ich folgte dem Streifen verbittert und mißmutig, bis sich die Kinosaalkuppel bewegte und den halb klaren, halb verschleierten Nachthimmel freigab. Ich bekam nichts mehr mit von der restlichen Filmstunde, legte den Kopf in den Nacken und starrte zum flimmernden Sternendach hoch. Paraschiva schob mir eine Hand in den Schritt. An meiner Seite erschaudernd, fand sie mein Geschlecht, das sie streichelte, preßte und melkte, bis ich beide Lehnen mit den Fingern umklammernd in krampfhaftes Atmen verfiel und mich mit einem gurgelnden Seufzer entlud, der in schmetternder Filmmusik unterging.

Ich stieg in den Chrysler von Ecaterina, der mit 80 Sachen zum Flughafen brauste, wo eine Propellermaschine bereitstand, ein Dreisitzer aus dem Besitz des Barons, und sie dem jungen Piloten den Hof machte, absichtlich, um mich in Rage zu bringen. Mit seinem Lederhelm, Schutzbrille und einem Mantel, der bis zu den Knien reichte, wirkte er frischer und schnittiger als seine Kiste, mit der er bereits einen Bruch erlebt hatte, wie sie mir im Nu auf die Nase band, nur um sich an meiner Panik zu weiden.

Mit weichen Knien kletterte ich in den Dreisitzer und trat meinen Jungfernflug an. Mir war elend, als wir von der Piste abhoben. Bleich stierte ich zum Karpatengebirge am Horizont mit seinen Schneegipfeln, schattigen Schluchten und blaugrauen Zacken. Von der glitzernden Landschaft, die sich in der Tiefe erstreckte, bekam ich nichts mit. Ich wagte es nicht, mich ins Freie zu beugen, und preßte mich leichenstarr in meinen Ledersitz, zur besonderen Belustigung Ecaterinas, die meine Hand nahm und sich in den Schoß legte, Stoffe beiseite schob und beide Augen schloß, als sie sie ins Feuchte bugsiert hatte. Zielstrebig rieb sie sich mit meinen Fingern, und wenn wir ein Luftloch erreichten und schlagartig absackten, verkrallten sie sich in den Hautfalten Ecaterinas, was sie um so begeisterter aufjauchzen ließ.

Leichenschau

In diesen Wochen und Monaten mied ich Begegnungen mit Aristide Slumowitz. Erstens hatte ich keine Zeit, um den Kasinobesitzer ins Kellerlokal zu begleiten, meine Liebhaberinnen nahmen mich voll in Beschlag. Zweitens wollte ich mir seine finsteren Ahnungen ersparen. Er rechnete mit einem baldigen Kriegsausbruch und legte mir nahe, in ein anderes Land auszuweichen, um mich keiner Gefahr auszusetzen. Er habe Verwandte in Nablus und Tel Aviv, und wenn ich bereit sei, ins Heilige Land aufzubrechen, werde er einen Empfehlungsbrief schreiben und mir eine Dampfschiffpassage besorgen.

»Eretz Israel!« sagte sein Onkel mit schmachtender Stimme, als er eine Schale mit Obst auftrug – auf der Zunge zergehende Trauben, klein, zuckrig und fest wie das Brustpaar Olimpias; saftige Pfirsiche, die mich im Nu an den Busen von Ecaterina erinnerten; klebrige Feigen, als seien sie der Schoß Paraschivas, in dem ich mit meinem Gesicht versank (oh Gott des Begehrens, wieder meldete sich mein Verlangen, verbohrter und aufdringlicher als das Telefon aus Bakelit auf dem Klappbrett zu Hause!). »Ja, Eretz Israel«, echote Slumowitz seufzend. Und trotz der Sehnsucht, mit der sie vom heiligen Land sprachen, war keiner von beiden bereit, seine Koffer zu packen und sich auf die Socken zu machen.

»Ein Schiff nehmen?« erwiderte Avram entsetzt, »ich, als Nichtschwimmer, soll auf ein Schiff steigen?« – »Onkelchen, Onkelchen«, wandte sein Neffe mit tadelnder Stimme ein, »schwimmen muß das Schiff, nicht du!« – »Und wenn es ein Leck hat?« entgegnete Avram, »was soll aus mir werden, mein Gott, wenn es sinkt! Ich werde ersaufen und, schlimmer, von Haien zerfleischt werden, bis ich ein blutiger Klumpen bin. Lieber Deutsche als Haifische, sage ich euch. Deutsche sind immerhin Menschen, ich meine, im Kern sind sie menschlicher als diese Bestien.« – »Wenn du dich da mal nicht irrst«, knurrte Slumowitz kauend, der es seinerseits halsstarrig ablehnte, sich vor dem drohenden Unheilsgesicht seines Gottes ins Heilige Land zu verkriechen. »Meine Heimat verlassen? Niemals!« sagte Slumowitz, »sie hat mir zwar nie meine Treue vergolten, trotzdem werde ich sie nicht verraten!«

»Und wer meinte, ein Jude besitzt keine Heimat?« erwiderte ich mit ironischer Stimme, was Slumowitz zu einem Wortschwall verleitete, der seine Heimatempfindungen rechtfertigen sollte und aus nichts als verwickelten Spitzfindigkeiten bestand. »Sie haben recht«, brach er ab, »ich bin pfiffiger als eine Magd, die das Essen versalzen hat und zur Entschuldigung Vorwand um Vorwand erfindet. Nein, es ist mein Kasino, ich kann es nicht zusperren, ich bringe es einfach nicht fertig. Meine Heimat, das ist dieser Spielsalon.« – »Ein Kasino als Heimat? Oh Gott«, meinte Avram und raufte sein Haar, »das ist armselig, Slumowitz. Das ist schlimmer als Nichtschwimmer sein.«

Wieder und wieder bot Slumowitz an, mich zu seinen Verwandten zu schicken. Wieder und wieder verlangte er meinen Paß, um auf der britischen Botschaft vorstellig zu werden. »Sie brauchen ein Einreisevisum«, bemerkte er starrsinnig, bis ich klein beigab. Und binnen zwei Wochen erhielt ich per Post einen Umschlag mit Schiffsfahrschein, englischem Visum und einem an seine Verwandten im Heiligen Land adressierten Empfehlungsbrief. Das war Anfang August '39, und Mitte August sollte ich auf die Reise gehen.

Nein, ich hatte nicht vor, Bukarest zu verlassen, in dem ich mir heimischer vorkam denn je. Ich hatte mein Auskommen und lebte in einer ansehnlichen Wohnung mit Radio und Telefon. Von meinen Liebhaberinnen zu schweigen. Und was sollte ich anstellen in diesem fremden Land, das Tausende von Kilometern entfernt war? Ich, ein Goi, der aus Deutschland kam, was um so schwerer wog, sollte mich bei einer Judenfamilie verkriechen? Das war eine absurde Idee. Ich konnte nicht der sein, der Aristide Slumowitz' Leben ersatzweise rettete.

Mutwillig legte ich Fahrschein und Visum auf die meine Sonnenterrasse begrenzende Mauer und flegelte mich in den Liegestuhl.

Und es verstrichen nicht mehr als Sekunden, bis eine Brise sie ergriff. Sie schaukelten hoch, schwebten schwankend zum Nachbarhaus und verloren sich rasch in den Schatten der Straßenschlucht. Als sich mein Telefon meldete und es kein anderer als Slumowitz war, der zu wissen verlangte, ob ich seinen Umschlag bekommen habe, versetzte es mir einen Stich. Ich stellte mich ahnungslos, stammelte, nein, sei er nicht, und verfluchte im stillen meine Falschheit. Ob er meinen Schwindel bemerkt hatte? Er sagte nichts, als ich in Bukarest blieb und Begegnungen um so beharrlicher auswich, als verstehe er meine Gewissensnot.

Ich stellte mein Radio aus, wenn es Nachrichten brachte, sei es von Ultimaten der deutschen Regierung, Protestnoten Chamberlains und Daladiers oder dem Pakt zwischen Hitler und Stalin. Am 1. September fiel Hitler in Polen ein, und bei seinem Rundgang im Spielsalon, der voller Menschen war, die nicht besonders beunruhigt wirkten, blinzelte Slumowitz mir ins Gesicht, halb verzweifelt, halb rechthaberisch.

Aus Zufall traf ich vor dem Schloß Victor Marcu, der bei Carol II. erneut aus und einging (ohne einer seiner Berater zu sein). Und an diesem sonnigen Tag fiel mir auf, was mir bei seinem Auftritt im Spielsaal entgangen war: Mein Retter war nicht mehr der alte. Vergangenheit waren seine Sicherheit und Energie, diese wuchtige Ausstrahlungskraft eines Mannes, der andere Menschen in Bann ziehen konnte. Nicht seine Gestalt war es, die mir den Eindruck verschaffte, es mangele Marcu an Willen und Entschiedenheit anderer Zeiten. Stark in den Schultern, mit einem Gesicht, nicht zu schmal, nicht zu dicklich, kam er mir beileibe nicht krank vor und trotzdem erschlafft. Eine Schlaffheit, wie man sie bei Menschen antrifft, die sich von einem schlimmen Erlebnis erholen. Nein, was mir diesen Eindruck verschaffte, das waren seine flackernden, ruhelos huschenden Augen, als ob er sich in alle Richtungen absichern wolle.

Ansonsten benahm er sich keine Spur anders, als ich es von Marcu gewohnt war: Kluge Bemerkungen wechselten sich mit abstrusen

Behauptungen ab. Er spielte mir Carols Entsetzen vor, als er vom Pakt zwischen Hitler und Stalin erfahren hatte, und erwies sich erneut als begnadeter Schauspieler, ich hielt mir meine Seite vor Lachen. Und von meinem Beifall ermuntert, ertrank er im Schwulst seiner kindischen Eitelkeit. »Heute herrscht Krieg, und das ist leider Carols Schuld«, und von sich in der dritten Person sprechend, fuhr er fort: »Carol hat einen tragischen Fehler begangen, als er seinen Berater entließ. Allein Victor Marcu vermochte den Hitlerschen Krieg gegen Polen zu verhindern. Ja, wenn einer bei Hitler Vertrauen fand, war es kein anderer als Victor Marcu.«

Und vom Krieg kam er auf seinen Prozeß mit Giurgiuca zu sprechen, der haushohe Kosten verursache, ohne ein Ende zu nehmen. Bubi erscheine nicht zu den Verhandlungen, was er mit Hexenschuß, schwerem Infekt oder einer Vergiftung entschuldige, um einen Verhandlungsaufschub zu erwirken. Oder er lasse dem Richter Befangenheit vorwerfen und eine Verfahrungsverlegung beantragen. »Ich werde erst recht bekommen in dieser Sache, wenn halb Europa in Scherben liegt, sage ich dir.« Und ohne Luft zu holen, wechselte er vom Prozeß mit dem »Saujuden Bubi« zu seiner Gefangenschaft im Lager von Miercurea Ciuc.

Wir hockten im Gartenlokal auf der anderen Seite des Schloßplatzes, um einen Happen zu essen, was Marcu vor endlosem Reden vergaß, von einer Kastanie beschattet, an der bereits gelbliches Laub hing (es war ein heißer und trockener Sommer gewesen), die sich im warmen Septemberwind wiegte, und ich lauschte benommen der Zigeunerkapelle, die Mandoline und Zymbal erklingen ließ und »Meine Geschichte ist traurig« anstimmte.

»Es war eine bittere Zeit«, sagte Marcu, »dieses Miercurea Ciuc ist ein unwirtlich kaltes Loch, und nachts bibberten mir meine Knochen. Wir standen zusammen, wie Vieh auf der Weide, um uns gegenseitig den Frost zu vertreiben. Zu schweigen vom faden und ekligen Essen, das sie uns ins Blechgeschirr klatschten.« Er schob seinen Teller mit Grillfleisch beiseite. »Ich habe bezahlt, mein Freund, teuer bezahlt, um mich von einer Schande zu reinigen, die nicht die meine war. Nein, diese Legionssache ist nie die meine gewesen. Man hat mich verwechselt mit einem Gardisten, der zu Mord und Totschlag bereit ist. Ich wollte ins Parlament einziehen, um meinem Land einen Dienst zu erweisen, sonst nichts. Trotzdem liegt es mir fern, zu bereuen, was passiert ist. Unschuldig zu leiden, mein Freund, ist ein Vorrecht, das Gott nur in Ausnahmen bewilligt. Und ich bin ohne Zweifel ein Ausnahmemensch. In der Liebe, der Politik und am Klavier.«

Ich hielt seine verlogene Treuherzigkeit nicht mehr aus und entschuldigte mich mit Terminen. Und in meiner Wohnung warf ich mich halb kummervoll und halb befreit in den Liegestuhl. Meine Zuneigung zu diesem Mann war erloschen. Ja, etwas in mir war zu Asche zerfallen, nichts als tote, vergangene Schlacke. Was ich gegen Marcu empfand, waren Verachtung und Mitleid, und diese Erkenntnis tat weh. Aus der Schlucht vorm Balkon drang ein Summen an meine Ohren, das mich mit seinem Gleichmut beruhigte, und ich nickte halb ein, als mein Telefon rasselte.

»Armand Călinescu ist tot«, sagte Slumowitz atemlos, »sie haben den Chef der Regierung erschossen.« Mir fiel keine Erwiderung ein, und ich schwieg. »Es waren sechs Kerle der Eisernen Garde. Sie lauerten auf seinen Wagen im Schutz eines Holzfuhrwerks. Und als er in die Elefterie-Straße einbiegen wollte, kamen sie aus der Deckung und feuerten. Er soll seinen Verletzungen an Ort und Stelle erlegen sein.« – »Hat man sie verhaftet?« – »Ja, hat man«, erwiderte Slumowitz mit wilder Stimme, »und hilft es was? Wenn man der Legion einen Kopf abhackt, wachsen drei neue nach.«

Carol II. ließ alle sechs Gardemitglieder am Ort des Verbrechens erschießen, wo er sie zur Abschreckung einen Tag liegen ließ. Und am Vormittag rief mich Olimpia an, die »dringend!« mit mir zu den Leichnamen wollte. Ich war halb verschlafen und sagte nicht ja und nicht nein, was Olimpia als Zustimmung auffaßte. Zwanzig Minuten vergingen, und sie segelte, frischer als Ostseewind, in meine Wohnung, wo sie mich zur Eile antrieb. Wieder schrillte mein Telefon aus Bakelit auf dem Klappbrett, und es war Elvira, die sich mit verlegenem Kichern erkundigte, ob ich nicht vorhabe, mir diese Leichname anzuschauen. Ich sei leider vergeben, bedauerte ich, was Elvira ein kratziges Stammeln entlockte und Olimpia, die sich vorm Flurspiegel schminkte, in Heiterkeit ausbrechen ließ.

Endlich saßen wir nebeneinander im Automobil, einem Buick mit zwei Sitzen und 6 PS, ohne Verdeck und mit teegelber Karosserie. Olimpia konnte nicht Auto fahren, wenn sie nicht rauchte, und ließ sich von mir eine Kippe anstecken, die ich zwischen den knallroten und sich bereitwillig spitzenden Lippen platzierte. Gnadenlos lenkte sie uns um Passanten und Zeitungsjungen, streunende Hunde und Leiterkarren, Busse und bummelnde Kraftwagen, mit einem Tempo, bei dem sich mein Nackenhaar aufstellte.

Zwischen Flußkai und Ecke zur Elefterie-Straße trafen wir auf eine wogende und die Kadaver verdeckende Menge. Sie brandete gegen zwei Reihen von Soldaten an, die sie mit Not von den Leichnamen fernhielt. Wer sich nicht mit Ellbogenhieben behalf, um sich bis in die vorderste Reihe zu schieben, konnte nichts von den toten Gardisten erkennen. Man puffte und knuffte sich, schimpfte und witzelte. Anwohner eilten mit Holzleitern an, die sie an besonders neugierige Gaffer vermieteten. Man verkaufte Rasierklingen, Tabak und Pflaumenschnaps, Salzbrezeln, Zeitungen, Salami und Bierhumpen, baute Schießscheiben auf und bot Stickwaren feil, und zwei Schuhputzer knieten sich vor unsere Beine, die Olimpia mit fauchender Stimme vertrieb.

Es war aussichtslos, bis zu den Leichen vordringen zu wollen, und das stimmte sie mißmutig. Sie lehnte sich an meine Schulter und quengelte, ich solle mir eine Holzleiter mieten und hochsteigen. »Bringt nichts«, sagte ein Mann neben uns, der bereits auf der Leiter gewesen war, »ich habe nichts als drei schmutzige Fersen erkannt.« – »Stellt euch vor«, rief ein anderer, »wir seien in Deutschland. In Deutschland, wo Ordnung herrscht, bildet man Schlangen.« – »Ja, eine Schlange, die Schritt um Schritt aufschließt«, versetzte Olimpia, »und alle Welt kommt zum Zug.« – »Wir sind nicht in Deutschland, Verehrteste«, meinte ein Riese, der auf seinen Zehenspitzen kippelte, was seine Sicht allerdings nicht verbesserte, und sich als ferner Bekannter Olimpias erwies. Er verbeugte sich schwungvoll und bot seine Dienste an. In den Menschenauflauf eine Schneise zu schlagen und Olimpia ins Schlepptau zu nehmen sei ein Kinderspiel, eine Behauptung, die angesichts seiner massiven Gestalt nicht zu vollmundig war. Sie nickte begeistert, und ich lehnte dankend ab.

Beide zogen sie los, und ich wollte zur Kaimauer schlendern, um auf meine Freundin zu warten, als mir eine Dame auffiel, die am Rand einer Gruppe schwatzender Menschen stand. Sie wirkte verloren und auffallend blaß, um so blasser, als sie von den Schuhen bis zum Hut mit dem Schleier, den sie vom Gesicht entfernt hatte, in Schwarz ging. Ich blieb stehen, um sie zu betrachten, was sie nicht bemerkte, erstarrt und vertieft wie sie war. Sie hatte ein schmales Gesicht, starke Wangenknochen, Augen, die etwas Fremdartiges ausstrahlten und mich entfernt an die Augen Ratibes erinnerten, eine klare und reine Stirn mit hohem Haaransatz (letzteres war nicht mehr als eine Annahme, der Haaransatz blieb von der Krempe des Hutes verdeckt), und eine Nase, die zierlich zum Mund verlief (ja, sie schien nur ein zierlicher Strich zu sein), einem Mund aus zwei vollen, beinahe fleischigen Lippen. Augen- und Stirnpartie machten den Eindruck von Argwohn und strenger Verschlossenheit, der zierliche Nasenstrich zeigte Zerbrechlichkeit an, Wankelmut, Unsicherheit und Empfindlichkeit, Lippen und weiches Kinn ließen auf Sinnlichkeit schließen, eine Sinnlichkeit, die sie in Schach halten mußte.

Anscheinend stand sie aus Zufall am Rand der palavernden Leute, die sie nicht beachteten. Nein, niemand scherte sich um diese Frau, die knapp dreißig sein mochte und leblos ins Nichts stierte, mit wehendem Hutschleier und einer Tasche vorm Schoß, die sie krampfhaft umklammerte, bis sie, unversehens, ohne Vorwarnung, in sich zusammensackte. Mit zehn Schritten war ich bei den Menschen, die sie voller Neugier und Mitleid umringten, und boxte mich bis in die vorderste Reihe. Einer nahm der bewußtlosen Witwe den Puls und ein anderer kramte aus seinem Jackett eine Zwiebel, um sie mit dem scharfen Geruch aus der Ohnmacht zu wecken. »Bestimmt war sie mit einem der erschossenen Gardisten verheiratet«, rief eine Stimme. »Arme Frau«, kommentierten zwei Damen, und ein zahnloses Kerlchen, das an meiner Seite stand, meckerte: »Hat es nicht besser verdient, dieses Teufelsweib.« – »Werft sie in den Fluß«, schlug ein Bulle mit Schnauzbart vor, einem Schnauzbart, der struppiger war als ein Kehrbesen, »wenn sie versinkt, ist sie schuldig, wenn nicht …«. Er brachte den Satz nicht zu Ende, als ich, kurz entschlossen, den Mann, der der Witwe den Puls nahm und sich nebenbei an der Damenhandtasche vergriff, samt dem Burschen mit Zwiebel beiseite stieß, mir einen Arm der erwachenden Frau um die Schulter schlang und sie vom Boden aufhob. »*Ich* bin der Ehemann, Herrschaften!« schimpfte ich, »laßt uns in Ruhe und gebt mir den Weg frei.« Meine Aussage, die eher dreist war als stichhaltig (angesichts einer Witwe), erwies sich als wirkungsvoll. Schweigend trat man vor mir auseinander, als ich mit der fremden Frau, die ich an Schulter und Knien umfaßte, zur Kaimauer eilte. Sie betrachtete mich, halb verwirrt, halb befangen, zu schwach, um sich gegen mich aufzulehnen. Endlich fand ich ein Taxi und schob sie aufs Sitzpolster. Ich bat sie um eine Adresse und mußte mich vorbeugen, um zu verstehen, was sie sagte. »Café Serail?« erkundigte ich mich beim Taxichauffeur, der erwiderte: »Ja, mein Herr, kenne ich, ist an der Piaţa Rosetti«, indem er aufs Gaspedal trat.

Ein seidenes Netz

Jeni, mit vollem Namen Eugenia Sismanian, kam aus einem Lehrerhaushalt in Constanţa. Bereits als Kind war sie mit dem armenischen Ehemann Ayk befreundet gewesen, der aus einer Kaffeehausbesitzerfamilie stammte, die an der Schwelle zum neuen Jahrhundert einem Pogrom der Osmanen rechtzeitig entkommen war, und bei Jeni im Nachbarhaus wohnte. Eine Verlobung der Tochter mit Ayk war nicht im Sinne der Eltern gewesen, die Jenis Verbindung mit einem Einheimischen vorzogen. Und in Ayks Familie war das nicht anders: Armenier sollten in Schicksal und Glauben verbundene Armenier heiraten. Man lud junge Armenierinnen ins Haus ein, um den Sohn von der Liebe zu Jeni zu heilen. Vergebens. Ayk war wie ein sirrender Pfeil, den man von seiner Flugbahn nicht abbringen kann. Jeni wiederum hatte das Essen verweigert, bis beide Eltern ein Einsehen hatten. Sie verstanden sich ja mit der Nachbarsfamilie, die fleißig, bescheiden und wohlhabend war, und Mischehen waren keine Schande in einer von Juden, Armeniern und Italienern und zahllosen anderen Nationen bewohnten Stadt.

Keine zwei Tage verheiratet, hatten sich Jeni und Ayk von den Eltern verabschiedet, um sich in Bukarest niederzulassen. In der Hauptstadt versprach ein Kaffeehaus mehr Geld abzuwerfen als in der Provinzstadt am Meer. Außerdem wollte Ayk sein eigener Herr sein. Er war ehrgeizig, selbstbewußt und brachte alle notwendigen Kenntnisse mit. Niemand konnte dem Mann etwas vormachen, wenn es um Rang und Beschaffenheit einer Kaffeesorte ging. Mit verbundenen Augen an einer Kaffeebohne schnuppernd, erkannte er, ob es Arabica-Kaffee war oder Robusta. Und um das Herkunftsland zu bestimmen, reichte es Ayk, sie mit Lust und Bedacht zu zerkauen. »Der kommt aus Tanganika«, bemerkte er treffsicher, oder: »Das kann nur Hawaii-Kaffee sein.«

In der Kaffeezubereitung war Ayk ein Meister, und er betrieb seine Sache mit Leidenschaft. Er braute nicht einfach Kaffee um Kaffee.

Wenn ein neuer Gast ins Lokal trat, in dem sich Kaffeeduft und Tabakqualm angenehm mischten, betrachtete er den Besucher mit Neugierde (einer Neugier, versteht sich, die niemandem auffiel), um seinem Geschmack auf die Schliche zu kommen. Ayk vermochte es, jeden Geschmack zu erraten, und bereitete einen besonderen Kaffee zu, der dem Gast auf der Zunge zerging.

Kein Kaffeehausbesitzer benahm sich zuvorkommender als Herr Ayk Sismanian. Er war redselig, wenn es ein Kunde verlangte, blieb stumm, wenn ein anderer in seiner Zeitung las, war ansehnlich und strahlte Zuversicht aus. Er bildete mit seiner Jeni ein Paar, das bescheidene Heiterkeit um sich verbreitete, was den beiden zu hoher Beliebtheit verhalf.

Trotz des Zuspruchs, den Ayk mit seinem Kaffeehaus fand, das er bald um zwei Stuben erweiterte, als der benachbarte Eisenwarenladen bankrott machte, und trotz der beachtlichen Einnahmen, die sie erzielten, fand Herr Sismanian keine Ruhe. Er litt an einem Ehrgeiz, der grenzenlos war. Und um seine Frau zu beschwichtigen, scherzte er: »Wer war, der wird sein, und wer hatte, wird mehr haben.« Seine Kaffeelieferungen aus aller Welt holte er von den Schiffen im Hafen Constanţas ab, um nicht, sei es bei den Mengen, sei es bei den Sorten, betrogen zu werden. Er mietete sich einen Lastwagen mit Verdeck und verbrachte elf schlaflose Stunden am Steuer auf Chausseen, wo ein Schlagloch ans andere stieß. Um seine Kundschaft zufriedenzustellen, verfiel er von Woche zu Woche auf neue Ideen, ließ sich von den Reedern aus Lissabon Kisten mit Portwein abholen und Whiskey aus Schottland, bestellte in Genf Schokoladenbonbons und Pralinen und kaufte in Russe spezielle Pasteten ein, die er mit seinem Dodge aus Bulgarien abholte.

Im vergangenen Januar war er verstorben, im Alter von knapp vierunddreißig. Zu stark belastet von seinem aufreibendem Leben, einer Unruhe, die er nie abstreifen konnte, zehn Tassen Kaffee am Tag, wenn nicht mehr, Zigaretten und Schlafmangel, hatte sein Herz versagt.

An diesem Vormittag hatte er sich einen anderen Kaffee zubereitet als sonst, eine neue, aus Asien stammende Sorte. Er nahm einen Schluck, den er abschmeckte, und einen zweiten, um in seinem Urteil nicht fehlzugehen. Liviu, ein Neffe von Jeni, der beiden zur Hand ging, sonst ließ sich des Ansturms der Kaffeeliebhaber nicht Herr werden, schleppte zwei Eimer mit Kohlen und Holz aus dem Keller an, die er vorm Kachelherd abstellte, den seine Tante in Gang setzte. Um den Rauch des vergangenen Tages zu vertreiben, stand das »Serail« sperrangelweit offen. Eisiger Wind fegte Schnee von der Schwelle ins Gastzimmer. Trotzdem verbreitete sich der Kaffeegeruch, der aus dem Stieltopf zur Holzdecke waberte (und aus dem Sack mit den Bohnen an der Mauer), wie eine erregende Wolke. Ayk nahm einen dritten Schluck, schnalzte beeindruckt und schnupperte wieder und wieder am Stieltopf, den er in der Hand schwenkte, als er zum Eingang lief und in die frostige Luft trat. Er machte drei wankende Schritte im Schnee, sagte: »Großartig« und brach zusammen. Schwarzer Kaffee bespritzte Herrn Sismanian und den Boden im Umkreis von rund einem Meter. Und als Jeni sich neben den Toten warf, machte der wehende Schnee einen Bogen um sie und den schneefreien Fleck auf der Piaţa Rosetti.

Diese Dinge erfuhr ich von Jeni und Liviu bei meinen Kaffeehausbesuchen. Warum es mich wieder und wieder zu Frau Sismanian ins »Serail« trieb, war mir nicht klar. Es sei reine Neugier, sonst nichts, bildete ich mir ein. Ich wolle mich nur vergewissern, ob sie wieder besser beisammen sei, und in Erfahrung bringen, warum sie bei den erschossenen Gardisten gewesen war – als eine der ersten, wie Liviu verriet. Jeni hatte vom Neffen verlangt, sie im Automobil an den Platz mit den Leichen zu bringen, und stundenlang vor den Kadavern verbracht (vom Sonnenaufgang bis zur Mittagszeit). Erst als sie im Menschenauflauf keine Luft mehr bekommen hatte, hatte sie sich aus der Menge entfernt. Ich konnte mir das nicht zusammenreimen. Sie war mit keinem der toten Gardisten bekannt, und politische Dinge waren Jeni vollkommen fremd.

Sie aushorchen zu wollen, erwies sich als zwecklos. Mit meinen Erkundigungen stieß ich bei Jeni auf Mauern aus scheuer Verschlossenheit, und im Laufe von Wochen begriff ich, warum. Sie wußte nicht, was sie beherrschte, und was sie nicht wußte, das konnte sie mir nicht verraten. Sie war besessen von Todeslust. Sie ließ Ayks Kaffeehaus im Stich und den Neffen allein, um zum Friedhof zu eilen, wo sie Stunden um Stunden vor wildfremden Grabsteinen kniete. Ehemann Ayk war im fernen Constanţa beerdigt, in einer von Jeni erworbenen Doppelgruft. Ein leeres Grab rief den Lebenden zu sich, und Jeni ersehnte nichts mehr, als dem Ehemann bald in der Grube Gesellschaft zu leisten. Sie trank keinen anderen Kaffee mehr als den, den er in seinen letzten Minuten probiert hatte, diese Sorte aus einem asiatischen Land, und rauchte hustend – sie war keine Raucherin – seine starke und kratzende Maispapiermarke.

Nein, es war nicht nur Neugier, wenn ich zum »Serail« eilte. Und wenn ich mir einredete, außer Neugier sei Mitleid im Spiel, mehr nicht, machte ich mir etwas vor. Ich begehrte sie, ja, ich begehrte sie mit einer Leidenschaft, die mich verwirrte und sich in mir ausbreitete wie ein schleichendes Gift.

Ich lehnte es ab, mit Olimpia Tangos zu schieben, ich barfuß und sie in hochhackigen Schuhen auf dem stumpfen Parkett eines Tanzschuppens. Ich weigerte mich, zu den Fußballspielen der von Olimpia verhimmelten Venus-Elf mitzukommen, eine Absage, die sie mir krummnahm. Sie wandte sich schnell einem neuen Verehrer zu, der sie willig ins Stadion begleitete, er frisch rasiert und mit blinkenden Augen, die an seiner Nachbarin klebten anstatt am Ball, und sie mit der zu einer zweisamen Nacht außer Haus vorbereiteten Damenhandtasche im Arm. Nicht anders verhielt es sich mit Paraschiva, die neuerdings Boxkampfarenen bevorzugte, um verstohlen mein Geschlecht in der Hose zu melken. Ich versetzte sie wieder und wieder, bis sie sich, beleidigt, mit Ghiţă einließ, der im Boxsport bewandert war, oder das wenigstens von sich behauptete, und kein Seitensprungangebot ausschlagen konnte. Sein Lieblingsspruch war: »Wenn du keine hast, mit der du schlafen kannst, schlafe halt mit deiner Frau.« Ecaterina hielt sich an den jungen Piloten, mit dem sie es hoch in der Luft, auf rund dreitausend Metern, trieb, was sie mir am Telefon ausgiebig schilderte, und als ich nichts als »Aha« und »Ach was« sagte, legte sie wutentbrannt auf. Elvira war von allen vieren am quengligsten und ließ sich von mir nicht entmutigen. Keine Ausrede meinerseits konnte sie abhalten, mir Tag um Tag eine Nachricht zu schicken oder mich nachts aus dem Tiefschlaf zu wecken, um mit mir zu schlafen (behelfsweise, am Telefon).

Ayks Kaffeehaus, in dem ich bald Stammgast war, konnte nicht ewig von seinem vergangenen Ruf zehren. Von Monat zu Monat verlor es an Kunden, die andere Kaffeestuben vorzogen. Zu Beginn hatten alle versprochen, dem »Café Serail« verbunden zu bleiben und Frau Sismanian in der Not nicht alleine zu lassen. Ayk Sismanian war keine vier Tage tot (und in der Erde Constanţas begraben), als sie bereits wieder am Herdfeuer stand. Diese Tapferkeit mußte belohnt werden, fand man. Leider war der Kaffee, zubereitet von Frau Sismanian oder Liviu, zum Ausspucken. Und bald ging der Portwein aus Lissabon aus. Schottischer Whiskey war nicht mehr im Angebot, nicht anders als Genfer Pralinen und Pasteten aus Russe. Alle Welt lobte den Einsatz von Liviu – einen erfahrenen Kaffeehausbesitzer ersetzte er nicht. Und mit seinem Wesen, das sonnig und heiter war und an das des verstorbenen Kaffeehausinhabers erinnerte, konnte Liviu den Schwermut der Tante nicht ausgleichen, der bei den Kunden Beklommenheit erzeugte.

Bei meinen ersten Besuchen im Kaffeehaus benahm Jeni sich freundlich, zuvorkommend, dankbar. Den Kaffee, den ich trank, durfte ich nicht bezahlen. Und wenn ich Geld auf den Tisch legte und mich ins Freie schlich, holte sie mich an der Tramhaltestelle ein, um es mir wiederzugeben. Erst als ich Tag um Tag wiederkam, bereits um zehn auf der Schwelle stand und bis zum Mittag blieb, wandte sie mir ein hartes Gesicht zu, beherrscht von der strengen Verschlossenheit um Stirn und Augen. Mißtrauisch blinzelnd bediente sie mich mit dem dampfenden Stieltopf aus Kupfer und stellte ein Pflaumenschnapsglas vor mir ab. Und wenn ich sie einlud, sich zu mir zu setzen, erteilte sie mir einen Korb. Sie eilte entschlossen zum Herd oder fegte den Boden im leeren Kaffeehaus. Sie zog an der Fußbodenklappe zum Keller, um einen neuen Sack Bohnen zu holen, was sonst Livius Aufgabe war. Sie stellte sich auf eine Leiter, um Lampen und Spiegel vom Staub zu befreien. Meine Aufdringlichkeit brachte sie aus der Fassung, und als sie mein Begehren bemerkte, war sie entsetzt. Sie empfand es als schamlos und abstoßend. Bald trieb ich sie mit meiner Gegenwart in die Flucht, und wenn ich vormittags in der Kaffeestube auftauchte, traf ich nur Liviu an. Um mir zu entgehen, lief sie vor meinem Eintreffen los, um auf dem Friedhof an fremden Bestattungen teilzunehmen.

Liviu bekannte, er mache sich Sorgen um sie. Jeni sei vom verstorbenen Onkel besessen, der zu Lebzeiten ewig auf Achse gewesen sei, um das Kaffeehaus zur ersten Adresse zu machen und es zum Kaffeelieferanten von Carol II. zu bringen. Zum Schluß habe er seine Jeni behandelt, als sei sie nichts anderes als eine bessere Bedienung.

Nachmittags konnte ich nicht ins Kaffeehaus gehen (um drei mußte ich ja im Kasino antreten). Und wenn ich an meinen freien Tagen ins »Serail« kam, schickte sie Liviu mit Stieltopf und Schnapsglas an meinen Platz. Jeni steckte sich eine der Maiszigaretten an, sog zitternd und hustend am brennenden Glimmstengel, den sie rasch in den Eimer mit Kohlenasche warf, war nicht ansprechbar und wich mir aus. Oder behauptete, an starkem Kopfschmerz zu leiden und sich in der Wohnung erholen zu wollen. Liviu nahm sie in den Arm, was ich neidisch beobachtete, und erwiderte nickend, sie solle sich ausruhen, er komme alleine zurecht, und dem konnte man schwer widersprechen: Außer mir hielten sich im Kaffeehaus drei andere Personen auf, ein Postbote, der seine Briefe verteilt hatte, und zwei Studenten, die sich medizinisches Fachwissen abfragten. Oktobersonnenstrahlen flirrten golden und warm in den weiten, verlassenen Gaststuben. Als einer der beiden Studenten versetzte: »Wir weigerten uns, diesen Juden zu obduzieren und unsere Finger mit unreinem Fleisch zu beschmutzen«, stemmte ich mich an den Lehnen aus dem Stuhl. Liviu und ich nickten uns einen Gruß zu, und ich trat auf die Treppe vorm Eingang.

Es war aussichtslos, Jeni erobern zu wollen, die mit einem Toten verheiratet war, der sie herrischer an sich band, als es ein Lebender konnte. Nein, zu einer Liebschaft war sie nicht bereit. Sie taumelte in einen Abgrund aus Schwermut und ließ sich vom Kummer verzehren mit einer Lust, gegen die mein Begehren nichts ausrichten konnte. Ich nahm mir fest vor, sie in Ruhe zu lassen, als ich in meiner Post einen Umschlag von Slumowitz fand, in dem eine Konzertkarte steckte. Aus seinem Briefchen erfuhr ich, am Donnerstag trete mein Retter im Dalles-Saal auf, und das solle man sich nicht entgehen lassen.

Ich schwankte, ob ich diese Einladung annehmen sollte. Mein Vertrauen in Marcus Klavierleistung war gering. Eine Ewigkeit hatte er sich seinem Steinway verweigert und keine Programme erarbeitet. Aus nichts anderem als Großmannssucht hatte sich Marcu zum Auftritt im Dalles-Saal breitschlagen lassen. Ich rechnete mit einem grausamen Mißerfolg, von dem er sich nicht mehr erholen werde. Das mitzuerleben war nicht meine Absicht. Erst, als Mişu und Slumowitz vor meinem Haus standen, um mich mit dem Nasch zum Konzert abzuholen, gab ich meinen Widerstand auf. Und ich bereute es nicht, Victor Marcu zu lauschen, der klarer und schmerzhafter spielte denn je. Ich empfand nichts als Seligkeit bei seinen Bachfugen, und seine Mozartsonate versetzte mich in einen Zustand von schwebender Heiterkeit, die meine Verzagtheit vertrieb. Mein Begehren war schuldlos und rein, und ich nahm mir fest vor, Jeni einen Besuch abzustatten.

Es war ein verheerender Vorfall, der Marcu zwang, sein Konzert vor der Zeit zu beenden. Als eine Dreiviertelstunde verstrichen war, kam aus dem Foyer ein Tumult, der nichts Gutes verhieß, und zwanzig Gardisten drangen in den Konzertsaal ein, heulend, Marcu spiele mit blutigen Fingern, er habe Verrat an der Heimat begangen und sei mitschuldig an Codreanus Ermordung. Sie schossen zur Decke und Marcu floh von seinem Schemel vorm Steinway, um sich in den Vorhang zu retten, was niemand mehr mitbekam. Alle Welt war bereits auf den Beinen und rannte ins Foyer, gefolgt von den zwanzig Gardisten, die sich vor Eintreffen der Polizei aus dem Staub machten.

Ich beeilte mich trotzdem, zu Jeni zu kommen. Ayks Kaffeehaus schloß gegen halb acht seine Tore, und es war bereits viertel vor zehn. Ich stieg bis zur Wohnung im zweiten Stock, wo ich den Klopfer aus Messing benutzte, bis ich Jenis tappende Schritte vernahm. Sie wollte erfahren, wer es sei, und ich zauderte. Mich ließ sie bestimmt nicht ein, das war mir klar. Ich mußte sie anschwindeln, wenn sie mir aufsperren sollte, und war im Begriff, Livius Namen zu nennen, als mir ein anderer, irrwitziger Einfall kam. »Ich bin es! Dein Ehemann! Ayk!« sagte ich – und Jeni entfernte den Riegel.

»Was wollen Sie?« verlangte sie heiser zu wissen, als ich in den Korridor trat. Jenis Verhalten verwirrte mich. Sie hatte mich wiedererkannt, in der ersten Sekunde, ohne mich von der Schwelle zu scheuchen. Und trotz meines Schwindels, der abstoßend grausam war, machte sie keine Anstalten, mich zu beschimpfen. In Jenis Augen entdeckte ich Feindseligkeit, eine Feindseligkeit, die zu schwach war, um sich meiner Zudringlichkeit zu erwehren. Sie stierte zu Boden, als ich nichts erwiderte, und strich sich ein fallendes Haar aus der Stirn.

Ich stolperte neben der Frau bis zur Wohnzimmerschwelle, wo sich meine Verwirrung ins Maßlose steigerte. Sofas und Sessel, Kommoden und Wohnzimmertisch waren von Leintuch verborgen, nicht anders als Wandregal, Eckschrank und Spiegel. Ein nackter Dielenboden starrte mich an, auf dem ich hellere Stellen erkannte, rechtekkige Flecke, von Teppichen stammend, die als Rollen am Kachelherd lehnten, den sie nicht mehr heizte, es war eisig kalt in der Wohnung.

Mir einen Platz anzubieten, fiel Jeni schwer. Schwankend hob sie den Arm, den sie gleich wieder sinken ließ. In diesem Zimmer, das wirkte, als sei es nicht mehr bewohnt, und von dem sie sich bereits verabschiedet hatte, um bald zum verstorbenen Ehemann umzuziehen, konnte man keinen Besucher empfangen. Jenis Sitzabdruck in einem Leinentuch zeigte mir an, wo sie Stunden um Stunden verbrachte, kauernd und schweigend und starr.

Als sie sich mit einem Gesicht zu mir umwandte, das mich um Verzeihung und Einsicht bat, nickte ich wortlos und kehrte zum Korridor um, wo ich mit meinen Augen das Schlafzimmer streifte. Ich erkannte ein von Kandelabern umstelltes und mit schwarzer Seide bezogenes Bett, das im Flammenschein der wuchtigen, brusthohen Halter mit jeweils sechs brennenden Kerzen den Eindruck erweckte, ein schwimmendes Boot zu sein.

Dieses gespenstische Bett konnte ich nicht vergessen, als ich in der kalten Dezemberluft heimeilte. Ich machte kein Auge zu in dieser Nacht, und am anderen Tag, im Kasino, fiel meine Zerfahrenheit allgemein auf. Ghiţă mußte mich wieder und wieder ermahnen, zur Garderobe zu gehen, wenn neue Besucher ins Haus kamen. Ich rempelte einen meiner Kellnerkollegen an, dem sein volles Tablett aus der Hand fiel. Ich verwechselte Titel und Namen eines hohen Ministers, was mir eine harsche Beschwerde bei Slumowitz eintrug. Ghiţă, der meinte, ich leide an Eifersucht, nahm mich beiseite und redete mir gut zu. Mit Mannes- und Kennerstolz wollte er mich zur Vernunft bringen. Paraschiva sei heillos verhurt, eine Schlampe, und ich solle Gott danken, wenn ich sie los sei. »Meinetwegen«, versetzte er großherzig, »falls du nicht anders kannst, kriegst du sie wieder.«

Slumowitz wiederum machte den Vorfall am gestrigen Abend verantwortlich. Er beurlaubte mich eine Woche und regte an, meinen Retter daheim zu besuchen. Zweifellos brauche er Zuspruch und Trost. Ich beließ es bei einem Brief an Victor Marcu. Er habe im Dalles-Saal wieder bewiesen, zu Recht als »Genie am Piano« zu gelten, und dieser Gardistensturm sei reine Barbarei, die ein Weltpianist nicht verdient habe. Wenn er mir Uhrzeit und Tag nenne und mich empfangen wolle, sei ich bereit! Postwendend schickte er mir eine Antwort, die aus einer Reihe von Dankbarkeitsfloskeln bestand, ansonsten aus weinerlich klagenden Zeilen. Und im p.s. teilte Marcu mir mit, mich zu einem anderen Zeitpunkt empfangen zu wollen, wenn er aus Sinaia heimkomme, wo er vier Wochen in Ruhe und Einsamkeit zubringen werde. Warum mein Besuch nicht genehm war, lag auf der Hand. Zweifellos waren Internatsferien und Virginia befand sich in Bukarest.

Weihnachten verbrachte ich in meiner Wohnung bei Klavier- und Orchestermusik aus dem Radio und an meinem Telefon aus Bakelit. Pausenlos rief Elvira an, die es daheim, zwischen Ehemann, Schwester und Nichte, nicht aushielt. Dauernd mußte sie auflegen, um sich beim Telefonieren nicht erwischen zu lassen. Ins »Serail« zu gehen, versagte ich mir, trotz des Aushangs im Eingang, man habe an Weihnachten auf.

Erst am letzten Dezembertag sollte ich schwach werden. Es war eine feuchte und schmuddlig warme Nacht, als ich meine Wohnung verließ und bewußtlos zur Piaţa Rosetti marschierte. Ich ging eiliger, als es sonst meine Gewohnheit war. Peitschenknallende Geisteraustreiber und Vorstadtkapellen, die mit zotigen Schlagern zu Pauken und Blasinstrumenten das Altjahr verjagten, begegneten mir auf den dunstigen Gehsteigen.

Aus dem »Serail« drang kein Lampenschein. Trotzdem stand das Café einen Fingerbreit offen, und ich trat in die Gaststube ein. Ein fahles, vergeßliches Zwielicht empfing mich, das sich den Laternen am Bordstein verdankte. Von Jeni war nichts zu entdecken. Ich lief bis zur Luke im Dielenboden, die eine eiserne Stange vorm Zufallen sicherte. Mich an den Lehnen der Holztreppe festhaltend, kletterte ich in den Keller. Es dauerte, bis ich sie zwischen den Schatten aus Mauern, Regalen und schimmerndem Sackzwilch erkannte. Sack um Sack mit Kaffeebohnen stand an der Kellerwand, und auf diesem knirschenden Bett streckte Jeni sich aus. »Bist du es, Ayk?« wollte sie wissen. Sie hatte nichts als einen Hausmantel an, den sie mit zitternden Fingern vor mir auseinanderband, um sich den Stoff von den Schultern zu streifen.

Und in dieser Nacht liebten wir uns auf den knisternden Kaffeebohnen. Und Jenis flacher Bauch war eine Kralle, die mich nicht mehr loslassen wollte. Und ich war kein anderer als Ayk Sismanian, der sich vor den Schoß seiner Frau kniete und seinen scharfen, erregenden Geruch einsog. Sie warf sich gegen mich mit einer Wildheit und Leidenschaft, die das Verbot mit sich fortrissen. Und als ich vor Lust verging und meinen Kopf hochriß, tanzte vor mir eine Spinne, die an einem Faden vom Wasserrohr hing und geduldig und fleißig ein seidenes Netz webte, bis ich erschaudernd und selig auf Jeni zusammensank.

Bist du es, Ayk?

Als ich am anderen Nachmittag vor Jenis Wohnung stand, hatte ich keinen Erfolg. Sie ließ mich im Treppenhaus stehen oder war nicht zu Hause. Umsonst horchte ich in den Flur auf der anderen Seite, der schweigsamer war als ein Grab. Stunden um Stunden blieb ich auf den Beinen, zu unruhig, um wieder heimzukehren, und meine Vorstellung, Jeni erobert zu haben, wich bald einer bitteren Erkenntnis.

Ich war beileibe nicht unvorbereitet, als ich am folgenden Tag ins Kaffeehaus trat. Und trotzdem versetzte es mir einen Schock, von Jeni behandelt zu werden, wie ich es gewohnt war, abweisend, verschlossen und kalt. Ich nahm meine Pelzkappe ab, stampfte Schnee von den Stiefeln und ließ mich im Mantel beim Kachelherd nieder, um meine Glieder vom Frost zu befreien.

Jeni braute Kaffee, ohne mich zu beachten, und wiederum schickte sie Liviu, der Tasse und Pflaumenschnapsglas vor mir abstellte, nicht ohne mich in einen Schnack zu verwickeln. Ich antwortete lahm und zerstreut, bis er endlich ein Einsehen hatte und sich vor den Herd kniete, um neue Kohlen nachzulegen.

Jenis Gesicht zeigte nicht eine Spur von Vertrautheit. Von Augen und Stirn beherrscht, wirkte es nichts als streng und bis zur Verbissenheit abwehrend. Ich war ein fremder Mann, der sie mit seiner beharrlichen Aufdringlichkeit in die Flucht trieb. Selbst von Scham oder Reue war nichts zu erkennen. Erst nahm ich an, sie erinnere sich nicht mehr an das, was im Keller passiert war. Nein, sie brachte es schlicht nicht mit mir in Verbindung. Nicht mich hatte sie im Geruch aus Kaffeebohnen, Kohlen und staubigen Mauern empfangen, nicht ich hatte Jeni beschlafen. Nur einer besaß das Recht, sie zu besitzen, und das war kein anderer als Ehemann Ayk.

Es blieb nicht bei einer Begegnung im Keller. Wieder und wieder kam ich in der Nacht zum Kaffeehaus, das um einen Fingerbreit offenstand, und stieg in die Tiefe, wo wir uns besinnungslos liebten.

Anscheinend verging keine Nacht, in der Jeni nicht wartete. Wenn ich gegen halb eins vom Kasino kam, fand ich die Kaffeestube niemals versperrt vor. Und beileibe nicht jede Nacht eilte ich zum »Serail«, um in Jenis Arme zu sinken. Teils war es Mutlosigkeit, die mich von der Kaffeehausbesitzerin fernhielt, teils Widerwillen gegen sie (und meine sinnlose Leidenschaft).

Trotz der eisigen Temperaturen im Freien herrschte im Keller kein Frost. Er war knochentrocken, was Ayk Sismanian zu verdanken war. Um seine Bohnen vorm Verfaulen zu bewahren, hatte er Boden und Mauern versiegelt und neu verputzt. Und aus dem bis zur Schließung beheizten Kaffeehaus umfing uns ein Schwall warmer Luft.

In einer anderen Nacht brachte sie eine Kerze mit, einen rußenden Stummel, der auf dem Regalbrett stand und mit uns an der Mauer sein Schattenspiel trieb. Jenis Gesicht kam mir wehrloser vor denn je. Und als sie den Hausmantel abstreifte und beide Arme ausbreitete, um mich am Schopf in die Tiefe zu ziehen, fielen mir Jenis Schultern auf, ungesund weiß und zerbrechlich. »Ayk, bitte komm«, raunte sie, als ich zauderte. Im Kerzenschein konnte sie mich ohne Not erkennen, nichtsdestotrotz sprach sie mich mit dem Namen des Ehemanns an. Ich war Ayk Sismanian, ein Verstorbener, ein Toter!

Nein, sie trieb kein befremdliches Spiel mit mir. In Jenis Augen erkannte ich Ernsthaftigkeit, einen tiefen und schmerzlichen Ernst. »Ayk, warum kommst du nicht?« sagte sie mit einem Flehen in der Stimme, bei dem es mich schauderte, in einer Mischung aus Mitleid und Grauen.

Wenn ich mich neben sie rollte, ermattet und atemlos, spielte sie mit meinen Brusthaaren, wickelte mich in die Decke und summte. Mit mir zu sprechen, fiel Jeni nicht ein. Sie machte »pst« und verschloß meinen Mund mit den Lippen, wenn ich etwas sagte. Warum, war nicht schwer zu erraten. Es mußte nur ein falsches Wort fallen, und unser Traum lief Gefahr zu zergehen.

Ich richtete mich mehr und mehr in der Rolle des Toten ein, und bei Tag ins Kaffeehaus zu kommen, versagte ich mir. Jenis Feindseligkeit war verletzend und schmerzhaft, und diesen Schmerz wollte ich mir ersparen. Kurzfristig erleichterte mich mein Verzicht auf Besuche in Jenis Kaffeestube, und ich spaltete mich in zwei Wesen auf. Mittags ging ich im Park Cişmigiu spazieren, setzte mich in einen Kinosaal, lauschte Konzerten im Radio aus Bukarest, Wien und Paris. Ich kehrte in Milchbars ein, um einen Happen zu essen, und war mit zwei Bissen bedient. Im Kasino zwang ich mich zur Eilfertigkeit, die man von einem Saalchef verlangte, und strengte mich an, keine Fehler zu machen. Meine wahnhafte Unruhe sollte nicht auffallen. Und um halb eins in der Nacht eilte ich als verstorbener armenischer Kaffeehausinhaber zu meiner Frau am Rosetti-Platz.

Bald kam mir mein Leben bei Tag wie ein Traum vor, der nichtig und geisterhaft war. Stunden um Stunden vergingen ohne Sinn und Ziel. Und aus dieser Leere erwachte ich erst, wenn ich in den »Serail«-Keller stieg.

Frostige, naßkalte Wochen verstrichen. Schnee bedeckte den Ziegeldachteppich der Hauptstadt mit seinem vergeßlichen Weiß. Von meiner Sonnenterrasse (dem Ozeandampferdeck) hingen spitze Eiszapfen. Tauwetter brach an, mattes Ziegelrot zeigte sich, im Park Cişmigiu sog ich milde und rauchige Luft ein, bis aufs neue ein Schneesturm den Himmel verfinsterte.

In einer Nacht, Ende Februar, als ich nach Hause kam, fiel ich in Stiefeln und Mantel aufs Bett. Im Morgengrauen bibberte ich wie ein Schneider und starrte ins Zwielicht, das grauviolett um mein Bett streifte. Sessel und Stehlampe, Radio und Couchtisch begannen sich vor meinen Augen zu drehen. Slumowitz, den ich benachrichtigt hatte, zu krank zu sein, um meinen Dienst anzutreten, tauchte mit einem Doktor bei mir in der Wohnung auf, der meine Lunge abhorchte. »Pneumonie«, sagte er zum Kasinobesitzer. Ich versank wieder in meinen fiebrigen Phantasien, die um den toten Armenier kreisten.

Ich war der verstorbene Ayk Sismanian, der in seinem Brettersarg schwitzte und schlotterte und keine Luft mehr bekam. Und nachts sprengte ich meine Holzkiste. Halb verwest, in zerfallenen Kleidern, lief ich zum »Serail«, wo sich meine Frau auf den Kaffeebohnen rekelte, um sich mit mir zu begatten. Und wenn ich Jeni mein Glied in den Schoß stieß, verfaulte sie vor meinen Augen. Aus dem Fiebertraum hochschreckend, brach ich in Schluchzen aus, bis ich eine Stimme vernahm, die, entfernt und erstickt, auf mich einsprach, um mich zu beruhigen.

Es war Slumowitz, der mir gut zuredete, was ich erst begriff, als mein Fieber zu sinken begann. Er hatte Tage um Tage bei mir verbracht, um notfalls zur Stelle zu sein und den Doktor zu alarmieren. Wenn er verhindert war, schickte er Mişu, der seinen Platz einnehmen und auf mich aufpassen mußte – neben einer Bediensteten, die mich versorgte.

Dankbar betrachtete ich sein Gesicht voller schattiger Schluchten und zackiger Kanten. Es ginge mir besser, versicherte ich, und bei mir zu wachen sei nicht mehr erforderlich. Er ließ es sich trotzdem nicht nehmen, mir vormittags einen Zwei-Stunden-Besuch abzustatten und sein schweres Herz zu erleichtern. Er sprach von nichts anderem als den sich am Himmel Europas zusammenbrauenden Unwetterwolken. Mit verhaltenem Atem und in alle Richtungen spitzend, als ob er belauscht werde, sagte er: »Weißt du, was Hitler am dringendsten braucht?« Ohne sich um meine Antwort zu scheren, fuhr er fort: »Hitler braucht unser schwarzes Gold. Seine Flugzeuge werden vom Himmel fallen und seine Panzer im russischen Steppenland Rost fressen, wenn wir Berlin kein Petroleum liefern. Und er will es zu einem erschwinglichen Preis haben. Um nicht zu sagen, umsonst. Billig wird es, wenn er uns besetzt, und am billigsten, wenn wir uns freiwillig an seine Seite stellen. Bald wird es in Bukarest von deinen Landsleuten wimmeln, verspreche ich dir, ob als Freund oder Feind, das ist nicht von Gewicht.«

Als Mitglied in einer Vereinigung namens »Finanzclub« hatte Slumowitz einem Empfang beigewohnt, den man zu Ehren des erst vor zwei Monaten auf seinen Posten berufenen Handelsbeauftragten der Deutschen Botschaft veranstaltet hatte, der angeblich Hitlers Vertrauen besaß, ein Mann der Partei war und gleichzeitig Fabrikant, beschlagen in Wirtschaft und Handel und dem Nationalsozialismus aufs treueste ergeben. Schon beim Marsch auf die Feldherrnhalle, hieß es im Club, sei er beteiligt gewesen. Wenn Berlin seine Handelsbeauftragtenstelle in Bukarest mit einem Menschen von diesem Kaliber besetze, grummelte Slumowitz, sei mit dem Schlimmsten zu rechnen. Und der werde nicht nur um Petroleum und Korn schachern wollen, schmeicheln und schmieren, erpressen und drohen, bis er Bedingungen zu seinem Vorteil erzielt habe. Außerdem werde es seine Aufgabe sein, der befreundeten Eisernen Garde zur Macht zu verhelfen.

Slumowitz ruckelte wieder im Maßschneideranzug, und mir fielen die Augen zu. Ich wollte nichts wissen von dem Handelsbeauftragten des Deutschen Reichs, der ein grimmiger Judenfeind war. Bei der Vorstellungsrunde im Sitz des »Finanzclubs« hatte er Slumowitz' Hand nicht ergriffen und ohne ein Wort in der Luft schweben lassen, und dieser Vorfall, der Aufsehen erregte, hatte andere Finanzclubmitglieder veranlaßt, den Kasinobesitzer zu schneiden, um vor dem Mann aus Berlin eine gute Figur abzugeben. »Und stell dir vor«, sagte Slumowitz kratzig, »am heutigen Tag habe ich einen Brief bekommen, in dem man mir nahelegt, auf meine Mitgliedschaft in unserem Club zu verzichten oder sie bis auf weiteres ruhen zu lassen.« Aus seinem Anzug zog er den betreffenden Brief, den er vor meinem Gesicht schwenkte, bis er bemerkte, wie ich mich zum Wachbleiben zwingen mußte. Eilig ergriff er den Mantel mit Pelzkragen, um meinen »Genesungsschlaf nicht zu behindern«, und stob aus der Wohnung zum Aufzug.

Ich schlief ein, wachte auf, starrte an meine Decke und stellte mir Jeni vor, die den verstorbenen Ayk Nacht um Nacht auf dem scheuernden Sackzwilch erwartete. Ob sie verzweifelt den Keller verließ, wenn der Tag anbrach? Oder ob sie es ruhig erduldete, Nacht um Nacht wieder alleine zu bleiben?

Mein Begehren war halb irrwitzig und halb gespenstisch, eine vernunftlose, qualvolle Einbildung, die mich mit der Zeit zu verschlingen drohte. Ich nahm mir fest vor, Jenis Keller zu meiden, wenn ich wieder aufstehen und ausgehen konnte.

An einem Apriltag verließ ich mein Bett und trat auf die besonnte Terrasse. Vor meinen Augen erstreckte sich Bukarest, das aus silbrig-rosigem Nebel auftauchte, mit blendendweißen Fassaden und schwarzroten Ziegeln. Milder Wind, der an Seebrisen denken ließ, strich um mein filziges Krankenbetthaar. In der Tiefe entdeckte ich eine Zigeunerin, die sich auf dem Sims eines Schaufensters niederließ – mit einem Korb voller Blumen auf dem Scheitel, einem schwebenden Garten aus lilienweißen, vergißmeinnichtblauen, zitronengelben Flecken, um den eine Bienenwolke schwirrte. Diese Beobachtung stimmte mich heiter. Ich wusch mein verklebtes Gesicht, stieg in Hose und Schuhe und legte mir eine Krawatte um. Mit schlenkernden Armen trat ich auf den Gehsteig und ließ mich im Menschenstrom treiben.

Anfangs bemerkte ich nichts von der Anstrengung, die mir das Laufen bereitete, bis mich ein Schwindel ergriff. Ich lehnte mich an eine Hausmauer, um zu verschnaufen. Und als ich mir den Schweiß von der Stirn wischte, fielen meine Augen aufs Schild an der Ecke, das einen Mohren mit Turban und Kniehosen zeigte, der ein Tablett in der Hand hielt, auf dem eine dampfende Tasse stand. »Serail. A. Sismanian« stand in goldenen Buchstaben auf schwarzem Grund.

Ein Automobil, das mit quietschenden Reifen am Bordsteinrand hielt, brachte mich zur Besinnung. Mişu sprang von der Fahrerbank, tippte an seine Chauffeurskappe, riß einen Wagenschlag auf und lud mich mit einer Verbeugung zum Einsteigen ein. Teils beklommen, teils erleichtert stieg ich in den Nasch und fiel neben den schimpfenden Slumowitz. Ob ich von Sinnen sei, mich aus der Wohnung zu wagen? Ob ich meine Genesung aufs Spiel setzen wolle? Hirnrissig sei das, bei meinem Befinden und Temperaturen um lausige zwanzig Grad in Jacke und Hemdchen spazierenzugehen! Und mich drei Kilometer vom Haus zu entfernen, was anstrengende dreißig Minuten zu Fuß seien! Ob ich nichts Schlaueres vorhabe, als mir den Tod zu holen? Nein, an diesem verdammten Tag bleibe einem nichts erspart!

Oder ob ich nicht wisse, was los sei? »Hitler hat Kopenhagen und Oslo besetzt«, sagte Slumowitz finster, »im Handstreich! Kein nennenswerter Widerstand, nichts. Und in unserem Land macht man sich vor, es sei Frieden, wenn eine Gefechtspause eintritt. Unser Leben ist nichts als ein Zufall, mein Freund, und bereits in zwei Tagen kann Schluß sein.«

Bald steckte ich wieder im Seidenanzug und trat meinen Kasinodienst an. Ghiţă zeigte sich hocherfreut, bei seinen Saalchefaufgaben entlastet zu werden. In dieser Nacht herrschte kein Andrang im Spielsalon, und von Zeit zu Zeit winkte er mich zum Podest hoch (seinem Beobachtungsposten mit Klingelknopf), um mich mit neuestem Klatsch einzudecken. Seine Geschichten waren nicht von Belang, und meinerseits war ich nicht sonderlich aufmerksam. Erst als er meinte, um Slumowitz werde es eng, spitzte ich meine Ohren. Bei dieser Bemerkung zog er ein Gesicht, das ernst und besorgt wirken sollte und seine wahre Befriedigung schlecht verbarg, was mich aufs tiefste beunruhigte. Anmerken ließ ich mir diese Beunruhigung nicht.

Warum er mich ins Vertrauen zog, konnte ich mir an zwei Fingern ausrechnen. Ghiţăs Absicht war, mich auf die Probe zu stellen, um sich zu vergewissern, ob ich mich im Zweifelsfall auf seine Seite ziehen ließ oder Slumowitz treu blieb.

Ich stellte mich dumm und erkundigte mich, was passiert sei. Slumowitz werde nicht mehr im »Finanzclub« empfangen, weihte Ghiţă mich ein. Das sei ein Schuß vor den Bug des Kasinobesitzers. Ich hob meine Schultern. »Na und?« – »Na und?« wiederholte er schlau, »denkst du etwa, ich weiß nicht, wem du deine Stellung im Haus verdankst?« Er betrachtete sich als den pfiffigsten Burschen der Hauptstadt, und diese Einbildung war seine Schwachstelle. Es mit seinen Schlauheiten aufzunehmen war nicht schwer. Und wenn man seine kindische Eitelkeit kitzelte, ließ er sich im Handumdrehen einwickeln. »Von Dankbarkeit kann man nicht leben«, bemerkte ich fuchtig, als ob mich sein Mißtrauen beleidige, »und wir beide teilen mehr miteinander, nicht wahr?« fuhr ich zwinkernd fort, »als der Kasinobesitzer und ich.« Er verstand meine Anspielung auf Paraschiva und grinste breit. Und vergaß seine Vorsicht im Nu. Nur aufgrund seiner guten Beziehungen bei Hofe sei Slumowitz Mitglied in diesem »Finanzclub« gewesen. Und aus dessen Reihen verstoßen zu werden, belege den schwindenden Schutz des Monarchen, der sich auf andere Zeiten einstelle. Ja, zu eitel, um sich zu beherrschen, versetzte er heiser: »Ich werde dir sagen, was los ist, und rate dir ab, es in Umlauf zu bringen. Kannst du ein Geheimnis bewahren?« Ich nickte. »Ein Berater von Carol war bei mir und meinte, ich solle nicht zaudern, wenn sich die Gelegenheit biete, Kasinobesitzer zu werden. Niemand kenne sich in diesem Haus besser aus als ich, und das sei ein schlagendes Argument, wenn es bald zur Arisierung von Eigentum komme, das in der Hand dieser Saujuden sei.«

Ich konnte nicht tun, als ob mich diese Aussichten kalt ließen. Das weckte lediglich Ghiţăs Verdacht. Ich mußte von Slumowitz ablenken. »Und ich? Werde ich meine Stelle behalten?« erkundigte ich mich besorgt. Ghiţă klopfte beruhigend auf meine Schulter. »Das ist menschlich«, bemerkte er mit einem Nicken (nichts fand er menschlicher als meinen Eigennutz), »mach dir keine Sorgen, du hast mein Vertrauen. Und bringst alle Voraussetzungen mit, mein Nachfolger zu werden« (eine Vereinbarung, die wir mit Handschlag besiegelten).

Und als wir wieder bei Avram im Kellerlokal hockten, der uns zwei knusprige Donauforellen vorsetzte, wollte Slumowitz von meinen Warnungen nichts wissen. »Ghiţă ist nur ein Aufschneider«, meinte er kauend, »mich werden andere Hunde zerfleischen.« Er sagte das mit einer Mutlosigkeit, als ob sein baldiges Ende beschlossene Sache sei und sich nicht mehr abwenden ließe. Und mir fiel nichts ein, um den Freund aus der düsteren Stimmung zu reißen, in der er versunken war.

Bis Mitte Mai hielt ich mich dem Kaffeehaus fern. Wenn ich nachts vom Kasino kam, zwang ich mich heimzugehen und widerstand dem Verlangen, in den Keller zu steigen. Mit den Nachrichten von Hitlers Angriff auf Frankreich brach dieser Widerstand in sich zusammen. Mich in Sicherheit bringen zu wollen, kam mir sinnlos vor. Außer unserem Begehren war nichts mehr von Belang, und wenn es gespenstisch und irrwitzig war!

Mit verzweifelter Lust eilte ich zur Kaffeestube, wo ich außer Atem zum Eingang hochstieg. Anders als in der Vergangenheit stand er in dieser Nacht keinen einladenden Fingerbreit offen. Ich holte tief Luft und bewegte die Klinke, die sich dem Druck meiner Hand widersetzte.

Mein Schmerz machte tiefer Erleichterung Platz, einem Alptraum entronnen zu sein. Und diese Erleichterung wich der Besorgnis um Jeni. Wochenlang hatte sie mich – den verstorbenen Ayk – vergeblich erwartet, bis sie das Vertrauen verloren haben mußte. Und mit dem Vertrauen am Ende den Halt. Ich lief um die Ecke zum Treppenhauseingang, um mich auf dem Klingelbrett zu vergewissern. Halb beruhigt, als ich auf dem Messingschild Jenis Familiennamen las, stellte ich mich an den Bordstein und legte den Kopf in den Nacken. Und im zweiten Stock konnte ich eine Gestalt erkennen, die sich auf dem Simsblech ins Freie beugte. »Bist du es, Ayk?« wollte sie wissen. In der Nachtstille kam mir der kraftlose Ruf beinahe durchdringend vor.

Jeni empfing mich im Morgenrock. Er schien an den Schultern um mehrere Nummern zu groß, als sei es in Wahrheit der Hausmantel Ayks. In meiner Verwirrung begriff ich erst nach und nach, wie mager und knochig sie war.

Unsicher schwankend, als koste es sie große Anstrengung, sich auf den Beinen zu halten, ging Jeni ins Wohnzimmer, wo sie einen Sessel vom Leintuch befreite und mich mit einer Geste aufforderte, Platz zu nehmen. Schweigend machte sie sich an den anderen Laken zu schaffen, die Sofa, Kommoden und Eckschrank verbargen, um sie in der Mitte zusammenzufalten und auf einen Haufen zu legen. Anschließend wandte sie sich den als Rollen am Kachelherd lehnenden Teppichen zu, die sie auf dem Dielenboden ausbreitete. Um wieder zu Kraft kommen, hielt sie gelegentlich inne, lehnte sich an den Herd oder eine Kommode. »Ich wußte, du wirst wieder heimkehren«, sagte sie, »du wirst wieder heimkehren, um uns zu retten«, und ich wagte nicht zu widersprechen.

Sie nahm meine Hand und wir gingen ins Schlafzimmer, wo sie den Hausmantel abstreifte und sich im spitzenbesetzten, bis zum Fußboden reichenden und sie umschlotternden Nachthemd zum Bett beugte, um den Stoff schwarzer Seide beiseite zu ziehen. Am Fußende lag Ayks Schlafanzug. Es war klar, was sie von mir verlangte. Scheu wandte sie sich von mir ab, als ich aus meinen Kleidern stieg und mit wachsendem Ekel Ayks Nachtzeug anlegte, von dem ein halb fader, halb herber Geruch ausging. Im Kerzenschein legte ich mich auf das Laken der letzten Nacht, die Jeni und Ayk miteinander verbracht hatten. Jenis mit Spucke befeuchtete Finger bewegten sich huschend von Kerze zu Kerze, die mit einem Knistern erloschen. Sie kroch zu mir und schmiegte sich an meine Seite, gewichtslos, als sei sie nicht mehr als ein Hauch, der mich streifte. Ich starrte zur Decke und lauschte dem Atem der fremden Frau an meiner Schulter, der mir nicht verriet, ob sie schlief oder nicht.

Mein Grauen wich einer beklemmenden Ruhe. Ich mußte mich nicht mehr zum Stillhalten zwingen und ließ mich in der Ewigkeit treiben. Erst im Morgengrauen, als sie zwei Seufzer ausstieß und sich halb auf den Bauch drehte, glitt ich behutsam vom Bett, schnappte mir meine Sachen vom Lehnsessel, die ich mir hastig im Korridor anzog, und schlich aus der Wohnung.

Geisel der Zeit

Und im Juni eroberte Hitler Paris, was mir Ghiţăs Hochachtung einbrachte. Er sei zwar ein Frankreichliebhaber, bekannte er, trotzdem verneige er sich vor der deutschen Armee, dieser Walze aus Tapferkeit, Feuer und Stahl. Ein paar Kellner und Spielleiter nickten mir anerkennend zu, andere wichen mir feindselig aus. Von Ecaterina erhielt ich ein Briefchen, in dem sie mir zu meinem Volk gratulierte, und bald eine dringliche Nachricht Olimpias. Sie wolle mit mir auf dem Dach schlafen, teilte Olimpia mit (diese Bitte umschrieb sie, versteht sich, mit findigen Zweideutigkeiten), »als sei es ein Dach von Paris«. Ich zerriß beide Briefe in Schnipsel und Schnipselchen und warf sie von meiner Terrasse.

Selbst Avram beeilte sich mir zu versichern, nicht schlecht von den Deutschen zu denken, die pflichtbewußt, kraftvoll, entschieden und treu seien – und von einem freudlosen Ernst, der sein Mitleid erwekke –, als er Borschtsch und Piroggen an unseren Platz brachte, bis Slumowitz grummelte: »Avram, du Sohn eines Rabbis, das wird dich nicht retten!« – »Was wird mich nicht retten?« verlangte sein Onkel zu wissen. »Deine Katzbuckelei«, sagte Slumowitz trocken, »die bei den Deutschen nur Abscheu erregt. Und bei meinem Freund, der ein Jude ist, ohne ein Jude zu sein, mußt du dich nicht erst einschmeicheln.« – »Ich spreche nur aufrichtig aus, was ich denke«, erwiderte Avram verstimmt und zog Leine. Und als Slumowitz mit einem Avramschen Enkel ins Spiel vertieft war (Schere, Stein und Papier), bat mich Avram verlegen um Deutschunterricht. Es sei sicher besser, auf Hochdeutsch zu antworten, als Jiddisch zu mauscheln, nicht wahr? Nein, im Jiddischen sei er nicht mies. Beim Abschied bemerkte sein Neffe, dem nichts entging: »Lern lieber schwimmen, du Sohn eines Rabbis!« und stieg auf der steilen und wackligen Holztreppe hoch an die Luft einer sternklaren Nacht.

Nicht allein Avram kam auf die Idee, bei mir Deutsch zu lernen.

Ecaterina fiel in meine Wohnung ein, schwenkte ein Lehrbuch und schlug vor, mir meinen Deutschunterricht zu vergelten, indem sie zu Unterrichtsschluß mit mir schlief. Als ich mich weigerte, war sie aufs Schwerste beleidigt. Und als ich selbst gegen Geld nicht bereit war, deckte sie mich mit Beschimpfungen ein. Sie zweifelte nicht am bevorstehenden Einmarsch der Hitlerschen Truppen in Bukarest und stellte es sich als besonders erregend vor, mit Offizieren Bekanntschaft zu schließen und den Helden der Wehrmacht den Kopf zu verdrehen.

Der dritte, der Deutsch lernen wollte, war Ghiţă. In einer Nacht winkte er mich zum Holzpodest hoch und meinte, er sei ein vorausschauender Mensch. Und es werde erhebliche Vorteile mit sich bringen, im Deutschen bewandert zu sein, »in der Sprache der neuen Herren«, sagte er mit einem Blinzeln. »Wir ziehen an einem Strang. Du bringst mir Deutsch bei, und wenn ich Kasinobesitzer bin, wirst du als Saalchef das Doppelte meines Gehalts kassieren. Ist das ein Angebot?« wollte er wissen. Um Zeit zu gewinnen, rannte ich zur Garderobe, als eine der schwerreichen Greisinnen eintraf, die, zu kurzsichtig, um alle Nullen auf den Geldscheinen zu erkennen, bei Trinkgeldern ausnehmend freigebig war, der ich den Hut abnahm (ein halbes Wagenrad), um sie am Arm an den Tisch zu begleiten, wo sie mir eine Banknote zusteckte, mit einem kehligen Kichern, als sei sie ein Lustgreis und meine Anzugbrusttasche ein Busenausschnitt.

Ghiţă war zu verstiegen, um mich nicht zu warnen, als ich wieder aufs Holzpodest stieg. Er sei eine Niete, was Fremdsprachen angehe, beherrsche nicht mehr als »Je t'aime« und »I'm sorry, Sir«, und das beweise nichts anderes als seine tiefe Verbindung und Liebe zur Heimat: Muttersprachlich sei niemand gewandter als er. Das brachte mich auf den rettenden Einfall. Ein Mann seines Anspruchs, versetzte ich vorsichtig, brauche einen Lehrer, der in beiden Sprachen perfekt sei. Und mein Rumänisch sei fehlerhaft. Ich sei nur ein Gastwirtssohn aus Transsilvanien, der in Trester- und Bierdunst das Sprechen erlernt habe, und das Rumänische erst im Erwachsenenalter, was bei den Deutschen im Land ja normal sei. »Du sprichst es fließend, wenngleich mit

Akzent«, fiel mir Ghiţă ins Wort, »und das reicht.« Nein, das reiche nicht, wandte ich ein. Sich von mir unterrichten zu lassen, bedeute, am Ende von Fehler zu Fehler zu stolpern und sich schlimmer als schlimm zu blamieren. Wer einen Artikel im Deutschen verwechsle, mache im Nu eine schlechte Figur!

Ghiţă wirkte bereits halb verunsichert. Das ermutigte mich, zum entscheidenden Schlag auszuholen. Und außerdem sei ich ein Sachse. »Ja, und?« fragte Ghiţă, als ich eine Pause einlegte. »Ich spreche kein Hochdeutsch«, erwiderte ich zerknirscht, »ich spreche mein Sachsenidiom. Und wenn wir transsilvanischen Sachsen das R rollen, stellt sich einem Berliner das Nackenhaar auf!« Nein, Ghiţă wollte kein Sachsendeutsch lernen, das in reichsdeutschen Ohren befremdlicher klang als das Jiddische (bei dieser verwegenen Behauptung erbleichte er sichtlich). Ich sagte zu, einen Lehrer ausfindig zu machen, bei dem er richtiges Deutsch lernen werde, ein Versprechen, an das er mich nie mehr erinnerte (anscheinend schlotterte er vor den deutschen Artikeln, als seien es Heeresabzeichen!).

Und ein glutheißer Juli verging. Wenn ich nicht im Kasino war, legte ich mich in den Liegestuhl auf meinem Ozeandampferdeck, lustlos, benommen, und trank Whiskey. Bukarest stampfte und schwankte vor mir in der Hitze, als seien wir auf ruhiger Fahrt. Ich stellte mir wieder den Golf von Baltschik vor, der sich kobaltblau gegen den Horizont dehnte, und bei dieser Vorstellung mußte ich seufzen. Ich goß mir zwei Fingerbreit Whiskey ins Glas.

Grimmiger war eine andere Vorstellung. Vor zwei Tagen war ich beim Kaffeehaus gewesen, das im Eingang mit Brettern vernagelt war. An einer Wand der verlassenen Gaststuben lehnte das Schild mit dem Mohren in Turban und Kniehosen, das man von der Hausfront entfernt hatte, und aus den zerbrochenen Scheiben drang muffige Luft, in der ein Rest von Kaffeegeruch hing (oder bildete ich mir das ein?). Auf dem Klingelbrett klebte ein anderer Name als der der Familie »Ayk Sismanian«. Ich stellte mein Glas auf den Boden und trank aus der Flasche.

An einem frischeren Tag, Ende Juli, begegnete ich Jenis Neffen im Park Cişmigiu. Er fuhr mit seiner Ehefrau Bötchen und ruderte schleunigst ans Ufer, als er mich erkannte. Ich stieg ein und ließ mich auf dem Holzbrett am Bug nieder. Gegen den munteren Liviu und seine blutjunge (hochschwangere) Ehefrau, beide erst zwanzig, kam ich mir abstoßend niedergeschlagen vor, verdorben, verbraucht und steinalt. Und mir ging es wesentlich besser als Liviu, der seinen letzten Tag Urlaub verbrachte (insgesamt drei hatte man Jenis Neffen bewilligt). In dieser Nacht mußte er wieder zu seinem Regiment, das Hunderte von Kilometern entfernt stationiert war. Bei der vor Wochen ergangenen Mobilmachung hatte man Liviu zum Heeresdienst einbestellt, und mit schwerem Tornister, in voller Montur war er Tage um Tage marschiert, erst ins Prahovatal und bald gegen Lugoj.

Schon mit seiner Ausbildungszeit im April hatte er das »Serail« notgedrungen verlassen. Ayks Kaffeehaus sei ohnehin pleite gewesen, bemerkte er mit einem Anflug von Bitterkeit, und er habe von Jeni kein Geld mehr erhalten, zu vergraben im Schmerz, habe sie nicht mehr mitbekommen, was passiert. »Und wo ist sie heute?« verlangte ich schluckend zu wissen. Er legte die Ruder beiseite und ließ unsere Nußschale treiben. »Sie ist daheim, bei den Eltern«, versetzte er, »die vor zwei Wochen den Priester bestellt haben, in der Meinung, es gehe zu Ende. Sie nahm nichts mehr zu sich, war vollkommen ausgezehrt.« Er tauchte die Finger ins Wasser, um sich seine Stirn zu benetzen. »Sie lebt?« Liviu nickte. »Es steht auf der Kippe. Als der Priester sie wieder verließ, bat sie um ein Glas Wasser und aß eine Kleinigkeit.«

Er betrachtete mich mit der Unschuld des jungen Mannes, der Leben und Tod als zwei handfeste Dinge betrachtet, die sich nicht miteinander vermengen. Was wir im Kaffeehauskeller erlebt hatten, Jeni und ich, mußte sich seiner Vorstellungskraft entziehen. Erleichtert sprang ich von der Bank auf den Brettersteg, als wir beim Bootsverleih anlegten, wo Liviu mir seine Adressen mitteilte, die seines Regiments und seine Wohnanschrift. Verlegen bat er mich um Post, ab und zu. Wenn man Briefe erhalte, ertrage man Stumpfheit und Einsamkeit des

Regimentslebens besser. Ich versprach, mich zu melden, und Liviu entfernte sich mit einem Winken, das herzlich und ungezwungen war (ach, er meinte, sein Leben erst vor sich zu haben und Abschiede seien ein Fortgehen auf Zeit).

Ich hielt mein Versprechen nicht ein. Wieder und wieder begann ich mit einem Brief, der im Handumdrehen um seine Tante und mich kreiste, teilte Dinge mit, die Jenis Neffen nichts angingen. Ja, ich erleichterte mich auf dem weißen Papier, das ich am Ende in Fetzen riß, die vom Balkon wehten.

Ich begegnete Liviu nie wieder. Nicht aus Zufall im flirrenden Julipark bei einem Ruderbootausflug mit Kindchen und Frau, und nicht bei der Beerdigung Jenis im fernen Constanţa, wo man sie ins Doppelgrab neben den Ehemann legte, zu der ich nicht reiste. Vor Odessa traf Liviu ein Schuß in die Stirn. Er nahm nicht mehr teil an den Massakern in der Stadt und behielt bis zum Schluß seine Unschuld.

Und im heißen August 1940 verzog Slumowitz' Gott sein Gesicht zur Grimasse, einer Fratze aus Bosheit und Hohn. Whiskeybeduselt erkannte ich es in der warmen und dunstigen Nachtluft der Hauptstadt, ein Gesicht, das vom Unheil verheert war. Und am kommenden Tag, als ich neben dem Saalchef stand, der Spieltische und Kasse im Auge behielt und mir mitteilte, in die Eiserne Garde eintreten zu wollen, was leider erforderlich sei, um bei der Arisierung des Hauses zum Zuge zu kommen, verriet die im Eingang entstehende Bewegung das Eintreffen hoher Besucher. Ich war im Begriff, zur Garderobe zu eilen, als ich den Gast auf der Spielsalonschwelle erkannte. Ich klammerte mich an die Holzbalustrade, zu Tode erschrocken, und starrte zum Eingang. Dieser feiste Mensch, Mittelpunkt der ins Kasino eintretenden Gruppe aus sieben Personen, der ein Wiehern ausstieß und den Kopf in den Nacken warf, war mir aus vergangenen Zeiten bekannt.

»Sie sprechen Deutsch, nicht wahr?« tuschelte Ghiţă. Ich war zu entsetzt, um zu nicken. »Das muß der Handelsbeauftragte der Deutschen Botschaft sein«, meinte der Saalchef. Verstohlen schlug Ghiţă drei winzige Kreuze. Er preßte den Klingelknopf aus Porzellan, der

Kasinochef mußte benachrichtigt werden. »Warum machst du dich nicht auf die Socken?« fuhr er mich an. »Mir ist nicht gut«, sagte ich, was kein Schwindel war. Ich hielt eine Hand vor den Mund, und der Saalchef wich eilig zwei Schritte beiseite. »Menschenskind, du bist gelb wie ein Maisfeld«, versetzte er. Und grummelnd, »willst du mir mein Holzpodest vollkotzen? Los, los, zur Toilette«, sprang er vom Beobachtungsposten und lief zur Garderobe, wo der Handelsbeauftragte der Deutschen Botschaft erneut in ein kraftvolles Wiehern ausbrach, das bis zu den Spieltischen drang. Man wandte sich neugierig spitzend zur Halle um. Mit dem Stock, den sie mir vor den Bauch hielt, versperrte mir eine der Greisinnen den Weg zur Toilette und wollte erfahren, wer der Grobian sei. »Ein Deutscher«, bemerkte ich keuchend und wich voller Panik dem Stock vor mir aus.

Der ersten Gefahr entronnen und um mein Essen erleichtert, kam ich wieder zu mir. Ich hielt mein Gesicht in den Wasserstrahl, wusch einen Schmutzfleck vom Anzug, band meine Krawatte neu. Anschließend lugte ich vorsichtig aus der Toilette, um dem Handelsbeauftragten nicht in die Arme zu laufen. Ob er mich wiedererkannte? Ich wollte es lieber nicht ausprobieren.

Was sich meinen Augen bot, war ein beklemmendes Schauspiel. Ghiţă hatte den Mann mit dem Bauch einer Wassermelone, dem an rechter Hand Mittel- und Ringfinger fehlten, samt seinen Begleitern zum Spieltisch begleitet, an dem zu dieser Stunde kein Sitzplatz mehr frei war. Alle Welt starrte den hohen Besucher an, teils scheu und befangen, teils murrend und mißmutig, der erregt seine fleischigen Wangen rieb, vor Spiellaune oder sadistischer Freude. Nein, Ghiţă war um seine Aufgabe nicht zu beneiden. Er mußte sechs Menschen vom Spieltisch verscheuchen, eine andere Wahl hatte er nicht. Und das ohne Skandal und Tumult. Heimlich tauschte er sich mit dem Spielleiter aus, der seine Finger und Brauen bewegte. Niemand bemerkte es bei der Geschwindigkeit, mit der die beiden sich kurzschlossen.

Ghiţă ließ sich vom Spielleiter mitteilen, wen man entbehren konnte: Besucher, die niedrige Summen einsetzten, den Eindruck erweckten, bald pleitezugehen, oder israelitische Nasen besaßen, alles Menschen, die sich in der Regel nicht auflehnten, wenn man sie, verbindlich und vornehm, zum Aufstehen zwang. Sechs Einzelpersonen zum Gehen zu bewegen, das kostete peinliche Zeit. Um so erleichterter wirkte der Saalchef, als Slumowitz auftauchte, um seinen hohen Gast in allen Ehren willkommen zu heißen.

Slumowitz war nicht unvorbereitet, das merkte man. Sein wuchtiger Leib wirkte krummer und leidender als vor dem engsten Monarchenberater. Im Sultansgesicht, das sonst stolz und erhaben war, stand mehr als der Ausdruck von peinlichster Demut, der es bei Ministerbesuchen im Spielsaal verzerrte (was mich verdroß und schamrot werden ließ). Nein, seine Augen waren nicht mehr verschleiert wie Seen im Gebirge, geheimnisvoll, tief. Sie wirkten lediglich schreckhaft, entsetzt.

Der Handelsbeauftragte der Deutschen Botschaft war kein guter Menschenbeobachter. Er verließ sich auf seinen Instinkt. Und ein witterndes Tier zu sein, paßte zu seinen Ideen, die mir aus meiner Jugend vertraut waren. Trotzdem schien er zu Anfang beeindruckt, als Slumowitz, breitschultrig, wuchtig und groß, an den Spieltisch trat und seine Pranke ausstreckte. Ja, um sie zu ergreifen, hob er seinen Arm. Ob er Slumowitz wiedererkannte, dem er seinerzeit im »Finanzclub« begegnet war? Oder ob es seine Witterung war, die den Handelsbeauftragten von diesem Vorhaben abbrachte?

Ruckartig riß er den Arm hoch und bellte: »Heil Hitler!«, und am Spieltisch kam Unruhe auf. Man raunte und spitzte zu Slumowitz, der seine Hand unverrichterdinge zur Faust rollte, die hilflos und schwach in der Luft schwebte. »Sie sind der Besitzer?« verlangte sein Gast zu erfahren, auf Deutsch und mit herrischer Stimme. Slumowitz, der kein Deutsch verstand, stammelte: »Nein.« – »Er leugnet es«, sagte der Handelsbeauftragte und drehte sich feixend zu seinen Begleitern um, »er leugnet es, um seinen Reibach zu machen. Er hat nichts anderes im Sinn, als uns auszunehmen. Man sollte dem Saujuden Scheine ins dreckige Maul stopfen, bis er erstickt!« Und aufs neue brach er in ein krachendes Wiehern aus, in das seine Begleiter mit einstimmten. Selbst Slumowitz, ahnungslos, zwang sich zu einem verzagten und furchtsamen Lachen. Er zeigte zum Tisch, an dem Ghiţă inzwischen drei Leute zum Aufstehen bewegt hatte. Drei andere wiederum hatten sich eilig und aus freiem Willen entfernt.

»Ist das nicht widerlich?« meinte die eine der Damen voller Ekel zur anderen und stierte auf Slumowitz' dicke Brillantringe an der Hand. »Dieses Judenschwein soll mich nicht anfassen!« keifte sie, als er sie versehentlich am Arm streifte. »Sollen wir spielen, meine Herren, oder diese verpestete Bude verlassen, was meinen Sie?« fragte der Handelsbeauftragte seine Begleiter. Ohne auf eine Antwort zu warten, fiel er in den hohem Besuch vorbehaltenen Sessel, der von besonderer Bequemlichkeit war, und nahm seine Brieftasche aus dem Jakkett, um einem Kellner zehn Scheine zu reichen, die der an der Kasse in Spielmarken eintauschen sollte (er war ein leidenschaftlicher Spieler, das wußte ich, war es bereits in der Jugend gewesen).

Slumowitz nickte verstohlen dem Saalchef zu, der Spielleiter und Handcroupiers aus dem Verkehr zog, die den »Chicago-Boys« Platz machen mußten, was kein Mensch in der Spielhalle mitbekam. Alle Welt schielte und linste zum deutschen Gast, der in die Runde rief: »Herrschaften, es geht los! Wir werden den Juden um seine Brillanten erleichtern!«

Als sich das Spielrad zu drehen begann, huschte ich unbemerkt aus der Toilette. Mein Plan, zu den Kellnerkabinen zu schleichen und mich abzuseilen, scheiterte leider an Petre, einem unserer Hausdetektive, den Ghiţă von seinem Podest aus benachrichtigt hatte. Petre stellte sich mir in den Weg, brummig, breitbeinig, und deutete mit seinem Daumen zum Saalchef. »Was ist heute los mit dir?« zischte mich Ghiţă an, als ich den Beobachtungsposten erreicht hatte. In diesem Augenblick johlte der Botschaftsvertreter: »Wir ziehen dem Juden das Fell ab!«, und rieb triumphierend seine fleischigen Wangen, nicht ohne mich kurz mit den Augen zu streifen, was meinen Magen aufs neue in Aufruhr versetzte. Ich drehte mich schleunigst zur Wand.

Beunruhigt betrachtete Ghiţă den Rummel am Spieltisch. »Kannst du mir verraten, was Slumowitz vorhat? Warum verhilft er dem Deutschen zur Goldenen Serie?« Er sagte das leidend, als sei er bereits der zur Armut verdammte Besitzer des Hauses. »Und wenn ich bei der Eisernen Garde eintreten muß – ich bleibe ein Frankreichliebhaber«, bemerkte er trotzig und wandte sich wieder an mich. »Warum stierst du zur Wand, Mann? Ich spreche mit dir!« Mißtrauisch musterte er mein Gesicht. »Ist dir etwa wieder schlecht?« wollte er wissen. Als ich bejahte, stieß er einen heiseren Fluch aus und schickte mich heim.

Endlich taumelte ich in den Fahrstuhl und schwebte zur Wohnung hoch. Es war eine feuchte und heiße Nacht, die ich bis zum Morgengrauen auf der Terrasse verbrachte. Ich rauchte mit zitternden Fingern, trank Whiskey, und als der alle war, sechzigprozentigen Schnaps. Fassungslos starrte ich auf die im Ozeandunkel verschwimmende Stadt. Dieser Handelsbeauftragte der Deutschen Botschaft war kein anderer als Alfred Heise, mein Onkel.

Als Kind hatte ich Mutters Bruder verehrt, den Kolonisten im westlichen Afrika, Abenteurer und Helden der Waterbergschlacht, der mit einer Truppe von 1.500 Mann 40.000 Hereros besiegt hatte. In seinen Monat um Monat eintreffenden Briefen berichtete Alfred von spannenden Jagdabenteuern und komischen Sitten, die er bei Hererovolk und Hottentotten beobachtet hatte (sprechenden Affen mit einem Gehirn, das im Umfang der Walnuß entspreche), Briefe, die ich aus dem Rosenholzkasten der Mutter entwendete und buchstabierte, bis ich sie auswendig aufsagen konnte.

Diese verzagte und klamme Verehrung war nichts als ein Spiegel der Liebe gewesen, die meine Mutter zum Bruder empfand, der erst einen erfolgreichen Handel aufzog und Hamburg mit Wolle und Fellen belieferte und bald in Bogenfels billiges Land erwarb, das sich als Edelsteinmine erwies. In seiner Jugend, daheim in Stettin, war er nichts als ein mickriger Schmuggler gewesen, ein Faulpelz, der Nacht um Nacht zechte und Karten drosch und sein Messer aufblitzen ließ, wenn er verlor. Als er einen Seemann im Spielstreit erstach, hatte er sich im Bauch eines Frachtschiffs dem Arm des Gesetzes entzogen, um erst in der Walfischbay wieder an Land zu gehen. Und mit knapp dreißig war Alfred ein schwerreicher Mann, der seiner Schwester gelegentlich Geld anwies.

Bei Vater verhielt es sich anders: Er haßte den Schwager. In seinen Augen war Alfred ein gieriger Mensch ohne Hemmungen und Skrupel. Ganz zu schweigen von seinen politischen Ansichten, die er bestialisch und abstoßend fand. »An seinen Diamanten klebt Blut«, sagte Vater, ein Ausspruch, bei dem es mich schauderte. Meine kindliche Seele verirrte sich mehr und mehr in diesem Nebel aus starken Empfindungen, die sich nicht miteinander in Einklang bringen ließen: Abscheu und Grauen, Verehrung und Neid.

Erschwerenderweise trat Alfred nie selbst in Erscheinung. Er war nichts als ein Stern am Familienhimmel, der makellos rein oder finster erstrahlte, ein abwechselnd edelsteinweißer und blutroter Stern, unerreichbar und sagenumwoben. Selbst als er schon in Berlin Fabrikant war und als einer der ersten in Hitlers Partei eintrat, ersparte er sich eine Reise ins Pommersche und berief sich auf seine Verpflichtungen. Warum, war nicht schwer zu erraten. Er mied seine Schwester, die geistig verwirrt war, was er den Briefen entnehmen konnte, die er von Mutter erhielt. Ja, vor rasendem Kummer, zwei Kinder verloren zu haben (das erste im Flußeis, das zweite im Krieg), war sie in einem Abgrund aus Irrsinn versunken und nicht mehr das heitere Schwesterlein »Lala« (als Hosenmatz hatte er Clara zu »Lala« verhaspelt) seiner Kindheits- und Jugenderinnerungen.

Erst Mitte der zwanziger Jahre kam Alfred zu einem Besuch in den pommerschen Badeort. Zu dieser Zeit – ich war zwanzig – empfand ich bereits nichts als Widerwillen gegen den Mann, der beleibt aus dem Kraftwagen kletterte. Mit dem schlanken und pfiffigen Kerlchen der Wohnzimmerphotographie hatte der nichts gemein.

Und mein Widerwillen steigerte sich in den kommenden Stunden und Tagen ins Maßlose. Alfreds Augen verrieten bisweilen Befangenheit, nie einen Anflug von Schmerz oder Mitleid, wenn Mutter zwei

Stunden versteinert im Treppenflur stand oder sinnlose Kreise im Garten lief. Spottlustig zuckte es um seine Mundwinkel, als seine Schwester zu wissen verlangte, wie es um den Feldzug in Frankreich bestellt sei (in Claras verquerem Verstand stand das vor sieben Jahren zum Teufel gegangene Kaiserreich kurz vor dem Sieg in der Schlacht um Paris) oder wann Alfred beabsichtige, wieder heimzukehren zu seinen Edelsteinminen in Bogenfels, er solle sie nicht unbeaufsichtigt lassen, sonst werde er von seinen sprechenden Affen beklaut. Daß er seine Minen an die Buren verloren hatte, konnte man Mutter nicht klarmachen. Er entzog seiner Schwester die Hand, die sie liebevoll streicheln und sich in den Schoß legen wollte, und sein Gesicht war vor Ekel verzerrt.

Als er abreiste, nahm er sie mit in die Hauptstadt. Angeblich wollte er mit seiner Schwester Theater- und Opernvorstellungen besuchen, ins Kasino gehen oder zum Pferderennen in Karlshorst und bei Wilhelm II. um eine Audienz bitten. Und kaum an der Spree, hatte er sie ins Irrenhaus einweisen lassen.

Sie wieder freizubekommen, erwies sich als aussichtslos. Anwaltsschreiben und Gutachten, die in der Potsdamer Anstalt eintrafen, bewirkten nichts, Vater kam gegen Alfreds Beziehungen nicht an. Bis heute saß Mutter im Irrenhaus ein, falls sie nicht inzwischen verstorben war.

Am Horizont tauchte ein blaugrauer Streifen auf. Ich torkelte schwer aus dem Liegestuhl hoch und war zu betrunken, um mich auf den Beinen zu halten. Auf allen vieren kroch ich in mein Bett, aus dem ich mich erst gegen Mittag erhob, schwankend, benommen und verschwitzt. Ich braute mir einen Kaffee, legte mich in den Liegestuhl auf meinem Ozeandampferdeck und stierte ins endlose Blau des walachischen Himmels.

Alfreds Gegenwart in dieser Stadt war bedrohlich und stahl mir den letzten Rest Zuversicht. Ich hatte umsonst meine Heimat verlassen, die mir einen Strick um den Hals legte, und es war abzusehen, wann er sich zuzog. Wenn neue Kasinobesucher eintrafen, eilte ich nicht mehr schnurstracks zur Garderobe, um erst auf Nummer Sicher zu gehen, wer es war. »Man muß dich ja antreiben wie einen lahmen Gaul«, meckerte Ghiţă und machte mir Beine. Ich erfuhr, wo mein Onkel sein Mittagsmahl einnahm: Im »Châteaubriand« (was mich nicht beunruhigen mußte, es befand sich im Norden von Bukarest), und im »Caru' cu bere«, das beinahe bei mir um die Ecke lag (und dem ich nicht mehr zu nahe kam). Um Deutsche Botschaft und Carols Regierungspalast machte ich einen Bogen, es hieß, Alfred ginge im Schloß aus und ein. Wenn ich nicht im Kasino war, blieb ich zu Hause und lauschte den Nachrichten von Radio Bukarest, die von Stunde zu Stunde besorgniserregender klangen.

Carols Reich schmolz empfindlich zusammen. Sowjetrußland hatte bereits Ende Juni den Landesteil namens Bessarabien besetzt. Und mit dem Hitlerschen Schiedsspruch von Wien erhielt Ungarn einen Teil Transsylvaniens. Bulgarien nahm wieder Besitz von der Dobrudscha (vom rechtsseitigen Ufer der Donau bis ans Schwarze Meer), und man vertrieb Victor Marcu und seine Virginia aus dem Ferienhaus in Baltschik. Auf dem Palast der verstorbenen Sultanin wehte Bulgariens Fahne im lauen Septemberwind, und Carols Flaggen in Bukarest hingen auf Halbmast.

Unser Spielsaal blieb in diesen Tagen halb leer. Anfangs herrschten Erregung und knisternde Anspannung, bis man Hitlers Schiedsspruch bekanntgab. Niedergeschlagenheit machte sich in den Gesichtern breit. Außer den surrenden Ventilatoren, den unpassend lautstarken Rufen des Handcroupiers, der kratzenden Geldharke auf dem Roulettetischfilz und dem Klackern der Kugel war nichts zu vernehmen.

Erst in der kommenden Nacht fing man wieder zu tuscheln an, und der ein oder andere Gast wagte sich aus der Deckung. »Abdanken muß er, das ist meine Meinung«, bemerkte ein vornehmer Herr in die Runde, »und sie sollte man in Jilava einsperren.« Allen am Spieltisch war klar, wen er meinte: Carol II. und Elena, seine Geliebte. »*Sie* allein ist schuld«, meldete sich eine Greisin, »*sie* hat den Monarchen verhext.«

An diesem Punkt mischte sich Nicu Matei ein, der verhinderte Zwilling mit doppeltem Willen, zwei Nieren und Dreiviertellunge, der alle vier Wochen bei Slumowitz aufkreuzte, sich grußlos, als seien wir uns niemals begegnet, von mir seinen Mantel abnehmen ließ und sich beeilte, zum Spieltisch zu kommen.

In dieser Nacht tauchte er mit seiner Gattin auf, die ein schiefes Gesicht zog, als sie mich erkannte. »Was ist mit Haralamb Vona? Wo steckt er?« verlangte ich von Marietta zu wissen. »Kenne ich nicht«, gab sie ruppig zur Antwort und hakte sich schleunigst beim Ehemann ein.

Anzunehmen, sie sollte Matei als Maskottchen dienen, der nichts dringender brauchte als Beistand beim Spiel. Er hatte von allem mehr als ein Normalsterblicher, was sein ewiges Pech im Kasino bewies. In der Regel beteiligte er sich nicht an Unterhaltungen. Zu erregt bei der Sache, verhielt er sich wortkarg, und selbst bei politischen Themen hielt er seinen Mund. In dieser Nacht war das anders. »Sie werden ins Gras beißen«, sagte er hart in die Runde, »und zwar alle beide! Wir holen sie uns in den kommenden Tagen und machen kurzen Prozeß mit den Herrschaften!« Alle anderen Kasinobesucher versteinerten. »Faites vos jeux«, rief der Handcroupier eilig und wedelte mit seiner Geldharke. Sein Aufruf verhallte im Schweigen am Tisch. »Es reicht, wenn er abdankt«, bemerkte der vornehme Herr, der an seiner Zigarre zog und einen eiernden Rauchkringel formte. »Das reicht beileibe nicht«, knurrte Matei, »er hat seine Heimat verraten. Zusammen mit dem Judenweib an seiner Seite. Beide haben nichts Besseres verdient als den Tod!« Eine Welle aus zustimmendem Murmeln und Nicken lief von einer Ecke des Spielsaals zur anderen.

In dieser Nacht hatte der ewige Pechvogel Nicu Matei eine Goldene Serie. Strahlend betrachteten er und Marietta den wachsenden Haufen mit Spielmarken, die sie zu Stapeln aufschichteten und wieder umschmissen, außer sich, kindisch und selig. Sie bestellten Champagner, und Nicu Matei ließ sich eine Havannazigarre anstecken, um seinerseits wackelnde Kringel zu formen. Erst eine Minute vor

Schließung, beim letzten Spiel, als er in seinem Rausch alle Spielmarken einsetzte – »nicht, Niculein, tu es nicht«, flehte Marietta –, erwies sich das Pech als sein treuer Begleiter. Ghiţă meldete von der Empore: »Herrschaften, wir schließen! Rien ne va plus!«, und verlangte von Nicu Matei, der zu blank war, um seinen Champagner zu bezahlen, einen Schuldschein.

Und nicht besser erging es dem Mann an der Spitze des Staates, der seine verbliebenen Spielmarken auf einen rothaarigen General setzte, den er zum Chef der Regierung ernannte. General Antonescu besaß hohes Ansehen im Land, das Vertrauen Berlins und der Eisernen Garde. Carol hatte den Mann erst vor kurzer Zeit einsperren lassen und seine Ermordung befohlen – ein von Hitler vereitelter Plan.

»Unsere Kerkerzellen«, witzelte Ghiţă, »sind wanzenverseuchte Vorzimmer zur Macht.« Eine wogende Menge versammelte sich vor dem Schloß. Und brach in Jubel aus, als sie erfuhr, wer in Zukunft das Staatsruder lenkte. Bis ein Schuß fiel, ein zweiter Schuß und bald ein dritter, und sich die Menschen in Panik zerstreuten. Mit knallenden Stiefeln marschierten Soldaten an. Binnen Minuten war niemand mehr auf dem Platz, der kein Gewehr im Arm und keinen Helm auf dem Kopf hatte. Und vors Reiterdenkmal mit dem Großvater Carols, dem ersten Regenten des Reiches aus dem Haus Hohenzollern und Sigmaringen, rollte ein Panzer.

Ghiţă erteilte zwei Kellnern den Auftrag, in Erfahrung zu bringen, was los sei. Keine sechshundert Meter vom Spielsaal entfernt, kehrten sie, von Gendarmen verwarnt, wieder um. Als eine Stunde vergangen war, beauftragte Ghiţă den Hausdetektiv. Und Petre erwies sich als pfiffiger. Er konnte vom Aufmarsch der Eisernen Garde am Boulevard Elisabeta berichten. Man feuere in die Luft und stimme Hymnen an und wolle Rache an Carol II. und seiner Hure von Freundin nehmen.

Diese Neuigkeit brachte den Saalchef in Not. Als Mitglied der Garde kam er sich verpflichtet vor, seinen Kameraden zu Hilfe zu eilen. Andererseits war er beileibe kein Hornochse, der nichts Besseres vorhatte, als sich erschießen zu lassen. Bis um Mitternacht ging er mit sich zu Gericht, ohne eine Entscheidung zu treffen. Und um Mitternacht herrschte bereits wieder Ruhe. Von der Garde war weit und breit nichts zu entdecken, und Soldaten und Panzer vorm Schloß zogen ab, eine Geisterarmee, die ins Nachtdunkel tauchte. Als ich nach Hause ging und auf den Schloßplatz kam, brannten in Carols Palast alle Lampen, und was sich in seinem Inneren abspielte, war nicht schwer zu erraten: Er packte.

Am anderen Tag hatte er auf seine Krone verzichtet. Es hieß, Carol habe zusammen mit Elena eine Botschaftskarosse der Deutschen bestiegen, und sie seien in Constanţa an Bord einer Jacht gegangen. In Wahrheit brach er erst am kommenden Morgen auf, in einem Sonderzug mit zwei Salonwagen (und einem Extrawaggon voller Koffer und Kisten), den die Eiserne Garde im Norden des Landes, kurz vor Jugoslawien, unter Beschuß nahm. Erfolglos. Carol, der sich zu Boden warf, riß seine Freundin mit und bedeckte sie mit seinem Leib (ob aus Versehen oder aus Liebe, das blieb sein Geheimnis). Und ohne zu Schaden zu kommen, gingen sie ins Exil.

Und an diesem Freitag, dem Namenstag des heiligen Michael, der mit dem Schwert der Gerechtigkeit richtete und der Schutzheilige der Gardisten war, saß ich auf meiner Terrasse und lauschte verzweifelt dem Radio auf der Kommode, das nichts als nationale Parolen und Marschmusik sendete. Und in der Tiefe erkannte ich sie in den Jahre um Jahre verbotenen Uniformen, die in Kellern und Speichern vergraben gewesen waren. Sie marschierten in langen Kolonnen zum Schloßplatz, begleitet von Priestern in Kutten, schwarz wie eine Neumondmacht, und Nonnen in schneeweißen Kleidern. Sie zogen vors Schloß, um den neuen Monarchen zu ehren, der seinerseits Michael hieß. Der junge Regent war der Sohn seines ehrlosen Vaters, dem er sich auf der Flucht hatte anschließen wollen, was Ribbentrop streng untersagt hatte (»Er muß bleiben!« befahl Hitlers Außenminister am Telefon). Man brachte Hochrufe auf den Monarchen aus, bis er sich auf dem mittleren Schloßbalkon zeigte, umringt von Ministern der

Eisernen Garde und dem rothaarigen General. Auffallend schmal und in Uniform hob er den Arm zum Gruß, wieder und wieder, geduldig und einsam, mit abgrundtief ernstem Gesicht, eine Geisel der Zeit (und der blinden Begeisterung).

Der zweite Tod

Slumowitz zeigte sich nicht mehr im Spielsaal. Mir war nicht klar, ob er den Personaleingang benutzte, um sich ins Kasino zu schleichen, oder zu seiner Sicherheit nicht mehr ins Haus kam. Wenn ich mich vom Fernmeldeamt mit der Nummer in der Delavrancea-Allee, wo er wohnte, verbinden ließ, hob niemand ab.

Slumowitz ließ sich von Mişu vertreten, dem er hundertprozentig vertrauen konnte. Beim Personal war sein Fahrer beliebt. Gutaussehend, blond und mit hellgrauen Augen, stammte Mişu aus einem transsilvanischen Dorf, das mit dem vor zwei Wochen ergangenen Hitlerschen Schiedsspruch magyarische Truppen besetzt hatten, was Mişus Beliebtheit zugute kam, in einer Mischung aus Mitleid und Patriotismus, und seine Slumowitztreue vergessen ließ (die niemand im Spielsaal verstand). Man beugte sich Mişus Entscheidungen, ohne zu murren, selbst Ghiţă ließ sich seinen Unwillen nicht anmerken. Mit dem Chauffeur des Kasinobesitzers zu streiten, betrachtete er als nicht ratsam. Es war wesentlich schlauer, zum richtigen Zeitpunkt ein Abkommen mit Mişu zu treffen, der sich in den Konten von Slumowitz auskannte. Ghiţă zweifelte nicht im geringsten an seiner Bereitschaft, Verrat zu begehen, wenn erst seine Anstellung und sein Gehalt auf dem Spiel standen.

An diesem Freitag des heiligen Michael, als mit dem Schlimmsten zu rechnen war, stellte sich Mişu bei einer Gelegenheit neben mich, um mir zuzuraunen, Slumowitz ginge es gut, der mir ausrichten ließe, ich solle verdammt auf der Hut bleiben. Ich nickte erleichtert und dankbar, und Mişu entfernte sich in eine andere Ecke des Spielsaals, um keinen Verdacht zu erregen. Ghiţă seinerseits konnte nicht mißtrauisch werden, sein Beobachtungsposten war leer. An diesem Nachmittag putzte er Klinken, in Gardequartier und verantwortlichem Ministerium, um seinem Kaufantrag Dringlichkeit zu verleihen.

Es verstrichen drei Tage beklemmender Ruhe. Und am vierten bekamen wir wieder Besuch vom Handelsbeauftragten der Deutschen Botschaft in Bukarest. Erneut war mein Onkel in großer Gesellschaft. Umgeben von rund zwanzig Herren, alles Deutschen, die aus Bayern und Sachsen, Berlin und dem Rheinland kamen (ein Gewirr aus Idiomen drang an meine Ohren), trat er blendender Laune in unsere Halle, wo er beide Arme ausbreitete, um seinen Begleitern den Spielsalon vorzustellen. Mir blieb keine andere Wahl, als sie vor der Garderobe willkommen zu heißen, Ghiţă stieß mich bereits mit dem Ellenbogen an. Ich taumelte an seiner Seite vom Holzpodest – bei einer Gruppe von zwanzig Personen konnte er mich schlecht allein losziehen lassen –, schwindlig, halb taub und mit Knien aus Fleischgallert.

Zu meiner Erleichterung schickte mich Ghiţă nicht vor, das widersprach seiner Stellung als Saalchef. Und bei seiner Absicht, Kasinoinhaber zu werden, konnte der Botschaftsvertreter am Ende von Nutzen sein. Mit tiefer Verbeugung empfing er meinen Onkel, der kernig und knapp, in soldatischer Straffheit, seinen Arm zum »Heil Hitler« anwinkelte. Beflissen, wenngleich alles andere als knapp und soldatisch, erwiderte Ghiţă den Hitler-Gruß, was Alfreds Begleiter in Heiterkeit ausbrechen ließ. »Er kann's nicht«, bemerkte der Mann aus dem Rheinland, dem ich Trenchcoat und Handschuhe abnahm, und bleckte belustigt sein Pferdegebiß. Sein Schnauzbart erinnerte an Kaiser Wilhelm, seine rote, großporige Haut an ein nacktes Huhn.

Um mich nicht zu verraten, erledigte ich meine Handgriffe ohne ein Wort. Und vermied es, dem Botschaftsvertreter zu nahe zu kommen, der mich seinerseits nicht im geringsten beachtete, was mich einigermaßen beruhigte. Und als Ghiţă mich mißmutig neben sich winkte, um meine Dolmetscherdienste in Anspruch zu nehmen, war ich mit Trenchcoats und Schirmen beladen. Er hatte ein Einsehen und komplimentierte den Botschaftsvertreter alleine zum Spieltisch hoch, wo er wiederum Platz schaffen mußte. Als ich fertig war, saß die Gesellschaft bereits, bestellte Champagner und orderte Spielmarken.

Alfreds Begleiter erwiesen sich als Fabrikanten und Industrielle, die sich zu beruflichen Zwecken in Bukarest aufhielten und bei der Enteignung der Juden zum Zug kommen wollten. Sie witterten fette Gewinne. Zum Verkauf standen chemische Werke, Textilienbetriebe und Tabakfabriken; Petroleumfelder und Raffinerien; Stahlwerke, Goldminen und Steinkohlegruben, die alle nicht mehr als ein Butterbrot kosteten. »Spitz deine Ohren«, hatte Ghiţă mich scharf ermahnt, »ich will wissen, was sie miteinander bereden.« Ich lehnte mich an einen Pfeiler, der keine zwei Meter vom Spieltisch entfernt war, und lauschte. In dieser schummrigen Ecke bemerkte mich keiner. Und sie entzog sich dem Blickfeld von Alfred, der mir seinen Stiernacken zuwandte.

»In diesem Land, meine Herren«, sagte er, »ist ein hoher Prozentsatz der Wirtschaft in Judenhand.« – »Zu unserem Vorteil«, versetzte der Mann aus dem Rheinischen, der mit Lust seine Bartspitzen zwirbelte. »Vorsicht«, entgegnete Alfred, »wir sind nicht daheim im Reich. Bei uns zu Hause kommen auf einen Geldrafferjuden zehn arische Industrielle. In diesem Land ist das vollkommen anders: Neunzehn von zwanzig erfolgreichen Kapitalisten sind israelitischer Abstammung. Mit anderen Worten, wir kommen nicht ohne sie aus. Es sind WW-Juden ...« – »Wirtschaftlich wertvoll«, bemerkte ein Grubenbaron aus dem Ruhrgebiet mit stachligen Haaren und niedrigem Stirnansatz und bediente sich aus seiner Schnupftabakdose. »Wenn sie enteignet sind, sollten wir sie bei uns einstellen, bis wir den Laden alleine im Griff haben. Und das wird der Eisernen Garde mißfallen. Sie will das Judenpack wegharken, was ich verstehen kann. Ich bin der erste, der seine Pistole entsichert, wenn mir ein schmieriger Jude begegnet. Andererseits haben wir keine Wahl.«

Seufzend schob er dem Handcroupier seinen verlorenen Einsatz zu. »Es wird schwieriger, als Sie sich vorstellen, meine Herren. Bei der Eisernen Garde verfolgt man zwei Ziele: Erstens eine komplette Entjudung von Wirtschaft und Staat. Und im zweiten Schritt sollen treue Gardemitglieder und sonstige Nutznießer zu kommissarischen Leitern der Judenbetriebe ernannt werden. Die werden sie bald ruiniert haben. Was nicht anders sein kann bei Leuten, die arbeitsscheu sind und, was schlimmer ist, vollkommen ahnungslos.« Anschließend kam er auf Horia Sima zu sprechen, den Mann an der Spitze der Eisernen Garde. »Ein Heißsporn, ein Nationalist reinsten Wassers, hohlwangig, mit Mausaugen, spitzer als Nadeln. Und erst dieser wilde Piratenschopf! Wer mit Sima verhandelt, der muß einen feurigen Hengst reiten und sollte sich teuflisch in acht nehmen, nicht mit Genickbruch im Graben zu landen.«

Alfred beugte sich vor, um verhaltener fortzufahren: »Im Umkreis des rothaarigen Generals, wo man Horia Sima mißtrauisch beobachtet, erlaubt man sich einen vernichtenden Scherz, in Anspielung auf Codreanu, den Carol ermorden ließ. ›Es ist bei der Garde nicht anders als bei den Kartoffeln: Das Beste befindet sich unter der Erde‹.« Schenkelklatschend und johlend wandte man sich dem Spielrad zu, das seine schlingernde Rundfahrt beendete.

»Dieses Kasino ist Gold wert«, bemerkte ein Hamburger, der keine Spielmarken mehr besaß. »Sein Besitzer ist Jude«, erwiderte Alfred, »der wird seinen Wuchertempel bald los sein.« – »Das ist eine Idee«, warf der Mann aus dem Rheinland ein, »ich werde Kasinobesitzer!« Alle wieherten los, und der Handelsbeauftragte schmiß eine weitere Runde Champagner.

Ghiţă platzte vor Neugier, als ich aufs Podest kam. »Und?« wollte er wissen, »was sagen sie?« Meine Zusammenfassung brachte den Saalchef zum Kochen. »Sie wollen unser Eigentum stehlen, diese Gangster!« Er schimpfte und schimpfte, bestimmt zehn Minuten. Und erst als mit ohrenzerreißendem Knall eine Scheibe im Eingang zu Bruch ging, verstummte er. Dem faustgroßen Stein, der vorm Kassenhaus landete, folgte ein Trupp von Gardisten.

»Das ist eine Razzia«, heulte der Kerl, der den trampelnden Haufen befehligte, und wedelte mit der Pistole, die er in der Hand hielt. »Wer vom Kasino ist, Arme hoch und zur Wand! Na, wird's bald? Und dreht eure Fresse zur Mauer! Wer Besucher ist, schließt seine Augen und muckst sich nicht. Herrschaften, Augen zu, klar?, und kein Wort!«

Panisch befolgte man seine Befehle, abgesehen von Mişu, der sich vor dem Kassenhaus aufbaute, dem flatternden Ghiţă auf seinem Podest und den deutschen Besuchern am Spieltisch. Bebend vor Schreck, in Erinnerung an den SA-Sturm, den ich in Berlin erlebt hatte, stellte ich mich mit erhobenen Armen zur Wand. »Wo ist das Judenschwein?« schnauzte der Kerl in die Runde, »ich will diesen Saujuden haben! Wer von euch ist der Jude, verdammt?«

Seine Leute, teilweise mit Beilen bewaffnet, verteilten sich in alle Richtungen, zerschmetterten Spiegel und fegten Jetons von den Spieltischen. Es hackte und krachte, es klirrte und schepperte. Mişu rangelte mit zwei Gardisten vorm Kassenhaus, und Ghiţă, besorgt ums Kasino, beeilte sich, mit dem Kommandanten der Truppe vertraulich zu werden. »Kamerad!« keuchte er, »keiner weiß, wo er steckt, dieser schlaue Hund hat sich verkrochen, bereits vor sechs Tagen, er ist nicht im Haus. Und nicht den Spielsaal zerdeppern, ich bitte dich. Bald wird er in unserer Hand sein, nicht wahr, und was fangen wir mit einem kaputten Kasino an?« – »Sagte ich nicht, wer vom Haus ist, stellt sich mit erhobenen Armen zur Wand?« schrie der Kommandant und stampfte zum Holzpodest hoch. Er richtete seine Pistole auf Ghiţă, der, weiß im Gesicht, beide Arme hochriß. »Kamerad!«, flehte er, »ich bin einer von euch!« Der Gardist holte aus, um den Saalchef mit seinem Pistolengriff niederzuschlagen, als er den Botschaftsvertreter samt Anhang bemerkte, der das Spektakel belustigt verfolgte, seelenruhig Champagner trank, rauchte und plauderte. Er stockte und ließ seinen Arm sinken.

Verbotenerweise verrenkte ich mir meinen Hals und beobachtete, was passierte. Alfred stemmte sich aus seinem Sessel und winkelte zackig den Arm zum Heil-Hitler-Gruß an. Er kramte im Anzug, bis er seinen Paß fand (einen Diplomatenpaß) und in der Luft schwenkte. »Wer kann Deutsch sprechen?« wollte er wissen. Und als er keine Antwort bekam, wiederholte er, vorsichtig, Silbe um Silbe betonend: »Cine sti-e Ger-ma-na a-ici?« Ghiţă streckte den rechten erhobenen Arm aus und zeigte zu mir an der Wand.

Es war zu Ende, es konnte nicht anders sein, Alfred mußte mich wiedererkennen! Ich verließ meinen Platz und ging langsam zum Spieltisch. »Beeilung, Mensch!« keifte mein Onkel. Er kniff beide Augen zusammen und maß mich von Kopf bis Fuß. »Deutscher?« – »Aus Kronstadt«, versetzte ich kratzig. »Volksgenosse, verstehe«, erwiderte Alfred und ließ es mit dieser Bemerkung bewenden. Er wollte zur Sache kommen, und zwar ruckzuck. »Sag dem Dummkopf, ich sei ein Vertreter des Deutschen Reiches mit engen Beziehungen zu Horia Sima!« Ich tat, was er von mir verlangte. Wo der Befehl sei, der zu dieser Razzia berechtige?, dolmetschte ich. Ach, den habe er leider nicht bei sich?, verspottete Alfred den drucksenden Menschen und blaffte mit schlagartig hartem Gesicht: »Name? Einheit?« Stammelnd verriet der Gardist seine Einheit und gab statt des Namens seinen Spitznamen, Lulu, an, der dem Mann aus dem Rheinland ein Kichern entlockte. Ohne Befehl eine Razzia vorzunehmen und diesen Saal kurz und klein hauen zu lassen, sei eine schwere Verletzung der Dienstvorschrift, die Disziplinarmaßnahmen notwendig mache, ob das seinem Kleinhirn nicht klar sei? Der Gardist kratzte sich mit der Knarre am Kinn. Er, Alfred Heise, Vertreter des Deutschen Reiches, werde Horia Sima den Vorfall berichten, falls er sich mit seinen Leuten nicht in einer halben Minute verpißt habe!

Bereits mit dem steilen Heil-Hitler-Gruß Alfreds war das Krachen und Scheppern verstummt. Und als der Gardist beide Hacken zusammenknallte und seinen Haufen zum Ausgang befehligte, brandete Beifall im Spielsaal auf. Alfred, der seinen Diplomatenpaß einsteckte, verbeugte sich in alle Richtungen, als sei er ein Schauspieler oder Konzertpianist, und ließ sich mit Schwung in den Samtpolstersessel fallen. »Verstehen Sie«, meinte er zu seinen Landsleuten, »wir haben es letztlich mit Bestien zu tun. Bestien, die keinen Dienstweg einhalten und ohne Befehl marodieren und morden!«

Mich beachtete Alfred nicht mehr. Ich teilte zusammen mit Kellnern und Hausdetektiven Champagner auf Kosten des Hauses aus (ein Einfall von Mişu, dem Ghiţă sich nicht widersetzte), um die Kasinobesucher bei Laune zu halten, die sich auf dem Boden um herrenlose Spielmarken balgten, verdammt auf der Hut, Alfreds Tisch nicht zu nahe kommen. Leider scheuchte mich Ghiţă, mit diesem Erlebnis zum Deutschlandverehrer bekehrt, zur Garderobe, als mein Onkel und seine Begleiter um Mitternacht aufbrachen. Alfred ließ sich vom Saalchef den Mantel anreichen, der sich mit meiner Dolmetscherhilfe ausgiebig bedankte, lauschte nickend und faßte mich wieder ins Auge. »Du kommst mir bekannt vor«, bemerkte er nachdenklich und scherte sich nicht mehr um Ghiţăs Geplapper, »wir sind uns bestimmt nie begegnet?« Ich verneinte entschieden, und sich seinen Hut auf die Halbglatze setzend, bemerkte er: »Ja, wenn man alt wird, verirrt man sich in der Erinnerung.« Mir fiel ein Stein von der Seele, als er in der Nacht verschwand.

Und an einem Oktobertag tauchten am Himmel der Stadt Henkelbomber und Messerschmidtflugzeuge auf. Ich hockte im Liegestuhl auf der Terrasse und fror in den Schatten der deutschen Maschinen, die sich in Formation gegen Norden entfernten. Und als eine Stunde vergangen war, knallten Armeestiefel auf dem Asphalt. Wehrmachtssoldaten marschierten in Bukarest ein, um auf dem Schloßplatz vom rothaarigen General und der Eisernen Garde empfangen zu werden.

Im Spielsalon herrschte Verwirrung. Wo sich Slumowitz aufhielt, war unbekannt, und Mişu, sein Fahrer, kam nicht mehr ins Haus. Ghiţă scheute sich, mit einer Axt ins verschlossene Zimmer des Hausherrn einzudringen, und außerdem brachte es nichts. Er wußte nicht, wie man den Strahltresor aufbekam, und mußte erst einen Buchhalter einstellen, um mit dem Papierkram zu Rande zu kommen, den Slumowitz von einem verschwiegenen Schwippschwager hatte erledigen lassen, der seinerseits nicht mehr zur Arbeit erschien. Ghiţăs Kaufantrag war bis zum heutigen Tag nicht bewilligt. Wieder und wieder sprach er bei den Stellen vor, die seine Bewerbung bearbeiteten, und erhielt nichts als dehnbare, maulfaule Antworten.

Und an diesem Tag im Oktober, als man auf dem Platz vorm Monarchenschloß Salven abfeuerte und seinen Arm zum Heil-Hitler-

Gruß ausstreckte, kam ein kleiner, viereckiger Mann ins Kasino, den ich in der Halle beim Eingang willkommen hieß. Er hatte ein Gardehemd an, war ansonsten in Anzug und Schlips, und verlangte den Saalchef zu sprechen. Erregt eilte Ghiţă – er rechnete felsenfest mit einem Antragsbescheid – zur Garderobe und reichte dem Mann seine schwitzende Hand, der kein großes Brimborium machte. »Von heute an«, sagte er knapp, »werde ich es sein, der diesem entjudeten Laden vorsteht.« Er entnahm seinem Anzug ein fleckiges Schreiben und las es dem Saalchef von Anfang bis Ende vor, Ghiţă bekam seinen Mund nicht mehr zu. »Mit Entscheidung vom 11. Oktober wird Protopopescu, Grigore, Geburtsort: Tismana, Familienstand: Ledig, Religion: Orthodox, von Beruf: Werkzeugmacher, zum kommissarischen Leiter des Spielsalons, Adresse etceteraetcetera ernannt.« Und indem er das amtliche Blatt wieder einsteckte, blaffte er Ghiţă an: »Zeigen Sie mir den Tresor!«

Bald wimmelte es im Kasino von Deutschen, die ich empfangen und dolmetschen mußte, was ich dem Mann aus dem Rheinland verdankte, der mich in Beschlag nahm, wenn er in den Spielsaal kam, um mir seinen Kummer zu klagen, sein Antrag auf Kauf zweier Werke verschimmele in einer Verwaltungsschublade. »Diese Walachen«, bemerkte er mißmutig, »leiden an orientalischer Schlafsucht.« Und wenn Dolmetscherdienste erforderlich waren, lieh er mich großherzig an seine Landsleute aus. Und als ich mich eines Gestapoagenten erwehren mußte, dem, als Stettiner, mein Pommerndeutsch auffiel und der mit mir einen Heimatschnack anspinnen wollte, beschloß ich, nicht mehr ins Kasino zu gehen. Meine Ersparnisse reichten bis Februar, und wenn ich von schottischem Whiskey auf billigen Pflaumenschnaps umstieg, bis Anfang April. Ich wickelte mir eine Decke um, fiel in den Liegestuhl, rauchte und trank. In der Straßenschlucht waren Gardisten auf Judenjagd, wie das Motorradgeknatter verriet. Keine Nacht verging ohne Radau aus der Tiefe, wo man Menschen verschleppte und Wohnungen zerdepperte, Scheiben einwarf und Parolen schrie. Bei Slumowitz waren sie schon im September gewesen und hatten Briefe von Carol II. entdeckt, neben Photographien seiner Freundin Lupescu samt Widmung und anderen Treuebeweisen des Hofes, Uhren, Juwelen und bric-à-brac, ohne den Spielsaalbesitzer zu finden. Er hatte sich in einem Schlupfloch verkrochen, das sicherer war als der Sultanspalast (wenngleich zweifellos karger und enger). Das war meine Wette, nicht mehr, als ich rauchend und trinkend zum flirrenden Nachthimmel hochstierte, der sich aus der Menschengeschichte nichts machte.

Am anderen Tag nahm ich mir vor, Onkel Avram im Kellerlokal von Dudeşti zu besuchen, als ich bei einem Spaziergang aus Zufall auf Jeni stieß, die auf der breiten, zehnstufigen Treppe zur Hauptpost stand und mich als erste bemerkte. Trotzdem gab sie sich nicht zu erkennen, als solle das Schicksal entscheiden, ob wir uns begegnen, ein Schicksal, das sie nicht beeinflussen wollte. Sie trug einen klaffenden Mantel aus weichem Stoff, den nur eine Brosche am Kragen zusammenhielt, einen koketten und modischen Hut, schief dem Scheitel aufsitzend, von dem er drei Fingerbreit frei ließ, und mit einem Band versehen, das fliederblau war und rechter Hand zu einer Schleife auslief, ein Kleid, das sich Busen und Becken anschmiegte, ohne zu eng zu sein oder sie einzusperren, und seinerseits malvenblau war. Passend das Strumpfpaar, das in seinem Beige an weißlichen Flieder erinnerte. Sie war nicht mehr mager und krankhaft verfallen und hatte nichts Strenges, Verschlossenes an sich. Anders als bei unserem ersten Zusammentreffen vor einer Ewigkeit von dreizehn Monaten (ja, sie kamen mir wie eine Ewigkeit vor) herrschten Weichheit und Sinnlichkeit vor. Trotzdem war es nicht das, was mich fesselte. Es war dieser Anflug von schwer zu bestimmender Zuversicht, der mich in Bann zog.

Sie zitterte merklich und spannte sich an, als ich Stufe um Stufe zum Hauptpostamt hochstieg und schwankend (nicht schwungvoll, nicht fest) auf sie zutrat. Ich nahm Jenis Hand in die meine und beugte mich vor, ohne sie mit den Lippen zu streifen. Und trotzdem erschauderte sie. Ob sie sich erinnere, wollte ich wissen. Sie erwiderte mit einem Nicken, eher zaudernd als sicher. Eine halbe Minute verfielen wir in Schweigen. Ich drehte verlegen den Hut in den Fingern, sie spielte erregt an der Brosche. Schlagartig straffte sie sich und entgegnete mit klarer Stimme: »Sie sind unser treuester Gast.«

Diese zwischen Vergangenheit und Gegenwart schlingernde Antwort erleichterte mich. Ob Liviu von seinem Regimentsdienst befreit und sein Kind auf der Welt sei, verlangte ich zu erfahren. Ja, er sei wieder zu Hause, versetzte sie, und sein Junge zwei Monate alt. Mit wachsender Munterkeit gab sie mir Auskunft, und als ich sie in eine Konditorei einlud, hatte sie keine Bedenken.

Jeni wohnte bei Livius Familie am Nordbahnhof, in einem Dienstbotenzimmer im Dachboden. Als sie wieder in besserer Verfassung gewesen war – beinahe verendet zu sein, verschwieg sie mir –, hatte sie sich entschieden, zum Neffen zu ziehen und in der Hauptstadt von vorn anzufangen. »Von vorn«, das betonte sie wieder und wieder. Um Geld zu verdienen, half sie bei Dragomir Niculescu im Delikatessenhaus aus, mit dem sie um mehrere Ecken verwandt war. An diesem Tag hatte sie frei und zu Livius Geburtstag in den Galeries Lafayette schicke Lederhandschuhe besorgt. Sie bat mich, den Kauf zu beurteilen, und als ich das Handschuhpaar anzog und lobte, war sie beruhigt.

Ich bemerkte nichts mehr von der Lebensunlust und Verzweiflung, die sie beherrscht hatten. Selbst wenn sie von Zeit zu Zeit wieder in Schwermut verfiel und mich mit verschleierten Augen betrachtete, war sie entschlossen, sich von der Vergangenheit zu befreien. In Erinnerungen zu kramen, fiel Jeni nicht ein, und in meiner Gegenwart sprach sie den Namen des verstorbenen Ayk nicht mehr aus.

Als ich sie an diesem Mittag zur Tramhaltestelle am Akademieplatz begleitete, blieb sie auf dem Trittbrett der Straßenbahn stehen, die sich kreischend im Schienenstrang entfernte, und winkte, bis ich außer Sichtweite war. Und in meinen Taschen stieß ich auf das Paar schicker Handschuhe, das ich in meiner Verwirrung im Mantel verstaut hatte. Bevor ich am andern Tag zu Niculescu ins Delikatessenhaus gehen konnte, klopfte ein Briefbote an meiner Wohnung. Jeni schlug einen Spaziergang im Park Cişmigiu vor, um zwei, wenn sie Mittagszeit hatte.

In den uns verbleibenden zweieinhalb Wochen holte ich sie Tag um Tag vor dem Laden ab, selbst wenn es kalt war und regnete, und wir beeilten uns, in den verlassenen Park zu kommen, wo wir Eselswurstscheiben aus fettigem Zeitungspapier oder an einem Bindfaden baumelnde Mohnkringel aßen. Wir schlenderten um den verwaisten See, der an einen beschlagenen Spiegel erinnerte, neblig verhangen und blind. An verschiedenen Ecken des Parks flammten Feuer auf und wir sogen den Duft des verbrennenden Herbstlaubs ein (einen Duft, den ich nie mehr vergaß). Jeni hakte sich stockend und vorsichtig bei mir ein, um mich in Livius Idee einzuweihen, sich mit Niculescu zusammenzutun und in einem anderen Winkel von Bukarest eine Delikatessenhauszweigstelle aufzubauen, ein von Niculescu nicht rundweg verworfener Vorschlag, er habe sich eine Bedenkzeit erbeten. Und ich bekannte, in Wahrheit aus Pommern zu stammen und mit Vornamen Felix zu heißen. Sie blieb trotzdem beim Johann und wollte nichts wissen vom Landstrich am baltischen Meer.

Ich lud sie zum Essen ein, in Restaurants zweiter Klasse, wo wir Maisbrei und Kohlwickel, Grillfleisch und Bohnen aßen, ich Bragadiru-Bier trank und sie Hirsesaft. In Erste-Klasse-Lokale zu gehen, lehnte Jeni ab, aus Bescheidenheit, nahm ich an, oder aus Sparsamkeit, die meinen Geldbeutel einschloß, eine Annahme, die sich als irrig erwies. Nein, es war Schamhaftigkeit. Sie beichtete mir, keine Abendgarderobe zu haben, um im Royal oder Athenée Palace zu speisen. Und aus diesem Mangel an vornehmen Kleidern weigerte sie sich, Theatervorstellungen oder Konzerte mit mir zu besuchen – und sie liebte nichts mehr als Musik und Theater!

Besondere Ergriffenheit legte sie an den Tag, wenn sie von den »Metamorphosen« Ovids sprach, die sie in der Jugend verschlungen hatte (diese Erinnerung erlaubte sie sich). Sie konnte sie mir seitenweise ins Ohr raunen, im Lokal oder auf einer Parkbank in Cişmigiu, und wenn sie zu Ende war, wollte sie wissen, ob ich lieber zu Eidechse, Hirsch oder Stein werden wolle. Ich zog ein Sternendasein vor, weit entfernt vón der Menschenwelt, und sie wollte sich in eine Insel verwandeln, umarmt von den Wellen der griechischen See.

Ich sprach von Baltschik, das sie niemals besucht hatte, und meiner Bekanntschaft mit Marcu, ein Name, den sie ohne Grenzen verehrte. Bis zum siebzehnten Lebensjahr habe sie Unterrichtsstunden bekommen, verriet sie mir seufzend, und besondere Begabung bewiesen. Jeni schwieg, und ich konnte mir denken, warum. Um Klavier zu spielen und in Konzerte zu gehen, war sie vom Kaffeehausbetrieb zu beansprucht gewesen. Und ich sagte nichts von meinem Kinder- und Jugendtraum, zum Pianisten zu werden. Dieser Traum war nichts anderes als eine Narbe, die sich von Zeit zu Zeit mit einem Schmerz bei mir meldete, einem sinnlosen, schwindelerregenden Schmerz, der sich wieder, als sei nichts gewesen, verzog. Nein, es war besser, wenn ich diesen Traum eines anderen Lebens vor Jeni verheimlichte und mich in der Haut Johann Gottwalds aus Kronstadt verkroch.

Nachts lieferte ich sie im Taxi bei Liviu ab, um anschließend alleine nach Hause zu fahren. Sie erschauderte merklich, wenn ich sie im Eßlokal am nackten Arm zur Garderobe schob oder mit meinen Fingern am Halswirbel streifte, in der Absicht, den Kragen zu richten. Und mir ging es nicht wesentlich besser als Jeni. Nicht aus Verlangen zog ich sie auf der Parkbank kurz an mich oder schloß sie vorm Delikatessenhaus in meine Arme, nur aus Zuneigung, Wiedersehensfreude, das ja. Zu befangen erinnerte ich mich an die im vergangenen Winter erlebte Begierde, diese wilde, gespenstische Lust, die uns beide verzehrt hatte.

Ich ging achtlos mit meinen Ersparnissen um, die in diesen Tagen empfindlich zusammenschmolzen. Ich vergaß, Onkel Avram im Kellerlokal zu besuchen, und stellte das Radio aus, wenn es Nachrichten brachte. In offenen Schuhen, Pyjama und Mantel trank ich meinen Kaffee auf dem Ozeandampferdeck, im Stehen, bei Regen und Wind. Unruhig wartete ich auf die Mittagszeit, wenn ich Jeni vom Delikatessenhaus abholen konnte.

Und am 9. November stand wieder ein Briefbote mit roter Kappe bei mir auf der Schwelle, ein schwatzhafter Bursche, der stur seine Hand aufhielt. »Dieses Jahr, mein Herr«, sagte er, »wird schlimm zu Ende gehen. Wir haben sechs Plagen erlebt: Ungarn, Russen, Bulgaren, diese Schlange Lupescu, Gardistenregierung und deutsche Soldaten. Und was ist mit der siebten, mein Herr? Diese siebte wird schlimmer sein als alle anderen.« Er nahm meinen Schein und entfernte sich pfeifend.

Mit klopfendem Herzen riß ich Jenis Schreiben auf, in dem sie mir mitteilte, sich bei der Nichte des Delikatessenhausinhabers passende Abendgarderobe entliehen zu haben, um mit mir in den Dalles-Saal auszugehen, in dem man am heutigen Tag ein Konzert gab.

Gegen halb sechs hielt ich mit einem Taxi vorm Haus in der Calea Griviţei, wo sie bereits in der Toreinfahrt stand, halb verborgen vom Schirm, den sie gegen den Wind stemmte. Ich sprang aus dem Automobil, um sie sicher um Lachen und Schlamm bis zum Bordstein zu bringen. Endlich sank sie ins Polster und rieb mit dem Stofftaschentuch, das ich aus meiner Brusttasche kramte, die Spritzer von Schuhen und Kleidsaum. Jeni bebte vor kindlicher Freude, ein Zustand, in dem ich sie niemals erlebt hatte. Trotzdem machte sie diese Erregung nicht mitteilsam. Sie schmiegte sich an mich, vertrauensvoll, selig, und schwieg, bis wir vor der Konzerthalle ausstiegen.

Verschlossener benahm sie sich, als wir uns an der Garderobe vom Mantel befreit hatten. Und warum, war nicht schwer zu erraten. In dem bis zum Fußboden reichenden, blauen Brokatkleid, mit Abendhandschuhen aus weißem Satin und einem Filzhut, der wiederum blau war (gazeunterlegt, breitkrempig und mit durchbrochenem Muster), hochhackigem, zierlichem Schuhwerk aus Leder schwebte sie schlank zum Konzertsaal hoch. Jenis Gesicht war lebendig und frisch. Tusche hatte sie beinahe keine benutzt, und bei Puder und Rouge war sie sparsam gewesen, nur die sinnlichen Lippen waren auffallend rot (vom Rot einer dunklen Kirsche). Sie war eine Erscheinung, die Aufsehen erregte, bei den Herren Doktoren, Diplomaten und Kaufleuten und Dutzenden von Offizieren in Wehrmachtsklamotten, die sie mit gierigen Augen verschlangen, und den Jeni von Kopf bis Fuß musternden, neidisch und mißmutig tuschelnden Ehefrauen. Sie empfand diese Aufmerksamkeit als ein Spießrutenlaufen und verkroch sich ins Schneckenhaus strenger Verschlossenheit, die mir aus anderen Tagen vertraut war. Ich schob sie am Arm zur Parkettreihe, in der ein deutscher Major und zwei Rittmeister aufsprangen, sprachlos, eilfertig, um uns den Weg freizugeben, und ich platzte vor Stolz und Genugtuung.

Beim Konzert ergriff sie meine Hand, die sie streichelte, fiebrig erhitzt, oder sich in den Schoß preßte. Und im Royal, wo wir anschließend essen gingen, sangen wir uns Stellen aus Brahmsscher Dritter und Mozartklavierkonzert vor, alle Welt im Lokal drehte sich zu uns um. Jeni war heiterer denn je. Kurz vor Mitternacht kehrten wir in eine Nachtbar ein, wo sie ein Glas mit Champagner bestellte und ich einen schottischen Whiskey.

Es war kalt und verregnet, als wir aus dem Zissu kamen. Jeni lehnte sich an mich, mit bibbernden Lippen, die sich, ohne Vorsatz und Scheu, mit den meinen vereinten, bis mich der Wind, der sich knatternd im Schirmstoff verfing, aus dem Gleichgewicht brachte. Wir taumelten gegen den nahen Laternenpfahl, ohne uns voneinander zu trennen.

In dieser Nacht kam sie zu mir nach Hause. Wir ließen uns Zeit, als wir uns wechselseitig entkleideten. Ich nahm Jeni den Filzhut ab, den ich behutsam auf meiner Kommode ablegte. Ich pellte sie vorsichtig aus den Satinhandschuhen und dem Brokatkleid, das schwer auf den Boden fiel. Erschaudernd, im Hosenkorselett, stand sie vor mir, band meine Krawatte ab, schob mir mein Hemd von der Schulter und ging in die Knie.

In dieser Nacht liebten wir uns ohne Schmerz und Verstellung. Es war keine verzweifelte Gier, die uns mit sich riß und unsere Sinne erniedrigte. Wir vereinten uns wieder und wieder, bis wir nichts anderes mehr waren als reine Empfindung.

Und in dieser Nacht bebte Bukarests Erde. Stirn an Stirn zuckten wir auf dem schlingernden Bett, in wilder Umklammerung, seufzend und wimmernd. Ich schenkte dem Scheppern und Klirren, das an meine Ohren drang, keine Beachtung. Meine rauschhafte Lust mußte mir einen Streich spielen. Oder es war unser Wippen und Schaukeln, das Buchregal, Wanduhr und Lampe in Schwingung versetzte.

Erst als ein Brocken Verputz auf das Kissen fiel, hob ich meine Augen zur Wand. Entsetzt starrte ich auf die wankenden Mauern. Stuck brach von der Decke, Glas splitterte, Holz zerbarst, und aus allen Richtungen kamen gellende Schreie.

Ich wußte, wir konnten nichts tun. Um ins Freie zu rennen, hatten wir keine Zeit mehr (aus der zehnten Etage gab es kein Entrinnen). Ich streckte mich flach auf der zitternden Jeni aus und zerrte am Bettzeug, um uns zu bedecken. Und das nicht in der Meinung, es werde uns retten. Ich wollte nichts als den Schmerz mildern, der uns bevorstand, wenn Steine und Eisen aufs Bett krachten. Zwei Minuten vergingen, eine tosende Ewigkeit. Und als das Haus einen Seufzer ausstieß und der schwankenden Erde nicht mehr widerstand, schlitterten wir in den Abgrund, ins Nichts.

Schlagartig herrschte unendliches Schweigen. Eine Stille, unfaßbar, gespenstisch und grauenhaft, die alle Schreie verschluckt hatte. Ich keilte mein Bettzeug beiseite und stierte ins Zimmer, das in staubigem Dunkel verschwamm. Vorsichtig stand ich vom Bett auf und tastete mich zur Wand. Ein klaffender Riß verlief in der Tapete, von der Fußbodenleiste zur Decke, zwei Fingerbreit, der frische Regenluft einließ. Ich stieß mit meinem Fuß gegen Wanduhr und Radio und anderen zerdepperten Kram auf dem Holzparkett, das an etlichen Stellen zerborsten war und in die Luft ragte, tappte in Wasser und Scherben, die in meine Fußsohlen schnitten, zum Fenster.

Fassungslos starrte ich in die Nacht. Vor der Terrasse erkannte ich einen verknickten Laternenpfahl und ein vom Schutt halb zerschmettertes Fuhrwerk am Bordsteinrand. Mein Zimmer im zehnten Stock stand auf der Straße!

Ich stolperte eilig zum Bett in der Ecke, um Jeni ins Freie zu bringen. Wirr auf sie einredend, faßte ich sie an den Schultern und wollte sie an meine Brust ziehen. Vergeblich. Sie ließ sich nur um Millimeter bewegen. Ich scheiterte an einem Widerstand, der sich in Jeni verkrallt hatte und mir verborgen blieb. Ich weiß nicht, warum ich sie in meinen Armen hielt, ohne an Herz oder Lippen zu horchen. Ich weinte bereits und bemerkte es nicht. Mit pendelndem Kopf, leblos, schlaff sank sie wieder ins Kissen, und aus Jenis Mund schwappte Blut.

II

(1940–1946)

Im Vierten Kapitel kennt der Gott des Schlamassels keine Gnade mehr, ist es sinnvoller, schwimmen zu lernen als Deutsch, entziehen sich ein falscher Dandy und ein falscher Sachse dem Kriegsdienst in Rußland, begegne ich einem Kind, das nicht mehr auf der Welt ist, und nutze den Vorteil eines Fliegerangriffs, werde orthodox, um ein Herz zu erweichen (und ertrinke beinahe im Taufwasser), und hat ein Emigrant nichts mehr zu verlieren – außer seinem Akzent

Der dritte Tod

Heute kommt es mir vor, als sei meine Erinnerung eine erfundene Geschichte. Oder der Traum eines anderen. Ein beklemmender Traum, in dem man nicht vom Fleck kommt, um der Gefahr auszuweichen, die einen zermalmen wird.

Es verging eine Reihe von Tagen, bis ich zur Besinnung kam und mir wieder vor Augen stand, was ich erlebt hatte, in weißen, das Dunkel aufsprengenden Blitzen: Meine Flucht aus der Wohnung auf die Straße, auf der ich besinnungslos zitternd im Regen stand (und nicht im geringsten bemerkte, zu frieren und nackt zu sein), von Menschen umringt, die den Schutthaufen anstarrten, der mein Zuhause gewesen war, nichts als eine Halde aus Steinen und felsgroßen Brocken, verbogenen Gittern und Gips (bis aufs Dachgeschoß, das auf dem Haus, als es in sich zusammenfiel, seitlich zur Straße gerutscht war), und die mir eine Decke umlegten; sie machten den zwei Kompanien Soldaten Platz (deutschen Soldaten in Hakenkreuzuniformen), die als erste vorm formlosen Buckel auftauchten, halb verborgen von dunstiger Nachtluft und Staub, Steine wegrollten, mit Spaten im Schutt gruben und einen Kadaver im Rinnstein ablegten; ich hatte den hageren Landser vor Augen, der auf seinen Armen Jenis Leichnam ins Freie trug, den er mit dem zerfetzten Brokatkleid bedeckt hatte (und das Gesicht mit dem flachen, breitkrempigen Filzhut) und auf einen Holzkarren hievte; er nahm seinen Helm ab, den er mit dem Ellbogen gegen die Taille preßte (als wolle er sich vor der Toten veneigen), und zu seinem Nebenmann sagte er: »Schauerlich, es war ein Eisenstab, mitten ins Herz. Bohrte sich aus dem Fußboden in die Matratze. Diese Frau steckte regelrecht an einem Spieß«; ich erinnerte mich an zwei dampfende, unwillig scharrende Pferde vorm Holzkarren, auf dem sich die Leichen zu stapeln begannen (sie witterten den sich in Regen und Staubluft verbreitenden Todesgeruch); an Gendarmen, die die Menge ermahnten, mehr Abstand zu halten (»es herrscht Explosionsgefahr, Leute!«); man schob mich zum Karren und legte zerschmetterte, klumpige, blutig verschmierte Gesichter frei, um zu erfahren, wer mir von den Toten bekannt sei, und als man den Filzhut von Jenis Gesicht nahm, das unversehrt war und entsetzlich verloren wirkte, kippte ich auf den Stapel mit Leichen; schleunigst zog man mich hoch und vermerkte den Namen auf einem Etikett, das man an Jenis Zehen befestigte, und ich taumelte wieder zum Bordstein; ich erinnerte mich an den Mann mit Melone und milchweißen Handschuhen, der in die Hocke ging und mir seinen Arm um die Schulter schlang, und den ich zu Anfang nicht wiedererkannte; er eilte zu einem der Gendarmen, mit dem er verhandelte, wieder und wieder auf mich zeigend, und als meine Decke zu Boden glitt und ich erneut splitternackt auf dem Bordsteinrand kauerte, durfte Haralamb Vona ins Dachgeschoß klettern, mit der Lampe, die er vom Gendarmen entliehen hatte (ein gelblicher Kegel flog in meinem Zimmer von Mauer zu Mauer, wie eine irrlichternde Seele), das er mit zwei Koffern verließ.

Haralamb Vona nahm mich bei sich auf. Er war der Besitzer des um 1900 errichteten Hauses mit Erkern und Holzbalkonen, reichen Fassadenverzierungen und Schnitzereien, das in einer Sackgasse namens Allee Năstăsescu stand, einem versunkenen Winkel beim Park Ioanid, hatte den ersten Stock an einen Senffabrikanten vermietet und lebte im Hochparterre. Man konnte sich in seiner Wohnung verlaufen. An Gesellschafts- und Rauchsalon stießen ein Bibliotheks-, ein Eß- und ein Schreibzimmer. Und auf der anderen Seite der Diele befanden sich Schlafzimmer, Kammern, Toilette und Bad. Außer dem Eingang zum vornehmen Treppenhaus konnte man einen Dienstbotenaufgang benutzen und kam auf steilen Stufen in Keller und Garten.

Beim Erdbeben hatte das von seinen Eltern erbaute Haus keinen nennenswerten Schaden erlitten. Am Dach waren mehrere Ziegel verrutscht und im Mauerwerk zeigten sich haarfeine Risse. Schlechter war es um Glas, Porzellan und Kristall bestellt und den Totenkopf des aus Italien stammenden Großvaters, den er besonders in Ehren hielt.

Es herrschte ein heilloses Tohuwabohu, als wir in dieser Nacht seine Wohnung betraten. Vona ließ meine Koffer fallen, riß seinen Hut vom Kopf und bekreuzigte sich vor den Scherben am Boden.

Ja, es verging eine Reihe von Tagen, bis ich aus der Schockstarre auftauchte. Ich verbrachte sie in einer Kammer am Flurende, schlief oder stierte zur Streifentapete (und zum Glasschrank mit Nippesfiguren, die großteils zerbrochen waren), und alle sechs Stunden kam Vona ins Zimmer, um mir eine Mahlzeit zu bringen. Nachmittags zwang er mich zu einem Rundgang im Garten bei frischer Novemberluft. Er schleuderte seinen Spazierstock ums Handgelenk und hielt mir einen Vortrag, von dem ich kein Wort verstand. Ich folgte dem Atem, der weiß und verschlungen seine Lippen verließ, die sich sinnlos bewegten.

In einer Nacht tappte ich aus der Kammer zum Schreibzimmer, wo eine Stehlampe brannte, und Vona, mit Lupe vorm Auge und Leimtopf im Schoß, an einem Intarsientischchen beim Ofen saß (einem gußeisernen Monstrum von Ofen) und seinen Großvatertotenkopf klebte. Sein von der Lupe verzehnfachtes Auge betrachtete mich halb beruhigt, halb verstimmt. »Nicht ablenken«, knurrte er, »sonst kriege ich meinen Großvater nie mehr zusammen. Man darf mit zersplitterten Knochen nicht anders umgehen, als mit einer zerrissenen Seele, Herr Felix. Beides braucht Zuwendung, Aufmerksamkeit und Geduld.«

Anderntags teilte Vona mir mit, er wolle mich als seine Schreibkraft einstellen, ich sei sicher erfahren im Schreibmaschinenschreiben. Als ich diese Annahme leider verneinen mußte, war er nicht im geringsten beeindruckt. Als Klavierspieler werde ich mit seiner Yost-Schreibmaschine bald klarkommen, grummelte er. Ich ließ mir meine Zweifel nicht anmerken. Seine Zeit sei zu kostbar, belehrte er mich, um sechshundert Seiten ins Reine zu schreiben, und schleppte zwei Haufen mit winzig beschriebenen Papieren an, die er aufs Tischtuch aus Damaststoff knallte, zwischen silberne Platten mit Leberwurst, Fischrogen, Speckscheiben, Eiern und Fleisch in Aspik. Das sei der erste Band einer Geschichte der Architektur seiner Heimat, der sich den Baustilen am Schwarzen Meer widme.

In Erinnerung an seinen niemals beendeten Aufsatz zu »Kubischen Formen in der Architektur« konnte ich mein Erstaunen schlecht verbergen. »Seien Sie ehrlich«, bemerkte er kratzig, »Sie dachten, ich sei ein sein Leben verplempernder Dandy.« Ich verneinte, was Vona erst richtig in Fahrt brachte. »Warum abstreiten, Kannmacher«, schimpfte er mißmutig, »Sie hatten ja vollkommen recht. Was ich erbaut habe, ist nicht der Rede wert. Und mit dem Schreiben kam ich nicht zu Rande. Ich versaß meine Tage in Capşa und Zissu, spielte Karten und haderte mit dieser Welt. Diese Welt hat nichts Besseres verdient, meinetwegen. Trotzdem waren Vonas verneinende Ansichten nichts als ein Schleier vor Vonas Bequemlichkeit. Nicht widersprechen!« ermahnte er mich, als ich hustete.

»Vor rund sechzig Monaten schloß ich mich in meiner Wohnung ein. Ich ging nicht mehr aus und versetzte Marietta, bis sie es aufgab, vergeblich vorm Haus auf und ab zu spazieren und mich zu verfluchen, entließ meine Hauswirtschaftshilfe, aß Tag um Tag Maisbrei, rasierte mich nicht mehr und ließ meine gute Garderobe im Schrank.« Er nippte an seiner Kaffeetasse. »Und was taten Sie?« wollte ich wissen. »Mein Schicksal bezwingen, Herr Felix, was sonst! Ich nahm mir meine Notizhefte vor, eine Ewigkeit hatte ich sie nicht betrachtet. Und allein die sechs Hefte mit Skizzen vom Schwarzen Meer offenbarten sich als wahre Fundgrube. Auf diesen Studien konnte ich aufbauen. Ich verbrachte vier Monate zwischen Baltschik und Constanţa, Constanţa und Sfântu Gheorghe, ich zeichnete, photographierte und ging in Archive und kam mit zwei Kisten Papier nach Hause. Und wenn ich daheim nicht in Faulheit versank und im Capşa verkehrte, um Bridge zu spielen, oder erneut vor Marietta im Staub kroch, verdanke ich das keinem anderen als Adolf Hitler. Seine Eroberungen in halb Europa versetzten mich in einen Schaffensrausch. Und als deutsche Truppen in Bukarest eintrafen, schloß ich mein letztes Kapitel im Handstreich ab. Es war meine Verzweiflung, die mir diese Kraft verlieh. Und wenn Hitlers Truppen Europa zerstampft und versklavt haben, wird sie den Gipfel erreichen. Mit anderen Worten: Sein Siegeszug macht mich unsterblich.«

Anfangs fiel mein Erfolg an der Yost-Schreibmaschine bescheiden aus. Mehr als zwei Seiten am Tag brachte ich nicht zustande, und die waren voller verheerender Fehler. Vona verbesserte sie, ohne sich zu beschweren, und ließ mich allein, um mich mit seiner Gegenwart nicht zu verunsichern. Er trug meine Hosen und Hemden zur Reinigung, die voller Zementstaub, verfleckt und verknittert waren, und kochte mein Unterzeug aus. Er stand am Emailleherd, den man mit Kohlen befeuerte, um unsere Mahlzeiten zuzubereiten, und erwies sich als blendender Koch. »Muß der Mensch wieder fressen!« bemerkte er gallig, wenn er seine Speisen ins Eßzimmer brachte, saure Suppen mit Lammkutteln, Huhn oder Wild, Reisgerichte mit Leber und warme Pasteten aus Entenfleisch. Und bald aß ich Kuheuter in einer Soße aus Rotwein und Hoden vom Schafsbock.

Vonas Yost-Apparat war ein schwerer und schwarzer Trumm mit sinnreich erdachter Mechanik, die widerstandslos meine Anschlagsbefehle befolgte. Die in einem Farbkissen ruhenden Typen bewegten sich flink bis zur Mitte, um mit einem Heuschreckensprung vor der Walze zu landen. Ich brachte am Anfang nicht mehr als zwei Finger zum Einsatz, die erst in der Luft kreisten, linkisch und dumm, bis sie endlich den richtigen Buchstaben fanden. Besser ging es, als ich mir Klaviertasten vorstellte und den Buchstaben Noten zuordnete, die in meinem Kopf erklangen, wenn ich sie anschlug. Bald konnte ich meine anderen Finger zu Hilfe zu nehmen, mit Ausnahme der drei zertretenen, die ich nicht anstrengen durfte (und anders als am Klavier konnte ich an der Maschine auch mit sieben Fingern erfolgreich sein). Ich kam auf rund zwanzig Seiten am Tag, erneut voller Fehler, die Vona geduldig verbesserte.

Stille herrschte in Bukarest, das tief verschneit war. Im Vormittagssonnenschein blitzte der Teppich aus Schnee diamantenweiß auf. Und in unsere Gasse am Park Ioanid drang das Schellen an Schlitten befestigter Glocken. Kuppeln und Giebel, Terrassen und Turmspitzen waren von flauschigen Kissen bedeckt, als ich (im Lammfell, mit hohen Galoschen aus Kautschuk und Haube aus grauem Astrachan) mit Vona (in seinem bis zum Erdboden reichenden Mantel aus Robbenfell und einer Pelzkappe) zu einem Stadtbummel aufbrach.

Am Akademieplatz, wo deutsche Soldaten mit goldenen Engeln verzierte Bonbonschachteln schleppten, schabte ein Schneepflug mit Holzschaufel, wenig erfolgreich, am dicken Belag auf der Fahrbahn. Kinder kullerten um unsere Beine und boten uns rote und weiße Papierrosen an, und eine Zigeunerin wollte mir aus der Hand lesen. Vona bugsierte mich in einen Laden, der Kaviar aus Bessarabien verkaufte, angeblich den besten und schmackhaftesten in ganz Bukarest. Er besorgte in Sirup kandierte Kastanien und wollte sich mit einem teuren Rasierwasser eindecken.

Zwei Menschen blockierten den Eingang zur Drogerie. Der eine war Ghiţă, die andere meine verflossene Liebhaberin Paraschiva. Beide waren in einen erbitterten Streit vertieft und zu unachtsam, um uns den Weg freizugeben. »Dieser Duft ist zu kostspielig«, jammerte Ghiţă, »den kann ich nicht doppelt besorgen.« – »Wenn es um mich geht, du Hurensohn«, keifte sie, »findest du alles zu kostspielig. Und warum doppelt? Du bringst deiner Ehefrau halt etwas anderes mit.« Sie zerrte erregt an der Schachtel, die in seinem Arm klemmte. Und als er nicht lockerließ, tobte sie: »Hosenstall offen – Geldbeutel verschlossen, das reimt sich nicht. Verkriech dich im Schoß deiner Mutter!« Ohne mich zu erkennen, drehte sich Paraschiva um und entfernte sich fluchend im milchweißen Nebel.

Ghiţăs Verlegenheit hielt sich in Grenzen. Es sei Eifersucht, log er, als er mich bemerkte, nichts als Eifersucht auf seine neueste Errungenschaft, eine rassige, vollschlanke Griechin. Und von seiner Griechin kam er aufs Kasino zu sprechen, das der von der Garde berufene Kommissar bald ruiniert haben werde. Zum Buchhalter habe er einen Verwandten bestimmt, der von Zahlen absolut nichts verstehe und, nebenbei, eine Leber besitze, die keimfrei in Alkohol schwimme.

Zweifellos eine Postenbesetzung mit Absicht. Sie erleichtere es diesem Galgenstrick von einem Kommissar, tief in die Kasse zu greifen. »Und das nennt sich Revolution«, schimpfte Ghiţă, »Protopopescu ist nichts als ein Gauner, der sich am Eigentum anderer bereichert. Und wenn man meinen Kaufantrag endlich bewilligt hat, wird der Spielsalon keinen roten Heller mehr wert sein.«

Ich lehnte es halsstarrig ab, mich von Ghiţă zum Essen einladen zu lassen, der meine Hilfe in Anspruch nehmen wollte, um mit dem Handelsbeauftragten der Deutschen Botschaft zusammenzutreffen. Ich sei mit dem Botschaftsvertreter nicht besser bekannt als er, sagte ich unwillig. »Das stimmt nicht«, erwiderte Ghiţă erregt, »vergangene Nacht war er bei uns im Spielsalon und hat zu wissen verlangt, wo du steckst.« Das war eine Nachricht, bei der sich mein Nackenhaar aufstellte.

Ghiţă jammerte mir beide Ohren voll. Nur mit Not konnte ich mich vom Saalchef befreien, der nicht aufgeben wollte und an unserer Seite blieb, bis ans Ende der Straße Lipscani, wo er sich mit Beschimpfungen von mir verabschiedete. »Charakterlos«, »undankbar«, »Judenfreund«, schrie er und kletterte wutentbrannt in eine Straßenbahn.

In der Weißen Kirche, Biserica Albă, begegneten wir einem anderen Paar. Von der Ikone vervielfachter Kerzenschein drang aus dem dusteren Inneren ins Freie und zitterte gelblich im Schnee. »In diesen Zeiten«, belehrte mich Vona, »sollte man nicht vergessen zu beten. Schaden kann es uns nicht – ob es hilft, das weiß Gott allein«, und schob mich zur Treppe, die mit einer Eisschicht bedeckt war. Ich war zu verwirrt, um zu antworten. Ghiţăs Alfredbemerkung beunruhigte mich. Wenn mein Onkel mich wiedererkannt haben sollte, ließ er mich bestimmt nicht in Frieden. Andererseits konnte alles ganz harmlos sein. Vielleicht hatte er, als er sich nach mir erkundigte, nur meine Dolmetscherdienste in Anspruch nehmen wollen.

Als wir ins Kirchenschiff eintreten wollten, aus dem singende Popenstimmen kamen und Weihrauchduft, stießen wir fast mit Marietta zusammen, die mit dem Gesicht zum Altar in die Vorhalle trat. Und als sie sich umwandte, streifte sie Vonas Brust. Erschrocken und eilfertig sprang er zwei Schritte beiseite. Wieder wirkte er steif wie ein Oberprimaner, der unversehens vor seiner Flamme steht, die er sonst nur aus der Ferne anhimmeln kann. Und je verschmachtender er sie betrachtete, um so mehr Hochmut und Eitelkeit zeigte Marietta. Aufreizend faßte sie sich in den Nacken. »Du treuloser Mensch, keine Zeile, kein Anruf«, versetzte sie schmollend, »ich bestehe auf einer Entschuldigung.«

Er machte Anstalten, sich zu rechtfertigen, als Nicu Matei in die Vorhalle stapfte. Innig lehnte Marietta sich an seine Schulter. »Ah, dein Verehrer«, bemerkte er finster und schubste sie mit seinem Ellbogen von sich, »der mit diesem Hundsfott von Marcu befreundet ist. Verpißt hat er sich«, zischte Nicu Matei erstickt, im Gotteshaus mußte er sich ja beherrschen, »dieser Judas, der mitschuldig ist an Codreanus Ermordung. Als wir in seinem Haus eine Razzia veranstaltet haben, war er nicht daheim.« – »Marcu wollte sich nicht von euch abmurksen lassen«, erwiderte Vona, »ist das nicht begreiflich?«, er konnte es sich nicht verkneifen zu grinsen, »wenn ich es richtig weiß, lebt er zur Zeit in der Schweiz.«

Vonas Unsicherheit war verflogen. Vor dem fanatischen Nicu Matei, der als verhinderter Zwilling mit doppeltem Willen gleich zwei Fanatiker in sich vereinte, rettete er sich in kalte Verachtung. Und um so ruhiger wirkte er (ruhiger als eine windstille See). »Niculein«, hauchte Marietta, »sie machen sich alle vor dir ins Hemd, ist das nicht aufregend?«, und wollte sich wieder beim Ehemann anschmiegen, »denk an diesen Slumowitz, der euch entwischt ist, und das mit einem Koffer voll Geld!« – »Halt deinen Schnabel«, entgegnete Nicu schroff, der sie neuerlich mit seinem Ellbogen wegkeilte, »erstens werden wir Slumowitz finden, und außerdem war es nicht *sein* Geld, verstanden? *Mein* Geld ist es, *meins*, um das er mich begaunert hat.« Es strengte Matei sichtlich an, seine Stimme zu senken.

»Warum ergaunert?« erwiderte Vona, »meines Wissens war er der Kasinobesitzer. Und wenn wir von dein oder mein reden, bitte …«, verstohlen betrachtete er Marietta, die abseits stand, mit nassen Augen, und sich eine Brust rieb (Nicus Ellbogenhieb mußte schmerzhaft gewesen sein), »... was Sie im Kasino verspielt haben, wieder und wieder, Matei, war *mein* Geld. Zugegebenermaßen Geld, mit dem ich mir Mariettas Verachtung erkauft habe. Und das war beileibe kein billiger Spaß, mein Herr. Ja, was uns beide verbunden hat, mich und Marietta, das war dieses Geld. Seien Sie ehrlich, mein bester Matei: Es war *unser* Geld, das Sie verspielt haben.«

Nicu konnte sich nicht mehr beherrschen. »Wer ist mit dem Flittchen verheiratet«, heulte er, »du oder ich? Es war *meins*, verdammt. *Meins!*« – »Pssst«, machte es in der Kirche. Eine Alte mit Buckel und Runzelgesicht hinkte an einem Stock in die Vorhalle. Aus dem zahnlosen Mund kam ein Zischeln. »Gott erlaubt es nicht, in seiner Wohnung zu fluchen. Er wird dich bestrafen, mein Sohn!« Matei schlug mehrere Kreuze vor seiner Brust, und Haralamb Vona bekreuzigte sich, und Marietta fiel auf beide Knie. »Ach ja«, sagte Vona, »von Slumowitz heißt es, er sei bei Verwandten in Haifa.« Das war frei erfunden, und trotzdem beruhigte mich Vonas heitere Stimme, die Nicu Matei um so rasender machte. Er hatte bereits einen Fluch auf den Lippen, als Marietta einschritt und dem Mann seinen Mund zuhielt.

In den kommenden Tagen und Wochen arbeiteten wir ohne Pause am Vonaschen Buch, außer an Weihnachten, das wir vorm Tannenbaum verbrachten, den er sich aus Predeal hatte anliefern lassen, drei Meter hoch, Nadel- und Harzduft verbreitend, als dehne sich vor unseren Wohnzimmererkern der weiße Karpatenwald aus. Mit Zuneigung, Aufmerksamkeit und Geduld verhalf er seinem Großvater wieder zum Nasenbein, tauchte den Pinsel in Leim, bestrich Splitter um Splitter und preßte sie gegen den Totenkopf. Er berichtete mir von der Flucht aus dem Ferienhaus in Baltschik, wo er rund einen Monat bei Marcu und Tochter Virginia verbracht hatte, bis bulgarische Truppen es besetzt hatten, die in dieser Vollmondnacht von Haus zu Haus marschiert waren und von allen Fremden verlangten, innerhalb von zwei Tagen das Land zu verlassen. Und zusammen mit den beiden vernichteten Marcus (dem verbissenen Vater, der schluchzenden Tochter) hatte er den aus Mailand bezogenen Vorhangstoff, auf Konstantinopels Basaren erhandelte Lampen, griechische Teller und persische Teller in Koffer und Kisten verpackt, die Titi zum Hafen fuhr, um sie in ein an der Kaje liegendes Schiff zu verladen, das bei Tagesanbruch, voller Menschen und Hab und Gut, aus dem Golf auf das offene Meer stampfte. »Ja, Baltschik war ein Paradies«, sagte ich schluckend. »Ach was«, schimpfte Vona und starrte mich mit seinem riesigen Auge im Lupenglas an, »mir ist kein Paradies bekannt außer dem einen, aus dem uns der Herrgott in weiser Voraussicht vertrieben hat.«

Niemand besuchte uns in diesen Tagen, ausgenommen ein Priester, der in unsere Wohnung kam, ein Weihrauchfaß schwang, mit Basilikum heiliges Wasser versprengte und singend von Zimmer zu Zimmer schritt, um sie, neugierig linsend und lugend, zu segnen, anschließend zu Kaviar und Obstschnaps nicht nein sagte und in Null Komma nichts Vonas Geldschein verschwinden ließ (im weiten, verwickelten Stoff seines Priesterrocks). Eine Baba, knapp neunzig, die eidechsenflink war, stellte im Morgengrauen Eier und Milch in den Korridor, und vormittags spannte sie sich vor den Handkarren, um am Markt zu besorgen, was Vona verlangte. Er stieg in den Keller, um Kohlen und Brennholz zu holen, und niemals entdeckte ich Rußflecken auf seinem Anzug oder Kohlenstaubspuren in seinem Gesicht (mir blieb schleierhaft, wie er das anstellte). Er berichtigte meine Maschinenschriftseiten, verknappte und feilte, schob neue Gedanken ein, um seinem Buch den letzten Schliff zu verleihen. Und als ich mich mit der Reinschrift abplagte, sichtete er seine Photographien und Zeichnungen, Ansichten, Grundrisse, Querschnitte.

Bald stellte sich Vona nicht mehr an den Herd, und wir arbeiteten sechzehn Stunden am Tag. Und wenn er mich aus meiner Kammer, bereits frisch rasiert und im Anzug, zum Schreibzimmer scheuchte, sprach er von einem Gardistenputsch, der kurz bevorstehe, Sima wolle alleine regieren und seinen Rivalen, den rothaarigen General, endlich loswerden, der nur Wasser ins Revolutionsfeuer gieße. Sima brauche ein Blutbad, er brauche es dringend, um seine mordlustige Meute bei Laune zu halten. Ja, von Woche zu Woche war Vona verzweifelter, was seinen Eifer ins Maßlose steigerte. Und mir selber erging es nicht anders. Ich rackerte mich an der Yost-Schreibmaschine ab und schrieb mich besessen von Blatt zu Blatt, um meine bleierne Mutlosigkeit zu vergessen.

Und als der Gardistenputsch losbrach und Puiu, der Senffabrikantensohn im ersten Stock, seine Uniform anzog, den Radioaufruf befolgend, umgehend seine Gardeeinheit zu erreichen, wo er ein Maschinengewehr und Munition bekam; und als Gardistentrupps ausschwirrten, in dieser Januarnacht '41, vom Nebel verschlungen, als seien es marschierende Geister; und als sie Juden verhafteten, scharenweise, um sie im Bezirksamt bestialisch zu foltern; als sie Synagogen in Brand steckten und in der Straße Lipscani einen Juden vom Bett zerrten (und bald einen zweiten und dritten und vierten), um in seiner Gegenwart Tochter und Frau zu mißbrauchen und den Vater und Ehemann anschließend niederzumetzeln, im Beisein von Tochter und Frau; als sie andere Juden im Wald von Băneasa reihenweise mit einem Genickschuß ermordeten; und als sie in Dudeşti keinen Stein auf dem anderen ließen, Schaufenster zerschmissen und Wohnungen aufbrachen, brandschatzten und stahlen, was sie in die Finger bekamen, und von Schildern vor staubigem Uhrmacherladen, Armeleutelokal oder trostloser Drogerie: »Christliches Eigentum« nicht im geringsten beeindruckt waren – gingen wir nicht mehr zu Bett.

Und nicht anders am Dienstag und Mittwoch, als der General seine Truppen in Marsch setzte, mit dem Befehl, den Gardistenputsch niederzuschlagen, und aus der Ferne Maschinengewehrfeuer erklang und Kanonendonner, brennende Benzinflaschen flogen und Panzer in Flammen aufgingen und Soldaten verkohlten, und die Gardisten im Todesrausch, den sie besungen hatten, den Telefonpalast angriffen, und Frauen und Kinder als Geiseln benutzten, die im Armeefeuer reihenweise umkippten, Busse und Trambahnen und Automobile verlassen im aschgrauen Schnee standen. Berserkerhaft hackte ich auf die Maschine ein, und Haralamb Vona, mit fahlem Gesicht, beschriftete Photographien und Zeichnungen.

Selbst als sich ein Bleigeschoß in unsere Gasse verirrte, diesen verwunschenen Winkel am Park Ioanid, und mit einem Pfeifen ins Schreibzimmer sauste, um in einem Dielenbrett steckenzubleiben, erlaubten wir uns keine Pause. Von Zeit zu Zeit kochte uns Vona Kaffee oder sprang von den Zeichnungen hoch, um zu telefonieren, erfolglos, die Leitung war tot.

Und als am Donnerstag motorisierte Kolonnen der deutschen Armee auf den Hauptstraßen rollten und Sima vorm rothaarigen General in die Knie ging, dem man im fernen Berlin mehr Vertrauen schenkte als einem Heißsporn mit wildem Piratenschopf, seinen Gardisten befahl, kampflos abzuziehen und alle Waffen dem Heer abzuliefern, beendete ich meine Reinschrift. Vona schob seine Zeichnungen in eine Mappe, rasierte sich und stieg in frische Klamotten, um sich vom Senffabrikanten den Cadillac auszuleihen. Mit dem Versprechen, Erkundigungen anzustellen, wo sein Gardistensohn stecke, bekam er den Kraftwagen.

Verschreckt, mit zerkauter Zigarre im Mundwinkel und einem Haarkranz, der wirr in die Luft ragte, stand der Senffabrikant auf dem Treppenpodest. »Und wenn mein Puiu, mein Schlingel, mein Nesthupfer, nicht mehr am Leben ist?« jammerte er. »Zu sterben, bleibt keinem erspart – *dumm* zu sterben, das kann man vermeiden«, erwiderte Vona mit einer grummelnden Stimme, die schwer zu verstehen war. »Sie haben recht, mein Gott, er ist zu jung, um zu sterben«, versetzte der Senffabrikant, als wir uns in sein Automobil setzten.

Vor seinem Besuch der Ecole des Beaux Arts hatte Vona in Bukarest Architektur studiert, bei einem Mann namens Rosenheim, Iosif. Der war Mitte sechzig und wohnte, in Nachbarschaft zum Kommunal-Schlachthof und den Fabriken Lemaître, in einer bescheidenen Villa am Stadtrand, wo er sich seinen Architekturstudien widmete. Bereits Mitte der dreißiger Jahre von Gardestudenten mit Messern bedroht, hatte er seinen Lehrstuhl vorzeitig verlassen. Tief besorgt um den Ende November drei Tage verschleppten und viehisch mißhandelten Freund, wollte Vona als erstes zum Stadtrand, um zu erfahren, ob er den blutigen Horden entgangen war.

In der Innenstadt begegneten wir keinem Menschen, von Soldaten, Maschinengewehre im Anschlag, Panzerfahrern und Streifentrupps abgesehen. Am Boulevard Brătianu zwang man uns zum Anhalten, betrachtete (eher zerstreut) unsere Ausweise und filzte den Cadillac (das um so eifriger). Bei den Markthallen kam es erneut zur Kontrolle. Breitbeinig und mit erhobenen Armen mußten wir uns vor das Automobil stellen, das zwei Soldaten auf Waffen absuchten.

Mir fielen inzwischen zwei junge Gardisten am Bordstein auf. Mit tiefen Augenringen, schweigsam und fassungslos, hockten sie auf seiner Kante und stierten ins Leere. »Habt euch beruhigt, was?« keifte ein Briefbote, und ein Taxichauffeur schimpfte: »Lumpengesindel!« Und die dem Taxi entsteigende Dame im Nerz, stark verschminkt, von matronenhaftem Umfang, versetzte halb grimmig, halb schadenfroh: »Ja, wer mit Hitler ins Bett steigt, Jungs, der ist im Nu seine Eier los.«

Auf dem Flußdamm der Dâmboviţa hielt uns niemand mehr an. Am westlichen Horizont zeigte sich ein violettes Band, das in einen zyanblauen Streifen ausfaserte, im Osten hingen schneeschwere Wolken. Dunkelheit machte sich breit. Vom Kanal stiegen Schwaden auf, und die am Uferrand stehenden Angler, die sich eine Mahlzeit fangen wollten, zerfielen zu Schatten und Schemen.

Als wir beim Schlachthof ankamen, bremste Haralamb Vona den Cadillac ab und stieg ohne ein Wort aus dem Automobil, um zu einem Paar zu eilen, das in der Toreinfahrt lehnte, umklammert, mit ruckenden Schultern. Ich schob mich vom Sitz in die kalte, nach Kohlen- und Holzfeuern riechende Luft. Vona schlang seine Arme um beide, den Mann, der zerbrechlich und durchsichtig wirkte, und seine im Biber versinkende, rundliche Frau, ohne sie voneinander zu trennen. Iosif Rosenheim schluchzte und stammelte, und seine Pelzkappe fiel in den Schnee. Keiner der drei nahm es wahr, als ich sie von der Erde aufhob und am Hosenbein abklopfte.

Ich trat in den Hof, auf dem zahllose Menschen zusammenstanden, teils weinend, teils witzelnd, ins dustere Schlachthaus starrend, in dem ich nichts anderes erkannte als baumelnde Fleischklumpen. In diesem Augenblick glommen die Laternen im Hofviereck auf und beschienen eine Reihe von Leichen, halbnackt, blutverschmiert, voller Striemen und Flecken, mit klaffenden Wunden, zermatschten Gesichtern und glasig vorquellenden Augen. Alle trugen ein Schild um den Hals, auf dem »Koscheres Fleisch« stand, und waren mit den Kehlen an den Haken befestigt. Und in der Mitte, vom Wind in Bewegung versetzt, einem eisigen Nachtwind, in dem ein paar Schneeflocken wirbelten, pendelte Aristide Slumowitz.

Geschichte vom Spiel um Tod und Leben

»Und als Slumowitz tot war, kam er ins Kasino. Sein wuchtiger Leib war zerschunden und blutverschmiert, sein erhabenes Gesicht voller Schluchten und Felszacken ein Brei aus zerschmetterten Knochen und rohem Fleisch. Und er hatte ein Loch in der Kehle.

Hocherfreut eilte Ghiţă vom Holzpodest, als er den toten Kasinobesitzer bemerkte. Mit einer Verbeugung empfing er den ›hohen Gast‹, den er wortreich und heuchlerisch-herzlich willkommen hieß, alle Spielsaalbetreiberverantwortung los zu sein sei anscheinend erholsamer als eine Woche im Bergland, sein blendendes Aussehen beweise es ja. ›Man hat mich ermordet‹, erwiderte Slumowitz. ›Das macht nichts, das macht nichts‹, versicherte Ghiţă, ›entscheidender ist, daß wir beide zusammenhalten, um dieses Haus vorm Ruin zu bewahren. Wenn Sie mir alle Bankkonten mitteilen, Slumowitz, und eine Vollmacht erteilen, werde ich unseren Spielsalon wieder auf Vordermann bringen.‹

Und zusammen mit Grubenbaronen und Textilfabrikanten, Besitzern von Raffinerien und Stahlwerken hockte der Handelsbeauftragte der Deutschen Botschaft beim kreiselnden Spielrad und hob sein Champagnerglas. ›Ist das nicht Slumowitz?‹ wollte er wissen und kniff beide Augen zusammen. ›Willst du uns nicht Guten Tag sagen, Jude? Reiß dich zusammen und komm zu uns, wir beißen nicht!‹ Der Mann aus dem Rheinland verschluckte sich prustend, und der Grubenbaron aus dem Ruhrgebiet hieb sich auf beide Knie.

In der Zwischenzeit schleifte mich Ghiţă zum Botschaftsvertreter, der dringend einen Dolmetscher brauchte. ›Ich bin tot, mein Herr, und keine gute Gesellschaft‹, erwiderte Slumowitz, der an den Spieltisch trat. ›Im Gegenteil, Slumowitz‹, kicherte Alfred, ›wir kennen keinen besseren Gesellschafter als den Tod. Und besonders bei Juden macht uns das nichts aus. Tote Semiten sind gute Semiten.‹ Wieder johlte und wieherte es in der Runde.

Mein Onkel verlangte vom Kellner ein frisches Champagnerglas und einen Lehnsessel mehr. Und als Slumowitz Platz nahm, versetzte der Botschaftsvertreter: ›Ich will dir verraten, warum es passiert ist. Dein launischer Gott war zerstreut, als er dir sein Gesicht der Vernichtung zukehrte. Er hatte andere Sorgen als dich. Und sein Vertreter in Bukarest hing ohne Pause am Telefon, um mit dem Außenminister und anderen Dienststellen zu telefonieren. Ja, Slumowitz, ich hatte Besseres zu tun, als mich um ein paar Hunderte lausiger Juden zu scheren, die man schlampig und planlos ermordete. Das verdankst du der Garde, die alle Vereinbarungen bricht. Es sind fanatische Nationalisten, die nicht im geringsten bereit sind, den Kuchen zu teilen. Selbst auf die Juden erheben sie Anspruch und wollen sie allein massakrieren. Und das ohne Sinn und Verstand. Deine Zeit war nicht reif, das ist wahr.‹ – ›Ja, Jude, dein Gott ist ein Deutscher‹, ließ sich der Chemiefabrikant aus dem Rheinland vernehmen und riß vor Begeisterung an seinen Bartspitzen.

›Wenn er ein Gott ist‹, erwiderte Slumowitz, ›kann er mich wieder zum Leben erwecken.‹ – ›Das versteht sich von selbst‹, sagte Alfred, der grinsend an seinem Champagnerglas nippte. ›Er will wieder schachern, der Jude‹, bemerkte der Grubenbaron von der Ruhr, ›wer ein Jude ist, bleibt einer, in alle Ewigkeit.‹ Man bog sich vor Lachen und stieß gegenseitig an. ›Slumowitz, denken Sie an meine Bankvollmacht!‹, heulte Ghiţă, der auf seinem Holzpodest zappelte. ›Das versteht sich von selbst‹, wiederholte der Botschaftsvertreter, als Ruhe einkehrte. ›Wenn sich das von selbst versteht‹, murmelte Slumowitz, ›sollten wir um mein Leben spielen, finden Sie nicht?‹ – ›Er vergißt, bereits tot zu sein‹, sagte ein Offizier, der zwischen Chemiefabrikant und Ruhrbaron saß. ›Richtig, was sollte er einsetzen?‹ wollte der Hamburger Kaufmann erfahren und schniffelte an einer Schnupftabakprise auf seiner Hand, ›um deine Edelsteinringe hat man dich beraubt, Jude, und der Einfachheit halber zusammen mit den Fingern.‹ – ›Und wenn er ein WW-Jude ist?‹ mischte sich ein Berliner ein. Alfred rieb seine fleischigen Wangen: ›Nein, nein. Bitte sagen Sie mir, was er Wertvolles produziert. Butter? Petroleum? Kanonen?‹ – ›Erfolg‹, sagte Slumowitz flehend,

›oder Mißerfolg. Massel oder Schlamassel, mein Herr.‹ – ›Und das bringt gutes Geld ein‹, rief Ghiţă vom Holzpodest. – ›Judenware‹, erwiderte Alfred verdrossen. ›Ich kann meine Villa einsetzen‹, fuhr Slumowitz fort, ›meinen Nasch, meine Bankkonten.‹ – ›Nicht deine Konten, um Gottes willen, Slumowitz, nicht deine Konten‹, schrie Ghiţă.

›Was denkst du dir, Jude‹, entgegnete Alfred erheitert, ›dein Haus ist beschlagnahmt. Und an deine Konten zu kommen ist ein Kinderspiel. Nein, du mußt uns was Besseres bieten. Zum Beispiel ein anderes Leben. Spielen wir um diesen Sachsen aus Kronstadt, was meinst du?‹ Alfred betrachtete mich voller Hohn. ›Nein, um einen Volksdeutschen spielen wir nicht‹, warf der Mann aus dem Rheinland zu meiner Verteidigung ein, ›und außerdem brauchen wir ja einen Dolmetscher.‹ – ›Ich schlage den Saalchef als Einsatz vor‹, sagte der Grubenbaron aus dem Ruhrgebiet, um sich an Ghiţăs Entsetzen zu weiden.

Vorschlag auf Vorschlag erfolgte, bis Alfred dem lautstarken Treiben ein Ende bereitete. Er hatte entschieden, wen Slumowitz einsetzen mußte: seinen Onkel, den Sohn eines Rabbis. Nein, um Avrams Leben zu spielen, dazu war Slumowitz nicht bereit, und erst recht nicht um das seines Enkels. Und er sprang aus dem Lehnsessel hoch. ›Du bleibst sitzen‹, befahl Onkel Alfred mit bellender Stimme, ›es war schließlich deine Idee. Und nichts ist erregender, als um ein Leben zu spielen. Wenn du erfolgreich sein solltest, kannst du das Kasino lebendig verlassen und Avram im Kellerlokal von Dudeşti um den Hals fallen. Wenn nicht, wird er von den Gardisten erschossen. Wir spielen drei Runden, und von diesen dreien muß eine an dich gehen, verstanden?‹

Slumowitz bettelte, Slumowitz wimmerte, und Ghiţă hielt Slumowitz fest. Alle starrten zur Kugel im kreiselnden Spielrad. Endlich verlangsamte es seine Fahrt, und die Kugel im Kessel bewegte sich, bummelnd und stockend, aufs Fach Nummer dreißig zu. Sie kippelte einen Sekundenbruchteil auf dem Steg zwischen Fach Nummer dreißig und Nummer acht, ohne zu einer Entscheidung zu kommen, kullerte schleppend zum Drehkreuz, beschrieb einen Halbkreis und landete auf Sechsunddreißig.

Slumowitz hatte verloren. Alfred hob beide Arme, als gellender Jubel ausbrach. ›Ruhe!‹ schrie er, ›wir haben erst Warschau erobert. Das ist nicht Paris, meine Herren!‹ Wieder erhob sich der Handcroupier von seinem Platz, um das Rad in Bewegung zu setzen. Es flitzte und wirbelte, kreiste und schlingerte. Und als seine Kugel ins Siebenerfach rollte, verfehlte sie Slumowitz' Zahl um ein Haar.

›Wir haben Paris besetzt!‹ johlte es von allen Seiten. Der Botschaftsvertreter verbat sich aufs neue voreiliges Freudengeheul. ›Paris ist nicht Moskau‹, versetzte er knurrend, ›erst wenn wir in Moskau sind, sind wir am Ziel, meine Herren‹, und er nickte dem Handcroupier zu.

Und der launische Gott, der im fernen Berlin saß und andere Dinge im Kopf hatte als einen schlampig und planlos ermordeten Juden in einer balkanischen Hauptstadt am Ende Europas, kehrte, aus purer Zerstreutheit, dem toten Kasinobesitzer sein Masselgesicht zu, der das dritte Spiel zu seinen Gunsten entschied. Und es schloß sich sein Loch in der Kehle. Und alle Verletzungen verheilten im Nu, Stiche in Lunge und Leber, zerschmetterte Knochen, zerfetztes Gewebe. Und seine glasigen Augen belebten sich. Und Slumowitz ruckte und ruckelte in seinem Maßschneideranzug, der nicht mehr zerrissen war. Und er hob seine Pranken, die protzig beringt waren, an jedem Finger ein anderer Edelstein, um sein Sultansgesicht zu betasten.

Alle stierten entgeistert auf Aristide Slumowitz, außer dem Handelsbeauftragten der Deutschen Botschaft. ›Meine Herren, ich sagte ja, erst wenn wir Moskau erreicht haben, sind wir am Ziel.‹ Und zu Slumowitz, der sich erhob und zum Gehen wandte, sagte er: ›Es ist nicht mehr als ein Aufschub. Wir werden planvoller vorgehen als diese Gardisten, verspreche ich dir. Und keiner von euch wird verschont bleiben.‹ Und Slumowitz eilte zur Halle, wo Mişu bereitstand, um den wieder Lebendigen zu Onkel Avram zu bringen, und mußte sich Ghiţăs erwehren, der wie eine Klette am Maßschneideranzug hing: ›Slumowitz, teilen Sie mir alle Konten mit! Denken Sie an meine Bankvollmacht, Slumowitz!‹«

Verloren wie ein Ruderboot auf hoher See

Um seinem Kaufantrag Vorschub zu leisten, hatte Ghiţă der Garde verraten, wo Slumowitz steckt: Bei seinem Fahrer in der Bessarabienstraße. Ghiţăs Vermutung erwies sich als richtig. Dienstagnacht brach ein Trupp von Gardisten bei Mişu ein, der seiner schwangeren Frau in den Bauch hieb, bis er den Haufen verzweifelt zum Dachboden hochbrachte.

Das erfuhren wir am anderen Mittag vorm Avramschen Kellerlokal, von dem nichts mehr vorhanden war als ein verkokeltes Loch. Der am Bordsteinrand kauernde Slumowitzonkel betrachtete uns aus verschwommenen Augen und brabbelte in seinen Stoppelbart. »Ich kann schwimmen, ich kann schwimmen«, wiederholte er pausenlos. Avram war in Gesellschaft von Mişu, der sich nicht verzeihen konnte, was vor vier Tagen passiert war. Ja, es sei seine Schuld, ausschließlich seine Schuld, wenn Slumowitz nicht mehr am Leben sei. Wir konnten den Mann nicht beruhigen.

Avrams Frau hockte vor einem Haufen rechtzeitig dem Feuer entrissener Habseligkeiten, das Keller und Erdgeschoßwohnung verzehrt hatte. Und um den Stapel aus Hausrat und Krimskrams im tauenden Schnee haschten sich seine Enkel. Es war ein warmer und sonniger Tag. »Mein Mann ist nicht ansprechbar«, sagte sie in einer Mischung aus Mitleid und Vorwurf, »meschugge, das ist er, meschugge, das ja. Avram, du Sohn eines Rabbis, nimm endlich Vernunft an, ich brauche nichts dringender als einen Mann mit Verstand, der mir sagt, was wir machen sollen.«

Avram winkte mir mit einem Finger, und als ich mich vorbeugte, sagte er heiser: »Vergib diesem Frauenzimmer, das nicht versteht, was ich meine. Als er meine Marga zum Frauenzimmer machte, hat Jahve sie bitter bestraft. Du verstehst, was es heißt, wenn man schwimmen kann?« wollte er wissen, halb lauernd, halb zwinkernd. »Ich werde ein Wal sein und meine Familie verschlucken. Meine Kinder und Enkel und dieses engstirnige Frauenzimmer, das ich von Herzen bedaure. Und wenn wir im Heiligen Land sind, mein Freund, werde ich meinen Rachen aufreißen und sie wieder ausspeien.«

Nein, er redete kein dummes Zeug, Onkel Avram. Im Juni bewilligte man seinen Antrag auf Ausreise, und im Juli bestieg er mit seiner Familie ein Dampfschiff, das binnen dreier Tage in Haifa anlegte und sechshundert Juden in Sicherheit brachte. Und im August schickte er eine Karte an mich, mit den Worten: »Recht hatte mein seliger Slumowitz. Es ist sinnvoller, schwimmen zu lernen als Deutsch.«

Zu Hunderten stand man vorm Leichenschauhaus in Dudeşti, um auf Einlaß zu warten. Und in der Innenstadt winkte ein junger Mann, der bleich und verbittert an einem Laternenpfahl lehnte, als er den Cadillac wiedererkannte. Puiu, der Senffabrikantensohn, stieg bei uns ein. Bis vor einer Stunde im Kino Regal verschanzt, dem letzten, verbliebenen Widerstandsnest der Legion, hatte er einen Kellerausgang benutzt, um vor den schießenden Truppen Reißaus zu nehmen, und sein Maschinengewehr in einem Kohlenschacht entsorgt. Er nannte sich stur einen Feigling und sprach vom Verrat, den er an seinen Leuten begangen habe.

Horia Sima, der Heißsporn mit Mausaugen, und andere ranghohe Gardemitglieder emigrierten ins Deutsche Reich. Und dem Fußvolk zu Hause ging es an den Kragen. Bereits Sonntagnacht kamen Gendarmen ins Haus, um den Senffabrikantensohn von seinem Bett zu zerren und in einen vergitterten Kleinbus zu stoßen, in dem er, zusammen mit zehn Kameraden, in einen Untersuchungshaftkeller verbracht werden sollte. Bei einem Halt am Senatsplatz sprang er aus dem Wagen und rettete sich in den eiskalten Fluß, wo er, mit Handfesseln, Winterzeug und schweren Schuhen, wie ein Stein in der Tiefe versank.

Nicu Matei verhaftete man Ende Januar. In den Putschtagen hatte er an seinem Balkon Megaphone anbringen lassen, ein halbes Dutzend, um der Welt seine glasklaren Ansichten mitzuteilen, zu Singapur und Transsilvanien, Juden, Indianern und Negern und Eskimos; zu Carol II., Vlad Ţepeş und Stalin; zu Saboteuren in amerikanischen

Diensten, insbesondere den Coloradokartoffelschmarotzern, Fanarioten und rothaarigem General, den man zum Tode verurteilen werde; zu mioritischem Wesen und steigenden Brotpreisen; und am Ende verglich er sich mit Leonardo da Vinci und Stefan dem Großen. Siebzig Stunden und mehr schrie Matei ins Mikrophon. Und als er den ersten Schluck Wasser trank, pfiffen Gewehrkugeln um seine Ohren.

Im Prozeß warf man Nicu Matei zum Staatsstreich anstiftende Hetzreden vor. Umsonst hielt er einen Verteidigungsvortrag, der seinerseits mehr als drei Stunden in Anspruch nahm, und betonte, ein harmloser Maler zu sein, nicht er habe auf dem Balkon seiner Wohnung zu Umsturz und Revolution aufgewiegelt, es sei sein verhinderter Zwilling gewesen. Mit dieser Ausflucht verschlimmerte er seine Lage. Statt der beantragten Haftzeit von sieben Jahren verdoppelte sich seine Strafe auf vierzehn.

Mitte Februar kam Marietta zu uns. In diesen Tagen bereiteten wir Vonas Architekturwerk zum Druck vor. Er diktierte mir Briefe an Menschen mit Einfluß und Geld, Stiftungsvorsitzende und Minister, und bettelte um einen Zuschuß. Er verzankte sich mit seinem Verleger am Telefon, in Hinsicht auf Buchformat, Umschlag und Schrifttypen, und verhandelte mit einem anderen Verlag. Er holte Gutachten ein und Empfehlungen und ging Tag um Tag ins Verlagshaus, bis er mit dem zweiten Verleger zerstritten war.

Mit Mariettas Erscheinen erlahmte sein Tatendrang. An einem Nachmittag saß sie verkniffen im Schreibzimmer, mit halber Pobakke knapp auf der Stuhlkante, legte ein Bein auf das andere und stierte mit unruhig wippendem Fuß in den Vorgarten. Sie wollte sich nichts von mir anbieten lassen und qualmte verbissener als ein schlecht ziehender Ofen. Beiden war es uns peinlich, Marietta und mir. Und als Vona nach Hause kam, sprang sie mit einem Erleichterungsschrei auf die Beine, nicht ohne den Glasaschenbecher zu Boden zu fegen, rannte zur Diele und warf sich dem Mann um den Hals.

Vona brachte sie in den benachbarten Rauchsalon, um zu erfahren, was los war – und ich tippte zum Schein auf der Yost-Schreibmaschine (nichts als sinnlose Buchstabenreihen). Ich konnte den Worten Mariettas gut folgen, die, sich ins Taschentuch schneuzend, beteuerte, hilflos zu sein, wie der Schafhirte, wenn eine Wolfsmeute in seine Herde einbreche. Und einsamer, als es das Lamm sei, das sich mutterseelenallein im Gebirge verirrt habe. Und verloren, wie ein Ruderboot auf hoher See. Mit dem Geld, das im Sparstrumpf gewesen sei, habe sie Niculeins Anwalt bezahlt. Und zu Monatsende sei sie ohne Obdach, was sie diesem Schwein von Vermieter verdanke, der, bis vor drei Wochen ein strammes Legionsmitglied, kein Gardistenweib in seinem Haus haben wolle. Erregt bat sie um Haralambs Hilfe. »Warum kommst du zu mir?« fragte Vona verdrossen, »hast du keine anderen Freunde?« Sie kenne in Bukarest niemanden, der seinen Anstand besitze, versetzte Marietta. Nichts auf der Welt sei umsonst, das sei klar. Sie werde den Haushalt versorgen, falls er das verlange, im Garten arbeiten und einkaufen gehen und sich keiner Verpflichtung verweigern.

Ende Februar zog sie bei uns ein, und wir schleppten den Hausrat Mariettas zum Boden hoch, bis der im Sonnenschein flirrende Speicher randvoll war. Mit der bescheidenen Kammer am Ende des Flurs konnte sie sich nicht anfreunden. Nachts huschte sie lieber zum Hausherrn ins Bett. Erstens war es bequemer als das in der Kammer. Und zweitens hielt sie es alleine im Dunkeln nicht aus. Bei Tage von Zimmer zu Zimmer streunend, linste sie neugierig in alle Ecken und Schubladen, drehte sich singend und pfeifend zu Walzern und schmissiger Tangomusik aus dem Grammophon (und verfehlte gewissenhaft grausam den Ton) oder seufzte, es mache sie krank, in der Stube zu hocken, sie wolle mit Haralamb ausgehen, bis er der Schmollenden nicht mehr widerstand. Arm in Arm brachen beide zum Stadtbummel auf, und mit Schachteln beladen, die Vona von Nabel bis Scheitel verdeckten, kamen sie wieder heim.

Was in seinem Inneren vorging, war schwer zu verstehen. Seine Seligkeit (Seligkeit eines besessen Verliebten, der an seiner Ohnmacht erstickte) konnte schlagartig Kummer und Reizbarkeit Platz machen.

Ohne Vorwarnung zog vor sein heiteres Gesicht eine drohende Unwetterwand. Marietta bemerkte es rechtzeitig und ging auf Zehenspitzen. Und wenn er sie wieder mit schmachtenden Augen betrachtete, als ob seiner Liebe nichts anderes erlaubt sei als qualvolles Mißtrauen und Unterwerfung, kniete sie sich im Handumdrehen auf seine Seele, um dies oder das zu verlangen. Sie konnte nicht anders bei einem Mann, der keine Spur von Vertrauen in sie und sich selbst hatte, ja er zwang Marietta zu diesem Verhalten mit seiner beklemmenden Mutlosigkeit. Was wiederum seiner Vorstellung Auftrieb gab, von Marietta in Wahrheit verachtet zu werden.

Von seinem Buch wollte er nichts mehr wissen. Alle erbetenen Empfehlungen und Gutachten, die bei uns eintrafen, legte er achtlos beiseite, zu unruhig, um sie zu studieren. Er ging mit Marietta in Kino und Oper, und wenn sie zu einem Besuch in der Haftanstalt aufbrach, nahm er seinen Spazierstock und eilte ins Capşa, wo er Stunden um Stunden Belote oder Schach spielte. Bald ging er bereits aus dem Haus, wenn Marietta im Bad weilte oder im Bett eine Zeitschrift las, und stellte sich erst zu nachtschlafender Zeit wieder ein. Er nahm vor seiner Liebe Reißaus, diesem Treibsand aus Argwohn und krankhafter Leidenschaft.

Mit Marietta alleine zu bleiben war unangenehm. Erstens hatte sie hundsmiserable Laune, Vonas Verhalten beleidigte sie. Zum anderen konnte sie mich nicht verknusen. Das hing mit meiner Verstocktheit zusammen. Sie verlangte von einem Mann, um sie zu werben, und ich hatte mir niemals anmerken lassen, ob ich sie begehrenswert fand. Um mir das zu verzeihen, war Marietta zu eitel.

Was schwerer wog, war meine Stellung im Haus. Ich lebte von Haralambs Gnaden, nicht anders als seinerzeit von meiner Freundschaft mit Marcu, und konnte Marietta nichts bieten. Sie empfand meine Gegenwart als eine Frechheit. Und mit der Zeit war es mehr als das. Ich sei verantwortlich, redete sie sich ein, wenn Haralamb sich ins Kaffeehaus verkrieche. Aus Scham vor dem Freund bleibe er nicht zu Hause und lasse sie wieder und wieder im Stich.

Und sie begann, mich zu piesacken. Erst schrieb sie mir vor, Bad und Wanne zu schrubben, und bald, alle Schuhe auf Hochglanz zu bringen. Und an einem sonnigen, warmen Aprilmorgen forderte sie mich mit biestiger Stimme auf, den Ofen zu heizen, sie friere entsetzlich. Sie wisse ja, wer ich in Wahrheit sei, schimpfte sie. Ein Schmarotzer, das sei ich, und ein Emigrant, der mit falschen Papieren in Bukarest lebe. Und wenn ich nicht in einer Woche verschwunden sei, werde sie zur Polizei gehen und mich verpfeifen. Und mit diesen Worten lief sie zur Garderobe, um grimmig in Schuhe und Mantel zu steigen.

Beschwingt und beneidenswert jung

Mariettas Erpressung blieb folgenlos. An diesem warmen Apriltag traf sie in der Stadt einen Freund aus vergangenen Tagen. Und am anderen Vormittag rollte ein Lastwagen in unsere Gasse am Park Ioanid. Zwei Burschen verluden den Hausrat Mariettas, den sie sorgsam mit Seilen auf dem Lastwagen festbanden, Teppiche, Spiegelkommode, Buffetschrank, Mateis Staffeleien und Leinwandarbeiten, und der aus dem Auspuffrohr wirbelnde Qualm zog als rußiger Nebel vor die an der Pritschenwand lehnende Ansicht von Ruderern mit roten Fezen im Golf von Baltschik. Zur Mittagszeit kam Marietta ins Haus, um Klamotten und Schuhe zusammenzupacken, in Begleitung des Liebhabers, sicherheitshalber, der mich mit dem Wohnungsbesitzer verwechselte (Haralamb spielte Schach im Kaffeehaus und ahnte nichts) und mir seine Faust vor die Nase hielt, um mich von Anfang an in meine Schranken zu weisen: Es sei besser, ein bitteres Schicksal zu schlucken, als sein halbes Gebiß auszuspeien, knurrte er.

Es war schwer zu erraten, was Vona empfand, als er in dieser Nacht vom Kaffeehaus heimkam und ich Mariettas entschlossenen Auszug vermeldete. Er wirkte vernichtet, benommen und – erleichtert. Wieder und wieder stand er vorm verglasten Schrank, der alle Photographien enthielt, die er von sich hatte aufnehmen lassen, wenn er in heiterer Stimmung gewesen war, ausnahmsweise »beschwingt und beneidenswert jung«, als wolle er sich mit dem Menschen vergleichen, der sich kurzfristig von seinem Kummer befreit hatte, ein Vergleich, der verheerend ausfiel, oder, kindlicher, sich seine Seligkeit abluchsen. »Es hat Vorteile, wieder allein zu sein«, sagte er, »ich kann Sie zum Beispiel mit richtigem Namen ansprechen und muß nicht in Sorge sein, Sie zu verraten, Herr Felix.« Mich Felix zu nennen statt Johann, im Beisein Mariettas, war Haralamb niemals passiert.

Schweigsame Wochen vergingen, und von meiner Erregung bemerkte er nichts. Beim Sonntagskonzert der Fanfarenkapelle im Park

Cişmigiu hatte ich Marcus Tochter entdeckt. Anfangs war ich im Zweifel gewesen, ob ich mich nicht irrte. Mein gewesener Retter, das war mir bekannt, hielt sich wieder in Bukarest auf. Er hatte Personenschutz verlangt und erhalten, trotz der geringen Gefahr, von versprengten Gardisten ermordet zu werden. Tag und Nacht standen zwei Siguranţäagenten vorm Haus, um den »Gott am Klavier« zu bewachen.

Daß er mit seiner Tochter in Bukarest weilte, hatte sich meiner Kenntnis entzogen. In der Schweiz hatte ich sie vermutet, im Internat, und diese Annahme steigerte meine Verwirrung. Sie war bereits neunzehneinhalb, fiel mir ein, und dem Lehranstaltsalter entwachsen.

Es war ein flirrender Tag, Anfang Mai. Wind blies in den Sand auf den Parkwegen, krauste das Teichwasser, spielte mit Sonnenschirmen, Kleidern und Notenpapieren auf den Pulten im Pavillon. Ich stand, an einem Baum lehnend, sechs, sieben Schritte vom Rundbau entfernt und betrachtete sie. Oder besser: Ich stierte sie an. Und das in einer Mischung aus sprachloser Neugier und peinlicher Aufdringlichkeit. Das konnte auf Dauer nicht unbemerkt bleiben. Sie streifte mich kurz mit den Augen, nicht scheu, nicht verlegen, und zwischen den Brauen entstand diese Falte, die Unwillen verriet. Nein, Virginia erkannte mich nicht. Und ich war kein ergriffener Milchbart mehr, dem man verzeihen konnte, wenn er ins Gaffen verfiel, ich war ein Fremder, dem es nicht erlaubt war, sie anzustarren. In luftigem weißem Kleid, das sich im Wind bauschte, saß sie mit zwei Altersgenossinnen vorm Holzpavillon in der vordersten Reihe und lauschte den Blasinstrumenten, die Walzer und Marschmusik schmetterten.

Ich wollte mich abwenden und um den Teich spazieren, eine Idee, die ich wieder verwarf. Ich war zu begierig, »das Kind« zu betrachten, und lehnte mich an einen anderen Baum, der mehr Schatten und besseren Schutz vor Entdeckung bot. Virginias Gesicht blieb mir von diesem Platz aus verborgen. Wenn sie sich der rechter Hand sitzenden Freundin zuwandte, erkannte ich Stupsnase und rundes Kinn, die mir aus der Vergangenheit vertraut waren. Anders verhielt es sich mit den Bewegungen der Schultern, als sie sich die Handschuhe abstreifte und ein aus dem Pavillon segelndes Notenblatt auffing, diesen auffallend fließenden, weichen Bewegungen von einer federnden Spannung.

Virginia machte den Eindruck, unruhig zu werden. Anzunehmen, sie hatte das Blechblasorchester satt, das von Marsch zu Marsch scheppernder spielte. Sie schaute sich neugierig nach allen Seiten um und blieb eine Zeit mit den Augen an einem Offizier kleben, einem schlaksigen, hochblonden Wehrmachtssoldaten, der, beide Arme im Kreuz, in den Kniekehlen wippend, beim Pavillon stand. Als er erkannte, eingehend gemustert zu werden, lief er bis zum Scheitel rot an. Um Schliff zu beweisen, verbeugte er sich aus der Ferne. Diese steife Verbeugung erheiterte sie, und sie wandte sich lachend den Freundinnen zu. Verlegen nahm er seine Kappe ab, zauderte, scharrte im Kies, setzte sich in Bewegung und steuerte auf einen Stuhl bei den drei jungen Frauen zu. Virginia drehte sich prompt in die andere Richtung. Und als er es wagte, sich vorzustellen, sprang sie im Nu auf die Beine und machte sich aus dem Staub, gefolgt von den Freundinnen, die sich erstaunt und mit nicht zu verkennendem Bedauern erhoben, um Virginia am Seeufer einzuholen.

Ich folgte den dreien in die schattige Hauptallee. Man bemerkte mich nicht oder machte sich nichts aus mir, einem Mann, Mitte Dreißig, mit Bartschatten, in einem Anzug, der bessere Tage erlebt hatte (ohne vollkommen verschlissen zu sein). Mein Schuhleder war rissig, mein Hemdkragen franste aus. Zerlumpt konnte man das nicht nennen, eher grau. Und dieses Grau entsprach meiner Verfassung. Mir fehlte der Mut, meinen Schritt zu beschleunigen oder Virginias Namen zu rufen, als sie vorm Haupteingang in eine Straßenbahn stieg.

In den kommenden Wochen lief ich alle naslang zur Straße Povernei und stand vor dem frisch renovierten Jugendstilhaus. Von Virginia war nichts zu entdecken. Titi, der aufrecht und schnarchend hinterm Steuerrad hockte und sein rechtes Auge aufklappte, betrachtete mich eine halbe Minute, ohne aus seinem Schlaf zu erwachen.

Anders verhielt es sich mit den Agenten im Garten, die rauchend am Ahornbaum lehnten und mich mit verkniffenen Mienen beobachteten. Und an einem Nachmittag lauerten sie mir auf. Einer kam drohend aus dem Hof auf mich zu, der andere stellte sich unversehens in meinen Weg, als ich Leine ziehen wollte. Wir prallten zusammen, und zwar heftig. Blut schoß aus der Nase des um einen halben Kopf kleineren Mannes, der fluchend an meiner Krawatte riß und mich besudelte. Vom Blut alarmiert, packte mich sein Kollege, der von einem Kinnhaken meinerseits ausging, am Arm, den er schmerzhaft verbog, bis ich aufheulte (und eine Naht meiner Jacke zerplatzte).

Es dauerte, bis sie sich wieder beruhigten und mich auf Waffen abklopften. Der blutende Bursche vertiefte sich in meinen Paß, an dem er nichts zu beanstanden hatte. Oder er war zu benebelt, um festzustellen, daß meine Papiere nicht echt waren. Und meine Sachsenherkunft trug zu seiner Verwirrung bei. Ich schied aus dem Kreis der Personen aus, die im Verdacht standen, Marcu ermorden zu wollen (transsilvanische Sachsen waren keine Gardisten). Ordnungshalber verlangten sie meine Adresse, die der mit der blutenden Nase in einem Notizbuch vermerkte, das er aus der Brusttasche zog. Ein dikker Blutstropfen, der auf das Blatt platschte, machte sie gleich wieder unleserlich. Und mit schmerzhaft verrenktem Arm und halb zerrissenem Jackett durfte ich mich entfernen.

Ende Mai kam es zu einer zweiten Begegnung. Ich stand im Eingang vorm Trianon-Lichtspielhaus, als Virginia am Bordsteinrand aus einem Taxi stieg, in Jacke und Rock, beide von einem warmen Grau, die sich um Busen und Taille spannten, was sie um so schlanker und reizvoller aussehen ließ. Auf den Haaren aus phosphoreszierendem Schwarz saß ein seinerseits grauer, handtellergroßer Hut. Um den Hals trug sie eine Korallenkette, die zum korallenroten Lippenstift paßte.

Allein war sie wieder nicht. Ein junger Mann, der den Fahrer bezahlt hatte, schob sich vom Beifahrersitz, zupfte an seinem Schlips, der beim Sitzen verrutscht war, und reichte Virginia den Arm. Zielstrebig steuerten sie auf mich zu. Ich war zu verwirrt, um beiseite zu treten. »Entschuldigung«, sagte Virginias Begleiter. Und Virginia, die an der Korallenkette spielte, betrachtete mich mit der zwischen den Augenbrauen stehenden Unlust- und Drohfalte (ich mußte an das auf der Steinbank beim Feigenbaum an einem Schaumkringel kauende Kind denken, das eine Geschichte verlangte).

Schlagartig ebnete sich diese Kerbe ein. »Felix«, sagte sie vorsichtig, »Felix, sind Sie es?« Und als ich nickte, stieß sie einen Freudenschrei aus und fiel mir um den Hals. Und das mit einer Wildheit, bei der ich ins Straucheln kam, was den jungen Begleiter veranlaßte, sie zu ermahnen. Unwillig ließ sie mich los.

»Ich fasse es nicht, Felix Kannmacher«, sagte sie wieder und wieder und maß mich von Kopf bis Fuß, »es ist nicht zu fassen, *mein* Felix.«

»Du siehst gut aus«, bemerkte sie lustig, vom Siezen ins Duzen verfallend, und wieder vom Duzen ins Siezen: »Sie haben mich wiedererkannt, nicht wahr? Und ich dummes Huhn mußte mich erst besinnen.«

Anschließend stellte sie mich dem Begleiter vor. »Er war mein Deutschlehrer, und mein Erzieher, und das war keine dankbare Aufgabe. Ich habe den Armen schikaniert und erpreßt, mein Gott. Oh ja, als Kind war ich anstrengend, frech und verlogen. Und in meiner Backfischzeit litt ich an Eifersucht, wenn er mit anderen Frauen ausging. Stimmt es nicht, Felix? Ich war ein verzogenes Balg.« Ich widersprach, eher grummelnd und halbherzig, was sie in schallendes Lachen ausbrechen ließ. »Das ist Ionescu, Costache, den alle Welt Tache nennt.« Sie zeigte kurz auf den Begleiter, der mir seine Hand reichte. »Johann Gottwald«, erwiderte ich. »Nicht Felix?« erkundigte er sich erstaunt. »Unsinn«, versetzte Virginia verdrossen, als ob diese Frage abwegig und dumm sei, »er heißt Johann Gottwald, und Schluß.« Der junge Mann schien diese strenge Belehrung zu schlucken.

Virginia zog mich zwei Schritte beiseite, was Tache verstimmte, der sich den Plakaten im Schaufenster zuwandte und einen Schlager pfiff. Sie sprach Deutsch mit mir, sei es, um unser Vertrauen zu betonen, sei es, um nicht verstanden zu werden. Sie beherrschte es fließend, und trotzdem war etwas Befremdliches an diesem Deutsch. Teils war es Virginias Aussprache, die mich verwirrte (halb singend, halb hart), teils benutzte sie Worte, die ich nicht verstand. Vor Befangenheit blieb mir verschlossen, was naheliegend war: Sie sprach eine Mischung aus Hochdeutsch und Schweizerdeutsch, was mir erst im Kinosaal aufgehen sollte, und um so idiotischer kam ich mir vor.

Virginia stellte mir Fragen um Fragen, auf die ich einsilbige Antworten gab. Ich versank in Erinnerungen, das war das eine. Und zum anderen in dem Gesicht vor mir, das ich mit dem »meines Kindes« verglich. Dieses Kind war nicht mehr auf der Welt, kam mir in den Sinn, und das war eine Vorstellung, bei der ich Luft holen mußte. Es waren Virginias Augen, lebendig und leuchtend, Virginias frische und blutvolle Lippen. Von ferne erinnerte dieses Gesicht an das weiche und unmittelbare des Kindes, das auf Miras Esel saß und mir den Strohhut vom Kopf wischte (und schadenfroh jubelte, wenn er bergab rollte) oder sich an meinen Arm schmiegte, wenn wir am Uferkai jungen Verlobten begegneten. Und es war anders, entschiedener, ernsthafter, strahlte Vertrauen und Zuversicht aus. Von der klaren Stirn, die mehr verbarg, als sie zugab, bis zum Kinn, das am kindlichsten wirkte, vereinte es Mutwillen, Reinheit und Sinnlichkeit.

»Und du hast mich verlassen«, beschwerte sie sich – Virginias grollende Stimme riß mich aus dem Wachtraum – »das habe ich dir bis zum heutigen Tag nicht verziehen. Ich war in dich verliebt, mein Gott, wenn man ein Backfisch ist, kann das passieren, nicht wahr? Meine erste verratene Liebe.« Ich fand keine Gelegenheit, mich zu verteidigen, und das war letztendlich besser; wenn ich Vater Marcu bezichtigte, war sie bestimmt verletzt. Sie wandte sich wieder zu Tache um, den sie nicht ewig im Schmollwinkel stehen lassen konnte, nahm seine Hand, die sie streichelte, bis er beschwichtigt war. Tache zog sie ins Trianon, eilte zur Kasse, besorgte zwei Karten und winkte Virginia zu, die mit mir in der Vorhalle rauchte, zwischen staubiger Pflanze und Standaschenkugel, und flink meinen Zettel mit Rufnummer einsteckte, »Beeilung, sie fangen bereits an!« Er war sichtlich erleichtert, als ich mich nicht anschloß.

Ich setzte mich in eine andere Reihe als sie und bekam von dem Streifen nichts mit. Als sich die Kinosaalkuppel bewegte, legte ich meinen Kopf in den Nacken. Ob sie ein Paar waren? In Wahrheit ging mich das nichts an. Einen Aufpasser brauchte Virginia nicht mehr. Trotzdem ging mir die Vorstellung gegen den Strich, sie sei mit dem jungen Begleiter verlobt. Um ehrlich zu sein, diese Annahme wurmte mich. Ich bemerkte an mir eine kindische Auflehnung.

Ich widerstand meinem Drang, was mir schwerer und schwerer fiel, mich zu Virginias Sitzreihe umzudrehen, und starrte verbissen zum Nachthimmel hoch, einem Kissen aus Samt, das mit Nadeln bestickt war, bis die Stuhllehne in meinen Nacken schnitt. Ich massierte mein steifes Genick, und bei dieser Gelegenheit wandte ich mich zu den beiden um. Virginia, stellte ich fest, schien vom Leinwandgeschehen nicht beeindruckt zu sein. Unverwandt schaute sie in meine Richtung. Sie wirkte nicht aufmerksam, eher versunken, als sei ich durchsichtig oder ein Punkt in der Ferne. Es dauerte, bis sie bemerkte, daß ich sie betrachtete. Sie straffte sich, hob einen Arm, um mir mit den behandschuhten Fingern zu winken (und Tache biß mißmutig auf seine Lippen).

Ich brach zehn Minuten vor Filmende auf, um Virginia Streit mit dem Freund zu ersparen, der sich, bei der Abneigung, die er mir zeigte, seiner Sache nicht sonderlich sicher sein konnte. Das wiederum war eine Feststellung, bei der ich aufatmete.

Von einem baldigen Wiedersehen ging ich nicht aus. Ich wußte nicht, was sie in Bukarest trieb, ob sie bei einem Schauspieler Unterricht nahm (als Kind hatte sie unbedingt Filmdiva werden wollen) oder ein Studium begonnen hatte. Selbst ohne zu lernen, war sie zweifellos laufend mit Freundinnen und Freunden verabredet, hatte Verpflichtungen in der Gesellschaft. Virginia war in der Gegenwart heimisch, nicht in der Vergangenheit, von der ich ein Teil war.

Sie hatte versprochen, sich bei mir zu melden, und wenn Haralambs Telefon auf der antiken Kommode aus Tibet im Rauchsalon klingelte, spitzte ich meine Ohren und lauschte. Und am dritten Tag sagte er mit einer Stimme, die bettelnd und weich klang: »Bist du es, Marietta?«, verstummte und winkte mich an seinen Fernsprecher.

Zur Mittagszeit hockten wir in einem Boot, das auf glattem, blaß schimmerndem Teichwasser schaukelte, zwischen uns einen schmalen Tisch mit weißer Decke, zwei Bierhumpen, Brezeln, Salami und Salzfleisch. Virginia hatte ein bis zu den Fußzehen fallendes Blumenkleid mit tiefem Ausschnitt an, das außerdem freigebig Schultern und Schulterblatt zeigte. Es war ein bleigrauer, backofenheißer Tag. Im Norden stand eine Gewitterfront, reglos, als sei sie mit Nieten am Himmel befestigt. Ich legte das Paddel quer auf meine Beine, um Scheiben von Salzfleisch und Hartwurst zu schneiden, zog zwei Bierflaschen aus dem im Teichwasser treibenden Netz, die ich mit einem Daumenschnick vom Porzellankopf befreite, und goß unsere Zinnhumpen voll, bis der Schaum auf das Tischtuch floß.

Virginia, die beide Sandalen abstreifte und sie nebeneinander aufs Bootsrandbrett stellte, sprach von der im letzten Juli verstorbenen Aise, die einer Henne den Hals hatte umdrehen wollen und, das Tier auf den Knien, in seligen Schlummer verfallen war. Man hatte sie erst gegen Mittag entdeckt, nah beim Brunnen, im Schatten, bewacht von der Henne, die sich in den Fingern der Toten nicht muckste. Sie sprach von Mira, die Ismail liebte und mit den Delphinen im Golf um die Wette schwamm. Ismail seinerseits traf sich verbotenerweise um Mitternacht mit einer Tochter des Mamut in Kalkfelsengrotten. Sie sprach von Ratibe, die Akif zu guter Letzt an einen Briten verheiratet hatte. »An einen Briten?« – »Ja, ein Mann von der Botschaft in Bukarest«, sagte Virginia, »der uns zwei Wochen besuchte. Am Ende war er mit Ratibe verheiratet, die er in seinen Chrysler verlud. Und Akif erhielt eine Summe von zweitausend Pfund.« – »Und was machte er mit diesem Geld?« – »Er errichtete sich einen Sultanspalast in der Vorstadt«, versetzte Virginia, »den niemand aus seiner Familie bewohnen wollte. Heute dient er den Mardern als Bau und den Schlangen als Versteck.«

Und kummervoll sprach sie vom Vater, der schlecht beieinander sei. Von Siguranţäagenten in letzter Minute benachrichtigt, war er haarscharf den Gardisten entkommen, die Anfang Oktober ins Haus eingedrungen waren und es in Brand steckten, als sie den Hausherrn nicht antrafen. Richtig in Schwung kam das Feuer am Ende nicht, was man dem Einsatz Floricas verdankte und losbrechendem Unwetterregen, der die aus dem Dachboden schlagenden Flammen erstickte. Und am anderen Tag hatte Marcu, bebrillt und mit falschem Bart, einen Wagen der Schweizer Gesandtschaft bestiegen, der ohne Kontrollen Jugoslawien erreichte. »Und das Haus, das er erst renovieren lassen mußte, als wir aus der Schweiz wieder heimkehrten«, seufzte sie, »und sein Prozeß mit Giurgiuca, der nicht von der Stelle kommt … laß uns lieber von anderen Dingen reden.«

Und als ich mit dem Paddel ins Wasser stach, um unser Boot, das zum Uferrand schwankte, in tieferes Wasser zu bringen, wollte sie von mir wissen: »Und wer war diese Frau, die dir wichtiger war als ich?« Sie zog eine Schnute, halb leidend, halb vorwurfsvoll. Ernst konnte sie es nicht meinen, das war mir klar. Und niemand verstellte sich besser als sie (eine von meinem Retter ererbte Begabung).

Nein, es war nichts als ein Spiel, und ich spielte es mit. Ich holte das Paddel ein, setzte mich auf meinen Klappstuhl und blies beide Backen auf, als ob mir ein schweres Bekenntnis bevorstehe. »Sie war blond«, sagte ich, »und begehrenswert …« – »Das will ich meinen«, unterbrach mich Virginia. »Wir begegneten uns im Theater, wo sie mich umgarnte.« – »Dich?« fragte Virginia. »Ja, mich«, sagte ich. »Nichts fand Lydia«, der Name fiel mir auf die Schnelle ein, »erregender, als einem Mann falsche Hoffnungen zu machen. Und bald hing ich mit anderen Verehrern im Netz, das im Kielwasser Lydias schwamm. Wir alle vergingen vor Liebe, und sie blieb unnahbar.« – »Ach, tut mir das leid«, kommentierte sie blinzelnd. »Und als Lydia mir einen Brief an den Golf schickte, in dem sie beteuerte, mich zu vermissen …« – »… hast du, ohne zu zaudern, den Backfisch vergessen«, beendete sie meinen Satz. »Dein Vater verstand meine Not«, sagte ich, »und wies Titi an, mich hopplahopp in die Hauptstadt zu bringen und bei meiner Liebhaberin abzuliefern.«

Virginia griff sich belustigt ins Haar, das sie nicht mehr umflatterte und bis ins Kreuz reichte. Sie trug eine modische, wellig um Ohren und Kinnladen fallende Kurzhaarfrisur. »Du bist ein Schwindler«, bemerkte sie tadelnd, »ich weiß, warum du uns verlassen hast, seinerzeit. Schuld war mein Vater, er hat dich vertrieben.«

Virginias Spiel war eine Falle gewesen, und das machte mich kurzfristig sprachlos. »Vater leidet bis heute an krankhafter Eifersucht, und von unserem Picknick darf er nichts erfahren, sonst kann ich was erleben«, versetzte sie mit einer Stimme, in der keine Auflehnung mitschwang. Virginia liebte den Vater, verzieh es, wenn er sie nicht loslassen konnte. Und sie verlangte von mir, es nicht anders zu halten. Ich sollte dem Vater vergeben und seine verzweifelte Bindung zur Tochter verstehen.

Eilig paddelte ich uns zur Bootsverleihstelle, als Wind aufkam und in den Baumkronen rauschte, das Gewitter im Norden zog drohend auf uns zu. Wir packten Salami und Salzfleisch zusammen und verließen den Carol-Park rennend. Erster Regen ging nieder, ein Vorhang aus tanzenden Perlen, von Wegen und Wiesen stieg Dampf auf.

In der Straßenbahn machte Virginia den Vorschlag zu einem Besuch bei der Tante. Ich war nicht begeistert von dieser Idee, die sie mir bei dem heftig aufs Trambahndach trommelnden Hagel ins Ohr schreien mußte. Sie drehte sich schroff zum beschlagenen Fenster um, als sie meinen Unwillen erkannte. Es dauerte, bis ich Virginias Absicht verstand: Wir hatten Catinca zusammen zigfach besucht, es war eine Kindheitsgewohnheit gewesen, und was uns verband, waren diese Gewohnheiten einer vergangenen Zeit. Beschwichtigend faßte ich sie an der Schulter, die feucht war und warm, um sie an mich zu ziehen.

Catinca und Marcu waren wieder zerstritten. Marcu wollte sie vor seinem Schreibtisch erwischt haben beim Ausspionieren von Kontoaufstellungen und Briefen verflossener Liebhaberinnen. Catinca behauptete, das sei nicht wahr, er habe es schlicht nicht vertragen, bei Rommé und Bridge gegen sie zu verlieren. Wie dem auch sei, Marcu hatte das »Kuckucksei« wieder mal mit Schimpf und Schande verjagt.

Tanti Catinca war dicker denn je. Anzunehmen, sie kam nicht mehr allein aus dem Sessel hoch, in dem sie, wo der Speck nicht entspannt aus dem Rahmen quellen konnte, wie in einem Holzkorsett steckte. Eine Wirtschafterin ließ uns ein. Virginia sprang eckig und schlenkrig ins Wohnzimmer, als wolle sie wieder zum Fohlen werden, und fiel der schmatzenden Frau um den Hals, die sich aus einer Schale mit Puffmais bediente. »Ach, mein Kind«, sagte sie, »steck mich nicht mit Miasmen an«, und verdrehte abwehrend den Kopf.

Meinen Hut in den Fingern, stand ich vor der Tante, die mich zu Beginn mit dem Neffen verwechselte und sich verdrossen erkundigte, ob ich mich endlich entschuldigen wolle. »Das ist Herr Kannmacher«, sagte Virginia, »magst du dich nicht mehr erinnern?« – »Nein«, knurrte Catinca und griff zur Suchard-Schokolade, die neben der Schale mit Puffmais lag.

Alles im Zimmer war an seinem Platz: von Stickdecken, Kissen und Teppichen bis zu Ikonen und leeren Flakons im verglasten Schrank. Und alle Dinge waren mit einem grauen Belag bedeckt, als sei diese Staubschicht der Preis, den die Ewigkeit kostet. Virginia warf sich zu den Puppen ins Sofa, zu Madamchen Jolly und Madamchen Lefebvre, die Catinca mit lispelnden Stimmen und klappernden Lidern nach neuestem Hauptstadtklatsch ausfragten, und der stammte wiederum aus der Regierungszeit Ferdinands, als das Tantchen ein »reizvoller Braten« gewesen war und »nichts hatte anbrennen lassen«.

»Soll ich euch etwas verraten?« versetzte sie kichernd, »ein Reichswehrsoldat hat sich in mich verliebt. Fesch ist er und blond wie ein Weizenfeld. Und andauernd schickt er mir feurige Briefe. Leider schreibt er ein holpriges, steifes Französisch, bei dem meine Leidenschaft Schluckauf bekommt. Ach, diese Deutschen, ich sage euch, wenn sie sich Duftwasser auflegen, riecht es nach Stiefelfett.« Sie fuhr tief mit dem Finger ins Einmachglas, den sie begierig zum Mund dirigierte, und kleckerte sich eine klebrige Spur auf den Busen.

»Findest du nicht«, meinte sie zu Virginia, »daß Madamchen Jolly aus dem Leim geht? Ich sollte strenger sein mit diesem Leckermaul.«

Und Virginia hopste vom Sofa, um Tanti Catinca den Kirschseim vom Kleid zu entfernen. »Um Gottes willen, nicht! Laß es eintrocken, Kind. Mit der Zeit trocknet alles ein, weißt du das nicht?«

Virginia umhalste sie wieder und wieder. Und voller Zuneigung schmiegte sie sich an das Tantchen, als wir uns verabschiedeten. Virginias Treue erstreckte sich nicht nur auf sie. Im Treppenhaus preßte sie kurz meine Finger, um mir meinen Dankbarkeitsanteil nicht vorzuenthalten. Wir beide waren Teil einer Kindheit, an der sie hing.

Es war meine letzte Begegnung mit Tanti Catinca, die im August '44 ums Leben kam, beim Angriff der Deutschen auf Bukarest. Um in den Keller zu steigen, wenn Bomben vom Himmel fielen, war sie zu faul. Tanti Catinca bekam einen Wutanfall, sobald die Hausangestellte sie bei Fliegeralarm aus dem Sessel stemmen wollte. Mit Leckereien bot sie Russen und Briten und Amerikanern die Stirn, und kein Luftangriff konnte Catinca beeindrucken. Erst als es bei Kriegsende deutsche Geschwader waren, die den walachischen Himmel verfinsterten, um es den balkanischen Feiglingen heimzuzahlen, die nicht zusammen mit Hitler ins Gras beißen wollten, traf eine Bombe das Haus in der Straße Diana, brach krachend durch Dachstuhl und Wohnzimmerdecke im dritten Stock, wo Tanti Catinca im Lehnsessel thronte und zitternd den Finger ins Einmachglas tauchte, den sie nie wieder abschlecken sollte.

Es regnete nicht mehr, als wir aus dem Hausflur in frische und dunstige Luft traten. Virginia fror, und ich zog meine Jacke aus, um sie dem »Kind« um die Schultern zu legen. Sie bedankte sich mit einem Wangenkuß, spitzlippig, scheu. Beim Akademieplatz begegnete uns eine endlose deutsche Kolonne aus Heeresfahrzeugen und Wehrmachtssoldaten. Eine vornehme Dame am Bordsteinrand streckte den Arm zum Heil-Hitler-Gruß aus. Und bald folgten zwei Herren, die aus einer Konditorei kamen, dem Beispiel der Frau. Und auf der Treppe zu seinem Lokal hob ein Wirt seine Hand in die Luft. »Ich hasse sie«, sagte Virginia bebend und zerrte mich in eine andere Richtung.

»Was meinst du, wann wird es zum Krieg gegen Rußland kommen?« wollte sie von mir erfahren, und der unsere Speisen auftragende Kellner im Trachtenhemd kam meiner Antwort zuvor. »In drei Wochen, Verehrteste«, meinte er mit einer knappen Verbeugung, »in nicht mehr als drei Wochen marschieren wir in Bessarabien ein, um uns wiederzuholen, was unseres ist.«

Schweigend aßen wir unsere Krautwickel. »Weißt du, wen ich nie heiraten werde?« Ich beugte mich mit einem brennenden Streichholz vor, um Virginia Feuer zu geben. »Keine Ahnung«, erwiderte ich, als der Tabak rot aufglomm. »Gardisten. Und Deutsche. Und Schweizer.« Sie blies einen eiernden Rauchkringel in die Luft. »Diese Schweizer sind Chnuschtis und Tschumpelis. Und ich will keinen Tschumpeli zum Mann haben, selbst wenn er aus Schokolade sein sollte.« – »Und was ist mit Sachsen?« versetzte ich leichtfertig. Daß ich mich vergaloppiert hatte, fiel mir erst auf, als sie schweigend zum Ochsenjoch hochstarrte, das sich an zwei Ketten im Luftzug bewegte. »Das war dumm von dir«, meinte sie leise. Bei dem Krach, den das kleine, im Nachbarsaal spielende Orchester veranstaltete, konnte ich nicht verstehen, was sie sagte, erriet es nur. Vorsichtig nahm ich Virginias flach auf der Tischplatte liegende Hand in die meine. »Kann ich es wiedergutmachen?« wollte ich wissen.

»Oh, ich denke, das kannst du«, erwiderte sie, wickelte sich mein Jackett um die Schulter und strahlte mich engelhaft unschuldig an, nicht anders als vor einer Ewigkeit auf der Terrasse am Golf von Baltschik.

Herr Căpitan, Sie sind ein Tschumpeli!

»Und im vergangenen Oktober, als er im Kasino war und sich beim Aufbruch von mir Hut und Mantel anreichen ließ, meinte der Handelsbeauftragte der Deutschen Botschaft in Bukarest, er brauche dringend einen Dolmetscher, und zwar einen Dolmetscher seines Vertrauens, er sei in dreißig Minuten mit Horia Sima verabredet. Leider ginge das nicht, gab ich stammelnd zur Antwort, ich sei unentbehrlich im Haus. Und meine sprachlichen Kenntnisse seien nicht ausreichend, um eine Verhandlung zu dolmetschen, ich sei nicht firm in politischen Dingen, alles Entschuldigungen, die mein Onkel nicht gelten ließ. Er schubste mich zu seinem Botschaftsmercedes, der bereits vor der Freitreppe stand.

Und im Automobil, das zum Gardequartier rollte, klemmte er sich ein Monokel ins Auge und studierte mich mit einem Eifer, als wolle er in meinen Hirnkasten kriechen. ›Wenn du ein Sachse aus Kronstadt bist‹, knurrte er, ›bin ich ein Neger aus Bogenfels. Dein Gesicht ist zu norddeutsch, um aus dieser Gegend zu stammen. Ja, es erinnert von ferne an meines, als ich ein junger Spund war, versteht sich. Du bist ein nordischer Mensch, das steht fest.‹ – ›Das ist der Einfluß von Großmutter‹, sagte ich eilig, ›sie kam aus dem Pommerschen.‹ – ›Menschenskind, deine Großmutter kam aus dem Pommerschen und hat sich bis Kronstadt verlaufen!‹ bemerkte er wiehernd, ›und am Ende, wenn's schiefgehen sollte, sind wir miteinander verwandt, du und ich.‹

Endlich waren wir am Ziel, und er ließ von mir ab. Zwei Gardisten nahmen uns auf der Freitreppe in Empfang und brachten den Botschaftsvertreter und mich, seinen Dolmetscheranhang, ins Obergeschoß, wo wir in einem Vorzimmer Platz nahmen. Man ließ uns allein, und es tat sich nichts. Alfred griff wieder und wieder zur Taschenuhr. ›Dieser Hund will mich schmoren lassen‹, schimpfte er. Als zwanzig Minuten vergangen waren, trat eine Dame ins Zimmer und bot uns Kaffee an. Seine Zeit sei zu kostspielig, murrte der Botschaftsvertreter, um sie mit Kaffeetrinken zu verbringen, er wolle endlich mit Horia Sima zusammentreffen!

Und in dieser Sekunde passierte es. Und warum es passierte, das kann ich bis heute nicht sagen. Anzunehmen, ich war zu erregt. Und zum anderen war meine pommersche Sturheit schuld.«

»Und was passierte, um Gottes willen?« wollte Virginia erfahren, als ich eine Pause einlegte. »Ja, ich wette, mein pommerscher Starrsinn war schuld, wenn ich wesentlich harschere Worte benutzte. Wer Tag um Tag Regen und Nebel und scharfem Nordost trotzen muß, wird zum Dickkopf. Ich verbockte mich gegen den Handelsbeauftragten! Ich wollte dem Botschaftsvertreter beweisen, mit seiner Dolmetscherwahl einen Fehler begangen zu haben, und zwar einen schlimmen. Das war allerdings eine Rechnung, die vorerst nicht aufging.«

»Und was sagtest du?« trieb mich Virginia an.

»Wenn er, Alfred Heise, nicht in zwei Minuten von Horia Sima empfangen werde, sagte ich, mit einer Stimme, neutral wie die Schweiz, solle sich dieser Hundsfott von einem Gardistenchef im Schoß seiner Mutter verkriechen! Schnurstracks eilte die Frau aus dem Vorzimmer, mit blassem Gesicht und nicht ohne den Kaffeepott mitzunehmen. ›Was hat sie nur?‹ fragte der Botschaftsvertreter. Ich hob meine Schultern und stellte mich ahnungslos.

Wenn Sima von dieser Beschimpfung erfahren hatte, verhielt er sich anders, als ich mir erhofft hatte. Ein bebrillter Gardist trat ins Zimmer und teilte dem Handelsbeauftragten der Deutschen Botschaft mit, schuld an der Bummelei, die man von Herzen bedauere, sei Simas Dolmetscher. Er ließe sich einfach nicht auftreiben, und man telefoniere sich Finger und Ohren heiß! Zwei Dolmetscher brauche man nicht, einer reiche, erwiderte Alfred und zeigte auf mich, was er im Sinn habe, das sei nicht mehr als ein harmloser Meinungsaustausch. ›Ohne zwei Dolmetscher geht es nicht‹, sagte ich, ›mein Dolmetscher ist eine Pfeife und ich habe vor, offiziell zu verhandeln.‹

Und wiederum irrte ich mich. Anzunehmen, ich stellte mir mit dem Begriff ›offizielle Verhandlung‹ ein Bein. Mag sein, Horia Sima ging von einer dringenden Nachricht aus, die der Handelsbeauftragte ausrichten wolle. Im Handumdrehen holte man Alfred und mich aus dem Vorzimmer und ließ uns ins Reich des Gardistenchefs eintreten, einen Saal, der bestimmt dreißig Meter tief war. Man konnte fast meinen, er sei leer. Der an der Stirnseite stehende Schreibtisch und die Ledercouchecke im Eingang fielen nicht ins Gewicht angesichts seiner riesigen Ausmaße. An der Wand hingen drei Photographien, in der Mitte Codreanu, rechts Hitler und links Mussolini.

Horia Sima war nichts als ein Punkt in der Ferne. In Uniform hockte er vor einem Stoß von Papieren, den er, schien mir, verkniffen studierte. Es dauerte, bis wir beim Schreibtisch ankamen und Alfred den Arm zum Heil-Hitler-Gruß anwinkeln konnte. Hohlwangig, hager und kantig sprang Sima vom Sessel und riß seine Hand hoch. Und als habe er Schmerzen in Kreuz oder Schulterblatt, ließ er sie im Nu wieder sinken. Mit duster verzogenen Lippen bemerkte er: ›Dieser Papierkram erstickt meine Revolution.‹ Alfred schubste mich an, als ich stumm blieb. ›Was sagt er, Mensch? Komm in die Puschen! Na, wird's bald!‹ – ›Dieser Papierkram, sagt er, sei der erste Erfolg seiner Revolution.‹– ›Er wird weise‹, erwiderte Alfred und zischte mich an, ›wehe, wenn du das dolmetschst! Sage Herrn Sima, ich sei seiner Meinung. Um einer Revolution zum Erfolg zu verhelfen, braucht es mehr als Maschinengewehre. Nackte Gewalt ist das eine, das andere der Stempel, mit dem sie zu Recht und Gesetz wird.‹ – ›Der Herr Botschaftsvertreter ist anderer Meinung‹, dolmetschte ich, ›er sagt, das Papier sei schuld, nicht der Papierkram an sich, deutsches Papier sei von wesentlich besserer Beschaffenheit. Und keine Revolution in Europa, die in diesen Tagen erfolgreich sein wolle, komme ohne Berechtigungsstempel aus Deutschland aus.‹

Horia Sima griff in seinen wilden Piratenschopf, der um so wilder vom eckigen Kopf abstand. ›Mhm‹, machte er, und ich dolmetschte: ›Mhm‹ – ›Das verstehe ich selber, du Dussel‹, fuhr Alfred mich an. ›Der wirksamste Sprengstoff in dieser Welt ist unsere Opferbereitschaft‹, entgegnete Sima, ›und die bedarf keines deutschen Beglaubigungsstempels. Was uns fehlt, das sind Waffen, Herr Botschaftsvertreter.‹ – ›Seine Bewegung sei zu allen Opfern bereit, wenn sie Stempel aus Deutschland erhalte‹, dolmetschte ich. ›Er will mich auf den Arm nehmen‹, grummelte Alfred, ›sage Herrn Sima, ich wolle auf ernsthafte Dinge zu sprechen kommen, und das sei unser Interesse an den arisierten Betrieben.‹ – ›Waffen hat der Herr Botschaftsvertreter zur Zeit nicht im Angebot‹, dolmetschte ich, ›was er liefern kann, ist der Berechtigungsstempel aus Deutschland, zum Preis der enteigneten Judenbetriebe.‹

Bis zu diesem Punkt hatte sich der Gardistenchef nicht aus der Ruhe bringen lassen. Andererseits machte er keine Anstalten, uns einen Platz anzubieten. Er sog seine Wangen ein, die bereits hohl waren, und spießte mich mit seinen Mausaugen auf. ›Zum Teufel‹ versetzte er, ›mit eurem Stempel.‹ – ›Sie sollen zum Teufel gehen‹, dolmetschte ich, ›Sima will keine Stempel mehr haben‹. – ›Was hat er nur mit diesen Stempeln?‹ mokierte sich Alfred, ›er muß miserabler Laune sein. Das dolmetschst du nicht, Gottwald, klar?‹ fauchte er mich an und ich nickte zum Zeichen, verstanden zu haben.

Der Handelsbeauftragte riß sich am Riemen, und ich legte einen Zahn zu. Er versetzte mit ruhiger Stimme: ›Herr Sima, Herr Căpitan, Sie sind ein kluger Mann.‹ Und ich dolmetschte mit einer Stimme, als sei ich ein Buchhalter, der eine Zahlenreihe aufsagt: ›Herr Căpitan, Sie sind ein Tschumpeli‹. – ›Sie wissen, wir brauchen einander‹, fuhr Alfred fort. ›Sie wissen ja, ohne uns sind Sie erledigt‹, ich. ›Als Nationalsozialist erster Stunde bewegt mich die Leidenschaft eurer Gardisten‹, schmeichelte Alfred dem finsterer werdenden Sima. ›Verglichen mit uns ist die Eiserne Garde ein Sauhaufen, die keine Zukunft hat‹, setzte ich dem seine Wangen einsaugenden Gardechef zu. ›Und ich kann es verstehen, wenn Sie treuen Gardisten zu leitenden Posten verhelfen wollen‹, sagte er. ›Und diesem Sauhaufen leitende Posten verschaffen zu wollen ist hirnrissig‹, ich. ›Andererseits, Herr Căpitan, ist die Wirtschaft zu kriegswichtig, um sie von Leuten verwalten zu lassen, die keine Erfahrung besitzen‹, er. ›Sie ruinieren die Wirtschaft, Herr Căpitan, wenn sie Volltrottel zu kommissarischen Leitern der Judenbetriebe ernennen.‹ – ›Wir sollten zusammenarbeiten, Herr Căpitan‹, sagte er. ›Sie sollten uns besser allein machen lassen‹, dolmetschte ich. ›Von edlerer Rasse sind unsere Industriellen nicht. Sie sind wirtschaftlich einfach erfahrener als eure Leute‹, er. ›Eure Leute sind rassische Bastarde und unsere Industriellen reine Arier‹, ich. ›Machen Sie Dampf bei den Stellen, die unsere Kaufangebote bearbeiten‹, er. ›Lassen Sie alle Gardisten erschießen, die unsere Kaufangebote verschleppen‹, ich. ›Dem Land wird es guttun, das steht außer Frage‹, er. ›Alles wird aufatmen, wenn sie ein Loch in der Stirn haben‹, ich.

Niemand konnte versteinerter sein, als es Sima war. Seine Mausaugen richteten sich in die Ferne, und man hatte den Eindruck, er atme nicht mehr. Alfred wartete auf eine Antwort, die ausblieb, und ich ruhte mich von meiner Dolmetscherarbeit aus, holte tief Luft, knackte mit meinen Fingern.

›Ich verehre Sie, Sima, von Herzen‹, fing Alfred aufs Neue an. ›Ich verachte Sie, Sima, von Herzen‹, bekannte ich. ›Nichts finden wir beide abscheulicher‹, sagte er, ›als diese raffenden Saujuden‹. – ›Um ehrlich zu sein, selbst ein Saujude‹, dolmetschte ich, ›ist mir lieber als Sie.‹ – ›Erst wenn dieses Unkraut vom Erdball vertilgt sein wird, werden wir beide zur Ruhe kommen‹, Alfred. ›Erst wenn wir Leute wie Sie endlich los sind, kann der Nationalsozialismus erfolgreich sein‹, ich. ›Andererseits rate ich zur Beherrschung, was wirtschaftlich wertvolle Juden angeht‹, sagte Alfred. ›Anders ist das mit den Juden, Herr Sima, die brauchen wir dringender als Sie‹, sagte ich. ›Wir sollten sie nutzbringend einsetzen …‹, er. ›Auf eure gardistischen Hornochsen kann man verzichten …‹, ich. › … und erst, wenn wir sie nicht mehr brauchen, erledigen.‹ – › … auf einen Juden wie Slumowitz nicht.‹

›Was soll das?‹ verlangte der Botschaftsvertreter zu wissen, ›was soll dieser Name? Von Slumowitz sagte ich nichts! Gottwald, Sie sollen mich dolmetschen und keinen Quatsch reden!‹ Er achtete nicht mehr auf Sima, und das war ein Fehler. Horia Sima, der Nationalist reinsten Wassers und Heißsporn mit Mausaugen, spitzer als Nadeln, erwachte aus seiner Versteinerung. Horia Sima mit wildem Piratenschopf, schwarz wie ein Bienenschwarm, beugte sich vor. Und unberechenbar wie eine orientalische Nacht zog er an seiner Schreibtischschublade. Horia Sima, erniedrigt, im Stolz verletzt, griff zum Revolver, der in seinem Schreibtisch versteckt war, und zielte auf den mit mir rechtenden Botschaftsvertreter, der sich im Nu zum Gardistenchef umwandte, was seine guten Instinkte bezeugte, und aus seinem Kreuz eine Waffe zog. Das ging alles mit einer Geschwindigkeit vor sich, die mir keine Flucht mehr erlaubte.

Und beide entsicherten gleichzeitig. Und beide bewegten gleichzeitig den Finger am Abzug. Und gleichzeitig flogen zwei Bleikugeln los, die sich auf den Flugbahnen haarscharf verfehlten. Und wenn sich die eine in Horia Simas Gehirn bohrte, das aus dem Hinterkopf spritzte und die drei Photographien an der Wand, in der Mitte Codreanu, rechts Hitler und links Mussolini, mit blutigem Hirnbrei besprenkelte, schoß die andere dem Botschaftsvertreter ein Auge weg und blieb in seinem Scheitelbein stecken – was ein Pommer kassiert hat, das gibt er nicht wieder her. Und meine Dolmetscherrechnung ging auf: Der Handelsbeauftragte sackte zusammen und sein finsterer Stern am Familienhimmel erlosch, und der Gardistenchef kippte zur Wand und hatte keine Gelegenheit mehr, einen Putsch anzuzetteln.

Und um meine Geschichte zu Ende zu bringen: Der rothaarige General Antonescu empfing mich und wollte erfahren, was passiert sei. Einer habe den anderen beleidigt, versetzte ich, und wilde Beschimpfungen zu dolmetschen sei eine peinliche Aufgabe und eine harte Nuß. Ich sei ein erfolgreicher Nußknacker, meinte der General, der trockener war als ein vergessener Brotkanten, er wolle mich als seinen Dolmetscher einstellen. Und als ich stammelnd zur Antwort gab, das sei nicht klug, meine sprachlichen Kenntnisse seien bescheiden, klemmte er seinen Daumen in die Uniform. Und wenn Antonescu seinen Daumen in die Uniform klemmte, zwischen dritten und vierten Knopf, war man entlassen. Und am andern Tag setzte man mich in ein Flugzeug, das den rothaarigen General zu Verhandlungen mit Adolf Hitler ins ferne Berlin brachte.«

Wer nur an sein Elend denkt, der wird im Elend versinken

Es vergingen zwei Monate, bis ich Virginia wiedertraf. Sie war um den Vater besorgt, der sich bei seiner schlechten Verfassung nicht aufregen durfte, und der sorgte sich wiederum um seine Tochter, was beide veranlaßte, vorm ersten Fliegeralarm aus der Hauptstadt zu fliehen. Am 14. Juni, acht Tage vor Kriegsausbruch, schickte sie mir einen Brief aus den Bergen und bedauerte es, mich nicht um sich zu haben.

Und ich schilderte, was sich in Bukarest abspielte. Brot war schwer zu bekommen, man schloß alle Freilufttheater, Terrassenlokale und Schulen. Wer einen Garten besaß, war verpflichtet, einen Graben ums Haus anzulegen, zum Schutz vor den Angriffen feindlicher Flugzeuge. Es kam zur Verdunkelung der Stadt, die in pechschwarzer Nacht versank, Taschenlampen bewegten sich geisterhaft huschend in nieselndem Regen und Finsternis. Viehwaggons rollten zum Pruth, mit Soldaten beladen, die an der sowjetischen Grenze in Stellung gingen. Vona erhielt seinen Gestellungsbefehl mit der Aufforderung, sich am anderen Tag in der Infanterie-Kaserne zu melden. »Zu sterben bleibt keinem erspart«, sagte er, »sich sinnlos erschießen zu lassen, das kann man vermeiden.« Er steckte sich Geld ein, um zur »Hohen Pforte« zu gehen und »Schicksalsverhandlungen« aufzunehmen.

Als er aus dem Haus war, bekam ich Besuch von Marietta, die verlegen von einem Bein aufs andere trat und mich um Hilfe bat. Am gestrigen Tag war das Urteil ergangen, das Matei vierzehn Haftjahre aufbrummte. Und vom Holzfabrikanten aus Râmnicu-Vâlcea, der sich in der Hauptstadt ein Liebesnest hielt, das sie in den vergangenen Wochen bewohnt hatte, wollte sie sich wieder abseilen. Der sei ein Geizhals und Rohling, und beides zusammen verkrafte sie nicht. Von einem Grobian verlange sie Schmerzensgeld, von einem Geizkragen Anstand und Schonung.

An diesem Vormittag hockte sie nicht mit verkniffenem Po auf der Stuhlkante. Redselig fiel Marietta ins Schreibzimmersofa, schubste das Kissen beiseite und klopfte aufs Polster, was nichts anderes als eine Einladung sein konnte. Sie spielte am Blusenknopf, als ich mich neben sie setzte, bis er wie von selbst aufging. »Ich werde dich nie mehr erpressen«, versprach sie mir, »wenn du bei Haralamb ein gutes Wort einlegst.« Eine Duftwolke frischen Basilikums wehte mich an, und ich stimmte dem Kuhhandel zu. Dankbar legte sie mir eine Hand auf den Schenkel, die sie in Null Komma nichts wieder an sich nahm, als Haralamb Vona nach Hause kam.

Marietta fing schleunigst zu heulen an. Aus der Handtasche zog sie ein seidenes Taschentuch, bestickt mit den Anfangsbuchstaben V.M., wie mir auffiel. Wankend stand sie vom Sofa auf, um in die Diele zu schleichen, wo Haralamb, der bester Laune war und einen Schlager pfiff, was auf erfolgreich verlaufene Schicksalsverhandlungen schließen ließ, seinen Spazierstock an einen Garderobenarm hakte. Als er die an der Dielenwand lehnende Marietta bemerkte, verstummte sein Pfeifen. Schluchzend berichtete sie von Matei und wandelte, sicherheitshalber, sein Urteil von vierzehn Jahren Haftzeit in Lebenslang um.

»Den bist du los«, sagte Haralamb mitleidlos und setzte sie mit dieser Antwort schachmatt, kurzfristig vergaß Marietta zu schluchzen. »Außerdem ist er in Sicherheit und wird dir nicht an der Ostfront verrecken.«

In diesem Punkt irrte er sich. Man schickte Matei im April '42 aus der Zelle schnurstracks in die vordersten Linien bei Kertsch, wo er bei einem russischen Angriff ums Leben kam. Nicu Matei nahm ein ruhmloses Ende. Zwischen pfeifenden Kugeln und spritzender Erde brach er in sich zusammen, erlag einem Herzinfarkt und war kein lohnendes Ziel mehr. Ohne Verletzungen, Kratzer und Schrammen traf sein Leichnam in Bukarest ein, ja angeblich herrschte auf seinem Gesicht tiefster Frieden, als sei er ein schlummerndes Kind. Vona weigerte sich, an Mateis Beerdigung teilzunehmen, und behalf sich zu seiner Rechtfertigung mit dem Spruch: »Warum soll ich dem Mann eine Ehre erweisen, die er mir nicht mehr vergelten kann?«

Ich fand keine Gelegenheit, ein gutes Wort einzulegen. Haralamb stapfte verbissen ins Schreibzimmer, Marietta im Schlepptau, die flehte und bettelte. Er war entschlossen, sie nicht wieder einziehen zu lassen. Diese Entschiedenheit kannte sie nicht. Sie ging auf die Knie und umklammerte Haralambs Beine. Sie schmiegte sich an seinen Schoß, den sie naßweinte. Und als er sie von sich stieß, hieb sie vor Wut aufs Parkett.

Marietta bekam einen Tobsuchtsanfall. Sie sprang zum Regal in der Ecke, aus dem uns der Großvatertotenkopf angrinste, den sie sich schnappte und mit einem Schrei auf den Fußboden schleuderte, wo er zersplitterte (das Nasenbein landete in meinem Schoß). Ohne ein Wort rannte sie aus der Wohnung, und ohne ein Wort kehrte Vona die Großvatertotenkopfsplitter zusammen, die er im Anschluß sortierte und sorgsam beschriftete.

Und als General Antonescu bekanntgab, mit dem heutigen Tag ziehe man an der Seite des großdeutschen Reiches in den Heiligen Krieg, um Bessarabien und Bukowina den Klauen der Roten Armee zu entreißen und den Bolschewismus vom Erdball zu tilgen, klebte Haralamb Vona mit Zuwendung, Aufmerksamkeit und Geduld seinen Großvatertotenkopf. Wenn ich bei Fliegeralarm in den Luftschutzraum eilte, blieb er an seinem Intarsientischchen beim Ofen aus Gußeisen sitzen. Dreihundert russische Flugzeuge seien vernichtet, erfuhren wir vom Senffabrikanten, der uns erregt mit den neuesten Nachrichten eindeckte, was der heimischen Flak zu verdanken sei, zu einem Fliegerangriff werde es nicht mehr kommen. »Dreihundert?« erwiderte Haralamb Vona mit Spott in der Stimme, »nicht mehr?« In der kommenden Nacht fielen Bomben auf Bukarest, man beklagte Verletzte und Tote (wie viele, das wußte der Senffabrikant nicht zu sagen).

Hitlers Vormarsch im Osten befeuerte meinen Freund, der an seiner Schreibzimmerwand eine Karte befestigte, auf der er die Bodengewinne von Wehrmacht und heimischen Truppen verzeichnete. Grimmig warf er sich auf seine neueste Idee: einen historischen Abriß der

Baustile Bukarests. Nachts schrieb er in winziger Handschrift Papiere voll, die ich am Vormittag abtippte. Er suchte Archive und Bibliotheken auf und schleppte mich mit, wenn er photographieren wollte, um mir sein Stativ aufzuladen. Oder er ging in die Straße Sfinţii Apostoli, wo er mit Iosif Rosenheim sein Manuskript besprach.

Vonas Architekturlehrer wohnte nicht mehr in der Nachbarschaft zum Kommunal-Schlachthof. Bereits vor drei Monaten hatte man seine bescheidene Villa am Stadtrand beschlagnahmt, per Gesetz, das den Juden das Wohneigentum entzog, um sie einem Mann aus dem Staatsapparat zuzuschanzen. Iosif Rosenheim und seine Frau mußten mit Sack und Pack in die winzige Wohnung der Schwester ziehen und mit einer Handvoll Verwandter zwei Zimmer teilen. Um seine Bibliothek mitzunehmen (die der neue Besitzer des Hauses im kommenden Winter vermutlich zum Heizen verwendete), fehlte es bei der Schwester entschieden an Platz, und das schmerzte Iosif am meisten.

Haralamb Vona schien von der beklemmenden Enge nichts mitzubekommen, und auch Iosif Rosenheim merkte nicht mehr, wo er sich befand, wenn sie sich in Fachsimpeleien verstrickten, bis Rosenheims Schwester, die derber und handfester war als der Bruder, schaffutterte: »Was spintisierst du dir wieder zusammen, Iosif! Wir haben andere Sorgen, um Gottes willen. Deinen Neffen, den ziehen sie zur Zwangsarbeit ein, und Cazacu will unsere Miete verdreifachen. Kann er sich ja erlauben bei rechtlosen Leuten. Und wer weiß, ob sie uns nicht bald abholen kommen, wie Abraham Goldstein und seine Familie.« – »Sag das nicht«, flehte Rut, Iosifs Ehefrau, voller Angst, wenn man es ausspreche, werde es wahr. Und der schmale, verknitterte, durchsichtig wirkende Rosenheim ruderte mit beiden Armen: »Wer nur an sein Elend denkt, der wird im Elend versinken.«

Ich nippte am schalen Ersatzkaffee, den ich mir von seiner Frau hatte aufschwatzen lassen, die trotz knapper Mittel nicht ungastlich sein wollte. Von Zeit zu Zeit kritzelte ich ins Notizbuch, was mir Haralamb Vona vom Sofa aus zurief, der Rosenheims kluge Bemerkungen zusammenfaßte, die nicht verlorengehen sollten. Selbst wenn

Schwester und Bruder zu Bett gehen wollten, fiel es Vona und Rosenheim schwer, sich zu trennen. Und noch beim Fliegeralarm auf dem Weg in den Luftschutzraum schwatzten sie weiter.

Virginia schickte mir Briefe und Postkarten (mit Ansichten von Peleş-Schloß oder Kasino), die ich vorm Zubettgehen beantwortete, falls mich kein Fliegeralarm in den Keller rief. Sie sehnte sich nach Promenadenkonzerten in Cişmigiu. Sie wollte mit mir zu Theaterpremieren gehen oder im Carol-Park picknicken. Virginia langweilte sich in den Bergen zu Tode, wo sie bei Regen und lausigen Temperaturen nichts als lesen und Karten spielen konnte, und beneidete mich um das quirlige Leben in Bukarest.

Was sich zurzeit in der Hauptstadt abspiele, sei grauenhaft, ließ ich sie wissen. »Dieser ewige Fliegeralarm, Tag und Nacht; kriegsbegeisterte Kundgebungen auf dem Schloßplatz mit blutroten Hakenkreuzfahnen und Bildern von Hitler und Ion Antonescu; von den Menschenkolonnen verhafteter Juden zu schweigen, die man aus der Stadt bringt.« Nein, sie verpasse nichts, absolut nichts.

Ob es mich erleichtere, wenn sie nicht bei mir sei, erkundigte sie sich ersichtlich beleidigt. »Ich scheine dir ja nicht zu fehlen.« Diese Bemerkung Virginias verwirrte mich. Wenn mich etwas erleichtere, sei es das Wissen, daß sie in Sinaia außer Gefahr sei, rechtfertigte ich mich verstimmt. Das brachte Virginia erst richtig in Rage. Meine Sorgen um sie seien die einer Kinderfrau, die in ewiger Keuschheit ergraut sei. »Ich bin nicht mehr das Kind, als das du mich betrachtest.«

Mir war nicht klar, was sie von mir erwartete. »Ich vermisse dich«, schrieb ich mit dreifachem Ausrufezeichen, um sie zu beschwichtigen, »und betrachte dich als junge Frau, die du bist.« Dieses Bekenntnis belustigte sie. »Drei Ausrufezeichen, das ist ja die reinste Verschwendung, mein Freund«, nahm sie mich auf den Arm.

Sie machte den Vorschlag, sich heimlich zu treffen. »Ich kann dir ein Zimmer bestellen, in einer Pension, nicht zu teuer, am Ortsrand Sinaias. Wenn ich mich nachmittags zwei Stunden abseile, um zu dir zu kommen, wird mein Vater nichts merken.«

Als ich Virginias Zeilen las, schwindelte mir. In Bukarest litt ich an Schlaflosigkeit. Schuld war der ewige Fliegeralarm, der mich um drei oder vier in der Nacht aus dem Bett scheuchte, schuld waren meine finsteren Ahnungen. Ich kam mir stumpfsinnig, leer und verbraucht vor. Bei der Aussicht, ins Bergland zu reisen, und wenn es nicht mehr als drei Tage waren, faßte ich wieder Mut. Virginia zu treffen, das war eine Vorstellung, die mich heiter und unbeschwert machte.

Was mir fehlte, war Geld, um den Zug zu bezahlen und mich in der Pension einzumieten. Mir blieb keine andere Wahl, als den Freund anzubetteln, und das fiel mir schwer. Er ließ mich bei sich wohnen, versorgte mich kostenlos, das war bereits mehr, als man von einem Menschen verlangen konnte. Ich verschob es von Tag zu Tag, Vona um Geld anzugehen. Und in der Zwischenzeit ließ ich Virginia im unklaren, ob ich bereit sei zu kommen. Das legte sie mir als verletzendes Zaudern aus. Von meinen Geldsorgen wußte sie nichts, und ich bezweifelte, ob sie sich vorstellen konnte, was es hieß, wenn man nichts mehr besaß als sein Hemd am Leib.

Meine vermeintliche Lauheit vergalt sie mir mit einer knappen und zornigen Karte. Mein Besuch in den Bergen sei nicht mehr erforderlich. Mittlerweile bewohne Costache das kleine Pensionszimmer, das sie mir in Aussicht gestellt habe, der junge Verehrer vom Trianon-Kino, an den ich mich sicher erinnere – und ob ich das tat. Er tauge zwar nicht als Geschichtenerfinder und Kinderfrau, diesen (zweideutigen) Seitenhieb konnte sie sich nicht verkneifen, trotzdem sei seine Gegenwart kurzweilig. Anders als ich habe Tache sich nicht erst beknien lassen, sie von der faden und reizlosen Einsamkeit zu befreien, und am Nordbahnhof umgehend den Schnellzug bestiegen.

Virginias Zeilen versetzten mir einen Stich. Ich litt an der Nachricht, das ließ sich nicht abstreiten, und diese Erkenntnis beunruhigte mich. Meine Eifersucht kam mir idiotisch vor. Ich war sechsunddreißig und sie knappe zwanzig, ich hatte kein Recht auf »das Kind«. Es freue mich aufrichtig, schrieb ich verbissen, daß sie in Gesellschaft sei und einen Freund bei sich habe.

Nacht um Nacht traf ich im Luftschutzraum mit Vonas Mieter, dem Senffabrikanten, zusammen. In Hauslatschen und fleckiger Schlafanzugjacke hockte er auf der Holzbank bei Wasser- und Abflußrohr und kaute zufrieden an seiner Zigarre, wenn er mich mit Zahlen und Meldungen peinigte. Smolensk sei in deutscher Hand, ließ er mich wissen, bald werde man Moskau erreicht haben, Odessas Eroberung sei eine Frage der Zeit. »Kriegsgefangene, dreihunderttausend, mein Herr. Dreitausend von Deutschland vernichtete oder erbeutete Panzerfahrzeuge, eintausendachthundert Kanonen und sechstausend Flugzeuge. Wenn das keine Schlagkraft ist! Sie sollten stolz sein, Herr Gottwald, auf diese Armee!«

Mitte August waren es beinahe neunhunderttausend Gefangene, knapp vierzehntausend erbeutete oder vernichtete Panzerfahrzeuge, zehntausend Kanonen und Flugzeuge. »Man wird einen Kompromißfrieden schließen, was wetten wir? Bis Mitte Oktober ist Rußland besiegt, mein Herr, anschließend wird Hitler mit England verhandeln. Wenn Churchill den Frieden nicht will, wird Amerika einlenken, schließlich hat Hitler uns vom Bolschewismus befreit, ein Verdienst, das dem Mann niemand absprechen kann, und was soll Großbritannien ohne Amerika anstellen? Und im vereinten Europa wird Frieden ausbrechen, ein Frieden von mindestens eintausend Jahren. Wollen wir wetten, mein Herr?« Er beugte sich seufzend zu seiner Frau, die mit verknoteten Fingern im Schoß und abwesenden Augen den Fußboden anstarrte (mit dem Tod des Gardistensohns war sie verstummt): »Warum konnte das unser Puiulein nicht mehr erleben?« Sich wieder an mich wendend, sprach er von Bodengewinnen bei Leningrad oder am Dnjepr, bis es nicht weit von uns zu einem Einschlag kam. Auf seine Halbglatze rieselte Kalkstaub, als Decke und Mauern erzitterten. Angstvoll umklammerte er seine Frau, die versteinert blieb, als ob sie das alles nichts anginge.

Bei einer anderen Gelegenheit wollte er wissen: »Und warum sind *Sie* nicht Soldat, wenn ich fragen darf? Meinen volksdeutschen Buchhalter mußte ich ziehen lassen, der mit Begeisterung in seine Uniform stieg und sich meinen Freistellungsantrag verbat.« Ich nuschelte etwas von Untauglichkeit und zog ein bemitleidenswertes Gesicht, was dem Senffabrikanten den Wind aus den Segeln nahm. »Ach, Gott, ich bedauere Sie«, sagte er nickend und mit einer Stimme, als sei ich unheilbar krank.

Und nicht anders kam ich mir vor: unheilbar krank. Meine graue, verzweifelte Stimmung zerrieb mich, ich erstickte an Mutlosigkeit. Ich saß in der Falle, egal, ob als heimlicher Emigrant oder als Sachse aus Kronstadt. Mein falscher Ausweis bot mir keinen Schutz mehr, der zudem in sechs Monaten ablief. Wenn man mich als Felix Kannmacher festnahm, landete ich in Gestapogewahrsam, was das hieß, wollte ich mir nicht ausmalen. Und wenn ich als Johann Gottwald aufflog, schickten sie mich an die russische Front. Und man flog schneller auf, als man sich vorstellen konnte. Es herrschte kein Mangel an Spitzeln, die freiwillig oder bezahlt sich versteckende, arbeitsverpflichtete Juden verpfiffen, Einberufungsbefehle mißachtende und sich dem Kriegsdienst entziehende »Feiglinge« meldeten oder Fremde anzeigten, die sie im Verdacht hatten, im Dienst eines feindlichen Landes zu spionieren. Siguranţă und Polizei stimmten sich eng mit den Deutschen ab, mit Botschaft, Gestapo und Kommandantur. Und andauernd kam es zu Razzien in der Stadt. Erst vor sechs Tagen war ich einer Streife entgangen, als ich in letzter Minute vom Trittbrett der Trambahn sprang, die ein Trupp Polizisten zum Anhalten zwang.

Mein Vorteil war, amtlicherseits nicht erfaßt zu sein. Mein Freund hatte es bis zum heutigen Tag verschwitzt, der Polizei meine neue Adresse zu melden, falls diese Unachtsamkeit keine Schliche war, die meinem Schutz dienen sollte. Denkbar, ich galt als verschollenes Erdbebenopfer, was mein letzter Wohnort ja nahelegte, und spielte in der Personenkartei keine Rolle mehr, außer der eines Toten (und Tote waren außer Gefahr).

Ende August kam Virginia aus den Karpaten heim. Meinen verbissenen Brief hatte sie nicht beantwortet. Es mußten erst zweieinhalb Wochen vergehen, bis mich eine Karte erreichte, einsilbiger als eine britische Heeresverlautbarung. Zu Costache, dem jungen Verehrer, kein Wort. Nichts zu meiner, vermeintlichen, Weigerung, sie zu besuchen. Und in den Briefen, die anschließend eintrafen, langweilte sie mich zur Strafe mit Wetterberichten und Beschreibungen der Speiseabfolgen am Mittagstisch. Trotzdem meldete sie hocherfreut, als der Vater beschloß, seine Koffer zu packen – die seltener werdenden russischen Fliegerangriffe, die Hitlers Erfolge im Osten belegten, erlaubten es –, und bestellte mich ultimativ in den Carol-Park. Sie legte Uhrzeit und Treffpunkt fest und schrieb mir vor, was ich mitbringen sollte (sie wollte unbedingt wieder im Paddelboot picknicken).

Zehn Minuten vor unserer Verabredung hockte ich auf der vereinbarten Uferbank. Virginia allerdings ließ auf sich warten, sei es, um mir meine Untreue heimzuzahlen, sei es aus purer Zerstreutheit. Endlich erkannte ich sie auf dem Parkweg, wieder in einem einfachen, luftigen Sommerkleid und mit einem Flechtkorb am Arm. Sie schlenderte mit einer Leichtigkeit auf mich zu, die mir beinahe Schmerzen verursachte. Ich hatte den Eindruck, als ob sie mir mit dieser Leichtigkeit zu einem Leben verhelfe, das mehr war als bleiernes, mutloses Aushalten. Ich sprang von der Bank hoch, um sie in die Arme zu schließen, vor Freude, sie bei mir zu haben. Das ließ Virginia nicht zu. Sie streckte die Hand aus, um meiner Umarmung zuvorkommen, und erlaubte mir nur, einen Kuß auf den Handschuh zu hauchen, als seien wir ferne Bekannte.

Und das war ja nicht vollkommen falsch: Sie lebte in einer anderen Welt als ich und war ahnungslos, was meine graue Verfassung anging – die hatte ich in meinen Briefen verheimlicht, teils, um nicht in Jammereien auszubrechen, und teils, um »das Kind« zu verschonen. In dieser anderen Welt hatte ich sie mit meiner angeblichen Lauheit verletzt.

Sie erinnerte mich an das biestige Kind, das mich auf der Terrasse am Golf schikaniert hatte, und diese Erinnerung stimmte mich heiter (eine Heiterkeit, die ich mir besser nicht anmerken ließ). Ich paddelte uns in die Mitte des Sees, wo sie schweigend den Tisch mit den Dingen im Korb deckte, Tomaten und Brânză, Mohnkringeln und Salzfleisch. Ich hakte inzwischen das Netz an den Bootskiel, in dem unsere Bierflaschen trieben.

Virginia strafte mich mit einem Schweigen, das frostiger war als ein pommerscher Wintertag. Minuten vergingen, bis sie sich einen Ruck gab. Sie wolle mich nicht mehr im Unklaren lassen, warum sie mich zu diesem Picknick bestellt habe. Ich sei in der Liebe erfahrener als sie, was in meinem Alter normal sei, nicht wahr? (Diesen Schienbeintritt konnte sie mir nicht ersparen.) Und unsere Verbindung sei klar wie Gebirgswasser. Ich sei ja kein Mann (kurze Pause), der Absichten habe. »Ich meine, in Hinsicht auf mich.« Mit dem Vater zu reden sei vollkommen aussichtslos, der bringe sie mit seiner Eifersucht um den Verstand. Und ich sei von Eifersucht frei, wie sie wisse. Sie strahlte mich an, als sie meine Verwirrung bemerkte. »Heute ist es nicht einfach mit mir, tut mir leid.« – »Macht nichts«, entgegnete ich, was ein faustdicker Schwindel war. Meine Erinnerungsseligkeit war mir vergangen.

Virginia hielt eine Hand in den Teich und betupfte sich Nacken und Stirn. »Ich wollte dich um deinen Rat bitten«, sagte sie, »in einer schwierigen Sache. Du bist der erste, dem ich es verrate: Ich habe mich heimlich verlobt.« – »Das kann nicht dein Ernst sein«, entfuhr es mir, heftiger, als ich beabsichtigt hatte. »Und ob«, gab Virginia zur Antwort, »mein voller Ernst. Und mein Verlobter macht mir keine Schande. Er sieht blendend aus, kann sich in der Gesellschaft bewegen, ist ehrlich und ehrgeizig und wird es zu etwas bringen, versichere ich dir. Er kommt aus gutem Haus, mußt du wissen. Sein Vater arbeitet bei der Nationalbank, wo er eine leitende Stellung einnimmt. An Geld und Besitz fehlt es seiner Familie nicht. Und das spielt eine Rolle, nicht wahr?« – »Sprichst du von Costache Ionescu?« erkundigte ich mich matt. Nickend zerkaute sie eine Olive und spuckte den Kern in den See. Und ich setzte, mit zitternden Fingern, am Bootsrand ein Streichholz in Brand, um zu rauchen.

Wieder ertappte ich mich bei der peinlichen Eifersucht, die mich bereits bei Virginias Mitteilung von Taches Besuch in den Bergen erfaßt hatte. Ich wollte »das Kind« nicht verlieren, um keinen Preis, und vergaß, mich an eine Erinnerung zu klammern. Um so idiotischer war meine Eifersucht, wenn sie sich auf dieses Wesen im einfachen Sommerkleid mit tiefem Ausschnitt erstreckte, das sich am Bug mit Oliven vollstopfte und den Anschein gab, vollkommen harmlos zu sein. Sie, jung und begehrenswert, wie Milch und Blut, und ich, stumpfsinnig, leer und verbraucht.

Virginia brach kleine Brocken vom Weißbrot und warf sie dem Schwan zu, der um unser Paddelboot schwebte. Ich hatte den Eindruck, sie spiele mit mir Katz und Maus. Denkbar, diese Verlobung war nur eine Finte, um mich auf die Probe zu stellen. Leider war das keine Annahme, die mich beruhigen konnte. Bis heute war sie ein verzogenes Balg oder hatte sich etwas von einem verzogenen Balg bewahrt, das von wechselnden Launen beherrscht war. Gleichzeitig war sie kein Kind mehr, das Zwecke verfolgte oder auf Dinge aus war, die man unschwer erriet. Einem Kind in die Karten zu schauen war einfach. Anders verhielt es sich bei einer jungen Frau, die sich im Schummeln nichts vormachen ließ. Sie konnte mir schlimmer zusetzen als in der Vergangenheit.

Ich warf meine Kippe ins Wasser, zum Mitspielen entschlossen. Bei meinem Widerwillen gegen den jungen Mann, diese eitle Made im Speck seines Vaters, war das keine schwere Entscheidung. »Man verlobt sich nicht aus Langeweile«, versetzte ich streng, »und du langweiltest dich in den Bergen.« Sie betrachtete mich, halb belustigt, halb vorwurfsvoll. »Willst du wieder zur Kinderfrau werden?«

Diese Runde ging klar an Virginia. Ich mußte listiger vorgehen, behutsamer, wenn ich Erfolg haben wollte. Ich erinnerte sie an die Wahrsagerin mit dem harten Gesicht einer Siouxindianerin im schummrigen Zelt auf dem Moşilor-Jahrmarkt. »Du wirst bald eine reife und sinnliche Frau sein, das war es, was sie zu dir sagte, nicht wahr?« Virginia nickte versonnen. »Ich wollte im Boden versinken vor Scham und kam mir splitternackt vor«, entgegnete sie, »Gott sei Dank war es dunkel im Zelt und du hieltest meine Hand.« – »Das ist mir entfallen«, bekannte ich, ehrlich erstaunt. Virginias Erinnerung paßte mir gut in den Kram, sie machte sie weicher, empfindlicher. »Reichtum versprach dir das auf einem Pfeifenstiel kauende Orakel, und Ruhm.« – »Und Verehrer und Liebhaber, die mich umschwirren werden«, ließ sich Virginia mitreißen. Sie konnte auswendig aufsagen, was sie vom runzligen Sprachrohr des Schicksals erfahren hatte.

Ich holte tief Luft, als sie fertig war. »Wenn du wie der Bernstein bist, der seine Leidenschaft in sich verschließt, liegt es ja auf der Hand.« – »Was liegt auf der Hand?«, sie betrachtete mich voller Neugier. »Und wenn du wie reines, durchsichtiges Wasser bist«, spannte ich sie mit Bedacht auf die Folter, »das sich auf dem Weg in die See nicht verirren kann, sind keine Zweifel erlaubt.« – »Und woran nicht, um Gottes willen?« fragte sie zappelnd. »Na, falls es zutrifft, was diese Zigeunerin beim Moşilor-Jahrmarkt behauptete«, sagte ich, »ist dir nicht klar, wen du liebst und begehrst.« – »Das verstehe ich nicht«, gab sie zu und biß sich auf die Lippen. »Wenn deine Leidenschaft in dir verschlossen ist, heißt das, du kannst sie nicht kennen. Von einem Geheimnis umgeben, bleibt sie in dir aufbewahrt. Und du bist auf dem Weg in die See, die du sicher erreichen wirst. Andererseits muß erst Zeit vergehen, bis du dir klar werden kannst, wen du liebst und begehrst. Falls das mit Muschel und Bernstein stimmt, stellst du dich gegen dein Schicksal, wenn du dich verlobst.«

Schwer vorherzusehen, ob diese Runde an mich ging. Virginia verfinsterte sich. Sie strich sich zerstreut eine Haarlocke aus der Stirn. Sie nagte am Daumennagel, was sie sonst niemals tat. Unwillig kratzte sie sich an den Ellbogen und zupfte versunken am Kleidausschnitt. Ich stellte mich tot, was am sichersten war, und versagte es mir, meinem Durst einen Schluck zu bewilligen.

Schlagartig brach sie in Heiterkeit aus und teilte mir mit, sich entschieden zu haben. Sie werde sich wieder entloben! Costache Ionescu sei nichts als ein guter Freund, der sie verehre und in sie verliebt sei, eine Verliebtheit, die sie nicht erwidere. Wenn sie ehrlich sei, sei er ein vollkommen reizloser Mensch, ja, reizloser als ein verregneter, neblig verhangener Nachmittag in den Karpaten. Sie habe sich in diese Sache verrannt, weiß Gott, halb um dem Freund eine Freude zu machen, den sie in Wahrheit von Herzen bemitleide, halb aus Neugierde, wie man sich vorkomme, wenn man verlobt sei – man komme sich hundsmiserabel vor! Sie werde dem Armen einen Brief schreiben, nein, fiel sie sich ins Wort, das sei gemein; sich mit dem Verlobten im Park Cişmigiu treffen, nein, im Park werde Tache zu heulen und zetern anfangen; ein Automobilausflug, das sei am besten, mit Titi am Lenkrad, vor dem werde Tache es sich nicht erlauben, in Flennen auszubrechen.

Ich nahm einen Schluck aus dem Bierhumpen (endlich!) und wandte mich hungrig Oliven und Salzfleisch zu (ich hatte bisher keinen Happen gegessen). Und Virginia, die mir anscheinend verziehen hatte, bat mich um eine Geschichte, erstaunlicherweise um eine, die sie bereits kannte. Und wir brachen erst auf, als es dunkelte und das Seewasser sich mit einer silbrigen Haut bezog.

Tanzender Korken im Wasser

In den kommenden Wochen und Monaten tauchte sie wieder ins quirlige Leben der Hauptstadt ein, nahm Unterricht bei einer namhaften Schauspielerin, traf sich mit Freundinnen und Freunden in Konditoreien oder lud sie zum Essen nach Hause ein. Anschließend spielte man Teekesselchen, Stille Post oder Billard und tanzte zu amerikanischer Negermusik aus dem Grammophon, wenn nicht eine vom Vater bezahlte Kapelle mit Zymbal und Fideln im Garten aufspielte. Sie war versessen auf Modeschauen, Automobilwettrennen, Fußballbegegnungen und Kinopremieren. Ohne berechtigt zu sein, einen Wagen zu lenken, sie war ja erst neunzehn, verscheuchte sie Titi vom Lenkrad und flog mit Begeisterung in Gartenlokale am Stadtrand aus mit jeweils verschiedenen Begleitern, jungen Herren, die sie vor allen Leuten zusammenstauchte oder fuchsteufelswild aus dem Cabriolet warf, wenn sie sich erfrechten, aufdringlich zu werden (und falls sie nicht aufschnitt, kam das alle naslang vor).

Was sie mit besonderem Eifer betrieb, war das Miteinanderverkuppeln von Freunden und Freundinnen, die sie, wie Trabanten die Sonne, umkreisten (was mich um so mehr an den Vater erinnerte, seine vergangene Anziehungskraft) und sich zueinander nicht anders verhielten als teilnahmslos ferne Planeten. Als ersten verkuppelte sie den verflossenen Verlobten mit der faulsten und langweiligsten aller Freundinnen. Anschließend eine Maria, die angeblich wirbliger war als ein Schock von Zigeunern, mit dem ernsten und tiefsinnig schweigsamen Teodor, der vorhatte, Priester zu werden. Andererseits konnte sie es nicht ertragen, wenn es im Freundeskreis zu einer Paarbildung kam, ausnahmsweise und ohne erkennbaren Anlaß, an der sie keinen Anteil besaß. In diesem Fall kannte sie Mittel und Wege, um die frisch Verliebten im Nu zu entzweien, die sich fortan nicht mehr ausstehen konnten.

Sie schwelgte in Reiseabsichten ins nahe und fernere Ausland, Italien, Amerika, und verging, halb vor Neid, halb vor Sehnsucht, wenn eine der Freundinnen in London gewesen war oder ein Freund mit Venedigerfahrungen prahlte. Sie besuchte Konzerte und Opernvorstellungen, um sich in der Hauptstadtgesellschaft zu zeigen und ein neues Abendkleid auszuprobieren, nicht um der Musik willen – Musik ließ sie kalt, was sie dem verzweifelten Vater mit Lust auf die Nase band –, oder war im Kasino zu Gast, um dem neuerdings spielsaalversessenen Marcu zur Seite zu stehen, wenn sein Haufen mit Marken zusammenschmolz. Sie las wie der Teufel, Romane, geschichtliche Werke und Biographien (in rumänischer, deutscher und englischer Sprache), Sonette von Shakespeare, Petrarca- und Goethegedichte. Von Zeit zu Zeit sagte sie mir eine Goetheballade auf, ohne sich zu verheddern und lustlos zu leiern, teils, um mit kindlicher Freude mein Lob einzuheimsen, teils, um mir zu beweisen, nicht mehr das verzogene Biest zu sein, das sich in Baltschik beide Ohren verstopft hatte, wenn ich es wagte, zu Goethes Gedichtband zu greifen, was Teil meiner Unterrichtspflichten gewesen war.

Kurz: Sie war unternehmungslustig, rastlos im Einsatz und, außer im Schlaf oder wenn sie sich in einem Buch verkroch, niemals allein. Trotzdem wollte sie mit mir spazierengehen oder mich zu einem Rennen auf der Pferdebahn treffen. Ich mußte sie in Drogerien begleiten und beim Lippenstifteinkauf beraten. Oder ins Schuhhaus, wo sie sich mit modischen Damenstiefeln eindecken wollte. Das sei nichts als ein Vorwand, bekannte sie lachend, sie wisse, mein Urteil bei Schuhmoden sei nichts wert und insbesondere, wenn es um Damenstiefel ginge, nichts als ein Vorwand, um mit mir zusammen zu sein.

Schwieriger war es, als sie mich zu einer Theaterpremiere einlud. Bukarests gute Gesellschaft war klatschhaft, und mit dem »Gott am Klavier« waren alle bekannt. Virginia plagte die Vorstellung eines erbitterten Streits mit dem Vater, wenn an seine Ohren dringen sollte, mit wem seine Tochter zu dieser Premiere erschienen war. Wir spiegelten nahen und fernen Bekannten, Verehrern und Freunden Virginias vor, uns in der Pause aus Zufall begegnet zu sein (vor der Standaschenkugel, beim Rauchen).

Einerseits war mir das vollkommen recht: Aufsehen zu erregen, das konnte mich nur in Gefahr bringen. Außerdem mußte es peinlich ins Auge springen, wenn ich an Virginias Arm ins Theater einschwebte, sie in einem auffallend teuren und schicken Kleid, ich im Saalcheffrack, der stellenweise verschlissen war; sie in neuen und zierlichen Lackschuhen mit Riemchen, ich in einem Paar abgetragener Halbschuhe; sie frisch wie der Tau und ich in einer Wolke aus Duftwasser, das billiger roch, als es war.

Andererseits mußte ich schlucken, als sie mich den Freunden und Freundinnen als »Kinderfrau« vorstellte, der sie »aufs Tiefste verbunden und dankbar« sei. Ja, es wurmte mich, muß ich gestehen. Ich steuerte nichts mehr zu der Unterhaltung bei, die von den Schauspielerleistungen am heutigen Tag bis zu neuesten Wehrmachtserfolgen vor Moskau, bei Wjasma und auf der Krim reichte.

»Herr Gottwald«, verlangte Virginias verflossener Verlobter zu wissen, »was meinen Sie, wird Hitlers russischer Feldzug vorm Winter beendet sein?« – »*Er* muß es ja wissen, als Deutscher«, ließ sich eine Stimme vernehmen und erntete Zustimmung (als gebe es keine plausiblere Annahme). Alles wartete auf eine Antwort, die ausblieb, meine Zunge war steif wie ein Holzzapfen. Virginia beeilte sich, mir aus der Patsche zu helfen. »Wir wollen es hoffen«, versetzte sie an meiner Stelle und hakte sich zutraulich bei mir ein, »wenn Adolf Hitler bald siegt, wird Europa zur Ruhe kommen. Und wir brauchen nichts dringender als Frieden, nicht wahr?«

Was sie aussprach, das waren Vater Marcus Ideen, der mit den Eroberungen im Osten aufs neue in fiebrige Vaterlandsliebe verfallen war und eine bessere Meinung von Hitler besaß denn je, um wieder politischen Anschluß zu finden und sich als Berater in Stellung zu bringen. Beides erwies sich als unfaßbar schwierig. Sein Ruf hatte Kratzer bekommen, sein Name an Glanz verloren, was eine bittere Erfahrung war.

Man feixte klammheimlich und meinte, verstanden zu haben: Ich war ein fader Privatlehrer, der seine Groschen zusammenhalten mußte (was meine Garderobe verriet). Und Virginia war meine Gegenwart sicherlich peinlich. Um mich nicht zu Wort kommen zu lassen, ergriff sie es lieber selbst. Kurz: Man nahm mich nicht ernst und vergaß mich im Handumdrehen (nichts konnte mich besser tarnen als diese Mißachtung).

Um ehrlich zu sein, hatte ich keine Ahnung, was uns miteinander verband. Sie vertraute mir, das war das eine. Zum anderen war sie ein treuer Mensch, wen sie ins Herz schloß, verstieß sie nicht mehr. Das hatte sie bei der vom Vater mit Eifer verleumdeten Tanti Catinca bewiesen. Und das bewies sie beim Vater, auf den sie nichts kommen ließ. Trotzdem besaß diese Zuneigung eine empfindliche, heikle Stelle. Etwas, das unbenennbar blieb, vorsatzlos, blind. Und das betraf nicht Virginia allein. Mir ging es nicht wesentlich anders.

Ich ließ mich bei unseren Begegnungen treiben (ein tanzender Korken im Wasser, das rein und erfrischend war), die mich von meiner aschgrauen Stimmung befreiten. In Virginias Gegenwart kam ich mir jung vor, zuversichtlich und unbeschwert wie in den Tagen am Golf oder in meiner besten Kasinozeit. Was sie mir wiedererstattete, das war der Glaube an meine Bestimmung zu leben.

Virginias Lebenslust reichte an Leichtsinnigkeit, trotzdem war dieser Leichtsinn nicht seicht. Sie haßte den Hochmut der guten Gesellschaft, war frei vom verbreiteten Standesbewußtsein und hatte nichts mehr von dem biestigen Kind an sich, das Schuhputzerjungen von Herzen verachtet und sich zu Dienstboten prinzipiell herrisch benommen hatte. Daß sie mich vor Freundinnen und Freunden verheimlichen mußte, bedauerte sie. Daß sie, um giftigen Klatsch zu vermeiden, nicht mit mir in der guten Gesellschaft verkehren durfte, fand sie abscheulich und ungerecht, ohne, andererseits, an dem Versteckspiel zu leiden, das bei unseren Begegnungen erforderlich war, wenn sie nicht mit dem Vater zusammenrasseln wollte, der Titi den Auftrag erteilt hatte, auf seine Tochter ein Auge zu haben (was sie, im Vertrauen, von Florica erfuhr). Nein, zu spielen war Virginias Leidenschaft. Mit Begeisterung ließ sie sich Treffpunkte einfallen, Basare, entlegene Straßenbahnhaltestellen, vergessene Rondells und Bodegas am Nordbahnhof, die der »Eule am Lenkrad« bestimmt nicht bekannt waren (Titi betrachtete es als Berufsehre, ausschließlich beste Adressen zu kennen).

Sie wollte im Mittelpunkt stehen, war selbstverliebt, konnte in zickige Launen verfallen – flatterhaft oder stumpf war sie nicht. Sie merkte mir meine Verzweiflung an, die ich aus Scham verschwieg oder verbliebener Selbstachtung, diesem schwachen Rest Glut in der Asche. Und als sie erfuhr, warum ich in der Falle saß, warf sie sich vor, eine flache Person zu sein, die nichts als Zerstreuung und Annehmlichkeiten im Sinn habe. Sie bedauerte mich, was mir gegen den Strich ging, und machte den Vorschlag, an meiner Statt zur Polizei zu gehen, um den Ausweis erneuern zu lassen. Sie habe Erfahrung im Umgang mit hiesigen Staatsdienern, anders als ich, und sei angehende Schauspielerin, was ein nicht zu verachtender Vorteil sei, von den weiblichen Reizen zu schweigen, die sie ohne Zaudern zum Einsatz bringen werde.

Virginia daheim zu besuchen, verbot sich von selbst. Wenn ich sie nachts bis nach Hause begleitete, trennten wir uns an der Ecke zur Straße Lord Thomson, wo sie mir, eilig und scheu, einen Kuß auf die Stirn hauchte und wortlos im Dunkel verschwand (Abschiede waren Virginia ein Greuel).

Tag um Tag schrieb sie mir Briefe und schilderte ausgiebig, was sie erlebt hatte. Sie probe bereits eine kleinere Rolle, mit der sie im Februar auftreten solle, das sei mit dem Alhambra-Direktor verabredet, und wenn das Schauspiel erfolgreich sein sollte, werde man im April oder Mai auf Tournee gehen, berichtete sie voller Stolz und Begeisterung; neuerdings habe sie einen Verehrer, Sohn eines hohen Beamten bei der Siguranţă, was mir am Ende zugute kommen werde, falls diese Verbindung kein Strohfeuer bleibe; beim letzten Verhandlungstermin vor Gericht habe Bubi Giurgiuca erfolgreich ein Gutachten zu seinen Ungunsten ablehnen lassen, Vaters Zustand sei mehr als besorgniserregend; es stehe bereits wieder besser um Marcu, er werde am Montag vom jungen Monarchen empfangen, anscheinend ginge es um eine Auszeichnung, die Mihai dem »Gott am Piano« verleihen wolle; sie liebe mich, das sei ein Scherz, nur ein halber, sie liebe mich, unschuldig, »leicht wie ein Schmetterling«.

Alle drei bis vier Tage rief Vona mich ans Telefon auf der Tibet-Kommode im Rauchsalon, ohne Virginias Anrufe zu kommentieren. Er steckte zu tief in der Arbeit an seinem Buch oder betrachtete sich als den letzten, der mich auf die Schippe nehmen durfte. Selbst seinen Spruch: »In der Liebe ist alles wahr und alles Schwindel« verkniff er sich. Noch immer war er von Marietta besessen, was mir sein bei Nacht aus dem Schlafzimmer dringendes Winseln und Heulen verriet: »Marietta? Marietta … Marietta!«

»Ich bin es, Virginia«, sagte sie lebhaft, und ich lauschte der abwechslungsreichen und biegsamen Stimme am anderen Ende. Sie konnte sanfter klingen als eine Seebrise und krakeelerisch frech wie ein echtes Bordelluder; verschlafen und warm wie ein Bett nach dem Aufstehen und quengliger als ein mißhandeltes Schifferklavier.

»Mit dem Sohn dieses hohen Siguranţäbeamten kann ich nicht mehr dienen«, bedauerte sie. »Und warum nicht?« erkundigte ich mich erleichtert. »Gib zu, es beruhigt dich«, versetzte sie giftig, »wenn ich einen Fehlschlag erleide.« Zu widersprechen war nicht zu empfehlen, sonst handelte ich mir nur Streit ein. »Es war nicht zum Aushalten mit diesem Angeber. Um an mir kleben zu bleiben«, berichtete sie, als ich schwieg, »hat er Honig verspritzt, mein Gott. Und wenn er sich nicht in Vergleichen verhedderte, schief wie der Pisaturm, und mich als ›passenden Deckel zum Topf seines Lebens‹ bezeichnete, sprach er ausschließlich von sich. Keiner war schlauer und schlagfertiger als er. Niemand war angeblich fescher und sportlicher. Ich tat es um deinetwillen, wenn ich mich auf eine zweite Verabredung einließ, was den Esel ermutigte, anzunehmen, ich sei verliebt, eine einfache Beute. Bis er sich zwei saftige Ohrfeigen einfing. Stell dir das vor, ich ein Topfdeckel!« knurrte Virginia. Ich konnte nicht anders und bog mich vor Lachen. »Mach dich nur lustig«, versetzte sie grollend, einem Groll zwischen Flunkern und Ernst.

In Wirklichkeit war das ein ewiges Spiel. Keine Verabredung mit einem jungen Mann, die mir Virginia nicht umgehend aufs Butterbrot schmierte, um sich an meinem verbissenen Schweigen zu weiden. Und wenn zwei oder drei Tage um waren, sprach sie mit Unlust und Abscheu von dieser Begegnung, als ob sie mich von einem Leiden befreien wolle, zu dem kein Anlaß bestehe.

Am anderen Tag war es warm, und sie lieh sich das Automobil beim Chauffeur aus, dem sie das Versprechen abnahm, nichts dem Vater zu sagen. Und als sie im Cabriolet vor das Haus rollte, wollte ich meinen Augen nicht trauen. Sie hupte mich von meinem Platz an der Yost-Schreibmaschine ins Freie und winkte mich, ohne ein Wort, auf den Beifahrersitz. »Oder traust du dich nicht?« wollte sie von mir wissen. Ich fuchtelte mit beiden Armen, das sei es nicht. »Und was ist es?« versetzte sie lachend. Ins Tanzrestaurant vor der Stadt auszufliegen, behalte sie sonst jungen Herren vor, sagte ich, und zwar jungen Herren aus guten Familien. »Ich muß ja nicht mit dir tanzen«, entgegnete sie und betrachtete mich von der Seite.

Sie lenkte das Cabriolet auf den Siegesplatz, nicht ohne sich scharf in die Kurve zu legen (es warf mich gegen sie, was sie erheiterte), und auf der breiten Chaussee, die im Sonnenschein glitzerte, von gelbem und rotbraunem Herbstlaub umflirrt, ließ Virginia den Motor aufheulen. »Ist das nicht herrlich?« schrie sie mir ins Ohr, mit der Rechten das flatternde Kopftuch festhaltend, das der Fahrtwind vom Haar zerren wollte. Ich starrte halbblind in die rasend verwirbelnden Laubflecken zu beiden Seiten und nickte.

Nein, mit mir tanzen, das sollte Virginia am Ende nicht, was mit den beiden bekannten Gesichtern zusammenhing, die wir in der Menge entdeckten. Vor dem Tanzboden, einem Podest aus Holz, in erster Reihe, am mittleren Tisch, hockten Bubi und Mărioara, die sich von zwei brechenden Platten mit Grillfleisch bedienten. Bubi hob seine Hand, um ironisch zu winken, ein Gruß, den wir beide mißachteten. Sein Aufzug war wiederum auffallend grell, eine teegelbe Seidenkrawatte, die zu seinem hellblauen Anzug nicht paßte. Und der Anzug biß sich mit den Socken, zitronengelb, die aus zwei lachsroten Schuhen ragten. Mărioara schob sich eine Sonnenbrille ins Gesicht, um uns wie ein Geheimdienstagent zu beobachten, der beim Spionieren nicht ertappt werden will. Sie platzte ersichtlich vor Hochmut und Neid. Bubi hatte Virginias Vater begaunert, was ein klarer Beleg seines geistigen Vorrangs war. Andererseits fuchste Mărioara Virginias Erscheinung, die einiges Aufsehen erregte. Man gaffte und stieß sich beeindruckt an, als sie mit mir einen Ecktisch ansteuerte (in sechster Reihe, weit weg von der ersten).

Virginia, die hundsmiserabler Laune war, rauchte verbissen und schwieg. Mit der Unlust- und Drohfalte zwischen den Brauen, sich halb von mir abwendend, starrte sie zu den sich drehenden Paaren im Hof. Ich behielt Vater und Tochter im Auge, die mit Hingabe kauten und nagten, sich alle zehn Finger ableckten und bald einen dritten Schwung Grillfleisch beim Kellner bestellten. Bubi hatte bereits eine Wampe, bemerkte ich, als er eilig vom Klappstuhl aufsprang und zum Plumpsklo lief. Und bei Mărioara, ansonsten gazellenschlank, ließ sich ein Anflug von Ranzen erkennen.

Ich wollte Virginia aufheitern, was mir mißlang. Meine Geschichte vom Konversationslexikon, das Mărioara studierte, um Eindruck zu schinden, wenn sie auf Gesellschaften war, brachte mir keinen Blumentopf ein. Und als wir aßen, brach Platzregen los. Wir warfen Geld auf den Tisch und beeilten uns, zwischen den schreienden und in alle Richtungen rennenden Leuten zum Automobil zu kommen und das Verdeck zuzuklappen. Endlich hockten wir nebeneinander im Trokkenen und lauschten dem prasselnd aufs Kautschukdach schlagenden Regen. Bubi und Mărioara entdeckte ich auf der Veranda des Gartenlokals, wo sie verkeilt zwischen anderen Menschen den Schauer abwarteten, der sich in Hagel verwandelte und auf dem dampfenden Tanzboden steppte. Bubi, der seine Platte mit Grillfleisch im Arm hielt, umschlang mit dem andern das frierende Kind, nicht ohne begierig zu schielen und zu schnuppern, erkennbar bedripst, keine Hand frei zu haben, die sich eine Wurst schnappen konnte.

Mit diesem Wolkenbruch setzte vorzeitig der Winter ein. Zum Spazierengehen war es zu kalt, sich in Konditoreien zu treffen, zu unsicher, und unser Versteckspiel in Philharmonie und Theater, wo wir uns zur Pause angeblich aus Zufall begegneten, fand selbst Virginia auf Dauer zu schal. Sie war es, die vorschlug, mich von Zeit zu Zeit in der Gasse am Park Ioanid zu besuchen, eine Idee, der sich Haralamb nicht widersetzte. Im Gegenteil, wenn wir verabredet waren, nahm er seinen Hut und empfahl sich ins Capşa, wo er bis Mitternacht Schach und Belote spielte, um uns mit seiner Gegenwart nicht in die Quere zu kommen. Meine Versicherung, das sei nicht erforderlich, Virginia und ich seien beileibe kein Liebespaar, erwiderte Vona mit einem Gesicht, das ironische Zweifel verriet.

In einer Nacht konnte er sich nicht beherrschen. »Und was treiben Sie mit Marcus Tochter, mein Freund?« – »Ich erfinde Geschichten«, versetzte ich schluckend, eine Antwort, die Vona zu meinem Erstaunen nicht komisch fand. Versonnen zog er an seiner Fliege vorm Hemdkragen. »Warum erfindet man eine Geschichte?« verlangte er von mir zu wissen. »Um keine Geisel der Zeit mehr zu sein«, sagte ich, wieder sicherer werdend. »Wer Geschichten erfindet, der kann sie verlangsamen oder beschleunigen, dehnen oder stauchen. Er kann sie umkehren, anhalten, stillstellen, wenn er sich von einer Erinnerung nicht trennen will, einem Gesicht, einem Menschen. Nichts ist unwiderruflich und nichts, was sich in der Vergangenheit abspielte, notwendig. Seine Geschichte beginnt an dem fernen Punkt in der Vergangenheit, als nichts entschieden war und das Leben noch einen ganz anderen Verlauf nehmen konnte.« – »Ja«, erwiderte Haralamb mit einem Nicken, »und dieser Anfang erweist sich am Ende als Ziel.«

Zu dieser Zeit arbeitete er nicht mehr besessen an seinem Buch, und warum, war nicht schwer zu erraten. Hitlers Feldzug begann auf der Stelle zu treten, das raubte dem Freund seinen Schwung. Im vertrauten Kaffeehaus Bekannte zu treffen war eine willkommene Abwechslung, sei es Eftimie, den Ehemann Alexandrinas, der aus einer Adelsfamilie stammenden Russin, die eine Wiedererrichtung des Zarenreichs voraussah, wenn der bolschewistische Erzfeind besiegt war (und bei der Aussicht, Besitzer von Alexandrinas Familienpalast in St. Petersburg und einem vornehmen Stadthaus beim Kreml zu werden, ja bald in Juwelen und Rubeln zu schwimmen, fiel es Eftimie nicht schwer, seiner Frau zu verzeihen, sich von einem Deutschen bespringen zu lassen, der auf der Kommandantur Schreibarbeiten verrichtete, erstens hing ja sein Traum, in den Adelsstand Russlands erhoben zu werden, von Deutschlands Soldaten ab; zweitens war nicht von Belang, ob der Feldwebel in Jugoslawien ein Bein verloren hatte, wenn er nur seine Frau bei der Liebe befriedigte, was man ja, Gott sei Dank, nicht mit den Beinen erledigte, eine Feststellung, auf die Eftimie erheblichen Wert legte); sei es Geo Halunga, der vor seiner grantigen Pia ins Kaffeehaus Capşa auskniff, zu dem weibliche Wesen keinen Zutritt besaßen, wo er Eftimie von Herzen beneidete, eine Frau zu besitzen, die hemmungslos untreu war, anders als seine, die leider nie fremdging und zu keinem Wehrmachtsfeldwebel ins Bett fiel, um zu rammeln, bis sie keine Kraft mehr im Leib hatte, mit der sie den Gatten vertrimmen konnte. »Ich ziehe das Horn des betrogenen Ehemanns dem eines Schlags mit dem Besenstiel vor«, meinte Geo und rieb seine Stirnbeule.

Ganz allein waren wir ohnehin nicht in der Wohnung, was Virginia halbwegs beruhigte, die nicht erbaut war von Vonas Verhalten. Es schickte sich einfach nicht, uns ohne Aufsicht zu lassen. Seine Gesellschaft war notwendig, um keinen falschen Verdacht zu erwecken. Sie wollte sich lieber nicht vorstellen, was los war, wenn der Vater von diesen Besuchen bei mir erfuhr. Nein, ganz allein waren wir nie, selbst wenn Rosenheim und seine Frau vor Virginias Besuch in der Kammer verschwanden und sich nicht mehr mucksten.

Endlich hatte sich Iosif von seiner Familie breitschlagen lassen und nahm Vonas Einladung an, in die Wohnung am Park Ioanid umzuziehen, die erheblich mehr Platz bot als die der Verwandten, ein Angebot, von dem er wochenlang nichts hatte wissen wollen, in sinnloser Hoffnung auf baldige Heimkehrerlaubnis in seine enteignete Villa.

Es war Mitte Oktober, als er seine restlichen Habseligkeiten verlud und den Handleiterwagen in unsere Gasse zog (telefonisch Bescheid sagen konnte er nicht, ein Fernsprecheranschluß war Juden gesetzlich verboten).

Mutlos betrachtete er seine blutigen Finger, als Vona und ich vor das Haus eilten, um beim Entladen des Karrens behilflich zu sein, mutlos, weil er jede Hoffnung verloren hatte, je wieder in seiner Villa zu leben. »Dieser Umzug besiegelt mein Schicksal«, versetzte er leidend, »und das meiner Bibliothek.«

Vonas Bibliothek zu benutzen, das wiederum lehnte er halsstarrig ab. Er betrachtete sie mit befremdlicher Scheu, staunte, lobte, war sichtlich beeindruckt. Trotzdem faßte er keinen der Buchdeckel an, als ob das bedeute, dem Freund seine Frau auszuspannen.

Beide Rosenheims richteten sich in der Kammer ein, die sie sauber, von Plunder und Krimskrams befreit, mit bezogenen Betten erwartete. Anschließend wollten sie nicht mehr zum Vorschein kommen, um dem Hausherrn und mir nicht zur Last zu fallen. Man mußte sie wieder und wieder ermutigen, uns beim Essen und Rauchen Gesellschaft zu leisten, und ehe sie vorsichtig eintraten, machten sie sich in der Kammer erst ausgehfein. Rut zog ein Taftkleid an, Iosif den Stresemann, den er mit einer Papierrose aufpeppte, die traurig verknittert im Knopfloch hing. Und beide entschuldigten sich ohne Ende, kein Mitbringsel bei sich zu haben.

Meistens sprach man vom Krieg und gab blinde Prognosen ab. Im Herbst '42 sei Schluß, meinte Rosenheims Frau. Deutschlands Benzinvorrat gehe zu Ende, und in Italien hungere man. Vom russischen Winter zu schweigen, der werde den Vormarsch der Wehrmacht vereiteln. Hitler werde nicht aufgeben, niemals, versetzte Ruts Mann, und im Herbst '43 am Ziel sein. Ich widersprach, keine Seite sei stark genug, um der anderen das Fell abzuziehen, dieser Krieg werde dauern. »Ich bin bekanntlich ein Schwarzseher«, mischte sich Vona ein, »außer, wenn es um die Deutschen geht. Allein an sie zu denken, stimmt mich optimistisch. Und meine Zuversicht sagt mir, daß Deutschland nicht siegen kann. Was ich von Herzen bedaure, muß ich gestehen. Wenn es zusammenbricht, und das wird bald sein, schließe ich meine Arbeit bestimmt nicht mehr ab.«

Tag um Tag wiederholten sich diese Behauptungen, wie vollkommen vergebliche fixe Ideen, verbunden mit Rollenwechseln, die keinem auffielen, und Rut pessimistischer machten als mich oder Iosif schlagartig von einem bevorstehenden russischen Sieg ausgehen ließen. Es kam niemals zum Streit, trotzdem fielen wir am Ende nur niedergeschlagener in unsere Betten.

Beide gingen sie unendlich zart miteinander um, Iosif und seine Frau Rut. Sie verehrte den klugen, zerbrechlichen Mann, durchscheinend wie Papier und verknitterter als seine Rose, dem sie jeden Wunsch von den Lippen ablas. Brille, Taschentuch, Zahnstocher, Schnupftabakdose, er mußte nichts sagen, sie eilte los, um es zu holen. Und Iosif betrachtete sie, seine rundliche, kleine Frau, mit einer Neugier und Hingabe, als habe er sich erst am Vortag in sie verliebt. Und er lobte sie in unserem Beisein, was sie, wie ein stolzer und schamhafter Backfisch, mit einem verlegenen Kichern beantwortete, vom Kleid, das sie trug, bis zum vollen grauen Haar, ob sie es sich hochsteckte oder zum Knoten band. »Ach«, wehrte sie ab, »dieses Kleid ist uralt, Iosif.« Und Iosif erwiderte, scheinbar zusammenhanglos: »Es sind deine Augen, Rut, sanft wie zwei Gemsen.«

Wer diese neuen Bewohner seien, wollte der Senffabrikant vom Vermieter erfahren, der das Verstummen seiner Frau mit besonderer Mitteilsamkeit und unstillbarem Wissensdurst ausglich. Seine aalglatte Aushorcherei brachte Vona in Rage. Er gab Iosif und Rut als Verwandte vom Land aus und verlangte vom Nachbarn zur Strafe mehr Miete. Ob das schlau war, bezweifelte ich. Am anderen Tag stampften zwei Kommissare ins Haus, um »das Judenpaar« zu registrieren, das umklammert und zitternd im Korridor stand (mir schenkte man Gott sei Dank keine Beachtung). Und den Wohnungsbesitzer verwarnten sie eindringlich, wer den Verbleib eines Juden verheimliche, mache sich strafbar, ob er das nicht wisse? Haralamb Vona verzog keine Miene.

Und als er einen neuen Einberufungsbefehl erhielt – man brauchte dringend frisches Blut an der Front –, trat er wieder in »Schicksalsverhandlungen« ein, die langwieriger waren und ihn um etliches teurer kamen als bei der ersten Gelegenheit.

Virginia traf gegen sechs oder sieben ein, stieg aus den Schneeschuhen, setzte den Hut ab und musterte sich in der Spiegelkommode. Wir aßen zusammen, Mittagsreste, die ich auf den Herdflammen erhitzte, und nahmen im Rauchsalon Platz, wo wir pafften und Tee tranken. Ich stellte das Radio an, das Konzerte aus London, Paris oder Genf brachte, und sie berichtete mir von den Proben, die im Alhambra-Theater begonnen hatten. Lebhaft spielte sie mir eine Szene vor, zankte und zickte und schluchzte ergreifend (ich wollte mir lieber nicht ausmalen, was Rosenheims dachten, wenn sie dieses Schimpfen und Schluchzen vernahmen) und setzte sich kurzerhand auf meinen Schoß. »Du bist mein Liebhaber«, ließ sie mich wissen, nicht ohne mir auf meine Finger zu schlagen, als ich es wagte, sie an mich zu ziehen. »Es ist eine *Rolle*«, betonte sie, »wehe, du nutzt das aus!« Ich nahm mich zusammen, als sei ich ein stumpfer Stuhl, dem Schenkel und Pobacken vollkommen schnurz sind, die gegen sein Sitzpolster pressen. Virginia legte mir Liebhaberantworten in den Mund, die ich im Handumdrehen wieder vergaß, was sie verstimmte und abbrechen ließ. »Du bist an der Reihe«, versetzte sie vorwurfsvoll, kauerte sich in den Sessel, der neben dem meinen stand, legte das Kinn auf die Knie und lauschte mir mit dem Gesicht eines in sich versunkenen Kindes.

Kleine Geschichte von Großmut und Milde

»Und als endlich Frieden ausbrach, wollte alle Welt freiwillig auf die im Krieg, ob zu Recht oder Unrecht, besetzten Gebiete verzichten. Und mehr als das: Großherzig bot Josef Stalin den Polen einen Teil der Sowjetunion an. Und der kleinlaute Hitler trat, ohne zu zaudern, den Osten des Deutschen Reiches an seine Nachbarn ab und in der kommenden Woche das Rheinland an Frankreich. General Antonescu versicherte seinerseits, Nordtranssilvanien nicht mehr zu beanspruchen, das Ungarn mit Hitlers Erlaubnis besetzt hatte, um diesen ewigen Zankapfel los zu sein und mit den Nachbarn in Frieden zu leben. Ungarn bedankte sich und ließ verlautbaren, dieses selbstlose Angebot sei unannehmbar, und befahl seinen Truppen, aus Nordtranssilvanien abzuziehen. Diese Freigebigkeit war ein Virus, der um sich griff und vor der Regierung in Sofia nicht haltmachte. Bulgarien wollte nichts mehr von der Dobrudscha wissen, die wieder an Bukarest fiel. Und auf dem Palast der verstorbenen Monarchin Maria zog man die bulgarische Flagge ein.

Dieses Virus der Großherzigkeit steckte alle an, nicht nur Regierungen und Staatslenker, und breitete sich mit dem Tempo der Spanischen Grippe aus. Und es verseuchte den Himmel. Allah waltete mit einer Milde und Großmut, wie man sie am Golf von Baltschik nie erlebt hatte. Er zeigte sich freigebiger als ein Pascha, der Einsicht zeigt und seine Anmaßung von sich wirft.

Als erstes erweckte er Aise zum Leben, die vor hundert Monden beim Brunnen entschlafen war, mit dem Huhn auf den Knien, dem sie in der Todesminute den Hals hatte umdrehen wollen und das sich bis heute nicht muckste.

Aise hatte dem Haus seinen Namen verschafft, das bei den Bulgaren ›Haus der Schlummernden‹ hieß. Kein Mensch hatte seine verlassenen Zimmer bewohnt oder jemals betreten, um es sich mit der Schlummernden nicht zu verderben. Wer dem Geist eines Toten zu nahe trat, der lief Gefahr, seinen Rachedurst auf sich zu ziehen, und das wollte man lieber vermeiden.

Und als er der Frau wieder Leben einhauchte, nahm Gott das der Henne zu sich, was ein selbstloser Tausch war. Verwundert betrachtete Aise das Tier auf dem Schoß, dem im Nu beide Augen zufielen, als sie es, halb raunend, halb singend, beschwichtigte, um die vor rund hundert Monden begonnene Arbeit ruckartig zu Ende zu bringen.

Als das erledigt war, wandte sich Allah den anderen Bewohnern am Silberstrand zu. Mit einem Erdstoß, der sonst keinen Schaden anrichtete, brachte er Akifs leerstehenden Sultanspalast in der Vorstadt zum Einsturz. Und Akifs Sohn von prophetischer Klugheit entdeckte im Schutt eine Banknote von hundert Pfund. Und er rief seinen Bruder zu Hilfe, den achten Sohn Akifs, unbeugsam und stark wie die Eiche, der Steine und felsgroße Brocken wegrollte. Bald stießen sie auf eine weitere Banknote und eine dritte und vierte und konnten dem Vater, der sich nicht verzieh, seinen Reichtum verschleudert zu haben, und auf seiner Kissenbank in tiefem Kummer verharrte, zu guter Letzt eintausendneunhundert Pfund auf die Hand legen. Und Akif warf sich in den Staub, um Allah seine Milde und Nachsicht zu danken, und wer konnte weiser sein als der barmherzige Gott, der dem Akif zur Mahnung und Lehre den letzten Einhunderterschein nicht erstattete.

Bei dieser Großherzigkeit ließ es Gott nicht bewenden, der den Fischern Baltschiks goldene Fische ins Netz trieb, die sie auf den Banken zu Geld machen konnten. Und Ismail, der sich um Mitternacht mit einer Tochter des Mamut in Kalkfelsengrotten traf, verliebte sich in Akifs Mira, als er sie aus Zufall beim Wettschwimmen mit den Delphinen in der Bucht von Batova beobachtete. Groß war sein Herz, groß und freigebig, und Mamuts Tochter entsagen, das konnte er nicht. Mira willigte ohne ein Stirnrunzeln ein, sich sein Herz mit der Tochter des Mamut zu teilen. Und bald mußten sie sich nicht mehr heimlich um Mitternacht in einer Kalkfelsengrotte verkriechen, um sich vor Verlangen zu dritt aneinanderzuklammern. Mamut und Akif erlaubten es Ismail großherzig, Mira und Kyra zu heiraten. Und es blieb eine heilige Ehe zu dritt bis ans Ende, und jeder der drei starb uralt in den Armen der anderen beiden zur selbigen Stunde desselbigen Tages.

Und in Bukarest wiederum war es der christliche Gott, der an Großmut und Milde erkrankte und als erstes den Juden verzieh, keine Christen zu sein. Und amtlicherseits ließ man Gnade vor Recht ergehen. Rosenheims, die wieder heimkehren durften, bepackten den Handleiterwagen. Und los ging's aus unserer Gasse am Park Ioanid bis zum Haus an der Stadtgrenze. Iosifs blutige Finger verheilten von selbst, als er vor seiner Bleibe ankam und der neue, bereits wieder alte Besitzer verlegen ins Freie trat und seine Unschuld beteuerte, er habe Familie Rosenheim ja nicht vertrieben und trotz dieses strengen sibirischen Winters nicht mehr als ein Drittel der Bibliothek verheizt.

Und begnadigt vom jungen Monarchen Mihai durfte Nicu Matei seine Zelle verlassen. Er war ruhiger als eine windstille See, von beachtlicher Weisheit und tiefer Bescheidenheit, und hatte von beidem mehr, als ein normaler Mensch haben kann.

Marietta war dieser bescheidene Ehemann fremd, der sie nicht mehr mit Ellbogenhieben mißhandelte. Sie nahm mitleidig Abschied von Nicu Matei, und der war zu weise, um nicht zu verstehen, warum sie floh. Und sie ging zu dem Mann, den sie liebte. Daß Vona sie nicht auf der Stelle verjagte, verdankte sie nur seiner Milde und Nachsicht. Trotzdem verschloß er sein Schlafzimmer, um Mariettas Besuche bei Nacht zu verhindern, was sich als entbehrliche Vorsichtsmaßnahme erwies. Selbst bei Tag blieb Marietta im Zimmer am Flurende, wenn wir sie nicht aufforderten, uns Gesellschaft zu leisten, als sei sie Rosenheims heimliche Tochter.

Von Nicu Matei ließ Marietta sich scheiden, ob mein Freund sie zur Frau nahm, das steht in den Sternen. Eines kann ich mit Sicherheit sagen: Beide starben, zu jung, in den Armen des anderen, benommen vor Liebe und krank vor Verlangen, zur selbigen Stunde desselbigen Tages.

Und ich komme zum Ende der kleinen Geschichte von Milde und Großherzigkeit. Bubi Giurgiuca verzichtete einsichtig auf sein ergaunertes Geld und erstattete es deinem Vater auf Heller und Pfennig, samt Wertpapieren, Firmenanteilen und Grundbesitz, die er auf seinen Namen hatte umschreiben lassen. Und dein Vater bedankte sich, indem er Bubi aufs neue zu seinem Finanzmakler machte.

Bubi war wieder knochig und hippelig, steckte in mottenzerfressenen Pullovern und sengte sich mit Zigaretten den Ziegenbart an. Anders verhielt es sich mit seiner Tochter. Mărioara verschmerzte es nicht, wieder arm zu sein. Gelb wie die Galle und duster wie Kohlengrus, brachten sie Habgier und Selbstsucht um den Verstand. In einer Vollmondnacht rannte sie nackt und mit blutig zerkratztem Gesicht aus dem Haus. »Nichts besitze ich mehr, nichts besitze ich mehr als mein Hemd auf dem Leib«, heulte sie. Wer Mărioara vom Weg auflas, steht in den Sternen, sei es ein armer, nach Ziegenbock stinkender Teufel, der sie sich in einem scheuernden Sack auf die Schulter lud, sei es ein Bulibascha, der sich dieses schwanenweiße Fleisch nicht entgehen lassen wollte und Mărioara ein goldenes Halseisen anlegte. Sie blieb spurlos verschwunden, mehr ist nicht zu sagen.

Selbst Slumowitz' Gott zeigte Milde und Großmut und wandte mir wieder sein Masselgesicht zu. Und als dein Vater zum Golf reisen wollte, bestand er auf meiner Begleitung. Am anderen Tag waren wir in Baltschik, und der Eßtisch beim Feigenbaum bog sich vor Speisen. Tischleindeckdich bewirtete uns mit den knusprigsten Fischen und zartesten Lammkeulen, und wir lobten Allah, der sie wieder zum Leben erweckt hatte. Und wir, du und ich, saßen nebeneinander im Schatten, als seien wir zwei Engel, durchsichtig und rein wie der Himmel am Golf von Baltschik, und zum Schein fragte ich dich Balladen von Goethe ab, was deinen Vater beruhigte, der uns von Zeit zu Zeit heimlich betrachtete. Was meine Finger anstellten, die voller Verlangen deine Knie und Schenkel erforschten, bemerkte er, zu unser beider Erleichterung, nicht. Und deine Seufzer bezog er auf Goethe.

Nachts, wenn Bekannte und Freunde eintrafen, um auf der Terrasse das Tanzbein zu schwingen, mußte ich Grammophonplatten auflegen. Und anders als in deiner Kinderzeit konntest du bei diesem Trubel nicht einschlafen. Dir war abwechselnd heiß und kalt in deinem Bett, das dir leer vorkam, leer wie ein Golf ohne Wasser. Mira, verheiratet, strahlend und braun wie das Kupfer, nahm dich an die Hand, um dir eine verschwiegene Stelle im Felsen zu zeigen. Und wenn im Haus alles ratzte und schnarchte, schlich ich mich zur Grotte, in der du mich sehnlich erwartetest und unsere Seufzer verhallten.

Und in einer Nacht, als dein Vater erwachte und dich nicht im Bett vorfand, mich nicht in meinem, eilte er voller Verzweiflung zum Feigenbaum. Er zerbrach Grammophonplatte um Grammophonplatte, bis seine rasende Wut tiefem Kummer wich. Weinend lehnte er sich an die Steinbalustrade. Es war eine wolkenlos mondblaue Nacht und im Golf schwamm ein Schwarm goldener Fische. Und falls er nicht an einer Einbildung litt, hockte Aise beim Brunnen und schlief; es war ja ein beschwerlicher Weg bis zum Holzhaus am Fluß und sie selbst keine junge Gazelle mehr. Und er seufzte und schlenderte wieder ins Haus.

Und in den Sternen steht, ob wir steinalt, bis ans Ende benommen vor Verlangen und Liebe, zur selbigen Stunde desselbigen Tages in den Armen des anderen entschliefen.«

Wie ein Hund in den Freßnapf guckt

Mitte Dezember verreiste Virginia ins Bergland, um drei Wochen Ski zu fahren. Zu dieser Zeit hatte sie probenfrei, und alle anderen Verpflichtungen ließen sich aufschieben. Sie schrieb mir begeisterte Briefe von schneereichen Skipisten, schwungreichen Abfahrten und einem ohne ernstere Folgen verlaufenen Sturz; von zwei Freundinnen, die sie beim Skifahren begleiteten, und einem Schauspieler, der im Hotel wohnte (Mitte Sechzig, mordsdick und in Ehren ergraut) und beim Essen im Speisesaal Carol II. und seine Lupescu in einer Person spielte, bis sich alles vor Lachen bekleckerte. Den Vater begleitete sie ins Kasino, wo er Nacht um Nacht seinen Spielmarkenhaufen verdoppeln, wenn nicht gar verdreifachen konnte. Das mußte ein Schicksalswink sein und ermutigte meinen gewesenen Retter anscheinend, mit dem Mann vom Theater im Eßsaal zu wetteifern, was Virginia wiederum peinlich war.

Und sie schickte mir andere Briefe, die abweisend, scharf und mißbilligend waren. Allein bei der Vorstellung, mit mir zusammen zu sein, komme sie sich verletzt vor. Und mehr als das, von mir beschmutzt, einem Menschen, zu dem sie ansonsten Vertrauen habe. Es ekle sie, wenn sie sich ausmale, mit mir ins Bett zu fallen (Ausrufezeichen). Im kommenden Brief bat sie mich um Verzeihung, sie habe zu harte und grimmige Worte benutzt. »Du hast mich bei unserer letzten Begegnung im Haus deines Freundes verwirrt und erschreckt. Das ist es, was ich dir vorwerfe.«

Es stimmte. Ich hatte mich gehen lassen in dieser Nacht. Virginia beim Aufbruch, der eilig und fahrig war, was fraglos mit meiner Geschichte zusammenhing, zu der sie kein Sterbenswort sagte, vorm Spiegel im Korridor zu einem Kuß zwingen zu wollen war eine beachtliche Dummheit gewesen. »Nicht«, wehrte sie keuchend ab, »laß mich, ich bitte dich«, ohne sich aus meinen Armen zu befreien. Um so begieriger zog ich sie an mich, liebkoste den Hals, hastig, linkisch, und glitt mit den Lippen zur Brust, die sich weiß aus dem Ausschnitt schob, als sich Virginia mit einem Schauder zur Wand bog. Schlagartig riß sie sich los, zog den Mantel vom Haken und eilte ins Freie (den Hut hatte sie auf der Spiegelkommode vergessen).

In einem anderen Brief ließ sie mich wissen, es sei dumm von mir, anzunehmen, sie sei bereit, mich zu heiraten. Erstens sei ich protestantisch und sie orthodox, das vertrage sich nicht. Zweitens sei ich ein Fremder und sie fest entschlossen, sich mit einem Einheimischen zu verbinden. Und ich sei mittellos, ohne Beruf. Was solle sie anfangen mit einem Mann, dem es einfach am Dringendsten fehle. Auf dem Trockenen zu schwimmen, das habe sie nicht erlernt. Viertens werde sie niemals vom Vater erlaubt bekommen, einen armen Schlucker zu heiraten, der seiner Tochter nichts anderes biete als Steine (plus Protestantismus und deutschem Akzent). Und sich mit einem Mann einzulassen, der nicht seine Zustimmung finde, sei abwegig.

Im Brief, den sie am 1. Januar losschickte, milderte sie diese Worte bereits wieder ab. Ein Habenichts sei keine schlechtere Wahl als ein Goldminenbesitzersohn oder ein Schauspieler, wenn sie diesen Habenichts liebe. Sie wisse nicht, ob sie mich liebe, das sei es. Wenn sie von der Skipiste abfahre, denke sie ja, und beim Essen im Speisesaal nein. Sie bemerke den Drang, mit mir sprechen zu wollen, ließe sich von der Zentrale verbinden, und lege von Zweifeln befallen in letzter Sekunde auf. Und um mir einen Brief von zwei Seiten zu schreiben, verbrauche sie zehn Blatt Papier, wenn nicht mehr, die sie rabiat oder mutlos zerreiße.

Virginias Stimmungen wechselten von Brief zu Brief: Vaters Zustimmung werde sie niemals erhalten, ob sie den Nationalbankchef anschleppe oder mich. Mein Vorschlag, mich orthodox taufen zu lassen, sei hirnverbrannt, kindisch und abstoßend. Und wer lasse sich taufen, am Ende, ein pommerscher Emigrant oder ein unechter Sachse? Ein Protestant, schrieb ich in meiner Antwort, die sich mit einem Schreiben Virginias kreuzte, in dem sie wiederum anderer Meinung war und meine Idee nicht mehr ablehnte. Ja, sie betrachtete meine Bereitschaft, mich orthodox taufen zu lassen, als einen bewegenden Liebesbeweis. Im Brief vor der Heimreise wollte sie allerdings eine Verabredung lieber verschieben, bis sie besser Bescheid wisse, was uns verbinde. Und ohne Aufsicht, bemerkte sie nebenbei, werde sie nicht mehr zu Haralamb Vona kommen, was ich meinem Freund klipp und klar machen solle.

Endlos kamen mir diese drei Wochen vor, qualvoll, und Virginias wechselnde Stimmungen von Brief zu Brief brachten mich schier zur Verzweiflung. Ich hatte mir innerlich Klarheit verschafft und verbot mir nicht mehr, sie zu lieben. Selbst wenn es heikel und schmerzhaft gewesen war, sich von dem Kind (»meinem Kind«) zu verabschieden, erleichterte mich diese Klarheit, mit der ich auf andere Schranken und Hemmnisse stieß, Virginias Bedenken, Virginias Beklemmungen. Dieses Spiel war zu ernst, um sie nicht zu beunruhigen.

Mit Rasierschaum am Kinn, in Pyjama und Hausschuhen fing ich den Postboten ab, um Virginias Briefe bereits auf der Treppe vorm Eingang zu lesen, in eisiger Januarluft. Permanent linste ich zum Telefonapparat, wie ein Hund in den Freßnapf guckt. Das Telefon schwieg, und der Freßnapf blieb leer. Ich vergaß, in der Falle zu sitzen und bald ohne Ausweispapiere zu sein. Und wenn wir im Rauchsalon hockten, beteiligte ich mich nicht mehr an den Spekulationen, wann mit einem Ende des russischen Feldzugs zu rechnen sei.

Mein Schweigen fiel niemandem auf. Oder Rosenheims waren zu behutsam, um sich zu erkundigen, was mit mir los sei. Von Zeit zu Zeit faßte mich Iosif ins Auge, als schaue er in meine Seele und kenne sich aus. Rut verhielt sich zu mir um so geradliniger. Sie war freundlich bis herzlich, bot an, meine Socken zu stopfen und mir meine Haare zu schneiden, und betrachtete mich voller Zuneigung und einer Spur von Scheu (ich war ein Deutscher, das konnte sie wohl nicht vergessen).

In einer Nacht brach ich mein Schweigen und sprach von der Absicht, mich orthodox taufen zu lassen, die umgehend Haralambs Beifall fand. »Protestant zu sein heißt, in Verdammnis zu leben, selbst wenn man nichts Schlimmes verbrochen hat. Mit anderen Worten: Es ist eine ewige Strafe.« Iosif Rosenheim blinzelte mir ins Gesicht. »Sollte man seinem Glauben nicht treu bleiben?« wollte er vorsichtig wissen, »ich habe Bekannte, Herr Felix, die werden katholisch, um nicht mehr als Juden entrechtet zu sein. Iosif, beknien sie mich, du bist ein kluger Mann, nicht dein Herz darf entscheiden, was notwendig ist. Rette dich, gehe zu einem katholischen Priester und lasse dich taufen. Und mein Verstand sagt mir, sie haben recht. Ja, ich sage mir, Jahve verzeiht es den Seinigen, wenn sie in Not und Verfolgung vom Glauben abfallen. Trotzdem«, seufzte er, »kann ich nicht leugnen, zu sein, der ich bin, und mich aus freiem Willen erniedrigen.« – »Iosif, mein Herz«, sagte Rut und ergriff seine Hand, »unser Freund ist ein Deutscher. Er hat andere Sorgen als wir.« – »Das ist wahr«, meinte Vona und schmetterte: »Lobt mir den Deutschen, der willens ist, sich zu verleugnen! Lobt mir den Herrenmenschen, der keiner sein will! Und, erlauben Sie, Iosif, wir haben es mit einem Menschen zu tun, der zwei Namen, vier Eltern und folglich acht Großeltern hat. Warum sollte er sich nicht zwei Glaubensbekenntnisse leisten? Johann wird orthodox, Felix bleibt Protestant. Es erfreut Gottes Herz, wenn aus einem Schaf zwei werden.«

Virginia ließ sich am Ende erweichen und wollte zum Park Ioanid kommen. Und ich bat meinen Freund, in der Wohnung zu bleiben, das verlange Virginias Anstand. Er schnitt ein Gesicht, halb vor Mitleid (mit mir), halb beeindruckt (ein keuscheres Paar hatte er nie erlebt), und verzog sich zum Lesen ins Schreibzimmer.

Meine Bitte war mir um so peinlicher, als sie mich an diesem Abend versetzte. Und mich sitzenzulassen, das hatte Virginia sich nie erlaubt. Leider sei eine Probe dazwischengekommen, die man kurzfristig anberaumt habe, entschuldigte sie sich am anderen Tag. Von einer neuen Verabredung schrieb sie nichts. Es vergingen drei Tage, bis sie sich am Telefon meldete und mich beschwichtigte. Sie wirkte nicht scheu, nicht verlegen, war liebevoll, heiter und wollte mich unbedingt treffen. Ohne mich sei das Leben auf Dauer zu fade.

Es war ein kalter und schneereicher Januar. Man hatte den Juden befohlen, Gehsteige und Straßen vom Schnee zu befreien, ein Erlaß, der den Senffabrikanten ermutigte, Rosenheims, als sie vom Tempel heimkamen, mit Schaufel und Besen im Treppenflur abzufangen. »Soll ich mir den Hals brechen, Saujuden?« fluchte der Nachbar und jagte sie wieder vors Haus, wo er beiden, ersichtlich zufrieden an seinem Zigarrenstumpen kauend, beim Schneeschippen zuschaute.

Nicht aus Judenhaß sprang er mit Rosenheims grausam um. Er selbst war mit Juden befreundet, besonders mit einem ehemaligen Schulkameraden, der bis zum Verlust seiner Zulassung Anwalt gewesen war und dem er im Handumdrehen Arbeit verschafft hatte, um dem Mann aus der Klemme zu helfen. Er wollte lediglich Rache an Haralamb Vona nehmen, dem er seinen Mietpreisaufschlag nicht verzeihen konnte.

Haralamb seinerseits hockte in einem Kaffeehaus, und niemand griff ein, wenn nicht ich es tat. Ich stapfte ins Freie, nahm Rosenheims Schaufel und Kehrbesen ab und hielt sie vor den Mieter, der halb verwirrt, halb mechanisch das Werkzeug ergriff. »Sie? Ein Deutscher?« versetzte er fassungslos. »Ordnung muß sein«, sagte ich, »alle Juden sind ohne Verzug vom Schneeschippen entbunden.« – »Wer sagt das?« verlangte der Mann zu erfahren. »Kam vor dreißig Minuten im Radio«, log ich, »eine Anordnung von hoher Stelle.« – »Bei uns ist auf nichts Verlaß«, schimpfte der Senffabrikant, als ich Iosif, dem Blut aus der Nase rann, und seine zitternde Rut in den Treppenflur schob, »und das nennen Sie Ordnung, mein Herr?«

Sich bei diesem lausigen Wetter im Freien zu verabreden, kam nicht in Frage, und zu einem Wohnungsbesuch war Virginia nicht bereit, ohne das offen zu sagen. Sie regte an, eine Stunde vor Probenbeginn im Theater zusammenzutreffen, wo sie mich als Kinderfrau ausgeben werde, falls jemand zu neugierig sein sollte, wenn es mir recht sei. Es sei mir recht, sagte ich schluckend. Mir biete das endlich Gelegenheit, meinte Virginia, sie bei den Proben zu sehen. Und anschließend solle ich sie kritisieren, und zwar, ohne ein Blatt vor den Mund zu nehmen.

Bukarest war begraben von Schneemassen, als ich am kommenden Vormittag aufbrach. Ich mußte zu Fuß gehen, bei diesen Mengen an Schnee kamen Busse und Straßenbahnen nicht vom Fleck. Mein Fußmarsch auf rutschigen Gehsteigen oder in knietiefen Scheewehen erwies sich als mich zur Verzweiflung bringender Hindernislauf. Zur vereinbarten Zeit im Alhambra-Theater zu sein war niemals zu schaffen. Ich stellte mir lebhaft Virginias Verstimmung vor, als ich, keine sechshundert Meter vom Ziel entfernt, einer Kontrolle ins Netz ging.

In der Regel bemerkte ich Polizei und Siguranţäagenten bereits aus der Ferne, und es fiel mir nicht schwer, sie zu meiden. An diesem Tag war ich zu eilig und aufgeregt, um nicht blind in den Trupp von Agenten zu stolpern, sechs Mann, die mich eilends umringten.

Ich hatte Virginias beim letzten Besuch auf der Spiegelkommode vergessenen Hut bei mir, der mich am Ende vor Schlimmerem bewahrte. »Und warum sind Sie nicht in Rußland?« bemerkte der meine Papiere studierende Mann. »Ich bin Klavierlehrer«, sagte ich, sinnloserweise, als seien Klavierlehrer prinzipiell untauglich oder eine vom Kriegsdienst befreite Berufsgruppe. Meine Antwort verwirrte den Menschen, der sich an der Stirn kratzte, sichtlich verlegen, nichts von dieser Ausnahmeregelung zu wissen. Um so entschiedener pochte er mit seinem Finger in meinen Paß. »Haben Sie eine Bescheinigung?« wollte er wissen, »der Ausweis gilt keine sechs Tage mehr. Vier Wochen vor Ablauf muß man einen neuen beantragen.« Ich wollte erwidern, die habe ich leider nicht bei mir, als ein anderer Agent auf Virginias Hut zeigte, ob ich mit einer Dame verabredet sei. Feixend stieß er den Nebenmann an. »Dieser Herr hat es eilig, Petrică, er bebt ja vor Ungeduld. Willst du es dem Armen vermasseln, mein Gott? Wer sich bereits vormittags zu einer Dame schleicht, hat unsere Achtung verdient. Im Vertrauen«, bemerkte er blinzelnd und beugte sich vor, »ist sie knackig und frisch?« – »Sie ist Schauspielerin«, sagte ich, »keine zwanzig.« Anerkennendes Nicken und Pfeifen bei allen sechs. Ich bekam meinen Paß wieder und durfte Leine ziehen. »Erfolg!« rief es sechsstimmig, als ich mich schleunigst entfernte.

Erst zwanzig Minuten vor Probenbeginn traf ich ein. Virginia empfing mich beim Kassenhaus, ohne verstimmt zu sein oder beleidigt. Sie war unruhig, rauchte begierig und kaute am Nagel, was mit dem bevorstehenden Auftritt zu tun hatte, nicht mit mir, wie sie mir gleich verriet. Mein Siguranţăerlebnis erheiterte sie. Wir begegneten niemandem auf unserem Weg in den dunklen Zuschauersaal, wo wir uns in die vorletzte Sitzreihe fallen ließen. Ich sei ja vollkommen verschwitzt, und das bei diesem Frost, sagte sie, halb besorgt und halb mitleidig. Aus einer Tasche des Mantels, den sie um die Schultern gelegt hatte, zog sie ein Taschentuch, um mein Gesicht abzutupfen.

Das ermutigte mich, von der Taufe zu sprechen, die auf Mitte Februar anberaumt sei, in einer entlegenen Dorfkirche außerhalb Bukarests. »Warum außerhalb Bukarests?« fragte Virginia. Und ehe ich antworten konnte, versetzte sie: »Ich kann das nicht von dir verlangen.« Sie ergriff meine Hand. »Du darfst deinen Glauben nicht wechseln, um mir eine Freude zu machen«, beschwor sie mich eindringlich, »nicht um meinetwillen, hast du verstanden?« – »Es ist ein Liebesbeweis«, sagte ich, »deine Worte.« – »Ja, ja, es war dumm von mir, dich zu ermuntern.«

Sie ließ meine Hand los und rekelte sich auf dem Sessel. »Stell dir vor«, sagte sie, »dieser Zuschauersaal voller Menschen, und ich soll sie alle in Bann schlagen! Ich alleine vor zweihundert Leuten! Ist das nicht schwindelerregend und grauenhaft?« Eine Gruppe von Menschen trat ein, Regisseur, Assistenten und Schauspieler, und sie erhob sich vom Klappsessel, um an die Rampe zu laufen.

Ich war zu verwirrt, um der Probe zu folgen, verwirrt von der Fremdheit Virginias, die mir erwachsener vorkam denn je. Von Verschrecktheit und Scheu hatte ich nichts bemerkt. Und an der Zuneigung, die sie mir zeigte, keine Spur von Erzwungenheit entdeckt. Es war etwas anderes, das mich befremdete, ein Zug von Zerstreutheit und Abwesenheit. Ich hatte den Eindruck, der sich mit den Proben vertiefte, als ob sie sich von mir entfernt habe.

Von zwei Schauspielerinnen begleitet, kam sie nach beendeter

Probe zu mir in den Saal. Ob ich zufrieden sei, wollte sie wissen, um mich in aller Eile als »Kinderfrau« vorzustellen, versprach mir, sich bald telefonisch zu melden, und ging mit den beiden Frauen essen.

Am anderen Vormittag rief sie mich an, tief zerknirscht. Sie habe sich scheußlich benommen, zu fahrig und selbstverliebt, was sie von Herzen bedaure. Ob sie es sich bei mir verscherzt habe? »Ich liebe dich«, sagte ich schlicht, und sie schwieg. Wieder heiterer, wollte sie wissen, ob sie diese Liebhaberin nicht zu aufdringlich spiele, und was mit den Taufvorbereitungen sei. »Was du vorhast, bewegt mich«, bemerkte Virginia, »es ist schwer, das in Worte zu fassen. Ich werde es dir nicht vergessen.«

Ich war um so entschlossener, mich taufen zu lassen. Zu diesem Zweck brauchte Haralamb Vona, der alle notwendigen Vorkehrungen traf und der Einfachheit halber ein ferner Verwandter des Priesters der Dorfkirche in Izvorani war, meine, inzwischen verfallenen, Papiere. Ohne Paß konnte ich keinen Taufschein bekommen. Das war eine Sache, die ich nicht bedacht hatte, und mein wertloser Ausweis erwies sich als Hindernis, das teuer zu werden versprach. Wenn er diesen Paß zu Gesicht bekam, verlangte der Priester bestimmt hundert Pflaumenschnapsliter mehr (er hatte bereits hundert Liter erhalten), und neue Ausweispapiere gingen richtig ins Geld. Mein Freund, der das Vorhaben aus seiner Tasche bezahlte (wer sollte es sonst bezahlen), stellte Berechnungen an, in die er mich mit einbezog. Nicht, um mir ein schlechtes Gewissen zu machen, was seiner Natur widersprach. Nein, er wollte mich nicht um den mit diesen Kalkulationen verbundenen Spaß bringen. Und wir hielten Familienrat im Salon.

»Bei meinem Onkel, dem Priester, muß man sich beeilen«, sagte Vona und stieß eine Rauchwolke aus. »Und warum?« wollte Iosif erfahren und hustete, er vertrug unsere Qualmerei schlechter als in der Vergangenheit. »Tag um Tag kommt er auf neue Ideen«, entgegnete Vona, »was er von mir fordern kann. Erst waren es zehn Liter Schnaps und ein Schwein. Bald waren es hundert, ein Schwein und zwei Kisten Zigarren. Und bis heute vermeidet er es, mir die Summe zu nennen, die ich seiner Dorfkirche spenden soll. Nein, dieser wertlose Paß wird mich arm machen«, meinte er mit einem unernsten Blinzeln. Iosif riet, meinen Ausweis frisieren zu lassen, das werde am billigsten kommen. Ruts Bruder, der habe Verbindungen zum Schwarzmarkt und kenne sich aus mit verbotenen Dingen. »Habe ich recht, mein Schatz?« wandte er sich an Rut. »Ja, leider«, erwiderte sie.

Rosenheim wandte sich an seinen Schwager, und im Nu hielt ich einen erneuerten Paß in den Fingern, der erst in vier Jahren ablief. Dankbar umarmte ich Iosif, was seiner Papierrose schlecht bekam, die auf den Teppich fiel, wo ich sie vor achtloser Freude zertrampelte, und seine Frau Rut tupfte sich beide Augen (anzunehmen, halb meinet- und halb Iosifs Knopflochschmucks wegen).

Haralamb Vona lieh sich einen Kraftwagen aus und am Donnerstag, den 12. Februar, brachen wir bei klarem Himmel und Sonnenschein auf. Virginias Absage nagte an mir. Montag sei Generalprobe, Dienstag Premiere, sie sei schlicht zu unruhig, um mich zu begleiten, hatte sie sich mit auffallend kratziger Stimme entschuldigt. »Um zu ertrinken, im Taufbecken, bin ich zu groß, keine Sorge«, versetzte ich scherzhaft – sie sollte nicht losweinen, nicht wegen mir! –, und Virginia seufzte erleichtert.

Sie hatte noch mehr auf dem Herzen, das merkte ich, und von meiner launigen Antwort ermutigt, hielt sie mit der anderen Sache nicht hinterm Berg. »Ich wollte dich bitten«, beschwor sie mich, wiederum halb erstickt, »nicht zur Premiere zu kommen.« Ich war zu benommen, um etwas zu sagen. Virginia ertrug mein betroffenes Schweigen schlecht und stammelte los, was sie von mir verlange, sei grauenhaft, schlicht unverzeihlich, das wisse sie. Trotzdem sei mein Erscheinen dem Vater nicht zumutbar, nicht beim ersten Theaterauftritt seiner Tochter!

Vona trommelte pfeifend und singend aufs Steuerrad, als wir auf der verschneiten Chaussee aus der Stadt rollten. Es war neun Uhr und um elf sollten wir bei der Dorfkirche in Izvorani sein. Bei trockenem Wetter ließ sich das bewerkstelligen, trotz holpriger Straßen und steiniger Wege, die es von Zeit zu Zeit notwendig machten, den Kraftwagen aus einem Schlagloch zu hieven, wenn nicht einen Reifen zu wechseln. Bei diesen Schneemengen verhielt es sich anders, und außerdem musterte Vona mit Sorge den dusterer werdenden Himmel.

Es schneite erst wieder, mit weichen und wattigen Flocken, als wir vor der Dorfkirche eintrafen, wo uns der Onkel von Vona empfing, in speckiger Kutte und mit einer Schnapsfahne, die aufdringlich gegen den Wind flaggte. Ein Mann von beachtlichem Leibesumfang, der rund zwei Meter maß und seine Pranke hob, eine haarige, frostrote Schaufel, mit der er mir wohlwollend auf meine Schulter hieb, ich knickte halb ein bei dem kraftvollen Schlag. Sein Rauschebart hing bis zum Nabel, und um seine Glatze, verschorft, voller blutig verkrusteter Stellen, flog langes, fisseliges Haar.

Mit seiner Breite verdeckte der Pope ein kleines, verdruckstes und bohnenstengelschmales Paar mit braunen Gesichtern und rissiger Lederhaut, bis er beiseite trat und es uns vorstellte. Beide waren vom Priester als Taufzeugen ausersehen, der mit Bedacht ein Zigeunerpaar ausgesucht hatte, das sich seinen Einsatz mit einem oder zwei Litern Pflaumenschnaps billig entgelten ließ (und mehr als das wollte der Onkel auf keinen Fall abtreten). »Unsere Absprache lautete: Keine Zigeuner als Taufzeugen!« schimpfte mein Freund, was den Onkel veranlaßte, wilde Grimassen zu schneiden. Er war sich keines Vergehens bewußt, und wenn, ließ er sich seine Zerknirschung nicht anmerken und griff um so grimmiger an. »Und du?« tobte er, »kommst mir mit einem Juden. Seine Haut will er retten, und nicht seine Seele, das wittere ich aus drei Meilen Entfernung! Und ich soll Beihilfe leisten, dein Onkel soll Beihilfe leisten zu diesem Betrug!«

Er linste zum flockenverwirbelten Himmel und hob seine Pranke, um sich zu bekreuzigen. Das zwang alle anderen, dem Popen zu folgen. Erst bekreuzigten sich meine Taufzeugen (ehrfurchtsvoll, flink) und mein Freund (mit verbissenem Gesicht), und am Ende war ich es, der an meine Stirn tippte, aufs untere Brustbein und rechts und links an meine Brust, um zwei zaudernde Kreuze zu schlagen, unsicher, ob mir das gestattet war ohne vollzogene Taufe (die außerdem auf Messers Schneide stand).

»Er ist Sachse und Christ«, sagte Haralamb ruhiger, um seinen Onkel nicht weiter zu reizen. »Ha«, spuckte der aus, »diese Sachsen verachten uns. Anmaßend sind sie und selbstgerecht und wollen vornehmer sein als Bojaren. Von diesen Sachsen ist keiner bereit, unseren Glauben zu teilen, niemals, nie! Eher regnet es Pflaumenschnaps, und diesen Segen hat Gott uns bis heute verweigert.«

Er scheuchte uns zu seiner Kirche am See, einem niedrigen Bau voller schimmliger Flecken, die bis zu den Fenstern hochreichten. Außen platzte Verputz von den Mauern und Feuchtigkeit fraß an den Wandmalereien in der Vorhalle. Auf dem stellenweise schadhaften Holzschindeldach drang der Schnee seelenruhig in den Dachstuhl ein. Im Inneren kam es mir eisiger vor als im Freien, trotz der Fußbodenteppiche (dreckig, zerschlissen) und knisternden Kerzen. Sie flimmerten in der vergoldeten Ikonostase und warfen uns als ineinander verfließende Schatten an Decken und Wand.

Im Vorraum bewirtete uns Vonas Onkel mit Schnaps, einem scharfen Zeug, das meine Kehle abbeizte. Ich japste und hustete, Wasser schoß in meine Augen, was den Popen erkennbar belustigte, der seine Karaffe nahm und mir ein zweites Glas einschenkte (und nicht lockerließ, bis ich es in meinen Schlund kippte). Im Nu war mir angenehm warm. Mit benebelten Sinnen stierte ich in die Runde, die den Eindruck erweckte, das Kriegsbeil begraben zu haben und blendender Laune zu sein. Mein Freund und sein Onkel fielen sich in die Arme, und in der Zwischenzeit goß sich mein Taufzeuge unbemerkt wieder und wieder sein Wasserglas voll. Als der Grund der Karaffe erreicht war, versetzte der Pope dem Mann einen Schlag in den Nacken, den dieser, vom Alkohol chloroformiert, klaglos wegsteckte.

Vonas Onkel verschwand in der Pforte zum Heiligtum, um sich sein Priestergewand anzulegen, und kam wieder zum Vorschein, zusammen mit einem Jungen, den er am Ohr bis zum Taufbecken schleifte. Anscheinend hatte der Bengel vergessen, das Wasser vom Eis zu befreien. Mit schmerzhaft verzerrtem Gesicht zog das Kind aus dem Messdienerkittel ein Eisen und machte sich in aller Eile ans Werk.

Endlich winkte der Pope mich an seine Seite und schwenkte sein schellenbehangenes Weihrauchfaß. Er predigte, las aus der Bibel vor, sprach meinen Namen aus, schmetterte aus vollem Hals und befahl mir, mich niederzuknien. Seine donnernde Stimme beherrschte den Kirchensaal, brach sich an den Mauern und schwang sich zur Kuppel hoch, vervielfachte sich in den muffigen Winkeln und Ecken.

Benommen nahm ich seine Schaufelhand wahr, die sich um meinen Hals spannte und mich zum Becken bugsierte, in dem kleine Eisklumpen schwammen. Er stieß mein Gesicht in das eiskalte Wasser. Ich schloß beide Augen, umklammerte, prustend und schluckend, den Taufbeckenrand. Erneut stimmte er einen Singsang an, der aus beachtlicher Ferne zu mir in die Tiefe drang.

Vonas Onkel beeilte sich nicht. Er hatte kein Mitleid mit mir, dem vermeintlichen Juden, der in seinem Schraubstockgriff zappelte. Ich fuchtelte mit beiden Armen, trat um mich, vergebens, er ließ mich nicht los. Ich gab meinen Widerstand auf, sackte in mich zusammen, als sei ich besinnungslos oder bereits bei den seligen Engeln, und mit einem Ruck riß der Pope mich hoch.

Neugierig linste er mit seinen Schweinsaugen in mein Gesicht, als ich keuchend um Atem rang, ohne den Taufvorgang zu unterbrechen, sein schellenbehangenes Weißrauchfaß schwenkend und an seinem Meßdiener zerrend, der ein stinkendes Handtuch nahm, um mir mein Haar abzutrocknen. Und zum Schluß nahmen mich meine Taufzeugen an der Hand und wir tanzten zusammen mit dem Popen vor dem Altar, ich bibbernd vor Frost und mit Fleischgallert in den Knien, der Zigeuner mit taumelnden Schritten und lallend, seine Frau voller Ehrfurcht, mit seligen Augen, wie ein Kind, das sich aus dem Bonbonglas bedienen darf, und der Priester, ein hopsender Zentnersack Fleisch.

Abenteuerlich war unsere Heimreise. Bei seinem Onkel zu bleiben, bis bessere Wetterbedingungen herrschten, was dieser uns anbot, das lehnte mein Freund ohne Umschweife ab. Er hatte nicht vor, stundenlang mit dem Popen zu feilschen, der seine Dorfkirchenspende entschieden zu knickrig fand, und aus purer Ermattung am Ende (um Mitternacht, wenn nicht im Morgengrauen oder bei Sonnenaufgang) Ja und Amen zu sagen. Zerstritten, am Mittagstisch, hatten sie sich bereits. »Hunderttausend verlange ich«, sagte der Onkel. »Vierzigtausend«, versetzte mein Freund und nahm sich einen Schlag aus der Schale mit Bohnenmus, in dem ein fissliges Priesterhaar pappte. Voller Widerwillen schnickte er es auf den Teppich. Und sein Verwandter fing wieder zu schimpfen an. »Ich bin bereit, einem Juden zu helfen, der nichts als sein lausiges Fell retten will, und das ist der Dank?« Sie hatten zum Schluß sechzigtausend vereinbart, die Haralamb Vona versteinert aufs Tischtuch warf, und im Gegenzug holte der Onkel den Taufschein aus seinem mit Maisbrei bekleckerten Priesterrock.

In dichtem Schneetreiben machten wir uns auf den Heimweg und schafften mit Not runde zwei Kilometer, um kurz vor Ciolpani, zwischen Feld und Wald, in einer Schneewehe stecken zu bleiben. Das Automobil wieder freizubekommen, erwies sich als sinnlose Anstrengung. Wir schippten und schaufelten mehr als zwei Stunden und kamen nicht gegen den wirbelnden Schneefall an. Wenn wir nicht im Freien schlafen wollten, was bei diesen Temperaturen den sicheren Tod brachte, mußten wir wieder zur Dorfkirche stapfen. Nichts als stilles und einsames, weites und weißes Land breitete sich um uns aus. Und erste Dunkelheit senkte sich auf den Wald. Endlich tauchte ein Bauer mit Ochsenkarren auf, der, nicht ohne erst wissen zu wollen, was das einbringe, seine bulligen Tiere vors Automobil spannte, die es mit hauruck! und hohei! aus der Schneewehe zogen.

Am anderen Tag schickte ich eine Botschaft ans Jugendstilhaus in der Straße Povernei, um meine vollzogene Taufe zu melden. Ich schilderte ausgiebig, was ich erlebt hatte, und das wesentlich lustiger, als es gewesen war. Virginia antwortete nicht. Ich verstand sie, selbst wenn es mir Stiche versetzte, nichts anderes als Schweigen zu ernten. Zur Premiere gehen durfte ich nicht, was mir schwerfiel, und am Montag beschloß ich, es heimlich zu tun. Ich wollte mich in den verdunkelten Saal schleichen und kurz vor der Pause entfernen.

Umsonst rannte ich zum Alhambra-Theater. Im Kassenhaus lehnte ein Schild mit der Mitteilung, Dienstagnacht sei das Schauspielhaus ausverkauft. Ich klopfte erregt an die Kassenhausscheibe und gab mich als Onkel Virginias aus. Aus dem Kassenhaus hieß es, wenn ich ein Verwandter sei, solle ich meine Nichte um Freikarten bitten. Leider ginge das nicht, sagte ich, unsere beiden Familien seien schlimmer verfeindet als Hitler und Stalin. Sie habe zwei Karten, zwei letzte, versetzte die Frau im Kabuff und zog an einer Schublade, in Sitzreihe zwanzig, am Rand. Ich streckte bereits meine Hand aus, als sie einen Preis nannte, der mir den Atem verschlug.

Dienstagnacht machte ich mich erneut auf den Weg zum Theater. Ich wollte Virginia nahe sein, selbst wenn ich an der Premiere nicht teilnehmen konnte. In dieser Nacht herrschte Tauwetter, aus allen Hausmauerrohren pochte Wasser und weichte den schmutzigen Schneebelag auf. Rauchend stapfte ich vor dem Theaterbau auf und ab, aus dem warmer, schweigsamer Lampenschein drang, bis im Eingang Bewegung entstand. Erste Besucher verließen das Schauspielhaus, um sich zu Fuß in der Nacht zu zerstreuen oder in Automobile zu steigen, die mit laufendem Motor am Bordsteinrand warteten. Man trat auf die Treppe und bildete schwatzende Gruppen, die andere, sich aus dem Schauspielhaus schiebende Menschen behinderten. Bald waren Eingang und Gehsteig verwaist und im Alhambra-Theater ging Lampe um Lampe aus.

Und endlich erkannte ich sie, halb verborgen von Blumen, zwischen anderen Schauspielern und mit dem Vater am Arm, der sie stolz von der Seite betrachtete, als der Regisseur eine Lobrede auf seine Tochter hielt. »Großartig!«, »Eindrucksvoll!«, »Kritiker werden begeistert sein!«, konnte ich von meinem Platz aus verstehen, einem Hoftor mit Holzdach, von dem ein Geflecht kahler Zweige hing, das mich mit seinen Schatten verbarg. Das ging gut, bis der Hofhund sich meldete, der mit wildem Bellen an der Pforte hochsprang. Vor

Schreck trat ich einen Schritt vor. Virginia reckte den Kopf und entdeckte mich. Sie verzog das Gesicht, voller Wut und Verachtung (mit der Drohfalte zwischen den Brauen, die mir bestens bekannt war), und zerrte am Vater, der mich nicht bemerkt hatte, um schleunigst das Weite zu suchen.

Ende der Vorstellung

In den Zeitungen feierte man die Premierenvorstellung als »Hauptstadtereignis« mit »aufsehenerregenden Schauspielerleistungen«, nicht ohne besondere Nennung Virginias, die »große Begabung« erkennen lasse. Es bestehe berechtigter Anlaß zur Hoffnung, sie werde sich rasch in die vordere Reihe spielen. Verschiedener Meinung war man, was das Schauspiel an sich anging, das zu »schwarzmalerisch«, ja »miesmacherisch« sei und nicht zu den schwierigen Kriegszeiten passe. Andere Zeitungen bestach es mit seiner »beachtlichen Komik« trotz schwer zu verdauender Moral. »Eindringlich« schrieben die einen, »fatalistisch« die anderen. Vom Autor, Silvestru Petrovici, war nichts bekannt, was nahelegte, von einer jungen Entdeckung zu sprechen – »mit slawischer Herkunft«, vermerkte ein Kritiker giftig. Dieser Kritiker war es, der bald in die Welt setzte, Silvestru Petrovici sei ein Pseudonym, mit dem das Alhambra-Theater den Namen des wahren Verfassers verschleiere. Dieser wahre Verfasser sei Jude, und Judenautoren seien bekanntlich verboten. Das schlug hohe Wellen in der Presse, die erst wieder abflauten, als der Alhambra-Direktor versicherte, vollkommen schuldlos und selber ein Opfer des Schwindels zu sein. Er bedaure den Vorfall unendlich und habe bereits alle Vorstellungen absetzen lassen.

Zu dieser Zeit trafen Virginia und ich uns erneut auf Basaren an der Calea Griviţei oder gingen im Park Herăstrău spazieren, wochentags, wenn auf der Seepromenade nichts los war, in Sonnenschein und milder Luft. Sie hatte sechs Auftritte vor vollbesetztem Haus, erhielt rauschenden Beifall und Zuschauerbriefe, von den Blumen zu schweigen, die man beim Portier abgab, bis sich, infolge des Pressegezeters, der Publikumsandrang entschieden verringerte. Anfangs zauderte sie, sich mit mir zu verabreden. In der Straßenbahn oder im Delikatessenhaus sprachen sie wildfremde Menschen an, wie sie mit Stolz in der Stimme berichtete (und einer Spur an kokettem Verdruß). Sie sei zu bekannt, um sich an meiner Seite zu zeigen, das werde mit Sicherheit bald in den Klatschspalten stehen. Trotzdem sagte sie unsere Begegnungen nicht ab, die sie nutzte, um sich zu verkleiden. Zu einer Verabredung tauchte sie als armes Landkind auf mit einem Kopftuch aus grobem und abweisend schwarzem Stoff; zu einer anderen heillos verschminkt, als sei sie eine Frau in den mittleren Jahren, die es nicht ertrage, schmallippig und faltig zu werden.

Mit der Streichung des Schauspiels vom Spielplan war sie es, die unbedingt mit mir zusammentreffen wollte. Sie war verzweifelt und brauchte mich. Virginia schimpfte auf Autor und Regisseur, die sich diesen »Judenbetrug« hatten einfallen lassen, der allen Beteiligten schade. Verfolgt vom Skandal im Alhambra-Theater, werde sie keine Karriere mehr machen, und das eines Saujuden wegen, sie stampfte auf, dem das Schicksal unschuldiger Menschen egal sei. »Aus Geldgier und Eitelkeit hat er uns alle beschmutzt!« – »Eitelkeit kann es nicht sein«, sagte ich, »wenn er sich als Silvestru Petrovici ausgeben muß. Und es Geldgier zu nennen, wenn einer in bitterer Armut lebt, ist wirklich abstoßend.«

Mein Widerspruch machte sie fuchsteufelswild. Sie wollte bemitleidet werden und recht bekommen, und ich wagte es, anderer Meinung zu sein! Wir zerstritten uns maßlos bei diesem Spaziergang im Park Herăstrău, und Virginia keifte, ich sei ein Versager, ein Auswurf, ein Nichts, wie die von mir verteidigten Juden.

Erst gegen Ende ließ sie sich beschwichtigen, als ich sie beschwor, den Skandal nicht zu ernst zu nehmen, der in sechs Wochen vergessen sein werde, anders als sie, die der heimliche Star des Alhambra-Theaters gewesen war. »Bist du sicher?« versetzte sie zweifelnd. »Absolut«, sagte ich, und sie beugte sich vor, um mir einen Kuß auf die Lippen zu pressen (und einen Lippenkuß hatte sie mir bis zu diesem Tag niemals bewilligt).

Am folgenden Tag ließ sie mir eine Nachricht zustellen, in der sie bedauerte, roh und abscheulich gewesen zu sein. Sie habe kein Recht, auf den Autor zu spucken. Es sei zweitrangig, ob er ein Jude sei. In erster Linie sei er Theaterschriftsteller. Und beileibe kein schlechter, betonte sie. Behandelt zu werden, als leide er an einem Aussatz, das habe der Mann nicht verdient.

In den folgenden Monaten kam sie mir wieder vertrauter und heiterer vor. Sie scheute sich nicht mehr, mich bei meinem Freund zu besuchen, ohne sich seine Gegenwart auszubedingen. Und bald durfte ich mich ins Jugendstilhaus stehlen, nachts, wenn Virginias Vater auf Achse war, und das war er in letzter Zeit dauernd. Er, der eine Ewigkeit frauenlos gewesen war, was mit seiner schlechten Verfassung zusammenhing, die er als besondere Leistung betrachtete und mit der er hausieren ging, um Mitleid zu ernten, kurz: der seinen Verfall restlos auskostete, hatte sich in eine Schauspielerin verliebt, eine junge Kollegin Virginias aus dem Alhambra.

Virginia erleichterte diese Verbindung, die den Vater sichtlich belebte. Im Nu hatte er seine Krankheiten satt, ob sie echt waren oder erfunden. Ja, er leugnete halsstarrig, klapprig und schlecht beieinander gewesen zu sein, und erpreßte sie nicht mehr mit seinen Beschwerden, das erleichterte sie um so mehr. Eifersucht plagte Virginia nicht. Was sie nicht verhehlte, das war eine schwache Verstimmung: Vaters Freundin war erst sechsundzwanzig, das wurmte sie, und hatte bereits einen Namen, das wurmte sie doppelt.

Mein einstiger Retter ließ sich keine Vorstellung seiner Geliebten entgehen. Mit beendetem Auftritt verzogen sie sich in ein Speiselokal und versackten in Nachtbars, um zum Schluß bei der Freundin zu Hause ins Bett zu fallen.

Mit seiner Flamme daheim aufzukreuzen, erlaubte Virginias Vater sich nie. Eine Begegnung von Tochter und Freundin, die im Alhambra-Theater Kolleginnen gewesen waren, betrachtete er als zu heikel. Er rechnete mit einem Eifersuchtsauftritt Virginias, scharfkrallig und augenauskratzend, den er seiner Liebhaberin und sich selber ersparen wollte. Ja, er lebte im absolut sicheren Glauben, Virginia liebe keinen anderen Mann als den Vater.

Titi war seinerseits nie mehr daheim in der Nacht. Er schlief vor Theater, Lokal oder Nachtbar und Freundinnenwohnung im Automobil und konnte uns nicht an den Hausherrn verpfeifen. Allen Marcu-Protesten bei der Siguranţă zum Trotz strolchten keine Agenten mehr um sein Haus, und Florica war mit uns verschworen. Von der Ehe mit Titi verbittert, hieß sie alles gut, was man weibliche List nennen konnte, die dem eitlen Mannsvolk eins auswischte.

Ich traf in der Regel um sieben ein, wenn die Theatervorstellung begann, und blieb bis tief in die Nacht mit Virginia zusammen. Sie berichtete von neuen Rollenangeboten und einer Filmstudioeinladung, sich zu bewerben, alles Entwicklungen, die sie in blendende Laune versetzten und zutraulich machten.

Wir tanzten im Wohnzimmer, Tango und Foxtrott, erhitzt, eng umschlungen, Gesicht an Gesicht, und in einer Nacht, als wir taumelnd und atemlos in einen Sessel fallen wollten und irrigerweise denselben ansteuerten, brach sie in Lachen aus, ließ mir den Vortritt und setzte sich auf meinen Schoß. Sie zog mich an sich, verwirbelte mir meine Haare, und ich steckte tief mit der Nase im schweißperlenbedeckten und bebenden Busen. »Und? Was erkennst du?« erkundigte sie sich belustigt, »meine Zitzen sind besser versteckt, als dir lieb sein kann.« – »Vollendete Rundungen«, sagte ich mit einer Stimme, die im Hohltrichter vor meinen Lippen versickerte, »zwei Halbkugeln einer vollkommenen Welt.« Virginia hielt mir die Augen zu. »Vorhang!« versetzte sie, »Ende der Vorstellung!«

Sie entzog sich mir erst, als ich mit meinen Lippen den Brustansatz streifte, und eilte zum Grammophon. Stumm kratzte es mit seiner Nadel auf der Eternitplatte. Sie wisse bis heute nicht, ob sie mich liebe, bemerkte sie und nahm die Scheibe vom Teller, die sie sich mit dem Loch in der Mitte vors Auge hielt, aus dem sie mich blinzelnd betrachtete. »Mehr als vierzig Prozent sind es nicht«, sagte sie, »oder sechzig, und das reicht nicht aus. Nachgeben werde ich erst, wenn es neunzig sind.«

Sie schmierte mir nicht mehr aufs Butterbrot, wenn sie mit anderen Bewerbern ausging. Und als ich mich erkundigte, meinte sie fuchtig, ja mit einer Heftigkeit, die mich nicht warnte, diese Lackaffen seien es nicht wert. Sie ziehe reifere Herren vor. Letzteres sagte sie mit einem Augenaufschlag, lang und vieldeutig, vieldeutiger, als ich ahnte, von dem ich mich einwickeln ließ.

Mitte Mai kam es zu einem brenzligen Vorfall, der mir brutal in Erinnerung rief, mit dem Hals in der Schlinge zu stecken. Bis zum heutigen Tag hatte Slumowitz' Gott mich verschont oder nur aus Zerstreutheit vergessen. Das drohte schlagartig anders zu werden. Im Morgengrauen knallten sechs Stiefel im Treppenhaus, und eine Stimme verlangte scharf: »Aufmachen!« Rosenheims schreckten als erste hoch. Sie standen umklammert im Korridor, vollkommen sicher, man wolle sie abholen. Haralamb Vona kam aus seinem Schlafzimmer, fluchend, mit wirren und in alle Richtungen abstehenden Haaren, und band seinen Hausmantel zu, ohne sich zu beeilen. Er haßte es, vor andere Menschen zu treten, wenn er nicht rasiert war und tipptopp in Anzug und Schuhen steckte. Umsonst griff er an seine Kehle, um die nicht vorhandene Fliege zu richten. »Ahhh«, stieß er grollend aus und schritt zum Eingang.

Wer mich rettete, das waren Iosif und Rut, die Hand in Hand vortraten und den Agenten versicherten, sie seien bereit. Und das taten sie nicht aus idiotischer Schicksalsergebenheit. Sie wollten den Wohnungsbesitzer und Freund vor Schikanen bewahren, sonst nichts. »Von wegen«, entgegnete der bereits streitlustig, »aus meiner Wohnung wird niemand verschleppt. Ich habe Beziehungen, meine Herren«, sagte er drohend und nannte den Innenminister, den er, vor ewigen Zeiten, in einem Kaffeehaus beim Schachspiel besiegt hatte. »Wir sind bereit«, sagte Iosif und hustete, nicht ohne Haralamb unsanft beiseite zu schieben, der sich das nicht bieten ließ und seinen Arm packte. Keiner der drei Polizisten im Treppenhaus kam zu Wort. Sie erweckten den Eindruck, verwirrt zu sein. Einer studierte das Blatt, das er in seiner Hand hielt, als wolle er sich vergewissern, ob nicht ein Versehen vorliege.

Ich stand versteinert im Wohnungsflur bei der Garderobe, gut verborgen von Haralambs Tuchmantel und einem zweiten aus Popeline, seinen Melonen, einem Schirm, der halboffen vom Haken hing. Es war duster im Korridor und ich blieb unsichtbar, was mir einen zeitlichen Vorsprung verschaffte, als ich zwischen den beiden rumänischen Uniformierten einen Feldpolizisten der Wehrmacht erkannte. Es ging nicht um Rosenheims, es ging um mich.

Ich eilte zur Kammer und sperrte das Fenster auf, raffte meine Klamotten zusammen. Im Treppenhaus schimpfte der Deutsche: »Was soll das? Wir wollen keine Juden, wir wollen den Sachsen!« In letzter Minute schlich ich mich zum Dienstboteneingang und stieg in den Keller, wo ich mich im Winkel beim Flaschenregal verkroch.

Falls sie sich nicht anschmieren ließen, saß ich in der Falle. Ich lauschte den trampelnden Stiefeln im Hochparterre und dem Stimmengewirr, das ein fernes Rumoren blieb, bis ich einen Schrei vernahm, der mich erleichterte. »Er ist entflohen!« schrie der Feldpolizist auf Deutsch. Sie nahmen den Dienstbotenaufgang, um mir in den Garten zu folgen, und keiner der drei machte Anstalten, kurz in den Keller zu kommen und sich umzusehen. Trotzdem pochte mein Herz bis zum Hals, als sie lautstark treppab stiegen, knallend und rumpelnd, und eine der Holzstufen, die reichlich morsch waren, zerbrach. Wieder war es der Deutsche, der losfluchte, anscheinend hatte er sich einen Fuß verstaucht.

Endlich entfernten sich Stimmen und Tritte. Ich atmete auf und zog mir meine Sachen an, ohne mich aus der Deckung zu wagen. Das tat ich erst, als mein Freund in den Keller kam, dem vollkommen klar war, wo ich mich versteckt hielt. Ich konnte nicht bleiben, das wußten wir beide. Und es war besser, wenn ich mich beeilte. Ohne Verzug packte ich meine Koffer, meinen pommerschen Holzkoffer und einen zweiten aus Leder, der schicker und handlicher war, eine Anschaffung aus meiner Zeit im Kasino (in der Erdbebennacht hatte Haralamb beide im Schutt meiner Dachgeschoßwohnung geborgen), und nahm im Korridor Abschied von Rosenheims, die mich mit einer Befangenheit umarmten, als seien *sie* an meiner Notlage schuld.

Ich sah das Paar nicht mehr wieder. Iosif erlitt im Juni einen Blutsturz und starb in der Nacht im Spital an der Calea Rahovei. Zu seiner am Krankenbett wachenden Frau sagte Iosif zum Abschied und scheinbar zusammenhanglos: »Es sind deine Augen, Rut, sanft wie zwei Gemsen.«

Ohne den Menschen, der sie voller Hingabe, Zartheit und endloser Neugier betrachtete, als habe er sich erst am Vortag in sie verliebt und wolle dringlich das Wesen der Seele erfassen, mit der er verbunden war, konnte sie keinen Atemzug tun, der nicht schmerzte. Rut, die niemals krank oder leidend gewesen war, starb ab wie ein Strauch ohne Wasser. Stumm und verdorrt saß sie auf einer Stuhlkante, und niemand bemerkte es, als sie verschied, mit offenen, sich in der Ferne verlierenden Augen, viereinhalb Wochen nach Ehemann Iosif.

Haralamb scheuchte mich aus seiner Wohnung, und ich fand keine Zeit, mich bei Iosif und Rut zu bedanken. Er wollte mich zu einer Tante am Stadtrand bringen, die er bereits telefonisch benachrichtigt hatte, nicht ohne von mir zu behaupten, ich sei ein in Gartenarbeiten erfahrener Mann. Und eine Hilfe sei dringend erforderlich, bei den rund viertausend mit Mais und Kartoffeln, Tomaten und Bohnen bepflanzten Quadratmetern Boden, zu schweigen von Blumen- und Obstgarten. Das schaffe sie nicht mehr allein mit knapp siebzig! »Kann er melken?« erkundigte sich seine Tante am Telefon, »und mit der Sense umgehen?« – »Melken? Klar!«, schrie mein Freund in die Sprechmuschel, Tanti Aurelia war beinahe taub.

Mit der Straßenbahn bummelten wir aus der Stadt, bis wir in die Chaussee Olteniţei abbogen und rechts von uns Acker- und Weideland auftauchte. Von der Endhaltestelle waren es hundert Meter zu einem beidseitig mit Flieder bewachsenen Pfad, der auf ein verschlossenes Gartentor zulief. Links neben dem Tor hingen Hammer und Platte aus Eisen zu Anmeldungszwecken bereit. Es schepperte ohrenzerreißend, als Vona den Hammer aufs Brett knallen ließ. Aus der Ferne schrie Tanti Aurelia, sie komme, im Handumdrehen werde sie bei uns sein. »Habt Geduld mit dem Alter und raucht eine, Jungs!« In der Zwischenzeit warnte mich Vona, vorsichtig zu sein, was das Essen angehe. Wenn sie einen Menschen im Haus habe, der Appetit zeige, ruhe und raste Aurelia nicht, bis er aus seiner Haut platze. Sie habe den Ehemann auf dem Gewissen, der in der Hochzeitsnacht hager und mager gewesen sei und in seiner Todesnacht fett wie ein Mastschwein. »Er ging an Aurelias nahrhafter Liebe ein.«

Seine Tante erwies sich als drahtige Frau, die den Anschein von Strenge und Knorrigkeit machte und gutherziger war, als man anfangs vermutete. Aurelias herbes Gesicht, voller Runzeln, erinnerte an hartes Leder. Sie war alles andere als redselig, was mit der Taubheit zusammenhing, die sie ereilt hatte, und ich blieb von neugierigen Fragen verschont.

Im Nu stellte sie fest, einen Menschen im Hause zu haben, der vollkommen unbrauchbar war. Am ersten Tag schickte sie mich in den Stall zu Joiţa, der Kuh, die mich nachsichtig anglotzte, bis ich den Euter zu kneten begann und mir einen Schwall warmer Milch ins Gesicht spritzte. Vorwurfsvoll stampfend zerquetschte Joiţa mich fast mit dem wuchtigen Leib an der Bretterwand. Mit gutem Zureden ließ sie sich wieder beruhigen und leckte mir kratzig den Nacken ab, nur dem Euter zu nahe kommen durfte ich nicht mehr, sonst ging das Theater von vorne los. Der Eimer, den ich zu Aurelia ins Haus brachte, war auf dem Grund mit zwei Fingerbreit Milch bedeckt und ich selber vom Fuß bis zum Scheitel bekleckert.

Tanti Aurelia nahm es nicht krumm. Was sie ernsthaft verbitterte, war meine Unlust beim Essen. Ich sei nicht bereit, Gottes Gaben zu ehren, das werde der himmlische Vater mir heimzahlen, schimpfte sie. Ich konnte Aurelias Unwillen verstehen. Sie bereitete Unmengen herzhafter Speisen zu, am Herd, der im Freien an der Hausmauer lehnte, und ich probierte sie lediglich mit kleinen Bissen, als sei ich »ein Spatz auf dem Tellerrand«. Zudem war es anstrengend, enthaltsam zu bleiben, anstrengender als Molke zu Butter zu schlagen und Gras mit der Sense zu schneiden. Ich erntete Kirschen, grub junge Kartoffeln aus, schnitt Rosen und machte den Schweinestall sauber, ich hatte beachtlichen Hunger, wenn ich an den Tisch fiel. Gott sei Dank war Aurelia kurzsichtig und zerstreut. Sie bekam es nicht mit, wenn ich Keulen vom Huhn, Maisbreischeiben und Brot in der Tasche versenkte, die ich auf dem Zimmer aß oder im Stall.

Ich lernte bei Tanti Aurelia, Schnaps zu brennen und mir nicht mit der Sense ins Schienbein zu hacken. Ich kannte mich rasch mit den Pflanzen im Garten aus – Namen, Gewohnheiten (guten und schlechten), auftretenden Krankheiten, tauglichen Kuren, alles Dinge, die mir bald von Nutzen sein sollten. Sie war einsilbig, teilte nie mehr als das Dringlichste mit, um so besser behielt ich es.

Diese Arbeit bei Tanti Aurelia lenkte mich von meiner inneren Unruhe ab. Ich vergaß, in Gefahr zu sein, wenn ich Joiţa am Strick nehmen und zu einem Bullen in der Nachbarschaft bringen mußte, der sie besprang (und Aurelias Milchkuh im Eifer ein Horn abbrach). Und wenn ich Unkraut stach, legte sich mein Verdacht, Virginia weiche mir aus.

Von meiner Flucht vor der Feldpolizei alarmiert, hatte sie mich als erstes am Stadtrand besucht. Virginia und ich trafen uns vor dem Gartentor. Es war besser, wenn Haralambs Tante nichts mitbekam von einer Damenbekanntschaft (eventuell warf sie mich sonst aus dem Haus, und das konnte ich mir nicht erlauben). Virginia machte sich ernsthafte Sorgen um mich, das war nicht zu verkennen. Sie betrachtete mich, blaß und mitleidig, nahm meine Hand, die sie aufmunternd streichelte. Man konnte meinen, sie habe erst mit dieser Flucht klar erkannt, was bei mir auf dem Spiel stand: Mein Schicksal hing an einem seidenen Faden.

Ich lebte mich schnell in der neuen Umgebung ein, und Virginia, zu jung, um auf Dauer bereit zu sein, sich von Beklemmungen beherrschen zu lassen, strahlte bald wieder Zuversicht aus und war rastlos im Einsatz. Sie versetzte mich, hatte Termine, die nicht zu verschieben waren (anders als unsere Verabredungen), und wenn sie mich am Ende zu Hause empfing, war sie reizbar, verstimmt. Sie zur Rede zu stellen, erwies sich als zwecklos. Sie leugnete mißmutig, stritt alles ab. Bis mein Verdacht sich bewahrheiten sollte, was in einer Nacht, Anfang Juli, passierte, als wir vom Tanzen erledigt in unseren Sesseln hingen. Erregt schneite Florica ins Zimmer und meldete einen Gast, der sich nicht abwimmeln lasse. Als sie den Namen nannte (der mir nichts sagte), bugsierte Virginia mich auf die Terrasse. Sie flehte mich an, schleunigst Leine zu ziehen, es handele sich um einen Bekannten des Vaters, falls der mich entdecke, sei Schluß mit der Heimlichkeit.

Sie schauspielerte schlechter als sonst, das entging mir nicht. »Geh!«, sagte Virginia erstickt, hauchte mir einen Kuß auf die Stirn und verzog sich ins Haus. Es war eine heiße, stickige Nacht. Falter flatterten gegen die Scheiben und irrten ins Zimmer, aus dem kalter Rauch in die Nachtluft drang. Ich preßte mich an einen Baumstamm, um sie zu beobachten. Eifrig verwischte Virginia meine Spuren, als ein Mann eintrat, den ich auf Anhieb erkannte. Dieser Mensch, groß und sportlich, mit vollem, schwarzem Haar, ansehnlich, kantig und in meinem Alter, war ein Schauspieler aus dem Alhambra-Theater. Mit einem Freudenschrei flog sie an seine Brust, nicht ohne zu fauchen, als er sie am Kinn packte, um sich einen Kuß abzuholen. Sie befreite sich aus seinen Armen und stampfte auf. »Du brichst unsere Vereinbarung«, schimpfte sie los, »und ich soll deine Frechheit belohnen? Du darfst nicht ins Haus kommen, wenn wir nicht verabredet sind!«

Beschwichtigend wollte er sie wieder an sich ziehen, was Virginia nicht zuließ, die in einen Sessel fiel, wo sie trotzig ein Bein über das andere legte. Sie lauschte dem Mann, der sie bat, nicht zu streng zu sein, mit verkniffenen Augen und wippendem Fuß. Sie solle sich in seine Lage versetzen, er halte es einfach nicht aus ohne sie. »Wenn ich nicht bei dir bin, komme ich um«, sagte er, eine Aussage, die sie erheiterte. Er fiel auf die Knie und legte die Finger flach gegeneinander, um sie zu erweichen. »Laß das, du Dummkopf«, versetzte sie lachend, als er Virginias wippenden Schuh abzog, den Fuß in der Hand hielt und gierig liebkoste.

Taub vor Schmerz stierte ich zu den beiden ins Zimmer. Der Mann ließ den Fuß los und kroch bis zum Sessel, wo er seinen Kopf in Virginias Schoß legte. Sie verwirrte sein Haar mit den Fingern und schwieg. Als er etwas sagte, das ich nicht verstehen konnte, stieß sie den Menschen zur Seite und sprang auf die Beine. »Verschone mich mit deiner Eifersucht«, tobte sie, »du hast keinen Anspruch auf mich! Wen ich zu Besuch hatte, geht dich nichts an. Ich habe dir niemals verschwiegen, nicht sicher zu sein, ob ich mit dir zusammen sein kann. Wenn ich mich verliebe, in dich oder in einen anderen, wirst du es erfahren. Und wenn du mich wieder um Mitternacht aufsuchst und unsere Vereinbarung brichst, ist es aus mit uns beiden.« Sie bediente den Knopf an der Strippe beim Eingang, mit dem man die Dienstbotenklingel in Gang setzte, und lehnte sich gegen die Bibliothek. In der Zwischenzeit stemmte der Mann sich hoch, richtete seine Krawatte, mechanisch, und stierte ins Leere, benommen wie ein Schuljunge, dem man befohlen hat, sich in die Ecke zu stellen. »Er will sich verabschieden«, sagte sie kalt, als Florica die Nase ins Wohnzimmer steckte, »begleite den Herrn zur Garderobe.« Florica, die knickste, blieb stur auf der Schwelle stehen, bis sich der Mann einen Ruck gab und ohne ein Wort in die Halle verschwand.

Am anderen Nachmittag, als ich den Kuhstall ausmistete, knallte der Hammer aufs Eisenbrett. Ich warf meine Mistgabel auf einen Strohballen, an dem ich mir schleunigst die Finger abwischte, und eilte in meinen verdreckten Klamotten zum Hoftor. Vor mir, auf dem Pfad, stand – Virginia. »Du stinkst«, war das erste, was sie zu mir sagte. Und als zweites: »Du hast uns beobachtet, gib es zu.« Und als drittes, mit bittender Stimme: »Ich wollte dich zu einem Ausflug einladen. Bist du bereit?« Sie zeigte zum Automobil, das vorm Tor parkte.

Und der Juli verging. Virginia holte mich alle vier Tage ab, und wir machten Ausfahrten zum Văcăreşti-Kloster oder hielten an leeren, verflimmernden Feldern. Sie sprang zu den Heuballen, erkletterte sie und warf schockweise Stroh auf das Feld, bis sie breit genug waren, um als Sitzplatz zu dienen. »Dich im unklaren zu lassen war falsch von mir«, sagte sie stockend, »und es tut mir leid.« Oder sie meinte: »Warum sollte ich dich in eine Geschichte einweihen, die nicht reif ist?« – »Ich will mich verlieben«, beteuerte sie, »ja, ich will es, und keinen von euch auf die Folter spannen. Es ist mein Herz, das nicht mitspielt.«

Und der Juli verging. In Sonne und flirrender Luft vor dem Schloß knieten Menschen und sprachen Gebete. Sie flehten den Herrgott um Hilfe im Krieg gegen den bolschewistischen Erzfeind an. An einem anderen Tag war die Stadt voller Absperrungen, Posten, Patrouillen. Ich wagte mich nicht bis zur Piaţa Victoriei, wo ich mit Virginia verabredet war, machte kehrt und kam Gott sei Dank ohne Kontrollen nach Hause.

In der vorletzten Julinacht, als mich Virginias vorzeitig heimkehrender Vater – er hatte sich mit seiner Freundin verkracht – in die Flucht trieb (vom erbitterten Streit zu benommen, bemerkte er nichts von mir, der sich im Vorhang versteckte, versorgte sich mit einem Whiskey und stieg in sein Schlafzimmer), heulten Sirenen los, als meine Trambahn den Hauptfriedhof Bellu erreichte. Einen Luftschutzraum konnte man in dieser Gegend nicht finden. Wir Insassen sprangen, zusammen mit den Schaffnern, ins Freie und warfen uns zwischen den Grabsteinen ins Gras. »Wenn es uns trifft, sind wir richtig«, bemerkte mein Nebenmann, der sich mir atemlos vorstellte, seinen Namen nannte und seine Anschrift mitteilte und mich bat, seine Frau zu benachrichtigen, wenn er bei diesem Luftangriff umkommen solle. »Und Sie?« wollte er wissen, »wem darf ich Bescheid sagen?« Scheinwerfer suchten den sternklaren Himmel ab, Abwehrkanonen schossen aus allen Rohren. Luft und Erde erzitterten, und vor den Mond zogen Rauchwolken. Ich konnte kein feindliches Flugzeug entdekken, trotzdem hielt der Alarm eine Stunde an. Endlich gab man Entwarnung, mein Nebenmann zog sich am Grabstein hoch und klopfte an seine Brusttasche. »Beim vorletzten Fliegerangriff war mein Geld weg«, verriet er mir, als wir zur Straßenbahn stapften, »nach Namen und Adresse zu fragen ist nichts als ein Trick, um den Dieb zu ermitteln, falls man mich beklaut hat.« Unsere Tram setzte sich in Bewegung und bummelte in eine pulverdampfschwangere Nacht.

Und der Juli verging und der halbe August, und Virginia versprach mir, sich bald zu entscheiden. Und Ende August erhielt Haralamb Vona den dritten Gestellungsbefehl. Seine Bestechungsverhandlungen verliefen erfolglos. Dummerweise stieß er an der »Pforte« auf einen Beamten, der sich als Gottvater betrachtete und es ablehnte, sich gegen Geld seine Schicksalsentscheidung abkaufen zu lassen. Mit einer Beschwerde beim Kriegsministerium, in der er auf seine Geschichte der Architektur verwies, »diesen entscheidenden Beitrag zum Sieg an der Heimatfront«, die er erst fertigstellen wolle, erwirkte er einen Zwei-Wochen-Aufschub. Zwei Tage vor Abmarsch der Infanterieeinheit, die an der Eroberung Stalingrads teilnehmen sollte und am Ende im Kaukasus landete (ein zwei Bataillone verwechselnder Registraturfehler), besuchte er uns an der Stadtgrenze.

Wir aßen im Freien, beschattet von Pflaumen- und Apfelbaum, die in der Mittagsglut raschelten. Aurelia war mit dem Neffen zufrieden, der sechs volle Teller verputzte. »Wenn mich der Teufel holt, soll es sich lohnen.« Und als seine Tante Kaffee zubereitete, zog er eine Papierrolle aus der Jackettasche, die mit schwarzen Schleifen versehen war. Bis zum Abschied benutzte er sie, um Aurelia ins Ohr zu schreien, was es den beiden erleichterte, in schrillen Familienerinnerungen zu schwelgen. Erst am Gartentor bat er mich, sein Testament zu verwahren, und legte es mir auf die Hand. »Ich habe Vertrauen in Sie, einen Deutschen. Trotz allem«, versetzte er blinzelnd und klopfte mir freundschaftlich mit seinem Stock vor die Brust. Er entfernte sich schlendernd und rief mir von weitem zu: »Sie sprechen jetzt vollkommen akzentfrei Rumänisch, Herr Felix. Und ein Emigrant, der akzentfrei spricht, hat nichts mehr, was er verlieren kann, mein Freund!«

Und der August ging zu Ende. Am dritten Septembertag lud mich Virginia nach Hause ein. Vater Marcu war mit seiner Freundin in Istanbul, eine Reise, die er vor Bekannten und Freunden als geheimdiplomatischen Auftrag ausgab, zu dem Zweck, mit den Briten Verhandlungen aufzunehmen und einen Kompromißfrieden vorzubereiten; auf einen Mann mit Erfahrung zu setzen, beweise den Fuchsverstand des Generals (niemand im Freundeskreis nahm seine Worte ernst).

Virginia war heiter in dieser Nacht, anschmiegsam, nicht mehr befangen und scheu. Als ich ins Wohnzimmer trat, zog sie mich zur Terrasse, wo sie beide Schuhe abstreifte. Sie schleuderte sie mit den Zehen in den Garten. Im Grammophontrichter erklang »Gute Nacht, Mimi«. »Es ist herrlich im Gras, es belebt und erfrischt«, rief Virginia, um eine Baumgruppe wirbelnd, »ich empfehle dir, barfuß zu tanzen.« Sie hatte das einfache, luftige Sommerkleid an, das ich vom Picknick im Carol-Park kannte; es schimmerte unwirklich weiß in der Dunkelheit.

Sie war ansteckend mutwillig, leichtsinnig, unbeschwert. Und ich vergaß meine Zweifel, als wir, eng umschlungen, in die warme und zirpende Nacht flogen.

Gegen Mitternacht, als wir uns wieder im Wohnzimmer aufhielten, heulten Sirenen los, was wir bei dem Krach, den das Grammophon machte, nicht mitbekamen, bis Florica, mit Haarnetz und Hausmantel, anlief, um uns in den Keller zu scheuchen, zum Unwillen Virginias, die fauchte, beim vorigen Fliegerangriff habe sie eine Stunde im Keller verbracht, und das vollkommen sinnlos. Bei der Hausangestellten verfing dieser Einwand nicht, die strikte Anweisung hatte, Virginia keiner Gefahr auszusetzen. Sie selbst blieb im Haus, um zur Stelle zu sein, falls es zu einem Brand kommen sollte.

Stumm kauerten wir auf der Holzbank und lauschten dem dumpfen, bedrohlichen Knattern der Luftabwehr. Virginia fror in dem knappen Kleid mit seinem Keilausschnitt, der bis ins Kreuz reichte, und rieb sich bibbernd das Blut in die Arme.

Schwer zu sagen, warum es in diesen Minuten passierte, im Keller, beim Fliegerangriff. Ich betrachtete sie mit dem schneidenden Schmerz, der mich packte, wenn ich mir mein Leben vor Augen hielt, das nichts als ein sinnloses Taumeln und Stolpern war. Als es nicht weit von uns zu einem Einschlag kam, Mauern und Decke erbebten und die an der Kellerwand flackernde Lampe erlosch, zog ich sie um so heftiger in meine Arme. Wochen und Monate hatte ich mich beherrscht. In dem mich erfassenden Strudel aus Schmerz und Verwirrung brach diese Beherrschung in sich zusammen. Eine beklemmende Stille trat ein. Und Virginia wehrte sich nicht, ganz im Gegenteil. Mit wildem Verlangen erwiderte sie meinen Kuß und ergriff meine Hand, die sie sich in den Ausschnitt schob, als Florica den Keller betrat, um zu melden: »Herrschaften! Der Spuk ist zu Ende!«

Sie blieb auf der Schwelle stehen, starrte uns blinzelnd an – und tat, als ob sie nichts bemerke. »Schlimm, schlimm dieser Angriff«, versetzte sie gellend, »stellt euch vor, unsere Gendarmerie hat es voll erwischt.«

Hochrot im Gesicht stieg Virginia ins Erdgeschoß, wo sie sich fahrig im Wohnzimmer umschaute, Aschenbecher entleerte und Platten einsammelte, die kreuz und quer auf den Sesseln verstreut waren, und den Champagner verschloß. Mir in die Augen zu schauen, das wagte sie nicht. Heiser wandte sie sich an die Hausangestellte, die schwatzend den persischen Teppich glattstrich, der beim Tanzen verrutscht war und Beulen bekommen hatte, und erteilte Florica den Auftrag, mir in meiner Dachbodenkammer ein Bett zu beziehen, um diese Zeit komme man nicht mehr zum Stadtrand. Sie selbst habe Kopfweh und lege sich schlafen. Und mit einem Nicken entfernte sie sich in den ersten Stock.

Rauchend stand ich am Dachkammerfenster und stierte zur Gendarmerie an der Ştefan-cel-Mare-Chaussee, aus der Flammen in den Nachthimmel schlugen. Andere Feuer waren nicht zu erkennen. Blechdach um Blechdach verschachtelte sich ineinander mit milchigem Schimmer. Hunde bellten von Hof zu Hof, Grillengesang mischte sich in den Klang einer fernen Sirene. Es war stickig und heiß in der Dachbodenkammer, die ich zu Kinderfrauzeiten bewohnt hatte, eine Erinnerung, bei der es mir schwindelte. Dieser Schwindel verband sich mit meiner Verwirrung um das an Virginia erlebte Verlangen. Schwankend zog ich mich aus und kroch in das vertraute Bett mit seinen harten und quietschenden Sprungfedern. Es war aussichtslos, schlafen zu wollen bei der Hitze und in meinem Zustand, der zwischen Erregung, Benommenheit und Zuversicht schwankte. Und als Virginia zu mir in die Kammer schlich, klopfte mein Herz bis zum Hals. »Bist du wach?« wollte sie von mir wissen. Ich nickte und lehnte mich auf meine Ellenbogen.

Bis auf den Schleier des Nachthemdstoffs war sie nackt. Er schmiegte sich eng an den flachen Bauch, Schenkel und Schamdreieck, als sie im Luftzug stand.

Sie fiel in den Sessel und zog beide Beine an. »Ich war schwach, und du hast deinen Vorteil erkannt«, grollte sie, »das war scheußlich von dir. Und sage nicht wieder, du liebst mich – das ist eine billige Antwort, die alles entschuldigt.« Virginia umschlang beide Knie und stierte ins Leere. Ich bemerkte den phosphoreszierenden Schimmer ums schwungvoll zum Halswirbel fallende Haar. Mit der Stirnfalte zwischen den Augenbrauen wirkte sie finster und trotzig, ein sich wieder verwischender Eindruck, als sie mich betrachtete. Sie war zerrissen und ratlos. »Du kannst es wiedergutmachen«, sagte sie mit einer Stimme, die Heiterkeit vorspiegeln sollte. Es war Absicht, wenn sie mich erpreßte. Sie wollte mich an ein Vertrauen erinnern, das unschuldig gewesen war, rein. Zaudernd stimmte ich zu und sie sprang aus dem Sessel hoch – mit der Begeisterung vergangener Zeiten –, um sich auf der Bettkante niederzulassen, am Fußende, sicherheitshalber.

Geschichte vom Meisterdieb Konstantinopels

»Als Mehmed II. Byzantion eroberte, kam der Meisterdieb Faruk zur Welt. Seine schwangere Mutter, verliebt in den Mehmed, der sich an das Menschenkind nicht mehr erinnerte, das er vor acht Monaten in einem Kornfeld entdeckt und von einem Knecht hatte einfangen lassen, um es im Rausch einer stickigen Nacht zu beschlafen, hatte sich als Soldat seines Heeres verkleidet und nahm an der Belagerung Konstantinopels teil. In der Nacht, als die Stadt sich dem Mehmed ergab, fand man sie, schwer verletzt, vor der Hagia Irene und gab der Verendenden Wasser zu trinken. Und der sterbende Krieger erwies sich als junge Frau, die, mit dem Tod ringend, ein Kind auf die Welt brachte, das den ersten Schrei ausstieß, als sie verschied.

Diese Nachricht verbreitete sich wie ein Lauffeuer und drang bis zu Mehmed II. Umgehend befahl er, das Kind zu beseitigen. Sollte man in Venedig und Genua spotten, er habe das zigfach befestigte Konstantinopel mit schwangeren Weibern erobert?

Man schleuderte es in die Fluten am Goldenen Horn, wo ein Fischer das schreiende Balg aus dem Wasser zog. Bei sieben hungrigen Blagen zu Hause fiel ein hungriges achtes nicht mehr ins Gewicht, was den Fischer ermutigte, es mit an Land zu nehmen und Faruk zu nennen – das ist der, der die Wahrheit erkennt.

Und Allah belohnte sein gutes Herz mit einem Knaben, der anstellig, schweigsam und flink war. Fingerfertiger als der erfahrenste Korbflechter, flickte Faruk zerrissene Netze. Mutig wie ein Janitschare, erledigte er einen Hai, der ums Ruderboot kreiste, indem er sich an seiner Flosse festhielt und dem Tier tiefe Stichwunden beibrachte. Faruk witterte, wo das Marmarameer fischreich war, und verhalf seinem Vater zu lohnendem Fang. Bald kehrten sie Tag um Tag mit vollen Netzen heim.

Nadir, sein Vater, war stolz auf den Jungen, dem er vor seinen leiblichen Kindern den Vorzug gab. Um so verhaßter war Faruk bei seinen

Geschwistern, die schlimmste Verleumdungen streuten. Er treibe es heimlich mit Ziegen und Schafen, verfluche den Sultan und bete zum christlichen Gott.

Bei einem Sturm, als das Boot an den Klippen zerschellte, kam Nadir ums Leben. Faruk rettete sich aus den tosenden Wassern und schleppte sich mit letzter Kraft bis zur Fischerbehausung, wo er auf der Schwelle zusammenbrach.

Ohne Boot konnte Faruk nicht fischen, und andere Mittel besaß die Familie nicht, um zu Geld oder Nahrung zu kommen. Um Geschwister und Mutter vorm Hungertod zu bewahren, verlegte sich Faruk aufs Stehlen. Und er war ein begnadeter Dieb. Niemand konnte den pfeilschnellen Jungen erwischen, der Brote stibitzte, die wagenradgroß waren. Er versetzte sie mit seinen Fingern in Schwung und sie rollten um Beine und Ochsenkarren bis vor den Eingang der Fischerbehausung. Er stahl lebendes Federvieh, Taube und Perlhuhn, die er in sein Hemd steckte und, wenn sie unruhig flatterten, streichelnd und summend beschwichtigte. Er brachte Bedienstete, die auf dem Hammelmarkt scherzten und feilschten, im Nu um den Beutel mit Talern, den sie in der Hand hielten, und wirbelte in eine andere Ecke der Stadt, wo er sackweise Reis oder Couscous besorgte.

Und daheim mußte niemand mehr darben. Sie konnten Pilaw essen mit Auberginen und Hühnerfleisch, Korinthen und Erbsen. Sie naschten Teigwaren, Mandeln und Pinienkerne, als seien sie Verwandte des Großwesirs. Nadirs erster Sohn, Aktan, fraß sich einen Ranzen an, und sein zweiter, Halil, sieben Speckringe. Nadirs Tochter Semiha, die hager und knochig gewesen war, rundete sich wie ein Brotfladen. Sena bekam glatte Wangen und leuchtete wie eine Rose im Garten des Sultans.

Kein Feind war erbitterter, als es der Neid war. Faruk riet seinen Geschwistern, sich gegen die hungrigen Nachbarn freigebig zu zeigen. Von diesem Rat hielten Aktan und Halil nichts. Lieber ließen sie Couscous und Weizen verfaulen, als sich von einer Unze zu trennen.

Faruk beabsichtigte, wieder ehrlich zu leben, und wollte ein Ruderboot kaufen. Er stibitzte zwei Goldtaler von einem Kaufmann, vorm Freitagsgebet in der Blauen Moschee, die er bei Aktan, dem ersten Sohn Nadirs, ablieferte, der das Familienoberhaupt war. Er stieß mit seinem Plan auf den Unwillen des sich Tag und Nacht in den Goldtalern spiegelnden Halbbruders. Er, Aktan, ein Herr!, werde nie mehr auf Fischfang gehen, schrie er den Faruk an, den er zu steinigen drohte, falls er nicht bis Sonnenuntergang neue Goldtaler bringe.

Faruk schlich weinend um die Blaue Moschee, wo er einen Venezianer anrempelte, dem er im Flug seine Goldkette abnahm. Dieser Mann war ein Doge und Gast Sultan Mehmeds. Einen Raub an dem vornehmen Herrn aus der fernen Lagunenstadt konnte der Herrscher nicht dulden. Er ließ tausend Spione ausschwirren mit dem Auftrag, den Dieb bis zum Morgengrauen dingfest zu machen, und drohte, sie ausnahmslos vierteilen zu lassen, sollten sie seinem Willen nicht gerecht werden.

Und sie horchten sich um, in Schah Sadeh, Tophane, Bayoglu, am Hafen, beim Großen Basar. Ein Stimmengewirr stieg zum sternklaren Himmel auf. Man bezichtigte Nachbarn und Freunde, Bekannte, Verwandte, zu Recht oder Unrecht. Mehmeds Schergen verhafteten viertausend Diebe, die sie noch vor Morgengrauen in den Palast trieben. Leider fehlte der klare Beweis, die dem Gast aus Venedig entwendete Goldkette.

Als sich Mehmed II. verfinsterte wie eine Sonne, vor die sich der Schatten des Tagmonds schiebt, was seine Schergen mit Grauen bemerkten, trat ein Spion namens Zeki vor, der in der Nacht bei den Fischern gewesen war und aus allen Poren nach Tran stank. Freiwillig hatten sie Auskunft erteilt, gelb vor Neid und von Mißgunst erbittert. Und er hatte vom Faruk erfahren, der den Sultan verfluchte und heimlich mit Ziegen und Schafen schlief. ›Das ist kein Beweis‹, sagte Mehmed II. Zeki winkte zwei Dienern, die sackweise Couscous und Weizen anschleppten und vor Mehmeds Thron stellten. Und der geistreiche Zeki zog aus seiner Tasche zwei Goldtaler, die er beim Aktan entdeckt hatte, und der wiederum hatte den Faruk beschuldigt.

›Das ist kein Beweis‹, sagte Mehmed II. Zeki packte den Faruk und schleifte das Kind vor den Sultan. ›Was hat er?‹ verlangte der Herrscher zu wissen. Faruk wand sich vor Schmerzen, war blau im Gesicht. ›Er hat den Beweis verschluckt‹, sagte der Zeki, dem man nicht zu Unrecht den Namen der Kluge verliehen hatte, ›und der reißt seine Darmschlingen entzwei.‹

Und Mehmed II., der Vater des kleinen Diebs, was niemand wußte als Allah allein, verurteilte Faruk zu dreißig Jahren Kerkerhaft, und sein Scharfrichter hackte dem Kind eine Hand ab.

Im Kerker fiel Faruk in tiefen Schlaf. Er aß nicht vom schimmligen Brot, das man in seine Zelle warf, trank nicht vom fauligen Wasser, er schlief achtzehn Jahre und regte sich nicht. Keine der Ratten, die in seine Zelle kam, nagte den Schlafenden an.

Und in der Stunde, als Mehmed, sein Vater, starb, sprang er erfrischt auf die Beine. Neugierig linste der Wachposten in seine Zelle, um so neugieriger, als er sicher gewesen war, der Junge sei nicht mehr am Leben. Und was er erkannte, war Teufelswerk. Faruk war kurzhaarig, bartlos, ein schmaler, zerbrechlicher Range von knappen zehn Jahren, der nicht einen Tag seines Lebens verloren hatte. Und wo sein verschorfter Gelenkstumpf gewesen war, bewegte das Kind eine Hand. Und mit dieser Hand griff der Bengel ins Guckloch und nahm dem versteinerten Wachmann den Haken ab, der ins Schloß seiner Zellenpforte paßte.

Oh, Winde von Euphrat und Donau, die sich in der Stadt am Marmarameer herrlich vereinen, sie sagten dem Faruk sein Schicksal ins Ohr. Keinem anderen als Allah verdankte er es, wenn er wieder zehn Finger besaß. Gott hatte in seiner unendlichen Weisheit den Faruk zum Stehlen bestimmt.

Elf Sultane kamen zur Macht und regierten mit strenger Hand, und keiner der elf sollte Faruk zur Strecke bringen, der Kaufleute, Richter, Eunuchen und Paschas bestahl, um sie Demut und Ehrfurcht zu lehren. Was seine Gestalt anging, blieb er ein Kind, biegsam wie eine Feder und schmal wie ein Blatt, dem kein Gitter zu eng, keine

Luke zu winzig war, um in Palast oder vornehmes Haus einzusteigen. Andererseits hatte er den Verstand eines Mannes in mittlerem Alter, der nicht mehr zu Leichtsinn und Mutwillen neigt. Er ging planvoll, berechnend und umsichtig vor. Nie verfiel er verderblicher Leidenschaft oder der Gier, die die Sinne vernebelt. Faruk stahl nicht, um sich zu bereichern. Was er erbeutete, schleuderte er ins Meer oder verstreute Juwelen und Gold in den kotigsten Gassen der Stadt.

Man sprach Faruks Namen mit Schauder und Haß aus oder, heimlich, mit tiefer Verehrung. Zum Leidwesen aller Kalifen und Paschas, die dem eine hohe Belohnung versprachen, der Faruk verriet, kannte niemand im Reich sein Gesicht. Zur Verwirrung trug Faruks angebliches Alter bei. Zur Regierungszeit Murads IV. war er den Legenden zufolge rund zweihundert Jahre alt, was seine Ergreifung erheblich erschwerte.

Bis sich der Faruk unsterblich verliebte, er, ein Kind, mit der Lebensklugheit eines Weisen und dem Herz eines fertigen Mannes. Bei einem Einbruch im Haus Pascha Bayrams, den er um eine Kiste Juwelen erleichterte, stieß er auf das Wesen, halb Mondschein, halb Perle, das man aus Syrien in Bayrams Harem verschleppt hatte. Nacht um Nacht stahl sich der Faruk in den Palast, um der Nuriye nahe zu sein.

Er blieb von den Stoffen im Harem verschluckt, und Nuriye bemerkte nichts von seiner Gegenwart. Nicht eine der Frauen kam dem Kind auf die Schliche, das sich zwischen Kissen und Baldachinen, Palmwedeln, Schleiern und seidenen Decken versteckte. Bis er den Fehler beging und den Frauen ins Bad folgte, um in der Nacktheit Nuriyes zu schwelgen. Und die Schale der Perle brach auf. Vor wildem Verlangen streckte er seine Finger aus. Er wollte den Mondschein fangen, der von den Schultern und Schenkeln Nuriyes auf Wasser und Fliesen fiel, unendlich zart und von schwebender Anmut. Und die ins Becken eintauchenden Frauen entdeckten den Jungen, der bekleidet am Rand stand, mit Augen, die aus seinem Kopf rollen wollten. Diener ergriffen den Eindringling, den sie vor Bayram, den Hausherrn und Großwesir, schleiften, der seinen Namen zu erfahren verlangte. Er heiße Faruk, bekannte der Kleine, verwirrt und vor Leidenschaft dumm.

Den Pascha belustigte diese Behauptung, bis er sich des Einbruchs erinnerte. Er brachte das Kind vor den Sultan, und Murad IV., der strengste der Herrscher, ersann eine schwerere Strafe als Mehmed: Er ließ dem Jungen beide Augen ausstechen und verurteilte Faruk zu ewiger Kerkerhaft.

Diese Ewigkeit dauerte keine acht Jahre. Als Murad IV. verschied, sprang der Faruk, von acht Jahren Schlaf erfrischt, auf seine Beine.

Vorsichtig entfernte der Wachmann den Riegel vom Guckloch und linste in Faruks Gesicht. Es war eisig und leer, was den Posten aufatmen ließ. Von seiner Blindheit befreit hatte Allah den Jungen nicht.

Gott hatte dem Kind eine andere Gabe verliehen, die viel machtvoller war. Faruk stahl seinem Bewacher den Willen. Folgsam sperrte der Mann mit dem Haken die Zellenpforte auf, und der Dieb konnte fliehen.

Elf Sultane kamen zur Macht und regierten ein Weltreich, und keiner der elf legte Faruk das Handwerk, der von diesem Zeitpunkt an Dinge stahl, die sich dem menschlichen Auge entzogen. Den Verbitterten brachte er um seine Strenge und den Mutlosen um seine Feigheit. Nachts stieg er bei Kaufleuten ein und erleichterte sie um den Geiz, der sie meineidig machte. Einem Pascha nahm er seine Grausamkeit ab, einem anderen Bosheit und Selbstsucht. Faruk, der nichts als ein Werkzeug Allahs war, verhalf dem Osmanischen Weltreich zum Gleichgewicht, das es vor seinem vorzeitigen Ende bewahrte.

Eines Tages begegnete er einem Ehepaar, das man erst am Mittag verheiratet hatte. Er folgte den Stimmen der beiden, die, scheu und benommen, von der Hochzeitsgesellschaft heimkehrten – endlich allein, ohne Aufsichtspersonen –, um sich zueinander zu legen. Nahit, der Selige, zog seine junge Frau Zehra, die Blume, behutsam ins Schlafzimmer, vor dem sich der Faruk im Schneidersitz niederließ. Seine Aufgabe war es, dem Paar in der Hochzeitsnacht beizustehen, falls es in Kummer und Zweifeln versank, was er wieder und wieder erlebt hatte.

Faruk war beinahe vierhundert Jahre alt, und sein Herz hatte Risse bekommen. Dieses Herz eines Greises verkrampfte sich, als er den Liebenden lauschte, vor Schwermut und Bitterkeit. Er, der den Kerkern entflohen war, steckte im Leib eines Kindes, als sei er sein Sarg. Niemals hatte er sich mit den Frauen vereint, und von Allah mit Absicht zu Blindheit verurteilt, blieb er gegen den Glanz einer Perle empfindungslos. Und es erhob sich sein Herz gegen Gott.

Krank vor Sehnsucht und Neid trat der Faruk ins Schlafzimmer. Nahit und Zehra bemerkten den Eindringling nicht, dieses Kind mit dem leeren Gesicht, das dem Paar seine Lebenszeit stahl.

Nahit erkannte als erster, was vor sich ging. Voller Grauen starrte er auf das blutjunge Wesen, das vor seinen Augen verwelkte. In seinen Fingern verschrumpelte Zehras Brust zu einem ledrigen Beutel. Zehras Gesicht bekam Runzeln und Falten und war ein zersprungener Spiegel der Jugend. Vertrocknet wie Erde, von grausamer Sonne verbrannt, hing sie in seinen Armen.

Zehra stieß einen Schrei aus und wollte sich losmachen. Dieser kahle und zahnlose Mann, mit dem sie sich vereinigte, konnte nicht Nahit sein. Seine Schultern fielen in sich zusammen, sein Bauch schwoll zur Kugel und preßte sich gegen sie. Von Nahits Haut, nicht mehr glatt wie der Marmor, mit aschgrauer Wolle bedeckt und verknittert, ging ein strenger Geruch aus, vor dem sie erschauderte.

Was er an den beiden begangen hatte, blieb Faruks eisigen Augen verborgen. Er erriet es am Jammer, der Nahit und Zehra ergriff, dem Entsetzen, das grenzenlos war und sich in seine Seele einsenkte.

Vor Sonnenaufgang trennten sich Nahit und Zehra. Zehra sprang voller Scham ins Marmarameer, Nahit floh rasend vor Kummer ans Ende des Reiches. Sie sank auf den Grund zu Juwelen und Gold, er brach auf einem Acker zusammen. Zehras sterbliche Reste umspielte ein Schimmer, als sei sie blutjung in den Fluten ertrunken, Nahits Leichnam zerfiel binnen Stunden zu fruchtbarer Erde.

Und der Faruk erkannte die Wahrheit: Liebe ist schuldlos vergehende Zeit, und er selber vergehende Zeit ohne Liebe, ein blindes, verbittertes, uraltes Kind.

Acht Sultane kamen zur Macht und der Faruk verrottete an seiner Seele. Und bald fiel er dem Irrsinn anheim. Er brach bei Kalifen und Paschas ein, die er um Einsicht und Weisheit erleichterte, bis das Osmanische Reich auseinanderbrach. Und als sich der letzte der glorreichen Sultane Konstantinopels ins Ausland absetzte, hauchte der Faruk sein ewiges Leben aus.«

Dieses kurze Kapitel handelt von der schuldlos vergehenden Zeit der Liebe, einem eiligen Abschied, dem Schmerz, der vereint, vom Blut, das angeblich dicker als Wasser ist, und dem, das man ohne Bedauern vergießt

Der vierte Tod

Als ich meine Geschichte beendete, rutschte Virginia entschlossen vom Bett. Sie streifte das Nachthemd ab, das auf den Boden sank, und kickte es mit einem Fuß auf den Sessel. Verschwitzt und mit fiebriger Haut kroch sie neben mich.

Heute kommt es mir vor, als sei meine Erinnerung ein schwindelerregender Traum. Ich kann nichts erkennen außer Schatten im Halbdunkel einer vom Schlund der Vergangenheit verschluckten Nacht – einen flachen und stoßweise atmenden Bauch, eine sich vor dem sternklaren Himmel abhebende Brust und erbebende Schultern. Wenn ich es war, der dieses Wesen im Arm hielt, das sich voller Lust an mir rieb, bin ich nicht mehr am Leben. Und sie, die sich in meinen Haaren verkrallte, als ich mein Gesicht in den klaffenden Schoß preßte, der mich begierig empfing, ist nicht mehr auf der Welt.

Meine Finger erinnern sich besser als ich (oder bilden sich diese Erinnerung ein): An einen knisternden Haarflaum am Halswirbel, zwei runde Impfnarben am rechten Schulterblatt und ein erhabenes Muttermal neben dem Nabel; an Pobacken, glatter als Flußkiesel, Schamhaare, mooskissenweich, und erregende Feuchtigkeit. In der Halsbeuge roch es nach Schweiß (eher milde als streng), Zigarettenrauch, Duftwasserresten; anders, verwirrender war der Geruch im Schoß, von erdiger Frische und Wildheit.

Virginia war reines Wasser, erfahrungslos, unmittelbar im Begehren. In der Hingabe ernst, ohne streng zu sein oder verbissen. Selbst in der Leidenschaft zeigte sie eine Verspieltheit, die etwas Befreiendes hatte. Sie war bei der Liebe nicht anders als sonst: mitreißend sinnlich und unbeschwert; leichtsinnig, was sie nicht seicht machte; von einer Selbstsucht, die sie vor Verzagtheit und Lauheit bewahrte und niemals an Kleinlichkeit streifte. Virginias Zuversicht steckte mich an. Ineinander verschlungen bis zur Ununterscheidbarkeit, verschmolzen wir zu einem Glutkern aus Lust.

Von letzten Schaudern erfaßt, rollte sie sich zusammen und schmiegte sich an mich. Ich lauschte dem ruhiger werdenden Atem an meinem Ohr, selig, benommen und faul. In der stickigen Nacht zirpten Grillen, bellten Hunde von Hof zu Hof, schrie eine Eule. Sie ließ mich schlafen (ob sie in den Schlaf fand, das kann ich nicht sagen), bis mich eine Welle aus neuem Verlangen ergriff: Mein Geschlecht, das Virginia, vor meinem Schoß kniend, im Mund rollte, war bereits wach.

Ich weiß nicht, wann sie mich verließ. Es war gegen neun, als mich Sonnenstrahlen weckten, die quer in die Dachkammer linsten. Ich dehnte und streckte mich in meinem leeren Bett, sprang auf die Beine und wusch mich am Flurbecken, hielt mein verklebtes Gesicht in den Wasserstrahl, seifte mir Nacken und Achselhaar ein. Besonderen Eifer verwandte ich auf mein erschlafftes und schleimiges Glied, dem ich kindisch-idiotisches Lob zollte, als ich es reinigte. Trotz der schlaflos verbrachten Nacht kam ich mir frischer vor als eine pommersche Seebrise. Beschwingt stieg ich in meine Sachen und eilte ins Erdgeschoß, wo mich Florica empfing, am Treppenabsatz, einen Kaffeepott in der Hand, mit dem sie zum Eßzimmer zeigte. Ob ich ein Ei haben wolle, Tomaten und Brânză, Speckscheiben und Leberwurst? Sie habe Kaviar und Fleisch in Aspik. Mein stures Nicken quittierte sie schweigend. Sie ließ sich nicht anmerken, ob sie Bescheid wußte.

Virginia zeigte sich nicht, bis ich aufbrach, was ich bedauerte, ohne mißtrauisch zu werden. Beim Abschied bekritzelte ich einen Zettel, den ich zu den Postsachen legte, die an einer Vase im Halleneingang lehnte. Was mich kurz stutzen ließ, war der an sie adressierte und mit Schweizer Marken beklebte Brief (den ich im Handumdrehen wieder vergaß). Mich beschlich nicht der Hauch einer Ahnung. Ich war zu berauscht von der Nacht, um besorgt zu sein. Ja, ich kam mir beneidenswert jung vor, als ich mit der Trambahn zu Tanti Aurelia bummelte, die mit einem Eimer voll schwappender Milch aus dem Kuhstall trat und mich verkniffen betrachtete. »Weißt du, wer dich vermißt hat in dieser Nacht?« schrie sie mich vorwurfsvoll an, »deine Bettwanzen, Junge!«

Zwei Tage vergingen ohne Nachricht und Anruf. Ich machte Virginias Verpflichtungen verantwortlich, wenn sie sich nicht bei mir meldete. Sie hatte zur Zeit wieder Proben, das wußte ich, und sollte sich in dieser Woche im Filmstudio vorstellen. Erst am zweiten Tag nahm meine Unruhe zu. Briefe zu schreiben, das hatte sie sich niemals nehmen lassen, allen Terminen zum Trotz. Am dritten Tag, zweifelnd, verunsichert, kurbelte ich in der muffigen Diele am Telefon (einem Apparat, der uralt war), um mich mit Familie Marcu verbinden zu lassen. Florica belehrte mich, mit einer Stimme, die rauher als sonst klang, Virginia sei nicht zu Hause, und wo sie sich aufhalte, wisse sie nicht. Ich hatte den Eindruck, sie habe nichts Dringlicheres im Sinn, als mich aus der Leitung zu scheuchen. Und meine Beharrlichkeit machte sie ruppiger. Wann Virginia voraussichtlich wieder zu Hause sei? »Keine Ahnung«, behauptete sie. Ob sie mir nichts ausrichten solle? »Bestimmt nicht.« Grimmig versprach sie, Virginia von meinem Anruf in Kenntnis zu setzen, und legte auf.

Floricas Verhalten beunruhigte mich. Bei meinen Besuchen im Haus hatte sie sich verbindlich benommen, niemals grob oder abweisend. Ich konnte mir das nicht zusammenreimen.

Am folgenden Tag stand ich wieder vorm Fernsprecher aus Bakelit an der Dielenwand. Der im Sonnenschein ertrinkende Korridor war voller saumselig waberndem Staub. Ich preßte den Handapparat ans Ohr (der hantelschwer war) und sprach mit der Dame vom Amt, die mich erst mit dem Automobilclub verband. Als sie mich endlich zur richtigen Nummer durchstellte, war es Victor Marcu, der abhob. »Wer ist am Telefon?« wollte er wissen und brach in Beschimpfungen aus, als ich stumm blieb, in der Annahme, ich sei ein Mitglied der Eisernen Garde. Er kam sich bis heute von Horia Simas Gardisten bedroht und verfolgt vor.

An diesem Mittag, der heiß und gewittrig war, knallte der Hammer aufs Eisenbrett vor dem Tor, und ich beeilte mich, es zu erreichen. Ich zerrte am Riegel und trat vor das Holzgatter. Von Virginia war nichts zu entdecken. Kein Mensch weit und breit, nichts als flimmernde Luft. Niedergeschlagen, verwirrt drehte ich mich zum Hoftor um, als meine Augen den Postkasten streiften, aus dem eine Briefecke ragte.

Virginias Schreiben war kurz und von grausamer Klarheit: »Ich werde bereits in der Schweiz sein, wenn du diese Zeilen liest, mit einem unbegrenzt geltenden Visum und Aussichten auf eine feste Theateranstellung. Wir werden uns nicht mehr begegnen, das weiß ich, was mir diesen Abschied zum schwersten und bittersten macht, den ich jemals erlebt habe. Es ist ein Schmerz, den ich uns nicht ersparen kann, mir nicht und dir nicht (was schlimmer ist). Ob du mir verzeihen wirst, am Ende? In Liebe. V.«

Mir schwindelte, als ich den Brief wieder in seinen Umschlag schob, linkisch, mit alberner Sorgfalt. Leere breitete sich in mir aus, eine abgrundtief schwarze und bleierne Leere. Aurelia kam humpelnd ans Tor und betrachtete mich mit verkniffenen Augen. Ohne ein Wort beugte sie sich zu mir ins Gras, um mich an der Hand auf die Beine zu ziehen. Wind trieb den Hofstaub zusammen, der sich kreiselnd bewegte, es rauschte im Laubwerk sich windender, peitschend verbiegender Zweige. Als wir in den Dielengang traten, stockfinster und moderig, brach Platzregen los.

Wann ich aus dem Haus eilte, kann ich nicht sagen. In der feuchten, warmen Luft dampfte der Boden, halb schlammig, halb rissig, mit Lachen bedeckt, die das schiefrige Himmelsgrau spiegelten. Ich achtete nicht auf das Wasser, das an meinen Hosenbeinen hochspritzte und sie verdreckte. In der ruckelnd anfahrenden Straßenbahn ließ ich mich auf eine Holzbank fallen, rauchte mit zitternden Fingern, vor Anspannung keuchend. In der beschlagenen Scheibe bewegte sich eine zu Flecken zerfließende Landschaft. Ich kam mir stumpf vor, empfindungslos, taub.

Florica war sprachlos, als sie mich erkannte. »Virginia ist nicht zu Hause«, versetzte sie heiser, »was haben Sie vor?« Ich schob sie entschlossen beiseite und trat ins Haus. Zu verwirrt, um sich mir in den Weg zu stellen, sagte sie wieder: »Sie ist nicht daheim. Es ist zwecklos,

Herr Felix, Sie treffen Virginia nicht an.« Sie folgte mir atemlos, flatternd, mit weißem Gesicht bis zum Treppenabsatz. »Nehmen Sie Vernunft an, Herr Felix, ich bitte Sie, sonst muß ich Titi Bescheid sagen.«

Wer mich aufhielt, das war mein gewesener Retter, der seinen Kopf aus dem Wohnzimmer streckte. Er verlangte zu wissen, was los sei, erkannte mich und winkte mich mit seiner Pranke ins Erdgeschoß (ich war bereits auf dem Treppenpodest). Ohne sich zu erkundigen, was meine Absicht gewesen sei, schloß er mich in seine Arme und lenkte mich blinzelnd ins Zimmer, zum Tisch mit den Karten, wo er mir ein Bridgespiel vorschlug. Ich war zu benommen, um abzulehnen.

Erst in diesen Minuten bemerkte ich eine Verzweiflung, die meine Kehle zusammenpreßte. Virginias Brief war kein billiger Schwindel, mit dem sie mich loswerden wollte. Sie hatte entschieden, sich von der Vergangenheit zu befreien. Sie war ein treuer Mensch, hing an der Kindheit, ja Virginias Liebe zu mir war nichts anderes als diese Treue gewesen. Und sie spiegelte sich in der Eile, mit der sie Reißaus nahm, entschlossen und schonungslos. Sie hatte den Faden zertrennt, der sie mit einem Leben verband, das zu Ende war.

Virginias Vater, vertieft in sein Blatt und vom Krieg schwadronierend, bemerkte nichts von der Verzweiflung, die mich erfaßt hatte. Er weihte mich in seine »hundertprozentig erfolgreich« verlaufenen Verhandlungen mit Briten und Amerikanern am Bosporus ein. »Wenn Roosevelt und Churchill klein beigeben, hat man das mir zu verdanken«, versetzte er prahlend, »ein Verdienst, das sich andere anheften werden, versteht sich.« Er hob sein Gesicht, um mich kurz zu betrachten, als ich einen Seufzer ausstieß, den er auf seine Feststellung (oder mein Spielpech) bezog.

Er war schmaler als bei unserer letzten Begegnung, benahm sich zerstreuter und fahriger, was seiner Neigung zur Angeberei keinen Abbruch tat, die nichts als peinlich und langweilig war. Keine Spur von der Schlagfertigkeit anderer Zeiten, dieser magnetischen Ausstrahlung, Spannkraft und Energie. Mit bitterem Ernst kreiste er um sich selbst – und dieses Selbst war ein schlaffer Ballon.

Wir spielten zwei Bridgepartien, die ich haushoch verlor, zur tiefen Befriedigung meines gewesenen Retters. Er erteilte Florica den Auftrag, uns Mokka und Tee zu bringen. Und sie solle um Himmels willen endlich den Hut mitnehmen – der auf dem Bronzekopf Beethovens Augen verdeckte –, den sie mir beim Eintritt nicht abverlangt habe. Sein Telefon rasselte, und mit den Worten, »das wird meine Tochter sein«, sprang er vom Stuhl. Es war seine Freundin, mit der er sich zankte (es scherte mich nicht im geringsten, um was es ging), ohne an meiner Gegenwart Anstoß zu nehmen. Er belegte sie mit einer Reihe von Schimpfworten, die bis zu »Flittchen« und »Drecksfotze« reichten, und knallte den Handapparat auf die Gabel. Und schlagartig schluchzte er los. Ich hatte den wuchtigen Mann niemals weinend erlebt. Mit baumelnden Armen, vom Heulen verzerrtem Gesicht stand er neben dem Kartentisch, armselig, kraftlos und mitleiderregend.

Auf Anhieb begriff ich, warum Marcu weinte. Virginias Entscheidung, ins Ausland zu gehen, war ein schwerer Schock. Er kam sich von der Tochter verlassen vor, wenn nicht verraten. »Sie wird nicht mehr wiederkommen«, stammelte er. Er sagte nicht mehr als das, ohne erstaunt zu sein, daß ich nicht zu wissen verlangte, was los war. Ich erhob mich vom Stuhl und umarmte den Mann. Und bei dieser Umarmung brach meine Beherrschung in sich zusammen. Ich heulte meinerseits los, und wir wiegten uns, hilflos umschlungen, im Schmerz, der uns einte.

Schweigend machte ich mich von Virginias Vater los, der sich verwirrt seine Augen abwischte, und eilte zur Halle, wo ich meinen Hut vom Garderobenarm riß, um ins Freie zu fliehen.

Es gewitterte wieder aus einem halb gelblich, halb schwarzblau bezogenen Himmel. Mein Spaziergang, der eher ein blindes, besessenes Rennen war, hatte kein Ziel. Mit einsetzender Dunkelheit war ich beim Fluß, außer Atem, verschwitzt und klatschnaß. Dunstschwaden stiegen vom Wasser auf, das der beharrliche Regen punktierte. Ich lehnte mich an einen Baumstamm, um Luft zu holen. Und stellte fest, vor der Kommandantur zu stehen, die zwei Stahlhelmsoldaten im Eingang bewachten. Lampenschein drang aus dem weißen Palais, fiel auf Freitreppe, Vorplatz und Rasen. Ich war zu benommen, um beunruhigt zu sein.

Aus dem Wehrmachtsquartier trat ein Mann in Zivil, zerrte sich seinen Hut ins Gesicht, hielt den Mantel am Kragen zusammen und winkte zum Seitentrakt, vor dem drei Kraftwagen parkten. Einer der drei setzte sich in Bewegung und rollte auf knirschendem Kies bis zur Treppe. Ein Chauffeur sprang ins Freie und hielt seinem Fahrgast den Wagenschlag auf, beide Hacken zusammenschlagend und mit erhobenem Arm. Er lenkte das Automobil bis zum Eingangstor, wo beide Scheinwerfer aufflammten. Sie blendeten mich, grell und unangenehm. Ich hob meine Hand zu den Augen und wandte mich ab, als der Kraftwagen neben mir hielt. Und in der Scheibe erkannte ich Alfreds Gesicht.

Mordsnatur

»Blut ist dicker als Wasser«, das war Alfreds Lieblingsspruch in der Zeit, als er sich meiner annahm. Acht Wochen verbrachte ich in seiner vornehmen Villa im Norden der Stadt, zu Beginn halb bewußtlos, versunken im Schmerz. Neben der Leere, von der ich beherrscht war, entmutigte mich meine Furcht vor dem Onkel, dem es nicht schwerfiel, sich vorzustellen, warum ich mit falschem Ausweis in Bukarest weilte. Er mußte mich zu diesen Dingen nicht erst aushorchen. Ich war aus dem Reich emigriert, ein Politischer, und er konnte anstellen mit mir, was er wollte: mich von Gestapobeamten verhaften und in ein KZ stecken lassen; oder der Feldpolizei melden, die mich im Nu an die russische Front schickte. Zu Drohungen zu greifen, ersparte er sich, daß er mich in der Hand hatte, war unverkennbar. Und es paßte nicht zu seiner Vorstellung von meiner Gegenwart in seinem Haus. Ich sollte freiwillig bleiben.

Alfred wohnte mit einem Adjutanten zusammen, einem Mann Mitte zwanzig, der kraftvoll berlinerte, ein markiges Kinn hatte, schlank war und dunkelblond und mich eindringlich musterte, als ich ins Haus trat, ersichtlich beruhigt zu erfahren, ich sei ein Verwandter des Hausherrn, der Sohn seiner Schwester. Andere Bedienstete hatte mein Onkel nicht.

Alfred konnte sich auf seinen Helfer verlassen. Erich, von Hause aus Koch, stand am Herd, kaufte ein, machte sauber und stenographierte mit, wenn es erforderlich war. Er kannte sich bestens in Alfreds Kalender aus, und wenn mein Onkel Papiere verlegt hatte, fand er sie im Handumdrehen wieder. Tag um Tag legte er Alfreds Garderobe fest, die er mit sicheren Griffen zusammenstellte, roch an Hemden und Socken, rasierte den Onkel, der fremde Rasiermesser an seiner Kehle nicht duldete, band seine Krawatten und Schuhe.

In der ersten Zeit ließ mich mein Onkel in Ruhe, was ich seinen Verpflichtungen verdankte. Tagelang feilschte er bis in die Nacht mit

Regierungsvertretern, um ein neues Handelsabkommen zum Abschluß zu bringen. Mit der erzielten Vereinbarung reiste er an die Spree, wo man Korrekturen am Vertragsentwurf vornahm, die er wieder mit Bukarest abstimmen mußte. Wenn ich aufstand, war Alfred bereits in der Botschaft oder hockte in einem Propellerflugzeug. Ich trank meinen Kaffee auf der Gartenterrasse, in einem Schlafanzug aus reiner Seide, und sagte mir innerlich wieder und wieder Virginias Abschiedsbrief vor. Ich war willenlos, dumpf und nicht ansprechbar. »Kennen Sie Berlin?« wollte Alfreds Bediensteter von mir erfahren. Ich nickte mechanisch. »Ich habe Heimweh«, bekannte der junge Mann, »Berlin ist ein anderes Pflaster als dieser Moloch voller Abschaum und Juden.« Ich blieb stumm, bis er eine beleidigte Schnute zog und schweigend den Poststapel sichtete.

Alfreds Villa, erbaut in den dreißiger Jahren, mit Flachdach, Terrassen, zwei Stockwerken, einer Garage und Garten, war schick und modern. Der erste Besitzer des Hauses, ein reicher Maschinenfabrikant und enteigneter Jude, saß in einer Zelle in Jilavas ein. Alfred hatte bereits vor der Abdankung Carols, mit dem der Maschinenfabrikant eng verbunden gewesen war, auf dieses Haus spekuliert, und um anderen Bewerbern zuvorzukommen, rechtzeitig seine Verbindung zum Gardechef spielen lassen.

Ich bewohnte ein Zimmer im zweiten Stock, das runde zwanzig Quadratmeter maß. In einer Ecke ein Glastisch, zwei Sessel und Sofa mit Lederbezug. In der anderen ein großer, verspiegelter Kleiderschrank, der meine neue Garderobe enthielt. Ein langes, rechteckiges Fenster, vor dem sich der Garten erstreckte, verschlungen, septemberschwer. Auf der Nachttischkonsole beim Bett standen ein Telefon – alle Sprechapparate im Haus waren weiß – und ein Radio aus Bakelit.

Von der Gartenterrasse stieg ich wieder hoch in mein Zimmer und lauschte Konzerten aus Wien oder London, zu schwach und nicht willens, mich anzuziehen. Erst zur Mittagszeit scheuchte mich Alfreds Bediensteter, der mit mir essen gehen wollte, ins Bad, rasierte mich, ließ mir ein Schaumbad einlaufen, und wenn ich aus der Wanne stieg, hielt er ein Handtuch bereit, um mich trockenzureiben. Bei unseren Mahlzeiten, die wir im Lieblingslokal meines Onkels, dem »Châteaubriand«, einnahmen, schwatzte er von seiner Kindheit im Wedding, die anscheinend voller Entbehrungen gewesen war, und schimpfte auf seinen Arbeitervater, dem er diese Entbehrungen zur Last legte. Ich lauschte zerstreut, als er von seiner ersten Begegnung mit Alfred berichtete – in einem Berliner Hotel, wo er Hilfskoch gewesen war –, zu achtlos, um zu verstehen, was meinen Onkel bewogen hatte, Erich als Dienstboten einzustellen. Mich zum Reden zu bringen war zwecklos, das merkte er bald und verschonte mich mit seiner Neugier.

Um mich, im Auftrag des Onkels, bis der mir mehr Zeit widmen konnte, bei Laune zu halten, brachte mich Erich zum Golfplatz in Herăstrău, wo er mir einen Schwaben aus Temeswar vorstellte, der mit Vornamen Heinrich, mit Nachnamen Himmler hieß (ohne mit dem SS-Chef des Reiches verwandt zu sein, was er von Herzen bedauerte) und einen Friseurladen neben der Botschaft betrieb. Der seinen Namensvetter nachahmende Mann, von Schnauzbart und Brillenmodell bis zum bayrischen Tonfall, vertraute mir an, einem Spitzelnetz vorzustehen, das alle Volksdeutschen ausspioniere, um festzustellen, wer sich dem Kriegsdienst entziehe. Ich war zu benommen, um den Golfball zu treffen, und hackte nichts als einen Erdklumpen in die Luft.

Wenn wir nicht im Kino waren oder im Stadion, nahm ich vorm Schimmelpiano im Wohnzimmer Platz, das ich anstarrte, ohne zu spielen. Erst am sechsten Tag warf ich mich auf seine Tasten und ließ eine Mozartsonate erklingen. Ich brach bald wieder ab, meine Finger waren steif und das Schimmelklavier zu verstimmt. Ich war zu kraftlos und willensschwach, um es zu stimmen, was ich in meiner Jugend erlernt hatte, als unser Klavierstimmer im Ersten Weltkrieg verendet war. Alfred schaffte im Handumdrehen Abhilfe. Er ließ den besten Klavierstimmer Bukarests, den man vor allen Konzerten verpflichtete, in der Nacht aus dem Bett schellen und in seiner Botschaftskarosse zur Villa im Park Bazilescu bringen.

Kein Tag verstrich ohne ein Telefonat mit dem Onkel, ob er in der Botschaft war oder zu einer Besprechung im Reichskanzleramt. Er erkundigte sich, ob ich mit meiner neuen Garderobe zufrieden sei und was ich an diesem Mittag im »Châteaubriand« verzehrt habe. »Bist du krank?« wollte er von mir wissen und wies seinen Dienstboten an, einen Arzt holen. Ich wehrte mich nicht, als der Mann, ein Kommißkopp mit Pferdegesicht, mir befahl, mich nackt auszuziehen. Er horchte mich ab, klopfte an meine Knie und machte sich an meiner Vorhaut zu schaffen. »Keine Geschlechtskrankheit«, schnarrte er im Telegrammstil, »mehr Sport treiben! Rauchen einstellen! Ansonsten von edler Rasse!« – »Wir sind der starke Familienzweig«, sagte Alfred, als er das Untersuchungsergebnis erfuhr, »deine Mordsnatur hast du von mir, Junge!«

In meinen Schmerz um Virginias Abreise mischte sich tiefe Beklemmung. Mir war nicht klar, was mein Onkel im Sinn hatte. Ich empfand Abscheu und Grauen vor dem Mann. Und trotzdem waren diese Empfindungen nicht rein. In meinen Widerwillen mengte sich Dankbarkeit. In dieser Mischung aus Ekel und Dankbarkeit lauschte ich seiner Stimme am Ende der Leitung, die erfahren wollte, ob sein Klavier wieder spielbar sei. Ich konnte mich von dieser Dankbarkeit nicht befreien, aus Verwirrung, Verzweiflung, ich kann es nicht sagen, was mich um so mutloser machte.

Als drei Wochen verstrichen waren, war sein Vertrag, Waffen gegen Petroleum, unterschriftsreif. Seinen Hut in der Hand haltend, stand er im Wohnzimmer, stiernackig, schnaufend, mit grauem Gesicht, bis ich mit meiner Bachfuge fertig war. Er kam zum Klavierhocker, packte mich mit roher Herzlichkeit lobend im Nacken und machte den Vorschlag, im »Caru' cu bere« zu speisen. Sein Bediensteter hatte zwei Stunden vorm Herd verbracht und Alfreds Lieblingsgericht zubereitet, pommersche Klopse in Kapern- und Mehlsoße. Seine Verstimmung war nicht zu verkennen. Schmollend trat er mit uns ins Freie. Ich merkte dem jungen Mann Eifersucht an, und mich beschlich eine komische Ahnung, die vorerst verworren und nebelhaft blieb. Alfred boxte den Hausangestellten vors Brustbein. »Wirst du dich wieder einkriegen, Waschlappen!« schnauzte er, »sonst schicke ich dich an die Front, wo du endlich zum Mann wirst«, und zog mich zu seinem Mercedes.

Er war redselig, als wir im Bierlokal hockten, und schwelgte mit heiserer Stimme in Kindheits- und Jugenderinnerungen um seine Schwester, vom ersten Ausflug zum Hafen an Claras Hand bis zum Plan, von zu Hause Reißaus zu nehmen und in der Nacht einen Pott zu besteigen, auf dem sie sich in einer Taurolle hatten verstecken wollen, um erst in Amerika wieder an Land zu gehen; als »Lala« ein Backfisch von siebzehn gewesen war und zu einem Tanzball aufbrach, hatte er sie verfolgt und, vor Eifersucht brennend, bewacht; und den ersten Mann, der seiner Schwester den Hof machte, einen Lehrling des Schuhmachervaters, vertrimmte er gnadenlos mit einer Peitsche, bis dieser versprach, seine Schwester in Zukunft zu meiden.

Was Alfred mit diesen Geschichten beabsichtigte, war nicht schwer zu erraten. Ich war seine letzte Verbindung zu einer erinnerungsselig beweinten Vergangenheit. Rechtfertigungszwecke verfolgte er nicht. Er war nicht der Mensch, der Entschuldigungen vorbrachte oder sich reinwaschen wollte. Er hatte beileibe kein schlechtes Gewissen. »Es war ein bitterer Schritt, meine Schwester ins Irrenhaus zu bringen, versichere ich dir«, sagte Alfred und wischte sich Bierschaum vom Kinn, »eine schwere Verantwortung, die dein Herr Vater aus Feigheit nicht auf sich nehmen wollte.« Ich konnte mich nicht mehr beherrschen. »Er liebte sie«, sagte ich scharf und erregt. Alfred blinzelte mir ins Gesicht, halb erstaunt, halb belustigt: »Wenn das kein Erfolg ist – mein Neffe spricht!«

»Weißt du was, Junge?« sagte er nach einer Pause, »Monat um Monat erhalte ich Briefe von Clara, die ich in der Regel postwendend beantworte. Ich schicke Pakete mit Seife und Kleidern nach Potsdam, wenn sie diese Dinge erbittet, und rufe den Leiter der Anstalt an, den ich ermahne, sie gut zu behandeln. Du kannst beruhigt sein, ich lasse sie nicht verkommen.«

Was er behauptete, war frei erfunden. Er scherte sich nicht im geringsten um Clara, die man aus der Potsdamer Anstalt verlegt hatte und im vorletzten Kriegswinter umbringen sollte (was ich erst in einem anderen Leben erfuhr).

Um ehrlich zu sein, konnte ich mir nicht vorstellen, daß mich mein Onkel belog. Und das nicht aus Vertrauen in den Mann, dem Aufrichtigkeit fremd war, wenn sie seinen Zielen widersprach. Es war sinnlos. Warum sollte er mich beschwindeln? Wenn er wollte, zerquetschte er mich in der Faust. Er war der doppelgesichtige Slumowitz-Gott, der mein Schicksal entschied.

»Und du willst nichts essen, mein Junge?« versetzte er, bedauernd zum randvollen Teller mit Grillfleisch schielend, den der Kellner sich wieder aufs Handgelenk lud. Knapp seinen Arm zum Heil-Hitler-Gruß anwinkelnd, trat ein Bekannter des Onkels an unseren Tisch im verrauchten und hallenden Bierlokal, das an seiner Decke mit Sternen und Monden bemalt war. Alfred beeilte sich, mich diesem Menschen, einem Korrespondenten des Nachrichtendienstes mit Schmissen und Haartolle, vorzustellen. »Mein Neffe«, bemerkte er mit einem komischen und mich befremdenden Stolz. »Zu Besuch beim Herrn Onkel?« verlangte der Mann zu erfahren. Ich wußte nicht, ob ich bejahen durfte, und war erleichtert, als Alfred sich einmischte. »Und ob. Er besucht seinen Onkel am Arsch der Welt.« Prustend stießen sie sich in die Rippen.

Und in dieser Nacht liefen wir im Kasino ein. Ghiţă staunte nicht schlecht, als er an die Garderobe kam, um dem Botschaftsvertreter den Hut abzunehmen. »Johann Gottwald!« Er wollte mich an seine Brust ziehen, was mein Onkel verhinderte, der seinen Arm wegschlug. »Er heißt Felix Kannmacher, klar?« Hilflos wandte sich Ghiţă an mich: »Ich verstehe nicht.« – »Ich bin sein Neffe«, versetzte ich schluckend. »Du bist was?« Ghiţăs Mund stand sperrangelweit offen.

Er begleitete uns an den Spieltisch, nicht ohne mich neidisch und scheu von der Seite zu mustern. Dringend wollte er mein Geheimnis erfahren. »Verrate es mir«, keuchte Ghiţă an meinem Ohr, »ein lausiger Sachse und Judenfreund bringt es zum Neffen des Handelsbeauftragten der Deutschen Botschaft mit engen Beziehungen zu Hitler. Ist das ein Witz?« Nein, es war keiner, leider. Neugierig schwirrte er um meinen Platz und vergaß seine anderen Aufgaben. Er brachte uns unsere Spielmarken und den Champagner, den Alfred bestellt hatte, und als ich auf die Toilette ging, folgte er mir. »Und als ich seinerzeit mit deinem Onkel zusammentreffen wollte«, bemerkte er grollend, »hast du deine Hilfe verweigert. Das solltest du wiedergutmachen, meinst du nicht?« – »Und wer hat Slumowitz auf dem Gewissen?« erwiderte ich. »Ich habe nichts mit dieser Sache zu tun«, sagte Ghiţă schrill. Er teilte den Vorhang aus Filz vorm WC-Eingang und entfernte sich in aller Eile.

Ich entdeckte zwei andere Bekannte am Spieltisch, die neugierig spitzten und linsten. »Wer ist diese schmierige Ratte?« verlangte mein Onkel zu wissen, dem Bubi Giurgiucas beharrliches Winken auffiel. Um endlich Ruhe vor Bubi zu haben, erwiderte ich seinen Gruß, was ein Fehler war. Ermutigt sprang er aus dem Sessel, kam zu uns und stellte sich mit einer tiefen Verbeugung als »besten Finanzfachmann Bukarests« vor. Ohne ein Wort zu verlieren, schnickte Alfred Zigarrenasche auf sein kanariengelbes Jackett, um sich anschließend wieder zu setzen. Mit verlegenem Kichern rieb Bubi den Fleck von der Jacke und wandte sich eilig an mich. »Und ich war in ewiger Sorge um dich, mein Freund! Ich stellte mir vor, du bist mittellos, krank und kein Mensch steht dir bei, mein Gott, tat mir das leid.« Er betrachtete mich mit der Treuherzigkeit eines Hundes. »Und diese Sorgen waren vollkommen entbehrlich«, sein pfannkuchenrundes Gesicht, das verhangen und duster gewesen war, klarte schlagartig auf, »du hast beste Beziehungen und lebst beileibe nicht schlecht.« Er maß mich von Kopf bis Fuß mit einer Hochachtung, die nicht frei war von Mißgunst und Gier.

Als ich wieder Platz nehmen wollte, hielt Bubi mich fest, um mir voller Genugtuung mitzuteilen, er habe recht bekommen bei seinem Gerichtsstreit mit Marcu, zumindest in erster Instanz. Ob mir das bekannt sei? Ich mußte verneinen. »Das wird meinen Ruf in der guten Gesellschaft, wo man mich als Halunken und Hochstapler abtut – wer diese Verleumdungen streute, kannst du dir ja denken –, entschieden verbessern«, beteuerte er erregt, »und es wird wesentlich einfacher sein, meine kleine Marie zu verheiraten.«

Er wollte mich schnurstracks zu Mărioara bringen, die mich mit flatternden Augen betrachtete, als Alfred den Ex-Impresario verscheuchte. »Ziehen Sie Leine, Mensch!« schnauzte er Bubi an, der sich wiederum tief vor dem Botschaftsvertreter verbeugte und zu seinem Stuhl trabte.

Gegen Mitternacht hockten wir vor einem beachtlichen Haufen an Spielmarken, die Onkel Alfred vom Kellner am Kassenhaus eintauschen ließ. Mit den Geldscheinen in der Hand beugte er sich zu mir, um sie in meine Jacke zu stopfen. Mărioaras Gesicht bekam hektische Flecken. Sie hatte mich in den vergangenen Stunden teils schamhaft, teils schmachtend beobachtet. Ewig klimperte sie mit den Armreifen, puderte sich oder setzte den Lippenstift an, um mein Augenmerk auf sich zu ziehen. Sie verging vor Gefallsucht und Eitelkeit. Und als Alfred zum Aufbruch blies, holte sie mit spitzem Ellenbogen aus, um den Vater in Schwung zu bringen, der sich beeilte, uns an die Garderobe zu folgen.

Er schob Ghiţă beiseite, der mir meinen Hut reichen wollte, und bat mich um einen Besuch. »Im Namen meiner Tochter«, bemerkte er zwinkernd und verband seine Einladung mit einer Drohung. »Verschaffe mir eine Verbindung zum Handelsbeauftragten«, zischelte Bubi, »sonst wird er am Ende erfahren, daß du ein Emigrant bist, und das wollen wir lieber vermeiden, nicht wahr?« Sein Gesicht mit dem Glanz einer Speckscheibe strahlte mich an, unverfroren und behaglich.

Ghiţă bekam seine freche Erpressung mit. Mit meinem Hut in der Hand stand er fassungslos neben dem feixenden Bubi und mir. Er brachte nichts mehr zusammen, der Arme. »Mein Herr! Was erlauben Sie sich?« keuchte Ghiţă, »Sie sprechen mit einem Verwandten des Botschaftsvertreters!«, eine wiederum Bubi ins Staunen versetzende Neuigkeit. Verwirrt starrte er auf den Saalchef. »Das ist purer Unfug! Sie wissen ja nicht, was Sie reden!« Beide lieferten sich einen Streit um mein Herkommen, was ich nutzte, um mich zu entfernen.

Meine Vorstellung, es sei im Alter erwachte Familienseligkeit, die meinen Onkel veranlasse, sich meiner anzunehmen – Alfred war kinderlos, hatte nie eine Familie besessen –, erwies sich als irrig. Es war nicht meine Zuneigung, die er erzwingen wollte. Was er verfolgte, waren andere Ziele.

Am anderen Tag nahm mich Alfred zur Botschaft mit, wo ich an einer Verhandlung mit Eisenerzgrubenbesitzern teilnahm. Um was es im Einzelnen ging, blieb mir schleierhaft. Zur Mittagszeit schleppte er mich ins Lokal vorm Schloß, wo er einen Termin mit zwei Raffinerieeignern hatte. Bellend befahl er den Herren aus Ploieşti eine Steigerung der Produktion. Es herrsche Kriegsbedarf, ob das nicht klar sei? Beide stellten sich stur und beriefen sich auf anders lautende Klauseln im Liefervertrag, rein technische Schranken, logistische Vorgaben. Ausreden! Ausreden! kollerte Alfred. »Es mangelt an allem in diesem Land: Zucht, Disziplin und Entschlossenheit, Fleiß und Charakter. Woran es nie mangelt, das sind eure Spitzfindigkeiten. Arschbacken zusammenkneifen!« schnauzte er, »loslegen!« und hieb mit der Faust auf den Tisch.

In den kommenden Tagen und Wochen war ich halb sein Laufbursche, halb seine rechte Hand. Ich mußte Kaffee holen, Champagner kaltstellen, seine Schuhe auf Hochglanz bringen, wenn eine Sitzung mit deutschen Besuchern bevorstand. Ich legte vor den Verhandlungen seine Papiere bereit und nahm Telefonate an. Als seine Stenotypistin erkrankte, schrieb ich Protokolle und tippte sie ab. Und ich dolmetschte, wenn es erforderlich war. Wochenweise bezahlte mir Alfred ein dickes Gehalt, das er mir ins Jackett stopfte (nie hatte ich mehr verdient in meinem Leben).

Trotz meiner Dolmetscher- und Protokolldienste vergaß ich im Handumdrehen, was man verhandelte. Mit mechanischer Aufmerksamkeit, dumpf und teilnahmslos, erledigte ich meine Aufgaben. Anders verhielt es sich bei der Besprechung, die Alfred mit einem Gestapomann hatte, den wir vom Flugplatz Băneasa abholten und der den Eindruck erweckte, ein harmloser Mensch zu sein, als er seine Propellermaschine verließ, in Zivil, mit dem Hut in der Hand. Sein Heil-Hitler-Gruß fiel alles andere als zackig aus. Nichts Abscheuliches war an dem Mann mit dem weichen Haar, der mich herzlich betrachtete, als mein Verwandter mich vorstellte. Im Kraftwagen klemmte ich zwischen den beiden, und Alfreds Bekannter sprach von seinen Kindern, die an Mumps (oder Masern) erkrankt waren, nicht ohne uns Aufnahmen seiner vier Blagen zu zeigen, die vor einer Villa am Wannsee in Anzug und Kleidchen blitzblond in die Kamera kiekten. Er streichelte sie mit dem Daumen. Und einen Seufzer ausstoßend, verstaute er seine zwei Farbphotos wieder im Sakko, um in einem Atemzug von den Erfolgen zu reden, die man bei der Judenvernichtung erziele. Er spulte Zahlen ab, heiter und ruhig, als lese er aus seinem Haushaltsbuch vor.

Krampfhaft zog sich mein Magen zusammen. Ich konnte nicht ausweichen, links von mir hockte der paffende Alfred und rechts der Gestapomann, der mich voller Wohlwollen musterte. »Ist er ein Judenfreund?« wollte er wissen – er meinte den rothaarigen General, nicht mich –, »warum bricht er unsere Vereinbarungen? Hat er nicht versprochen, den Juden das Fell abzuziehen?« Alfred warf seinen Stumpen ins Freie und zeterte, was dieser Gauner von Ion Antonescu beabsichtige, sei ein Kuhhandel: Land gegen Juden. »Er will Nordtranssilvanien gegen sie eintauschen. Er verschont diesen Abschaum, um uns zu erpressen! Nichts als seine kleinlichen Vorteile hat er im Sinn!«

Mein Brechreiz verschlimmerte sich. Und als wir beim Ambassador-Hotel vorfuhren, in dem der Gestapomann wohnte, sprang ich aus dem Kraftwagen, ging in die Knie und spie meinen Mageninhalt in den Rinnstein. Alfred schimpfte: »Was soll das, du Memme!«, und Alfreds Bekannter hielt mich an den Schultern fest. »Wieder besser?«

erkundigte er sich zum Schluß, um mir aufmunternd in meine Wange zu kneifen.

In der Halle des Ambassador-Hotels weihte der Mann meinen Onkel in seinen Besuchszweck ein. Eine peinliche Sache, bemerkte er kratzig, mit strikter Geheimhaltungspflicht. »Kann ich deinem Neffen vertrauen?« Alfred nickte und goß mir ein zweites Glas schottischen Whiskeys ein, das ich in einem Zug leertrank. Ich lehnte mich in meinen Sessel, ein Palmenblatt streichelnd, das mir ins Gesicht hing, und wandte mich halb zum Empfang um, vor dem eine junge Frau, die mich entfernt an Virginia erinnerte, mit einem Hausangestellten verhandelte. Ich holte tief Luft, als sie von einem Kuli begleitet im Aufzug verschwand.

Es gehe um einen Gestapovertreter, der sexuell abartig sei, sagte Alfreds Bekannter und schwenkte sein Whiskeyglas. Diese Abartigkeit sei bereits ein Skandal. Schlimmer sei seine Beziehung zu einem Beamten im hiesigen Staatsapparat, der im schweren Verdacht stehe, Doppelagent zu sein und den Sowjets Berichte zu liefern. Leichtgewichte seien beide nicht, was es nicht einfacher mache, sie aus dem Verkehr zu ziehen.

Alfreds Gesicht wirkte grau wie ein Winterbeet. Er kam wieder zu sich, als einer der Liftboys in Uniform, rot und mit goldener Knopfleiste, dem Gestapomann ein Telegramm brachte (und sich ein haushohes Trinkgeld abholte). Feindselig musterte Alfred den Milchbart, der flink seinen Geldschein einsteckte. »Sexuell abartig«, knurrte er, kippte den Whiskey und stellte mit zitternden Fingern sein Glas ab, »man muß diesen Widerling niederknallen! Ohne zu zaudern! Ratz Fatz!«

An einem Oktobertag, als ich ins Bad tappte, das nicht verriegelt war, und auf den Hausangestellten stieß, fiel mir Alfreds Benehmen im Hotel wieder ein. In hochhackigen Schuhen, mit Bluse und Rock, einem Haarteil, das er in der Hand hielt, und stark verschminkt, drehte sich Erich vorm Spiegel. Aufmerksam betrachtete er seine weißen und haarlosen Beine, die er sich rasiert hatte (an den Schenkeln erkannte ich blutige Schrammen), indem er den Rock bis zum Strumpfhalter raffte. Und sich wieder dem Spiegel zuwendend, um an seinen unechten Wimpern zu ziehen, entdeckte er mich auf der Schwelle zum Bad. Leichenblaß starrte er in meine Richtung. Zu einer Entschuldigung kam ich nicht mehr. Er fing sich als erster: »Verpiß dich, du Hurensohn!« Seine gellende Stimme fuhr mir in die Knochen. Und als ich mein Eindringen rechtfertigen wollte, er habe das Bad nicht verschlossen, bewarf er mich mit einer Duftwasserflasche. Sie verfehlte mich knapp und zersplitterte an der Wand.

Erichs Liebe zu Alfred war mir nicht entgangen. Er benahm sich in letzter Zeit giftig und frech zu mir, und warum, war nicht schwer zu erraten. Alfred schanzte mir Aufgaben zu, die die seinen gewesen waren, Sichtung der eingehenden Briefe, Termin- und Papierkramverwaltung. Mein Onkel beschenkte mich vor seinen Augen mit Lederbrieftasche und goldener Taschenuhr und zahlte mir in seinem Beisein mein unpassend hohes Gehalt aus.

Seinen leiblichen Vater verachtete Erich. Das wiederum hatte mich annehmen lassen, er liebe in Alfred den Vater, den er nicht besaß, einen starken, erfolgreichen Menschen.

In der Regel benahm sich mein Onkel zu seinem Bediensteten herrisch und grob. Sein Verhalten war das eines Mannes von Schrot und Korn, der seine Triebe an Frauen befriedigte, die er ansonsten von Herzen verachtete. In den Wochen, die ich mich bei Alfred aufhielt, kam er in einer Nacht mit zwei Huren ins Haus, die er roh in sein Schlafzimmer stieß. Es stimmte, verheiratet hatte mein Onkel sich nie. Und in seinen Briefen an Mutter, aus Bogenfels oder Berlin, war von Frauen keine Rede gewesen.

Am anderen Tag lud mein Onkel zu einer Gesellschaft ein, an der eine Reihe von Botschaftskollegen, Offiziere, zwei Firmenbesitzer aus Deutschland, sein Hausarzt mit Pferdegesicht und der Schwabenfriseur mit dem Namen Heinrich Himmler teilnahmen. Es war eine laue Oktobernacht. Vor dem Essen, das wir auf der Gartenterrasse einnahmen, bei Kerzen- und Fackelschein, zwischen verbrennenden

Faltern und Fledermausschatten, bugsierte mich Alfred zum Schimmelklavier. »Spiel was!« befahl er mit schneidender Stimme. Man umringte mich mit dem Champagnerglas in der Hand und nickte versonnen, als ich meine Bachfuge anstimmte.

Diese Besinnlichkeit war nicht von Dauer. Alfreds Hausarzt und zwei Offiziere entfernten sich wieder, um in einer Ecke zu plaudern, und zwei andere Herren beim Kamin rissen Witze. Sie wieherten los, halb erstickt und in schamhaftes Husten ausbrechend, als Alfred sie anfauchte. Wer feuchte Augen bekam, war der Schwabe aus Temeswar. Weinend nahm er seine Fensterglasbrille ab und rieb sie am Hosenbein trocken. Und als ich fertig war, fiel er mir um den Hals. Heinrich Himmler, rund einen Kopf kleiner als ich, preßte sich mit ergriffenem Schnaufen an meine Brust. »Sie sind eine echte Begabung!« versetzte er und wandte sich an meinen Onkel: »Außerordentlich, sage ich dir, außerordentlich. Dieser Anschlag von rassischer Reinheit ist beispiellos. Alfred, laß deine Beziehungen spielen, verschaffe dem Mann einen Auftritt daheim im Reich. Er wird einen Riesenerfolg haben.«

Heinrich Himmler blieb an meiner Seite, beim Essen im Freien und, als uns vom Boden aufsteigende Feuchtigkeit von der Terrasse ins Haus scheuchte, zwischen den Stalingradwetten abschließenden Herren Offizieren beim Rauchen im Wohnzimmer. Er erwies sich als Kenner des Bachschen Fugenwerks, dem er »arische Strenge und Tiefe« bescheinigte. »Sie spielen, mein Lieber, als seien Sie ein Meisterstudent Victor Marcus gewesen«, bemerkte er an einer Stelle, »Sie kennen den Namen?« Sicherheitshalber verneinte ich. »Ich bitte Sie«, sagte er, ehrlich befremdet, »Marcu spielte in allen Konzerthallen Europas, er war eine Gottheit, mein Freund. Leider ist er verludert, ein Rassemerkmal, alle diese Lateiner entarten am Ende.«

Er weihte mich in seine Lebensgeschichte ein und verriet mir, sein Vorname laute nicht Heinrich, den habe er, um seines Vorbilds, des Reichskommandanten SS willen, berichtigen lassen. Er heiße in Wirklichkeit »Hinrich«. Eindringlich bat er mich, Stillschweigen zu bewahren. Mein wiederholtes Versprechen, kein Mensch werde es erfahren, konnte den Mann nicht beruhigen. Er wisse nicht, warum er mir diesen peinlichen Namensschwindel anvertraut habe. Er sei sonst charakterfest, aufrichtig, habe sich nie ein Vergehen zuschulden kommen lassen. Mein Eindruck sei vollkommen falsch. »Es ist eine schwere Beleidigung, anzunehmen, ich sei ein ehrloser Kerl.« Er blinzelte mich aus der Himmlerschen Brille an, vorwurfsvoll, feindselig, finster. Sein Whiskeyverzehr zeigte Wirkung.

Nicht anders verhielt es sich mit Offizieren und Botschaftsvertretern, die um das vom Hausarzt mit hackenden Fingern bespielte Klavier standen und nationalsozialistische Kampflieder schmetterten. Und um Mitternacht trafen sechs Prostituierte ein, die in Windeseile halbnackt waren. Man spielte Haschmich ums Schimmelklavier, und wer seine bevorzugte Dame erwischte, der schleppte sie hoch ins Besuchszimmer.

Heinrich Himmler war einer der Herren, die leer ausgingen. Bei der Verfolgungsjagd um den Klavierkasten knallte er hart aufs Gesicht und brach sich einen Zahn ab, zur jubelnden Gaudi der Zuschauer. Mit blutender Lippe und Zahn in der Hand, den er jammernd begaffte, kroch er wieder neben mich. Einer der Firmenbesitzer, sternhagelvoll, schaffte nicht mehr als zwei taumelnde Runden und kippte um. Man schleppte den leblosen Mann in den Garten, wo er, mit Champagner bespritzt, wieder zu sich kam.

Alfred behielt mich im Auge. »Hiesige Weiber sind Wildpferde, bissig, verschlagen«, bemerkte er zu einem Offizier, »nicht zu vergleichen mit unseren arischen Zuchtstuten.« Als Erich sein volles Tablett fallen ließ und mein Onkel den Hausangestellten beschimpfte, schob ich mich vom Sofa, um unbemerkt Leine zu ziehen.

Bereits an der Treppe erreichte mich Alfreds Befehlsstimme. »Stehen bleiben, Schwachkopf! Was soll das? Nimm eine der Huren mit!« Er sprang aus dem Sessel und zerrte an einer vom Hausarzt begrapschten Blondine. »Ein Herrenmensch bist du, wann wirst du das endlich kapieren? Ein Herrenmensch, der dieses Luder besteigen kann, bis es den Tag verflucht, als es zur Welt kam.« Er schubste sie in meine

Arme. »Oder bist du ein Versager?«, er glotzte mich glasig an, »und kriegst keinen hoch, wenn du nicht am Klavier sitzt?« Man johlte, als er meine Hand auf den Hintern der Frau klatschte. Ich stieg in den zweiten Stock, ohne Begleiterin, die sich nicht mehr auf den Beinen halten konnte. Auf allen vieren kroch sie Stufe um Stufe hoch, bis sie es aufgab und sich nicht mehr regte.

Er wollte mir seinen Stempel einbrennen, das war Alfreds Ziel, sein Familienehrgeiz (der beides war: komisch und grauenhaft). Teils bestach er mich, um dieses Ziel zu erreichen, mit Aufmerksamkeiten und Geld, teils war Abrichtung notwendig, um mich zum Herrenmenschen zu erziehen.

Am anderen Nachmittag, als wir vom Essen kamen, stießen wir auf eine wogende Menge am Schloßplatz. Man tanzte im Kreis um das Reiterdenkmal mit dem ersten Regenten des Reiches. In der Luft schwirrten Stimmen, die Hochrufe auf den Monarchen und Ion Antonescu ausbrachten und zu einem Sprechchor anschwollen. Es knatterten Blasinstrumente, es wirbelten Trommeln. Alfreds Chauffeur bahnte uns einen Weg bis zum Automobil beim Hotel Metropol. Und als der junge Monarch auf den mittleren Schloßbalkon trat, um zu winken, passierte es. Ich stieß mit einem Jungen zusammen, der mir knapp bis zur Brust reichte, schwarzhaarig, milchkaffeebraun, mit verschmiertem Gesicht, zwischen dreizehn und vierzehn. Er stammelte eine Entschuldigung und war im Nu in der Menge versunken. Alfred hatte den Vorgang beobachtet. »Hol mir den Jungen!« fauchte er seinen Fahrer an, »los, Mensch!« Sein Chauffeur rannte los, um den Kleinen zu erwischen (was vollkommen aussichtslos schien in der Masse von Menschen), der mir meine Lederbrieftasche stibitzt hatte.

Mit dem Kind, das er eisern im Nacken festhielt, kam der Botschaftschauffeur zum Hotel Metropol. Alfred achtete nicht auf den Kreis fremder Menschen, der sich um uns bildete, als er dem Jungen eine knallte und zu wissen verlangte, wo er meine Brieftasche habe. In seinen Kleidern ließ sie sich nicht finden. Der Kleine antwortete nicht. Wieder zwei Backpfeifen und keine Antwort. Und als er dem

Jungen eine vierte Ohrfeige gab, spuckte der aus und traf Alfreds Gesicht. Fluchend wischte mein Onkel den Speichel von Nase und Lippen und stieg in sein Automobil. »Und was fangen wir mit der Zigeunerbrut an?« fragte sein Chauffeur. »Mitnehmen«, erwiderte Alfred, »im Kofferraum.«

Und daheim, als das Kerlchen im Wohnzimmer stand, barfuß, lumpig, verkrustet, mit unruhig huschenden Augen, befahl er mir, es zu entkleiden. Grinsend lehnte sich Erich ans Schimmelklavier. Ich regte mich nicht, bis mein Onkel sich an den Bediensteten wandte: »Mach du es!« Sein Adjutant nahm das Kind in den Schwitzkasten, das um sich trat, in seinen Arm biß, vergeblich. Zum Schluß hatte es keinen Fetzen mehr auf dem Leib und zitterte an allen Gliedern.

Meine Erinnerung an diesen Nachmittag ist zerfallen. Ich erinnere mich besser an meine Empfindungen von Ohnmacht und Scham als an das, was sich abspielte. Alfred zwang mir seine Waffe auf. Und meine zitternde Hand haltend, zielte er auf den in Wimmern ausbrechenden Jungen. Nie werde ich seine angstvollen Augen vergessen. Und nie Alfreds Stimme an meinem Ohr, die seine tiefe Erregung verriet. »Wir begehen kein Verbrechen, wenn wir dieses Leben vernichten. Wir haben das Recht, zu vertilgen, was wertlos ist.« – »Nicht«, flehte der Kleine, der auf seine Knie sank und meine Beine umklammerte, »nicht!« Mit dem Schuh trat mein Onkel dem Kind in die Rippen. Krachende Knochen, ein Schmerzensschrei, der sich am Fußboden windende Junge. »Wenn du es nicht tust, tue ich es«, versetzte mein Onkel, als ich seine Waffe fallen ließ, um mich neben den Kleinen zu kauern. Ich schleppte den Kleinen aus dem Wohnzimmer, ohne auf Alfred zu achten, der mich mit der Waffe bedrohte und tobte: »Ich schieße dich nieder, du Feigling!« In der Hofeinfahrt wikkelte ich mein Jackett um den Jungen. Kreideweiß im Gesicht, das verquollen war, mit einer Hand auf den Rippen, entfernte er sich wieselflink zwischen Nachmittagsschatten und gelbem Laub.

Alfreds Beschimpfungen verfolgten mich bis in mein Zimmer im zweiten Stock, wo ich zusammenbrach. Ich horchte, vor Anspannung keuchend, ins Erdgeschoß. Stunden vergingen, es blieb totenstill im Haus, und in der Nacht brach ich auf. Bei Sonnenaufgang war ich bei Tanti Aurelia, die mich verkniffen betrachtete, ohne ein Wort zu verlieren, als ich meine Koffer nahm. »Ich komme wieder«, versprach ich, und nickend begleitete sie mich ans Tor.

Bis zum Putsch im August '44 blieb Alfred in Bukarest. Er folgte dem Beispiel des (praktischerweise) vom Weidwerk heimkehrenden Botschafters nicht, der sich kurzerhand mit seiner Flinte erschoß, als er von Antonescus Verhaftung erfuhr. Alfred kletterte in ein Propellerflugzeug, das zum stahlblauen Himmel aufstieg, paffte Kubazigarren und ließ sich mit Whiskey vollaufen, bis seine Maschine in Tempelhof landete.

Wer nicht mitkommen sollte, war Erich, sein Adjutant. Ende August sprang ich von einem Lastwagen voller Soldaten der Roten Armee, als wir den Norden der Hauptstadt erreicht hatten, und marschierte zu Fuß bis zum Haus meines Onkels. Sein verlassenes Nest war in einem verheerenden Zustand. Ein marodierender Trupp hatte Alfreds Champagner- und Kognakvorrat verputzt, Badarmaturen und Radios mitgenommen, alle Scheiben zerschossen und Sofas zerschlitzt. Ein menschlicher Scheißhaufen stank vorm Kamin, in dem man mit Hilfe zum Feuern benutzter Klaviertasten Hitler-Aufnahmen verbrannt hatte. Im Luftzug flog mir ein verkokelter Rest vor die Schuhe.

Im Garten stieß ich auf den Leichnam des Hausangestellten, bereits in Verwesung begriffen und Aasgeruch um sich verbreitend, der in einer Wolke aus Fliegen zu schweben schien. An der Kehle ein klaffender Schnitt voller schwarzem Blut, und in seiner linken Hand steckte ein seinerseits blutig verklebtes Rasiermesser. Schwer zu sagen, ob es das von Erich verwendete Messer war, wenn er den Onkel rasiert hatte (mit seiner rechten Hand, nie mit der linken!). Ich starrte den Toten an, in dieser Wolke aus Fliegen, die seelenruhig von seinem Fleisch aßen, bis er sich vor meinen flimmernden Augen bewegte. »Verpiß dich, du Hurensohn!« heulte er in meinem Ohr, und ich rannte entsetzt aus dem Garten.

Im Sechsten Kapitel stirbt ein Dandy und Kriegsinvalide an seiner Besessenheit, bekommt ein gewesener Gott am Klavier alles wieder, was er vor ewigen Zeiten verloren hat (um bald mehr zu verlieren, als er wiederbekam), begegnet ein unechter Sachse mit Namen Johann Gottwald einem echten Sachsen mit Namen Johann Gottwald, wird der eine ins Lager verbracht und der andere zum Tod verurteilt, und erweist sich das Leben am Ende als Schwindel und der Schwindel am Ende (angeblich) als wahr

Uns wird man nichts anhaben

Land der in Gleichmut verharrenden Himmel, des Holzpflugs und der Krinoline zum Sonntagstanz, der Familienfehden ins siebte und achte Glied, der unsterblichen Toten, sich duckenden Kirchlein aus Ruß und Ikonenschimmer, Weihrauch und Gottesfurcht, der Mahden und zischelnden Sensen, der Karren, beladen mit staubenden Heuhaufen und auf den Heuhaufen singenden Knechten. In sich ruhendes, grausames, fruchtbares Land, Land der Trachten und Fuhrleute, webenden Frauen, der stampfenden Polka und heiteren Quadrille, der Bestattungs- und Hochzeitszigeunerorchester, der um Mitternacht sprechenden Tiere im Stall. Land der Aussteuertruhen und niedrigen Wohnstuben mit Heiligenbildern und Schmucktellern an der Wand. Wiesen und Weiden, als seien es Teppiche, blumenbestickt und mit Schafen befleckt. Trottende Kuhherden, schlurfende Mokassins. Land des Neids und der Stumpfheit, die niemals zur Neige gehen. Menschengesichter, als seien sie aus frischem Lehm oder vertrockneter, rissiger Erde. Dieses sich bis zum Himmel erstreckende Land, der es in alle Ewigkeit strafte und segnete und in ewigem Gleichmut verharrte.

Ich verbrachte rund zweieinhalb Jahre im Schutz eines Klosters am Fuß der Karpaten. Nicht innerhalb seiner Kapelle und Kirche viereckig umfriedenden Mauern, nein, ich lebte außerhalb, in einem Holzhaus, versteckt am bewaldeten Hang. Eisig im Winter und angenehm frisch, wenn es heiß war, bot es eine Schlafstube und eine schmale Veranda, vor der der Gebirgsbach floß. Es war winzig, roch modrig, bekam keinen Sonnenstrahl ab, und sein Dielenboden faulte. Schafsfelle hingen an der rußigen Wand, eine Aufnahme Carols II. und an allen Seiten Ikonen und Kreuze. Ich ließ mir Haare und Bart wachsen, hatte bald Dreck in den Poren, der sich nicht mehr abwaschen ließ, wenn ich in den Gebirgsbach sprang und ein paar Bergziegen mit schwarzen Fellen verscheuchte.

Meine Finger waren schwielig, verquollen und zerstochen, meine Kleider zerfielen mir am Leib. Ich hackte Holz, schleppte Lasten, erledigte Fuhren, trieb den Holzpflug ins steinige Erdreich, schnitt das Gras mit der Sense und heute.

Es war ein Zufall gewesen, der mir meine Arbeit als Knecht dieses Klosters verschafft hatte. Ich hatte es am dritten Tag meiner Flucht erreicht, Essen und Schlafplatz erbeten, die man mir nicht absprach. Von der Mutter Oberin, die an meinen Platz kam, als ich in der Messe mein Essen verzehrte, erfuhr ich, der Klosterknecht sei vor zwei Wochen verstorben. Ohne zu zaudern, bot ich meine Dienste an. Wir waren bald einig, und trotz meines deutschen Namens hatte sie keine Bedenken mich einzustellen, als ich mein Taufzeugnis aus Izvorani vorlegte (das mir endlich von Nutzen sein sollte).

Es war nicht schwer, mit den Nonnen Bekanntschaft zu schließen. Sie hatten runzellos glatte Gesichter, waren alle von schwer zu bestimmendem Alter und benahmen sich nicht scheu oder abweisend. Bei der Garten- und Feldarbeit, die wir zusammen verrichteten, sprachen sie von der Familie, Beerdigungen, Hochzeiten, Toten und Lebenden, mit einem Gleichmut, der ansteckend war. Vom Kriegsverlauf wußten sie nichts. Wenn ich mit meinem Karren ins Nachbardorf holperte, um Mehl oder Zaunlatten abzuholen, kamen mir nichts als abstruse Geschichten zu Ohren. Angeblich waren deutsche Truppen in England und setzten pazifische Seeungeheuer der amerikanischen Kriegsflotte zu. Bald hieß es, Soldaten der Briten und Amerikaner marschierten bereits gegen Bukarest und Mussolini, den habe sein hungerndes Volk bei lebendigem Leibe verspeist. Ich war ahnungslos, sonnenverbrannt und verfilzt, ruhte in mir, als sei ich ein Stern, weit entfernt von der blutigen Menschengeschichte.

Bis ich an einem Augusttag bei Sonnenaufgang meine schmale Veranda betrat. Ich entdeckte im Tal eine Staubwolke, die kilometerweit reichte und glitzernd zum Himmel stieg. An diesem Tag herrschte, anders als sonst im August, klare Sicht, und ich konnte Kolonnen von Soldaten und Heeresfahrzeugen erkennen, die sich Richtung Norden bewegten. Ich holte tief Luft, zog mich splitternackt aus, sprang ins klare, eisige Bachwasser, schrubbte mich mit einem Bimsstein ab, bis ich krebsrot war, und kleidete mich in den schwarzen Kasinofrack, einen anderen Anzug besaß ich nicht mehr. Ich nahm Abschied von den sich im Innenhof versammelnden Nonnen und der Mutter Oberin, die mich zum Torbogen brachte, wo sie mir versicherte, mich ins Gebet einzuschließen. Schaden konnte das nicht, ob es half, wußte Gott allein, und ich umarmte sie dankbar.

Ich mußte zu Fuß gehen, was mit meinen Koffern beschwerlich war, wenn mich nicht Pferde- und Ochsenkarren mitnahmen, die mir ein paar Marschkilometer ersparten. Endlich sollte ich auf einen Omnibus stoßen, der, ein Ausnahmefall, nicht zu Kriegseinsatzzwecken beschlagnahmt war. In Windeseile begriff ich, warum. Mit diesem knallenden, schlingernden Autobus kam man nur mit Not von der Stelle. Es war eng in der rostigen Kiste auf Reifen, um so enger, als wir vierzig Reisende waren, wenn man den an meinem Saalcheffrack knabbernden Ziegenbock und sieben Enten nicht mitrechnete, und der Bus zwanzig Holzsitze hatte. Ich erstickte an dem sich mit Schnapsgeruch mischenden Schweißdunst im Innern, von bulliger Hitze und stinkender Ziege zu schweigen. Man tauschte sich zu den Ereignissen aus, von den deutschen Vergeltungsangriffen auf Bukarest bis zum Vormarsch der russischen Horden. Der neben mir sitzende Mann wandte sich an den Ziegenbock: »Gnade dir Gott, wenn sie erst bei uns einfallen. Du wirst als erster am Spieß stecken, Teufelchen.« – »Herr Tschurtschill vergißt uns nicht«, sagte ein anderer Reisender, der sich allen als Lehrer aus Râmnicu-Vâlcea vorstellte, »Mihais Großmutter, unsere gute Monarchin Maria, war Tochter des Herzogs von Edinburgh, und Enkelin der großen Victoria – Großbritannien wird uns nicht im Stich lassen!« Das klang beruhigend und man bekreuzigte sich.

Omnibusendstation war Câmpulung, wo ich vorhatte, in einen Zug umzusteigen, was vollkommen aussichtslos war. Er rechne erst wieder mit einer Verbindung in zwei bis drei Tagen, erfuhr ich vom Bahnhofsvorsteher, der unwillig seinen Kabuffvorhang zuzog. Es war bereits dunkel, und ich hatte Hunger. Bei einem Mann, der sardinenhaft schmal war, erkundigte ich mich, wo in diesem Ort ein Hotel sei und eine empfehlenswerte Gastwirtschaft. Als ich mich als Sachsen aus Kronstadt vorstellte, lud er mich im Handumdrehen zu sich nach Hause ein. Wir stiegen zum Hang hoch und waren bald am Ziel. Seine Einladung ausschlagen konnte ich nicht mehr – wir standen bereits auf der Schwelle –, als er mir verriet, seine Frau sei in Kronstadt beheimatet.

Meine Furcht vor den peinlichen Folgen erwies sich als grundlos. Frau Matache, feingliedrig und mit Marzipangesicht, ließ mich vor Erinnerungslust nicht zu Wort kommen. Sie verlangte nichts als meine nickende Zustimmung, ein »Ah« oder »Oh« an der richtigen Stelle, und ich konnte in Ruhe mein Essen verzehren.

Meine Gastgeberfamilie bestand aus sechs Menschen: Herrn Matache, dem Stadtarchivleiter von Câmpulung, und seiner mich kritisch aufs Korn nehmenden Mutter; der vor Kronstadtbegeisterung mit vollem Mund schwatzenden Ehefrau (die mich mit Speichel und Maisbrei bespuckte) und dem heißhungrig schlingenden, beinahe erwachsenen Sohn; und einem Zwillingspaar von Anfang Zwanzig, zwei jungen Frauen, die absolut ununterscheidbar waren.

Wir speisten im Wohnzimmer, das sonnengelb war, beschienen von einem Kristalleuchter, der von der Stuckdecke baumelte, klimpernd und klingelnd, mit Silberbestecken und von Porzellantellern Meißener Herstellung (zu meinen Ehren). Warme Luft drang vom Garten ins Haus. Als Mutter und Zwillinge sich ans Geschirrwaschen machten, lotste mich Vater Ion zur verglasten Terrasse, wo er eine Kiste mit teuren Zigarren aufklappte, die reichlich vertrocknet waren, staubig und alt schmeckten und seinen Sparsamkeitswillen bewiesen (wer weiß, seit wann er sie besaß). Alles im Haus, von den persischen Teppichen bis zu Kristalleuchter, Uhren und Mobiliar, zehrte von einem vergangenen Wohlstand, den der verstorbene Vater Mataches als Holzunternehmer erwirtschaftet hatte. Nicht anders verhielt es sich mit dem Klavier, einem Bechstein, der bessere Tage erlebt hatte.

Als wir wieder ins Wohnzimmer wechselten, wo mich Frau Matache jetzt wirklich mit Fragen in Not brachte, warf ich mich an den Kasten, der schauderhaft schepperte. Ich rettete mich mit der »Mondscheinsonate« und einem Chopinschen Walzer. Alle klatschten ergriffen, vom Sohn bis zur Großmutter, und das Zwillingspaar – das sich nie trennte, bemerkte ich, und zusammen im Sessel beim Bibliotheksschrank versank –, betrachtete mich voller Scheu und lief schamrot an, als sei mein Vorspiel ein (zweifacher) Antrag gewesen.

Ich verbrachte drei Tage bei dieser Familie, die von bescheidener Schlichtheit war. Niemand im Haus machte großes Gewese um sich. Frau Matache war schweigsam, wenn es nicht um Kronstadt ging, Herr Matache ein seinerseits wortkarger Mensch. Sein Junge, der mich bis zur Grotte von Dâmbovicioara begleitete, die ich besichtigen wollte, war zutraulich, munter und hilfsbereit, und seine Zwillinge, die mir mein Haar schnitten, hatten nichts Eitles an sich. Vater Ion, vollkommen frei von vermessenen Ideen und verzehrendem Ehrgeiz, verlangte vom Dasein nicht mehr als ein Auskommen, Ruhe und Frieden. Er scherte sich nicht um politische Dinge und dankte dem Schicksal, das es seinem Jungen ersparte, den Krieg an der Front zu erleben. Eine Ausnahme in der Familie war seine vornehme Mutter, die sich an beschwingtere Zeiten erinnerte und sie beweinte.

Und am dritten Tag, als ich aufs neue vergeblich vom Bahnhof kam, drangen Soldaten ins Haus. Bereits in der Stadt hatte ich es bemerkt, eine fiebrige Aufregung machte sich breit. »Sie kommen! Sie kommen!« hieß es von allen Seiten. Zusammen mit Mataches Sohn, der es sich nicht hatte nehmen lassen, mir bei den Koffern zu helfen, trat ich auf den flirrenden Platz vor dem Bahnhof, um wieder zum Haus meiner Gastgeber umzukehren, und hatte den einhundert Mann starken Haufen verwahrloster russischer Landser vor Augen, der Einzug hielt in Câmpulung. Vorne zwei qualmende Lastwagen, einer der beiden auf Felgen fahrend, mehrere Karren, mit knochigen Kleppern bespannt. Den Fahrzeugen folgten Soldaten zu Fuß. Mongolen- und Tatarengesichter, verwittert und dunkel, und kindliche, weißblonde

Jungs. Alle starrten vor Schmutz, waren hohlwangig, wirkten ermattet und schlurften mehr, als daß sie marschierten. Ich stellte entschlossen den Koffer zu Boden. Und vor Erleichterung und Dankbarkeit schleuderte ich meinen Hut in die Luft. Wieder und wieder flog er in den Himmel hoch, drehte sich um seine Achse und landete in meiner Hand, bis mich zwei der zerlumpten Gestalten bemerkten und winkten. Und bald war es der halbe Trupp, der meinen Hutgruß am backofenheißen und flimmernden Bahnhofsplatz mit einem Winken erwiderte.

Großmutter Smara marschierte energisch von Zimmer zu Zimmer, um Anweisungen zu erteilen, was dringend versteckt werden mußte. Mit dem Stock in der Hand, den sie ausschlagen ließ, als sei er eine Rute, die Silber- und Goldadern wittert, stand sie vorm Buffetschrank. »Porzellangeschirr, Silberbesteck, alle Schubladen leeren, meine Lieben«, befahl sie den Zwillingen, die belustigt den Großmutterwillen befolgten. Herr Mataches Sohn mußte im Garten ein Loch graben, was er, ohne zu murren, erledigte. Und als Herr Matache vom Stadtarchiv heimkam, war alles, was Wert besaß und sich bewegen ließ, teils im Speicher verkramt, teils im Garten vergraben. »Das war entbehrlich. Uns wird man nichts anhaben«, sagte er heiter-mißbilligend.

Beim Essen schlug Großmutters Rute erneut aus und zeigte auf Hausfrau und Zwillinge. Und in dieser Minute passierte es. Rauhe Stimmen vorm Hauseingang, scharfe Befehle in russischer Sprache, und als niemand aufmachte, drang das Hacken von Beilen an unsere Ohren. An Herrn Matache bewegte sich nichts mehr, er schloß seine Augen und stellte sich tot. Es war seine Mutter, die es in die Hand nahm, Schwiegertochter und Zwillingen Beine zu machen.

Mit den Beilen einbrechen zu wollen war anstrengend, und bald fand der Trupp einen besseren Weg. Er zerschmiß das Terrassenglas, polterte johlend ins Haus und zu uns an den Wohnzimmertisch: Sechs Mann, sturzbetrunken, ums Gleichgewicht ringend. »Baby gde? Wo Frauen?« verlangte der erste zu wissen, ein schwerer, breitschultriger

Mensch. »Wo Uhr? Tschassy gde?« wollte ein blonder Junge erfahren, der um keinen Deut reifer schien als Herr Mataches Sohn – seine Hand krallte sich um den Hals einer toten Gans, die weich auf den Teppich sank, als er sie losließ. Mein Gastgeber zog an der Uhrenkette in seiner Weste und klappte den Taschenuhrdeckel auf, um zu melden, es sei drei Minuten vor acht. Im Nu war der Junge beim Hausherrn und brachte sich in den Besitz seiner Uhr.

»Wo Frauen?« hieß es wieder, »wo Wodka?« Um seiner Forderung Gewicht zu verleihen, griff der Schwere, Breitschultrige an den Pistolengurt und feuerte in den Kristallleuchter. Klirrend und klingelnd schwang er an der Decke, brach von seinem Stutzen und sauste mit ohrenzerreißendem Krach in die Tiefe. »Ich Frau«, sagte Großmutter Smara verbissen, als Ruhe einkehrte, »und Schnaps ist im Eckschrank. Bedienen Sie sich, meine Herren!« Vornehm und kriegerisch lehnte sie auf dem Stock. Zwei der Soldaten beeilten sich, zu kontrollieren, was der Eckschrank bereithielt (nicht mehr als zwei halbleere Pflaumenschnapsflaschen). Der Riese warf sich an den Wohnzimmertisch und grub mit seinen Fingern im Maisbrei. »Du Baba«, versetzte er schmatzend, der Großmutter zuzwinkernd, »du General«, um sich wieder vom Stuhl zu erheben, »wo Frauen?« Er machte sich auf, um mit zwei Kameraden von Zimmer zu Zimmer zu streunen.

Wo sich Frau Dina versteckt hatte, wußte ich nicht, mit den Zwillingen verhielt es sich anders. Sie hatten sich beide im Dielenschrank verkrochen, der tief genug war, um zwei Frauen zu verschlucken (sie trennen zu wollen, war ja aussichtslos). Und als die drei Russen zum Dielenschrank stolperten, von Großmutter Smara vorausschauend verschlossen (was nichts half, wenn sie erst mit den Beilen auf den Schrank losgingen), warf ich mich, kurz entschlossen, ans Bechsteinklavier. Ich stimmte als erstes Rachmaninov an, eine Rechnung, die aufgehen sollte. Im Handumdrehen war ich von allen sechs Russen umringt, die sich schwankend umarmten. Und als ich fertig war, hoben sie mich auf die Schultern. Zigfach umrundeten wir den Kristallleuchter, bis sie mich wiederum auf dem Klavierhocker absetzten.

In aller Eile vereinten sie sich zu drei Paaren, als ich mit einem Chopinwalzer loslegte, und Mataches Sohn holte ein Faß aus dem Keller, in das sie, der Einfachheit halber, ein Loch schossen. Abwechselnd schubste der eine den anderen beiseite, um sich vor den Pflaumenschnapsstrahl zu stellen, und fing das spritzende Naß mit dem Rachen auf. Und der junge Soldat schnappte sich Herrn Mataches Sohn, mit dem er vorm Bechsteinklavier auf und ab walzte (eng umschlungen, um sich auf den Beinen zu halten), und der Plumpe, Gewichtige warf sich auf Großmutter Smara, die er in die Luft hob und in seinen Armen zum Walzertakt wiegte.

Und ich spielte und spielte und spielte. Erst lugte nicht mehr als der klare Polarstern ins Zimmer, bald war es der Mond einer warmen Augustnacht, der glotzend und rot seine Bahn zog. Und als eine Stunde vergangen war, meldete sich dieser grimmige, qualvolle Schmerz, der mich niemals im Stich ließ, wenn ich am Klavier hockte. Wasser schoß in meine Augen, ich japste und keuchte, was niemand bemerkte. Abbrechen durfte ich nicht.

Endlich torkelte einer der Russen zu Boden und streckte sich flach auf dem Teppich aus. Andere folgten dem schnarchenden Beispiel. Neben dem Bechsteinklavier schlief der junge Soldat, der den leblosen Vogel im Arm hielt, als sei er ein schneeweißes Kissen. Und zum Schluß tanzte niemand mehr, außer dem schweren Mann. Mit winzigen Schritten und pendelndem Kinn drehte er sich beharrlich im Kreis.

Tief in der Nacht – ich hing schief auf dem Schemel und ratzte mit meinem Gesicht auf dem Notenpult – weckte mich wilder Radau. Ich setzte mich gerade und legte von neuem los, ohne mich zu vergewissern, was vor sich ging (Hauptsache, ich hielt diese Russen bei Laune). Es dauerte, bis ich den Schweren erkannte, der einen seiner Leute mit Tritten auf Trab brachte. Er scheuchte sie alle hoch, schnauzte und schimpfte. Vier kamen zu mir und schmatzten mich ab, kameradschaftlich derb, und der junge Soldat machte mir seine Gans zum Geschenk. Dankbar legte ich sie aufs Klavier. Der Breite versetzte mir mit seiner Pranke zwei Klapse zum Abschied, nicht ohne zu grunzen:

»Wo Frauen? Baby gde?« und zeigte zum Dielenschrank. Feixend polterte er zur Terrasse.

Großmutter Smara schob sich aus dem Schaukelstuhl, hinkte zur Diele und sperrte den Schrank auf, aus dem zwei bewußtlose Zwillinge sanken. Wir bespritzten sie mit kaltem Wasser, bis sie einen (doppelten) Seufzer ausstießen. Und Frau Dina kroch aus einer Truhe im Schlafzimmer, wo sie zwischen Kissen und Decken vergraben gewesen war, zu zierlich und klein, um den Russen ins Auge zu springen.

Und am vierten Tag stampfte ein Zug in den Bahnhof ein. Er war brechend voll, Leute quetschten sich in den Abteilen, die glutheiß waren, und hingen bis zum Nabel ins Freie, um Luft zu bekommen. Andere standen auf Puffern und Trittbrettern, wiederum andere eroberten sich einen Platz auf dem in der Augustsonne bratenden Dach. Ich zog letzteres vor und man half mir beim Hochklettern. Meine Koffer verstaute ich zwischen den Sprossen der Leiter, die flach ans Waggondach montiert war. Als es losging, hielt ich mich am Nebenmann fest und der Nebenmann wiederum an seinem Nachbarn (woran dieser sich festhielt, war nicht zu erkennen). Und ich winkte Familie Matache am Bahnsteig, die in rußigem Nebel versank.

Und wir krochen zu Tal. In der Regel bewegte der Zug sich im Schritttempo, wenn er nicht auf freier Strecke und ohne erkennbare Ursache stehen blieb. Mein Nachbar, der mir seine Schnapsflasche anbot (dankend lehnte ich ab), tippte auf einen Maschinenschaden, sein Nebenmann wiederum, der sich nicht bitten ließ und einen beachtlichen Schluck aus der Pulle nahm, bis der Besitzer den »Saufbold« verfluchte und seine Pflaumenschnapsflasche in Sicherheit brachte, ging von einem Gleisdefekt aus. Wir brutzelten in praller Sonne und ich nickte ein, bis der Zug wieder anrollte, mit einem Rucken, bei dem es mich beinahe vom Dach warf.

Es dunkelte, und meine Nachbarn zerstritten sich, reichlich beduselt von Hitze und Pflaumenschnaps. Es ging um den rothaarigen General. Der eine verlangte, man solle den Hundsfott erschießen, er sei ein gemeiner Verbrecher; das sei er beileibe nicht, tobte der andere, er habe nichts als seinem Vaterland dienen wollen. Sie ereiferten sich mehr und mehr.

Unser Zug kam in Fahrt. In der rauchigen, blaugrauen Luft, zwischen Schatten aus Bergen und Wald, war mir schlagartig kalt. Und wir schlingerten auf einen Tunnel zu.

Im Streit hatten sich meine Nachbarn erhoben. Unsicher schwankend, mit flatternden Jacken im Wind, der dem einen seinen Hut von der Stirn riß (er segelte tief ins Land, das sich zum Horizont dehnte, halb schwefelflammengelb und halb kupferrot), rangelten sie miteinander. »Achtung«, heulte ich wieder und wieder. Sie waren zu besessen, um mich zu beachten. Der Zug legte sich in die Kurve, hing schief am Hang, und vor uns erhob sich der Berg mit dem Tunnel. Ich preßte mich flach an das Eisengerippe der Leiter, als wir seinen Bogen erreichten und in eisige Finsternis rasten. Ein Aufschlag, knapp neben mir, gellende Pfiffe, das sich an der Tunnelwand brechende Stampfen, das abebbte, als uns der Schlund endlich freigab. Ich linste ins Dunkel aus nachtblauem Himmel und Felsen, die scherenschnittig schwarz vor mir aufragten. Von den Streitenden konnte ich nichts mehr entdecken, außer einem in den Dachleitersprossen verhakten Schuh, aus dem ein blutiger Stumpf ragte. Voller Grauen wandte ich mich zur Lokomotive um.

Erst am anderen Tag hatte ich in Goleşti einen Anschlusszug in Richtung Bukarest, der mit, vergleichsweise, hoher Geschwindigkeit losdampfte und ohne Streckenhalt auskam. Ich rechnete mit unserer Ankunft zur Mittagszeit, als es kurz vor Titu hieß: »Alle Mann aussteigen!« Warum man uns auf freiem Feld aus dem Zug warf, war nicht in Erfahrung zu bringen. Ich nahm meine Koffer, um bis zur Chaussee zu marschieren, die ich in der Ferne als flimmerndes Band in der Landschaft erkannte. Es dauerte knapp eine Stunde, bis ich sie erreicht hatte.

Zehn Meter von mir entfernt stoppte ein Lastwagen mit rotem Stern auf der Haube. Aus dem Fahrerhaus sprang ein Soldat, baute sich am Chausseerand auf, breitbeinig, furzend, griff in seinen Schritt und erleichterte sich in den Graben. Als er den Hosenlatz schloß, trat ich an seine Seite und zeigte von mir auf den Laster. Er verneinte stumm, schob mich beiseite und stand bereits mit einem Fuß auf dem Trittbrett zum Fahrerhaus, als ich in die Hocke ging und meine Koffer aufklappte, die neben Noten, Virginias Briefen, zerschlissenen Klamotten, Rasierzeug und anderem Krimskrams eine Reihe von Klostergeschenken enthielten (in Essigsud schwimmende Pilze im Einmachglas, Paprikamus, Honig und eine Speckseite, alles Dinge, die mich vorm Verhungern bewahren sollten). Mein Taufzeugnis flog in den Staub, Vonas Testament rollte zum Lastwagenreifen. Hastig kramte ich in meinen Sachen.

Endlich stieß ich auf Alfreds Geschenk, seine goldene Taschenuhr, um die es mir keine Spur leid tat, erhob mich und hielt sie dem Mann vors Gesicht. Mit blutunterlaufenen Augen den Pendelbewegungen folgend, zog er seinen Stiefel vom Trittbrett und grapschte sie sich aus der Luft. Zustimmend grunzend und mit einem Nicken zur Plane verstaute er sie in der Uniform, kletterte in seine Fahrerkabine, und in aller Eile nahm ich meine Koffer, um sie auf die Pritsche zu wuchten. Ich hatte keine Gelegenheit mehr, Vonas Testament und meinen Taufschein zu retten, der Lastwagen fuhr bereits an, und mit Not zog ich mich an der Planke ins Innere.

Ich reiste mit rund einem Dutzend Soldaten, das zu beiden Seiten der Pritschenwand lehnte. Es stank bestialisch nach Schweiß ungewaschener Kerle, die Alkohol ausdunsteten, und im Pritschenholz trocknender Pisse. Um Luft zu bekommen, lehnte ich mich ins Freie und atmete nichts als Chausseestaub ein, den unser Lastwagen aufwirbelte. Ich hustete, rieb meine brennenden Augen. Drei Soldaten waren wach, alle anderen schliefen. Einer der drei, an der Stirnseite hockend und Kippen aufrauchend, die er in der Hand hielt, betrachtete mich mit beharrlicher Neugier. Ein anderer, neben mir sitzender, jung, keine zwanzig, mit auffallend kirschroten Lippen in einem Gesicht, das von weiblicher Weichheit war, spielte mit seiner Pistole. Ein sabbernder Faden hing aus seinem Mundwinkel. Ich wandte mich schleunigst der Landschaft zu, als er das Kinn hob, um mich von der Seite zu mustern. Er brabbelte, kicherte schwachsinnig, trat mit dem Stiefel vor einen meiner Koffer. Ich tat, als bemerke ich nichts, was den jungen Soldaten in Rage versetzte, der seine Pistole entsicherte und mir ins Ohr preßte. Er mußte nicht absichtlich schießen, es reichte ein Schlagloch, bei dem er den Halt verlor und aus Versehen den Finger am Abzug bewegte. Das paßte zu Slumowitz' Schicksalsgott, mich kurz vor Kriegsende umkommen zu lassen.

Nein, der Gott des Schlamassels verschonte mich, er hatte andere Vorstellungen von meinem Ende. Der zweite Mann, der mich ausgiebig studiert hatte, stand von seinem Platz an der Stirnseite auf und quetschte sich zwischen den jungen Soldaten und mich. Er gab mir seine Hand, die ich dankbar ergriff. Bis Bukarest ließ dieser Mensch nicht mehr von mir ab. Anfangs bot er mir von seinen Kippen an, die zu drei Vierteln verraucht waren, staubig und scharf schmeckten. Von dem, was er sagte, verstand ich kein Wort – außer »Deutsche« und »Hitler«, »Krieg«, »Freundschaft«, »Babuschka« und »Wjasma« (das schien seine Heimat zu sein) –, was er wettmachte, indem er an meine Knie faßte und meine Schenkel begrabschte. Bei der Einfahrt in Bukarest packte er mich am Kinn, um mir einen Kuß auf die Lippen zu pressen, kratzig, naß und mit widerlich riechendem Atem, und bei dieser Gelegenheit streichelte er mich im Schritt. Das war zweifellos besser, als von seinem jungen Kameraden erschossen zu werden.

Beim Triumphbogen schlingerten wir um zerschossene Automobile und Fuhrwerke, und als ein Pneu platzte, mit einem Knall, der die schlummernden Russen zum Leben erweckte, bremste der Lastwagen hart vor den Kantsteinen ab. Ich nutzte den Aufenthalt, um von der Pritsche zu springen, und der Russe aus Wjasma half mir mit den Koffern, nicht ohne sich mit einer Kußhand von mir zu verabschieden.

Von Alfreds verlassenem Nest machte ich mich zum Jugendstilhaus in der Straße Povernei auf, um in Erfahrung zu bringen, ob Virginia wieder beim Vater in Bukarest war. Meine einsamen Stunden im Klosterversteck hatte ich mit nichts anderem verbracht als Erinnerungen an meine Zeit mit dem Kind und der jungen Frau. Ich las in den Briefen, bis sie halb zerfleddert, zum Teil nicht mehr leserlich waren (was letztlich nichts machte, ich kannte sie auswendig). Ich stellte mir vor, was Virginia erlebte, Theatererfolge und Liebschaften, Vorstellungen, die schmerzhaft waren und meine Kehle zusammenpreßten. Nichts von Virginia zu wissen, als sei sie nicht mehr auf der Welt, war am schlimmsten.

Nein, Virginia war nicht zu Hause beim Vater, und der schwieg sich beharrlich aus, als ich behutsam zu wissen verlangte, was mit seiner Tochter sei. »Sie hat es gut«, mehr verriet er mir nicht, und das mit einer Stimme, der man seinen Unwillen anmerkte. Marcu wirkte verbittert, von Schwermut ergriffen, vereinsamt. Sein Haar war ergraut, seine vollen und sinnlichen Lippen verzogen sich wieder und wieder zu schmalen, verdrossenen Strichen. Selbst seine Neigung zur Angeberei war meinem gewesenen Retter vergangen, und das trotz seines klaren Erfolgs vor Gericht.

Er sprach von nichts anderem an diesem Nachmittag, als wir, ohne zu spielen am Spieltisch im Wohnzimmer hockten, an Maiskolben nagten und Sonnenblumenkerne zerknackten. In letzter Instanz hatte man seinen Ex-Impresario wegen Veruntreuung, schweren Betrugs und Beraubung verurteilt. »Er muß Millionen an mich bezahlen«, sagte der Pianist, nicht auftrumpfend, schadenfroh oder erleichtert, nein, leidend, als ob er von seiner Beerdigung spreche, »und was mich das kostete, lieber Freund, wesentlich mehr, als mir dieser Ganove erstatten kann! Was ist mit meiner Lebenszeit und meinem Seelenheil, sie sind unwiederbringlich im Eimer. Was ist mit meiner Zuversicht und meiner Leichtigkeit? Das kann kein Gerichtsurteil je wiedergutmachen! Zum Teufel mit Bubis Millionen«, versetzte er und warf das Kartenspiel, das er beim Reden mechanisch und unachtsam mischte, zu Boden.

Dieses Aufbegehren hatte nichts Kraftvolles an sich, im Handumdrehen sackte er wieder in sich zusammen. Und als Florica mit einer verstaubten Champagnerflasche ins Wohnzimmer kam, die von Carol II. bevorzugte Marke Lanson goût américain, kicherte er: »Meine letzte, wir trinken sie zu deinen Ehren.« Er beugte sich in meine Richtung und nippte mit einem verschworenen Gesichtsausdruck an seinem Glas: »Werden wir eine sowjetische Republik? Mit Kommunisten, mein Gott, hatte ich nie zu schaffen. Meine Schuld war das nicht, meine Schuld war das nicht«, wiederholte er, »mir ist nie einer begegnet. Neuerdings sollen sie sich wie Kaninchen vermehren. Soll ich mich gutstellen mit den Kommunisten, was meinst du? Und was ist, wenn Amerikaner und Briten kommen? Wenn Briten und Amerikaner kommen, bin ich als Roter erledigt, nicht wahr?«

Ich weiß nicht mehr, was ich erwiderte. Ich hatte Mitleid mit diesem verwirrten Mann, ein mit wachsender Unduldsamkeit Hand in Hand gehendes Mitleid. Ich gab vor, keine Zeit mehr zu haben, und sprang aus dem Sessel vorm Kartentisch hoch. »Und mein Champagner?« Er zeigte mit echtem Bedauern zur halbvollen Flasche.

Und er begleitete mich in die Flurhalle. Als er meine Koffer bemerkte, die vor dem Garderobenschrank standen, versetzte er heiser: »Willst du bei mir einziehen, mein Freund.« Das war keine Frage, das war eine Einladung. Ich verneinte verlegen. »Du mußt es nicht heute entscheiden«, erwiderte er gefaßt.

Florica ließ es sich nicht nehmen, mich ans Tor zu bringen. »Und Sie leben, Herr Felix, Sie leben, mein Gott! Das zu erfahren wird Virginia erleichtern.« Bei dieser Aussage schwindelte mir. Ich riß mich zusammen, holte Luft und erkundigte mich, wo Virginia stecke. Sie sei in der Schweiz, ließ Florica mich wissen und pustete sich eine Haarlocke aus der Stirn, und habe sich mit einem Schweizer verheiratet, was sie wiederum mit Vater Marcu entzweit habe, der nichts habe wissen wollen von einer Hochzeit, und wenn er schlechter Verfassung sei, sei dieser Bruch mit Virginia schuld. Ich eilte los, ohne Abschied zu nehmen. »Soll ich etwas ausrichten, wenn ich Virginia schreibe?« verlangte sie von mir zu wissen, als ich bereits zwanzig Schritte entfernt war. Eine Antwort ersparte ich mir.

Und wieder ein Tod

Ich war grenzenlos dankbar, als ich meinen Freund lebend antraf, der aus seiner Wohnung am Park Ioanid trat, nicht anders als sonst, mit Melone, Spazierstock und milchweißen Handschuhen, in einer Wolke aus Duftwasser, das unerschwinglich roch. Er wollte ausgehen, was meine Ankunft verhinderte, und betrachtete mich halb erfreut, halb verlegen. Umarmungen waren nicht seine Sache, er klopfte mir mit dem Spazierstockgriff gegen die Brust. Ich ahnte, mit wem er verabredet war, und entschuldigte meine Besuchszeit. »Diese Entschuldigung kann ich nicht annehmen. Herr seiner Zeit zu sein ist eine Einbildung – *sie* ist es, die uns in Wahrheit beherrscht«, sagte Vona und scheuchte mich in seinen Wohnungsflur. Er eilte zum Telefon auf der antiken Kommode aus Tibet im Rauchsalon, um Marietta in Kenntnis zu setzen, was nicht ohne Streit und Zerknirschung abging, und bei dieser Gelegenheit fiel es mir auf: Er hatte Beschwerden beim Laufen, die schmerzhaft sein mußten, man las es in seinem Gesicht. Er ging schief und sein rechtes Bein schleifte am Boden, ohne schiebende Hilfe der Hand kam es nicht vom Fleck. »Kriegsverletzung«, bemerkte er wegwerfend, »ist nicht schlimm. Nicht einsam und dumm in den russischen Weiten krepiert zu sein, das ist entscheidend.« Und in den Schaukelstuhl sinkend, verlangte er zu erfahren, ob ich sein Testament gut verwahrt habe. »Nein, leider nicht«, gab ich schluckend zur Antwort und schilderte, was mit der Rolle passiert war. Um so besser, beruhigte mich Haralamb Vona, er habe bereits eine neue Bestimmung verfaßt. »Und Sie haben mein Testament niemals gelesen?« Das konnte ich ehrlich verneinen, und er nickte zufrieden.

Warum er nichts dringlicher fand als sein Testament, konnte ich mir nicht zusammenreimen. Er wirkte beileibe nicht niedergeschlagen, ließ man seine Schwarzseherei außer acht, die nichts anderes als pure Gewohnheit war. Von diesen Gewohnheiten hatte er sich nicht verabschiedet: Nicht anders als in der Vergangenheit brach er zu Schachpartien mit seinen Kaffeehausfreunden auf – dem um adligen Titel und Erbschaft betrogenen Eftimie, der seine Alexandrina verfluchte, die sich vom deutschen Feldwebel hatte bespringen lassen, was vollkommen nutzlos gewesen war (diese Deutschen, ob ein- oder zweibeinig, waren Versager!), und sich halsstarrig weigerte, zu einem ranghohen Soldaten der russischen Streitmacht ins Bett zu fallen (diese Sowjets, verlaust oder nicht, waren Helden!), trotz aller sich aus einer Liebschaft ergebenden Vorteile; und dem von seiner Pia verkeilten Halunga, der ins Whiskeyglas brabbelnd Verkaufspreise aufsagte, die er in der Vorkriegszeit mit seinen Bildern erzielt hatte –, und nicht anders als in der Vergangenheit konnte er sich von Marietta nicht lossagen.

Er massierte sein schmerzendes Bein mit den Fingern, ohne den Eindruck zu machen, verzweifelt zu sein. Was sein Land anging, rechnete er mit dem Schlimmsten, und das mit der ruhigsten Stimme, als seien diese Dinge nicht mehr von Gewicht. »Man wird uns das Fell bei lebendigem Leib abziehen, der Genosse im Kreml versteht keinen Spaß. Und wer sich Hilfe von Amerikanern und Briten verspricht, ist ein Esel. Was sollen Briten und Amerikaner in dieser balkanischen Ecke Europas? Wir haben der Welt nichts zu bieten, mein Freund, außer Zwetschkenschnaps, Maisbrei und unserer Lustigkeit, und unsere letzten Petroleumreserven sind nichts im Vergleich zu den Vorkommen in den Kolonien. Schwatzhafte Angeber sind wir, sonst nichts. Und verlangen von Amerikanern und Briten, sich von den Muschkoten erschießen zu lassen, um unserer Lebensgier willen! Das ist schlimmer als anmaßend: Es ist idiotisch!«

Wir rauchten und tranken Ersatzkaffee (echter ließ sich selbst auf dem Schwarzmarkt schwer auftreiben), eine Plempe aus Mais, der wir Wodka beimischten. Und mein Freund kam auf Deutschland zu sprechen. »Hitler hat keine drei Monate mehr«, sagte er, »im November wird Schluß sein. Und dieser grausige Spuk hat ein Ende. Deutschland wird aus einem blutigen Alptraum erwachen, benommen und voller Entsetzen. Herr Felix, ich wette, es wird wieder zu sich kommen, ein Land der Kultur und der wahren Empfindung sein. Werden Sie heimkehren, mein Freund?«

Um ehrlich zu sein, diese Frage verwirrte mich. Wieder heimzukehren war eine Vorstellung, die mich verunsicherte und befremdete. Ich hatte es mir bis zum heutigen Tag nicht erlaubt, diese ferne Idee in Betracht zu ziehen. »Ich will Sie nicht loswerden«, sagte mein Freund, als ich schwieg, »Sie verstehen mich richtig, nicht wahr? Trotzdem rate ich zu einer baldigen Heimkehr. *Dieses* Land sollten Sie lieber verlassen – zu bleiben kann lebensbedrohlich sein« (eine Voraussage, die sich bewahrheiten sollte).

Ich nahm seine Warnung nicht ernst. Und Slumowitz' launischer Gott wandte mir sein Masselgesicht zu, was mich von ersten Fluchtideen abbrachte. Es war ein Kriegskamerad meines Freundes, dem wir aus Zufall im Kino begegneten, der mir zu einer Klavierlehrerstelle verhalf. Er selbst lehrte Geige am Konservatorium und berichtete vom Personalmangel am Institut, dem er zu dieser Zeit als Direktor vorstand. Zwei Klavierlehrer waren an der Ostfront verreckt und ein dritter Mann beim deutschen Luftangriff in seiner Wohnung zu Kohle verbrannt. »Und was sind Sie von Beruf?« wollte er von mir wissen. »Klavierlehrer«, gab ich verlegen zur Antwort (was sollte ich sonst sagen, dieser Beruf stand in meinem Paß). Im Handumdrehen lud er mich zu einem Vorspiel ins Konservatorium ein. Ich sei ein Deutscher, bemerkte ich vorbeugend – das betrachtete er als Empfehlung.

Mit meinem Vorspiel am anderen Mittag erhielt ich den Posten an seiner Musikschule. Um einen Vertrag aufzusetzen, bedurfte es erst der Genehmigung des Ministeriums, was Wochen um Wochen in Anspruch nehmen konnte, und mein Gehalt war beileibe nicht nennenswert bei der galoppierenden Inflation. Vona vermietete mir die vom Senffabrikanten verlassene Wohnung im ersten Stock zu einem spottbilligen Preis. Meine Studenten waren lernwillig und begabt, und ich hatte den Eindruck, als renke mein Leben sich endlich ein.

Und im Dezember ereignete sich der verheerende Unfall mit Haralamb Vona, an dem seine Mariettabesessenheit schuld war. Mir blieb schleierhaft, was meinen Freund an Marietta band, die wiederum mit einem Maler zusammenwohnte, der in der Hauptstadtgesellschaft in Mode war, hohe Preise erzielte und auf großem Fuß lebte. Diesem Liebhaber, der ein erbitterter Feind des verstorbenen Gatten gewesen war und es sich nicht hatte nehmen lassen, Nicu Matei beim Gerichtsverfahren schwer zu belasten, blieb sie beharrlich und schuldbewußt treu. Kein anderer Mann durfte sie mehr besitzen, ja selbst gegen Geld machte sie keine Ausnahme. Mein Freund war aufs tiefste bewegt und beeindruckt. Er sprach von Marietta mit einer Begeisterung, als sei er selbst dieser selige Liebhaber, der sie mit keinem anderen teilen mußte. Kein ironischer Seitenhieb gegen das Schicksal, das es einem Ex-Feind des Toten erlaubte, zum Nutznießer der Reue Mariettas zu werden, die an diesem Mann wiedergutmachen wollte, was sie dem verstorbenen angetan hatte – nein, Haralambs grimmiger Scharfsinn war lahmer als sein an der Ostfront zerschossenes Bein, wenn es um seine »keusche« Marietta ging (ja, er nannte sie abwechselnd »keusch« oder »rein«, als sei sie bis heute im Stande der Unschuld).

Frei von der Verzweifelung vergangener Tage, lud er sie zu Kino- und Opernvorstellungen ein. Sie trafen sich wieder und wieder in Konditoreien, wo sie schlemmte, bis sie nicht mehr konnte, oder in einem Tanzlokal an der Chaussee. Tanzen konnte mein Freund nicht mehr und war erleichtert, wenn Marietta mit anderen Herren das Tanzbein schwang (sie sollte sich in seinem Beisein auf keinen Fall langweilen), Einkaufsbummel zu Fuß mußte er sich versagen. Sie fuhren in Kutschen von Laden zu Laden, wo er sie mit Kleidern und Duftwassern eindeckte, als sei Mariettas Verlobter ein Mann, der in bitterer Armut versinke.

Und an diesem Dezembertag wollte er mit seiner Freundin in eine Theatervorstellung gehen. Es war neblig und feucht, und bei naßkalter Witterung schmerzte sein Bein um so mehr. Erst an der Piaţa Victoriei, die er verschwitzt und vor Anstrengung keuchend erreichte, stieß er auf ein Taxi und bat den Chauffeur, sich zu sputen, er habe es eilig. Er hatte kein dringenderes Anliegen, als zur vereinbarten Zeit beim Theater zu sein, um Marietta nicht warten zu lassen. Sie selbst nahm es zwar mit der Uhr nicht genau, trotzdem war sie aufs schwerste beleidigt, wenn er sie um eine Minute versetzte, was bei seinem Hinkebein vorkommen konnte.

Von russischen Fahrzeugkolonnen behindert, traf das Taxi drei knappe Minuten vor Vorstellungsanfang beim Schauspielhaus ein. Haralamb Vona bezahlte, schwang sich aus dem Polster ins Freie und querte den Fahrdamm, als habe er keine Beschwerden beim Laufen. In blinder Besessenheit hinkte er vor einen Lastwagen, der nicht mehr rechtzeitig ausweichen konnte. Er erfaßte den hageren Mann mit Melone, Spazierstock und milchweißen Handschuhen, Kaschmirpullover und Trenchcoat, den es beim Zusammenstoß zwei Meter hoch in die Luft hob. Vona landete hart auf den Schauspielhaustreppen und verendete zwischen Theaterbesuchern in einer sich eilends ausbreitenden Blutlache.

Marietta bekam von dem Unfall nichts mit. Sie blieb der Verabredung vor dem Theater fern (angeblich rasender Kopfschmerzen wegen), das mit seiner Vorstellung erst begann, als man den Toten in einen Beerdigungswagen schob und eine Putzfrau sein Blut von den Stufen wusch.

Und am anderen Vormittag, als ich zum Unterricht aufbrechen wollte, traf ich auf zwei Herren vorm Hauseingang, die einen Eichensarg schleppten. Es dauerte, bis ich begriff, wer der Tote war und warum sie mir seine sterblichen Reste zustellten – zur Aufbahrung in seiner Wohnung –, die sie auf den Tisch im Gesellschaftssalon hievten. Als sie den Sargdeckel abnahmen und gegen den Ofen aus Gußeisen lehnten, betrachtete ich meinen Freund halb beklommen, halb fassungslos. Sein Gesicht, das mir schlafend vorkam, wirkte spottlustig-grimmig, nicht anders als in der Vergangenheit (als wolle es sagen: Zu sterben bleibt keinem erspart – *dumm* zu sterben, das kann man vermeiden.)

Und bald kamen Menschen ins Haus, die ein Holzkreuz im Treppenhaus aufstellten, Kerzen ansteckten und mit schwarzem Tuch alle

Spiegel abdeckten. Nachbarinnen, die mir fremd waren, hockten um Vonas Sarg, und Tanti Aurelia, die ich benachrichtigt hatte, bewirtete sie mit Ersatzkaffee. »Gott verzeihe dem Armen!« schrie Tanti Aurelia, und »Er ruhe in Frieden!« antwortete es im Chor. Und mit zwei Nachbarsfrauen stellte sie sich an den Herd, um den Leichenschmaus vorzubereiten. Es brodelte, siedete, brutzelte, dampfte und waberte von einem Zimmer zum anderen. In bulliger Ofen- und Herdfeuerhitze brach dem gelblicher werdenden Leichnam der Schweiß aus, seine Schminke zerrann und beschmutzte den Hemdkragen, bis eine bestattungserfahrene Nachbarin den Verblichenen im Nu wieder auffrischte.

Und um Abschied vom Toten zu nehmen, trafen ein: Victor Marcu, schmalschultrig und grau im Gesicht, der mir zuraunte: »Laß dir nichts vormachen, Junge. Es war ein politisches Attentat!«; Bubi Giurgiuca, der sich vorm Verstorbenen verbeugte und kratzig versetzte: »Was ist unser Leben? Ein Schachspiel, das wir nicht zu Ende bringen. Es bleibt bis zum Schluß eine offene Partie«, eine Weisheit, die alle aufs tiefste beeindruckte, was Bubi ermutigte, schamlos mit Scharfsinnigkeiten des Toten zu prahlen, als ob er sie aus seinem Handgelenk zaubere; der Pope aus Izvorani mit seiner Schorfglatze und einer das Wohnzimmer sterilisierenden Schnapsfahne, der den Versammelten mitteilte, er, ja kein anderer als er, habe mich, einen Juden, mit der christlichen Taufe vorm Schlimmsten bewahrt, und das auf Verlangen seines selbstlosen Neffen, »er ruhe in Frieden, der Arme!« Das war eine Verwirrung anrichtende Neuigkeit, der Victor Marcu aufs Heftigste widersprach, ein Reichsdeutscher sei ich, kein Jude, zum Teufel! (man bekreuzigte sich in der Runde und machte »psst«), ein reichsdeutscher Emigrant, dem er behilflich gewesen sei, aus seiner Heimat zu fliehen, es sei *sein* Verdienst, wenn man mich niemals erwischt habe, was wiederum Bubi Giurgiuca veranlaßte, loszukrakeelen, ein Jude, das sei ich beileibe nicht, ich sei ein hundertprozentiger Arier und mit dem entflohenen Handelsbeauftragten der Deutschen Botschaft verwandt, diesem Naziverbrecher und Hitlervertrauten. Man redete wild durcheinander und stellte Vermutungen an, was ich sei oder nicht, und Marcu ereiferte sich mit Giurgiuca, und der Pope aus Izvorani stritt sich mit beiden, bis Tanti Aurelia ins Wohnzimmer humpelte. »Gott verzeihe dem Armen!«, schrie sie ohrenzerreißend, und »Er ruhe in Frieden!«, antwortete es im Chor. Im Gesellschaftssalon kehrte Stille ein.

Der Pope aus Izvorani zog mich beiseite und hauchte mich mit seinem Pflaumenschnapsatem an, um sich zu erkundigen, wo der Verstorbene sein Testament aufbewahre. »Nicht in der Wohnung«, verriet ich. »Und wo?« Erregt rieb er sich seine fleischigen Finger. »Beim Notar«, sagte ich. Das war nichts als meine Annahme, die Vonas Onkel ersichtlich entmutigte, er erinnerte an einen prallen Ballon, dem die Luft entwich.

Nein, ein Mann, der die Flinte ins Korn wirft, das war er nicht. Er begleitete mich in den Rauchersalon, bediente sich aus der Zigarrenkiste, kaute das Ende ab und ließ sich mit Wucht in den Lehnsessel fallen. »Und sagte er niemals, was er mir vermachen will?« Stumm verneinte ich mit meinem Kopf. »Keine Spende«, er blies einen Rauchschwaden in die Luft, »die meiner Kirche zugute kommen soll?« Als ich aufs neue verneinte, erhob er sich seufzend vom Sessel und stapfte zum Buchregal, um zu einer verrußten Ikone zu greifen. »Außerordentlich wertvoll«, bemerkte er schmatzend, »achtzehntes Jahrhundert, wenn ich mich nicht irre. Bestimmt ist es diese Ikone, die er mir vermacht hat«, und stellte sie wieder (zum Schein) ins Regal. Am kommenden Tag war sie spurlos verschwunden.

Und um Abschied vom Toten zu nehmen, traf Marietta ein, tief verschleiert und mit einem Stofftaschentuch in der Hand, das man auswringen konnte. Angesichts seiner sterblichen Reste stieß sie einen Schrei aus und sank in die Arme des Liebhabers, eines Mannes, der kraftstrotzend-viereckig wirkte, sie schleunigst an Nacken und Kniekehlen packte und zum Sofa im Schreibzimmer trug. Und als Marietta sich wieder erholt hatte, wimmerte sie: »Ach, verzeih mir, mein Haralamb. Ich habe dich scheußlich behandelt, du Guter. Ich war herzlos und grausam zu dir, oh mein Lieber. Ich leide an deinem Tod, als sei ich selber verstorben. Und solltest du Niculein treffen, dann streitet euch bitte nicht. Niculein ist kein schlechter Mensch, und was an Niculein schlecht war, das war sein verhinderter Zwilling. Gott verzeihe dir, Haralamb, ruhe in Frieden.« – »Er ruhe in Frieden«, antwortete es im Chor. Sie richtete sich in den Kissen auf: »Kann man nicht Haralambs Lieblingslied spielen?«, und entfernte den Schleier, um mich zu betrachten, was als Aufforderung, ja Befehl zu verstehen war. Ich hatte nicht vor, sie zu reizen, und eilte zum Grammophon. Als »Meine Geschichte ist traurig« erklang, fiel Marietta ergriffen und hicksend mit ein, und bald sangen alle Besucher im Wohnzimmer mit, bis es um Haralambs Mundwinkel spottlustig zuckte und Tanti Aurelia aufschrie: »Er lebt!« – »Um Gottes willen«, versetzte der Onkel aus Izvorani und ließ sich von Marietta den Schminkspiegel geben, den er vor den Mund des Verstorbenen hielt, eindeutig erleichtert, als er nicht beschlug.

Am vierten Tag klappte man endlich den Sargdeckel zu, um den Toten zur Kirche zu schaffen. Ich weiß nichts mehr von der Beerdigungsmesse, bei der wir zwei Stunden im Stehen verbrachten, und erinnere mich nur noch an kauende Kinnladen, wenn ich an den Leichenschmaus denke. Und an meine Tischnachbarin Marietta, die sich von der Leidenszumutung befreit hatte. »Das ist das Leben«, bemerkte sie wiederholt, mit ausgiebigen Seufzern und blitzenden Augen. Mit mir sprach sie kein Wort bis zum Aufbruch um Mitternacht. »Sie waren sein bester Freund«, meinte sie vor der Garderobe, »das kann ich bezeugen«, und ließ sich von mir in den Pelzmantel helfen. »Um ehrlich zu sein, habe ich nie verstanden, warum«, fuhr sie mißmutig fort, »und sein Erbe antreten, das werden Sie nicht!« – »Haralambs Erben sind wir«, mischte sich, sturzbetrunken, der Dorfpope aus Izvorani ein, »seine Erben sind Tanti Aurelia und ich.« – »Das wird sich erweisen«, bemerkte sie schnippisch und hakte sich eilig beim Liebhaber ein.

Und als eine Reihe von Tagen vergangen war, trafen wir uns zu dritt beim Notar wieder, Tanti Aurelia, Marietta und ich. »Und was erbe ich?« wollte Aurelia schreiend erfahren, als sie in den Sessel vorm

Schreibtisch fiel. – »Geduld, meine Dame«, erwiderte der Notar, der seine Brille bedeutungsschwer aufs Testament legte, das mit einem Siegelstempel verschlossen war. »Ich soll geduldig sein? In meinem Alter?« entgegnete Tanti Aurelia lautstark, »erlauben Sie sich keine Scherze mit mir, mein Herr!«

Marietta ließ sich vom Verlobten begleiten, der auffallend finster und unleidlich wirkte, als bereite er sich insgeheim auf das Schlimmste vor, einen Wutanfall oder Zusammenbruch Mariettas, falls sie nicht als Haupterbin aus diesem Zimmer gehen sollte. Sie blitzte mich feindselig an und verlangte als erstes zu wissen: »Was macht dieser Mensch bei uns?« – »Geduld, meine Dame«, entgegnete der Notar, der eine juristische Vorrede hielt, die Tanti Aurelia zu einem Nickerchen nutzte, bis er es aufgab, das Siegel erbrach, seine Brille aufsetzte und loslegte. Tanti Aurelia erwachte im Nu und beschwerte sich zischend, wenn sie nicht verstand, was er vorlas. Und Marietta, der Ohnmacht nahe, bebend und tief erregt, wedelte sich mit dem Handschuhpaar Luft zu.

Haralambs Testament konnte knapper nicht sein und bestand aus drei klaren Bestimmungen. Haupterbin war Marietta Matei – die jubelnd vom Stuhl hochsprang und den Verlobten umhalste –, der er Haus, Grund und Boden und einen beachtlichen Teil seines Geldes vermachte. Den Rest dieser Summe vererbte er Tanti Aurelia plus einer Reihe Familienandenken. Mir erteilte er lebenslang Wohnrecht im ersten Stock, falls ich in Bukarest ausharren wolle, und ich bekam seinen Großvatertotenkopf. Marietta war nicht mehr zu bremsen. »Ist das nicht zum Umwerfen komisch? Er kriegt einen Totenkopf!«, wandte sie sich an den Liebhaber, »oh, mein Haralamb hatte Humor!« Sie streifte das Handschuhpaar an, nahm den Pelz und entfernte sich strahlend und grußlos ins Freie. »Dumme Kuh«, schimpfte Tanti Aurelia gellend. Und am andern Tag, von der Musikschule heimkehrend, fand ich den Totenkopf vor meiner Wohnung, der mich grimmig und spottlustig angrinste.

Und wer ist der richtige Gottwald?

Mitte Dezember erfuhr ich vom Konservatoriumsdirektor, man weigere sich im Ministerium, meinen Vertrag auszufertigen. Trotz seiner Eingaben beiße er auf Granit, man lehne es ab, einen Volksdeutschen anzustellen. Und ohne Aussicht auf einen Vertrag sei ich an der Musikschule nicht mehr zu halten, der Topf, aus dem er mich bezahlt habe, leer. Er teile mir zu seinem tiefen Bedauern mit, ich sei mit dem heutigen Tage entlassen. Und beim Abschied empfahl er mir heiser, das Land zu verlassen, um meiner Verschleppung zuvorzukommen.

Eine Neuigkeit war diese Warnung nicht. Von einer Verschleppung der Deutschen zur Zwangsarbeit in der Sowjetunion munkelte man bereits seit einer Reihe von Wochen. Ich war nicht besonders beunruhigt, was dieses Getuschel anging, schwerer setzte mir meine Entlassung zu. Ich brauchte dringend eine andere Stelle, um Geld zu verdienen und mich zu erhalten. Ich bewarb mich als Kellner und bei einer Zeitung als Schreibmaschinenkraft, beides ohne Erfolg, niemand wollte sich zu dieser Zeit einen Deutschen aufhalsen.

Im Januar kam Marietta zu mir in den ersten Stock, um sich mein Mietgeld auszahlen zu lassen. Bei dieser Gelegenheit ließ sie mich wissen, sie beabsichtige, mit dem Ersten des kommenden Monats den vierfachen Preis zu erheben. Der mit dem Verstorbenen vereinbarte Mietbetrag lasse sich nicht mehr verantworten. Und auf mein Wohnrecht zu pochen sei aussichtslos, von einer Mietsumme stehe nichts im Testament, zu schweigen von einer Mietsummenbegrenzung, und als Besitzerin sei sie berechtigt, von mir zu verlangen, was sie wolle. »Und vor Gericht, mein Freund, hast du ein schlechtes Blatt. Du bist ein Deutscher, was keine Empfehlung ist, und schlimmer als das, du lebst mit falschen Papieren in diesem Land, und ich kann es nicht mit meinem Gewissen vereinbaren, das vor dem Hohen Gericht zu verschweigen. Haben wir uns verstanden, Herr Gottwald?«

Mit Marietta verhandeln zu wollen, war zwecklos. Was sie um so verbissener machte in dieser Zeit, das war der Verdacht, an der Totenkopfsache sei etwas faul und der Großvater wertvoller, als sie erkannt habe, in seiner Hirnschale seien mit Sicherheit wertvolle Papiere befestigt gewesen, am Ende ein Beutel mit Perlen oder Edelsteinen. Diese Vorstellung raubte Marietta den Schlaf, ja sie konnte sich nicht mehr beruhigen, und das um so mehr, als sie sich vom Verstorbenen auf das Gemeinste betrogen vorkam. Er hatte sich einen abscheulichen Scherz erlaubt und sie zu Tode beleidigt.

Sie nahm meine Scheine (es waren meine letzten) und machte zwei Schritte zur Treppe. Was sie aufhielt, das kann ich nicht sagen. Sie drehte sich um und betrachtete mich eine Weile, als wolle sie mir etwas sagen, mit einem Gesicht, das mir schlagartig weich vorkam, wenn man vom spitzen und schnippischen Zug absah, der sich um die Mundwinkel grub. Sie blieb stumm und entfernte sich schwebend ins Erdgeschoß, und ich sog den Duft von Basilikum ein, der im Treppenhaus hing wie ein Schleier der Unschuld.

Es war unsere letzte Begegnung. Im Jahr '49 verhaftete man Marietta als Ehefrau Nicu Mateis, dem »Propagandisten der Eisernen Garde«, dem sie bei der Verbreitung faschistischer Ansichten angeblich mit Eifer behilflich gewesen war. Wer sie im Gerichtssaal aufs Schwerste belastete, war der verflossene Liebhaber. Er habe Marietta Matei bereits '46 verlassen, aus Ekel vor einer Frau, die bis zum heutigen Tag von faschistischen Vorstellungen und Ideen verseucht sei, sagte er bei seiner Zeugenvernehmung aus. Mariettas Beteuerung, sie sei nicht politisch, ging mit wirren und schwankenden Antworten Hand in Hand, als man sie zu Codreanu und Hitler befragte. Zu Hitler erlaube sie sich keine Meinung, sie beurteile Menschen nur, wenn sie sie kenne, und sie sei diesem Mann nie begegnet (Mariettas Erwiderung verursachte Heiterkeit vor Gericht). Und Codreanu, dem sei sie begegnet? Ja, antwortete sie, ein gutaussehender Mann, der sie mit seinen Augen verschlungen habe. Man verurteilte sie zu drei Zwangsarbeitsjahren am Donaukanal und beschlagnahmte, was sie besaß (und ins Haus im verwunschenen Winkel am Park Ioanid zog ein Mann der Partei).

Marietta starb Ende der sechziger Jahre – nicht alt, nicht mehr jung – in den Armen eines Liebhabers, als das Herz nicht mehr mitspielen wollte.

Meine Geldsorgen war ich bald los, und ich mußte mich nicht mehr ins Zeug legen, um eine neue, erschwingliche Bleibe zu finden. Es sollten nicht mehr als acht Tage vergehen, bis mich zwei Siguranţăagenten verhafteten, die von Rotgardisten begleitet im Morgengrauen in meine Wohnung eindrangen, mich aus dem Bett warfen und mir mit knarrenden Stimmen befahlen, meine Sachen zusammenzupacken, ich ginge auf Reisen. »Und nicht bummeln, wir haben es eilig!« Entsetzt klappte ich meinen pommerschen Koffer auf, in den ich Winterklamotten, Rasierzeug, Virginias Briefe und Noten warf – und als Andenken an meinen Freund seinen Großvatertotenkopf, den ich in Zeitungspapier einschlug, das sich zum Feueranmachen beim Kachelherd stapelte.

Ich konnte nicht fassen, was vor sich ging. Um vor den Nazis zu fliehen, hatte ich dieses Land erreicht, und sie hatten mich niemals erwischt. Ich war der Gestapo entkommen, der Feldpolizei und der hiesigen Staatssicherheit. Und wer mich verschleppte, das waren Soldaten der Roten Armee, die mich von diesem Alptraum befreit hatten. Es mußte der kalte, mechanische Gott sein, der aus Zerstreutheit sein Masselgesicht von mir abwandte, um mir sein Vernichtungsgesicht zuzukehren. Dieses Nichtwahrhabenwollen befreite mich kurzfristig von einer bleiernen Angst, die meine Bewegungen unendlich verlangsamte (falls das nicht nur Einbildung war).

Als ich den Holzkoffer zuklappte, nahmen sie mich in die Mitte und schubsten mich zu einem Lastwagen, der vor der Einfahrt bereitstand. Auf der Pritsche, die mit einer Plane bedeckt war, im Halbdunkel, kauerten nahezu zwanzig Personen. Man musterte mich, scheu, beklommen. Ein Rotgardist stieß mich mit seinem Gewehrkolben zu einem Mann, um den scharfer Uringeruch wehte und der die sich zwischen seinen Beinen auf dem Boden ausbreitende Lache anstierte. Ich erkannte den Schwaben aus Temeswar wieder, den Botschaftsfriseur mit dem Namen Heinrich Himmler. Schnauzbart und Brillengestell seines Vorbilds, des Reichskommandanten SS, trug er nicht mehr (wohl um nicht verwechselt zu werden). Heinrich Himmler bemerkte mich Gott sei Dank nicht, er war viel zu vertieft in sein Elend.

Wir rumpelten von einer Ecke des Viertels zur anderen, und bei jedem Halt nahmen Soldaten und Sicherheit neue Verhaftungen vor. Bald war der Lastwagen voll, und man scheuchte uns alle hoch, stehend schafften wir Platz auf der Pritsche. Wir klammerten uns bei der Fahrt aneinander, was nichts half, wenn der Lkw schroff einem Schlagloch auswich oder unversehens bremste. Wir fielen um, rissen andere mit uns, und um wieder hochzukommen, teilten wir absichtslos Hiebe aus, grapschten in fremde Gesichter.

Endlich waren wir am Ziel, einer Schule an Bukarests Stadtrand, nicht mehr in Benutzung, verfallen, mit erblindeten oder zerbrochenen Scheiben. Unkraut wuchs aus dem Dach und im Hof. Man trieb alle Frauen in die erste Etage und uns teilte man einen Erdgeschoßklassensaal zu, eisigkalt und mit schimmligen Mauern, in dem sich ein Stockbett ans andere reihte, nichts als Holzladen mit einer Schicht in der winterlich beißenden Feuchtigkeit faulenden Strohs.

Ich teilte das Viererbett mit einem Menschen, der von einer deutschen Familie abstammte, ohne ein Sterbenswort Deutsch zu verstehen. Bitter bereut hatte er seine Herkunft bereits an der Ostfront als Wehrmachtssoldat, und das nicht allein seiner dreizehn Verletzungen wegen, die er mir im Einzelnen schilderte (die sichtbarste war ein zerschossenes Auge). Man hatte den Mann, der angeblich Befehle verweigerte, die er in Wirklichkeit nicht verstand, im Schnellverfahren zum Tode verurteilt. Nur um ein Haar war er seiner Erschießung entgangen, als dem Soldatenseelsorger beim Beten und Beichten seine stammelnde Sprachnot auffiel. Im vergangenen August wiederum hatte er sich von der Richtung Ungarn abziehenden Truppe entfernt, um in Bukarest unterzutauchen, wo er eine Hutmacherwerkstatt betrieb.

»Von der Truppe entfernt!« zischte Himmler, der dritte Mann in meinem Viererbett, voller Verachtung. Wieder und wieder bekniete er mich, zu bezeugen, sein Name sei Hinrich, nicht Heinrich, und teilte allen Versammelten lautstark mit, er sei kein Verwandter des Reichskommandanten SS!

Und der vierte Mann in meinem Stockbett war Kommunist, keine dreißig und Redakteur bei einer Zeitung, die man als Parteisprachrohr kannte. Am ersten Tag legte er sich mit den Wachen an, die auf dem Schulflur postiert waren. Er wolle mit dem Kommandanten des Lagers zusammentreffen, sagte er zu den Soldaten, die sich nicht beeindruckter zeigten als eine Wand. Seine Verhaftung sei nicht zu rechtfertigen. Er sei Kommunist und kein Deutscher, und wenn er ein Deutscher sei, sei es nicht seine Schuld. »Warum sperrt man mich mit diesen Nazis zusammen?« Er erntete lediglich eisiges Schweigen. »Wacht auf«, sang er los mit erhobener Faust auf der Schwelle zum Schulflur, »Verdammte ...«. Erst als er Anstalten machte, den Saal zu verlassen, kam Leben in die auf dem Korridor rauchenden russischen Wachtposten, die dem Mann in den Bauch hieben, bis er zusammensackte.

Wir verbrachten drei Tage im Klassensaal. Es fehlte an Brennmaterial, um den Ofen zu heizen, und wir schliefen in Kleidern und Schuhen, unter muffigen Decken, die niemanden warm hielten. Zu trinken bekamen wir lauwarmen, faden Tee, zu essen Konserven mit Eintopfgerichten. Tag um Tag trafen neue Transporte ein, bis es an Stockbetten fehlte, um alle Mann unterzubringen, und wir mußten in unseren Holzkojen jeweils zu zweit schlafen.

Und am vierten Tag weckten uns rauhe Befehle. Es schneite, als wir auf den Schulhof kamen, wo man uns anwies, Aufstellung zu nehmen. Anschließend trieb man die Frauen ins Freie, die neben uns antreten mußten. Ehepaare, die sich in den Arm fielen, zerrte man fluchend und grob auseinander, und einen seine Tochter umklammernden Vater schlug man mit Gewehrkolben nieder.

Minuten vergingen, und wir wankten im eisigen Wind, bis zehn russische Lastwagen anrollten. Aus dem sie begleitenden Pkw sprang ein sowjetischer Offizier, der uns knapp musterte und sich zum Schulbau umwandte. Mit einem Streifen Rasierschaum am Kinn eilte der Kommandant auf die Treppe. Seine Knopfreihe stand bis zum Bauchnabel offen. Er schloß sie, verlegen und hastig (zu hastig, um den richtigen Knopf in das richtige Loch zu drehen), und kramte aus seiner schiefsitzenden Uniform ein Konvolut an Papieren, das er dem Offizier der Sowjetarmee reichte.

Lagervorsteher und Offizier stellten sich vor uns und riefen der Reihe nach unsere Namen auf. Und wen man aufrief, der mußte sich melden und vortreten. »Kessel, Friederich Magnus«, schrie der Kommandant, »Kesselowitsch«, echote der russische Offizier, und ein Rotgardist scheuchte den Mann, der den Arm hob und vortrat, zu einem der Lastwagen. »Baron, Emil!«, »Baronowitsch!«, »Schuster, Johanna Marie!«, »Schusterowitscha«, »Adam, Ernst Peter!«, »Adamowitsch!« bellte es in unsere Ohren.

»Von Alphabet keine Spur«, schimpfte Himmler, der neben mir stand, »und *das* hat uns besiegt!« – »Himmler«, heulte der Kommandant, »Heinrich!« und stutzte. »Himmlerowitsch!« echote der Russe und kratzte sich, seinerseits stutzig, am Kopf. Beide waren um so verdutzter, als niemand den Arm hob und sich zu erkennen gab. Sie verglichen den Namen in der Liste, berieten sich wieder und der Kommandant wiederholte: »Himmler, Heinrich! Tritt vor, Mensch, sonst knallen wir dich ab!« Heinrich Himmler bewegte sich nicht. »An alle! Wer diesen Mann kennt und nicht sagt, wer er ist, ist ein Saboteur«, tobte der Kommandant. Schleunigst hoben sich mehrere Arme, um auf Heinrich Himmler zu zeigen, der neben mir jammerte: »Ich heiße mit Vornamen Hin-rich, nicht Heinrich, verstehen Sie, Hin-rich, nicht Heinrich!« Ein Soldat stieß den brabbelnden Himmler zum Lastwagen.

»Drotleff, Franz August!«, das war unser Kommunist. »Genosse Major! Ich bin einer von euch, es muß eine Verwechslung vorliegen«, schimpfte der, »ich arbeite als Redakteur beim Parteiorgan!« – »Mag sein«, flachste der Kommandant, »und jetzt wirst du Sowjetrußland kennenlernen, Freundchen. Das ist eine herrliche Aussicht, wenn man Kommunist ist!« Man ergriff meinen Bettnachbarn, der seine Faust reckte und sich singend vom Hof schleifen ließ. Und aus dem Lastwagen, den er erklommen hatte, schmetterte es: »Auf zum letzten Gefecht«, um beim Reim »Menschenrecht« mit einem Schrei zu verstummen.

Und als es »Gottwald!« hieß, »Johann!«, hob ich meinen Arm und trat einen Schritt vor. Ich las Verwirrung auf beiden Gesichtern. Der Kommandant beugte sich in seine Liste, der Offizier stieß einen russischen Fluch aus. Ich verstand nicht, was vor sich ging, bis mir der Hutmacher zuraunte: »Du hast Gesellschaft.« Und ich entdeckte den anderen Mann, blonder Schnauzbart und graublaue Augen, unwesentlich kleiner als ich, von vergleichbarem Wuchs. Er teilte im Groben mein Alter, mein Aussehen, ein klares Gesicht, nicht zu kantig und nicht zu weich, und anscheinend hieß er wie ich: Johann Gottwald. Mit erhobenem Arm stand er in zweiter Reihe.

Dem sowjetischen Offizier merkte man Unmut an. Grimmig verhandelte er mit dem Lagervorsteher, bis dieser bereit war, den Pappkarton mit den bei unserer Verhaftung beschlagnahmten Ausweispapieren aus der Schule zu holen. Auch in diesem Karton herrschte anscheinend heillose Unordnung, was den Russen aufs neue erbitterte. Er spuckte ins schmutzig von Schuhen und Stiefeln zertrampelte Weiß auf dem Hof.

Erleichtert, als er unsere Ausweise in seiner Hand schwenkte, schnauzte der Kommandant: »Vorkommen!« Ich nahm meinen Koffer und lief auf die beiden zu, wachsam begleitet von einem Rotarmisten, der mir seine Waffe ins Kreuz bohrte. »Johann Gottwald, geboren am 6. August 1907 in Kronstadt/Braşov. Augenfarbe: Graublau, dunkelblondes Haar, 1,78 groß. Keine besonderen Merkmale. Wer ist das?« – »Ich«, sagten wir gleichzeitig. Mein Nebenmann starrte mich blaß und benommen an (meine Verwirrung fiel logischerweise geringer aus). »Und wer ist von euch beiden der richtige Gottwald?« – »Ich«, sagten wir wiederum gleichzeitig. »Ich bin Johann Gottwald aus Kronstadt«, beharrte mein Nebenmann außer sich, als eine Pause eintrat,

»und das kann meine Schwester bezeugen.« Er fuchtelte, blind vor Erregung, zur Gruppe der Frauen. Und indem er sich wieder zu mir drehte, schrie er beinahe: »Dieser Mann ist mir unbekannt und muß ein Schwindler sein!«

Man rief »Gottwald, Helene Maria« auf, die uns mit wankenden Schritten erreichte. Große, erschrockene Augen, ein schmales Gesicht, das frostrot und verweint war. Sie stellte sich neben den Bruder. Mit wem sie verschwistert sei, wollte man wissen, mit diesem Mann oder mit mir. Sie zauderte mit einer Antwort, nahm Abstand vom richtigen Gottwald und zeigte auf mich. »Er ist es«, versetzte sie feindselig. Warum sie log, war nicht schwer zu erraten, sie hoffte, den Bruder zu retten. »Um Gottes willen, was soll das, Helene?« begehrte der fassungslos auf.

Kommandant und Sowjetoffizier stierten finster von einem zum anderen und ließen uns schließlich stehen. Sie berieten sich, keine zehn Meter von uns entfernt, mit anschwellenden Stimmen, die wieder verebbten, gingen auf und ab, rauchten, verhandelten. »Ich nehme beide«, drang an meine Ohren (das war der Sowjetoffizier). »Dem kann ich nicht zustimmen«, sagte der Kommandant, »wer weiß, mit wem wir es zu tun haben.« Endlich trafen sie einen Entschluß und der Kommandant streckte den Finger zum richtigen Gottwald aus, der, lautlos weinend, seine Schwester betrachtete, die mit dem Stiefel im Schulhofschnee scharrte. Erst als es »Wegbringen!« hieß, kam sie zu sich und klammerte sich an den Bruder. »Er ist es nicht«, heulte sie rasend und sinnlos auf. Ein Rotgardist trennte die beiden, die sich ineinander verkrallt hatten, und stieß den richtigen Gottwald zu einem der Lastwagen. Ein zweiter Soldat nahm den Koffer der Schwester und faßte sie mit einem Arm um den Bauch, um sie zu einem anderen Fahrzeug zu schleifen.

Von einem Russen bewacht, stand ich abseits und folgte dem Treiben im Hof aus verschleierten Augen, halb taub, mit Empfindungen von Scham und Schuld. Meine Landsleute starrten mich an, neidisch, vorwurfsvoll, mich, den das Schicksal verschont hatte. Ich konnte es keinem verdenken. Man rief Namen um Namen auf, ließ die Betroffenen zu den bereitstehenden Lastwagen bringen, bis die ersten zwei voll waren und abfuhren. Es schneite in dichten und wirbelnden Flokken und der Wind wehte Schneefahnen hoch. Zu einem Zwischenfall kam es nicht mehr, außer mit dem zu Anfang mißhandelten Vater. Als man seine Tochter aufrief, lief er los und fiel vor dem Sowjetoffizier in den Schneematsch. Zehn Maschinenpistolen zielten schußbereit auf den Mann, der flehte: »Mein Kind ist erst siebzehn. Sie darf nicht verschleppt werden, das widerspricht der Verordnung!« Der Sowjetoffizier trat zwei Schritte beiseite und verlangte den Ausweis der Tochter. Es verging eine Ewigkeit, bis er den Paß in der Hand hielt. »Was soll das? Im Februar hat sie Geburtstag«, versetzte er, als er den Paß wieder zuklappte, »wenn sie in meiner Heimat ankommt, wird sie achtzehn sein.« Und er schnauzte, man solle sie wegschaffen, beide!

Lastwagen um Lastwagen rollte vom Schulhof, bis an meine Landsleute nichts mehr erinnerte als die wimmelnden Stapfen am Boden. Und aus dem bleigrauen Himmel fiel neuer Schnee, der sie in aller Eile bedeckte.

Wahrheitsliebe wird bei uns belohnt

Und ich kam in Untersuchungshaft. Es dauerte rund eine Woche, bis man mich zur ersten Befragung abholte, die zwei Siguranţăagenten in Anwesenheit eines NKWD-Leutnants vornahmen. Ich erinnere mich an ein dusteres Zimmer mit fleckigen, braunen Tapeten, von einem Petroleumofen beheizt. Vorm Fenster hingen schwere Gardinen und ließen den Innenhof eher erahnen, schachtartig, beklemmend, in dem eine Holzschaufel kratzte und Schnee von den Pflastersteinen schabte.

Einen der Agenten erkannte ich wieder. Er hatte mich vor einer Ewigkeit kontrolliert, als ich auf dem Weg ins Alhambra-Theater gewesen war, um mich mit Virginia zu treffen. »Und warum sind Sie nicht in Rußland?« fiel mir seine Frage ein. Beide strengten sich an, das war nicht zu verkennen, vor dem NKWD-Leutnant einen guten Eindruck zu machen. Sportlich, gutaussehend, bestimmt keine dreißig, mit Augenbrauen, die in der Mitte zusammenwuchsen, verfolgte der meine Befragung mit eisigem Schweigen. Sein Gesicht blieb verhangen und reglos, verriet nichts als Hochmut und herrische Eitelkeit.

Man wollte als erstes erfahren, wer ich sei. Mit Vornamen hieße ich Felix, das habe man aus diesen »reizenden Zeilen« erfahren – der zweite Agent, der mir unbekannt war, klopfte mit seiner Hand auf Virginias Briefe, die, zusammen mit Klaviernoten und meinen falschen Papieren, auf dem Schreibtisch verstreut waren. Und neben der Lampe, die mir ins Gesicht schien, stand der seine Zahnstummeln bleckende Totenkopf.

Ich erwiderte stammelnd, ich sei Emigrant. Beide grinsten breit. »Jude am Ende und Antifaschist, das versteht sich von selbst.« Ich stotterte, nein, meine Heimat sei Pommern. »Pommern? Ist das nicht in Polen?« bemerkte der zweite Agent, »willst du uns etwa einreden, polnischer Herkunft zu sein?« Nein, Pommern sei deutsch oder sei es gewesen, versetzte ich. »Um es zusammenzufassen«, bemerkte der erste

Agent, »du bist Reichsdeutscher. Und behauptest, du seiest vor den Nazis in unser bis gestern faschistisches Land geflohen?« – »Als ich '34 ins Land kam«, erwiderte ich, »herrschte keine Faschistenregierung in Bukarest.« Der zweite Mann, der an der Wand lehnte, schlenderte zu meinem Stuhl, um sich zu mir zu beugen. Er hauchte mich mit seinem fauligen Atem an. »Willst du uns weismachen, du seiest in unserer Geschichte beschlagener als wir? '34 war Carol II. am Ruder, der uns Kommunisten verfolgen ließ, und der Staat war verseucht von der Eisernen Garde, die Hilfe und Geld von den Nazis erhielt.« – »Carol ließ Codreanu ermorden«, bemerkte ich. »Carol«, tobte der Mann, »war das schlimmste Faschistenschwein, ein Hurenbock, der unser Vaterland ausraubte, zusammen mit Kapitalisten und Großgrundbesitzern, bis es dem rothaarigen General in den Schoß fiel.« Er wollte sich nicht mehr beruhigen. Erst ein Schnalzen des NKWD-Leutnants brachte den Mann zur Besinnung, der seinen Geschichtsunterricht schleunigst einstellte und von mir abließ.

Diese erste Befragung ging glimpflich aus. Man nahm meine Personenangaben auf, Namen, Geburtsdatum, Herkunftsort, Elternhaus, und ließ mich vortragen, was mir passiert war, vom SA-Sturm aufs Eßlokal im Nikolaiviertel bis zu meiner Ankunft in Bukarest; von der »Kinderfrau«-Stellung im Marcuschen Haushalt bis zu meiner Zeit im Kasino. Ich sprach von den anderthalb Jahren bei Vona, Virginias Abreise und meiner Flucht vor Gestapo und Feldpolizei in die Berge. Von den zwei Monaten, die ich beim Handelsbeauftragten der Deutschen Botschaft verbracht hatte, sagte ich logischerweise kein Wort (und von meinen Verwandtschaftsbeziehungen zu Alfred schienen sie Gott sei Dank keine Ahnung zu haben). Sie stellten mir Fragen, wenn sie einen Widerspruch in meiner Schilderung festzustellen meinten, die ich beantwortete, ohne mich zu verhaspeln. Ein vierter Mann, der mir verborgen blieb, schrieb meine Angaben auf der Maschine mit.

»Und wer kann diese Geschichte bezeugen?« Das war eine Frage, die mich in Verlegenheit brachte. Mir fiel niemand ein, außer meinem gewesenen Retter. Haralamb Vona und Aristide Slumowitz waren tot,

Virginia hielt sich im Ausland auf. Marietta zu nennen war nicht zu empfehlen, sie brachte es fertig, mich aus purer Feindseligkeit zu belasten. Um so brenzliger war es, Giurgiuca und Ghiţă ins Spiel bringen, die mich zusammen mit dem Botschaftsvertreter im Spielsaal erlebt hatten. »Du verlangst von uns, diese Geschichte zu glauben, und hast keine Zeugen, Mensch?« schimpfte der zweite Agent. »Virginias Vater«, beeilte ich mich zu erwidern. »Den haben wir bereits vernommen«, sagte der erste, »er streitet stur ab, dich zu kennen.« Fassungslos starrte ich beide Agenten an. »Er sagt die Unwahrheit«, stammelte ich. »Das ist uns klar, diese Briefe beweisen es«, meinte der eine belustigt. »Wir werden den Hundsfott erneut in die Mangel nehmen, bis er sich an dich erinnert«, versetzte der andere mit Hohn in der Stimme, »trotzdem reicht uns ein Zeuge nicht aus.« Ich nannte den Fahrer von Slumowitz, Mişu (der nicht mehr am Leben war, was man mir mitteilte, als man mich wieder befragte) und meine verflossenen Liebhaberinnen, Paraschiva, Olimpia, Ecaterina. Bald stand eine Reihe an Namen auf der Liste, die von Marcus Baltschikfreunden und seinem Personal bis zum Senffabrikanten, dem Popen aus Izvorani und Tanti Aurelia reichte.

Von meiner Zelle aus hatte ich wieder und wieder das Klatschen und Schreien vernommen, wenn sie einen Untersuchungsgefangenen folterten. Das blieb mir bei dieser Vernehmung erspart, und als man dem Wachmann Bescheid gab, er solle mich in meine Zelle bringen, keimte in mir eine blinde, irrsinnige Hoffnung auf. Man werde den Irrtum erkennen und mich bald wieder freilassen, redete ich mir ein. Ich kann nicht mehr sagen, wann dieses Vertrauen ins Gegenteil umschlug und einem mich unendlich langsam zermalmenden Grauen wich.

Wochen um Wochen verstrichen, man holte mich zu keiner neuen Befragung ab. Meine Viererbettzelle, ein wanzenverseuchtes und frostiges Kellerloch mit schmalem Oberlicht (nicht zu erreichen, vergittert und schneebedeckt) belegte ich anfangs mit einem Mann, der um die Siebzig war, grauhaarig, schweigsam und finster. Ich stellte mich vor, er erwiderte nichts. Aus seinem Verhalten und seinem guten Anzug schloß ich auf einen hohen Beamten. Am dritten Tag war seine Kleidung zerfetzt und er selbst ein bewußtloser, blutiger Klumpen, den zwei Wachleute anschleiften und auf sein Bett warfen. Und am anderen Tag war er tot.

Bis Ende Februar blieb ich allein in der Zelle. Und als man einen neuen Gefangenen brachte, wollte ich meinen Augen nicht trauen. Es handelte sich um den einen der beiden Agenten, die mich vor sechs Wochen befragt hatten. Er wollte nicht mit mir sprechen, und ob er sich an mich erinnerte, war eher zweifelhaft. Er rollte sich auf seiner Pritsche zusammen und brabbelte stundenlang sinnloses Zeug, fing zu schimpfen an, tobte, bis einer der Wachleute einschritt. Mit einem Tritt in den Bauch brachte er meinen Zellengenossen zum Schweigen.

Als er am anderen Tag ruhiger wirkte, erkundigte ich mich, was man mit mir vorhatte. »Felix Kannmacher«, sagte er in seinen Teller mit Suppe starrend, »ja, Felix Kannmacher, weiß wieder, wir stecken tief in der Scheiße, mein Junge, wir zwei stecken tief in der Scheiße. Wir sollen in der Jauche ersticken, verstehst du, mein Freund?, in der stinkenden Jauche. Diese russischen Bastarde werden uns umbringen!« Er hielt seinen Blechteller schief, und mit hohem, idiotischem Kichern ließ er seine Suppe aus lauwarmem Wasser und Bohnen aufs Bett tropfen. Am Nachmittag ließ man den Ex-Siguranţäagenten zu einer Vernehmung abholen. »Vergiß nicht, wir zwei stecken tief in der Scheiße«, versetzte er in meine Richtung, als er aus der Zelle ging, um nicht mehr wiederzukommen.

Ich teilte sie bald mit drei anderen Personen unterschiedlichen Alters und Herkommens (die Verhaftungen nahmen anscheinend rapide zu). Einer war Hochschulprofessor, der zweite Mann arbeitete bei der Eisenbahn in der Verwaltung, der dritte bediente als Kellner. Warum man sie festhielt, das wußten sie nicht oder wollten es lieber nicht sagen. Kellner und Eisenbahnmensch spielten Schere, Stein und Papier, was nie ohne erhobene Stimmen und Zank abging, und rechneten sich gegenseitig die Anzahl der Frauen vor, die sie besprungen haben wollten. Beide waren absolut sicher, im Nu wieder freizukommen. Der Mann von der Hochschule haderte mit seinem Schicksal und drehte sich schweigend zur Wand.

Sie kamen und gingen (ob man sie verlegte, oder freiließ, das sollte ich niemals erfahren) und machten neuen Untersuchungsgefangenen Platz, Journalisten, Studenten, Politikern, Priestern. Mich schien man vergessen zu haben. Vergebens erkundigte ich mich beim Wachmann, wann es in meiner Sache zu einer Entscheidung kommen werde. Er warf mir zwei Brotkanten zu, schob den Blechteller mit einem Stiefel ins Innere der Zelle, zuckte mit seinen Schultern und zeigte zum Himmel hoch (falls er nicht eher die oberen Stockwerke meinte).

Ich schlug diese Zeit mit Erinnerungen tot, Erinnerungen, die schmerzhaft und stur um Virginia kreisten, um Virginia als Kind vor dem glitzernden Golf in der Mittagsglut oder als Backfisch, der mich von der Seite betrachtete, heimlich, wenn wir beim Spaziergang am Kai Liebespaaren begegneten, als wolle sie uns mit den jungen Verlobten vergleichen. Und der Erinnerung an unsere Liebesnacht, die vor meinem inneren Auge verwischte, trotz meiner verzweifelten Anstrengungen, sie lebendig in mir zu bewahren. Und wenn ich schlaflos zur Zellendecke starrte, erfand ich im stillen Geschichten, um das mich zerfressende Grauen zu vergessen.

Es war bereits Mitte April, als man, absichtlich oder nicht, Victor Marcu zu mir in die Zelle trug. Er sank auf ein Bett, ohne mich zu erkennen, mit flatternden Augen im breiig verquollenen Gesicht voller Flecken und blutiger Krusten. Blutverschmiert war sein verknitterter Anzug, im zerrissenen Hemd konnte man seine Brust erkennen, auf der es vor Brandnarben wimmelte. Ich kniete mich neben die Pritsche und streichelte seine Hand, die von der Bettkante baumelte. Er entzog sie mir mit einem Aufschrei: »Was wollen Sie?« und preßte sich schutzsuchend gegen die Mauer. Erst am anderen Tag, als zwei Wachleute eintraten und Victor Marcu zum Korridor schleiften – um sich allein auf den Beinen zu halten, war er zu schwach –, erkannte er mich und versetzte erstickt: »Es ist deine Schuld, wenn sie mich umbringen.«

(Er kam frei und erlag seinen Verletzungen nicht, was ich erst erfuhr, als er bei meinem Prozeß im Gerichtssaal als Zeuge auftrat.)

Und an dem Tag, als sich Hitler das Leben nahm, holte man mich aus der Zelle. Man bugsierte mich zu einem Zimmer im Erdgeschoß mit vergittertem Fenster und ohne Gardinen, an der blassen Tapete erkannte ich Blutspritzer. Es stank aufdringlich nach einem Reinigungsmittel, der Fußboden schimmerte feucht. Mein Stuhl, einem Sessel beim Zahnarzt vergleichbar, besaß eine Reihe von Lederriemen, die auf den Fußboden baumelten, und einen Hebel, mit dem er verstellt werden konnte. Er ließ sich kippen, war drehbar und mit einem roten, stellenweise aufklaffenden Kunststoff bezogen. Eine Urinlache schwamm auf dem Polster, in das mich die Wachleute schubsten. Ohne mich festzuschnallen, blieben sie neben mir stehen, bis zwei Uniformierte eintraten, ein NKWD-Kommissar, dick und polternd, mit rotblondem Schnauzbart und schwammigem Doppelkinn, und ein kurzsichtig blinzelnder, maulwurfsgesichtiger Mann von der hiesigen Sicherheit. Er erinnerte mich entfernt an Doktor Perlea, den Knochenexperten am Park Cişmigiu. Jemand schob einen quietschenden Rollwagen mit meiner Akte ins Zimmer und beide Agenten vertieften sich in die Papiere, der NKWD-Mann im Stehen vorm vergitterten Fenster und sich seinen Stiernacken reibend, der andere in einem Holzstuhl vorm Schreibtisch. Seufzend knetete er seine sehnigen Finger. Minuten vergingen mit Schweigen. In der Lache aus Pisse, mit der sich mein Hosenstoff vollsog, umklammerte ich beide Lehnen.

Wer als erster sprach, das war der Russe. »Euer großdeutsches Reich ist im Arsch, Freundchen!« grunzte er mich auf Rumänisch an, »hast du verstanden?« – »Ich bin Emigrant!« wagte ich zu erwidern. Er wandte sich voller Verachtung ab, als sein Kollege vom Stuhl sprang und mir meine Akte, in starken Kartondeckeln, Hunderte Seiten schwer, auf den Kopf knallte, wieder und wieder. »Du bist nichts als ein Nazischwein!« schrie er von Sinnen. Ich sackte im Polster zusammen, nicht ohne zu wimmern, »Sie irren sich, bitte …« – »Nazibestie!« heulte der Mann um so rasender.

Einer der Wachleute setzte mich aufrecht, der andere schnallte mir Arme und Beine fest. »Das war erst der Anfang«, belehrte mich der Siguranţămann, »es wird wesentlich schlimmer kommen, wenn du nicht auspackst. Und ich rate dir, uns nicht mehr anzuschmieren. Wenn du eine ehrliche Aussage machst, werden wir dich mit Milde behandeln.« Er steckte sich ein Zigarillo an, nahm einen Zug und erkundigte sich, ob ich rauche, um es in meine Lippen zu klemmen, als ich nickte. »Merk dir das, Wahrheitsliebe wird bei uns belohnt.« Er half mir beim Rauchen, indem er mir das Zigarillo abnahm, wenn ich hustete. Zum Schluß warf er es auf den Boden und raunte mir (mit einem Zwinkern, als seien wir Komplizen) ins Ohr: »Heise, Alfred. Sagt dir dieser Name was?«

Ich war in den Augen der beiden Geheimdienstagenten ein aufsehenerregender Fang, das sollte mir bei der Vernehmung rasch klar werden. Von meiner Verwandtschaftsbeziehung zum Handelsbeauftragten hatten sie Wind bekommen, und mehrere Zeugen, die mich als Begleiter des Botschaftsvertreters erlebt hatten (oder das lediglich vorgaben), bei Essensverhandlungen, einem Empfang im Finanzclub und unserem Besuch im Kasino, behaupteten, ich sei bereits mit dem Amtsantritt Alfreds in Bukarest, kurz vor der Abdankung Carols, sein Helfer gewesen.

Diese Zeugenaussagen ermunterten beide zu Annahmen, die mich aufs schwerste belasteten. Ich hatte Bukarest als Emigrant erreicht, '34, im Automobil Victor Marcus, ein zu Zwecken der Tarnung erfundenes Schicksal, um einen Mann der Gestapo ins Land einzuschleusen, der an der Seite des Carol-Beraters den Hof hatte ausspionieren sollen. Bereits in Baltschik hatte ich diesen Auftrag befolgt, wo die Monarchin Maria vordringliches Ziel meiner Kundschafterdienste gewesen war – und nebenbei hatten sie mich im Verdacht, in den Mord an Prinz Anton verwickelt zu sein (einen Schuldigen hatte man niemals ermittelt).

Mit dem Machtantritt Ion Antonescus und Horia Simas hatte sich mein bisheriger Auftrag erledigt, eine Tarnung war nicht mehr erforderlich. Von diesem Zeitpunkt an stand ich angeblich dem Handelsbeauftragten der Deutschen Botschaft mit meinen Kenntnissen bei seinen Aufgaben bei.

Diese Annahmen sollte ich zugeben und ein volles Schuldeinbekenntnis ablegen. Als ich mich weigerte, kramte der kurzsichtig blinzelnde Kerl, den ich bald als sadistischen Folterer kennenlernte, ein Instrument aus der Schreibtischschublade, das sich als besondere Zange zum Nagelausreißen erwies. Einer der Wachleute zog meine Schuhe aus, und der Siguranţămann nahm einen Hocker, um sich vor mir niederzulassen. Mich packte ein Schmerz, den ich niemals erlebt hatte, irrsinnig, rasend und grell. Schreiend und an meinem Lederriemen zerrend, zuckte ich auf dem Zahnarztstuhl, nichts als ein Haufen aus Nerven und Fleisch, der vor Qualen zerbarst.

Ich verlor das Bewußtsein, bis man mich mit eiskaltem Wasser begoß, und bemerkte entsetzt, mich erleichtert zu haben und in meinem stinkenden Kot auf dem Polster zu sitzen. Mich ergriff eine Welle aus Grauen und Reue. Ich brach in verzweifeltes Schluchzen aus, dankbar, daß der Siguranţămann nicht mehr im Zimmer und ich mit dem Russen allein war. Und weinend versprach ich dem NKWD-Kommissar, meine Schuld zu gestehen.

Mit meinem Bekenntnis, ein Spitzel des deutschen Geheimdienstes und ab 1940 Vertrauter des Botschaftsvertreters gewesen zu sein, sollte sich meine Lage beileibe nicht bessern. Einzelheiten verlangten sie, Namen. Was hatte ich der Gestapo berichtet, wer waren meine Helfer gewesen? Was konnte ich zum von Berlin in der Hauptstadt Rumäniens betriebenen Spitzelnetz aussagen? Sie gingen von engen Verbindungen der deutschen Spione zur Eisernen Garde aus, und diese Beziehungen sollte ich ausgiebig schildern. Und was wußte ich von den politischen Morden, die die Eiserne Garde begangen hatte: Hatte man der Legion von Berlin aus das Attentat auf Călinescu und Duca befohlen, und den grausigen Schloßgartenmord an Marias Verwandten, dem britischen Prinzen?

Das war das eine Kapitel. Das andere war meine Zeit mit dem

Handelsbeauftragten der Deutschen Botschaft. Wer waren Alfreds bevorzugte Partner auf hiesiger Seite gewesen, wer hatte mit uns aufs ergiebigste kooperiert? Ich sollte unsere Besprechungen schildern und Handelsvolumen angeben. Wer in der Regierung besaß das besondere Vertrauen des Botschaftsvertreters? Sie wollten Genaueres zu Alfreds Begegnungen mit Horia Sima und Ion Antonescu erfahren – von meiner Teilnahme gingen sie stillschweigend aus.

Das dritte Kapitel betraf eine Reihe von Morden, die auf Alfreds Konto gingen. Angeblich hatte er in einem Anfall von Raserei auf offener Straße zwei Juden erschossen, die dem Botschaftsvertreter den Weg versperrt hatten, beim Schneekehren, zu dem sie verpflichtet gewesen waren, eine Bluttat, die absolut vorstellbar war. Außerdem legte man Alfred zur Last, eine Prostituierte ermordet zu haben und einen jungen Kellner vom »Châteaubriand«. Beide waren in seiner Begleitung gewesen und anschließend spurlos verschwunden. Ich gab diese Morde zu, was mich nicht rettete. Sie wollten den Ablauf erfahren, von dem mir nichts bekannt war. Und zu hiesigen Dienststellen, die meinem Onkel beim Spurenverwischen behilflich gewesen waren, konnte ich keine Aussagen machen. Das nahmen sie mir nicht ab. Ja, sie gingen von meiner Beteiligung an der Verschleierung seiner Verbrechen aus.

Sie stellten mir Fragen und wiederum Fragen, die ich nicht beantworten konnte. Mein Stammeln und Stottern betrachteten sie als Beweis meines Unwillens, Auskunft zu geben. Hitlers großdeutsches Reich war zu Asche zerfallen, und ich stellte mich bei den Ermittlungen stur.

Sie vernahmen mich nicht mehr im Erdgeschoßzimmer. Bald war ich nichts mehr als ein blutiger Klumpen, der in einem Kellerabteil von der Decke hing, splitternackt und mißhandelt mit einem dicken Bleistift, den der Siguranţămann auf meine Hoden schlug, das war seine bevorzugte Foltermethode. Mit Stichflammen versengten sie mir meine Fußsohlen, hetzten Hunde auf mich, die sich in mir verbissen, traten mir mit dem Stiefelabsatz ins Gesicht. Und sie sperrten mich in einen engen Verschlag, in dem ich Tage, ja Wochen im Stehen verbringen mußte.

Sie ließen sich Zeit, und es konnte ein Monat verstreichen, bis mich ein Bewacher zum Kellerabteil schleifte, wo meine Qualen von neuem begannen.

War ich dieser Mensch, dieser schreiende, winselnde, an seinen Fußstricken zappelnde Haufen Fleisch? Diese in einem Keller vergessene Kreatur, sich windend, von Schmerzen zermalmt? Heute kommt es mir vor, als ob meine Erinnerung ein Alptraum sei, der einem anderen zustieß und aus dem ich nie richtig erwacht bin.

Der sechste Tod

Meine Peiniger hatten den strikten Befehl, mich nicht umzubringen, was ich dem Beschluß hoher Stellen verdankte, meinen Fall vor Gericht zu verhandeln, bei einem Verfahren, das publikumswirksam und propagandistisch verwertbar sein sollte. Circa acht Wochen, bevor es begann, brachen alle Mißhandlungen ab.

Es war bereits Anfang November, als ich wieder auf meinen Beinen stehen konnte. Ein Wachmann bugsierte mich aus meiner Zelle ins Erdgeschoßzimmer der ersten Vernehmung, wo ich auf den Staatsanwalt traf. Wieder lief der Petroleumofen und wieder fiel Schnee in den engen, schachtartigen Innenhof vor der vergilbten Gardine. Eine Holzschaufel kratzte, als wolle sie mich an ein Leben erinnern, das vor einer Ewigkeit unwiderruflich zu Ende gegangen war (diese grauenhaften letzten neun Monate dehnten sich in mir zur Ewigkeit aus).

Ich folgte versunken den wirbelnden Flocken, zu abwesend, um mich dem Mann zuzuwenden, der meine Personenangaben abfragte, mit tiefer, durchdringender Stimme. Diese Stimme war es, die mich aufmerksam machte. Ich blinzelte gegen das Weiß vor der Scheibe und erkannte im Staatsanwalt meinen Mansardennachbarn in den dreißiger Jahren, den aus Brăila stammenden Sohn eines Priesters und Jurastudenten Alecu. Er war nicht mehr hager, ansonsten der alte, hochblond, von erkennbarer Forschheit.

Mit mir bekannt zu sein, machte dem Mann nichts aus. Er betrachtete mich mit ironischem Zwinkern, als er mir mitteilte, man werde mich vor Gericht stellen, und mit seiner Milde zu rechnen sei vollkommen sinnlos. »Wenn wir Nachbarn gewesen sind, ist das ein Zufall, der mich nicht beeinflussen wird.« Und er verlas seine Anklagepunkte, die von Spionage im Dienste des Deutschen Reiches bis zur Erpressung der heimischen Industrie, Ausraubung des Landes zu Kriegszwecken und einer Reihe anderer Vergehen reichte. Und bei diesen Beschuldigungen blieb es nicht. »Außerdem werden wir Sie vor Gericht der Beihilfe zum Mord und des Mordes bezichtigen.« Er schloß meine Akte und beugte sich vor. »Was wir als Strafmaß verlangen werden, liegt auf der Hand, angesichts dieser schweren Verbrechen.«

Wir waren nicht alleine im Zimmer. Zur Sicherheit stand ein Bewacher beim Eingang, und auf einem Stuhl vor der Wand saß mein Pflichtanwalt, auffallend schmuddlig, mit pockenvernarbtem Gesicht. Er nahm seine Brille ab, um sie zu reinigen, linkisch, mit zitternden Fingern. Selbst mir, zu benommen, um bei klarem Verstand zu sein, fiel dieses Zittern auf, das seine Trunksucht verriet. Dieser Mann, das stand fest, konnte mir keine Hilfe sein, und diente nichts als dem Zweck, dem Verfahren den Anschein von Recht und Gesetz zu verleihen. Mit furchtsamen Augen hing er an den Lippen des Staatsanwalts, und als der seinen Vortrag beendete, riet er mir dringend, meine Schuld zu gestehen. »Lassen Sie Reue und Einsicht erkennen!« – »Das wird nichts helfen«, versetzte Alecu, der seine Papiere zusammenraffte, aufstand und grußlos das Zimmer verließ. »Und seinerzeit war er ein Hitlerverehrer«, bemerkte ich mehr zu mir selbst als zum Pflichtanwalt, der seinen silbernen Flachmann aufschraubte, um sich einen eiligen Schluck zu genehmigen. »Psst«, machte er, »diese Dinge vergessen Sie besser, sonst wird er uns beide zerquetschen«, und verschloß seine Flasche, um sie in den gammligen Mantel zu schieben, der auf seiner Lehne hing, »niemand sitzt fester im Sattel als er.«

Und man verlegte mich von meiner Zelle bei der Siguranţă ins Zuchthaus von Văcăreşti, wo man mich mit Schmugglern und Luden zusammensperrte, Pferde-, Kartoffel- und Brieftaschendieben, Messerstechern und sonstigen Raufbolden. Alle Schikanen meiner Zellengenossen waren nichts im Vergleich zu den Qualen, die ich in der Haft beim Geheimdienst erlebt hatte. Selbst wenn sie mir meinen Blechteller wegschnappten und mich gewaltsam zum Mitknobeln zwangen, kam mir meine Zeit mit den Gaunern und Gangstern beschaulich vor. Nichts war schlimmer als meine Erinnerung.

Am ersten Dezember begann mein Verfahren. In einem vergitterten Kleinbus ging es zum Gericht in der Calea Rahovei. Das war von

Văcăreşti an der Stadtgrenze Bukarests eine Halbstundenfahrt, die mich beruhigte. Ich erkannte das Tor zu Aurelias Haus in der Tiefe des Pfades, der in Schnee versank; den im Sonnenschein glitzernden Hauptfriedhof, wo ich mit anderen Straßenbahninsassen vor einem Angriff in Deckung gegangen war; den Eingang zum Carol-Park, der mich in eine Vergangenheit lotste, in der wir im Paddelboot hockten, Virginia und ich – sie, im Blumenkleid mit tiefem Ausschnitt, das freigebig Schultern und Schulterblatt zeigte, ich, in weißem Hemd, weiten Hosen und Sonnenhut, beide beschwingt und beneidenswert jung, uns im Teichwasser spiegelnd, das unsere Gestalten verwischte.

Im Gerichtssaal befreite man mich von den Handschellen und bugsierte mich neben den Pflichtanwalt, der sich erkundigte, ob ich mich schuldig bekennen werde. Als ich verneinte, ging er vor der Bank in die Tiefe, als wolle er sich seine Schuhe binden, und nahm einen eiligen Schluck aus dem Flachmann. Im bis auf den letzten Platz drangvoll besetzten Saal – man flegelte sich an die Wand, stand in Trauben beim Eingang und beugte sich von der Empore – machte ich eine Reihe bekannter Gesichter aus: Bubi Giurgiuca und Mărioara (sie drall und mit Doppelkinn, er wieder hager und in seinen Zirkusdirektorklamotten), die sich mit den Ellbogen schadenfroh anstießen, als ich sie in der Menge entdeckte; Florica, bereits halb ergraut, eine Faust auf den Knien, als umschließe sie einen Melonenkern, die mich voller Kummer und Mitleid betrachtete; Titi, mit knubbliger Nase und lackschwarzem Schnauzbart (als sei er mit Schuhcreme behandelt), der stramm in der Bank saß und teilnahmslos mit seinem Eulenauge an meinen Tisch stierte; halb verdeckt von den beiden: mein Retter, weißhaarig, verfallen, mit verbitterten Mundwinkelkerben, ein alter, verbrauchter Mann (und Victor Marcu war zu dieser Zeit keine Sechzig!) – bis man der Presse erlaubte zu fotografieren. Im blendenden Weiß der Magnesiumblitze hob ich meinen Arm vor die Augen.

Und als das Hohe Gericht eintrat, steif und in Roben aus Samtstoff, erkannte ich Bebe, den zweiten Mansardennachbarn. Alecu war in der Studentenzeit sein Herr und Meister gewesen, dem er aus der

Hand fraß – ohne Zweifel ließ er sich bis heute vom Staatsanwalt vorschreiben, was er zu tun hatte. Und Alecu stand von seiner Holzbank auf, um eine donnernde Rede zu halten. Sie reichte vom Vorwurf des Landesverrats als Gestapospion bis zu dem schwerer Wirtschaftsvergehen zu nazistischen Kriegszwecken. Und am Ende bezichtigte er mich des Mordes. »Im Jahr '41, kurz vor der Revolte der Eisernen Garde, erschoß dieser Hitlerist«, er streckte den Arm zu mir aus, »auf der Straße zwei wehrlose und vom faschistischen Staat zum Schneekehren zwangsweise verpflichtete Juden. Sie werden sich fragen, warum er das tat. Hohes Gericht, meine Damen und Herren! Sie versperrten dem Arier den Gehsteig, sonst nichts! Aus Herrenmenschenhochmut erledigte er sie mit Nacken- und Kopfschuß aus dieser Pistole«, er kramte aus einem Karton auf dem Staatsanwalttisch eine Waffe und hielt sie vors Publikum. »Ich habe nie eine Pistole besessen«, entgegnete ich in die Stille, ein Einspruch, der Bebe in Weißglut versetzte. »Ruhe! Sie widerlich frecher Mensch«, schrie er mich von seinem Richterstuhl an.

»Hohes Gericht!«, fuhr der Staatsanwalt unbeirrt fort, »Ion Antonescu und seine Regierung, wir leugnen es nicht, haben schlimme Verbrechen begangen. Sie schlossen mit Deutschland den Teufelspakt, das ist wahr, und fielen in ein friedliches Land ein, um unser sowjetisches Brudervolk niederzustampfen. Wir werden sie zur Verantwortung ziehen! Und wer bei der Eisernen Garde war und Kommunisten und Juden ermordete, wird unserer eisernen Faust nicht entgehen! Hohes Gericht, diese Bestien waren blutgierig – charakteristisch, das waren sie nie! Wir sind ein Volk voller Sanftmut und Duldsamkeit, das nicht zu Grausamkeit neigt.« Bebe nickte, das Publikum schloß sich dem Richter an (und mein Pflichtanwalt nahm einen Schluck aus dem Flachmann).

»Nein, Hohes Gericht, dieses volksfremde Pack kam in unserem Land mit der Hilfe der Hitlerpartei und des Großdeutschen Reiches zur Macht! Ion Antonescu und Horia Sima waren willige Werkzeuge Hitlers! Und der schickte seine Vertreter zu uns, Offiziere, Gestapo,

Parteileute, Botschafter, die unsere Regierung in Schach hielten. Sie, die uns in einen verheerenden Krieg zwangen, waren Monster der Unmenschlichkeit. Leider konnten sie fliehen, im August '44. Bis auf diesen Deutschen mit Namen Felix Kannmacher, der an den schlimmsten Entscheidungen mitwirkte. Heute ist er ein zahnloses Raubtier, ich weiß«, im Gerichtssaal kam Heiterkeit auf angesichts meiner oberen Schneidezahnreihe, die man mir bei der Siguranţă mit Tritten zermalmt hatte, »was uns nicht verleiten darf, Mitleid zu haben.« Aus einem zweiten Karton auf dem Staatsanwaltstisch holte er Vonas Großvatertotenkopf, mit dem er vors Publikum trat.

»Meine Damen und Herren! Diesen Totenkopf fanden wir in seinen Habseligkeiten. Wir wissen nicht, wer der Verstorbene ist. Was wir feststellen konnten, ist eine Verletzung«, mit seiner freien Hand zeigte er auf einen zackigen Riß zwischen Scheitel- und Stirnbein, »die Anlaß gibt, von einem Mord auszugehen. Das entspricht dem bestialischen Kern eines Nazis: Er spiegelt sich in seinen Opfern als Herrenmensch, dem es erlaubt ist zu richten, als sei er Gott. Zu diesem Zweck hat er den Totenkopf aufbewahrt.« Ein Raunen ging von Reihe zu Reihe.

»Hohes Gericht! Meine Damen und Herren! Recht und Gesetz sind auf unserer Seite. Und sie verlangen von uns, diese Bestie vom Antlitz der Erde zu tilgen. Ja, wir haben das Recht, zu vertilgen, was mordlustig, grausam und unmenschlich ist.«

Beifall brandete auf, und es dauerte, bis sich der Richter einschaltete und seinen Hammer schwang. »Ich verbitte mir Beifalls- und Mißfallensbekundungen! Wir sind im Gerichtssaal und nicht im Theater. Angeklagter!«, er wandte sich in meine Richtung, »erheben Sie sich, um uns mitzuteilen, ob Sie sich schuldig bekennen oder nicht.« – »Machen Sie keinen Unsinn«, beschwor mich mein Pflichtanwalt, »lassen Sie Reue erkennen!« Ich stand auf und erwiderte schluckend: »Ich bin Emigrant.« – »Angeklagter!« wies Bebe mich unwirsch zurecht, »was wir wissen wollen, ist, ob Sie sich zu den Anschuldigungen bekennen oder nicht.« – »Ich bin Emigrant«, wiederholte ich heiser. »Ich verurteile Sie wegen Mißachtung des Gerichts, wenn Sie nicht endlich zur Sache kommen«, schimpfte der Richter, »Angeklagter, bekennen Sie sich schuldig?« – »Nein«, erwiderte ich in die Stille.

Im Gerichtssaal kam Unruhe auf. Bebe ermahnte das Publikum pflichtschuldig, man sei nicht auf der Pferderennbahn in Floreasca, selbst wenn er den Zuschauerunmut verstehe, angesichts dieser frechen Erwiderung. »Angeklagter!«, er wandte sich wieder an mich, »bei den Vernehmungen haben Sie bereits bekannt, ein Spitzel des deutschen Geheimdienstes gewesen zu sein und mit Ankunft des Handelsbeauftragten namens Alfred Heise, mit dem Sie verwandt sind, ein enger Vertrauter und Helfer des Botschaftsvertreters. Laut meinen Akten haben Sie diese Dinge gestanden.« – »Nicht aus freiem Willen«, entgegnete ich, eine Antwort, bei der der Vorsitzende Richter versteinerte. »Nicht aus freiem Willen?« versetzte der Staatsanwalt schlagfertig, »als ob sich das nicht von selbst versteht!« Eine Heiterkeitswelle erfaßte das Publikum, und mit dem aufs Richterpult knallenden Hammer, der zur Pause rief, strebte man lachend ins Freie.

Erster Zeuge am Nachmittag war Victor Marcu, der sich mit mutloser Stimme verteidigte und alle Komplizenschaft von sich wies. Er sei der ehrlichen Meinung gewesen, ich sei ein Verfolgter des Naziregimes. Vom Gestapoauftrag habe er keine Ahnung gehabt und erst bei den Vernehmungen um meine Person erfahren. Als ein seine Heimat im Ausland vertretender Pianist, den man von Warschau bis Buenos Aires verehrt habe, sei er ewig auf Achse gewesen und habe nichts mitbekommen von meinem Treiben. »Ein vager Verdacht kam mir erst 1937, bei einem Baltschikaufenthalt«, gab er zu Protokoll, »und ich warf Felix Kannmacher aus meinem Haus.« – »Das paßt nicht zusammen«, bemerkte mein Pflichtanwalt, »zu dieser Zeit waren Sie ein Mann Codreanus, Parlamentskandidat der Legion, weltanschaulich den Nazis aufs tiefste verbunden. Warum sollten Sie einen Gestapospion aus dem Haus werfen?«

Nicht in der Absicht, mir beizustehen, setzte er Marcu zu. Seine Aufgabe war es, den Schein des Verfahrens zu wahren. Und das ließ sich nicht besser bewerkstelligen als mit Angriffen auf einen Zeugen, der mit seinen zeitweilig engen Beziehungen zur Garde – und als gewesener Monarchenberater – bereits ein erledigter Mann war. Alle anderen Zeugen, die gegen mich aussagten, faßte mein Anwalt mit Samthandschuhen an.

Marcu wehrte sich schwach und sprach von seiner Gardezeit als einem verheerenden, folgenschweren Irrtum, den er sich selbst nie verziehen habe. Trotzdem, schwindelte er, sei er niemals ein Deutschland- und Hitlerverehrer gewesen. »Als ich Carols Berater war, warnte ich wieder und wieder vorm Schulterschluß mit Adolf Hitler. Ich war es, der dem Monarchen zu starken Beziehungen mit Frankreich und England riet, um einen wirksamen Damm zu errichten, der uns vorm Nationalsozialismus bewahrt.« – »Und als aufrechter Antifaschist traten Sie der Legion Codreanus bei«, meinte mein Pflichtanwalt trocken.

Marcu war nicht bereit, sich verspotten zu lassen, nicht von diesem auffallend schmuddligen Dingsda mit seiner blau schimmernden Alkoholnase, das schuldete er seinem vergangenen Weltpianistenruhm, und ein letztes Mal lief er zur Hochform auf. Seine Stimme klang schlagartig sicher und bebte vor Abscheu. Und mit der Anziehungskraft alter Zeiten schlug er den Saal in Bann, als er von seiner Kindheit in einem oltenischen Kuhdorf sprach, der bitteren Armut, dem endlosen Jammer, die er bis zum Tod seines Vaters erlebt hatte – »einem verzweifelten Saufbold wie Sie«, flocht er ein und zog mit dieser Bemerkung das Publikum auf seine Seite, das klammheimlich feixte und prustete.

»Von Kindesbeinen an«, sagte Marcu, »war ich mit der Rechtlosigkeit unserer Bauern vertraut. Ich stand, an der Hand meines Vaters, vor herrischen und uns als Aussatz behandelnden Großgrundbesitzern. Vor Beamten, die uns voller Hochmut empfingen und keinen Finger bewegten, wenn wir sie nicht schmierten. Als ein hoher Herr meine Mutter mißbrauchte, zog Vater umsonst vor Gericht. Und um den verlorenen Prozeß zu bezahlen, mußte er unseren Acker verkaufen. Wir versanken in Elend und Schande, und er fing zu trinken an –

und war nie mehr der liebende Vater und Ehemann, der er am Anfang gewesen war.«

Ergriffenheit breitete sich im Gerichtssaal aus, und mein Pflichtanwalt schielte zum Flachmann an seinem Platz (der in unerreichbarer Ferne war). »Ich habe das Wesen der Garde verkannt, mein Herr. Was mich zur Legion zog, das war Codreanus Versprechen, den rechtlosen Bauern zu helfen und das Land zu befreien«, Marcu hob seine Stimme, »jawohl, zu befreien von Armut und Ausbeutung. Und von einer Klasse verfressener Blutsauger, die sich Politiker nannten. Meine Kindheitserfahrungen machten mich blind gegen Nationalismus und Hitlerverehrung, die bei der Garde im Schwange waren, eine Blindheit, mein Herr, die ich teuer bezahlt habe. Darf ich Sie an meine scharfe Verurteilung Codreanus im Herbst '38 erinnern? Und an den Sturm der Legion auf mein Haus, die mir diese Verurteilung niemals vergeben hat und mich mit dem Tode bedrohte? Ich wiederhole, es war das erlittene Elend der Kindheit, das mich diesen Irrtum begehen ließ. Mein tief empfundener Gerechtigkeitssinn ist schuld. Heute erkenne ich besser als seinerzeit, was ich im Herzen gewesen bin«, er reckte sich auf seinem Zeugenpodest, eine wirksame Pause einlegend (im Saal wagte niemand zu atmen), als sei er der alte, stolz, selbstbewußt, kraftvoll, energisch: »Hohes Gericht! Meine Damen und Herren! Ich war – und ich bin – Bolschewist!«

Es war meine letzte Begegnung mit Marcu. Von zustimmenden Rufen begleitet, verließ er den Zeugenstand, um in aufrechter Haltung zum Ausgang zu stapfen, wo er, von Blitzlichtgewitter empfangen, im Spalier schulterklopfender Menschen versank, die im Saal keinen Sitzplatz bekommen hatten und die Verhandlung vom Flur aus verfolgten. Er trat zu keiner Verhandlung mehr an, selbst am Tag meines Schuldspruchs ließ er sich nicht blicken, als wolle er an diesem bitteren Ende nicht teilhaben.

Mit der Flucht des Monarchen Mihai und der Ausrufung der kommunistischen Republik '47 enteignete man seinen kompletten Besitz und verhaftete Marcu. Sein Urteil fiel wesentlich glimpflicher aus als bei anderen gewesenen Staatsdienern oder Politikern, was er, zum Teil, seiner Tochter verdankte. Sie war mit einem Industriellen verheiratet, der gute Beziehungen zur Schweizer Regierung besaß, die mit geheimdiplomatischen Mitteln Einfluß auf den Prozeß gegen Marcu nahm. Zum anderen waren es die Kommunisten selbst die dem einstigen Weltpianisten verziehen, der sich nicht mehr als Sproß bessarabischer Kaufleute ausgab (oder als Nachkomme eines verarmten Bojarengeschlechts) und unentwegt auf seine niedrige Herkunft verwies. Arme Abstammung adelte in diesen Zeiten.

Er kam bald wieder frei und verdiente sein Geld als Klavierlehrer an der Musikschule. Virginias Absicht, den Vater zu sich in die Schweiz zu holen, scheiterte an seinem Widerstand. Auszuwandern, das lehnte er halsstarrig ab, trotz kargen Einkommens und einer bescheidenen Wohnung zur Miete im Viertel Uranus. Er hatte den Bruch mit Virginia niemals vergessen und wollte den Menschen nicht kennenlernen, mit dem sie sich gegen seinen Willen verheiratet hatte.

Und im Jahr '56, er ging bereits auf Mitte Sechzig zu, trat er wieder in Bukarest auf. Sein ausverkauftes Konzert in der Philharmonie war ein Erfolg ohnegleichen. Bald durfte er Radioaufnahmen einspielen, und der kommunistische Staat war bereit, Victor Marcu auf Reisen zu schicken. Er war eine Legende und konnte der Heimat im Ausland zu Ansehen verhelfen. Und er spielte beileibe nicht schlechter als auf dem Zenit seiner ersten Karriere. Man vergaß seinen Mißerfolg vor zwanzig Jahren, den »Mangel an Spannkraft und geistiger Energie«, den man beanstandet hatte. Seinerzeit hatte er alles erreicht, sich aus Beengtheit und Kot seiner Kindheit erhoben. Und auf dem Scheitelpunkt seines Ruhmes war es passiert: Nicht mehr vom Ehrgeiz beherrscht, es der Welt zu beweisen, war er in lustlose Selbstherrlichkeit verfallen. Das war die Ursache seines Fiaskos im Herbst '35 gewesen, ein Fehlschlag, von dem er sich jahrelang nicht mehr erholt hatte. Und sie war das Geheimnis des Alterserfolgs: Sein Ehrgeiz war wieder erwacht. Mit knapper Not Zuchthaus und sicherem Tod in der Haft entronnen und zu einem lumpigen Leben als namenloser Konservatoriumslehrer verurteilt, strampelte er sich erneut mit Beharrlichkeit aus dem Sumpf, nicht bereit, sich dem Schicksal zu beugen.

Er reiste zwei Jahre von einem Konzertsaal zum anderen, und in Ost und West riß er sein Publikum mit. Er bekam Preise und Ehrenprofessuren verliehen, von Chicago bis Moskau. Zu Hause verhalf man dem treuen Parteimitglied zu einer von Feinden des Staates zwangsweise verlassenen Villa und anderen Vorrechten (vom Kognak des Hauses Château-Pollet bis zum Champagner der Marke Lanson goût américain). Und mit dem ZK-Chef und Staatsoberhaupt durfte Marcu auf Wildschweinjagd gehen.

Er vergab seiner Tochter, als sie sich in Genf trafen, sei es aus Weisheit und Milde im Alter, sei es aus tiefer Befriedigung, mit seiner Gegnerschaft gegen Virginias Heiratsentschluß recht behalten zu haben: In diesen Tagen ließ sie sich vom Ehemann scheiden.

Victor Marcu starb bei einem Konzertauftritt im Salle-Pleyel von Paris, als er Debussy spielte, Anfang Mai '59, an einem Infarkt.

Mein Gerichtsverfahren dauerte knappe drei Monate, und ich war in der Stadt an der Dâmboviţa ein bekannter Mann. Mir am Klavier einen Namen zu machen war mir hundertprozentig mißlungen. Und mit meiner Ankunft in Bukarest war ich nie mehr als ein Niemand mit falschen Papieren gewesen, der sich in der Fremde verirrt hatte. Mit diesem Schauprozeß kam ich als »ewiger Nazi« zu Ehren. Ich war den Zeitungen Schlagzeilen wert. Ausgiebig schilderten sie meine Untaten und verlangten ein Urteil von eiserner Strenge (in meinem Fall konnte Virginia, die von Florica erfuhr, was mir drohte, nichts ausrichten, trotz zahlreicher Eingaben bei der Regierung in Bern, die diesen Prozeß als zu heikel betrachtete und sich eines Nazis nicht annehmen wollte – ob er ein echter war oder ein falscher –, und keinen der Briefe, die sie mir ins Zuchthaus schrieb, lieferte man an mich aus).

Wieder und wieder verbrachte man mich im vergitterten Kleinbus zur Calea Rahovei und vom Gericht in den Knast an der Stadtgrenze, was nie ohne Umwege abging. Zu Anfang versetzten mich diese Abstecher in finstere Stadtrandbezirke in Panik. Ich stellte mir vor, man beabsichtige, sich meiner auf einfachstem Weg zu entledigen und mich »auf der Flucht« zu erschießen. Erst bei der dritten Fahrt sollte mir klar werden, daß die Umwege anderen Vorhaben dienten, die mit meiner Person nichts zu tun hatten. Der am Lenkrad des Kleinbusses sitzende Mann oder einer der Wachleute, die mich begleiteten, gaben bei sich wiederholenden Adressen, schummrigen Ecken und Hinterhofwinkeln schwere Kartons oder kleine Pakete ab, um einen Umschlag mit Geld in Empfang zu nehmen und sich mit diesem Schmuggel- und Schwarzhandel zu einem Nebenverdienst zu verhelfen.

Man berief Zeugen um Zeugen, die mich mit erfundenen Geschichten aufs schwerste belasteten. Einer der ersten war Bubi Giurgiuca. Er bleckte sein Goldgebiß, als er behauptete, er habe mich in den Tagen des viehischen Mordes am englischen Prinzen im »Stillen Nest« vor einem Funkapparat erwischt, in meiner Kammer im Marcuschen Ferienhaus, und bei anderer Gelegenheit, sei es in Bukarest, sei es am Golf von Baltschik, bei Begegnungen mit fremden Personen beobachtet, ausnahmslos Deutschen zwielichtigen Aussehens.

Bubi Giurgiucas Geschichten waren harmlos, verglichen mit Ghiţăs abstrusen Verdrehungen, die er mit dem reinsten Gewissen vortrug. Aristide Slumowitz habe mir großherzig zu einer Arbeit im Spielsaal verholfen, und niemand sei mir, diesem »grimmigen Judenfeind«, verhaßter gewesen als er. »Als es zur Enteignung der Judenbetriebe kam, war Kannmachers erstes Bestreben«, log Ghiţă, »Kasinobesitzer zu werden. Er verfehlte sein Ziel, trotz der Hilfe des Botschaftsvertreters, und zum kommissarischen Leiter ernannte man ein treues Mitglied der Eisernen Garde namens Protopopescu, Grigore. Hohes Gericht!« unterbrach er sich bebend, »bis heute lebt dieser Ganove auf freiem Fuß. Lassen Sie Protopopescu, Grigore verhaften, und zwar auf der Stelle!«

Schlimmer war eine andere Aussage Ghiţăs. »Es war Kannmacher, der den Gardisten den Aufenthaltsort des Kasinobesitzers verriet, er ist mitschuldig an seinem Tod. Und nicht alleine aus Judenhaß lieferte er den Kasinobesitzer ans Messer. Er wollte sich bei der Garde beliebt machen, um seinem Kaufantrag Vorschub zu leisten. Er tat es aus Habgier und niederen Instinkten!«

Nicht anders der Senffabrikant. »Bei unseren Begegnungen im Luftschutzraum«, gab er an, »prahlte Herr Kannmacher wieder und wieder mit Wehrmachtserfolgen im Osten und sprach mit besonderer Hingabe von der bevorstehenden Judenausrottung und Slawenversklavung. Als ich, voller Abscheu, versteht sich, zu wissen verlangte, warum er nicht selbst an der Front sei, behauptete Kannmacher, vordringlicher sei sein Einsatz in unserem Land.« – »Um was es sich handelte, ließ er im Unklaren?« wollte der Staatsanwalt wissen. »Unser Petroleum entscheide den Krieg an der Ostfront, mehr sagte er nicht.«

Vom Senffabrikanten erfuhr das Gericht, in den Tagen des Gardeputschs sei ich mit Haralamb Vona, einem Mann zweifelhaften Charakters, ohne Pause auf Achse gewesen. »Und in dieser Zeit schikanierte Herr Kannmacher in unserer Nachbarschaft lebende Juden, besonders ein Ehepaar, das hochbetagt und schwerkrank war. Er jagte sie beide zum Schneekehren vors Haus, bis ich einschritt, um sie von der Fron zu befreien, trotz der mit diesem mutigen Vorgehen verbundenen Gefahr.«

Und man rief andere Zeugen auf, heimische Industrielle und Grubenbesitzer (die sich ausrechnen konnten, bald selbst meinen Platz einzunehmen). Sie sprachen mir eine entscheidende Rolle zu bei den Wirtschaftsverhandlungen zugunsten des Deutschen Reiches. Ich sei es gewesen, behaupteten sie ohne Ausnahme, der sie bei den Botschaftsbesprechungen erpreßt und bedroht habe. »Er verlangte von uns eine Steigerung der Produktion«, sagte einer der Raffinerieeigner aus Ploieşti, mit dem sich mein Onkel zum Essen verabredet hatte (alle anderen Zeugen waren mir nicht bekannt), »und beschimpfte uns derb, als wir mit den Vertragsklauseln konterten.« – »Und diese Beschimpfungen«, verlangte der Staatsanwalt zu erfahren, »richteten sich gegen Sie?« – »Schlimmer«, versetzte der Mann, »er beleidigte unser Volk, das er charakterlos, schlampig und faul nannte.« Einzelne Buhrufe kamen aus den Zuschauerreihen. »Er benahm sich als Herrenmensch!« meinte Alecu. »Und ob!« stimmte der Raffinerieeigner zu.

Und am letzten Verhandlungstag sollten ein Hausmeister auftreten (halb vertrottelt, mit Brillenglas, dick wie zwei Lupen), eine sich spreizende Ladenbesitzerin (aus purer Gefallsucht zu jeder Verleumdung bereit) und zwei Studenten, die seinerzeit Schuljungen gewesen waren (anzunehmen, mit Karriereversprechungen bestochen) – und alle vier wollten mich bei dem Mord an den Juden beobachtet haben. »Wir waren auf dem Schulweg«, erinnerten sich die Studenten, »als der Mann beim Hotel Metropol um die Ecke bog und mit den beiden zusammenstieß. Er war vollkommen außer sich, als er sie aufforderte, augenblicklich den Weg freizugeben.« – »Und sie traten nicht umgehend beiseite?« – »Sie waren aufs tiefste erschrocken«, bemerkte der eine Student, und der andere pflichtete bei: »Sie waren starr vor Entsetzen.« – »Und er zog eine Waffe?« – »Er zog eine Waffe, mit der er den ersten der beiden erschoß. Und den anderen, der fliehen wollte, hielt er am Mantel fest.« – »Dem schoß er in den Nacken?« – »Vor unseren Augen.« – »Und wie weit waren Sie von der Stelle entfernt?« – »Rund zehn Meter«, erwiderten sie. »Und aus diesem Abstand erkannten Sie sein Gesicht?« – »Wir erkannten es besser, als er auf uns zukam.« – »In Eile?« – »Oh nein, seelenruhig, mit schlendernden Schritten.« – »Und ist dieser Mann im Gerichtssaal?« – »Das ist er!« Sie streckten den Arm aus und zeigten auf mich.

Und an einem Februartag '46 verlas man mein Todesurteil. Als ich wieder ins Zuchthaus verbracht werden sollte, kamen wir bei Dunkelheit in dichtes Schneetreiben, was den am Steuer des Kleinbusses sitzenden Mann nicht von seinen Gewohnheiten abhielt. Wir bogen von der Şerban-Vodă-Chaussee, Richtung Osten, in schlechter beleuchtete Viertel ab, um einen der vertrauten Abstecher zu machen. Es war eine holprige Fahrt, die beachtliche Zeit verschlang, und das beunruhigte meine Bewacher. Den Gefangentransport zu verschleppen und einen zum Tode verurteilten Mann stundenlang in der Gegend spazierenzufahren, war waghalsig, das konnte sie alle den Kopf kosten.

Sie verlangten vom Fahrer, er solle sich sputen. Und trotz eisglatten Pflasters und wirbelnden Schnees gab er Gas, bis der Wagen ins Schleudern geriet.

Als ich wieder zu mir kam, herrschte gespenstische Stille. Es war finster im Bus, der sperrangelweit offenstand, und es dauerte, bis ich in Schatten und Schemen den leblosen Wachmann am Boden bemerkte, ein Blutfaden sickerte aus seinem Mundwinkel. Der andere hing halb aus dem Fenster zur Rechten an einem verbogenen Gitterstab in seiner Kehle. Vom Mann in der Fahrerkabine, die vollkommen zerquetscht war, entdeckte ich nichts. Ich beugte mich vor, was den schiefstehenden Kleinbus in quietschende Schaukelbewegungen versetzte, nahm dem Wachmann das rasselnde Bund ab, das an seinem Gurt hing, befreite mich in aller Eile von Handschellen und Fußketten, krabbelte auf allen vieren zum Ausgang und sprang in den knietiefen Schnee. Ich mußte an Bukarests Stadtrand sein, vor mir erstreckte sich schimmerndes, weites Land. Und ich begann, um mein Leben zu laufen.

III

(1946–2001)

Im Siebten und letzten Kapitel bin ich wieder, der ich war, ein aus dem Pommerschen stammender Deutscher, bleibe in Wien (und ein Mitglied der Geisterwelt), werde als »ewiger Nazi« verehrt und als Kaschemmenklavierspieler ausgebuht, erfinde aufs neue Geschichten (am Krankenbett meiner Frau), mache im Alter (aus Zufall) Karriere und kann vor erlittenen Toden nicht sterben

Willkommen in der Geisterwelt II

Heute kommt es mir vor, als sei meine Erinnerung an diesen Unfall an Bukarests Stadtrand, der mich vor Vollstreckung des Urteils bewahrte, nichts anderes als eine Einbildung. Eine Geschichte, die ich auf der schlingernden Fahrt vom Gericht in die Haft erfand, um meinem Schicksal ein Schnippchen zu schlagen (oder der Zeit, dieser Schwester des Todes). Ein rettender Traum, aus dem ich nie erwacht bin – und eines Tages wird mich eine Ohrfeige wecken und ich befinde mich wieder im Zuchthaus von Văcăreşti, zusammen mit Luden und Brieftaschendieben, die mich ruppig vom Bett zerren, um mit mir zu knobeln.

War ich dieser Mensch, der in Schneesturm und beißendem Wind kilometerweit lief, um im Morgengrauen auf einem Feldweg zusammenzubrechen, vor Anspannung keuchend, an allen Gliedern taub? War ich dieser Mann, den ein Bauer vom Weg auflas, auf seinen Ochsenkarren hievte und heimfuhr, wo er mich versteckte, bis ich mich erholt hatte, und beim Abschied mit warmen Klamotten ausstattete, ohne jemals erfahren zu wollen, warum ich auf der Flucht war? War ich es, der sich in die Karpaten aufmachte, als bessere Wetterbedingungen herrschten, und im Wald auf versprengte Soldaten der Wehrmacht stieß, die sich seit anderthalb Jahren vor den Russen verbargen, heimlich von einer Familie im Dorf, einem erdbraunen, sich in die Ebene duckenden Flecken, mit Essen versorgt? In der Meinung, ich wolle sie ausspionieren (ein Bewohner des Dorfes, erpicht auf Belohnung, wenn nicht ein Agent, der bereits einen Wink bekommen hatte), fielen sie mich aus dem Hinterhalt an.

Es war mein Deutsch, das sie zutraulich machte. Ich verbrachte vier Tage im Bretterhaus, schwer zu erkennen in der Bergfalte, von dichten Zweigen verdeckt, bei den mutlosen jungen Soldaten, die in den Augustwirren den Anschluß an die Richtung Westen abziehende Truppe verpaßt hatten und dieses Versteck nicht mehr aufgeben wollten. Sie erkundigten sich bei mir, wann mit der Ankunft von Briten und Amerikanern zu rechnen sei, und um sie zu beruhigen, sagte ich: »Bald.« Ob man sie schnappte, das kann ich nicht sagen. Sie gaben mir Briefe an Frau oder Eltern mit, die unleserlich nasse Papierlappen waren, als ich endlich den rettenden Grenzstein erreichte.

In den Bergen vor Kronstadt begegnete ich Margarete, die mit struppigem kurzem Haar an einen Jungen erinnerte: Kraftvoller Knochenbau, biegsam und wendig und von einer niemals versiegenden Energie. Erst das hagere und sonnenverbrannte Gesicht machte sie zur Frau. Sie hatte Virginias Stupsnase, schmalere Lippen, ein kantig entschlossenes Kinn. Augen und Stirn wiederum wirkten weich und verletzlich.

Ich wollte mich in dieser frostigen, sternklaren Nacht (es war Anfang April) bereits in einem Erdloch zusammenrollen und ausruhen, als mir aus der Ferne ein gelbliches Blinzeln auffiel. Rund zwanzig Meter vom Feuer entfernt, das aus einer im Eingang bewachsenen Grotte kam – außer dem flackernden Schimmer war nichts zu erkennen –, bohrte sich mir ein Gewehrlauf ins Kreuz und eine Stimme befahl mir, mich niederzuknien, mit den Armen im Nacken!

Margarete, die zu dieser Zeit vierunddreißig war, hatte beim Einmarsch der Roten Armee in der Heimatstadt zwei Vergewaltigungen erlebt: eine der wesentlich kleineren Schwester, die, mit erst sechzehn, an diesem Erlebnis zerbrochen war, sie hatte sich mit Zyankali vergiftet, ein niemals verwundender Schmerz, um so mehr, als man Margarete zum Zuschauen gezwungen hatte (die Schwester nicht vor diesem Mißbrauch bewahrt und verteidigt zu haben, empfand sie als schwere Schuld); eine an sich selbst die sie nichts als entschlossener machte, ins Bergland zu fliehen, als es zur Verschleppung der Sachsen aus Kronstadt kam.

Bei dieser im Stillen und von langer Hand vorbereiteten Flucht hatte sie nichts vergessen: Schrotflinte und Munition (in rauhen Mengen), Feuersteine und Werkzeug (um Tierfallen zu bauen), Decken, warme Klamotten und Medikamente (Margarete war Arzttochter und

Apothekerin), alles Dinge, die sie bereits Wochen im Voraus bei Nacht aus der Wohnung zur Felsgrotte schaffte. Den auf die Sechzig zugehenden Eltern, die nicht von Verschleppung bedroht waren, hatte sie von diesem Plan nichts verraten, um sie nicht in Not zu bringen, falls man sie ausfragen sollte.

Sie kannte sich blendend aus in diesem Bergwald, in dem sie als Kind an der Seite des Vaters das Fallenstellen und Schießen erlernt hatte. Sie fing Kaninchen, erlegte Bergziegen und Wildschweine und hatte reichlich zu essen. Wenn sie wilderte, tat sie es fern von der Felsgrotte, um nicht zu verraten, wo sie sich versteckt hielt (der Knall aus der Schrotflinte hallte im Wald kilometerweit). Sie beherrschte es, Feuer mit Steinen zu entfachen, Forellen mit der Hand zu fangen, Honig zu stehlen, ohne sich einen Stich zuzuziehen, tausend Kenntnisse, die sie dem Vater verdankte. Von Kindesbeinen an hatte der sie, zum Leidwesen seiner Frau, eher als Sohn denn als Tochter behandelt.

Wir verbrachten drei Wochen zusammen in der Felsgrotte, wo wir auf eisigem Lehmboden schliefen – unser Polster aus Gras hielt den bitteren Frost nicht ab – von Decken umwickelt, die sie mit mir teilte, und mich bald umschlingend, bis ich nicht mehr bibberte. Sie, eine Frau, hielt den Frost besser aus als ich.

Und am siebten Tag schlief sie mit mir. Sie war es, die meine Hand bis zum Schoß lenkte, der mich mit begieriger Feuchte empfing. Sie war es, die mich entkleidete, mit einer Spur von Verlegenheit oder Beklemmung, von der Starrheit verursacht, in die ich verfallen war. Ich half Margarete nicht, als sie mich auszog, und faßte sie liebloser an, als ich wollte. Ich war zu benommen, um zur Liebe bereit zu sein. Zu benommen von der Flucht, die mir vorkam, als sei sie nichts als eine qualvolle Einbildung; zu benommen vom Wissen, am Leben zu sein, einem Leben, das geisterhaft war. Und in diese Benommenheit mischte sich meine Erinnerung an die mit Virginia verbrachte Nacht, die ich nicht abstreifen konnte (und die mich nie loslassen sollte, bis ins hohe Alter nicht). Als sie meine Erregung feststellte – an der ich in

Wahrheit nicht richtig beteiligt war –, liebte sie mich mit verwirrender Wildheit und Kraft.

Am andern Tag kam sie mir weicher und eine Spur scheuer vor als in der ersten Zeit. Sie wusch sich mit Seife im nahen Gebirgsbach und legte sich Lippenstift auf – selbst mit Schminksachen hatte sie sich vor der Flucht versorgt –, um anziehend auf mich zu wirken, was in dieser Wildnis ergreifend und (nahezu) komisch war. Trotzdem ließ sie sich keine Verliebtheit anmerken. Margarete hielt Abstand zu mir, war nicht anschmiegsam, sagte kein Wort zur vergangenen Liebesnacht, als habe sie sich nie ereignet. Sie blieb bei dem rauhen Benehmen eines jungen Mannes und verpflegte uns beide mit Nahrung. Sie schruppte Forellen oder balgte Kaninchen ab, die sie an einem passenden Stock, den sie erst mit dem Messer anspitzte, auf offenem Feuer briet. Tag um Tag kehrte sie unsere Grotte mit einem aus Reisig verfertigten Besen aus, und als es warm werden sollte, wusch sie unsere Kleider und winterlich muffigen Decken – in der Gebirgssonne trockneten sie im Nu.

Es waren Margaretes Entschlossenheit und Energie, die mich von meiner Dumpfheit befreiten. Sie steckte mich mit einer Lebenslust an, die mir in meiner Haftzeit vergangen war. Mein restlicher Lebenswillen war nichts als triebhaft gewesen, ein fahler und kraftloser Sinn – Margarete verhalf diesem Willen zu Entschiedenheit.

Und als drei Wochen vergangen waren, ließ ich sie wissen, ich wolle bei Dunkelheit aufbrechen, eine Mitteilung, die sie mit Schweigen quittierte. Sie kroch aus der Decke und wandte sich schamhaft ab (von mir betrachtet zu werden, wenn sie nichts am Leib hatte, war Margarete verhaßt, die sich am Busen zu flach, an den Schultern zu kraftvoll fand). Wir sprachen kein Wort miteinander an diesem Tag, und erst als es dunkelte, meinte sie ruppig, sie kenne sich besser im Land aus als ich, habe Geld bei sich und spreche leidlich Magyarisch, was mir auf der Strecke in Ungarn von Nutzen sein werde, und packte entschlossen zusammen, was sie mitnehmen wollte. Alle anderen Dinge, Schrotflinte und Munition, Decken und Werkzeuge, die sie nicht brauchte, verstaute sie in einem sicheren Felsenversteck. Ich half Margarete beim Spurenbeiseitigen, und um Mitternacht machten wir uns auf den Weg.

Wir brauchten zur Grenze nicht mehr als sechs Tage. Mit Margaretes Geld konnten wir uns weiche Betten in Bauernbehausungen leisten, bestiegen den Zug oder reisten mit Bussen, vorsorglich den Hauptstrecken ausweichend, um drohenden Ausweiskontrollen zu entgehen. Margaretes Gesicht, erdig, sonnenverbrannt und vom Kopftuch betont, auf das sie nie verzichtete, ließ an das einer Arbeiterin auf dem Feld denken. Und in meinen Klamotten, die ich vom walachischen Bauern bekommen hatte – speckiger Weste und schadhaftem Baumwollhemd mit Stickereien –, mit filzigem Bart und akzentfreier Aussprache fiel ich meinerseits keinem als Fremder (zu schweigen als Deutscher) auf und war mit meiner Frau auf dem Weg zu Verwandten. Wir trugen je einen Ehering an der Hand, den Margarete uns vor unserem Aufbruch verpaßt hatte (Andenken an einen Ungarn aus Kronstadt, der sie hatte heiraten wollen, um sich kurzerhand in eine andere Frau zu verlieben).

Unser letztes Geld ging an zwei Gauner in Nădlac, die sich als beschlagene Schlepper ausgaben. Ob sie es waren oder nicht, sollten wir nie erfahren. Wer uns zur besprochenen Uhrzeit an der vereinbarten Stelle erwartete, waren sechs rauchende Grenzpolizisten. Rechtzeitig erkannten wir die in der Finsternis aufglimmenden Zigaretten und nahmen in letzter Minute Reißaus. Atemlos, blind, ohne Vorstellung, wo wir waren, verirrten wir uns in der blakenden Nacht. Erst im Morgengrauen stellten wir fest, auf der anderen Seite, in Ungarn, zu sein.

Wir waren Fremde und hatten kein Geld mehr, was unsere Flucht in den Norden erschwerte. Um nicht aufzufallen, mieden wir menschliche Siedlungen, marschierten zu Fuß und verkrochen uns nachts im Wald oder schliefen in mannshohem Korn. Bald setzte uns kaltes, verregnetes Wetter zu. Naß bis auf die Haut ließen wir uns am anderen Vormittag von einem Bauern mitnehmen, der aus Kecel kam und seinen Ochsenkarren heimlenkte. Sein Kind leide an hohem Fieber, verriet er uns, er habe dem Doktor Bescheid sagen wollen und erfahren, der sei heute in Budapest.

Margarete bot Hilfe an. In fließendem Ungarisch teilte sie mit, sie sei Arzttochter und Apothekerin, was uns ein Nachtlager und warme Mahlzeiten eintrug. Und als es dem Kind sichtlich besser ging, stiegen wir bei einem Bruder des dankbaren Bauern auf, der Lkw-Fahrer war. Auf staubigen Feldwegen ohne Kontrollposten brachte der Mann uns bis Kapuvár, wo er im Nu einen Grenzschlepper auftrieb, den wir mit unseren Achtzehn-Karat-Ringen bezahlten, auf die Margarete (verbissen) verzichtete. Dieser Schlepper erwies sich als ehrliche Haut und leider als von seinen Trieben besessener Bock, der sie wieder und wieder begierig begrapschte, und beim Grenzwechsel flogen wir beinahe auf, als sie mit einem Schrei seine Finger wegstieß, die sich in Margaretes Geschlecht bohren wollten.

Und wir kamen in ein Lager bei Wien. Margarete besaß einen Ausweis, der Namen und Herkunft beglaubigte, anders als ich. Meine Personenangaben waren zweifelhaft, und das um so mehr, als man meiner Geschichte nicht traute, die reichlich verworren klang, wenn nicht erfunden.

Ich war bei meiner Ankunft zu dumpf und erschlagen, um mir rechtzeitig einen anderen Namen zuzulegen (und eine vollkommen neue Vergangenheit), als man mich in der Lagerverwaltungsbaracke befragte. Mag sein, meine letzte Erfahrung mit einer erfundenen Herkunft entmutigte mich. Daß mein Leben als Sachse aus Kronstadt erfolgreich verlaufen war, konnte man ja weiß Gott nicht behaupten. Ich klammerte mich um so mehr an meinen richtigen Namen und kam mir wie willenloses, von einer Welle aus Heimweh ergriffenes Treibgut vor.

Man steckte mich in einen anderen Teil der Barackenstadt, strenger bewacht und umgeben von Drahtverhau. Erst mußte man meine Familie ausfindig machen, die mir bescheinigen konnte, zu sein, der ich war. Und es kostete Zeit, in Erfahrung zu bringen, wo sich meine Familie aufhielt. Anzunehmen, sie hatte den pommerschen Ort an der

Ostsee, der heute in polnischer Hand war, vor Ankunft der Russen fluchtartig verlassen und lebte in einer der vier von den Siegern vereinbarten Zonen des restlichen Deutschen Reiches (falls sie der Krieg nicht verschlungen hatte).

Margarete blieb keine sechs Wochen im Lager. Wir winkten uns zu, aus der Ferne, und durften uns schreiben, von einer Baracke zur anderen. Und aus einem Brief Margaretes erfuhr ich, sie habe bereits eine Zimmerzuweisung erhalten (im Wiener Alsergrundviertel) und werde am kommenden Montag entlassen.

Als sie nicht mehr zum Winken beim Lagerzaun auftauchte, fiel mir ein Stein von der Seele. Alle drei bis vier Tage schrieb sie einen Brief an mich, schilderte Wien, das halb schaurig kaputt sei, halb vornehm, wie in den Berichten des Vaters, der in dieser Stadt Medizin studiert hatte, berichtete von einer Anstellung als Apothekerin, der sie ein leidliches Auskommen verdanke, von Kaffeehausbesuchen und Kinovorstellungen, und ab und zu schickte sie mir Schokolade, die ich an meine Zimmergenossen verteilte. Ich reagierte auf keinen dieser Briefe. Was ich nicht ertrug, war der heimliche Anspruch auf ein neues Leben, den sie an mich stellte, ein Leben, zu dem mir der Mut fehlte. Tag und Nacht brachte ich mit Erinnerungen zu, die mir mehr und mehr vorkamen, als seien sie die eines Fremden.

Wer mich, absichtslos, aus meiner bleiernen Ohnmacht riß, war ein neuer Zimmergenosse aus Hermannstadt, der seinerseits keine Papiere besaß (er beichtete mir, sie vernichtet zu haben) und mich aus Zeitungsberichten vom Schauprozeß als den zum Tode verurteilten Deutschen erkannte, der seinen Schergen in letzter Minute entkommen war. Nicht allein das machte mich in den Augen des Mannes zum Helden, der seine Verehrung verdient hatte. Er betrachtete mich als ein Vorbild im Geiste. Dieser redselige Mensch ließ mich nicht mehr in Ruhe, belegte das Bett neben meinem und verfolgte mich bei meinen Hofwanderungen. Er platzte vor Neugierde, das war das eine, und meine beharrliche Schweigsamkeit machte dem Mann nichts aus. Ich durfte mich nicht in Gefahr bringen, wer sollte das besser verstehen als er, der zur Sicherheit seine Papiere verbrannt und sich einen erfundenen Namen verpaßt hatte. Er beteuerte wieder und wieder, kein Spitzel der Lagerverwaltung zu sein, und ich zweifelte nicht an der Ehrlichkeit dieser Behauptung, bei den Naziparolen, die er absonderte, mit einer Ergriffenheit, die sich schwer vorspiegeln ließ: Ein Ende der Fremdherrschaft im Deutschen Reich sei vorhersehbar; Hitler habe sich niemals erschossen, er lebe im Schutz der Katholischen Kirche im Vatikan, wo er mit Vertretern von Truman verhandele, ein dritter Weltkrieg der Amerikaner, zusammen mit dem nationalsozialistischen Deutschland, gegen Stalin, der nichts als ein jiddischer Bankert sei, sei auf Dauer nicht mehr zu vermeiden. Meinen angeblichen Mord an den Juden nannte er eine »notwendige Sauberkeitsmaßnahme« und verriet mir, er selbst habe Juden erschossen in Rußland, »und zwar nicht zu knapp.« Mit diesem Bekenntnis riß er mich aus meiner Versteinerung. Wenn er nicht endlich sein Maul halte, werde er von mir verpfiffen, versetzte ich unversehens heftig, und fassungslos trollte er sich.

Nein, was mir widerfahren war, war keine Einbildung, und ich, Felix Kannmacher, lebte – der aus Hermanstadt stammende Mann, der mich wiedererkannt hatte, war mein abscheulicher Zeuge. Im Dezember erhielt er bereits neue Ausweispapiere und durfte das Lager verlassen. Zwei Herren hatten seinen falschen Namen beglaubigt, und am Entlassungstag rollte ein teurer Mercedes vors Eingangstor, um meinen Bettnachbarn abzuholen.

Im Januar '47 rief man mich vom Hof in die Lagerverwaltungsbaracke, wo man mir etliche Fotografien mit wildfremden Menschen vorlegte. Wer von diesen Leuten mein Bruder sei, wollte man wissen. Ludwig erkannte ich erst auf der letzten, zusammen mit Emilie, die er im Arm hielt, am Badestrand meiner Geburtsstadt Freiwalde. Mit dieser bestandenen Probe versprach man mir meine Entlassung zum Februarersten und zeitlich begrenzte Papiere. Am sinnvollsten sei es, zu meiner Familie in Deutschland zu reisen und an Ort und Stelle einen richtigen Paß zu beantragen.

Dem widersprach Ludwigs Brief, der am anderen Tag eintraf und aus der britischen Zone kam. Mich am Leben zu wissen sei eine Erleichterung, schrieb er und weihte mich in die Familienereignisse seit meiner Flucht vor der Doppelhochzeit in der pommerschen Heimat ein: Von der Geburt zweier Kinder, Helene und Konrad, dem Herzstillstand unseres Vaters zu Kriegsbeginn und Mutters grausigem Ende im Gas einer Euthanasieanstalt; von Alma, Emilies Schwester, die ich mit der Flucht vor der Hochzeit aufs tiefste verletzt habe – erst kurz vor dem Krieg hatte sie sich verheiratet mit einem Schriftsetzer namens Hans Riensberg, der in einem sibirischen Lager verendet war und mit dem sie im ganzen zehn Wochen verbracht hatte bei dessen vier Heimaturlauben. Es sei seine Pflicht, an Emilies vom Leben verbitterte Schwester zu denken und an seine Frau, die es mit dieser Schwester nicht leicht habe, schrieb Ludwig und bat mich um Einsicht, wenn er mir von einer Besuchsabsicht abrate. Mein Aufenthalt bei der Familie werde verkrustete Narben aufreißen, sonst nichts, und das solle man besser vermeiden. Falls ich vorhabe, auf seine Zeilen zu antworten – und er werde sich freuen, wenn er von mir lese –, solle ich seine Postfachadresse benutzen, stand im p.s..

Ich bedankte mich mit einer Karte und blieb in Wien.

Der siebte Tod

Und mit knapp zweiundvierzig verdiente ich wieder mein Geld als Kaschemmenklavierspieler, nicht anders als vor einer Ewigkeit von dreizehn Jahren, die mir vorkamen, als seien es tausend gewesen. Ich bezog eine Kellerbehausung im Achten Bezirk von Wien, die erschwinglicher war als ein Untermietszimmer, mit Aussicht auf Gehsteig, Passanten bis zu den Knien, Erdgeschoßtreppenklo, Kohleofen, der schlecht zog, Gaskocher und fließend Kaltwasser. Um sich zu verkriechen – ich wollte nichts anderes –, war dieses finstere Loch ideal.

Nachts spielte ich in einem Lokal in der Innenstadt Schmankerln von Strauß und Lehar, bis das Publikum mich vom Klavierhocker buhte. In einem anderen Nachtschuppen am Karl-Lueger-Platz rettete ich mich mit jazzigen Sachen, die mir aus dem Radio bekannt waren. Besonderen Anklang fand ich bei den Leuten mit schmissigen Schlagern aus Bukarest. Alle dreißig Minuten war mir zwar erlaubt, zu pausieren, trotzdem meldeten sich mit der Zeit meine Finger, und gegen Ende der Auftritte taten sie teuflisch weh. Als zehn Monate um waren, mußte ich aufgeben. Ich schlug keine Taste mehr an ohne viehische Schmerzen und verspielte mich laufend, was allgemein auffiel (selbst den unmusikalischsten Nachtclubbesuchern), bis der Schuppenbetreiber es vorzog, auf mich zu verzichten.

Ich wandte mich an einen aus Iaşi emigrierten Kapellmeister, der mich bei einem Nachtlokalauftritt erlebt hatte. Warum ich Schlager aus Bukarest spiele, hatte er neugierig von mir zu wissen verlangt, als er mich in der Pause zu sich an den Tisch winkte, an dem er zusammen mit zwei vornehmen Damen saß, die aufdringlich um seine Zuneigung buhlten und sich gegenseitig in Schach hielten, um bei dem Menschen mit dunklem Lockenkopf jeweils als erste ins Ziel einzulaufen. Als er meine Geschichte im Groben erfahren hatte, schrieb er mir seine Adresse in Nußdorf auf, und ich mußte versprechen, zum Nachmittagstee zu kommen, was ich erst wahrmachte, als ich in Not war.

Radu Palade war aus seiner Heimat geflohen, um nicht als Sohn eines Vaters verhaftet zu werden, der in der Vorkriegszeit Richter gewesen war und zwei Kommunisten ins Zuchthaus gebracht hatte, die heute das Staatsruder lenkten. Er war ein blendender Geiger und Dirigent und »verehrter Freund« zahlloser Frauen mit Einfluß, was seinen Aufstieg erheblich beschleunigte. Als zweiter Kapellmeister in Wiens Musikverein nutzte er seine Beziehungen, um mir zu Arbeit und Lohn zu verhelfen.

Am Nachmittag, als ich Palade besuchte und um seine Hilfe bat, griff er entschlossen zum Telefon und rief eine Reihe von Freundinnen an. Er redete allen sechs Frauen erfolgreich ein, daheim an verstimmten Klavieren zu spielen, die dringend eines Stimmers bedurften, und nebenbei merkte er an, einen Menschen zu kennen, der mit Abstand der »beste Klavierstimmer Wiens und Umgebung« sei. Als sie meinen Namen und Anschluß erfahren und mich, ohne zu zaudern, beauftragen wollten, versetzte er pfiffig, Termine bei mir zu bekommen sei ausnehmend schwierig. Er schlug vor, sich bei mir zu verwenden und einen Rabatt auszuhandeln, was bei meinem saftigen Stundenlohn absolut notwendig sei, ein Angebot, das alle sechs um so dankbarer machte. Mit dem Geld, das Palade mir vorschoß, besorgte ich mir neue Sachen zum Anziehen (ein Mann meines Rufs brauchte bessere Kleidung) und ließ mein kaputtes Gebiß wieder herrichten.

Bald ging ich in noblen Innenstadtwohnungen oder Grinzinger Villen ein und aus und verdiente, dank Radu, das Vielfache meines bisherigen Einkommens. Das Klavierstimmen selber bereitete mir keine Schwierigkeit. Schwieriger war es, den Hausherrinnen zu entkommen, die mich zu Kaffee und Kuchen einluden und in Plaudereien verwickelten, um mir aus der Nase zu ziehen, was oder mit wem es mein Freund, der Kapellmeister, trieb.

Ich kam mir bei diesen Direktor- und Hofratsfrauen in eine andere Epoche versetzt vor, als ob in der Hofburg bis heute Franz Joseph regiere, das Reich von Galizien bis Genua niemals zerfallen und Hitler ein lausiger Postkartenmaler sei. Keine sprach von den vergangenen tausend Jahren, mochte der Stephansdom eine Ruine sein und die zerdepperte Pummerin schweigen.

Trotz des Klavierstimmerlohns, der beachtlich war, blieb ich in meiner Kellerbehausung der Josephstadt, um mich vor einer Welt zu verkriechen, in der ich mir fremd vorkam (fremder als seinerzeit im fernen Bukarest). Was ich mir zulegte, waren Klaviernoten, die ich summend oder schmetternd studierte. Ich kaufte Romane und las bis zum Morgengrauen. Wenn ich Wien besser kennenlernte, hing das mit meinen an Graben und Volksgarten oder beim Meiselberg wohnenden Klientinnen zusammen, die mir der Kapellmeister zuschusterte. Ich ging nicht spazieren, selbst bei warmem Wetter nicht, nie ins Kaffeehaus und in keine Beisl, lediglich ins Konzerthaus, wenn ich das Programm zu verlockend fand oder einem Pianistennamen nicht widerstehen konnte. Ansonsten schlug ich meine Zeit mit Erinnerungen tot, die beharrlich und stur um Virginia kreisten, oder erfand, auf dem Bett an der Kellerwand in mir versunken, Geschichten um sie und mich.

Mich bei Margarete zu melden, das wagte ich nicht, teils aus schlechtem Gewissen, nie einen der Briefe erwidert zu haben, und teils aus Befangenheit. Wenn ich mir eine Verbindung vorstellte, empfand ich Beklemmung und Abneigung. Es war ein Schicksalswink, daß wir uns wiederbegegneten, in einem Kaffeehaus beim Naschmarkt. Ich, der sonst nie ein Kaffeehaus betrat, hatte eine Verabredung mit dem Kapellmeister, der mich an diesem Mittag versetzte. Wer an meinen Tisch kam, das war Margarete, mit tiefroten Lippen und weichem, kastanienbraunem Haar, das sich bis zum Kragen des modischen Sommerkleids lockte. Sie ließ ehrliche Wiedersehensfreude erkennen und verkniff es sich, mir einen Vorwurf zu machen. Am Nachmittag brachen wir zu einem Spaziergang auf, der in meinem Kellerloch endete, wo wir uns gierig entkleideten und mit verzweifelter Leidenschaft liebten. Ich verbarg meinen Widerwillen in einer Hingabe, die erniedrigend war, und sie klammerte sich voller Schmerz und Besessenheit an mich. Tief in der Nacht, die wir schlaflos verbracht hatten, ohne ein Wort miteinander zu wechseln, zog sie sich im fahlen Laternenschein an, um sich aus meiner Wohnung zu schleichen.

In einem Brief bat ich sie um Verzeihung und weihte sie in meine niemals vergessene Liebe ein. Diese bedauernden Zeilen waren ein Abschied, eine unwiderrufliche Trennung, zu der es nicht kommen sollte, als ich mein Schreiben im Treppenhausbriefkasten wiederfand, mit dem Vermerk, Margarete sei an eine andere Anschrift verzogen. Diese Nachricht beunruhigte mich. Am andern Tag eilte ich zur Apotheke am Schubertring, in der sie arbeitete. Ich blieb vor dem Schaufenster stehen, bis sie mich erkannte und strahlend aus dem Laden ins Freie kam.

In den kommenden Wochen und Monaten gingen wir zu Kinovorstellungen und ins Theater, wanderten in den Weinbergen und an der Donau, flogen zusammen zum Heurigen aus (zu Fuß oder in einem Leihwagen, den sie uns mietete) und bestiegen im Prater das Riesenrad, trotz unserer Scheu vor dem russischen Sektor. Wenn wir bei Radu Palade zum Essen waren, machte er Margarete entschlossen den Hof, die keine Neigungen zeigte, dem Freund zu erliegen, was nur seinen Ehrgeiz anstachelte. Seine Anstrengungen, sie zu erobern, waren umwerfend komisch, reichten von Komplimenten, verstiegen und schwulstig, bis zu Geschichten aus seiner moldawischen Heimat, herzergreifend und packend (und nichts als erlogen). Ob ich nicht bereit sei, sie eine Nacht auszuleihen, wollte er von mir erfahren und bot mir im Gegenzug schottischen Whiskey vom Feinsten an. Als ich diesen Kuhhandel ablehnte, schnitt er mich knappe zwei Wochen, aufs tiefste beleidigt, bis er nicht mehr wußte, warum er beleidigt war und was uns beide entzweit haben konnte.

Margarete verlangte von mir keine Zuwendung. Sie war liebevoll, ohne mir jemals zu nahe zu kommen, und meine Kellerbehausung betrat sie nicht mehr. Ich besuchte sie meinerseits niemals im Vierten Bezirk, wo sie mit einer Dame aus Kronstadt zusammenlebte, die bereits in den zwanziger Jahren emigriert war und mich unbedingt kennenlernen wollte. Ich stellte mich taub, und bald ließ Margarete es sein, mich zu bitten, der Freundin zuliebe auf einen Kaffee in die Wohllebengasse zu kommen.

Wenn wir uns im Volksgarten trafen, zum Heurigen wanderten oder im Kinosaal hockten, behandelte sie meine Finger. Sie schmierte sie mit einer Heilsalbe ein, die sie selber aus Pflanzenextrakten zusammenmixte, und massierte sie aufmerksam, ernst und geduldig. Meine kindische Auflehnung brachte sie nicht aus der Ruhe. Sie lehrte mich Muskulatur und Gelenke aufbauende Fingerbewegungen, die ich zwei Stunden am Tag wiederholen sollte.

Margaretes Geduld und Beharrlichkeit stimmten mich weicher. Sie bewies eine Liebe, aufrichtig, bedingungslos, die ergreifend und aufmunternd war. Ohne mich von der Vergangenheit zu befreien, verhalf sie mir mit dieser Zuneigung zu neuer Zuversicht. Ich konnte mir wieder ein anderes Leben vorstellen, in der Haut Felix Kannmachers und dieser fremden Stadt, das mehr war als reines Bestehen.

Ich bewarb mich auf eine Klavierlehrerstelle am Konservatorium, ohne Erfolg, bis der erste Kapellmeister seine Beziehungen spielen ließ und mir den Posten verschaffte. Und es war mein moldawischer Freund, der mir Dampf machte, endlich das Josefstadtloch zu verlassen und mit Margarete zusammenzuziehen, mit der ich mich »in einem Aufwasch« verheiraten solle, eine bessere Frau werde ich nicht mehr finden. Er begleitete uns zu den Wohnungsbesichtigungen und verhandelte mit den Vermieterinnen, die er, gutaussehend, zuvorkommend und geistreich, um den kleinen Finger zu wickeln verstand. Und wenn sie erfuhren, wir seien nicht verehelicht, beruhigte sie der Kapellmeister umgehend, unsere Hochzeit, bei der er als Trauzeuge auftreten werde, sei auf Anfang Mai anberaumt.

Und wir heirateten Anfang Mai. Vorm Standesamt raunte mein Freund mir mit falscher Verzweiflung ins Ohr: »Was hast du, was ich nicht habe?«, und beim Hochzeitsfest im kleinen Kreis – Apothekenbesitzer und gugelhupfrunder Vermieterin, Lehrerkollegen und Meisterstudenten samt vier uns wildfremden Moldawiern im Schlepptau des Freundes – spielte er auf seiner Geige, ergreifend und feurig,

Zigeunermusik, zu der alle, selbst unsere Vermieterin, das Tanzbein schwangen.

Wir verbrachten zusammen sechs ruhige Jahre in unserer Wohnung am Rudolfsplatz. Sie war einhundertsechzig Quadratmeter groß, bot Aussicht auf Prater im Osten und Kahlenberg im Norden und den grauen oder glitzernden Donaukanal, der mich mit seinem fließenden Gleichmut beschwichtigte.

Von Virginia erfuhr Margarete nie. Ich betrachtete es als nicht ratsam, sie einzuweihen. Wenn sie wußte, warum ich mich ab und zu fremd benahm, schweigsam und abwehrend, litt sie am Ende mehr, als wenn sie ahnungslos blieb. Es schauderte mir bei der Vorstellung, sie werde in mich dringen und zur Vergangenheit aushorchen wollen oder, schlimmer, den ungleichen Kampf mit Virginia aufnehmen, um mich allein zu besitzen und von meinem schwelenden Schmerz zu befreien. Virginia besiegen zu wollen, war aussichtslos. Sie war ein Gespenst der Erinnerung.

Diese Vorstellungen waren nichts als Einbildungen meinerseits, die mich vor meinem Gewissen zum Schweigen berechtigten, und ein willkommener Vorwand, um meine Erinnerungen in mir zu verschließen. Wer weiß, ob ich recht hatte mit meiner Annahme, ohne sie sei ich ein Nichts in der Gegenwart, die mich halb befriedete und halb beengte. Was Margarete anging, war sie falsch. Sie litt an dem Schweigen, in dem ich versank, oder an meinem Unwillen, der mir im Handumdrehen leid tat, ohne mich jemals zur Rede zu stellen. Nicht zu Unrecht schob sie meine seelischen Schwankungen auf ein im Zickzack verlaufenes Leben, von meiner Flucht aus dem Deutschen Reich bis zur erlittenen Folter bei der Siguranţă, und meinen verfehlten Konzertpianistentraum. Sie ließ sich nicht ausreden, meine drei Finger mit Geduld zu behandeln und Geld auf die Seite zu legen, um in ein paar Jahren ein Klavier anzuschaffen. Margarete war von einer Lebenslust und Energie, die mich schwerelos heiter stimmen konnten. Diese schwebenden Zeiten, die wir miteinander verbrachten, sind heute, in meiner Erinnerung, umschattet von Krankheit und baldigem Tod.

Ich verirrte mich wieder in meiner Vergangenheit, als mir, im April '56, Virginia als Schauspielerin auf der Leinwand begegnete. Es war eine kleinere Kinofilmrolle in einem italienischen Streifen. Zu dieser Zeit wußte ich nichts von Virginias Theatererfolgen im Nachbarland. Selbst in Wien hatte sie sich mit Gastspielen bereits einen Ruf verschafft, was mir entgangen war. Um so unvorbereiteter traf es mich, als dieses niemals vergessene Gesicht, das ich liebte, auf der Kinoleinwand vor mir auftauchte.

Als wir aus der Vorstellung kamen, war ich schroffer als sonst. Margarete, die nichtsahnend plauderte, merkte nichts, bis ich sie anherrschte, sie solle still sein. Sie verstummte, betroffen, verwirrt. In der Wohnung am Rudolfsplatz war ich nicht ansprechbar und trug mein Bettzeug zum Wohnzimmersofa, wo ich meinen Schlafplatz aufschlug, um alleine zu sein. Von der Vergangenheit vergiftet, kam mir meine Gegenwart sinnlos und fade vor.

Erste Krankheitsanzeichen bemerkte ich an Margarete in diesem August. Von Tag zu Tag wirkte sie kraftloser. Sie wollte nichts essen und irrte sich beim Apothekendienst wieder und wieder beim Wechselgeld oder gab Medikamente aus, die nicht verlangt waren. Diese Zerstreutheit fiel allgemein auf. Zu Hause sei alles in Ordnung, beteuerte sie vorm Arzneiladeninhaber, der den Verdacht hatte, ich ginge fremd. Trotz Margaretes Versicherung, das sei nicht notwendig, schickte er sie eine Woche in Urlaub.

Ernsthaft erkrankt zu sein, zog sie nicht in Betracht und lehnte es halsstarrig ab, einen Arzt aufzusuchen. Es konnte nichts anderes als eine Grippe sein, die sie nicht auskuriert hatte. Ich scheuchte sie wieder ins Bett, wenn sie sich an den Herd schleppte, bleich und mit taumelnden Schritten. Sie barst sonst vor Lebenslust und Energie. Keine Kraft mehr zu haben war eine Erfahrung, die nicht zu der Vorstellung paßte, die sie von sich selbst besaß. Und am Montag, als sie sich zum Aufstehen zwang, um zur Arbeit zu gehen, brach sie auf der Toilette zusammen.

Bei den Untersuchungen im Krankenhaus stellte man einen faustgroßen Tumor in der Leber fest, der bereits andere Organe befallen hatte. Man teilte mir mit, Margarete sei nicht mehr zu heilen und eine Behandlung nicht ratsam, die lediglich qualvoll und letztendlich aussichtslos sei.

Anfang September entließ man sie aus dem Spital. Als Arzttochter und Apothekerin kannte sie sich mit dem Krankheitsverlauf besser aus als ich, vorspiegeln ließ sie sich nichts. In der ersten Zeit machte sie einen stabileren Eindruck als vor dem Zusammenbruch im Bad – Folge von Medikamenten und Krankenhausinfusionen –, und wir brachen im Ford unseres Freundes zu Tagesspazierfahrten ins Wiener Umland auf. Ich trug sie vom vierten Stock bis auf den Rudolfsplatz (Treppen zu steigen, das strengte sie zu stark an), wo uns das Kapellmeisterauto erwartete, ein auf Hochglanz poliertes Modell aus der Vorkriegszeit, mit Radu Palade als unserem Chauffeur, der im Scherz beide Hacken zusammenklappte und sich verbeugte, wenn er uns den Wagenschlag aufriß. Und wir stimmten vor Lachen mit ein, wenn er Bukarestschlager am Steuerrad schmetterte.

Vor mir gab sie sich tapfer und mutig, als sei sie entschlossen, den Krebs zu besiegen. Schwach zu sein, hatte sie sich nie erlaubt. Ihr graute mehr vor dem schwindenden Willen zum Leben als vor seinem Ende, und sie zeigte mir nicht, wenn sie niedergeschlagen war. Ich durfte nichts merken, ich mußte verschont werden. Sie war es gewesen, die mich von der Dumpfheit befreit hatte, seinerzeit, als wir uns kennenlernten, sie hatte mich wieder zum Leben ermuntert. Mir mit der Krankheit den Mut zu nehmen war eine Vorstellung, die sie entsetzte.

Vor den Eltern zu Hause verheimlichte sie, sterbenskrank zu sein. Sie schrieb lustige Briefe von unseren Ausfahrten mit dem Kapellmeister oder Theaterbesuchen, die wir nicht mehr machten. Margarete bestand auf Geselligkeit. Dauernd kamen Freundinnen aus dem Arzneiladen, um bei uns Kaffee zu trinken, und Meisterstudenten von mir, die sie mochte. Mit der verflossenen Wohnungsgenossin, einer frischen und lebhaften Frau um die Siebzig, die eine Schulkameradin des Vaters gewesen war, tauschte sie Heimaterinnerungen aus, und Bekannte aus der orthodoxen Gemeinde berichteten von einer Reihe Verhaftungen, infolge des Aufstands in Budapest, oder dem Wiederaufstieg Victor Marcus als Pianist. Wenn eine Stunde vergangen war, entschuldigte sich Margarete mit Kopf- oder Halsschmerzen – ob unsere Besucher Bescheid wußten oder nicht – und schleppte sich mit meiner Hilfe ins Schlafzimmer.

Diesen Schein hielt sie aufrecht, bis sie nicht mehr aufstehen konnte und in schwindelerregendem Tempo verfiel. Neue Spitalaufenthalte und neue Entlassungen. Tag um Tag kam eine Schwester ins Haus, um der Leidenden Morphium zu spritzen. Als Vater und Mutter erfuhren, was los war – nicht von mir, den sie dringlich beschworen hatte, Stillschweigen zu bewahren –, und um eine Reiseerlaubnis ersuchten, was nicht ohne Kampf mit den heimischen Stellen abging, der ebenso langwierig war wie erniedrigend, weigerte sich Margarete, die zwischen Verzweiflung und sinnloser Zuversicht schwankenden Briefe der Eltern zu lesen.

Ich hatte erst mit Margaretes Erkrankung begonnen, mir wieder Geschichten einfallen zu lassen, sei es, um sie zu zerstreuen, sei es, um meine Sprachlosigkeit zu besiegen. Eine Kinderfrauenstelle bekleidet zu haben, das hatte ich niemals verraten (und nichts von meiner Aufgabe, Marcus verzogenes Kind mit Geschichten bei Laune zu halten). Um so dankbarer lauschte sie mir, wenn ich mich auf den Bettrand im Schlafzimmer hockte und eine Geschichte erfand, die uns ablenken konnte.

Margarete starb an einem nebligen Tag im November des Jahres ’56, als ich meine letzte Geschichte beendete.

Geschichte vom Ende des Reiches reiner Notwendigkeit

»Und dem Slumowitz-Gott, diesem fernen und launischen Wesen, erging es nicht anders als unserer Dresdner Standuhr daheim in Freiwalde. Er war ein Gesetz, seelenlos und mechanisch, das kosmische Ausmaße hatte. Schlammassel und Massel verteilte er, eiserne Regeln befolgend, die er nicht beeinflußte, und nahm an der menschlichen Welt keinen Anteil. Ob es gerecht oder ungerecht zuging – er herrschte im Reich reiner Notwendigkeit. Slumowitz' Gott war ein riesiges Uhrwerk, ein Werk aus Atomen und knisternden Sonnenfeuern, Gasen und Nebeln und eisiger Leere. Seine Aufgabe war es, den Zufall zu ordnen, bis er sich zum Schicksal zusammenschloß, von allem Anbeginn an bis ans Ende der Zeit.

Bis eines Tages sein Riesenwerk aussetzte, den winzigsten Bruchteil des kleinsten Sekundenbruchteils, und das All kurz den Atem anhielt. Es war nichts als ein Stolpern und Stottern, unmerklich, nicht meßbar, vergleichbar dem Herzen, das stehenbleibt, um in Null Komma nichts wieder anzuspringen und in beharrlichem Gleichmaß zu schlagen. Man konnte meinen, es sei nichts passiert. Trotzdem hatte der winzige Ruck in der Gottesmaschine erhebliche Folgen. Und wo ein eisernes Schicksal regiert hatte, mischte sich der die Ordnung verletzende Zufall ein und spuckte dem Slumowitz-Gott in die kosmische Suppe.

An diesem Tag war Victor Marcu zusammen mit dem Staatschef auf Wildschweinjagd in den Karpaten. Sie hatten bereits vierzig Keiler erlegt, die man ordentlich neben dem Jagdhaus ausbreitete, vor dem Georghiu-Dej und sein Gast einen Schnaps tranken, um sich von der anstrengenden Jagd zu erholen und voller Stolz an der Beute zu weiden, als es zu einem tragischen Unfall kam. Ohne Anlaß und ohne erkennbare Ursache zog Victor Marcu, der besser Klavier spielen konnte als mit einem Jagdgewehr umgehen, versehentlich am Hahn seiner Flinte. Und mit dem Knall aus dem Schrotgewehr kippte der

Staatschef zu Keilern und Sauen ins Gras. Er war tot, mausetot, und am anderen Tag meldete das Parteiorgan, Gheorghiu-Dej, dieser weise und mutige Kommunist, sei einem feigen Verbrechen zum Opfer gefallen, begangen von einem faschistischen Wildschwein. Alle Welt war erleichtert – klammheimlich, versteht sich –, und im ZK konnte man es – vor Freude – nicht fassen und nahm umgehend den Kampf um die Nachfolge auf. Und als der Nachfolger feststand, bestimmte er Marcu zu einem seiner engsten Berater, dem er nie eine Bitte abschlug, außer der, zusammen mit dem Staatsoberhaupt und ZK-Chef auf Wildschweinjagd in den Karpaten zu gehen.

Und an diesem grauen Novembertag sollten sich andere, komische Dinge ereignen: ob das in Kronstadt war, wo der Beamte, der deine verzweifelten Eltern zusammenstauchte, wenn sie sich erkundigten, was mit der Reiseerlaubnis sei, und sich selbst nicht mit Kognak und Geld, die im Schreibtisch verschwanden, zu Einsicht und Eile bewegen ließ, ohne Anlaß und ohne erkennbare Ursache den Antrag auf Reiseerlaubnis genehmigte, mit sechs Stempeln, die er aufs Papier knallte, als sei kein Vorgang normaler als dieser – und ins Ausland zu reisen ein Recht und kein Privileg; oder im holsteinischen Lensahn, wo Ludwig Kannmacher, ohne Anlaß und ohne erkennbare Ursache, bei der Mittagsmahlzeit meinen Namen aussprach, was er sich nie mehr erlaubt hatte seit meiner Flucht vor der Hochzeit im Jahr '26, um der kalkweißen Alma und seiner von peinlichem Schluckauf befallenen Emilie mitzuteilen, er habe vor, mich in Wien zu besuchen, schließlich sei ich sein Bruder, und beide seien wir nicht mehr jung, selbst als Buchhalter mit Leib und Seele und Preuße, der Pflichten und Strafen verinnerlicht habe, wolle er das Gewesene endlich gewesen sein lassen und mir mein Vergehen verzeihen.

Und in Wien, wo die Pummerin losdonnern sollte, ohne Anlaß und ohne erkennbare Ursache, und eine Gondel vom Riesenrad krachte, in der mein Barackengenosse aus Hermanstadt saß, zusammen mit zwei Kameraden aus glorreichen Zeiten, und Radu bei seinem Konzert im Musikverein schlagartig wilde Verrenkungen machte, was sich beim Adagio von Mozart absonderlich ausnahm und das Orchester in Aufruhr versetzte, das mitten im lieblichsten Wolferl in Kakophonie verfiel, schlingernd und scheppernd, rabatzend und knatternd, bis es die vornehmen Damen und Herren vom Sessel schmiß, die sich von Krawatte und Stola befreiten und und reihenweise Schuhe aufs Podium schleuderten zur stampfenden, irren Zigeunermusik, als wollten sie sich in vier Teile zerreißen – fiel mir an diesem nebligen, grauen Novembertag, ohne Anlaß und ohne erkennbare Ursache, ein Stein von der Seele, der felsbrockengroß war. Und ich war nicht mehr, der ich bis heute gewesen war, ein Mensch, dem es vorkam, als bilde er sich dieses Leben ein, und in Wahrheit sei er ein zum Tode Verurteilter, der im Morgengrauen in seiner Haftzelle aufwachen werde aus einem zu Asche zerfallenden Traum.

Und mit der donnernden Pummerin und der im Prater vom Riesenrad krachenden Holzgondel, dem in Veitstanz ausbrechenden Wiener Musikverein und dem mich ergreifenden schwindelerregenden Lebensmut sollten sich deine Schmerzen verringern. Und du bemerktest in dir eine Kraft, die du in den vergangenen Wochen vermißt hattest. Es war nicht das Morphium, das man dir spritzte. Mit dem Ruck in der seelenlosen Gottesmaschine hatte das Reich reiner Notwendigkeit einen Riß bekommen, und das Schicksal erwies sich als machtlos.

Und als deine Eltern am Westbahnhof eintrafen – sie hatten uns telegrafiert, wann sie ankommen –, standst du vom Sterbebett auf, unverrichteter Dinge, um sie mit mir zusammen am Gleis zu empfangen, samt meinem Bruder, der seinerseits an diesem Mittag am Westbahnhof anlangte.

Und der haarfeine Riß in der Gottesmaschine, diesem Werk aus Atomen und Gasen und Sternennebeln, war erst der Anfang vom Ende. Neue Risse entstanden und boten dem Zufall Gelegenheit, in die Mechanik zu dringen, um sie mit seiner Leichtfertigkeit zu zersetzen. Und ab dieser Zeit, frei von Schicksal und Notwendigkeit, konnten wir unser Leben erfinden, als handele es sich um eine Geschichte.«

Diese schwebende Leichtigkeit

Anfang Dezember, im Beisein der Mutter, der man eine Reiseerlaubnis erteilt hatte (allein, ohne Mann, der als Geisel in Kronstadt blieb), um die todkranke Tochter in Wien zu besuchen, die zu dieser Stunde bereits nicht mehr lebte, beerdigte ich Margarete.

Im Januar '57 zog ich aus der Wohnung aus, die mich zu schmerzhaft erinnerte, und wechselte in eine dustere Bleibe, die eher ein Schlupfloch war als ein Daheim. Ich verkroch mich und ging nicht mehr aus. Nichts bewegte mich mehr, ein Konzert zu besuchen, von Theater- und Kinovorstellungen zu schweigen. Selbst meinem moldawischen Freund wich ich aus, der mich zum Essen einlud oder in den Musikverein. Meine letzte Verbindung zur Welt war das Konservatorium, wo man mit meinen Unterrichtsleistungen mehr als zufrieden war. Nachts schloß mich der serbische Hausmeister auf mein Verlangen in der Hochschule ein, und ich spielte Klavier bis zum Tagesanbruch. Die von Margarete geduldig behandelten Finger bewegten sich fließend und leicht, selbst wenn ich eine Reihe von Stunden vorm Bechstein verbrachte und mir keine Pause erlaubte. Meine Qualen am Klavier waren Vergangenheit.

Und wenn ich spielte, vergaß ich den Kummer um meine verstorbene Frau und mein falsches, von Anfang bis Ende mißlungenes Leben. Am Klavier konnte ich mich von Schuldbewußtsein und Erinnerungen befreien, die sich in mir verkrallt hatten. Jahre verbrachte ich mit diesen einsamen Nachtstunden in meinem Unterrichtszimmer, und was sich sonst tat, das weiß ich nicht mehr (nichts als Dinge, die ohne Belang waren). Als mir mein moldawischer Freund einen Brief schickte, um mich ins Konzert Victor Marcus zu locken, das Ende Oktober im Sendesaal stattfand – zum Direktor des Rundfunkorchesters berufen, dirigierte mein Freund das Tschaikowsky-Klavierkonzert –, erwiderte ich mit zwei trockenen Zeilen, ich wolle mit diesen Erinnerungen abschließen und Marcus Auftritt im Rundfunkhaus lieber nicht beiwohnen. In einem anderen Brief drohte Radu mir mit dem Entzug seiner Freundschaft, wenn ich nicht bereit sei, ins schicke Lokal zu kommen, in dem er seinen runden Geburtstag begehen werde (er feierte andauernd runde Geburtstage, wie er das anstellte, war mir nicht klar). Ich war nicht bereit, und das nahm er mir krumm. Ich erhielt keine Briefe mehr von meinem Freund, der zum Festspieldirektor ich weiß nicht mehr wo aufstieg und aus seiner Nußdorfer Wohnung verzog.

Um so beeindruckter war ich, als er eines Nachts an mein Zimmer im Konservatorium klopfte. Ich sprang vom Klavierhocker hoch, halb benommen vom Spiel, halb entsetzt von dem Mann auf der Schwelle, mit Pelzmantel, Hut – es war Januar und lausig kalt – und im Schatten des finsteren Korridors, der sich zur mit zwei Ketten im Eingang verriegelten Hochschule Zugang verschafft hatte. Ich erkannte den Freund erst, als er seinen Hut abnahm und beide Arme ausbreitete.

Er habe sich mit mir zusammen, vom Hausmeister unbemerkt, einschließen lassen, bekannte er, und mich beim Klavierspiel belauscht. »Diese schwebende Leichtigkeit, selbst bei den schwierigsten Stellen!«. Er konnte sich nicht mehr beruhigen, kniff in meine Backe, verwirrte mein Haar. Ich winkte ab, was den Freund in Erregung versetzte, dem Bescheidenheit vollkommen fremd war. »Es ist ein Verbrechen, der Welt diese Reinheit und Leichtigkeit vorzuenthalten«, versetzte er, »du darfst dich nicht mehr vor den Menschen verkriechen!« Vor Eifer vergaß er mir mitzuteilen, warum er mich in der Hochschule aufgesucht hatte. Erst am anderen Morgen, als wir uns verabschiedeten, lud mich Radu zu seiner bevorstehenden Hochzeit mit einer aus Budapest stammenden Bratscherin ein – als sein Trauzeuge.

Um ehrlich zu sein: Ich nahm seine Begeisterung nicht ernst. Ich zweifelte nicht an den Fortschritten, die sich den Nachtstunden an meinem Bechstein verdankten. Trotzdem betrachtete ich mich beileibe nicht als Pianisten, der vor einem kundigen Publikum auftreten konnte. Radu hatte nichts anderes im Sinn, als mich anzuspornen, was mir seine ehrliche Freundschaft bewies, das war alles.

An einem Maitag im Jahr '59 erfuhr ich von einem meiner Meisterstudenten, bei seinem Konzertauftritt im Salle-Pleyel, Debussy spielend, sei Victor Marcu verstorben. Von dieser Nachricht benommen, mußte ich mich zusammenreißen, um nicht aus dem Unterrichtszimmer zu rennen, sie traf mich mit grimmiger Wucht. Ich atmete auf, als wir mit dem Examensprogramm fertig waren und der Student mich verließ. Endlich allein – es war Mittag, ich hatte zwei Stunden frei – setzte ich mich auf den Schemel vorm Bechstein und ließ meinem Schmerz freien Lauf. Und am Nachmittag platzte die Vorzimmerdame des Hochschuldirektors in meine Klavierstunde, um einen dringenden Anruf zu melden, von wem, konnte sie mir nicht sagen.

Am Telefon war mein moldawischer Freund. Er verhandelte mit dem Direktor, der mich hocherfreut zum Besucherstuhl winkte, als ich in sein Zimmer trat, ins Telefon lauschend und zustimmend nikkend. Oh, es werde das Ansehen des Konservatoriums steigern, wenn einer von seinen Klavierlehrern … – er brachte den Satz nicht zu Ende. Selbstredend werde man mir keinen Stein in den Weg legen, mich freizustellen sei eine Ehre.

Mir war absolut schleierhaft, um was es gehen konnte, bis mir der Direktor den Handapparat reichte und Radu mich in seine Absichten einweihte. Er redete in einem Tempo, bei dem es mir schwindelte, Victor Marcu sei tot, was ich sicher erfahren habe, und leider zum widrigsten Zeitpunkt verstorben, kurz vor einem vereinbarten Auftritt in Salzburg, zusammen mit Radus Orchester. Dieses Konzert werde flachfallen, wenn niemand einspringe, der Marcus Rangklasse habe, und mein Klavierspiel erinnere, logischerweise, an das des Verstorbenen. Ich solle um Gottes willen ja sagen, bettelte er zum Schluß.

Warum ich zustimmte, weiß ich nicht mehr, aus Verpflichtung, mag sein, gegen meinen verstorbenen Retter und meinen moldawischen Freund, einem Anflug von kindischer Eitelkeit oder aus Treue zu einem vergangenen Jugendtraum (was bei einem Mann meines Alters absurd war).

Am anderen Vormittag war ich in Salzburg. Mein Freund schubste mich in sein Auto vorm Bahnhof und raste mit mir zur Konzerthalle, um keine wertvolle Zeit zu vergeuden. Wir hatten nicht mehr als vier Tage bis zu unserem Auftritt. Und was uns beide besonders beunruhigte, war meine fehlende Erfahrung, mit einem Orchester zusammenzuspielen.

Unsere Proben verliefen beileibe nicht reibungsfrei. Mein moldawischer Freund war ein schillernder Mensch. Untreu in der Liebe (selbst taufrisch verheiratet ließ er nichts anbrennen) und treu in der Freundschaft, in Finanzdingen beschlagen und auf seinen Vorteil bedacht, ein harter Knochen, wenn es um Verhandlungen mit Plattenfirmen oder Veranstaltern ging, Hallodri und Aufschneider, lebens- und geldgierig, war er als Dirigent unbestechlich und streng. Wenn er eine Stelle zu schludrig fand, klopfte er mit seinem Stab auf das Pult und beschimpfte uns als einen Haufen aus Laien und Pfuschern. Er ließ wiederholen, gab Anweisungen, stampfte auf, raufte sich seine Haare. Am ersten Tag war er verzweifelt und schwieg mich verbissen an, als er mich in mein Hotel brachte. Am Ende des zweiten Tages wollte er aufgeben. Erst am dritten Tag besserte sich seine Laune, trotz etlicher Patzer, die ich mir erlaubte.

Klare Erinnerungen an diese Probezeit, die ich im Taumel und ohne Besinnung verbrachte, besitze ich nicht mehr. Es war diese Bewußtlosigkeit, die mich rettete, ich war zu benommen, um verzweifelt zu sein. Nicht anders verhielt es sich, als mich mein Freund aus dem Vorhang schob (nicht ohne sich zu bekreuzigen) und wir uns an der Rampe verbeugten. Ich blinzelte in einen Saal, der im Dunkel versank, und mir war nicht klar, ob er ausverkauft oder halbleer war. Ohne erregt zu sein, setzte ich mich an den Steinway, als sei dieser Auftritt ein Traum (dieser lustvolle Traum meiner Kindheit und Jugend), bei dem mir nichts zustoßen konnte. Und ich spielte, als sei ich allein, sei es in meinem Unterrichtszimmer im Konservatorium oder vor einer Ewigkeit in meinem pommerschen Elternhaus.

Als der Schlußton verhallt war und sich mein moldawischer Freund den Schweiß von der Stirn wischte, herrschte beklemmende Stille im Saal. Sekunden verstrichen, es regte sich keine Hand. Ich stolperte von meinem Schemel zur Rampe, um mich vor den schweigenden Reihen zu verbeugen. Es dauerte, bis mich der Beifall erreichte, ein in meinen Ohren anschwellendes Tosen. Ich bemerkte die sich aus den Sesseln erhebenden Menschen, die stehend applaudierten und »Bravo« schrieen, eher verschwommen, als seien sie Teil meines Traumes. Erst in der Garderobe, wo man mich umringte, reihum meine Hand ergriff und eine Flasche Champagner entkorkte, erwachte ich, dankbar, verlegen, mit schlagartig zitternden Knien, verursacht von fiebrigen Zweifeln und Auftrittsbeklemmungen, die ich erfolgreich verschleppt hatte.

Mein Konzert fand beachtlichen Zuspruch. In den Zeitungen verglich man mich mit dem verstorbenen Marcu, und dieser Vergleich fiel beileibe nicht zu meinen Ungunsten aus. Ich galt als Entdeckung, was in meinem Alter (mit knapp Mitte Fünfzig) besonders erstaunlich war, und als wahrer Nachfolger meines gewesenen Retters. Was mein Leben anging, hatte man nichts zur Hand, außer den im Programmheft erschienenen Angaben, die um meine Freundschaft zum »Gott am Klavier« kreisten, ohne ansonsten ergiebig zu sein. Geburtstag und Herkunftsort, Bukarestzeit, Flucht vor den Kommunisten, das waren die absichtlich mageren Daten zu meiner Person. Radu, der sich im Konzertleben auskannte, hatte sich mit seiner Einsilbigkeit nicht verrechnet. Man war um so neugieriger, wer ich war, und spann bald ein Netz aus Legenden um mich, die meinem Namen im Nu zu Bekanntheit verhalfen.

Als ich mein zweites, von Radu vermitteltes, Solokonzert ohne Anstrengung meisterte, trafen reihenweise neue Konzertangebote ein. Es war mein moldawischer Freund, der sie abstimmte, Honorare und andere Bedingungen aushandelte und als Impresario an meiner Seite blieb. Wir reisten zusammen an die Seine, wo ich Bach spielte, der meine besondere Leidenschaft war, was mein erstes Pariskonzert zu einem großen Erfolg machte. Das wiederum brachte mir Einladungen aus Berlin, Kopenhagen und Genf ein.

Ich ließ mich eher treiben von diesen Ereignissen, heiter und eine Spur ratlos. Meine Karriere kam mir wie ein Treppenwitz meines bisherigen Lebens vor. Was mit mir passierte, befremdete mich, als sei ich der nahe Beobachter meiner Erfolge, die in Wahrheit ein anderer einheimste. Ich empfand nicht den Hauch von Genugtuung. Meine Erfahrungen verboten es mir, anzunehmen, Gerechtigkeit sei im Spiel, wenn man mich in Amsterdam oder Mailand bejubelte. Frei von der Vorstellung, endlich, im Alter, vergelte man mir meine Meisterschaft am Klavier, ließ ich mich von Beifall und Zustimmung tragen.

Es war mein moldawischer Freund, der mich zu einer sonnigen Innenstadtwohnung verdonnerte (mit Aussicht auf Hofburg und Stephansdom). Er nahm Verhandlungen mit einem Steinwayvertreter auf, bis man mir kostenlos ein Instrument abtrat, nagelneu, von brillanter Mechanik und Klangreinheit, und richtete sich in der Wohnung ein Zimmer ein, das Agenturzwecken diente. Mit Hingabe widmete er sich der Aufgabe, meinen Klavierspielerruhm zu vermehren, und ließ alle anderen Verpflichtungen schleifen, um seinen Impresario-Aufgaben nachzukommen und mich nicht aus den Augen zu lassen.

Mit anderen Worten: Er traute mir nicht. Es fehlte mir einfach entschieden an Ehrgeiz. Und Ehrgeiz war bei einem Namen erforderlich, mit dem sich ansehnliche Summen verdienen ließen. Er hatte sich vierzig Prozent ausbedungen, eine Forderung, der ich im Handumdrehen zustimmte. Ohne den Freund, dieses praktische Schlitzohr, konnte ich meine Alterskarriere vergessen, und er war es, dem ich sie verdankte.

Wenn ich ein neues Programm einstudierte, half er mir mit klaren und sinnvollen Bemerkungen, die mich auf neue Ideen brachten (in der Musik ließ sich Radu nichts vormachen). Trittbrettfahrer und Bittsteller hielt er auf Abstand und paßte zu meiner Erleichterung haarscharf auf, wenn ich ein Interview gab.

Besondere Witterung legte er an den Tag, als man vorhatte, mich zu erpressen. Mit dem großen Erfolg an der Seine trafen Briefe ein, die mit einem vernichtenden Presseskandal drohten, falls ich nicht bereit sei zu zahlen. Wenn meine Nazivergangenheit auffliege, werde rasch Schluß sein mit meiner Karriere.

Radu trommelte zehn Journalisten zusammen und legte die Drohbriefe vor. Und er schilderte, was ich erlebt hatte: von meinen beim Geheimdienst erlittenen Folterqualen bis zum verlogenen Schauprozeß. Er sprach von den Verdrehungen der Staatsanwaltschaft zu politischen Zwecken im Kampf um die Macht im Land, in diesen verworrenen Jahren der Nachkriegszeit, ein von den Kommunisten mit Hilfe sowjetischer Truppen und NKWD bald erreichtes Ziel.

Diese Geschichte schlug haushohe Wellen und machte mich um so bekannter. Ich war mehr als ein strahlender Stern am Klavierspielerhimmel, ich war ein politisches Opfer. Im tobenden Kalten Krieg paßte mein Schicksal ins Raster der Anklagen gegen den Osten, was mir wiederum andere Drohungen eintrug, die ersichtlich aufs Konto der Securitate gingen (erst ein Umschlag mit einem zur Schlinge verknoteten Strick, dem ein zweiter mit Bleikugeln folgte) und Radu aufs neue Alarm schlagen ließen. Im Parteiorgan Bukarests hetzte man gegen mich als »ewigen Nazi« und »westlichen Vorzeigestar«, der mit »blutigen Fingern« Klavier spiele und das Andenken Marcus besudle. Es dauerte, bis sich der Sturm endlich legte und ich keine Zeitungsberichte mehr las, die um meine Geheimdiensthaft oder das Todesurteil kreisten. Um ehrlich zu sein, kam mir meine Geschichte, von den Zeitungen wiederholt, beinahe erfunden vor.

Es herrschte kein Mangel an Zuschriften in dieser Zeit, die mir Radu am Mittagstisch vorlas. Ich erhielt einen Brief Hinrich Himmlers, der seitenlang von seinen Leiden im russischen Donbass berichtete, sechs Jahren Zwangsarbeit, Krankheiten, rasendem Hunger (gegen die meine Folterqualen harmlos gewesen seien) und mir Todesverachtung und Standhaftigkeit empfahl bei meinem verdienstvollen Kampf gegen den Bolschewismus. Es meldeten sich Nachbarskinder und Schulkameraden aus meiner Geburtsstadt in Pommern, die mich zu Heimatvertriebenentreffen einluden oder nichts als Erinnerungen austauschen wollten. Selbst aus der Holsteingemeinde Lensahn traf ein

Schreiben ein, in dem mir mein Bruder versicherte, stolz zu sein, stolz auf mich und auf unsere Familie. Und an einem Mittag, als Radu mir augenrollend mitteilte, in der heutigen Post sei ein Brief von Virginia, klopfte mein Herz bis zum Hals.

Virginias Brief klang erinnerungsselig und trotzdem beschwingt. Zu dieser Zeit war sie knapp 39. Sie lebte inzwischen am Tiber, war mit einem Filmproduzenten aus Mailand verheiratet und spielte in weltweit beachteten Streifen aus den Studios von Cinecittà. In den folgenden Briefen (ich hatte den ersten postwendend beantwortet) machte Virginia kein großes Gewese um sich. Sie war zu erfolgreich, um vor mir zu prahlen. Ich bemerkte nichts mehr von Gefallsucht und Eitelkeit, diesen beiden Charaktermerkmalen der jungen Frau, mit anderen verbunden, die wesentlich widerspruchsvoller und um so verwirrender gewesen waren.

Aus Virginias Briefen sprach eine Vertrautheit, die etwas Berauschendes hatte. Man konnte meinen, es sei nie eine Trennung erfolgt. Ob Absicht im Spiel war, das kann ich nicht sagen. Mit der Zuneigung, die sie mir zeigte, beschwichtigte sie meinen niemals vergangenen Schmerz und entlastete sich, ohne Zweifel. Trotzdem entsprach sie Virginias Empfindungen. Ich hatte es wieder und wieder erlebt: Wen sie einmal ins Herz schloß, verstieß sie nicht mehr.

Sie stellte mir Fragen um Fragen, sei es um den Auftritt des Vaters bei meinem Prozeß (um sie nicht zu verletzen, wich ich einer ehrlichen Antwort aus), sei es um Margarete (sie hatte von meiner verstorbenen Frau in der Presse gelesen). Sie wollte wissen, was mit meinen Fingern sei und wem ich meine Solokarriere verdanke (Begabung alleine, das wußte sie, reichte nicht aus). Von den Briefen ins Zuchthaus von Văcăreşti, Tag um Tag, verriet sie mir anfangs kein Wort; und nichts von den vergeblichen Anstrengungen seinerzeit (Eingaben und Ministeriumsbesuchen), mit Hilfe der Schweizer Regierung das drohende Todesurteil zu verhindern: Als ich von diesen Dingen im Laufe der Zeit erfuhr, preßte es mir die Kehle zusammen.

Wir schrieben im Abstand von zwei bis drei Wochen und nahmen uns vor, miteinander zu telefonieren, eine Verabredung, die wir nie einhalten konnten (sie stand vor der Kamera, ich war auf Reisen), bis sie in einer Nacht ohne Vorwarnung anrief, als ich mich ausnahmsweise zu Hause aufhielt. Radu winkte mich aufgeregt ans Telefon. Als Liebhaber des italienischen Kinos war er zu ergriffen, um mir zu verraten, wer am anderen Ende der Leitung war.

Als ich Virginias Stimme erkannte, eine Stimme, die aus der Vergangenheit zu kommen schien, abwechslungsreich und verlockend, halb heiser, halb singend, war ich heillos verwirrt. Meine Erinnerungen rissen mich mit, und ich brach in idiotisches Stammeln aus. Das belustigte sie, was mich um so verlegener machte. Wir tauschten nichts als Belanglosigkeiten aus. Sie sprach von zwei Drehwochen in den Abruzzen und befragte mich zu meiner letzten Konzertreise, trotzdem war ich schweißnaß, als ich auflegte.

Im Verlauf dieser dreißig Minuten am Telefon war ich zu keiner Zeit Herr meiner selbst. Radu, der neben mir stehenblieb und mithorchte (als ob er in den Apparat kriechen wolle), mir Fragen ins Ohr raunte und sich bekreuzigte, wenn ich zerstreut in die Sprechmuschel stotterte, trug zu meiner Befangenheit bei. »Ich wette, es ist eine Frau bei dir«, sagte Virginia mit einem unechten Schmollen, das Eifersucht vorspiegeln sollte. Diese Bemerkung, die nichts als ein launiger Scherz war, versetzte mir Stiche.

Als wir uns verabschiedet hatten, verfluchte ich meinen Freund, der mich seinerseits eifrig beschimpfte. Sich mit dieser Frau nicht umgehend zu verabreden, sei mehr als ein Fehler, es sei ein Verbrechen. »Sie ist verheiratet«, wandte ich ein. »Na und?« meinte Radu halb trokken, halb fassungslos (anscheinend war mir nicht mehr zu helfen).

Als sie einen Wienbesuch plante, im Herbst 1960, gab sie mir im voraus Bescheid, um mich nicht zu verpassen. Sie wolle mit mir einen Tag verbringen, schrieb sie, falls meine Termine dies zuließen. Bei der Aussicht, Virginia wiederzusehen, erfaßte mich eine vergessene Leichtigkeit, und ich kam mir, nicht anders als vor einer Ewigkeit, heiter und unbeschwert vor. Um so bitterer war es, als ein Telegramm eintraf, mit dem sie den Wienbesuch kurzfristig absagte. An Hepatitis erkrankt, mußte sie eine Weile im Klinikbett bleiben.

Und im April '61, als ich an den Tiber kam, um in der Cancelleria zu konzertieren, trafen wir eine neue Verabredung. Am Tag meines Auftritts stand sie in Turin auf den Brettern, eine Verpflichtung, die sich nicht mehr umstoßen ließ, was Virginia aufs tiefste bedauerte. Sie versprach mir, den Nachtzug zu nehmen.

Ich werde den sonnigen Tag nie vergessen, den ich umsonst auf der Piazza Navona verbrachte, schwungvoll bis fiebrig am Anfang und zusehends unruhig, als unsere vereinbarte Zeit verstrich und von Virginia nichts zu entdecken war. Ich rannte zum Campo dei Fiori, in Sorge, den Treffpunkt verwechselt zu haben, und um so verzweifelter wieder zur Piazza Navona. Wenn wir uns verfehlt hatten, war meine Dummheit schuld! In der Zwischenzeit war sie bestimmt an der Piazza Navona gewesen und hatte sich, mich nicht mehr antreffend, wieder entfernt.

Als ich in Wien war, fand ich einen Brief vor, in dem mich Virginia zerknirscht um Verzeihung bat: Sie hatte Datum und Uhrzeit verdreht. Das war der letzte Versuch, den wir unternahmen. Wir begegneten uns nie mehr wieder.

Es war '62 im Januar, bei einem Konzert in Lausanne, gegen Ende des Auftritts, als mich ein stechender Schmerz in den Fingergelenken zusammenzucken ließ. Mit Not brachte ich meine Schumann-Toccata zu Ende und gab keine Zugabe mehr, aus Angst, im letzten Moment zu versagen. Am andern Tag, als ich in Genf spielte, stellte der Schmerz sich bereits vor der Pause ein, und im zweiten Teil leistete ich mir beachtliche Patzer. Schwacher Applaus folgte mir in den Vorhang, in dem mich mein Freund mit betroffenem Gesicht empfing und dringend erfahren wollte, was mit mir los sei.

Radu sagte den Rest der Konzertreise ab. Meinen Namen aufs Spiel setzen wollte er nicht, trotz der Einbußen, die wir erlitten. Zum Streit kam es erst, als wir wieder daheim waren, wo er mich zu einem Arzt schleifen wollte, der als Spezialist seines Faches galt. In Erinnerung an Doktor Perlea in Bukarest (und dem Doktor Perlea gleichenden Folterknecht) war ich nicht bereit, meine Finger behandeln zu lassen. Ich schmierte sie mir, Tag um Tag, mit der von Margarete verwendeten Heilsalbe ein und widmete mich stundenlang den Gelenke und Sehnen aufbauenden Fingerbewegungen.

Umsonst, meine Schmerzen verließen mich nicht mehr, ja sie nahmen mit der Zeit eher zu. Bald konnte ich keine Programme mehr einstudieren ohne verbissene, qualvolle Anspannung. Es war anscheinend sinnlos, auf Besserung zu hoffen.

Heute, in der Erinnerung, bin ich nicht sicher, ob ich mir meine Schmerzen nicht einbildete. Sie waren Teil eines Lebens, von dem ich nicht loskam, und, mag sein, nicht mehr loskommen wollte. Was mir diese Annahme nahelegt, war meine Heiterkeit, mit der ich am Ende auf meine Karriere verzichtete, einen Kindheits- und Jugendtraum, der sich bewahrheitet hatte.

Mit dieser Heiterkeit schrieb ich Virginia, die mir von Brief zu Brief Mut zusprach, mitleidig, liebevoll, ohne Bedauern beschlossen zu haben, vom Konzertleben Abschied zu nehmen. Unser Leben, zitierte ich Slumowitz, habe kein Ziel, folge keiner Bestimmung und keinem Zweck, und wer diese Wahrheit begreife, der komme zur Ruhe. Postwendend schickte sie mir einen Antwortbrief, der meine Entscheidung verurteilte. Es sei purer Selbstbetrug, wenn ich mir einrede, mein Leben sei zweck- und bestimmungslos. »Es ist Sinn und Zweck deines Lebens, Klavier zu spielen, das hast du mit deiner Karriere bewiesen.« Sich dem Schicksal zu beugen, das lehnte sie zornig ab (mit einer Entschiedenheit, die sie vom Vater ererbt hatte), und um meinen Entschluß zu verstehen, war sie selbst viel zu ehrgeizig.

Nicht anders verhielt es sich mit meinem Freund. In den vergangenen Monaten hatte er alle Konzertangebote auf Eis gelegt, in der Annahme, wenn er mir Ruhe und Zeit lasse, werde ich, falls keine Besserung eintrete, zu einer Behandlung bereit sein. Er widmete sich seinen anderen Aufgaben, um Geld zu verdienen und aus Rastlosigkeit, und ließ mich in der Wohnung allein. Als er meine Entscheidung erfuhr, war er tief entsetzt. Er flehte mich an, auf den Knien, beschimpfte mich, rechnete vor, was wir beide im Laufe der kommenden zehn Jahre erwirtschaften konnten.

Zwei Tage, bis er wieder abreisen mußte, nahm mich mein moldawischer Freund in die Mangel. Vergeblich, er biß auf Granit. Und zum Schluß, als wir uns voneinander verabschiedeten, fiel er mir um den Hals. »Du wirkst nicht verzweifelt«, versetzte er heiser und trocknete sich seine schimmernden Augen ab, »und das beruhigt mich, selbst wenn ich es nicht verstehe.«

Ich bezog eine andere, kleinere Bleibe beim Augarten in einer ruhigen Gasse. Als mein Werbevertrag mit der Steinwayvertretung auslief, mußte ich das Klavier wieder abgeben, und den Plan, mir ein neues zu kaufen, verschob ich von Jahr zu Jahr. Man bot mir erneut eine Stelle als Lehrer am Konservatorium an, und ich sagte zu, es machte mir Spaß, Unterricht zu erteilen, und in der Musikschule hatte ich ein Klavier, das mich, anders als eines im heimischen Wohnzimmer, nicht Tag und Nacht vorwurfsvoll anstarrte.

Ohne mich zu verurteilen, konnte Virginia mir meine Entscheidung nie richtig verzeihen. Sie schrieb in der Regel verhaltene Briefe und wesentlich seltener als in der Vergangenheit.

Wann unser Briefwechsel einschlief, wer weiß, und mir ist entfallen, wer als erster verstummte. Einer von uns ließ sich mit seiner Antwort Zeit, bis der Faden am Ende zerriß. Es war keine Verstimmung, die dieses Verstummen verursachte. Ich bemerkte an mir eine Zuversicht, die es nicht notwendig machte, Virginia zu schreiben, eine tiefe Erleichterung und Ruhe. Meine niemals vergessene Liebe tat nicht mehr weh.

Sieben Leben

Als man mich, Anfang der siebziger Jahre, am Konservatorium als Lehrer verabschiedete, ging ich als erstes auf Reisen. Ich besuchte den Friedhof im Holsteinischen Lensahn, auf dem meine Kinder- und Jugendzeitliebe Emilie und mein Bruder Ludwig begraben waren. Vom Autounfall hatte ich, eher aus Zufall, durch einen meiner Schulkameraden erfahren, der mich erfolglos (und um so verbissener) zu Treffen des Heimatvertriebenenvereins einlud, in dessen Vorstand er saß. Er sprach mir sein Beileid aus, nicht ohne sich zu erkundigen, warum ich nicht zur Beerdigung erschienen sei, auf der er mich »schmerzlich« vermißt habe. Leider sei diese Gelegenheit nutzlos verstrichen, um zusammen in Heimaterinnerungen zu schwelgen.

Ich hatte nie eine Traueranzeige erhalten, was mich nicht besonders erstaunte. Wer sollte mich aus der Familie einladen? Alma, Emilies Schwester, die von mir versetzte Braut, hatte mir niemals verziehen. Und bei den Kindern galt ich als verschollen. Selbst wenn sie von mir erfahren haben sollten, in den zweieinhalb Jahren meiner Solokarriere, aus dem Radio oder der Zeitung, verband sie mit mir, diesem fremden Verwandten, nichts anderes als tiefes, beharrliches Schweigen.

Vor dem schlichten Grab mit seinem Findlingsstein, auf dem nichts weiter vermerkt war als Namen und Daten, stieß ich die Absicht um, meiner Geburtsstadt im Pommerschen einen Besuch abzustatten. Ich machte im Ort meiner Kindheit bestimmt keine andere Erfahrung als vor diesem Grab, die Erfahrung von stummer Vergeblichkeit.

Wieder in Wien, ließ ich mir in der Botschaft Bulgariens ein Visum erteilen und landete an einem frischen Augusttag in Sofia, wo ich einen Zug bestieg, der mich ans Meer brachte. Im backofenheißen Baltschik sollte es mir nicht anders ergehen als am Grab in Lensahn. Vorm Haus meines Retters, verfallen und mit Brettern vernagelt, oder am von verrosteten Silos beschatteten Strand begegnete mir diese stumme Vergeblichkeit, die ich nur als beklemmend empfand. Ich legte mich in einen Liegestuhl auf der Terrasse der von mir bewohnten Pension, um das windstille Meer zu betrachten. Es war kobaltblau und am Ufer aus Silber, das in der Augustsonne schmolz und an Land schwappte. Dieses Baltschik mit anlandenden Frachtschiffen, Zweitakterautos und grauen Milizleuten, armselig, staubig, nach Teer und Lysol stinkend, ohne Ruderer mit roten Fezen und Mamuts Kaffeehaus im Schatten der krummen Platane (und im Schatten der Zeitlosigkeit, die nach Knoblauch und Mokka roch), wirkte abstoßend, fremd und unnahbar. Es hatte sich vor mir verschlossen.

Und bei einem Ausflug zum »Stillen Nest«, das als Botanischer Garten dem Publikum offenstand, stieß ich zwischen den Beeten im Garten Ghetsemane auf Bubi Giurgiuca und Mărioara, er tattrig, verknittert, mit Ansatz zum Buckel, der seinen parteisteifen Anzug ausbeulte (abstoßendes Braun, das ins Gelb spielte, Mao-Schnitt), und sie eine fette Matrone, die, wie eine Wurst in der Pelle, im hautengen Kleid steckte, das den Eindruck erweckte, es werde gleich aufplatzen. Sein Kind zu verheiraten, mußte dem Vater mißlungen sein. Sie hatte das harte Gesicht eines Menschen, der zutiefst und auf ewig beleidigt ist.

Keiner der beiden erkannte mich, Gott sei Dank. Mărioara war nichts als ein lebender Vorwurf (erstens blind, zweitens taub gegen diese gemeine Welt), Giurgiuca ein kurzsichtig blinzelnder Sabbergreis, und ich selbst hatte eine vom Alter verfleckte Stirn, Falten und aschgraue Haare.

Wieder in der Pension, packte ich meine Koffer und brach meinen Aufenthalt ab. Und als sich der Bus aus der Talsenke schraubte, verließ ich Baltschik, das im Sonnenschein flirrte und wie eine Fata Morgana vor mir versank (und mir kam der Verdacht, es sei nie etwas anderes gewesen).

Besser verlief mein Besuch in Berlin, wo ich, im Osten und Westen der Stadt, meine alten Kaschemmenklavierspielerpfade abklapperte und beim Eßlokal im Nikolaiviertel, in dem man mir meine Finger zerquetscht hatte, zu meiner Erleichterung auf einen sozialistischen Neubau stieß, der es in seiner Scheußlichkeit, die unerbittlich war, mit meiner Erinnerung aufnehmen konnte. Im Café am Savignyplatz las ich am anderen Morgen bei Schrippen und Kirschmarmelade in einem Berliner Blatt von meinem Onkel (aus einem mir inzwischen entfallenen Anlaß). Alfred war vor sieben Jahren verstorben, in Paraguay, das er zu Anfang des Jahres '46 erreicht hatte. Bald war er hoher Regierungsberater in wirtschaftspolitischen Fragen gewesen und hatte in großem Stil Viehzucht betrieben, um mit achtundachtzig als steinreicher Don zu entschlafen, in seinem Haziendabett, friedlich und reuelos.

Ich schob meinen Teller beiseite, als ich das las. Er war endlich tot, was mich aufatmen ließ – falls dieses Ende nicht nur eine Finte war, die es dem Onkel erlaubt hatte, heimzukehren und unbehelligt in Deutschland zu leben, bis in alle Ewigkeit (bei seiner Mordsnatur).

Ich ließ mir keine Premiere entgehen, wenn ein neuer Film mit Virginia anlief, die gegen Ende der siebziger Jahre nach London zog, was ich von meinem moldawischen Freund erfuhr, diesem begierigen Klatschspaltenleser. Sie lebte in Scheidung vom Filmproduzenten und mit einem englischen Stararchitekten zusammen, den Radu als »britische Schwuchtel« abkanzelte, sei es aus Eifersucht, sei es aus Englandhaß (er machte Churchill verantwortlich, wenn Kommunisten in Bukarest herrschten und er seinen Ruhestand nicht in der Heimat verbringen konnte), sei es aus Sorge um den italienischen Film, mit dem es, laut Radu, entschieden bergab ging.

Meine Freundschaft zu Radu war niemals erloschen, und im Alter vertiefte sie sich. Er gab zwar Konzerte bis zu seinem Tod, kannte Hinz und Kunz, ließ keine Essenseinladung aus und konnte sich, wenn es um Frauen ging, nie bremsen. Trotzdem verging kein Tag, an dem er nicht bei mir anrief, zwischen acht und neun, wenn er am Kaffeetisch saß. Wir flogen im Auto aus, das er mit Lederhandschuhen und Angeber-Sonnenbrille lenkte, als wolle er uns an den erstbesten Baum fahren. Er prahlte mit seinen Medaillen und Titeln und verlangte von mir, endlich niederzuschreiben, was ich an der Seite von Marcu erlebt hatte. Er rechnete mit einem Bestseller.

Das war eine fixe Idee meines Freundes, die uns wieder und wieder entzweien konnte. Meinen Pianistennamen kannte man nicht mehr. Beim »Gott am Klavier« war das zweifellos anders. Er besaß eine treue Gemeinde, bis heute, und das nicht allein in der Heimat. Trotzdem war sie zu klein, um aus meinem Erinnerungsbuch ein Ereignis zu machen.

Meine beharrliche Ablehnung dieser Idee hatte allerdings tiefere Ursachen. Ich scheute mich, meiner Vergangenheit zu nahe zu kommen und sie bei der Niederschrift zu wiederholen. Und es schauderte mich bei der Vorstellung, mit der beendeten Arbeit nichts anderes mehr zu empfinden als Leere und stumme Vergeblichkeit.

Radu erlitt einen Schlaganfall, mit Mitte Siebzig, berappelte sich nach drei Monaten wieder und hielt um so sturer am rastlosen Leben fest, verfluchte den Stock, den er brauchte, das Whiskey- und Rauchverbot und seine Medikamente. Er ertrank, '89, daheim in der Wanne, als er vor dem Besuch einer Freundin, die Geigerin seines Orchesters und erst Ende dreißig war, ein Schaumbad nahm, um gut zu riechen und frisch zu sein. Als mich am anderen Morgen das Telefon anschwieg, wußte ich, mein Freund Radu war tot.

Ich kam mir mehr und mehr vor wie ein Bergsteiger, der einen einsamen Gipfel erklommen hat und benommen das Land in der Tiefe betrachtet – die sich vor meinen Augen erstreckende Lebenszeit –, das in Dunst oder Nebel versinkt, als sei es eine Luftspiegelung seiner Einbildungskraft. Ab und zu lud mich ein Lehrerkollege vom Konservatorium zu seinem Geburtstag ein, oder ich sollte zu einem Konzert kommen, das ein Pianist gab, der bei mir studiert hatte. Und bald jagte eine Bestattung die andere.

Meistens war ich allein, was mir absolut recht war, ich hatte den Eindruck, es sei niemals anders gewesen. Ernsthaft krank war ich nie, hatte keine Beschwerden, nur Zipperlein, konnte gut laufen und mußte beim Treppenhochsteigen nicht dauernd verschnaufen. Atemnot, Schwindel und Herzrasen kannte ich nicht, selbst im Alter von neunzig. Man konnte meinen, der launische Slumowitzgott wisse nicht mehr, was er mit mir anstellen solle, oder vergesse von Tag zu Tag, mir sein Schlamasselgesicht zuzuwenden. Wenn ich mir meine Herbstgrippeimpfung abholte, versetzte der Doktor, ein Witzbold und Grobian: »Denken Sie niemals ans Abtreten, Kannmacher?« Und ich entgegnete: »Lieber Herr Doktor, ich habe bereits sieben Tode erlebt. Warum sollte ich mich mit dem letzten beeilen?« – »Von wegen, Sie haben sieben Leben, Herr Kannmacher!« gab mir mein Hausarzt belustigt zur Antwort, bis er, in den Bergen von einer Lawine begraben, diesen Spruch nicht mehr aufsagen konnte.

Bukarest hatte ich nie mehr besucht. Vor '89 hielt mich meine Sorge ab, an der Grenze vom Fleck weg verhaftet zu werden, man hatte das Urteil ja nie widerrufen. Nach dem Zusammenbruch der kommunistischen Diktatur beauftragte ich eine Anwaltskanzlei mit der Anfechtung dieser Entscheidung, ein Verfahren, das wiederum gute neun Jahre in Anspruch nahm, bis man sie amtlicherseits annullierte. Ich hatte es mit Brief und Siegel: Das vor einem halben Jahrhundert ergangene Todesurteil war nicht rechtens und fußte auf Anschuldigungen, die nicht haltbar waren.

Im Februar 2000 traf dieser Bescheid bei mir ein. Trotzdem verschob ich den Plan einer Bukarestreise von Monat zu Monat, entmutigt von meinen vergangenen Erfahrungen in Baltschik oder vorm Grab in Lensahn.

Und ich bemerkte auf einmal mein Alter, als zehre der Widerruf meines Gerichtsurteils an Lebens- und Widerstandskraft. Schlagartig litt ich an Atemnot und einem schmerzenden Druck auf der Brust, der mich nachts aus dem Bett scheuchte, unruhig bis panisch. Meine Besuche beim Doktor verliefen ergebnislos. Außer »Abnutzungserscheinungen«, die er »vollkommen normal« nannte, konnte der Arzt nichts Besorgniserregendes feststellen und entließ mich mit einem verdrossenen Gesicht, als wolle er sagen, Sie haben ein Alter, in dem es nicht statthaft ist, zum Hypochonder zu werden, stehlen Sie mir nicht meine wertvolle Zeit!

Es war eine Vormittagssendung im Radio, in der man große Klaviervirtuosen des gerade vergangenen Jahrhunderts vorstellte, die mich zu meiner Reise anspornte. Zwischen historischen Schallplattenaufnahmen kam man auf ein neues Museum in Bukarest zum Andenken an Victor Marcu zu sprechen.

Ich empfand Grauen vor der Stadt, die mit meinen Erinnerungen nichts mehr gemein hatte, als mich ein Taxi vom Flugplatz im Norden zu einem Hotel am Rosetti-Platz brachte: rußig vernarbte Fassaden, die in der Vergangenheit strahlend und blitzsauber gewesen waren, Unrat und knallige Werbeplakate, chaotischer Autoverkehr und benzinschwangere Luft. Es toste und sauste, es knallte und stank. Zu schweigen von den sozialistischen Neubauten, die in grimmigen Schneisen zu meiner Zeit stille, verwunschene Viertel zerschnitten.

Am ersten Tag blieb ich in meinem Hotelzimmer. Mir fehlte der Mut, einen Spaziergang zu machen, und ich war zu kaputt von der schlaflosen letzten Nacht, die ich, angesichts der bevorstehenden Reise, mit Herzrasen und Schwindel verbracht hatte. Ich ging in den Speisesaal, aß eine Kleinigkeit und legte mich schleunigst zu Bett. Als ich ins Bad mußte, tief in der Nacht, wußte ich in der ersten Minute nicht mehr, wo ich war, und erschauderte, als es mir einfiel.

Am anderen Vormittag ging es mir besser. Um sieben nahm ich meinen Mokka im Speisesaal ein und erkundigte mich bei der jungen Frau, die hinterm Empfangstresen saß, nach dem Marcu-Museum. Sie war eine Kinoerscheinung, nicht anders als Mărioara (vor rund sechzig Jahren), mit blutroten Lippen und auffallend schnurgerader Nase im schmalen Gesicht. Leider konnte sie mir keine Auskunft erteilen. Sie kannte den Namen Victor Marcu nicht und wußte erst recht nichts von einem Museum zu seinen Ehren. Ein Hoteldiener, der vorm Hoteleingang rauchte, belehrte mich, mitleidig grinsend, im Irrtum zu sein, ich verwechsele meinen Klavierspieler mit einer Schauspielerin namens Marcu, Virginia. Es war zwecklos, und ich gab es auf.

An diesem klaren, besonnten Septembertag ließ ich mich von einem Taxi zur Straße Povernei bringen. Es war nichts als logisch, aufs Marcusche Wohnhaus als Unterkunft seines Museums zu tippen, eine

Vorstellung, die sich als falsch erwies. Ich stieß auf kein Schild, keinen Schaukasten, absolut nichts, was das Haus als Museum auswies. Und um einem neuen Museum als Sitz zu dienen, war es zu verlottert und grau. Als ich in die Hofeinfahrt trat und zum Eingang lief mit den drei schwungvollen Stufen der Freitreppe und seinem Dach aus Gußeisen und buntem Glas, mußte ich mich auf den Stock lehnen. Mein Herz klopfte mir bis zum Hals. Ich preßte den Klingelknopf neben dem Namensbrettchen, das keinen Namen anzeigte. Eine halbe Minute verging, und es tat sich nichts.

Ich rechnete mit einer Hausangestellten, und zwar mit Florica, um ehrlich zu sein, und war doppelt und dreifach verwirrt, als Virginia aufmachte, die ich in London vermutete oder wer weiß wo.

Wir erkannten uns beide auf Anhieb. Dieses Wiedererkennen war grausam und schonungslos, was nicht anders sein konnte bei unserem Alter und beinahe sechzig verflossenen Lebensjahren (Virginias Leinwandgesicht war ein anderes gewesen). Ich schloß kurz meine Augen, als ob es schlagartig zu grell werde oder zu dunkel. Und Virginia schwieg, blaß und benommen.

Sie fing sich als erste und zog mich am Arm in die Halle, wo sie mir den Hut abnahm. Und außer dem Hut meinen Stock, als sei dieses Behelfsmittel nicht mehr erforderlich. Wir traten ins Wohnzimmer mit seiner Brunnennische, in der die steinerne Tierfratze fehlte, dem Kamin, voller Zeitungen, und Marcus Kartentisch, auf dem der Bronzekopf Beethovens grollte. Alle anderen Dinge waren neu und mir nicht vertraut, beginnend mit der Bibliothek, die halb leerstand, einer nach Beizmitteln riechenden Schreineranfertigung, vor der sich beschriftete Buchkartons stapelten.

Filmrollen wolle sie keine mehr spielen, verriet sie mir, als wir im Garten Kaffee tranken, im kniehohen Gras, zwischen ratschenden Grillen, und den Rest dieses Lebens in Ruhe verbringen. Das konnte ich mir bei Virginia schlecht vorstellen, die selbst mit achtzig entschieden zu munter und lebhaft war, um auf dem Altenteil ranzig zu werden. Gewiß, sie war faltig am Hals, den ein Tuch verbarg, hatte silbriges und nicht mehr volles Haar, und das Gesicht war zerfurcht und verfleckt. Trotzdem wirkte sie frisch in dem luftigen Kleid, das der milde Septemberwind bauschte.

Bald merkte ich nichts mehr von Scheu und Verlegenheit, die mich zu Anfang beherrscht hatten, und meine Anspannung fiel von mir ab. Mit Leidenschaft schwelgten wir in der Vergangenheit, bis es uns vorkam, als sei sie zum Greifen nah. Heiter erinnerte sie mich an meine Geschichte vom Meisterdieb Konstantinopels und dem um sein Leben betrogenen Liebespaar, mit einer Unbeschwertheit, die mich mit sich riß. Wieder steckte sie mich mit Verspieltheit und Leichtsinn an, dieser Leichtfertigkeit, die nie seicht war, und dieser Verspieltheit, die etwas Befreiendes hatte. Es stellte sich zwischen uns eine Vertrautheit ein, reiner und einfacher, als sie es jemals gewesen war.

Als es dunkelte, eilte sie zu einer Kiste und packte das Grammophon aus. Und in einer anderen fand sie die Platten mit Bukareстschlagern und Tangomusik. Virginia schraubte den Schalltrichter an, legte eine der Scheiben auf, kam in den Garten, wo sie beide Schuhe abstreifte. Sie schleuderte sie mit den Zehen in die Luft. »Es ist herrlich im Gras. Ich empfehle dir, barfuß zu tanzen.« Ich war bald aus der Puste und fiel auf den Klappstuhl, um auszuruhen, was sie mir, mit halber Verstimmung, erlaubte.

Und es war nicht zu verstehen, was vor sich ging, als sie mich erneut an der Hand auf die Beine zog und wir zum Schmachtfetzen, der aus dem Schalltricher schepperte, eng umschlungen in die warme Septembernacht flogen. Virginia hatte erneut dichtes, schwarzes Haar, das in der Dunkelheit phosphoreszierte, ein glattes Gesicht, aus dem Flecken und Falten verschwanden (man konnte meinen, sie seien nur Maske gewesen), eine makellos reine und schimmernde Haut. Und ich merkte nichts mehr von der Kurzatmigkeit, meinem Schwindel, den steifen und kraftlosen Knochen.

Wir wirbelten durch die saphirblaue Dunkelheit und waren wieder beneidenswert jung, als sei diese Septembernacht eine erfundene Geschichte.

Inhalt